吕碧城詩文箋注

增訂本

上

吕碧城 著
李保民 箋注

中華書局

圖書在版編目(CIP)數據

呂碧城詩文箋注/呂碧城著;李保民箋注. —增訂本.
—北京:中華書局,2024. 9. —ISBN 978-7-101-16740-5

Ⅰ. I215. 2

中國國家版本館 CIP 數據核字第 2024BA6722 號

責任編輯:郭睿康
裝幀設計:許麗娟
責任印製:管　斌

呂碧城詩文箋注
(增 訂 本)
(全二册)
呂碧城 著
李保民 箋注
*
中 華 書 局 出 版 發 行
(北京市豐臺區太平橋西里 38 號　100073)
http://www. zhbc. com. cn
E-mail:zhbc@ zhbc. com. cn
北京新華印刷有限公司印刷
*
850×1168 毫米 1/32 · 28⅞印張 · 9 插頁 · 575 千字
2024 年 9 月第 1 版　2024 年 9 月第 1 次印刷
印數:1-2000 册　定價:138. 00 元

ISBN 978-7-101-16740-5

吕碧城诗文箋注

選堂

饒宗頤

饒宗頤先生題簽

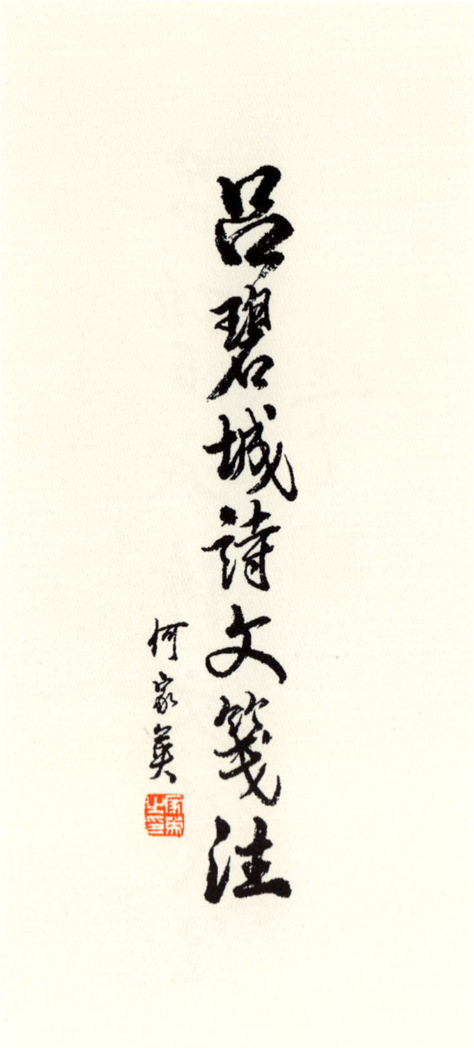

何家英先生题簽

維也納之吕碧城

天津《大公報》之吕碧城（坐者爲該社總理英華之夫人）

吕碧城自造於上海静安寺路（今南京西路）住宅

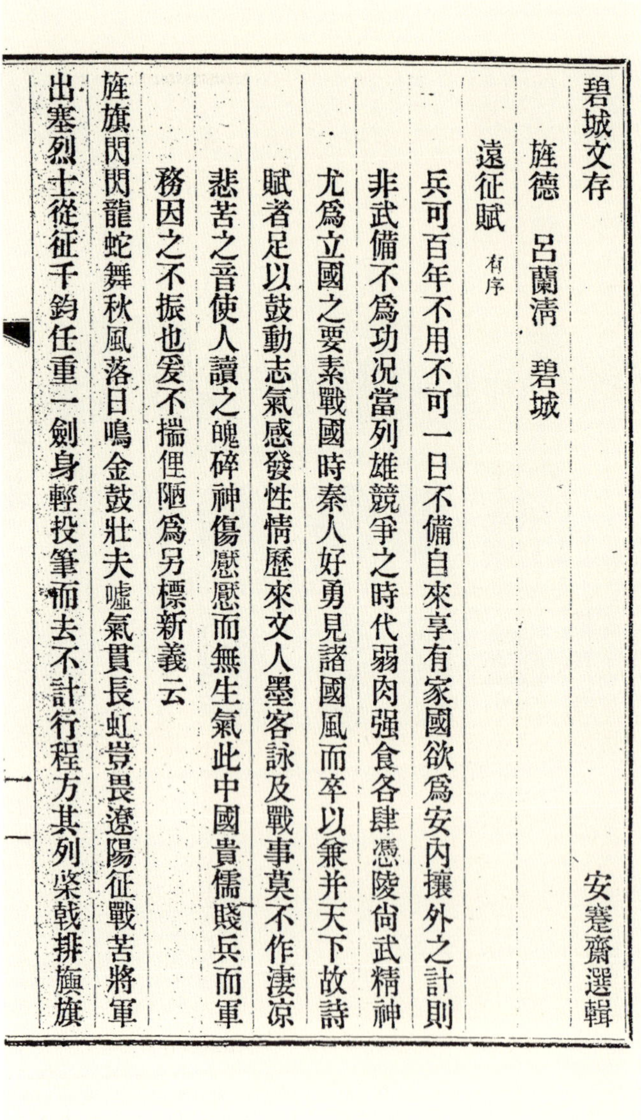
碧城文存　　安蹇齋選輯

旌德　呂蘭清　碧城

遠征賦 有序

兵可百年不用不可一日不備自來享有家國欲爲安內攘外之計則非武備不爲功況當列雄競爭之時代弱肉强食各肆憑陵尙武精神尤爲立國之要素戰國時秦人好勇見諸國風而卒以兼并天下故詩賦者足以鼓動志氣感發性情歷來文人墨客詠及戰事莫不作淒涼悲苦之音使人讀之魄碎神傷懨懨而無生氣此中國貴儒賤兵而軍務因之不振也爰不揣俚陋爲另標新義云

旌旗閃閃龍蛇舞秋風落日鳴金鼓壯夫噓氣貫長虹豈畏遼陽征戰苦將軍出塞烈士從征千鈞任重一劍身輕投筆而去不計行程方其列棨戟排旟旗

一

清末英斂之刊印《吕氏三姊妹集·碧城文存》書影

呂碧城集卷五　歐美漫游錄　又名鴻雪因緣

予此行隻身重洋倏然遐往自亞而美而歐計時週歲繞地球一匝見聞所及爰爲此記自誌鴻雪之因緣兼爲國人之嚮導不僅茶餘酒後消遣已也

三千年之古樹

自抵舊金山 San Francisco 即聞柯省 California 有三千年之古樹 Muir Woods 爲考古家所欣賞乃賃游車（乃大汽車可容數十人專爲游覽之用）登車後座客已滿御者以一身兼任司機及講演之職講時用傳聲筒游客又多詢究致彼時須回首作答予甚恐其疎忽蹈險（去年四月間巴黎附近此項游車相撞死傷美國婦女八人）予坐適與之竝彼竟請予襄助司機予曩曾開車肇禍今何敢以此巨車輕試該御者少不更事實可譴責然亦可見彼邦女子皆有開車之技矣已而車過金門海峽 Golden Gate 汽車渡海此爲創見蓋以車置巨筏上鼓汽機而行駛入騷撒立途 Sausalito 之境改由鐵路抵蒙他莫立

民國十八年（1929）費樹蔚刊印《呂碧城集》書影

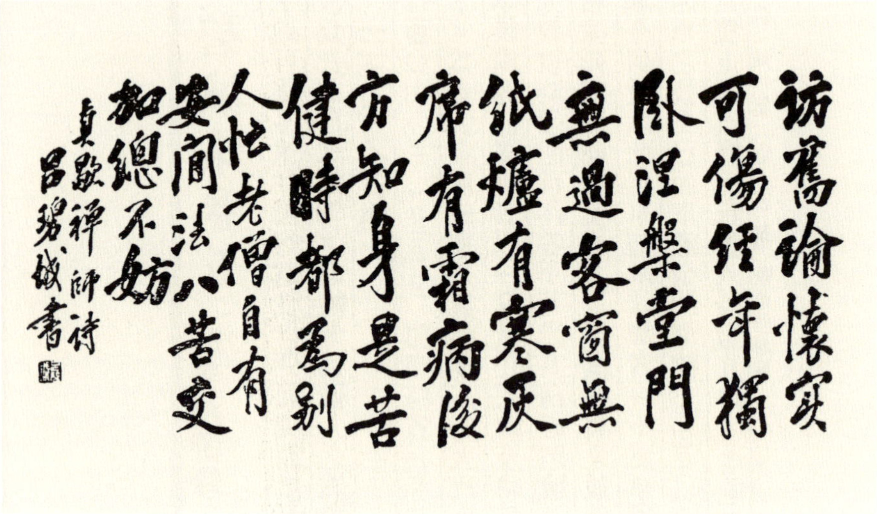
訪舊論懷實
可傷經年獨
臥涅槃堂門
無過客窗無
紙爐有寒灰
席有霜病後
方知身是苦
健時都為别
人忙老僧自有
安閒法八苦交
加總不妨
真歇禪師詩
呂碧城書

吕碧城手書墨迹

前言

在中國近代婦女革命史、思想史、教育史、新聞史和文學史上，呂碧城無疑是一位值得深入研究的重要歷史人物。她那不同尋常的一生，就像一面多棱鏡，折射出近代無數學人五光十色的心路歷程。她留下的衆多作品，不僅忠實記録了其所經歷的苦難時代的社會風情和傳奇般的人生，而且深刻反映出封建社會向殖民地半殖民地社會轉型過程中這位傑出女士的苦悶彷徨和百折不撓的探索精神，對瞭解碧城其人，對認識那個已逝時代的知識分子羣體的精神風貌，都具有彌足珍貴的文獻價值。然而在過去的半個多世紀中，由於種種原因，致使她的芳名布滿塵埃，離現實世界漸行漸遠，直到近十餘年來，人們才又重新想起這位不該被遺忘的曠世才女。一時間，影視、報刊等衆多傳媒大力弘揚，中外學者也紛紛著文立説，加入到呂碧城的研究行列。惜乎時至今日，有關呂碧城的研究資料仍極爲匱乏，很少有系統深度的整理，這給進一步的研究工作帶來了極大的不便。爲盡力彌補這一缺憾，筆者歷經十餘年的資料收集整理，遂有此增訂本吕碧城詩文箋注的寫成，希望借此抛磚引玉，爲更加深入的學術研究助一臂之力，在不久的將來能看到學術界有紮實的研究吕碧城的大作問世。

關於吕碧城的生平思想，拙作吕碧城詞箋注一書的前言，已有較詳盡的介紹，讀者欲知其詳，不妨取來一閱。本文着重就吕碧城的詩文特點，略抒淺見，以就正於海内外的方家學者。

一

吕碧城一生約創作近百首詩歌，總量並不算多，但却大都有着深刻進步的思想内容和絢麗多彩的藝術特色，尤以早期的詩作最具價值，且占全部詩作的三分之二。吕碧城生活的清末民初，風雨如磐，夜色沉沉，内憂外患不斷加深。垂死掙扎的清王朝越是瀕臨崩潰，越是加緊實施血腥的鎮壓，一批又一批試圖挽救危亡的維新志士或慘遭殺戮，或亡命海外；割地賠款，帝國主義列强發動的一次又一次侵華戰爭，把中華民族逼向亡國的絶境。殘酷的現實使年輕的吕碧城異常鬱悶和焦慮，反映在詩歌創作上，便是直接繼承「文章合爲時而著，歌詩合爲事而作」的現實主義傳統，直面社會人生，抒發强烈的民族憂患意識，具有鮮明的反叛精神。

在吕碧城的早期詩歌中，一些重大的歷史事件均有不同程度的涉及，有時概括而言，有時直陳一事，常常烙上濃重的感時傷世的印痕。她在二十歲至三十歲前後，不期遭逢日俄戰爭、秋瑾遇難、中日和約簽署等一系列驚心動魄的歷史事件，在她的聽覺和視覺裏，一派「風雨關山杜宇哀，神州回首盡塵埃」（和鐵花館主見贈韻）的悲慘景象。中國如同任人宰割的羔羊，在痛苦地呻吟。

一九〇四年，日俄爲各自的利益發生衝突，竟以中國爲戰場，開戰於中國的遼東半島，使當地的人民生命財産蒙受難以估量的損失。其時，碧城因事舟過渤海，眺望陷於戰火中的遼東，心繫災民，愁懷難釋，悲憤地吟道：「旗翻五色捲長風，萬里波濤過眼中。別有奇愁消不盡，樓船高處望遼東。」（舟過渤海口占選一）而一九一五年五月，袁世凱政府與日本簽訂了喪權辱國的條約，消息傳來，舉國震驚。此刻吕碧城恰出居庸關登萬里長城，對如此結果極爲憤懣，對昏庸無能的官僚備感失望，對漢奸洋奴與外人勾結的醜惡行徑，予以無情的暴露和針砭：「得失全憑籌措間，有關不守嗟何益。祇今重譯盡交通，抉盡藩籬一紙中。」（出居庸關登萬里長城）痛感先人創下的基業不保，乃至「金湯枉説天然險，地下千年哭祖龍」（出居庸關登萬里長城），使祖宗蒙羞不安。

在感時傷世的同時，呂碧城的詩歌還表現出要求自由獨立的叛逆精神，流露出對新時代的熱烈嚮往和贊美。呂碧城是一位既飽經儒家思想熏陶亦復深受西方新思想、新文化洗禮的新知識女性。她衹是有選擇地接受儒家倫理道德中有積極意義的部分，如對國家民族的憂患意識、仁恕之道、入世思想等，但更多的是對儒家思想文化持保留或鄙夷的態度。她甚至公開向自己的老師嚴復表示「極不佩服孔子」（嚴復與甥女何紉蘭書十七），尤其對儒家傳統歧視女性的封建綱常予以激烈的抨擊和反叛，較早接受西方自由、民主和平等獨立的思想。在呂碧城的一些詩中，經常表現出當時女性所罕見的激進的叛逆色彩，與頑固守舊的封建衛道士所把持的主流社會所倡導的三綱五常格格不入：

大千苦惱嘆紅顔，幽鎖終身等白鷴。安得手提三尺劍，親爲同類斬重關。（寫懷）

任人嘲笑是輕狂，痛惜羣生憂患長。無量河沙無量劫，阿誰捷足上慈航。（同上）

苦海超離漸有期，亞東風氣已潛移。待看廿紀爭存日，便是蛾眉獨立時。（同上）

霖雨蒼生期早起，會看造世有英雄。（和鐵花館主見贈韻）

誰起平權倡獨立，普天尺蠖待同伸。（書懷）

顯然，吕碧城的叛逆是以謀求婦女解放爲前提的，詩中充分地體現出碧城憤世嫉俗、獻身正義事業的尚武精神和渴望改變婦女被奴役現狀的迫切要求，不乏英雄主義的熱情及豪邁的氣概。在吕碧城的詩裏，她對新時代的翹首企盼，可以説是萬千被幽禁在深閨中的女性所共有的心願，吕碧城道出了她們共同的心聲，那就是：「流俗待看除舊弊，深閨有願作新民。」（書懷）一個新時代的來臨，無疑是爲女性自由獨立提供了可能，爲女性贏得「入學之權利，交友之權利，營業之權利，掌握財産之權力，出入自由之權利，婚姻自由之權利」（金一女界鐘第六節）創造了條件。所以，當清王朝坍臺、民國建元之際，吕碧城以無比激動喜悦的心情寫下了民國建元喜賦一律和寒雲由青島見寄原韻：「莫問他鄉與故鄉，逢春佳興總悠揚。金甌永奠開天府，滄海横飛破大荒。雨足萬花争蓓蕾，烟消一鶚自迴翔。新詩滿載東溟去，指點雲帆尚在望。」

吕碧城的詩還有一個非常特殊的現象，即在詩中喜用「劫」字，幾成一種情結。「人天小劫同淪落，羣玉山頭又一逢」（鄧尉探梅十首）、「無量河沙無量劫，阿誰捷足上慈航」（寫懷）、「微顰世外成千劫，一睇人間抵萬歡」（小游仙）、「東瞻華夏西歐美，劫餘未見天心悔」（蔻山Caux賞雪歌），諸如此類，無不交織着詩人的人生體驗、身世之感和人生感慨。由於大千世界充滿劫數，人生的劫難也在所難免。值得注意的是吕碧城詩中的劫難，並非常人所言普通意義上的生、老、病、死，亦即人類無法抗拒的肉體生命上的痛苦和無奈。雖然，她也曾在詩中明白坦陳自己的心聲：「一著塵根百事哀，虛明有境任歸來。萬紅旖旎春如海，自絶輕裾首不回。」（訪攖寧道人叩以玄理多與辯難歸後却寄）慨嘆人生之苦，决心擺脱塵世浮華，歸向冰心清净、不沾塵埃的别一世界。可是，根植於骨子裏的儒家積極用世的思想，並不是輕易可以揮之而去的。面對生靈塗炭、瘡痍滿目的神州大地，她又怎能無動於衷？她的「我已無心怨摇落，奈他秋到總關心」（秋日偶成），充分地反映出碧城内心深處對塵世割舍不下的矛盾。而詩中所言「總關心」的對象，已絶非一己狹隘的劫難，相反藴涵深刻的社會内容。

吕碧城的詩何以一再與塵劫關聯，乃事出有因，非空穴來風。伴隨着吕碧城的一生是家難紛起，戰火不斷，世事亟變，顛沛流離。惡劣的環境，不幸的遭遇，促成她將人間種種的苦難災禍視作輪迴無盡的劫難。「金輪轉劫知難盡，碧海量愁未覺寬」（瓊樓）、「茫茫塵劫諸天黯，裊裊秋風萬水波」（由京師寄和廉南湖），現實就是那樣的無情，她想要弄明白這究竟是爲什麽，幻想找到療救的藥方，結果却是「欲擬騷詞賦天問，萬靈淒惻繞吟壇」（瓊樓），那些遭劫死去的人間生靈，化作數以萬計的陰間鬼魂浮現在眼前，淒淒慘慘地紛沓而至，緊緊地包圍着她，而她是那樣的無能爲力，救難無方。在吕碧城的詩中很難説塵劫有具體明確的意象所指，但是透過字裏行間的描述，依然可以判斷它的含義。「塵劫未銷慚後死，俊游愁過墓門前」（西泠過秋女俠祠次寒雲韻）、「夢回更唤青鸞語，爲問滄桑幾劫銷」（若有）、「長安慣見浮雲變，又爲殘紅賦劫灰」（崇效寺探牡丹已謝），這裏無論是「塵劫」，還是「劫灰」，都脱離不了社會現實，表現出對國家命運的深深憂慮。

吕碧城的詩還側重於抒發個人的情感，而這種情感又往往和她的心路歷程緊密關聯，顯現出鮮明的時代内容。作爲一個早年與舊傳統徹底決裂的女性，吕碧城無疑是走在時代前沿的鬥士，個性張揚，言辭激烈，義無反顧地將破壞舊有的封建道德秩序作爲己任，肩負再造嶄新世界的宏偉理想，既使人艷羨，也因此成爲各方面矛盾聚焦的對象。讒譏毁謗撲面而來，使她一度陷入悲凉、激憤、迷茫的境地，極度孤獨寂寞、鬱悶憂傷的氛圍籠罩心頭，這在呂碧城的一些詩裏有非常强烈的反映：「已無春夢縈羅綺，何必秋懷寄茝蘭。灰盡靈犀真解脱，不成哀怨不成歡」（雜感）、「紅粉成灰猶有跡，瓊漿回味只餘酸」（天風），這是在經歷了常人難以想象的打擊而無比失望後留下的流自肺腑的沉痛之音。目前，我們還不清楚呂碧城曾遭遇過什麼樣的打擊，從已經挖掘出的有限史料來看，這種打擊一則來自清廷的政治迫害，例如受秋瑾事件的株連，幾遭不測；二則來自革命陣營的内部，受阻於先前的朋故，而後者對碧城精神上造成的創傷尤爲嚴重。這從碧城與英斂之、傅增湘等社會名流最初的交往中可見一斑。碧城創辦北洋女子公學，得到過英、傅二人的鼎力相助，他們之間有過一段密切的合作，曾結下寶貴的友誼，可隨着時間的推移，彼此漸漸出現裂痕，甚至一度形同陌路。事情的起因，碧城的老師嚴復説得很明白，純係「外界謡諑，皆因此女過於孤高，不放一人在于眼裏之故」引起。實際情形是，碧城「對英、傅二人不甚佩服」，「甚是柔婉服善，説話間除自己剖析之外，亦不肯言人短處」（嚴復與甥女何紉蘭書十七）。由此可見，碧城與英、傅二人的不和，問題出在「不甚佩服」上，而英斂之、傅增湘輩却視爲不敬，難以容忍，以至於反目「毁謗」。嚴復在給外甥女何紉蘭的家信中，對呂碧城的處境有更進一步的分析：「此人（指碧城）年紀雖少，見解却高，一切塵腐之論不屑唾之，又多裂綱毀常之説，因而受謗不少。初出山，閲歷甚淺，時露頭角，以此爲時論所推，然禮法之士疾之如讎。自秋瑾被害之後，亦爲驚弓之鳥矣。現在極有懷讒畏譏之心，而英斂之又往往加以評騭，此其交之所以不終也。即於女界，每初爲好友，後爲讎敵，此緣其得名大盛、占人面子之故。往往起先議論，聽者大以爲然，後來反目，則云碧城常作如此不經議論，以詬病之。其處世之苦如此。」（嚴復與甥女何紉蘭書十八）這段文字清楚地表明她腹背受敵的艱難狀況，以此結合碧城上述相關之詩表露的意象情懷，可以發現碧城在詩中吐屬的孤寂鬱悶之感，乃是其自我内心世界真實的獨白。這在當時是許多進步人士在革命征途中遭遇打擊後所普遍具有的心理狀態。

雖然，現實逼迫呂碧城心緒不寧，孤獨、寂寞、鬱悶、憂傷纏繞而來，彷佛要將紅塵看破，但她對自己的言行和走過的道路並不後悔，也不需要別人的理解。其春闈雜感和康同璧女士韻一詩這樣寫道：

英氣飛騰灧綺思，亦仙亦俠費猜疑。錦標奪取當春賽，肯惜香驄足力疲。
花在南枝太俊生，仙都彈指有枯榮。和羹早薦金盤味，零落何傷此日情。

她自許是一個胸中飛騰精鋭勇猛的氣概、激蕩美好理想的女性，有仙氣，也有俠氣。爲鎖定的目標，不惜犧牲一己，奮力向前。她清楚地知道，自己就是生長在南枝上的一朵花，太過於亮麗俊俏，而惹人嫉恨、難脱枯榮總是意料中的事。可是，她畢竟有過輝煌，早早就幹過一番轟轟烈烈的事業，面對如今的「零落」，早已有了心理準備，不會沉溺於情傷而不能自拔。

呂碧城這類抒發個人情感的詩，對於深入瞭解其生平思想和複雜的内心世界，解讀同時代活動在她周邊的士大夫及文人學士的精神面貌，無疑是很寶貴的文獻資料，值得重視。

呂碧城另有一些詩，主要描繪游歷中的見聞感想，袒露襟懷，格高氣清，很少有人生重壓下的陰影。詩人似乎暫時忘記了塵網的兇險，被大自然美麗的湖光山色和奇花異草所吸引，心情顯得無比的輕鬆。在著名的鄧尉探梅十首詩中，詩人特别强調自身與梅花的不解之緣。詩中碧城並没有刻意描摹梅花的色香風姿，她所寫的是她爲之喜愛嚮往的一種生活境界，深情地道出「十年清夢繞羅浮，物外因緣此勝游」、「青山埋骨他年願，好共梅花萬祼馨」、「後夜相思應更遠，一襟烟雨夢蘇州」的款款心意。這已不是泛泛的喜愛眷戀之詞，而是不期而然地流露對骯髒齷齪的現實社會深深的不滿，從而產生與高潔的梅花爲伍的强烈的願望。大詩人樊增祥評論説「十詩言近恉遠」，想必是悟出了個中的况味。又如湖上新秋，一反傳統的悲秋之音，將入秋的西湖清凉蕭爽的氛圍渲染得有聲有色：「風送茶香來别院，雨催詩夢入殘荷」。正是在這樣遠離塵囂的環境裏，詩人疲憊的心力可以得到息養恢復，生活中一切的煩惱都避退三舍。也正因此，這部分詩富於較濃鬱的生活氣息，與碧城感時傷世或抒發個人情感之類的詩歌，無論在詩風還是在内容上都迥然有别。

舊時代的文人喜好題咏酬唱，將與朋友間的交往寫入詩中，爲數不少，可惜内容多淺薄平淡。與之不同的是，在吕碧城的詩作中雖也不乏此類題材的作品，筆下却多真情實感的流露，絶無空洞應酬的弊病。這是因爲吕碧城對詩歌創作持非常認真嚴肅的態度，與她的詩歌創作主張有密切的關係。她對詩詞歌咏曾有過這樣的評判，即「須推陳出新，不襲窠臼，尤貴格律雋雅，性情真切，即爲佳作」（吕碧城歐美漫游録女界近况雜談）。可見她是反對無病呻吟、缺乏新意、矯揉造作的。吕碧城的這一類詩，如精忠柏斷片圖爲白葭居士題、西泠過秋女俠祠次寒雲韻、贈高麗音樂家吴小坡女士次南湖韻等，或因物及人，寓以大義，頌揚仁人志士精神不滅的高貴品質；或感逝傷懷，爲曾經並肩戰鬥過的女俠之死深自惋惜；或對異國友人因家破國亡而背井離鄉的深情慰藉，讀之無不使人低迴不已。

二

吕碧城在創作上以詞最有名，其次爲詩，文又在詩後，此大體就三者的藝術成就而言。吕碧城文章的主要特點不在於藝術上的進取，而在於它的積極的思想意義和文獻價值，其中也包含若干藝術技巧的因素。一如她的詩歌，吕碧城最富有激情、最能反映社會現實的文章大都出自早年的手筆。

吕碧城於一九〇四年入大公報館，襄助館主英斂之做編輯工作。自那時起，她不斷有文章發表，且以政論、書劄小品爲時人推重，在社會上有很大的影響。

吕碧城早期的文章，幾乎都有明確的宗旨，或提倡女學，或力主尚武强國。在短短的一二年間，她先後寫下論提倡女學之宗旨、興女權貴有堅忍之志、教育爲立國之本、興女學議等一系列針對性極强的時論。她將興辦女學的重要性提高到與國家存亡相關的高度來看待，憂心如焚地指出：

今頑謬之鄙夫，聞興女學、倡女權、破夫綱等説，必蹙額而相告曰：「是殆欲放蕩跅弛，脱我之羈軛，而争我之權利也。」殊不知女權之興，歸宿愛國，非釋放於禮法之範圍，實欲釋放其幽囚束縛之虐權。且非欲其勢力勝過男子，實欲使平等自由，得與男子同趨於文明教化之途，同習有用之學，同具强毅之氣。使四百兆人合爲一大羣，合力以争於列强，合力以保全我四百兆之種族，合力以保全我二萬里之疆土。（論提倡女學之宗旨）

同時，她又一再强調：

自强之道，須以開女智、興女權爲根本。蓋欲强國者，必以教育人材爲首務。（論提倡女學之宗旨）

物相競争，優勝劣敗，固天演之公例，而我中國不克優勝於世界者，其故何在？愚弱而已。何以愚？不學則愚也；何以弱？不智則弱也。既愚弱，自危亡，欲救危亡，非學不可。（教育爲立國之本）

她的這類振聾發聵的見解，給當時極端錮蔽守舊的社會無疑帶來强烈的震撼，一般有識之士和當權者中少數頭腦清醒的官員不能不有所觸動，起而響應，這對於其後女學在全國雨後春笋般地興起，起到了不可低估的作用。吕碧城本人更是身體力行，於一九〇四年孟冬，在天津創辦了北方最早的女學之一北洋女子公學。她的名字和相片，也因此經常出現在報刊雜誌上，成爲名聞遐邇、家喻户曉的人物。一百年後的今天，重温吕碧城有關教育的言論，依然有現實意義。教育，依然是强國的根本方略之一。

從吕碧城的上述政論文中，我們可以體會到她的精神面貌，深切地感到她爲謀求婦女解放、争取男女平等所作的巨大努力，接觸到她無比激動的愛國熱情。

有人以爲吕碧城「講論哲學、文學之大旨，所見至爲深邃，惟持論間或有過高之處」（孫雄眉韻樓詩話卷六吕眉生遼東小草），以之觀照她的政論文，並無「務高言而鮮事實」的弊病，相反持論平正，經世致用，是比較接近事實的。

在寫作特點上，吕碧城的政論文，無論是説理還是議論，一般都帶有强烈的感情色彩，情緒激昂，氣勢充沛，條理清晰嚴謹，語言明快，有很强的邏輯説服力。如教育爲立國之本，運用推理手法，層層遞進，得出令人無可置疑的結論。

自鴉片戰争失敗後，中國貧弱不振，迭受帝國主義列强的欺凌壓迫，危機四伏。到了吕碧城出生以後的數十年間，國運更爲惡化。一八九四年爆發的中日甲午戰争，北洋海軍全軍覆没，次年被迫簽訂屈辱的馬關條約，割地賠款，中國又一次蒙受奇恥大辱。其後外國列强加緊在中國掀起一股劃分勢力範圍的浪潮。沙皇俄國劃定長城以北，德國劃定山東，英國劃定長江流域，日本劃定福建，法國劃定雲南、廣東、廣西，中國成了任人宰割的羔羊。嚴酷的現實，使當時的國人精神備受刺激，許多愛國的有識之士爲挽救祖國的危亡，紛紛鼓吹尚武精神和犧牲精神，歌頌横刀立馬、從軍報國的英雄形象。

吕碧城適逢其時，深受鼓舞，同聲應和，筆底激蕩着時代的風雲之氣。創作於一九〇五年的遠征賦，堪稱吕碧城文章中爲數不多的真正意義上的文學作品之一，大筆淋漓，彌漫在整篇作品中的是昂揚的精神，雄偉的氣勢，悲壯的場景，卓越的見識，充滿了保家衛國、獻身疆場、凱旋而歸的壯志豪情。且看其中的一段：

> 山頭化石，洵屬貞姬；塞下爲泥，方稱壯士。秋高大野，詎生綺恨春愁；月冷深閨，那管雲鬟玉臂。君不見葱嶺榆關，突兀迴環。鵰影盤青海之月，騎聲繞太白之山。烟雲足壯其行色，風景可破其愁顔。誰言無定河邊，最多死別？試看玉門關裏，豈少生還！

賦中多處用典，却不嫌堆砌，處處切合「遠征」的内容，一腔熱血豪氣直沖雲霄。在國難當頭之際，吕碧城的這些文字，猶如平地春雷，足以喚醒昏聵欲睡的國人，激勵士氣，刷新精神，奮然有爲。

呂碧城還寫過一些短小精悍、膾炙人口的書劄，一經發表，即被收入多種書刊，深得人們的喜愛傳誦。前人留下的尺牘汗牛充棟，毋庸諱言，有相當的一部分爲陳詞濫調的客套之作，不僅内容空虛貧乏，而且毫無個性特點可言。而呂碧城的書劄之所以會受到大衆的歡迎，這與她在書劄中表現出與衆不同的風格有關。呂碧城長期從事編輯與教育工作，周旋於文人學士之間，既有深厚的國學底藴，也有豐富的人生閱歷，足跡遍佈大江南北名勝之區，這些爲她提供了難得的文學養料，因而即使表現在日常與人往來的書劄上，也出手不凡。如致琛甫、答南湖、答鐵禪等，文辭典雅流麗，没有浮誇空洞的寒暄，以娓娓動聽的語言直奔主題。以致琛甫爲例：

琛甫節使裨侍：乙卯夏，邂逅於津浦車中，接席啣杯，飫聆偉論。别後人事倥傯，久闊音塵。比聞坐鎮東南，大樹威名，挾吴苑春聲而遐播，引瞻旌旆，無任欽遲。兹有懇者，鄙人擬於日内偕諸女伴探梅鄧尉，同行者約四五人，皆女學界知名之士。惟於該處塗徑生疏，弱質旅行，尤虞險阻，倘荷飭人護送，紉感何極。夙審明公儒雅，用敢乞庇帡幪。如蒙俯允，春風一舸，當直指香雪海而來也。專此，祗頌勳祺！

函中先回憶津浦車中相遇，緊接着轉入久别所聞而産生的仰慕之情，然後直接告知有一事相求，並陳説何以相求的緣由，最後委婉地表明等待對方的回音。寥寥一百餘字，糅合諸多内容，寫得從容不迫。遣詞造句極爲得體，有一種亦莊亦諧的美感。

吕碧城的一些記人紀事的散文，如訪舊記、横濱夢影録等，從文體上看，雖非純粹的文學作品，然工於刻畫描述，作者所要表達的思想感情，不是通過容易使人生厭的議論傳遞，而是藉助人物的形象和事件的發展本身説明問題，有很强的文學意味。尤其值得注意的是這類作品，並非單純的記人記事，在其背後，有着深刻的歷史情結。訪舊記講述的是一九二〇年春天，碧城訪問相别十年的同學女友，一個受過教育的新女性，嫁給紈絝子弟而遭摧殘遺棄的故事。碧城以無比沉重的心情寫道：

驅車入僻巷，茅屋土壁，與慘澹日光同色。小家女三五躑躅於短檐下，多着紅布衫，足小如椶，而泥污殆遍。間有挾書袋者，即吾友之門徒也。已而抵校，屋宇稍整潔。一聾媪應門，余投以刺。俄頃，導予徑至吾友處，相見凄然，幾不能語。風韻猶似當年，而憔悴骨立。蓋女士以侯門麗質，賦緑衣之怨，大歸後爲某小學校長，菲衣糲食，與村娃伍，斷送韶華於凄風苦雨中，已不知幾歷寒暑矣！

從表面上看，女友只是被丈夫遺棄的簡單個案，實際上作者所要表達的是一個普遍存在的社會問題。即依賴丈夫而生存，没有經濟上獨立的女性，是不可能真正獲得幸福生活的。它使人聯想到辛亥革命已經快要過去了十年，國體雖然早已變更，婦女的家庭和社會地位却不見有多大的改觀，碧城曾經不遺餘力地爲之奮鬥的婦女解放運動並没有能取得徹底的成功，殘餘的封建勢力依然非常的頑固。難怪作者要觸景傷情，以至於在後半部分文中，痛陳「悲感不已」、「百憂駢集」。此不僅爲女友悲，亦爲己悲。

横濱夢影録寫於一九二四年，乃事後追憶一九二二年由加拿大歸國途經日本横濱時的一次奇遇。那年四月，她搭乘的船停靠横濱，一日本少年上前向碧城殷殷致意，並奉上名片，加注住址，諄諄以别後通訊爲請。此後有一段極耐人尋味的生動描寫：

予等興辭，諸美婦中，惟一年長者與少年握手爲禮，餘皆避去。予僅頷首，亦即迅步趨廊外，少年則急引手穿檻花（時檻上遍置盆花）招予曰：「此别未必重逢，請一握爲幸。」予從之。塞德爾女士睨予囅然，予亦匿笑，遂踉蹌出。登舟時，躡渡板，予投其名刺於海，默祝曰：「沉者自沉，浮者自浮，予某某，不友其讎。」

於此可見碧城生平最惡日本人，文中所表露的絶非是一時的感情，而是事出有因，它滲透着强烈的民族意識。中國自甲午戰争以來，深受日本的欺凌，先是割地賠款，繼而日俄戰争時，日軍侵入中國，攻佔九連城、旅順、海城等地，第一次世界大戰起，强行在中國領土登陸，攻佔膠州並德之所租借之青島，直至强迫袁世凱政府簽訂嚴重損害中國主權利益的二十一條。對此，碧城曾屢賦詩抒發憂憤，以至於好多年過去了，在民族感情上，碧城對侵略者的國家依舊不能盡釋前嫌。她後來也許意識到對日本少年的態度容或不妥，因而在文末不無自責地寫道：「嗟乎！人事滄桑，瞬息萬變，而余當日以國讎爲芥蒂，殆猶未參佛氏戒嗔之旨歟？」到了一九二九年此文結集出版時，碧城又删去了這段話，可見歷史情結在碧城心中要真正放下，又談何容易！

吕碧城還對用白話文創作新文學有過短暫的興趣，寫過一篇非常值得重視的作品，即紐約病中七日記。這是迄今爲止發現的作者唯一的一篇完全用白話文寫成的日記體寫實小説，約作於一九二一年夏秋間游學美洲之時。有學者在評價吕碧城是十九世紀上半葉最聰明、最具才情的文學女性的同時，又「很爲她始終不曾嘗試新文學形式而惋惜」。甚至假設：「如果吕碧城的青春能與自由的審美的『五四』時代相遇，她的文學前程將不可限量，而『五四』時期出色的女作家冰心、廬隱等便可能得退避三舍了。」（劉納吕碧城評傳）説吕碧城没有嘗試過新文學形式不確，拿碧城與冰心、廬隱相比的結果却似有可能。事實是吕碧城在「五四」後不久，就嘗試過用新文學形式寫作，紐約病中七日記可以説是很典型的例證，只是她志不在此，她是有意要成爲像李清照那樣能青史留名的女詞人，而作爲女詞人的吕碧城恐怕是絲毫也不會遜色於作爲文學家的吕碧城的。

紐約病中七日記全文超越六千字，講述了「我」在異國他鄉一周的經歷遭遇，其中有一段描寫「我」與湯姆在舞場裏的交往，在平淡無奇的文字的背後，暴露出當時美國上流社會對窮人的歧視，刻畫出作爲窮人的湯姆誠實、善良、很有教養的一面，流露出「我」在失去這位窮朋友後的淡淡的哀愁。小説中寫道：

我跟湯姆常常跳舞，也不過是逢場作戲，除了互通姓名之外，也不作深談。有一天，他説：「我猜你的地位很高，我不敢瞞你，我是個工人。你須酌量，要是你的富貴朋友知道你跟我來往，他們就不跟你來往了。就連這個跳舞場，也不是上等地方，全是窮人來的。」我答道：「我並不是勢利人，別人的富貴，與我何干？況且我是經濟獨立的，不靠别人爲生活。」他說：「你既不怕，我便心安了。」常常在跳舞後，他請我喫茶點，或喫飯看戲，每次花幾塊錢。我著實感謝他，因爲我知道他的進款很小。我要知道他的程度如何，我就要求他寫一封信給我，居然寫的很好，比那些吹牛的大人物寫的信，還好的多呢。有一天，他又約我跳舞，我說：「對不起，我已被别人約了。」他問：「是何如人物？」我說：「是某銀行總理。」提起這個人來，我始終莫名其妙。他姓貝士林，又有時姓貝士利子，據說是某銀行總理，塞爾維亞（就是這回歐洲大戰導禍之源的塞爾維亞）首相的侄子。

……這天在跳舞場裏遇見湯姆，他依然很和藹的，與我握手爲禮。我本想散會之後尋他談談，因爲每回他在跳舞場裏和别的朋友跳舞，看見我來了，就捨了他們來陪伴我，散會後且送我回寓。所以，這天我必須周旋他。無奈我的記性太壞，散會時偏偏的忘記了。我很想見面時道歉，然而從此就没有見面。我屢次仍到這跳舞場來，再也遇不見他，他是從此絶跡了。在形跡上，顯見得我得了富朋友，就立時捨了窮朋友，但我並無此心，然而無可辯白，就連自問，也不肯恕我自己。從此我也没有再和貝士林來往，可是要想補過，也來不及了。

拿紐約病中七日記和廬隱發表在一九二三年小説月報上的麗石的日記比較，除内容情節不同外，在形式和語言的表述上有驚人的相同點，兩者都注重反映現實人生，都用日記體，使用的白話語言都相當的成熟，體現了新文學所要求的平易、寫實、新鮮、通俗的特點。兩篇小説的結尾分别寫道：

我這話真可謂流涕陳詞，言盡於此了。提起國家事的事來，來日大難，我這枝筆也不能再往下寫去了。（紐約病中七日記）

我看着麗石的日記，熱淚竟不自覺的流下來了。唉！我什麽話也不能再多説了。（麗石的日記）

行文和語言上何其相似，彷彿爲同一人所作。

呂碧城的這篇小説從一個側面表明，她對白話文有駕輕就熟的本領，完全可以用白話文寫出更好的美文，可惜没有能繼續下去，這不能不説與她對白話文的偏見有關。她在國立機關應禁用英文中直言不諱地表示自己的觀點：「且文辭之妙，在以簡代繁，以精代粗，意義確定，界限嚴明，字句皆鍛煉而成，詞藻由雕琢而美，此豈鄉村市井之土語所能代乎？文辭一二字能賅括者，白話則用數字倍之，所多者浮泛疵累之字耳。」瞭解了這一點，我們就可以明白吕碧城一生所作的詩文爲什麽幾乎都用文言或淺近的文言寫成，而紐約病中七日記在吕碧城的文學生涯中尤顯突出，具有非同尋常的意義。

在吕碧城的全部文稿中，遊記佔有較重的分量。她大半生浪迹海外，游踪所至，皆著文介紹，匯集成歐美漫游録，又名鴻雪因緣。這部遊記廣泛地記叙了歐美風景名勝、珍聞軼事，在碧城自身看來「自誌鴻雪之因緣，兼爲國人之嚮導」，而客觀上對於當時大部分没有條件出國的國人開闊視野、瞭解世界，起到了積極的作用。其中如與The Chronicle報談靈魂之函、女界近況雜談、予之宗教觀等，雖然與遊記的内容了不相干，但所議論的話題和所回顧的往事，從不同的側面體現出碧城的思想認識或文藝觀點，是研究吕碧城生平思想難得的第一手文獻。兹舉數例以見一斑：

每於報紙中，見下流浪漫子倡言打倒禮教，此輩號稱國民，而下筆不能作通用之國文，復弄筆詆毁文化，此真無禮無教之尤也。夫禮教有隨時世變遷，以求完善之必要，而無廢棄之理由。世非草昧，人異獉狉，無論任何國家種族

之人，苟斥以無禮無教，未有不色然怒者，何吾黄帝子孫獨異於世界民族而甘居化外也？（女界近况雜談）

此與碧城早年對儒家思想的認識已發生較大變化，已不再是單純的激情使然，而含有更多的理性的思辨色彩。

兹就詞章論，世多訾女子之作，大抵裁紅刻翠，寫怨言情，千篇一律，不脱閨人口吻者。予以爲抒寫性情，本應各如其分，惟須推陳出新，不襲窠臼，尤貴格律雋雅，性情真切，即爲佳作。詩中之温、李，詞中之周、柳，皆以柔艷擅長，男子且然，况於女子寫其本色，亦復何妨？若言語必繫蒼生，思想不離廊廟，出於男子，且病矯揉，詎轉於閨人，爲得體乎？女子愛美而富情感，性秉坤靈，亦何羡乎陽德？若深自諱匿，是自卑抑而耻辱女性也。（女界近况雜談）

這裏碧城明確指出女子寫怨言情，無可厚非。文學作品的題材是多樣性的，衡量它們的優劣與否，性情真切，是首要的因素。所謂性情真切，就是文學作品要有真實的思想感情，絶非無病呻吟，矯揉造作。她對那種認識膚淺、感情矯揉、片面追求「言語必繫蒼生，思想不離廊廟」的極端形式主義的創作態度，極不滿意，批評用它來要求女子，只能是有損於女子愛美而又富有情感的天性。從這裏可以看出碧城的文學追求，自有其獨到的見解。

都中來訪者甚衆，秋瑾其一焉。據云彼亦號碧城，都人士見予著作謂出彼手，彼故來津探訪。相見之下，竟慨然取消其號，因予名已大著，故讓避也。猶憶其名刺爲紅箋「秋閨瑾」三字，館役某高舉而報曰：「來了一位梳頭的爺們！」蓋其時秋作男裝而仍擁髻，長身玉立，雙眸炯然，風度已異庸流。主人款留之，與予同榻寢。次晨，予睡眼朦朧，覩之大驚，因先瞥見其官式皂靴之雙足，認爲男子也。彼方就床頭庋小奩敷粉於鼻。嗟乎！當時詎料同寢者，他日竟喋血飲刃於市耶！彼密勸同渡扶桑，爲革命運動，予持世界主義，同情於政體改革，而無滿漢之見。交談結果，彼獨進行，予任文字之役。彼在東所辦女報，其發刊詞即予署名之作。後因此幾同遇難，竟獲倖免者，殆成仁入史亦有天數存焉。（予之宗教觀）

這是一段極其珍貴的文字，秋瑾不同流俗的風流倜儻的形象呼之欲出。兩位同領時代風騷的女性，曾有過推心置腹的友情交往。雖有不同的見解，爲謀革命，彼此却存異求同，惺惺惜惺惺，以各自特有的方式遙相呼應，並肩戰鬥。後人也可以從中瞭解到同爲封建舊傳統、舊道德叛逆者的呂碧城和秋瑾，一個重在「革命運動」，一個重在「政體改革」，同樣爲腐朽頑固的封建勢力所不容。她們從開始合作的那一刻起，就顯示出代表着兩種不同精神風範的新女性，秋瑾風雲氣多，呂碧城特立獨行，但都在以靚麗的色彩書寫着璀璨的人生。

步入中年的呂碧城受佛教思想影響，以護生弘法爲己任，這一時期所寫的文章大都與此相關，或介紹歐美佛教的發展狀況，或向國内傳遞世界護生消息，宣揚佛教的慈悲教義，已經不再有早年亢奮的革命激情，取而代之的是一種悲天憫人、普度衆生的情懷。這是因爲呂碧城經歷了太多太多的世事鉅變，不斷襲來的血流漂杵、慘絶人寰的天灾人禍，逼迫她不能不重新審視現實，亟待找到救世的靈藥，於是皈依佛教的净土世界成了她唯一企求消灾解難的選擇。她在給詞友龍榆生信函中這樣寫道：「城來歐半載餘，見種種駭目傷心之事。五月間，比京地震，城致函慰問一女友，彼答云地震不驚，但種種世事令人驚駭欲絶。可謂知言。全球猶太人一千六百萬，現有半數處地獄生活，不知滬報詳載否？全家自殺者甚衆。請看此世界尚能久居耶？不求往生佛國，將何往乎？」悲憤和無奈滲溢於字裏行間。

綜觀呂碧城的護生弘法之文，有其鮮明的特點，即始終貫穿着孜孜不倦的實事求是的探索精神，貫穿着她對諸如命運、靈魂、神道、死生等宗教命題的研究熱情，公開發表的致王小徐居士書、上常惺太虚法師書、玄學與科學將溝通乎就是這方面的典型之作。她在歐美漫游録瀛洲鬼趣中宣稱「肉體暫寄，精神永存」，强調肉體僅僅是一個「暫寄」的過程而已，精神可以脱離肉體永遠存在。在玄學與科學將溝通乎中指出：「今人每不信因果輪迴之説，然五千年之正史迭有記載，家族親友間確有傳説，豈彼等皆不肖之徒，專門造謡乎？學者之正當態度，對於任何事務，苟欲堅決否認之，須指出確實之反證，否則寧保留（Reservation）以待研究，若輕率武斷，則淺陋不智之人耳。」且不説碧城所持觀點正確與否，但就其學者應有的審慎態度而言，還是值得贊賞的。

此外，吕碧城的護生弘法之文，對於深入研究探討其中年後的思想轉變和人生態度，有着積極的意義。它所注重的不在於學術觀點，而在於對佛學教義的闡釋普及上，即大力宣揚戒殺廢屠的護生運動。她認爲「世界之和平，斷非國際條約及辦法所能維持，必賴人心維持之。而和平之心，須由公道正義仁愛之精神養成之」（吕碧城歐美之光吕碧城在維也納之演説），其目的與弘一法師的弟子豐子愷在一飯之恩中所言「愛護生靈，勸戒殘殺，可以涵養人心的『仁愛』，可以誘致世界的『和平』。……無端有意踏殺一羣螞蟻，不可！不是愛惜幾個螞蟻，是恐怕殘忍成性，將來會用飛機載了重磅炸彈無端有意去轟炸無辜的平民」，可謂别無二致。在呂碧城的時代，中國許多具有文學涵養和科學頭腦的學人，或遁入空門，或以虔誠的佛教徒身份在家修行，乃是較爲普遍的現象。研究呂碧城護生弘法之文所揭示的思想内容，不僅有利於認識作家本人的行爲方式、精神面貌，而且可以追溯這一知識分子羣體之所以這樣立身處世的思想根源和社會原因。

三

呂碧城生前對自己的文稿非常愛惜，她説：「予慨世事艱虞，家難奇劇，凡有著作，宜及身而定，隨時付梓，庶免身後淹没。」（呂碧城曉珠詞卷三手寫本序）話雖如此，但要真正做到並不容易。呂碧城長期顛沛流離，漂泊海外，除詞不斷有增補本、多次單獨刊行外，詩文僅部分刊於信芳集和呂碧城集中，一向未有單行本。呂碧城集所收詩較信芳集多出九月三十日夢雲中一丹鳳漸斂羽翮至不可見惟見天際一飛艇又忽墜落於鄰宅因之驚醒詩以紀之戊辰仲秋誌於日内瓦、遣興、柬同學楊蔭榆女士、聞迂瑣居士近耽填詞、兩渡太平洋皆逢中秋、九月六日日内瓦紀事、大雪中乘火車升山賞雪（即蔻山 Caux 賞雪歌）七首，而信芳集中爲同學凌楫民博士題雲巢詩草一首爲吕碧城集所無，餘皆相同；文較信芳集多出謀創中國保護動物會之緣起、致倫敦禁止虐待牲畜會函、致美國芝加哥屠牲公會函三篇，信芳集中報楊令茀女士書則爲吕碧城集失收。一九二九年初，信芳集由吕碧城門人黄盛頤女士刊於北平（簡稱黄本），不分卷，依次爲詩、詞、文、遊記鴻雪因緣若干類。吕碧城集較信芳集晚出數月，由碧城詞友費樹蔚編輯校閲（簡稱費本），一九二九年九月上海中華書局初版，分卷一文、卷二詩、卷三詞、卷四海外新詞、卷五歐美漫游録（又名鴻雪因緣）。此外，一九〇五年春，英斂之在天津刊行吕氏三姊妹集，内有碧城詩稿收詩八首，碧城文存收文二篇，均爲以後刊行各種版本吕碧城作品集所未收。一九一八年，南社友人王鈍根校印信芳集（簡稱王本），收詩五十二首，一九二五年十月上海中華書局聚珍仿宋版印信芳集收詩八十二首，收文七篇，大抵包含在費本吕碧城集中。

上述各本收集吕碧城詩文皆未盡如人意，且最晚截止到一九二九年九月前，而一九三〇年後所作未及收入，誠爲憾事。各本比較而言，吕碧城集所收篇目最多，訛誤也較少，是目前流行最廣的刊本，本書即在此本基礎上，重加增補編排。凡是由編者新補入的詩文，每篇均注明出處，以明來源。同時在編排上大致以作品創作年代先後爲序，力求通過作品的編年，反映出作者生平經歷和思想變化的脈絡。遇有異文或文字訛誤，均在校記中加以説明，以期爲文史研究工作者和廣大的讀者提供準確翔實而又較爲可靠的文本。

收集整理呂碧城詩文集並不是一件容易的事，就碧城自身而言，她一向以詞名世，屢次結集出版，直至逝世前幾年，尚有相當完備的曉珠詞，以及山中白雲詞專集問世，反觀詩文則如前所言一向未有單行本，尤其是早期和晚年的文稿，零散分佈在海内外各種報刊雜誌中，時日既久，尋覓殊不易，這樣就爲呂碧城詩文箋注的完備帶來了相當的困難。我在十餘年前，爲順應當時近代文學深入研究和讀者閲讀的迫切需求，曾經在多年來已收集的碧城詩文基礎上，廣爲收羅佚作，草成了呂碧城詩文箋注一書，由上海古籍出版社初版。其中白話小説紐約病中七日記，是在披閲了無數可能與呂碧城相關的歷史文獻後，最終在半月雜誌上覓得。它是迄今爲止所發現的呂碧城女士唯一的一篇白話文小説，糾正了海内外學人普遍認爲呂碧城從未有過用白話文創作的論斷，其重要性不言而喻。然而遺憾的是受制於當時的歷史條件，文獻的數字化檢索遠没有今日這般成熟便捷，碧城創作的許多重要的作品，有的雖知其篇名，却難覓其原始出處，更遑論納入囊中。有的文獻雖存，僅得其零縑斷楮。即使數年後，我在新出的吕碧城集校箋中，這些問題仍然没有得到根本解决。譬如吕碧城早年創作的教育小説畸零女，拜託當時中國社會科學院文研所友人僅僅覓得全文的三分之一，且不知尚有後續。好在近代文獻數字化檢索工程不斷地向前邁進，早已今非昔比，民間收藏的吕碧城詩文手稿不時浮出水面。這些都爲吕碧城詩文箋注的進一步增訂完善提供了極爲有利的條件。

吕碧城一生著述頗豐，中、英文著作不下二十餘種，詩文是其全部作品中重要的組成部分。本書初版箋注雖竭盡綿力爲之，然訛誤以及其他不盡如人意之處所在多有。尤其是在詩文的輯佚上，自知還有待深入挖掘。此番應中華書局約請重版，使本書有機會得以修訂增補，具體的工作着重在如下幾方面：

一、將原書細緻地梳理一番，盡可能改正原書中因排印失校或整理不慎而導致的舛誤。

二、對已發現的箋注中不確之處，或補充，或改寫，或側重對本事典故溯源，加强書證，力求使箋注内容更爲翔實精准。

三、文仍以單篇爲主，已經單獨出版過的專著，如歐美之光、觀經釋論、香光小録，美利堅建國史綱等，或較易覓得，或爲某一專題研究，或爲譯著，概不收録。吕碧城集以外，舉凡發表在各種書報雜誌中的詩歌、小説、散文、遊記、政論、通信，以及書劄手稿，均在網羅之列。較之前出的吕碧城詩文箋注，增補佚文箋注篇目大致如下：論某督劄幼稚園公文（一九〇四）、論上海宜設女學報及女學調查會（一九〇五）、致盧木齋書二通（一九〇六）、女子宜急結團體論（一九〇七）、輓弟子凌淑姞（一九〇七）、爲鄭教習開追悼會之演説（一九〇七）、創辦女子教育會通告書（一九〇八）、畸零女（一九一〇）、爲徐沅書（一九一〇）、致王鈍根書（一九二一）、墮樓記（一九二一）、旅美雜談（一九二一）、在寰球中國學生會演講詞（一九二二）、致女子參政協進會函（一九二二）、致王一之李昭實書二通（一九二五）、三日滄桑記（一九二五）、翠島瑶嫛録（一九二六）、瀛波梨影（一九二九）、耶路撒冷亂事感言（一九二九）、日常生活之一班（一九二九）、千年之運動（一九二九）、海外歸鴻（一九三〇）、題信芳詞贈言（一九三〇）、致鳧公君函（一九三〇）、評鳧公小説集（一九三〇）、亞洲之光作者百年紀念（一九三三）、地球運行空中與佛説相同考（一九三四）、花城卸冕記（一九三四）、報聶雲臺居士書（一九三四）、致范古農居士書（一九三四）、述譯經之感應（一九三七）、佛學與科學之異同(一九四一)、致龍榆生書(一九三七)、致龍榆生書(一九三八)、致冒鶴亭書(一九三九)等,多出幾近四十篇。

本書經過此次較大規模的修訂增補,吕碧城詩文當是遺珠無多。讀者諸君如能透過新增訂的畸零女、致王鈍根書、旅美雜談、三日滄桑記等作深度的研讀,必將對吕碧城詩文面貌有一更新、更全面、更深刻的認識。

最後,我要深切地緬懷已逝的著名學者饒宗頤先生,生前以近期頤之年爲本書題寫書名,令後生銘感不忘。友人津門著名畫家何家英先生亦欣然爲本書題簽,使之增色不少,特致謝忱。感謝近代文學研究專家聶世美先生、首都師範大學秦方教授多年來無私地爲本書提供寶貴的意見和幫助。感謝中華書局朱兆虎、劉明、郭睿康諸先生爲本書的出版付出辛勤的勞動。限於自身的學識譾陋,箋注中的疏失和錯誤一定不少,衷心期待通人有以教之,以匡不逮。

李保民　二〇〇六年四月初稿,二〇二一年八月改定。

目録

呂碧城詩文箋注卷一

詩

呂碧城詩文箋注卷二

詩

吕碧城詩文箋注卷三

文

呂碧城詩文箋注卷四

文

目録

呂碧城詩文箋注卷五

歐美漫游録　又名鴻雪因緣

吕碧城詩文箋注卷一

詩

書懷[一]

眼看滄海竟成塵[二]，寂鎖荒陬百感頻[三]。流俗待看除舊弊[四]，深閨有願作新民。江湖以外留餘興[五]，脂粉叢中惜此身。誰起平權倡獨立[六]，普天尺蠖待同伸[七]。

【箋注】

〔一〕本詩録自光緒乙巳（一九〇五）三月英斂之所刊吕氏三姊妹集碧城詩稿（以下簡稱乙巳本碧城詩稿）。按，是詩復刊於光緒乙巳三月出版之芝罘報及八月出版之大陸雜誌第十四號，其餘各本均失收。

〔二〕眼看句，王勃出境游山詩：「浮雲今可駕，滄海自成塵。」

〔三〕荒陬，荒遠冷落的角落。陬，廣韻：「陬，隅也。」

〔四〕流俗，平庸之人。漢書司馬遷傳：「固主上所戲弄，倡優畜之，流俗之所輕也。」

〔五〕江湖句，錢起陪南省諸公宴殿中李監宅詩：「莫惜留餘興，良辰不可追。」

〔六〕平權，平等權利。近代資產階級民主革命的政治主張之一。羅刹庵主人讀碧城女史詞奉呈二律詩：「勤王殉國欽戎女，演説平權薄薛娘。」

〔七〕尺蠖，尺蠖蛾的幼蟲，又名桑蠖，棲於桑樹，行動時蠖屈而進，如尺量布。易繫辭下：「尺蠖之屈，以求信也。」此喻在封建統治壓迫下屈曲如蠖的百姓。

【評】

初我女子世界文苑談片：「一少婦而作新民，志量何限！」

感懷〔一〕

荆枝椿樹兩凋傷〔二〕，回首家園總斷腸。剩有幽蘭霜雪裏，不因清苦減芬芳。

燕子飄零桂棟摧〔三〕，烏衣門巷劇堪哀〔四〕。登臨試望鄉關道〔五〕，一片斜陽慘不開。

【箋注】

〔一〕本詩録自乙巳本碧城詩稿，復刊於同時出版之之罘報。其餘各本均失收。據詩意當爲碧城早年寄居天津塘沽舅家時所作，時在一九〇五年前。

〔二〕荆枝，喻兄弟骨肉。梁吴均續齊諧記：「京兆田真兄弟三人，共議分財，生貲皆平均，惟堂前一株紫荆樹，共議欲破三片。明日，就截之，其樹即枯死，狀如火然。真往見之，大驚，謂諸弟曰：『樹本同株，聞將分斫，所以顦顇，是人不如木也。』因悲不自勝，不復解樹。」貫休和李判官見新榜爲兄下第詩：「失意荆枝滴淚頻，陟岡何翅不知春。」椿樹，喻父親。古有大椿長壽之説，因喻。莊子逍遥游：「上古有大椿者，以八千歲爲春，八千歲爲秋。」馮道贈竇十詩：「靈椿一株老，丹桂五枝芳。」兩凋傷，碧城兒時，同父異母所生之兄賢釗、賢銘及父親吕鳳岐先後下世，故云。

〔三〕燕子句，意謂父親亡故，華屋不保，姊妹如失巢之燕，流落他鄉。吕鳳岐石柱山農行年録光緒二十一年乙未（一八九五）碧城二姊吕美蓀按語：「是年秋，新宅成，庭園花木亦遍植。……九月十二日，爲先君五十晉九誕辰，州官及紳學就新宅爲壽，辭不獲，因是勞頓憊甚。旬餘，獨登小園假山，眺望郭外長河風帆，乃雨後山滑，偶躓，扶歸疾作，十月初三日竟見背。嗚呼痛哉！吾母嚴夫人以二子之亡，復失所天，庭幃未能寧居，茹痛棄産，挈三孤女永離六安，就食來安外家。」又，吕美蓀葂麗園隨筆美蓀自記三生因果：「年十四，先君見背，吾母以兩子早喪，性仁柔，不能保遺産，族中之不肖者，盡霸佔所有。」吴敬梓移家賦：「烏衣巷口，燕子飄零。」

〔四〕烏衣門巷，名門望族聚居之地。此用以喻比吕氏家門。周應合景定建康志：「烏衣巷在秦淮南，晉南渡，王謝諸名族居此。」按，碧城之父吕鳳岐爲光緒三年（一八七七）丁丑科庶吉士，散館授編修，外放山西學政，可稱翰苑世家。後致仕歸里，旋病殁，家道中落，故喻。

〔五〕鄉關，指故鄉。徐陵勸進表：「瞻望鄉關，誠均休戚。」

老　馬〔一〕

鹽車獨困感難禁〔二〕，齒長空憐歲月侵〔三〕。石徑行來蹄響暗，沙灘眠罷水痕深。自知誰市千金骨，終覺難消萬里心〔四〕。回憶一鞭紅雨外〔五〕，驕嘶直入杏花陰。

【箋注】

〔一〕本詩録自乙巳本碧城詩稿，復刊於同時出版之之罘報。此外各本均失收。

〔二〕鹽車，運鹽之車。喻賢才屈沉賤役。戰國策楚四：「夫驥之齒至矣，服鹽車而上太行。蹄申膝折，尾湛胕潰，漉汁灑地，白汗交流，中阪遷延，負轅不能上。伯樂遭之，下車攀而哭之，解紵衣以冪之。」賈誼弔屈原文：「驥垂兩耳，服鹽車兮。」劉良注：「使良馬駕鹽車，亦猶賢人在野，小人在位。」李商隱喜雪詩：「人疑游麪市，馬似困鹽車。」

〔三〕齒長句，以馬齒加長慨嘆歲月流逝。穀梁傳僖公二年：「荀息牽馬操璧而前曰：『璧則猶是也，而馬齒加長矣！』」王韜粤中贈卓司馬湘蘭詩：「鳶肩誰惜風塵誤，馬齒空嗟歲月虛。」

〔四〕自知二句，郝經老馬詩：「垂頭自惜千金骨，伏櫪仍存萬里心。」據戰國策燕一：戰國時郭隗以馬爲喻，勸説燕昭王招納賢才。説古代君王懸賞千金買千里馬，三年後得一死馬，遂用五百金買下馬骨。此後不到一年，接連買到三匹千里馬。

〔五〕紅雨，喻落花。李賀將進酒：「況是青春日將暮，桃花亂落如紅雨。」

秋日偶成〔一〕

蕭蕭落木獨登臨〔二〕，敲斷愁腸是遠砧〔三〕。人事蕭條窮鳥賦〔四〕，笛聲哀厲老龍吟〔五〕。山川寥泬秋光遠〔六〕，雲物高寒爽籟沉〔七〕。我已無心怨摇落〔八〕，奈他秋到總關心。

【箋注】

〔一〕本詩録自乙巳本碧城詩稿，復刊於同時出版之之罘報。此外各本均失收。

〔二〕蕭蕭句，杜甫登高詩：「無邊落木蕭蕭下，不盡長江滚滚來。」蕭蕭，風吹葉動之聲。

〔三〕遠砧，遠處搗衣聲。雍陶夜聞方響詩：「不知正在誰家樂，月下猶疑是遠砧。」

〔四〕人事句，意謂處境窘困，走投無路。趙壹窮鳥賦：「有一窮鳥，戢翼原野。……飛丸激矢，交集于我。思飛不得，欲鳴不可。舉頭畏觸，摇足恐墮。」

〔五〕笛聲句，馬融長笛賦：「龍鳴水中不見已，截竹吹之聲相似。」周弘讓賦得長笛吐清氣詩：「商聲傳後出，龍吟鬱前吐。」

〔六〕寥泬，空曠寂静。貫休古鏡詞上劉侍郎詩：「仙人手胼胝，寥泬秋泬泬。」

〔七〕雲物，猶雲彩，雲氣。葛洪抱朴子知止：「蹈雲物以高騖，依龍鳳以竦迹。」爽籟，清風激物之聲。貫休閑居擬齊梁四首之一詩：「夜雨山草滋，爽籟生古木。」

〔八〕摇落，凋謝，零落。楚辭九辯：「悲哉！秋之爲氣也。蕭瑟兮，草木摇落而變衰。」

寫懷〔一〕

大千苦惱嘆紅顔，幽鎖終身等白鷳〔二〕。安得手提三尺劍〔三〕，親爲同類斬重關〔四〕。任人嘲笑是清狂〔五〕，痛惜羣生憂患長〔六〕。無量河沙無量劫〔七〕，阿誰捷足上慈航〔八〕。苦海超離漸有期，亞東風氣已潛移。待看廿紀爭存日，便是蛾眉獨立時〔九〕。

【校】

〔題〕一九一四年第三期香艷小品作「寫懷三首」。〔待看句〕同上作「待看獅睡初醒日」。

【箋注】

〔一〕本詩録自乙巳本碧城詩稿，復刊於同時出版之之罘報。此外各本均失收。

〔二〕幽鎖句：蕭穎士白鷳賦序：「不雜於衆禽，棲心遐深，與人境罕接。……上聞而徵焉，處以雕籠。」

〔三〕安得句，史記高祖本紀：「吾以布衣提三尺劍取天下，此非天命乎？」

〔四〕重關，佛教語，謂悟道之難關。宋書夷蠻傳：「釋迦關無窮之業，拔重關之險。」

〔五〕清狂，狂放不羈。杜甫壯游詩：「放蕩齊趙間，裘馬頗清狂。」

〔六〕羣生，指蒼生百姓。國語周語下：「儀之於民，而度之於羣生。」陳子昂感遇詩：「幽居觀天運，悠悠念羣生。」

〔七〕無量句，狄楚卿劫灰夢傳奇題詞詩：「無量恒河無量劫，是誰先到妙高峯？」河沙，恒河沙數。恒河源於喜馬拉雅山南麓，流經印度、孟加拉，匯入孟加拉灣。無量劫，佛教語，謂無法計數的衆多劫難。隋書經籍志：「一成一敗，謂之一劫。自此天地已前，則有無量劫矣。」

〔八〕慈航，佛以慈悲之心普渡衆生脱離塵世苦海，猶以舟航之濟衆渡人，故云。葉小鸞曉起聞梵語感賦詩：「堪嘆閻浮多苦惱，何時同得渡慈航。」萬善同歸集卷下：「駕大般若之慈航，越三有之苦津。入普賢之願海，渡法界之飄溺。」

〔九〕蛾眉，美人的代稱。楚辭離騷：「衆女嫉余之蛾眉兮，謡諑謂余以善淫。」王逸注：「蛾眉，好貌。」此處泛指女性。

舟過渤海口占選一〔一〕

旗翻五色捲長風〔二〕，萬里波濤過眼中。別有奇愁消不盡，樓船高處望遼東。

【校】

〔題〕一九〇四年五月十一日天津大公報作「舟過渤海偶成」。〔過眼中〕同上作「到眼中」。

【箋注】

〔一〕本詩録自乙巳本碧城詩稿，最初發表於光緒甲辰（一九〇四）三月二十六日天津大公報。其時日、俄在中國領土上開戰，使遼東陷入一片火海之中。碧城舟過渤海，感賦此詩。陳恭禄中國近代史下卷：「一九〇四年，形勢嚴重。二月，俄國對日尚無滿意答覆，日皇開御前會議，決定招回公使。六日，致最後通牒於俄，公使撤旗回國。明日，艦隊開始活動，襲擊俄艦於旅順，運輸陸軍直達朝鮮。十日，兩國宣戰。……四月，日軍自朝鮮渡鴨緑江進攻，陷九連城，遣軍自皮子窩上岸，下金州，另派二軍往援，連戰皆捷。九月，攻下遼陽，俄軍反攻，力不能勝。明年一月，日軍攻下旅順。四月，佔據奉天。雙方作戰兵力約一百萬人，其激戰之烈，犧牲之大，固二十世紀初葉大戰之一。」

〔二〕旗翻句，劉光第夢中詩：「五色花旗猶照眼，一燈紅穗正垂頭。」徐天嘯神州女子新史：「傷心又是榆關路，處處風翻五色旗。」「五色」旗，泛指列强國旗。

【評】

初我女子世界文苑談片：「如此江山坐付人。」舉國方夢夢，女士欲以憂鬱之音，喚起國民魂，重造新世界，其自待何如哉。女士之詩，無二姊之温和蘊藉，而筆端鋒鋭，足以驅策其窮愁，亦女士之性情然也。

【附録】

讀碧城女史詩詞即和舟過渤海原韻

壽椿廬主

魚龍争長扇腥風，誰陷遼民水火中。渤海茫茫百感集，鄙人今春亦遵渤海北來。放懷欲唱大江東。

一枝彤管挾霜風，獨立衩裙百兆中。巾幗降旗争倒豎，焕然異彩放亞東。

女權發達振頹風，力破卮言主饋中。學界乾坤原一體，迷航從此渡瀛東。

下田歌子此其風，人格巍然女界中。教育熱心開化運，文明初不判西東。

白秋海棠〔一〕

便化名花也斷腸〔二〕，臉紅消盡自清凉〔三〕。露零瑶草秋如水〔四〕，簾捲西風月似霜〔五〕。

淚到多時原易淡，情難勒處尚聞香。生生死死原皆幻，那有心情更艷妝。

【箋注】

〔一〕本詩録自乙巳本碧城詩稿，復刊於同年九月出版之大陸雜誌第十六號。此外各本均失收。

〔二〕便化句，伊世珍瑯嬛記卷中引采蘭雜志：「昔有婦人思所歡不見，輒涕泣，恒灑淚於北墻之下。後灑處生草，其花甚媚，色如婦面，其葉正緑反紅，秋開，名曰斷腸花，又名八月春，即今秋海棠也。」

〔三〕臉紅消盡，形容白秋海棠如同女子洗净淡紅胭脂的臉龐，給人天然清凉的感受。海棠一般作粉紅色，吴其濬植物名實圖考卷二七：「秋海棠，一名八月春，草本，花色粉紅，甚嬌艷。」

〔四〕露零，詩鄭風野有蔓草：「野有蔓草，零露溥兮。」鄭玄箋：「零，落也。」

〔五〕簾捲句，李清照醉花陰詞：「莫道不銷魂，簾捲西風，人比黄花瘦。」

和鐵花館主見贈韻〔一〕

風雨關山杜宇哀〔二〕，神洲回首盡塵埃。驚聞白禍心先碎〔三〕，生作紅顔志未灰。憂國漫抛兒女淚，濟時端賴棟梁才。願君手挽銀河水〔四〕，好把兵戈滌一回。

新詩如戛玉丁東〔五〕，頒到鴻篇足啓蒙〔六〕。帷幄運籌勞碩畫〔七〕，木天摛藻見清聰〔八〕。

光風霽月情何曠〔九〕，流水高山曲未終〔一〇〕。霖雨蒼生期早起，會看造世有英雄。

【校】

〔題〕一九〇四年五月二十五日天津大公報作奉和鐵華館主見贈原韻即請教正。

【箋注】

〔一〕本詩録自乙巳本碧城詩稿，最初發表於光緒甲辰（一九〇四）四月十一日天津大公報。鐵花館主，生平未詳。

〔二〕杜宇，即杜鵑，又名子規、望帝，傳爲古蜀王杜宇魂魄所化。杜甫杜鵑行：「古時杜宇稱望帝，魂作杜鵑何微細。」顧況子規詩：「杜宇冤亡積有時，年年啼血動人悲。」高承事物紀原卷十引蜀王本紀：「鱉靈死，其尸逆江而流，至蜀，王杜宇以爲相。宇自以德不及靈，傳位而去，其魄化爲鳥，因名此，亦曰杜鵑，即望帝也。」

〔三〕白禍，十九世紀時，亞洲人稱向東擴張侵略的歐洲白種人爲白禍。陳天華獅子吼第一回：「紅種陵夷黑種休，滔天白禍亞東流。」

〔四〕願君二句，杜甫洗兵馬：「安得壯士挽天河，净洗甲兵長不用。」此襲其意。

〔五〕新詩句，李商隱今月二日不自量度輒以詩一首四十韻干瀆尊嚴詩：「鮑壺冰皎潔，王佩玉丁東。」丁東，象聲詞。韻府群玉卷一：「丁當，佩聲，或謂丁東。詩緝：『東即當也。』」

〔六〕鴻篇，猶大作。此指鐵花館主所贈詩篇。

〔七〕帷幄運籌，在帳幕内謀劃指揮。史記太史公自序：「運籌帷幄之中，制勝於無形。」碩畫，遠大的謀劃。左思魏都賦：「碩畫精通，目無匪制。」張銑注：「碩，大也。言大畫奇策，精通妙理。」

〔八〕木天，指秘書閣，因其建築壯觀高敞，故名。沈括夢溪筆談雜誌一：「内諸司舍屋，惟秘閣最宏壯，閣下穹隆高敞，相傳謂之『木天』。」陸游恩除秘書監詩：「扶上木天君莫笑，衰殘不似壯游時。」摛藻，鋪張辭藻。班固答賓戲：「雖馳辯如濤波，摛藻如春華，猶無益於殿最也。」皇甫冉寄江東李判官詩：「時賢幾殂謝，摛藻繼風流。」

〔九〕光風霽月，雨後風和月朗的景象。多喻人胸襟開闊，心地坦蕩。黄庭堅濂溪詩序：「春陵周茂叔，人品甚高，胸中灑落如光風霽月。」

〔一〇〕流水高山，喻樂曲美妙動聽。列子湯問：「伯牙善鼓琴，鍾子期善聽。伯牙鼓琴，志在高山。鍾子期曰：『善哉！峨峨兮若泰山！』志在流水。鍾子期曰：『善哉！洋洋兮若江河！』」

【評】

初我女子世界文苑談片：「胸中鬱勃塊磊之氣，發此雄健豪爽之音，讀之幾忘爲兒女之作。」

【附録】

昨承碧城女史見過談次佩其才識明通志氣英敏謹賦兩律以誌欽仰藉以贈行

鐵花館主稿

烽火茫茫大地哀，斗間光氣破塵埃。危言自足驚羣夢，逸興偏來訪劫灰。始信櫛笄有名世，第論詞翰亦清才。榑桑望海方開旭，好去仙風莫引回。

女權何用問西東，振起千年若破蒙。獨抱沉憂託毫素，自紬新籍寄天聰。機中錦字誰能識，局外殘棋尚未終。載誦君詩發長歎，劍鋩森起氣豪雄。

登廬山作〔一〕

絶巘成孤往〔二〕，鸞靴破蘚痕〔三〕。放觀盡蒼翠，洗耳有潺湲〔四〕。秋老風雷厲〔五〕，山空木石尊。煩憂渺何許，到此欲忘言〔六〕。

【箋注】

〔一〕本詩作於一九一七年陰曆七月遊匡廬之時。呂碧城遊廬瑣記：「余夙慕匡廬之勝，於本年七月十四日夕，由滬附輪前往。」又，碧城有沁園春丁巳七月遊匡廬率成此闋詞。丁巳，一九一七年。

〔二〕絶巘：險峻的山峯。張協七命：「於是登絶巘，遡長風。」廣韻：「巘，山峯。」

〔三〕鸞靴，貴婦人所著皮靴之美稱。

〔四〕洗耳，傾心而聽。錢起謁許由廟詩：「松上掛瓢枝幾變，石間洗耳水空流。」

〔五〕秋老句，謂秋深風勢强勁迅猛。此乃形容誇張之辭，因時當陰曆七月，就節令言，尚難言「老」。

〔六〕忘言，不須言説。劉長卿尋南溪常山道人隱居詩：「溪花與禪意，相對亦忘言。」

輓弟子凌淑姑〔一〕

啼鴂催春苦不停，蘋花何處薦芳靈〔二〕。海天風雪寒無限，昨夜新沉女史星〔三〕。

遺卷重看淚幾回，文辭斐娓惜清才。寒風悄引簾帷動，猶認珊珊問字來〔四〕。

【箋注】

〔一〕本詩録自一九〇七年一月十四日津報，此前各本均失收。署名碧城。凌淑姑，疑爲呂碧城的私淑弟子，或在北洋女師範學堂執教時的學生。

〔二〕薦，進獻。嵇康與山巨源絶交書：「手薦鸞刀，漫之羶腥。」呂延濟注：「薦，進也。」芳靈，指芳齡少女的亡靈。陸雲登遐頌何女子詩：「逝矣何女，芳靈既彫。」

〔三〕昨夜句，沈善寶陳雲伯大令以各著作見示索題其七詩：「碧海驚沉女史星，一杯何處吊芳靈？」女史星，又名觀星，在柱下史北。舊時多與女子聰慧而有才聯繫在一起。此處借指淑姑。内觀日疏：「姚姥住長離橋，十一月半大寒，夢觀星墜於地，化爲水仙花一，甚香美，摘食之，覺而產一女，長而令淑有文，因以名焉。觀星，即女史，在天柱下。」

〔四〕猶認句，沈善寶陳雲伯大令以各著作見示索題其二詩：「碧城吟館絶纖埃，環佩珊珊問字來。」

瓊　樓〔一〕

瓊樓秋思入高寒，看盡蒼雲意已闌〔二〕。棋罷忘言憑勝負，夢餘無跡任悲歡。金輪轉劫知難盡〔三〕，碧海量愁未覺寬〔四〕。欲擬騷詞賦天問，萬靈悽惻繞吟壇〔五〕。

【校】

一九一七年第十九期游戲雜誌題下有小字「次罨威韻」。

【箋注】

〔一〕本詩初刊於一九一四年八月出版南社第十一集。瓊樓，華美壯觀的樓臺。

〔二〕蒼雲，蒼狗白雲，喻世事變幻無常。杜甫可嘆詩：「天上浮雲似白衣，斯須改變如蒼狗。」

〔三〕金輪轉劫，佛教語。傳説轉輪王即位後轉其寶輪，使四方臣服。寶輪分金、銀、銅、鐵四種，故有金、銀、銅、鐵四輪王之説。金輪王生於劫初，時有金寶輪出現，助其主宰四洲，消除劫難。事見長阿含經轉輪聖王修行經、阿毘達磨藏顯宗論卷十七、俱舍論卷十二等。

〔四〕碧海句，謂愁之深廣。王壽庭百字令重過媚波樓感賦詞：「碧海量愁，黄金鑄錯，灑遍盈盈淚。」

〔五〕欲擬二句，謂自己不禁要效仿屈原賦詩，抒發憂憤，詩懷早被世間萬千淒苦哀傷的生靈纏繞。按，是年七月，奥匈帝國進攻塞爾維亞，八月德、俄、英、法等參戰，第一次世界大戰全面爆發，生靈塗炭。騷詞，指楚辭。天問，楚辭篇名。據漢王逸序，屈原放逐，憂心愁悴，彷徨山澤，見楚先王之廟及公卿祠堂繪有山川神靈畫像，琦瑋僪佹，因書天問於壁，以傾瀉心中的憤懑與愁思。萬靈，指衆生靈。葛洪抱朴子仙藥：「遨游上下，使役萬靈。」

【評】

孤雲評呂碧城女士信芳集：「結二句用盤旋之筆，成嗚咽之聲。」

崇效寺探牡丹已謝〔一〕

纔自花城卸冕回，零金賸粉委蒼苔。未因梵土湮奇艷，坐惜芳叢老霸才〔二〕。却爲來遲情更摯，不關春去意原哀。長安慣見浮雲變〔三〕，又爲殘紅賦劫灰〔四〕。

【校】

〔長安二句〕韋齋詩鈔卷四寄呂碧城詩附録碧城致費樹蔚原信作「風狂雨横年年似，悔向人間色相開」。

【箋注】

〔一〕崇效寺，舊都文物略名蹟略上：「崇效寺在牛街以南，白紙坊稍北，唐刹也。志稱唐幽州節度使劉濟捨宅爲寺，歷代屢建屢毀，今尚存殿宇數處。寺舊植棗樹千株，清初詩人王士禛稱爲棗花寺，今已無存，惟以牡丹芍藥著名，有姚黄魏紫黑色諸異種。春夏之交，游人如織。」崇彝道咸以來朝野雜記：「崇效寺，昔以棗花名。寺中楸樹三株，蒼蔚可喜，花時有如幢蓋。後以牡丹著名，異種甚多。」

〔二〕坐惜句，白居易夜惜禁中桃花因懷錢員外詩：「坐惜殘芳君不見，風吹狼藉月明中。」坐，張相詩詞曲語辭匯釋卷四：「坐，甚辭。猶深也；殊也。」霸才，雄霸之才，喻牡丹。牡丹素有「花中之王」美譽，故云。温庭筠過陳琳墓詩：「詞客有靈應識我，霸才無主始憐君。」

〔三〕長安句，謂京師時局不定，如浮雲變幻多端。李白登金陵鳳凰臺詩：「總爲浮雲能蔽日，長安不見使人愁。」此化用其句意。

〔四〕刼灰，刼火燃盡後的餘灰。慧皎高僧傳卷一：「又昔漢武穿昆明池底得黑灰，以問東方朔。朔云：『不委，可問西域人。』後法蘭既至，衆人追以問之，蘭云：『世界終盡，刼火洞燒，此灰是也。』」

【評】

林庚白孑樓詩詞話：呂碧城女士咏牡丹句云：「却爲來遲情更摯，非關春去意原哀。」某女士咏梅云：「最念故園今日景，不知域外幾分寒。」并皆新穎，呂句尤深刻可味。

天風

天風鸞鶴怨高寒，玉宇幽居亦大難〔一〕。紅粉成灰猶有跡〔二〕，瓊漿回味只餘酸〔三〕。早知弱水成天塹，終見靈衣拂月壇〔四〕。悔過蟠桃花下路，無端瑶瑟動哀頑〔五〕。

【箋注】

〔一〕天風二句，龔自珍小游仙詞十五首之一：「歷劫丹砂道未成，天風鸞鶴怨三生。」蘇軾水調歌頭丙辰中秋歡飲達旦大醉作此篇兼懷子由詞：「我欲乘風歸去，又恐瓊樓玉宇，高處不勝寒。」玉宇，指月宫。段成式酉陽雜俎前集卷一：「翟天師名乾祐，峽中人。……曾於江岸與弟子數十玩月，或曰：『此中竟何有？』翟笑曰：『可隨吾指觀。』弟子中兩人見月規半天，瓊樓金闕滿焉，數息間不復見。」

〔二〕紅粉成灰，李商隱馬嵬詩：「冀馬燕犀動地來，自埋紅粉自成灰。」紅粉，女子化妝時所用脂粉，因借指美女。

〔三〕瓊漿，仙家的飲料。裴鉶傳奇載裴航遇仙故事，有樊夫人答裴航詩：「一飲瓊漿百感生。」

〔四〕早知二句，謂早就知道弱水天塹使人天永隔，痴迷於仙境，最終所見乃不外乎死者的靈衣在月壇上飄拂。即從不見真有人成仙。弱水，海内十洲記：「鳳麟洲在西海之中央，地方一千五百里，洲四面有弱水繞之，鴻毛不浮，不可越也。」天塹，隔斷交通的天然大溝。南史孔範傳：「長江天塹，古來限隔，虜軍豈能飛度。」靈衣，文選潘岳寡婦賦：「仰神宇之寥寥兮，瞻靈衣之披披。」劉良注：「靈衣，夫平生衣。」月壇，舊時爲祭月所築的壇場。

〔五〕悔過二句，謂悔不該在開滿蟠桃花的仙路上遊走，不知何故傳來的琴瑟聲讓人哀婉淒惻。哀頑，猶哀感頑艷。文選繁欽與魏文帝箋：「淒入肝脾，哀感頑艷。」吕延濟注：「頑鈍艷美者皆感之。」

【評】

孤雲評吕碧城女士信芳集：「瓊漿」句語澹而意更悲。

寒廬茗話圖爲袁寒雲題〔一〕

搴芙擘芷下芳洲，誰控文狸續俊遊〔二〕。莽莽林巒寄幽躅〔三〕，滔滔江漢見清流〔四〕。丹青倪米開新畫〔五〕，詞賦鄒枚集勝儔〔六〕。冷眼人間空黼黼〔七〕，寒雲深處自夷猶〔八〕。

【校】

〔誰控〕王本作「誰乘」。

【箋注】

〔一〕鄭逸梅人物品藻録汪鷗客之寒廬茗話圖：「癸丑（一九一三）之冬，袁子寒雲讀書於南海子流水音，一時名士紛集，如易哭盦順鼎、羅癭公掞東、何卺威震彝、閔黄山爾昌、步林屋章五、梁衆異鴻志、黄秋岳濬，結爲吟社，日夕談詩雅謔其間，幾不知人世有擾攘事。當時好事者，稱之爲『寒廬七子』，何卺威更有寒廬七子歌以張之。汪鷗客素負畫名，山水宗戴文節，中年後力學四王，鄂督張文襄聘任兩湖師範、府師範等校圖畫教員，畫名益噪。癸丑有事北上，解后寒雲，一見如故。寒雲倩之作寒廬茗話圖長卷，水石清疏，七子咸古衣冠，坐立俯仰，各盡其態。寒雲獲之大喜，曾撮影製版，刊諸某報。」袁寒雲，即袁克文，字豹岑，筆名寒雲子、寒雲主人。河南項城人。清光緒十六年七月十六日生於朝鮮漢城，爲袁世凱次子。年十八，以蔭生授法部員外郎。袁世凱被黜，被開缺回籍養痾，遂棄官從歸。民國二年三月，宋教仁在上海車站遇刺，涉嫌寒雲主使，賴沈翔之之力得免。北返後，寄情昆曲，游山玩水，不復問外事。一九三一年三月二十二日在天津去世，年四十二歲。見民國人物小傳袁寒雲傳。

〔二〕文狸，亦作文貍，即狸猫。楚辭九歌山鬼：「乘赤豹兮從文貍，辛夷車兮結桂旗。」李頎二妃廟送裴侍御使桂陽詩：「回雲迎赤豹，驟雨颯文貍。」俊遊，盡情的遊覽。秦觀望海潮詞：「金谷俊遊，銅駝巷陌，新晴細履平沙。」

〔三〕幽躅，幽跡。集韻：「躅，跡也。」岑參上嘉州青衣山中峯題惠净上人幽居寄兵部楊郎中詩序：「今者幽躅勝概，歎不得與此公俱。」

〔四〕滔滔句，黄景仁黄鶴樓用崔韻詩：「欲把登臨倚長笛，滔滔江漢不勝愁。」

〔五〕倪米，指元畫家倪瓚，字元鎮，號雲林；宋畫家米芾，字元章，號鹿門居士、海嶽外史。此喻寒廬茗話圖作者汪鷗客。

〔六〕鄒枚，指漢文士鄒陽、枚乘，兩人皆以能言善辯名世。此喻寒雲詩友易順鼎、羅癭公、何震彝等。

〔七〕黼繡，繡有斧形花紋的衣服。指代達官貴人。漢書賈誼傳：「美者黼繡，是古天子之服。今富人大賈嘉會召客者以被墻。」顔師古注：「黼者，織爲斧形。繡者，刺爲衆文。」

〔八〕夷猶，從容自如。李頎與諸公游濟瀆泛舟詩：「夷猶傲清吏，偃仰狎漁翁。」

重陽和徐芷升見寄柳絮泉訪易安遺址韻〔一〕

節到重陽已漸寒，愧無新句送秋殘。西風人比黄花瘦，絶代銷魂李易安〔二〕。

【箋注】

〔一〕徐芷生，碧城詩友。民國職官年表：「徐沅，字止笙，又作芷生。江蘇省吴縣。（北京）外交部特派直隸交涉員，肅政廳肅政史，山西省政務廳長。」柳絮泉，俞正燮癸巳類稿卷一五易安居士事輯：「居歷城城西南之柳絮泉上。」自注：「古歡堂集有柳絮泉訪李易安故宅詩。」楊士驤山東通志卷三十四：「李清照故宅在柳絮泉。」又引歷城舊志：「柳絮泉在金線泉東南角。」易安，宋著名女詞人李清照，自號易安居士，山東濟南人。

〔二〕西風二句，李清照醉花陰詞：「莫道不銷魂，簾捲西風，人比黄花瘦。」

【附録】

原作　　徐沅

漱玉祠荒柳絮寒，江山文藁付叢殘。衡量異代才人事，旌德端應嗣易安。

游鍾山和省庵〔一〕

烟霞曖曖渺仙踪〔二〕，招隱人間有桂叢〔三〕。雲意遠涵疎密雨，嵐光高受去來風。移文早勒北山北，避地何勞東海東〔四〕。棋局長安渾不定〔五〕，祇應都付爛柯中〔六〕。

【校】

〔題〕原作「游葛仙嶺次舒省庵韻」，據南社第十一集改。神州女報月刊第三號作「遊鍾山步舒醒庵君韻」。〔烟霞二句〕南社、神州女報均作「春闌雜樹未凋紅，勝境留人似桂叢」。

【箋注】

〔一〕本詩初刊於一九一三年五月神州女報，復刊於次年八月南社第十一集。詩題「鍾山」，後刊各本均作「葛仙嶺」，查南京地志等，均未見記載。然詩中「移文」云云，又顯涉鍾山而言。疑鍾山曾有葛仙嶺，或乃碧城編集時誤記也。待考。鍾山，又名紫金山，在今江蘇南京城東。祝穆方輿勝覽卷十四建康府：「鍾山，在上元縣東北十八里。輿地志：古曰金陵山，縣名因此。又名蔣山。漢末秣陵尉蔣子文討賊，死事於此，吳大帝爲立廟，子文祖諱鍾，因改曰蔣山。此山本無草木，東晉時，刺史還任者栽松三千株，下至郡守各有差。一名北山。齊周顒隱於此。」

〔二〕曖曖，昏暗不明貌。楚辭離騷：「時曖曖其將罷兮，結幽蘭而延佇。」

〔三〕招隱句，楚辭招隱士：「桂樹叢生兮山之幽，偃蹇連蜷兮枝相繚。」宋書雷次宗傳：「元嘉十五年，徵次宗至京師，開館於鷄籠山，……後又徵詣京邑，爲築室於鍾山西巖下，謂之招隱館。」參卷二威賽花園賞桂詩注〔二〕。

〔四〕移文二句：徐陵内園逐涼詩：「昔有北山北，今來東海東」。移文，指孔稚圭所作北山移文。文中尖鋭諷刺了假隱士周顒趨名嗜利的醜態，寫山靈爲之慚愧不止，拒絕他從北山經過。此處借以譏諷應仕北洋新政權，熱衷利禄，故作高蹈者。移文，官府文書的一種。文心雕龍檄移：「移者，易也。移風易俗，令往而民隨者也。」漢書律曆志：「壽王又移帝王録。」王先謙注：「凡官曹平等不相臨敬，則爲移書。」避地，爲避災禍而遷徙他處。後漢書許劭傳：「王室將亂，吾欲避地淮海。」

〔五〕棋局長安，杜甫秋興八首之四詩：「聞道長安似弈棋。」棋局，此喻時局。長安，故地在今陝西西安，著名古都，因借指京城。李白金陵詩：「晉家南渡日，此地舊長安。」

〔六〕爛柯，斧柄因年久而腐朽，喻飛快變遷的世事。任昉述異記卷上：「信安郡石室山，晉時王質伐木，至，見童子數人，棋而歌，質因聽之。童子以一物與質，如棗核，質含之，不覺飢。俄頃，童子謂曰：『何不去？』質起，視斧柯爛盡，既歸，無復時人。」

民國建元喜賦一律和寒雲由青島見寄原韻〔一〕

莫問他鄉與故鄉，逢春佳興總悠揚。金甌永奠開天府〔二〕，滄海横飛破大荒〔三〕。雨足萬花争蓓蕾〔四〕，烟消一鶚自迴翔〔五〕。新詩滿載東溟去〔六〕，指點雲帆尚在望。

【校】

〔題〕國是第一期作「和孝質」。〔永奠〕同上作「鞏固」。〔指點〕同上作「翹首」。

【箋注】

〔一〕本詩初刊於一九一三年五月出版國是第一期，題作「和孝質」，是孝質與寒雲當爲同一人，然從未見寒雲有别署「孝質」者，確否待考。翦伯贊中外歷史年表：「一九一一年十一月初六日，孫中山返國抵上海。初十日，各省代表開會於南京，選孫中山爲中華民國臨時大總統，並決定采用公曆，以十一月十三日爲中華民國元年元旦。」

〔二〕金甌，金盤、金盂。喻疆土完固。梁書侯景傳：「我國家猶若金甌，無一傷缺。」文天祥滿江紅代王夫人作詞：「算妾身、不願似天家，金甌缺。」天府，土地肥沃、物産豐饒之地。戰國策秦一：「蘇秦始將連横，説秦惠王曰：『大王之國，……田肥美，民殷富，戰車萬乘，奮擊百萬，沃野千里，蓄積饒多，地勢形便，此所謂天府，天下之雄國也。』」

〔三〕大荒，遼闊荒遠的原野。柳宗元登柳州城樓寄漳汀封連四州刺史詩：「城上高樓接大荒，海天愁思正茫茫。」

〔四〕蓓蕾，花蕾含苞欲放。徐夤追和白舍人咏白牡丹詩：「蓓蕾抽開素練囊，瓊葩薰出白龍香。」

〔五〕一鶚，喻出類拔萃之人。漢書鄒陽傳：「臣聞鷙鳥累百，不如一鶚。」韓翃送李司直赴江西使幕詩：「高視領八州，相期同一鶚。」鶚，大鵰。

〔六〕東溟，東海。李白古風之十一：「黄河走東溟，白日落西海。」

和程白葭韻〔一〕

誰更臨風懺落花，枝頭新緑自交加。春回大野銷兵戟，雨潤芳塍足苧麻〔二〕。幾輩閶風閒緤馬〔三〕，千秋湘水獨懷沙〔四〕。軟紅塵外天沉醉〔五〕，願祝餘輝駐晚霞。

【校】

〔題〕國是第二期作「和白袈棲霞山中韻」。〔自交加〕同上作「日交加」。〔閒緤馬〕同上作「曾緤馬」。〔獨懷沙〕同上作「憶懷沙」。

【箋注】

〔一〕本詩初刊於一九一三年八月出版國是第二期，當爲有感於南北議和，民國肇造，萬象更新而作。程白葭，碧城詩友，工詩，擅書法。紉芳簃瑣記：「程滄，字白葭，江蘇武進（常州）人。喜藏書畫，書法渾厚，詩亦清秀，與趙熙、易順鼎倡和較多。抗戰期間，病歿上海，年七十餘。」

〔二〕芳塍，田埂之美稱。説文：「塍，稻中畦也。」苧麻，半灌木植物，莖皮纖維細長，可用來織布。周去非嶺外代答卷六：「邕州左、右江溪峒，地産苧麻，潔白細薄而長，土人擇其尤細長者爲練子。暑衣之，輕凉離汗者也。」

〔三〕幾輩句，楚辭離騷：「朝吾將濟於白水兮，登閬風而緤馬。」王逸注：「閬風，山名，在崑崙之上。緤，繫也。」

〔四〕懷沙，楚辭九章篇名，傳爲屈原所作絶命詞。懷沙，即懷抱沙石，自沉於江。此喻爲民國創建而捐軀的革命志士。

〔五〕軟紅塵，喻指繁華都市。蘇軾次韻蔣穎叔錢穆父從駕景靈宫詩：「半白不羞垂領髮，軟紅猶戀屬車塵。」自注：「前輩戲語，有西湖風月，不如東華軟紅香土。」

過白下豐潤門見匋齋德政碑有感〔一〕

寒日悽風豐潤門，李陵歸漢有殘魂〔二〕。幾多豎子身名泰〔三〕，畫戟排衙更策勳〔四〕。

【箋注】

〔一〕本詩當爲辛亥革命後，碧城由北京南下過南京玄武門感端方事而作。端方號匋齋，據清史稿本傳：「端方，字午橋，托忒克氏，滿洲正白旗人。由廕生中舉人，入貲爲員外郎，遷郎中。光緒二十四年，出爲直隸霸昌道。京師創設農工商局，徵還，筦局務，賞三品卿銜。……三十年調江蘇，攝兩江總督。尋調湖南。顓志興學，資遣出洋學生甚衆……三十二年，移督兩江，設學堂，辦警察，造兵艦，練陸軍，定長江巡緝章程，聲聞益著。」白下，地名，即今江蘇南京。嘉慶一統志江寧府二：「武德九年，改金陵爲白下，移治白下故城。」豐潤門，朱偰南京的名勝古蹟：「南京城在清朝末年，於清涼門和定淮門之間，另闢草場門；又在神策門和太平門之間，另闢豐潤門（現名玄武門）。」

〔二〕李陵句，漢武帝時名將李陵率五千步兵，力戰匈奴，後因矢盡糧絶，援兵不至，遂降。身在匈奴二十餘年，至死未能返回中原。見漢書李陵傳。詩以李陵喻端方，謂其死前歸宗認祖。民國人物傳端方傳：「端方後在四川資州被革命黨人所殺，死前説他先祖爲漢人，姓陶。」又，高拜石古春風樓瑣記亂世的祭品：「傳説端方的生母，原是陶雲汀澍家婢女，陶暗把她收了房，肚皮大了，太太吃醋，硬將她逐出，才歸給端方的父親，隨生了端方。端方實是陶雲汀的血胤，所以號陶齋。」

〔三〕豎子，猶小子，對人的蔑稱。戰國策燕三：「荆軻怒，叱太子曰：『今日往而不反者，豎子也。』」

〔四〕畫戟，彩飾的古兵器，多用作儀仗。劉長卿餞王相公出牧括州詩：「城對寒山開畫戟，路飛秋葉轉朱轓。」排衙，主官升座，陳列儀仗，僚屬分排兩旁，謂排衙。策勳，記功於策。左傳桓公二年：「凡公行，告於宗廟；反行，飲至、舍爵、策勳焉，禮也。」蔡邕獨斷卷上：「策者，簡也。」此用作動詞，意即寫在簡策上。

訪攖寧道人叩以玄理多與辨難歸後却寄〔一〕

妙諦初聆苦未詳〔二〕，異同堅白費評量〔三〕。辯才自悔聰明誤〔四〕，乞向紅閨恕狷狂〔五〕。一著塵根百事哀〔六〕，虚明有境任歸來〔七〕。萬紅旖旎春如海〔八〕，自絶輕裾首不回〔九〕。

【校】

〔題〕太平洋第一卷第七號作「柬陳子修先生」。〔初聆〕同上作「初聞」。

【箋注】

〔一〕本詩初刊於一九一七年太平洋雜誌第一卷第七號，前此一年，碧城曾從攖寧道人問道，詩當作於是年或稍後。攖寧道人，近代著名道教學家陳攖寧之號。李養正論陳攖寧及所倡仙學：「陳攖寧祖籍安徽懷寧縣洪鎮鄉新陳埂，世居安慶蘇家巷。生於清光緒六年（庚辰，公元一八八〇）十二月。原名志祥、元善，字子修。後因喜讀莊子，且好事仙道，乃用大宗師中『攖寧也者，攖而後成者也』句，改名攖寧。……他走過了八十九年的人生歷程。他是一位忠貞不渝的愛國者，是一位近代兼通儒、釋、道、醫及養生學的大學者。」

〔二〕妙諦，梵文 Satyam 的意譯，即真理之意。

〔三〕異同堅白，指戰國時惠施的「合異同」和公孫龍的「離堅白」學説。惠施看到了一切事物的差異、對立是相對的，但以「合同異」的同一，否定差别的客觀存在；而公孫龍認爲「堅」、「白」是脱離「石」獨立存在的實體，一味誇大事物的差别性而抹殺其統一性。兩者均有片面性，難免流於詭辯。史記平原君虞卿列傳：「公孫龍善爲堅白之辯。」莊子天下：「桓團、公孫龍辯者之徒，飾人之心，易人之意，能勝人之口，不能服人之心，辯者之囿也。惠施日以其知與人之辯，特與天下之辯者爲怪，此其柢也。」

〔四〕辯才，能言善辯之才。顔之推顔氏家訓歸心：「萬行歸空，千門入善，辯才智惠，豈徒七經、百氏之博哉！」

〔五〕紅閨，少女的閨房。張夫人拜新月詩：「回看衆女拜新月，却憶紅閨年少時。」狷狂，狷介狂放。陸機答賈長淵詩：「民之胥好，狷狂厲聖。」張銑注：「狷狂之心，厲以作聖。喻不善人也。」

〔六〕塵根，佛教稱色、聲、香、味、觸、法爲六塵，像塵埃一樣能污染人的情識；眼、耳、鼻、舌、身、意爲六根，能取相應之六塵，産生相應之六識，即眼能視色，耳能聽聲，鼻能嗅香，舌能嘗味，身有所觸。於是種種煩惱隨之而來。蕭統開善寺法會詩：「塵根久未洗，希霑垂露光。」

〔七〕虚明，此指道家所言的澄澈空明，清心寡欲。譚峭化書卷一道化：「道之用也，形化氣，氣化神，神化虚，虚明而萬物所以通也。」

〔八〕旖旎，繁盛貌。楚辭九辯：「竊悲夫蕙華之曾敷兮，紛旖旎乎都房。」王逸注：「旖旎，盛貌。」

〔九〕自絶句，謂扯斷衣袖而去，頭也不回。意在强調不被春色誘惑，遠離它的態度堅定不移。晉書温嶠傳：「初，嶠欲將命，其母崔氏固止之，嶠絶裾而去。」輕裾，輕薄的衣裙，常指衣袖。

【評】

樊增祥吕碧城集卷二眉批：超然太空。

【附録】

答詩次原韻

樱　寧

蒙莊玄理兩端詳，班史才華八斗量。莫怪詞鋒驚俗耳，仙家風度本清狂。

翠羽明珠往事哀，化身應自蕊宫來。天花散後空成色，雲在青霄鶴未回。

偕朱劍霞女士觀扶乩有仙人降壇詩切予與朱女士姓名感賦一絶〔一〕

小隔蓬萊億萬年〔二〕，飛花彈指悟春玄〔三〕。瑶池舊侣如相憶〔四〕，乞向愁城度謫仙〔五〕。

【箋注】

〔一〕朱劍霞（一八八二—一九四一），安徽天長人。社會活動家。早年就讀安慶女子師範學堂。武昌起義爆發，赴滬投身革命，組織女子北伐隊。一九一七年，在滬創辦勤業女子師範學校。此後長期從事教育和女子參政活動。扶乩，一種占卜問疑的迷信活動。費鴻年迷信：「出於鬼神的觀念，而在中國社會上中毒最深的迷信，就是扶乩。扶乩又稱扶鸞，其由來甚古，無從考稽。今之扶乩者，用横二尺，闊尺餘，高寸餘的木盤一具，中鋪白沙。再用輕木架作丁字形，垂直之端有杙，如踏碓之舂杵然。人以兩手食指承丁字杵横木之兩端，有杙之端置白沙上。於是焚香，化符，禱於本方土地的，指名邀請某仙降壇。於扶木之人，閉目静坐，不久而乩動，或自書姓名（即所謂某仙某鬼的名），或繪畫作詩。於是問吉凶者，決疑者，求治病者，或中或不中，或答或不答，事畢則焚符送仙，而扶乩者亦恢復原狀。」

〔二〕蓬萊，傳説中的海上仙山。山海經海内北經：「蓬萊山在海中。」史記封禪書：「自威、宣、燕昭使人入海求蓬萊、方丈、瀛洲，此三神山者，其傳在勃海中。」

〔三〕春玄，春的奥秘。

〔四〕瑶池，崑崙山上池名，傳爲西王母居處。穆天子傳：「乙丑，天子觴西王母於瑶池之上。」李商隱瑶池詩：「瑶池阿母綺窗開，黄竹歌聲動地哀。」

〔五〕愁城，愁苦不堪的境地。陸游小園詩：「狂吟爛醉君無笑，十丈愁城要解圍。」謫仙，謫居人間的仙人。多指才氣縱横、品行高逸者。李白對酒憶賀監二首之一詩：「長安一相見，呼我謫仙人。」

【附録】

乩仙詩

江上誰家玉笛聲，緑波如鏡月華清。似聞天際仙人過，半擁朱霞出碧城。

某歲游春明於寓邸跳舞大會後夢雪花如掌片片化爲胡蝶集庭墀牆壁間俄而雪落愈急蝶翅不勝其重乃羣起而振掉之一迴旋間悉化爲天女黑衣銀縷皓質輝映起舞於空際予平生多奇夢此尤泠艷馨逸因詩以紀之惜原稿散失僅得其殘缺耳〔一〕

九天閶闔開嵯峨〔二〕，五雲繚繞羣仙窩，樂聲陣陣鳴鸛鵝。萬靈趨步威儀佗〔三〕，相偕諸姹頎且瑳〔四〕，巫雲婑媠堆鬟髿〔五〕。西來艷蕊皆曼陀〔六〕，銖衣閃鑠非綺羅〔七〕，織烟纚霧飛天梭〔八〕。履舄交錯相捉搦〔九〕，迴風流雪成婆娑〔一〇〕。燕尾雙分烏衣窄，鳳翎斜展華裙拖〔一一〕。微聞碎佩鳴玉珂〔一二〕，更見淺笑生梨渦〔一三〕。宜嗔宜喜朱顏酡〔一四〕，一釵一弁同媚婀。天上文鵷比翬翼〔一五〕，海中珊樹交枝柯。月落參橫舞未已〔一六〕，夜闌不管鳴更鼉〔一七〕。採風鄭衛存艷謌〔一八〕，跳月蠻狄多傜娥〔一九〕。禮防漸逐世事磨〔二〇〕，殊方異俗君莫訶。（以下殘缺）

【校】

〔曼陀〕原作「曼佗」，與前「威儀佗」韻重，據費樹蔚和詩原韻改。

【箋注】

〔一〕本詩作於一九二〇年春，旅居北京時。若干年後，碧城編集時已佚失過半。碧城詞友費樹蔚有和章，載韋齋詩鈔卷六，題作碧城去秋海上書來稱禮查會食西女服裝容態之盛屬制長歌遲遲未報比客春明於餐館跳舞大會後感夢甚縹緲有奇致騰書見告不可無詩既述雅懷且償宿諾焉。繫年庚申（一九二〇）。一九二〇年三月七日新世界京華短訊吕碧城跳舞：「二十八日夜裏，北京飯店的跳舞會，盛極一時。美國人居多，英、法、義和日本人都有，中國人很少。著名女文豪吕碧城女士和一個美國銀行家同來同舞。女士這晚不著西洋服，另用中國綢製的一種跳舞衣，舞維多利亞式，真有中國古代才子所説遊龍驚鴻的態度，日本的女人看了很是讚美。有個義國公使的參贊，禁不住喝了個采，那美國銀行家得意極了，次朝送了女士一粒寶石。有一個某大學女學生也在跳舞，風頭遠不及吕之盛，心裏雖妒，念著中國人便平了。」

〔二〕九天句，王維和賈至舍人早朝大明宫之作詩：「九天閶闔開宫殿，萬國衣冠拜冕旒。」閶闔，宫的正門。三輔黄圖漢宫：建章宫「正門曰閶闔，高二十五丈，亦曰璧門」。春明，唐都長安東有三門，中爲春明門，後因以借指京師。見徐松唐兩京城坊考卷三西京。嵯峨，高峻貌。班彪北征賦：「隮高平而周覽，望山谷之嵯峨。」

〔三〕佗，優美。爾雅釋訓：「委委佗佗，美也。」

〔四〕諸姹，衆美女。玉篇：「姹，美女也。」瑳，説文：「瑳，玉色鮮白。」此用以形容女子膚色如玉。

〔五〕巫雲，喻髮黑似巫山之雲。婑媠，焦竑俗書刊誤卷六：「婑媠，美髮也。漢世倭墮髻，唐人浮渲梳頭即此也。」陸龜蒙和襲美館娃宮懷古五絶其二詩：「一宮花渚漾漣漪，倭媠鴉鬟出繭眉。」鬟鬖，指頭髮或梳成鬟髻狀或紛披低垂。

〔六〕西來艷蕊，謂西方舞女。曼陀，即曼陀羅花，梵語意譯爲悦意花。

〔七〕銖衣，極輕之衣，仙人之服。銖，重量單位。漢書律曆志上：「二十四銖爲兩，十六兩爲斤。」

〔八〕織烟句，謂身披輕紗的舞女，似天梭來回，輕快優雅，如烟如霧，如夢如幻。天梭，織女所用之梭。梁簡文帝七夕詩：「天梭織來久，方逢今夜停。」

〔九〕履舄交錯，史記淳于髡傳：「履舄交錯，杯盤狼藉。」舄，鞋。捉搦，戲弄。南朝梁樂府有捉搦歌，凡四曲，皆男女嘲謔之語。

〔一〇〕迴風句，曹植洛神賦：「仿佛兮若輕雲之蔽月，飄飖兮若流風之迴雪。」婆娑，爾雅釋訓：「婆娑，舞也。」

〔一一〕燕尾二句，碧城自注：「跳舞時，男賓着燕尾禮服，女則多執鳳翎舞扇。」

〔一二〕玉珂，馬勒上的裝飾，多用玉或貝飾之，振動則有聲。杜甫春宿左省詩：「不寢聽金鑰，因風想玉珂。」

〔一三〕梨渦，女子面頰上的酒渦。羅大經鶴林玉露乙編卷六：「胡澹庵十年貶海外，北歸之日，飲於湘潭胡氏園，題詩云：『君恩許歸此一醉，傍有梨頰生微渦。』謂侍妓黎倩也。厥後朱文公見之，題絶句云：『十年浮海一身輕，歸對黎渦却有情。』」

〔一四〕宜嗔二句，楚辭招魂：「美人既醉，朱顔酡些。」王逸注：「朱，赤也。酡，著也。言美女飲啗醉飽，則面著赤色而鮮好也。」一釵一弁，分指舞女與男賓。弁，冠帽。方以智通雅卷三十六：「古分冕、弁、冠，然亦通稱，猶漢晉來分幘、巾、帽，而亦通稱也。……弁與冠，自天子至士，皆得服之。」

〔一五〕文鶼，比翼鳥。韓詩外傳卷五：「南方有鳥名曰鶼，比翼而飛，不相得不能舉。」比翬翼，並翅齊飛。玉篇：「翬，飛舉貌。」

〔一六〕月落句，曹植善哉行：「月没參横，北斗闌干。」參横，參星已落，謂夜已深沉。

〔一七〕更鼉，傳説鼉鳴如桴鼓，鳴數與更鼓應合，故稱。陸佃埤雅釋魚：「晉安海物記曰：鼉宵鳴如桴鼓，今江淮間謂鼉鳴爲鼉鼓，或亦謂之鼉更。更則以其聲逢逢然如鼓，而又善夜鳴，其數應更故也。」許渾苦雨詩：「早秋仍燕舞，深夜更鼉鳴。」

〔一八〕採風句，謂收集有地方特色的情歌艷曲。鄭衛，鄭衛之音的省稱。儒家認爲春秋時鄭衛兩國的民間俗樂皆爲浮靡香艷、淫蕩敗德之聲，因此加以排斥。禮記樂記：「文侯曰：

『敢問溺音何從出也？』子夏對曰：『鄭音好濫淫志，宋音燕女溺志，衛音趨數煩志，齊音敖辟喬志。此四者皆淫於色而害於德，是以祭祀弗用也。』」

〔一九〕跳月，流行於南方苗族未婚男女間的一種歌舞。廣東通志卷九十二：「至若倚歌擇配之俗，雖邇來遵禁，而谿峒之陝尚間有之。當春日載陽，男女互歌謂之浪花，又謂之跳月。男吹蘆笙，女拋籠繡。籠者，彩球也。」王韜悔餘隨筆：「港中番人多設酒鋪，醉則男女携手聯臂，舉足蹈舞爲戲，旁觀者更佐以鑼鼓諸樂，謂之『單神』，大約即苗俗跳月之遺意也。」傜娥，指南方瑶族少女。

〔二〇〕禮防，禮法約束。謂禮法禁亂，如堤防止水。語出禮記經解：「夫禮，禁亂之所由生，猶坊止水之所自來也。」曹植洛神賦：「收和顔而静志兮，申禮防以自持。」呂延濟注：「言收静容志，以禮自持約也。」

【附録】

和章次原韻

費樹蔚

樓臺蜃市寒嵯峨，象房寶簟暖翠窩，廣場屏風敞金鵝。美人十百來委佗，細腰微步巧笑瑳，珠光花霧高鬟鬖。胸胛融入天酥陀，銖衣微曳藕絲羅，華燈四照穿銀梭。似烟非烟勢霞舉，蹋臂起舞仙婆娑。斯時五音益繁會，細旃膩著長裙拖。輕軀圓轉鳴環珂，舞酣一笑生微渦。玉肌無汗顏微酡，觀者目眯交媚婀。碧城仙人舞微倦，翩然逝矣尋槐柯。三更夢覺樂未止，吹入枕畔攙靈鼉。明朝語我索我詞，聚我筆下西方娥。我實才盡被墨磨，逡巡不報君莫苛。君復北遊散煩痾，温泉一浴西山阿。瑶臺瓊島小止泊，長安街畔面玉河。壯麗不啻海上過，碩人於此咏考薖。忽復見獵清興發，嚴妝一夜帶面儺。「帶面儺」出梅宛陵詩，西人跳舞有帶假面者，故借用之。風雨颯沓水始波，儀態壓倒摩登伽。我雖未見想像得，書來紀夢詞逶迤。是夕舞罷曉色綻，雪花如掌落碧莎。花中片片玉蝴蜨，紛綸高下翻銀荷。一猶豫頃現天女，細肋有翅依牆堉。以翅自掩如蚌螺，皓質不許人瞧科。雪飛愈急翅背重，張翅而起欠且呵。銀海光中一振掉，左旋右轉娟傞傞。不知是雪是蝶是天女，是真是幻是夢魔。趙師雄夢見翠羽，蘇子瞻夢銘紅韡，是因是想理則那。君今好女夢光怪，尤覺冷艷脱臼窠。君聞此語顰青蛾，家國之感我亦頗，入山毛女千年俄。誰家庭院作豪舉，强顔作劇防人哦，掣電一歡能幾何。君但呼我春夢婆，我乃竦然感蹉跎，子猶如此我恁麽。九城日夕鬧歌舞，詞流争爲梅郎哦。聲伎自古英雄囮，文采巨麗旨已訛。神仙有無恣般演，不憚世有真仙訶。美哉胡樂與胡舞，文武蔚跂壯以和。游戲曼衍何足道，盛衰哀樂音相摩。况君深語有關繫，不獨身世惜轗軻。一歌再歌聲嘈囉，願君餞食玉山禾。萬事如夢不須覺，枕流漱石棲烟蘿。收視返聽心不他，滄海三换鬢未皤。豈惟塵界歌舞散，筆墨化盡烟雲多。

由京師寄和廉南湖〔一〕

笛聲吹破古今愁〔二〕，人散殘陽下庾樓〔三〕。强笑每因杯在手，俊游恰見月當頭〔四〕。談空色相禪初證〔五〕，思入風雲筆自遒〔六〕。滄海成塵等閒事，看花載酒且勾留。

瞥眼韶光客裏過，心期迢遞渺關河〔七〕。茫茫塵劫諸天黯〔八〕，嫋嫋秋風萬水波〔九〕。山鬼有吟愁不盡，菩提無語意云何〔一〇〕。欲探酉六興亡跡〔一一〕，殘照觚棱寶氣多〔一二〕。

【校】

〔題〕一九一四年十月二十三日申報作「次韻奉和南湖先生二律」。題下有小序云：「甲寅中秋，由津浦路北上，車中與諸客談笑甚愜。啓行之前，在滬與諸友亦極杯酒唱酬之雅。到京游武英殿，觀前清内廷諸古玩，感而有作。」女子世界第一期作「奉酬南湖二律用李悔庵韻」，中華婦女界第一卷第二期作「北遊次李悔庵韻」。

【箋注】

〔一〕本詩初刊於一九一四年十月二十三日申報，復刊于同年十二月女子世界第一期。廉南湖，名泉，字南湖，號惠卿、岫雲山人、帆影樓主、小萬柳堂主人。江蘇無錫人。宦遊京師，官户部及農部郎中。工詩，尤篤嗜書畫，喜與四方文士交遊。夫人吴芝瑛爲秋瑾摯友。翦淞留影集方守彝小萬柳堂宴集呈座上諸老及南湖君詩注：「南湖君收藏古絹素至精博，四壁丹青，耆老時至，如坐商洛，間接秦漢人物。」吴芝瑛南園詩注：「夫子與連仲甫方伯唱和詩有『夕陽穿樹補紅花』，一時傳誦爲『廉夕陽』云。」

〔二〕笛聲句，李肇唐國史補卷下：「李舟好事，嘗得村舍烟竹，截以爲笛，堅如鐵石，以遺李牟。牟吹笛天下第一，月夜泛江，維舟吹之，寥亮逸發，上徹雲表。俄有客獨立於岸，呼船請載。既至，請笛而吹，甚爲精壯，山河可裂，牟平生未嘗見。及入破，呼吸盤擗，其笛應聲粉碎，客散不知所之。」

〔三〕庾樓，即南樓，又名庾公樓。晉庾亮守江州，曾與僚屬殷浩、王胡之等秋夜登南樓談咏賞月。見劉義慶世説新語容止。後因用作英才聚會之典。此處借指廉南湖築於上海曹家渡之帆影樓。

〔四〕俊游，見前寒廬茗話圖爲袁寒雲題詩注。

〔五〕談空句，謂議論色即是空，空即是色，這才明白世間一切事物均空幻不實，都是幻想。空，佛教認爲世界一切現象皆因緣而生，没有質的規定性和獨立實體，假而不實，故謂之空。色相，佛教語。謂萬物一時呈現於外在的各種形式。楞嚴經卷二：「色相既無，誰明空質？」禪初證，即初禪證。佛教謂含有煩惱的事物爲有漏，漏爲煩惱之異名，有欲漏、有漏、無明漏、見漏四類，證得第一類禪定的稱初禪。楞嚴經卷九：「清净心中，諸漏不動，名爲初禪。」

〔六〕風雲，風雲氣，喻英雄氣概。張佩綸論閨秀詩之二：「一醉隱然開霸業，誰言兒女不風雲。」

〔七〕心期，心中期許之人。鮑溶舊鏡詩：「心期不可見，不保長如此。」

〔八〕塵劫，塵世的劫難。佛教稱一世爲一劫，無邊無量劫爲塵劫。醒世恒言黄秀才徼靈玉馬墜：「汝誠念皈我，但尚有塵劫未脱。」諸天，佛教語。李白答族侄僧中孚贈玉泉仙人掌茶詩：「朝坐有餘興，長吟播諸天。」王琦注：「佛書言，三界共有三十二天，自四天王天至非有想非無想天，總謂之諸天。」此處借指天空。

〔九〕嫋嫋句，楚辭九歌湘夫人：「嫋嫋兮秋風，洞庭波兮木葉下。」王逸注：「嫋嫋，秋風摇木貌。」洪興祖補注：「嫋，長弱貌。」

〔一〇〕菩提句，寶鋆過薊州作詩：「底事寺偏名獨樂，菩提無語但眉低。」菩提，樹名。又名摩訶菩提。相傳釋迦牟尼曾在此樹下得證菩提果而成佛，故以名樹。見大唐西域記卷八摩揭陁國上。

〔二〕皕六，二百六十。此指清王朝由建立迄滅亡，歷時二百六十八年。「皕六」乃舉其成數。

〔三〕殘照句，碧城自注：「是日遊武英殿，觀清宫諸寶器。」觚棱，殿堂屋角作方角棱瓣形的瓦脊。此用以指代京師宫殿。

鄧尉探梅十首〔一〕

玉龍噴雪破蒼烟〔二〕，躡屩人來雨後天〔三〕。不惜風霜勞遠道，珮環同禮九嶷仙〔四〕。

湖光如鏡山如黛，雪簇花團照眼穠。闢作美人湯沐邑〔五〕，春風十里畫圖中。

山河無恙銷兵氣〔六〕，霖雨同功澤九垓〔七〕。不是和羹勞素手〔八〕，那知香國有奇才。

曉風殘雪鬥娉婷，萼緑仙姬竟體馨〔九〕。底事靈均渾不省〔一〇〕，只將蘭芷入騷經〔一一〕。

冷眼人間萬艷空，前身明月可憐儂〔一二〕。人天小劫同淪落〔一三〕，羣玉山頭又一逢〔一四〕。

十年清夢繞羅浮〔一五〕，物外因緣此勝游〔一六〕。欲折瓊枝上清去〔一七〕，可堪無女怨高丘〔一八〕。

清標冰雪比聰明〔一九〕，呼鶴青城證舊盟〔二〇〕。爲感芬芳本吾道，山阿含睇不勝情〔二一〕。

仙源不讓武陵多〔二二〕，疏雪纔抽十萬柯。色相窺來銷未得〔二三〕，心頭常貯玉嵯峨〔二四〕。

筆底春風走百靈〔二五〕，安排禱頌作花銘。青山埋骨他年願〔二六〕，好共梅花萬禩馨〔二七〕。

征衫單薄冷於秋，徙倚疏芳且暫留〔二七〕。後夜相思應更遠，一襟烟雨夢蘇州。

【校】

〔題〕南社第二十二集作「丁巳二月偕諸女伴探梅鄧尉率題十絶以誌鴻雪」。〔照眼穠〕王本作「照眼新」。〔春風句〕王本作「梅家閥閲未清貧」。太平洋第一卷第七號、南社「春風十里」作「芳畦十里」。〔同功〕太平洋、南社作「功深」。〔筆底二句〕太平洋作「吟入春寒酒半醒，天涯倦旅感伶俜」。

【箋注】

〔一〕本詩作於一九一七年二月，初刊於同年十月太平洋雜誌第一卷第七號。是年二月，碧城偕女界名流張默君、陳鴻璧、唐佩蘭共遊蘇州鄧尉。事前，碧城曾致函蘇常鎮守使朱熙，請求派人護行，朱允之，並予盛情款待。回滬後，張默君亦有詩記之，載一九一七年四月婦女時報第二十一號，題作「丁巳仲春偕陳鴻璧吕碧城唐佩蘭諸君鄧尉探梅率賦十三章以誌鴻爪」。鄧尉，山名。徐崧百城烟水卷二：「鄧尉山，在光福里錦峯山西南，去城七十里，漢有鄧尉者隱此，故名。」朱偰蘇州的名勝古蹟：「鄧尉在萬山之中，太湖繞其西、北兩面，地勢還要幽僻。再由光福鎮順着公路向東南行，三里許便到鄧尉山。這裏是斜向太湖伸出的一個半島，崇山前抱，太湖後繞。山塢裏過去都是梅花，開花時，繁花似雪，暗香浮動，微風吹過，香聞數里。」

〔二〕玉龍噴雪，形容梅花怒放。呂巖劍畫此詩於襄陽雪中詩：「峴山一夜玉龍寒，鳳林千樹梨花老。」玉龍，喻白雪。

〔三〕躡屩，穿草鞋行走。任昉齊竟陵文宣王行狀：「高人何點，躡屩於鍾阿。」呂延濟注：「躡，步也。屩，草鞋也。」

〔四〕九嶷仙，指九嶷山仙女萼緑華。范成大梅譜：「緑萼梅。凡梅花跗蒂皆帶紫絳色，惟此純緑，枝梗亦青，特爲清高，好事者比之九嶷仙人萼緑華。」

〔五〕湯沐邑，亦稱朝宿邑，乃古天子賜給諸侯的封邑，邑内收入作其湯沐用，即朝見天子時備其食宿之需的封邑。漢以後則專供其奉養用。禮記王制：「方伯爲朝天子，皆有湯沐之邑於天子之縣内。」鄭玄注：「給齋戒自潔清之用。浴用湯，沐用潘。」湯沐，洗去污垢。

〔六〕無恙，無災無病。兵氣，指代戰争。常建塞下曲：「天涯静處無征戰，兵氣銷爲日月光。」

〔七〕霖雨同功，意謂風調雨順。九垓，猶言九州。梁簡文帝南郊頌：「九垓同軌，四海無波。」

〔八〕和羹，書説命下：「若作和羹，爾惟鹽梅。」孔安國傳：「鹽鹹梅醋，羹須鹹醋以和之。」意謂鹽多太鹹，梅多太酸，衹有將二者適度攙和，才能成爲合乎口味的和羹。後遂引申爲大臣齊心協力，輔佐帝王治理國家。

〔九〕萼緑，即萼緑華，女仙名。傳爲南山人，年約二十，上下青衣，顔色絶整。晉穆帝升平三年夜降於羊權家，自此往來，一月之中，六過其家。自稱是九嶷山中得道女羅鬱。見陶弘景真誥運象篇。此喻梅花。

〔一〇〕底事，猶何事。靈均，屈原之字。楚辭離騷：「名余曰正則兮，字余曰靈均。」

〔一一〕騷經，離騷又稱離騷經。

〔一二〕前身，猶前生。句謂梅花前生來自月宫仙子，無比可愛。

〔一三〕小劫，佛教謂人壽從十歲增至八萬歲，又從八萬歲減至十歲，經二十往返爲一小劫。見法苑珠林卷三。此謂小劫中歷經較輕的災禍。

〔一四〕羣玉山，傳説中仙山，爲西王母居處。李白清平調：「若非羣玉山頭見，會向瑶臺月下逢。」此處借指鄧尉山。

〔一五〕十年句，舊題柳宗元龍城録：「隋開皇中，趙師雄遷羅浮。一日，天寒日暮，在醉醒間，因憩仆車於松林間酒肆旁舍。見一女人，淡妝素服，出迓師雄。時已昏黑，殘雪對月色微明。師雄喜之，與之語，但覺芳香襲人，語言極清麗。因與之扣酒家門，得數杯，相與飲。……頃醉寢，師雄亦懵然，但覺風寒相襲。久之，時東方已白。師雄起視，乃在大梅花樹下，上有翠羽啾嘈相顧，月落參横，但惆悵而已。」羅浮，山名，在今廣東增城縣東，跨博羅縣界，瑰奇靈秀，爲粤中名山。據寰宇記卷一五七引百越志云，山浮海而出，是謂浮山，又與羅山並體，故稱羅浮。據羅浮山志，此山冲虚觀殿階有古梅，鐵幹虬枝，芳烈異於凡種，傳爲晉葛洪所植，名傳天下，歷代咏梅詩文多有稱引。如蘇軾再用前韻詩云：「羅浮山下梅花村，玉雪爲骨冰爲魂。」陳豪行富春江遂溯舟而上得三十絶句之二三：「十年清夢繞嚴灘，送我東風料峭寒。」

〔一六〕物外，猶世外。晉書單道開傳：「後至南海，入羅浮山，獨處茅茨，蕭然物外。」

〔一七〕欲折句，楚辭離騷：「溘吾遊此春宫兮，折瓊枝以繼佩。」上清，道家仙境。

〔一八〕可堪句，楚辭離騷：「忽反顧以流涕兮，哀高丘之無女。」

〔一九〕清標句，杜甫送樊二十三侍御赴漢中判官詩：「冰雪净聰明，雷霆走精鋭。」清標，形容清美超群的品格。

〔二〇〕青城，山名。在今四川灌縣境。李吉甫元和郡縣圖志卷三十一：「青城山，在縣西北三十二里。仙經云此是第五洞天，上有流泉懸澍，一日三時灑落，謂之潮泉。」又，曹學佺蜀中廣記卷六引名山記：「益州西南青城山，一名青城都。山形似城，其上有崖舍赤壁，張天師所治處。南連峨眉，亦有洞天，諸靈書所藏，不知當是第幾洞天也。」舊盟，昔日盟友。俞樾春在堂隨筆卷一：「余壬子散館後，未引見，戲書一詩黏齋壁云：『天風吹我下蓬瀛，敢與群仙證舊盟』」。

〔二二〕山阿，山隅。含睇，含情顧盼。楚辭九歌山鬼：「若有人兮山之阿，被薜荔兮帶女蘿。既含睇兮又宜笑，子慕予兮善窈窕。」王逸注：「阿，曲隅也。」

〔二三〕武陵，地名。在今湖南常德縣境。陶潛桃花源記：「晉太元中，武陵人捕魚爲業。緣溪行，忘路之遠近。忽逢桃花林，夾岸數百步，中無雜樹，芳草鮮美，落英繽紛。」韓愈桃源圖詩：「世俗寧知僞與真，至今傳者武陵人。」

〔二三〕色相，指梅之倩影。參前由京師寄和廉南湖詩注。

〔二四〕玉嵯峨，指遍植梅花的鄧尉山。嵯峨，山勢高峻貌。楚辭招隱士：「山氣巃嵸兮石嵯峨，谿谷嶄巖兮水曾波。」

〔二五〕百靈，諸神。文選班固東都賦：「禮神祇，懷百靈。」李善注：「毛詩曰：『懷柔百神。』」

〔二六〕青山句，蘇軾獄中寄子由二首詩：「是處青山可埋骨，他年夜雨獨傷神。」

〔二七〕萬禩，萬年。廣韻：「禩，同祀。」玉篇：「祀，年也。」

〔二八〕徙倚，低徊流連。楚辭哀時命：「然隱憫而不達兮，獨徙倚而彷徉。」

【評】

樊增祥呂碧城集卷二眉批：十詩言近恉遠。

孤雲評呂碧城女士信芳集：按此十首樊雲門評云「言近恉遠」，惜不知背景爲恨。又云：意態傲兀，橫視九州。（此評「山河無恙銷兵氣」一絶）

探梅歸後謝蘇州朱鎮守使琛甫〔一〕

管領幽芳到遠林，旌旄擁護入花深〔二〕。虬枝鐵幹多凌厲，中有風雷老將心〔三〕。

【箋注】

〔一〕本詩同作於一九一七年春，乃碧城鄧尉探梅回滬後予朱熙之答謝詩。朱鎮守使琛甫，即朱熙，碧城之友。據民國職官年表載，朱熙自一九一六年七月起任蘇常鎮守使，一九二五年六月改任江寧鎮守使。

〔二〕旌旄，用旄牛尾作飾的軍旗。杜甫喜聞官軍已臨賊境二十韻詩：「秦山當警蹕，漢苑入旌旄。」

〔三〕虬枝二句，借梅之鐵幹凌厲喻誇朱熙及其屬軍之嚴整有威。碧城自注：「末用龔定庵句。」龔自珍己亥雜詩之六一：「著書不爲丹鉛誤，中有風雷老將心。」風雷老將，指叱咤風雲、資深老到的將帥。

贈高麗音樂家吴小坡女士次南湖韻〔一〕

乾坤蒼莽藴奇憂，小拓詩壇寄此樓〔二〕。故國可憐惟夕照〔三〕，餘芬未泯有清流〔四〕。啣杯已自難爲笑，挾瑟何堪更訴愁〔五〕。莫話滄桑舊身世，神州無恙恣芳游〔六〕。

梨雲撩夢送輕寒〔七〕，異地逢春作客難。何處烏衣尋故壘，獨教紅粉泣南冠〔八〕。閒調宫羽傳新恨，更檢縹緗結古歡〔九〕。一卷琳瑯題咏徧〔一〇〕，錦囊歸去壓雕鞍〔一一〕。

【箋注】

〔一〕本詩初刊於一九一七年六月一日錫報，聽高麗吴小坡女士鼓瑟，即席賦贈。南湖即廉泉，見前京師寄和廉南湖詩注。廉氏原作載南湖東遊草，繫年民國丁巳（一九一七），則本詩亦當作於是年。高麗音樂家吴孝媛，字小坡，高麗詩人吴時善之女，九歲即能詩，著有小坡吟稿。學書得米法，尤擅彈瑟。她新婚不久，丈夫申永海死於馬關。此後，她隻身扁舟來上海，訪問於小萬柳堂，與廉南湖、袁寒雲、吕碧城等結爲摯友。

〔二〕小拓句，謂小坡與廉氏詩酒唱和，一度曾寄居廉南湖、吴芝瑛夫婦所築之翦淞閣。按，閣之舊址在今上海曹家渡，與小萬柳堂毗鄰。吴芝瑛剪淞閣詩序：「自吾營小萬柳堂於曹家渡，又樓其東曰帆影，堂之上曰西樓，兩樓鈎連處爲翦淞閣。……閣爲地不過丈餘。方夕陽始落，紅霞彌空倒印入水，似水中别有一天，而水之回瀾被風帆所激，忽起忽落，均閃閃作金綫。對岸爲蘆灘，帆隨灘轉，不能窮其往，惟見暮色蒼然，楓葉荻花蕩漾於風漪之内而已。」汪淵次韻題小萬柳堂詩：「小拓名園住滬濱，黄鶯爲友柳爲鄰。」

〔三〕故國句，謂小坡故國高麗（今朝鮮）在日人蹂躪下，國運頹敗，如夕陽餘照，令人痛心。翦伯贊中外歷史年表：「一九一〇年八月二十二日，統監寺内正毅與内閣總理大臣李完用簽訂『韓國合并條約』；二十九日，日本宣佈吞併朝鮮。」

〔四〕餘芬，喻剩有德行高潔之人。清流，指有節操名望的士大夫。三國志魏書陳羣傳：「動仗名義，有清流雅望。」顧炎武梓潼篇贈李中孚詩：「讀書通大義，立志冠清流。」

〔五〕挾瑟句，小坡曾於翦淞閣彈瑟，抒發哀情，故云。陳定山春申舊聞詩妓李蘋香：「光宣之際，高麗吴孝媛挾瑟海上，潘蘭史丈特開翦淞之閣，延賓坐花。……吴孝媛跪而進瑟，彈崔孤雲遺製『靈山會像』。……蓋其時高麗亡於日本，仁人志士亡命海外，皆有高漸離悲歌燕市之心。」廉南湖有翦淞閣聽小坡彈瑟次小坡見贈韻詩，可參。

〔六〕神州句，廉泉平子夫婦飲我於長崎酒樓詩以謝之至門司却之二首之二：「一夜白雲樓上宿，河山無恙看神州。」

〔七〕梨雲，指夢中所見的梨花雲，常代指綺夢。張邦基墨莊漫録卷六引唐王建夢看梨花雲歌：「薄薄落落霧不分，夢中唤作梨花雲。」高啓題美人對鏡圖詩：「曉院鹿盧鳴露井，玉人夢斷梨雲冷。」

〔八〕何處二句，謂往昔繁華的烏衣巷與屯兵的營壘已無從尋覓，獨使紅粉飄流遠方，如楚囚一般黯然飲泣。烏衣，地名，在今南京市東南。東晉時，王謝諸望族居此。世説新語雅量：「若其欲來，吾角巾徑還烏衣。」劉孝標注：「丹陽記曰：『烏衣之起，吴時烏衣營處所也。江左初立，琅邪諸王所居。』」景定建康志卷十六引舊志云：「烏衣巷在秦淮南。晉南渡，王謝諸名族居此，時謂其子弟爲烏衣諸郎。今城南長干寺北有小巷曰烏衣，去朱雀橋不遠。」南冠，春秋時楚人所戴冠帽。左傳成公九年：「晉侯觀於軍府，見鍾儀，問之曰：『南冠而縶者誰也？』有司對曰：『鄭人所獻楚囚也。』」後因以借指羈囚或遠使，引申爲羈旅之思。

〔九〕閒調二句，謂小坡既以琴瑟傳遞鄉愁，更以書簡結交舊好。宮羽，古代五音中的宮音和羽音。縹緗，指書卷。縹，淡青色；緗，淺黄色，古時多用此二色絲帛作書衣或書囊，故稱。

〔一〇〕一卷句，謂小坡女士著小坡吟稿，廉泉等名士爲之題咏。琳瑯，同「琳琅」，美玉。指詩歌優美動人。劉勰文心雕龍時序：「陳思以公子之豪，下筆琳琅，並體貌英逸，故俊才雲蒸。」

〔二〕錦囊句，李商隱李長吉小傳：「長吉細瘦通眉，長指爪，能苦吟疾書。……恒從小奚奴，騎距驢，背一古破錦囊，遇有所得，即書投囊中。及暮歸，太夫人使婢受囊出之。」

【評】

孤雲評呂碧城女士信芳集：前半悲涼極矣，故結二句慰藉之，用意美厚。（按，此評「乾坤蒼莽蘊奇憂」一律。）又云：此二詩章法音節無一不佳，且情韻深美，抑揚頓挫，使聞其聲者低徊欲絶。昔聞鄧守瑕（鎔）贈寶竹坡詩云：「高帝子孫龍有種，舊時王謝燕無家。」寶讀之泣下。使此女知文，不當捧之流涕耶！

【附録】

與高麗吳小坡女士飲於市樓

廉南湖

濃春孤館鬱千憂，忽漫相逢百尺樓。草草杯盤容獨醉，珊珊環佩自名流。五更風雨摇鄉夢，萬里關河數客愁。獨抱陳編弔興廢，湖天佳處與同遊。

精忠柏斷片圖爲白葭居士題〔一〕

兩間有正氣〔二〕，常與木石緣。庸流悲物化〔三〕，哲士悟薪傳〔四〕。干莫冶神劍，躍身爐火間〔五〕。巴蜀有貞婦，化石山之巔〔六〕。鄂國精忠柏〔七〕，遺留詎偶然。當時誓報國，袒背忍鏤鐫〔八〕。今日餘此木，裂跡同斑闌。趙祚三百載〔九〕，駒逝如雲烟〔一〇〕。不見天水碧〔一一〕，猶見萇血殷〔一二〕。是知萬乘重〔一三〕，不及一木堅。近世道義喪，程子悲悁悁〔一四〕。拾取且珍襲，咏歎追前賢。傳誦風國俗〔一五〕，懦立貪夫廉〔一六〕。斷片不盈尺，用以撑中原。

【校】

〔題〕中華婦女界第一卷第二期作「爲程白葭君題精忠柏圖」。〔鄂國〕同上作「岳武」。〔詎偶然〕同上作「豈偶然」。

【箋注】

〔一〕本詩初刊於一九一五年二月二十五日中華婦女界第一卷第二期。程淯精忠柏記：「柏在浙江按察使司獄公廨之右，土地廟前，宋大理寺獄風波亭舊址也。傳岳忠武被害，柏即日死，數百年柏植不仆。度以周尺，長二十有奇，圍四尺有奇。人以忠武故，旌之曰『精忠』。咸豐庚辛之間，杭城再陷，毁於兵火，柏斷爲九，在衆安橋忠武之廟。海外人以其古也，得其一以歸。余恫夫久而盡失矣，以爲忠武實葬乎栖霞之麓，面湖背山，崇祠巋然，瞻拜而致虔，人四時不絶。倘移其入，樹之廟庭，鐵闌圍之，卓乎天地之靈，可以勵人心之不死。交涉使王豐鎬、杭嘉湖道張鴻順咸韙之。醵金鳩資，以余督其事。越月日，如式告成。别纂湖山之跡關忠武者，成書以視天下。在昔圖咏各四，石與柏俱來，乃最其義如左方。辭曰：『維宋忠臣立人極，木七百年化爲石。懿歟兩君展風烈，移奠此天鎮湖碧，具有人性式此柏。』宣統三年程溍。」白葭居士，即程溍，見前和程白葭韻詩注。

〔二〕兩間句，文天祥正氣歌：「天地有正氣，雜然賦流形。」兩間，天地之間。韓愈原人：「形於上者謂之天，形於下者謂之地，命於其兩間者謂之人。」

〔三〕物化，莊子刻意：「聖人之生也天行，其死也物化。」

〔四〕薪傳，薪盡火傳。此喻人之形體有盡，而精神不滅。莊子養生主：「指窮於爲薪，火傳也，不知其盡也。」

〔五〕干莫二句，趙曄吴越春秋卷四：「干將曰：『昔吾師作冶，金鐵之類不銷，夫妻俱入冶爐中，然後成物。至今後世，即山作冶，麻絰葌服，然後敢鑄金於山。今吾作劍不變化者，其若斯耶？』莫耶曰：『師知爍身以成物，吾何難哉？』於是干將妻乃斷髮剪爪，投於爐中。使童女童男三百人鼓橐裝炭，金鐵乃濡，遂以成劍。陽曰干將，陰曰莫耶。」干莫，春秋時吴人干將與妻莫耶，二人皆以善鑄劍聞名。

〔六〕巴蜀二句，初學記引劉義慶幽明録：「武昌北山上有望夫石，狀若人立。古傳云：昔有貞婦，其夫從役，遠赴國難，携弱子餞送此山，立望夫而化爲立石。」巴蜀，巴郡與蜀郡，故地覆蓋今四川省全境。按，望夫石有多處，歷代詩人多有咏之。

〔七〕鄂國句，鄂國指代宋抗金名將岳飛。岳飛慘遭秦檜誣陷冤死，後昭雪，於宋寧宗嘉泰四年（一二〇四）六月，被追封爲鄂王，故稱。見岳珂金陀續編卷二十七。西湖勝蹟：「岳飛的墓園入口，有精忠柏亭，内陳古柏化石數段。據傳，南宋大理院内風波亭畔，原有一樹古柏，岳飛被害後，柏樹亦枯，但僵而不仆達六百多年，最後變成了化石，到清朝纔把它收集起來，一九二三年移置陳列墓前。」

〔八〕當時二句，宋史何鑄傳：「先是，秦檜力主和議，大將岳飛有戰功，金人所深忌，檜惡其異己，欲除之，脅飛故將王貴上變，逮飛繫大理獄，先命鑄鞫之。鑄引飛至庭，詰其反狀。飛袒而示之背，背有舊涅『盡忠報國』四大字，深入膚理。」

〔九〕趙祚，趙宋王朝的帝位。廣韻：「祚，位也。」

〔一〇〕駒逝，形容光陰迅逝，如白駒過隙，爲時甚短。莊子知北游：「人生天地之間，若白駒之過郤，忽然而已。」朱駿聲説文通訓定聲：「郤，叚借爲隙。」

〔一一〕天水碧，謂趙宋王朝之崛起强大。趙宋郡望出天水，故云。景定建康志卷五十：「南唐將亡前數年，宫中人挼薔薇水染生帛，一夕忘收，爲濃露所漬，色倍鮮翠，因令染坊染碧，必經宿露之，號爲『天水碧』，宫中競服之。識者以爲天水，趙之望也。」易順鼎湯陰岳忠武王廟詩：「九十三字一曲滿江紅，太息二百餘年兩朝天水碧。」

〔一二〕萇血殷，莊子外物：「人主莫不欲其臣之忠，而忠未必信，故伍員流於江，萇弘死於蜀，藏其血三年，化而爲碧。」

〔一三〕萬乘，孟子梁惠王上：「萬乘之國，弒其君者，必千乘之家。」趙岐注：「兵車萬乘，謂天子也。」此指帝位。

〔一四〕程子，指程濬。悁悁，憂悶貌。楚辭九歎思古：「悲余心之悁悁兮，目眇眇而遺泣。」

〔一五〕風，教化；感化。熊忠古今韻會舉要：「風，上行下傚謂之風。」

〔一六〕懦立句，謂懦弱之人變得獨立不屈，貪婪之人變得廉潔。孟子萬章下：「故聞伯夷之風者，頑夫廉，懦夫有立志。」晉書羊祜傳：「涉其門者，貪夫反廉，懦夫立志，雖夷惠之操，無以尚也。」

【評】

樊增祥呂碧城集卷二眉批：堅、原兩韻，豈巾幗所能道。

偶成

寒夜悄無聲，虚廊走風葉。忽忽疑有人〔一〕，欲窺心轉怯。

【箋注】

〔一〕忽忽，宋玉高唐賦：「悠悠忽忽，怊悵自失。」李善注：「忽忽，迷也。」

【評】

樊增祥呂碧城集卷二眉批：從「見人心自怯，猶是女兒身」奪胎而出。

和白葭韻〔一〕

霽色分平野，春聲動萬家。風高驕燕雀，地老蟄龍蛇〔二〕。滄海變方始，莊嚴境尚賒〔三〕。

空勞夢懷葛〔四〕，晞髮話桑麻〔五〕。

【校】

〔霽色句〕南社第十二集作「兵氣銷平野」。　〔地老句〕南社作「林杳遁龍蛇」。

【箋注】

〔一〕本詩初刊於一九一四年十月南社第十二集，白葭，即程白葭，見前和程白葭韻詩注。

〔二〕地老句，韓愈秋懷詩：「西風蟄龍蛇，衆木日凋槁。」

〔三〕莊嚴，佛教指善美裝飾。真諦大乘起信論：「種種莊嚴，隨所示現。」賒，梅膺祚字彙：「賒，遠也。」

〔四〕懷葛，傳爲上古帝王無懷氏、葛天氏。據説當時民風淳樸，人民安居樂業。陶潛五柳先生傳：「酬觴賦詩，以樂其志，無懷氏之民歟？葛天氏之民歟？」陸游村舍詩：「無懷葛天古遺民，種畬歸來束澗薪。」

〔五〕晞髮，披髮令乾。李白安州應城玉女湯作詩：「濯濯氣清泚，晞髮弄潺湲。」桑麻，指代農事。孟浩然過故人莊詩：「開筵面場圃，把酒話桑麻。」

和抱存流水音修禊十一真韻〔一〕

聞道長安上巳辰〔二〕，五陵風月屬騷人〔三〕。風絲花片催詩急，好鳥游魚狎客頻。一曲清流傳勝禊〔四〕，幾多桑海釀奇春。新亭揮淚真痴絕〔五〕，莫負芳樽向水濱〔六〕。

【箋注】

〔一〕本詩録自一九一四年十月南社第十二集，各本均失收。鄭逸梅清娱漫筆袁寒雲的一生：「民國二年癸丑（一九一三年）冬，克文居北京，與易哭庵、何鬯威、閔葆之、步林屋、梁衆異、黃秋岳、羅癭公，結吟社於南海流水音。」抱存，袁寒雲別名。錢化佛三十年來之上海續集想到袁寒雲：「袁寒雲是曩時晶報的臺柱，大家都稱他洹上公子。他在晶報上稱洹上村人，有時署抱存、燕環、龜盦、霜月、豹岑。」流水音，舊都文物畧苑囿略：「循南海東岸行過流水音，舊爲流杯亭、千尺雪。亭閣高下，嵌山石間，有交蘆館、蕉雨軒、雲繪樓諸勝。」我一遊南海中海記：「步響雪廊，穿石洞出，至千尺雪，是爲響雪廊東南一室。當魚樂亭之西，登假山，見素尚齋，折而南下，至流水音，一亭也。地面以石砌水槽，盤旋曲折若蝸篆。或云當水流其間，澌澌汩汩，清響曲細。」修禊，古人於每年農曆三月上旬的巳日（魏晉後爲三月三日），禊飲水邊，祓除不祥，謂之修禊。王羲之蘭亭序：「暮春之初，會於會稽山陰之蘭亭，修禊事也。」

〔二〕長安，著名古都，此借指北京。上巳，節令名。漢前取每年農曆三月上旬的巳日，魏晉以後則固定爲三月三日，但不必取巳日。見陳元靚歲時廣記卷十八。

〔三〕五陵，漢代五名天子的皇陵。漢書原涉傳：「郡國諸豪及長安、五陵諸爲氣節者皆歸慕之。」顔師古注：「五陵，謂長陵、安陵、陽陵、茂陵、平陵也。」杜甫秋興詩：「同學少年多不賤，五陵衣馬自輕肥。」

〔四〕勝禊，快意的修禊宴飲。

〔五〕新亭句，晉丞相王導曾邀客新亭宴飲。周顗中坐而歎曰：「風景不殊，正自有山河之異！」皆相視流淚。王導愀然變色道：「當共戮力王室，克復神州，何至作楚囚相對？」見劉義慶世説新語言語。劉克莊賀新郎送陳真州子華詞：「多少新亭揮淚客，誰夢中原塊土？」新亭，即勞勞亭。在今江蘇江寧縣南。三國時吴國所建，原名臨滄觀，後改今名。

〔六〕芳樽，指代美酒。樽，酒器。杜甫贈虞十五司馬詩：「過逢連客位，日夜倒芳樽。」

贈李蘋香〔一〕

采芳人去楚天凉，一片閒情瑣夕陽。却喜蘋花性清潔〔二〕，已從風露浣塵妝。

【箋注】

〔一〕本詩録自一九一四年十月南社第十二集，各本均失收。吕美蓀葂麗園隨筆詩妓李蘋香與名妓賽金花：「清代海内詩妓名妓負時譽爲衆所顛倒者，余識二人焉。李蘋香本徽州産，父諸生，以貧死，母挈之居鴛湖，遂爲嘉興人。及長，明眸善睞，工於詞章。携之滬，墮風塵中。墮鞭公子、走馬王孫，争趨於枇杷門巷。久之心厭，年十七，欲從良。時光緒某年，吾友天津大公報主英君斂之偕夫人過滬，英君故滿人，其夫人裝如男子，冬月之夕，披風帽鶴氅，二人訪蘋香於汕頭路。余年二十餘，亦喬男子裝偕行焉。經泥城橋，英夫人忽爲羣妓所圍争拉之，斂之拳足揮拒，始脱重圍。……三人既入蘋香書寓，猶笑不可仰。蘋香丰容盛鬋，柔指纖足，書案上雲箋堆滿，蓋皆求書者。其母年五十許。尤喜談詩，雅興娓娓。後聞金錢富賈，翰墨才人，争來求耦者，户檻爲穿。蘋香泣曰：『吾欲得人而事耳，豈爲他哉！』時黄思永殿撰之子中慧，以翩翩佳公子，美容貌，富文藻，日泣於妝閣，並投以詩，兩月餘而精誠不倦，蘋香憐而獨許之，遂量珠以聘。厥後以細故分携，中慧獨居故京，而蘋香仍獨寓滬上。……蘋香字鬘因，有詩一卷行世，頗多佳句。」

〔三〕却喜二句，謂蘋香如蘋花性情高潔，已經風露洗滌塵妝，擺脱詩妓生涯，實在令人欣慰。

西泠過秋女俠祠次寒雲韻〔一〕

松篁交籟和鳴泉〔二〕，合向仙源泛舸眠〔三〕。負郭有山皆見寺，繞堤無水不生蓮。殘鐘斷鼓今何世，翠羽明璫又一天〔四〕。塵劫未銷慚後死〔五〕，俊游愁過墓門前〔六〕。

【校】

〔題〕一九一七年第十九期游戲雜誌作「游西子湖過亡友秋女俠墓次寒雲韻」。

【箋注】

〔一〕本詩作於一九一六年秋，時與詩友費樹蔚等同遊杭城。費氏有和作韜光寺壁有抱存舊作碧城次韻見示予亦繼作詩，繫年丙辰（一九一六），可證。徐自華西泠重興秋社並建風雨亭啓：「蓋當瑾之殉，華曾卜地西泠，爲結秋社，營墓，立碑建亭，藉資憑吊。乃觸虜廷之忌，徇宵人之請，遽令僞撫增韞立時毁損，亦可悲也。頃者革命功成，共和願遂，凡諸往烈，咸與表彰，而如瑾者，俊偉激發，尤吾女界之光，可無念乎？爰特佈告同志，募集資財，謹擇良日，就昔墓地，重建一亭，名曰『風雨』，以期永久。並就亭旁劉氏僞祠，改號『秋社』，奉君栗主，春秋祠社。」陳儀蘭西泠遊記：「出廟門而南，至『曲院風荷』，然頗荒穢。至秋瑾墓，並及其祠，祠聯甚多。其遺像爲和裝，墓爲新製，石工甚鉅。」

〔二〕交籟，猶交響。

〔三〕仙源，仙境。王維桃源行：「春來遍是桃花水，不辨仙源何處尋。」

〔四〕翠羽明璫，泛指珍稀貴重的飾物。宋琬小孤山詩：「虎牙高踞水中央，翠羽明璫祀女郎。」此借指秋瑾塑像。

〔五〕塵劫，見前由京師寄和廉南湖詩注。

〔六〕俊游，見前寒廬茗話圖爲袁寒雲題詩注。

輓季媛〔一〕

丙辰春〔二〕，季媛由西泠寓書，有「既感孤寂，復苦春寒」之句，予答之曰「值此春寒料峭，倦旅伶俜，湖水漣漪，嶺梅零落，小青長往，西子何之，而乃幽我佳人於空谷耶」云云。後予延之至滬爲食客，未久，以病辭，不知所往。今聞噩耗，愴然有作。

吾人憂患生何樂〔三〕，輪爾先參最上乘〔四〕。墨跡尚憐留簿記〔五〕，湖光無復照鬢鬙〔六〕。曾慳設醴疏佳客〔七〕，更少分金恤舊朋〔八〕。何處秋墳容挂劍，天涯腸斷女延陵〔九〕。

【箋注】

〔一〕季媛，碧城友人，生平未詳。

〔二〕丙辰，民國五年（一九一六）。

〔三〕吾人句，孟子告子下：「入則無法家拂士，出則無敵國外患者，國恒亡。然後知生於憂患而死於安樂也。」蘇軾石蒼舒醉墨堂詩：「人生識字憂患始，姓名初記可以休。」

〔四〕最上乘，佛教有大乘（菩薩乘）、中乘（緣覺乘）、小乘（聲聞乘）之説，爲佛法中不同程度的解脱途徑。魏書釋老志：「初根人爲小乘，行四諦法；中根人爲中乘，受十二因緣；上根人爲大乘，則修六度。」慧能壇經：「智常問和尚曰：『佛説三乘，又言最上乘，弟子不解，望爲教示。』」慧能大師曰：「……等法有四乘：見聞讀誦是小乘，悟法解義是中乘，依法修行是大乘，萬法盡通，萬行俱備，一切無雜，但離法相，作無所得，是最上乘。」馬玉麟送僧遊越中詩：「羨爾遠遊僧，能參最上乘。」

〔五〕簿記，記録在簿册上。

〔六〕鬢鬙，髮髻散亂貌。此借指季媛。

〔七〕設醴，設置酒席。漢書楚元王劉交傳：「元王每置酒，常爲穆生設醴。」顔師古注：「醴，甘酒也。」

〔八〕分金，分發錢財。史記酈生陸賈列傳：「孝惠帝時，吕太后用事，欲王諸吕，畏大臣有口者，陸生自度不能争之，乃病免家居。以好畤田地善，可以家焉。有五男，乃出所使越得橐中裝賣千金，分其子，子二百金，令爲生産。」

〔九〕何處二句，史記吴太伯世家：「季札之初使，北過徐君。徐君好季札劍，口弗敢言。季札心知之，爲使上國，未獻。還至徐，徐君已死，於是乃解其寶劍，繫之徐君冢樹而去。從者曰：『徐君已死，尚誰予乎？』季子曰：『不然。始吾心已許之，豈以死倍吾心哉！』」女延陵，碧城自指。按，季札曾封於延陵，號稱延陵季子。

中秋後錢塘觀潮遇雨〔一〕

濁浪喧豗撼地來〔二〕，英雄遺恨託風雷〔三〕。長空萬馬奔騰後，奇陣還成一綫排。

纔辭月姊謁馮夷〔四〕，小隊裙裾逐水湄〔五〕。楚尾吴頭勞遠道〔六〕，却教神雨送將歸。

【箋注】

〔一〕本詩作於一九一六年秋，時與友人同遊杭城。祝穆方輿勝覽卷一臨安府：「浙江，在錢塘。……江濤每日晝夜再上，常以月十日、二十五日最小，月三日、十七日極大。小則水漸漲，不過數尺；大則濤涌，高數丈。每年八月十八日，數百里士女共觀，舟人漁子泝濤觸浪，謂之迎潮。」西湖勝跡：「錢塘江入海處，口廣而内狹，形成喇叭狀，海口羅列文堂、河莊、葛嶼、石門諸山，當海潮澎湃而來，和江流衝擊，在兩岸及江口諸山一再約束下，形成了中外聞名、千古稱絶的『錢江潮』。錢江潮以每年的農曆八月十八日前後爲最大。潮來時，像萬馬騰空，千軍吶喊，最大的潮頭高達二十六英尺。錢塘八景中有『浙江秋濤』，就是指此。」

〔二〕喧豗，轟鳴喧囂聲。李白蜀道難：「飛湍瀑流争喧豗，砯崖轉石萬壑雷。」

〔三〕英雄句，春秋時楚伍子胥奔吴，被讒冤死。傳其死後驅水爲濤，揚波擊岸，以遣恨懷。杜光庭録異記卷七：「昔伍子胥累諫吴王，忤旨，賜屬鏤劍而死。臨終戒其子曰：『懸吾首於南門，以觀越兵來伐吴；以鮧魚皮裹吾尸，投於江中，吾當朝暮乘潮以觀吴之敗。』自是自海門山潮頭洶湧，高數百尺，越錢塘，過漁浦，方漸低小，朝暮再來。其聲振怒，雷奔電激，聞百餘里。」

〔四〕月姊，月中女仙。李商隱水天閒話舊事詩：「月姊曾逢下彩蟾，傾城消息隔重簾。」馮夷，水神。淮南子齊俗訓：「昔者馮夷得道，以潛大川。」高誘注：「馮夷，河伯也，華陰潼鄉堤首里人，服八石，得水仙。」

〔五〕裙裾，借指游女。水湄，水濱。

〔六〕楚尾吴頭，謂地當吴楚之際。亦作「吴頭楚尾」。張孝祥念奴嬌飲雪呈朱漕詞：「家在楚尾吴頭，歸期猶未，對此驚時節。」

小犬杏兒燕産也金鬈被體狀頗可愛余去滬時贈諸尺五樓主昨得來書謂因病物化已瘞之荒郊爲悵惘累日云賦此答之〔一〕

依依常傍畫裙旁，燈影衣香憶小窗。愁絶江南舊詞客〔二〕，一犁花雨葬仙厖〔三〕。

【箋注】

〔一〕尺五樓主，碧城友人，生平未詳。

〔二〕愁絶句，蘇軾泗州南山監倉蕭淵東軒二首之一詩：「我是江南舊游客，挂冠知有老蕭郎。」

〔三〕一犁句，意謂在飄落的春花春雨中開犁挖土，葬埋愛犬。仙厖，泛指良犬。耿湋送葉尊師歸處州詩：「狺狺吠聲曉，洞府有仙厖。」

出居庸關登萬里長城〔一〕

摩天拔地青巉巉〔二〕，是何年月來人間。渾疑媧后雙蛾黛〔三〕，染作長空兩壁山。飆車一箭穿巖腹〔四〕，四大皆黝幽難燭〔五〕。石破天驚信有之〔六〕，惟憑爆彈遷陵谷。萬翠朝宗拱一關〔七〕，山巔雉堞長蜒蜿〔八〕。岧嶢豈僅人踪絶〔九〕，猿鳥欲度仍相還〔一〇〕。當時艱苦勞民力，荒陬亘古冤魂集〔一一〕。得失全憑籌措間，有關不守嗟何益。秖今重譯盡交通〔一二〕，抉盡藩籬一紙中〔一三〕。金湯枉説天然險〔一四〕，地下千年哭祖龍〔一五〕。

【箋注】

〔一〕本詩作於一九一五年春夏間。碧城時居北京，聞袁世凱與日本所簽喪權辱國之條約，百感交集，遂賦此詩。翦伯贊中外歷史年表：「一九一五年，一月十八日，日本政府向中國提出要求二十一條，共分五部分：第一部分要求繼承德國在山東之一切權益；第二部分要求確定在南滿與東蒙之權益；第三部分爲企圖攫取我漢、冶、萍三地資源；第四部分要求我沿海各地不得讓與任何其他國家；第五部分要求我經濟、政治與軍事各部門中皆須聘請日人擔任顧問。……五月七日午後三時，日本政府向中國提出最後通牒，限四十八小時内答覆對二十一條究竟是否承認。九日，外交總長陸徵祥照會日使館，對最後通牒要求各節概予承認。……二十五日，袁世凱之賣國條約由外交總長陸徵祥及日本全權代表駐京日使日置益彼此簽署。」居庸關，孫承澤天府廣記卷一：「居庸關在府北一百二十里，昌平州西三十里，南北相距四十里。兩山夾峙，一水旁流。懸崖峭壁，最爲險要。淮南子曰：『天下有九塞，居庸其一焉。』」

〔二〕巉巉，山勢高峭險峻。易順鼎箱子巖相傳爲武侯藏兵書處詩：「江波浩浩峯巉巉，何年削玉成此巖。」

〔三〕媧后，女媧氏。馬驌繹史卷三：「女媧氏亦風姓也，承庖犧制度，亦蛇身人首，一號女希，是爲女皇。」

〔四〕飆車句，碧城自注：「汽車穿山而過。」

〔五〕四大，佛教認爲世間一切物質均由地、水、火、風四大要素構成，以其能造作諸色法（物質現象），稱能造四大；被造作之諸色法，稱四大所造。參俱舍論卷一、圓覺經。道家則以道、天、地、王爲四大。老子：「道大、天大、地大、王亦大。域中有四大，而王居其一焉。」

黝，黑色。

〔六〕石破句，李賀李憑箜篌引：「女媧煉石補天處，石破天驚逗秋雨。」

〔七〕朝宗，書禹貢：「江漢朝宗於海。」孔安國傳：「二水經此州而入海，有似於朝。百川以海爲宗。宗，尊也。」拱，環繞，拱衛。

〔八〕雉堞，泛指城墻。鮑照蕪城賦：「是以板築雉堞之殷，井幹烽櫓之勤。」李善注：「雉，長三丈，高一丈。堞，女墻也。」

〔九〕岧嶢，高峻貌。潘岳河陽縣作二首之一詩：「洪流何浩蕩，修芒鬱岧嶢。」張銑注：「岧嶢，高也。」

〔一〇〕猿鳥句，李白蜀道難：「黄鶴之飛尚不得過，猿猱欲度愁攀援。」

〔一一〕當時二句，漢書武五子傳：「秦始皇即位三十九年，内平六國，外攘四夷，死人如亂麻，暴骨長城之下，頭盧相屬於道。」水經注疏補卷三：「始皇三十三年，起自臨洮，東暨遼海，西並陰山，築長城及南越也。晝警夜作，民勞怨苦，故楊泉物理論曰：秦始皇使蒙恬築長城，死者相屬，民歌曰：『生男慎勿舉，生女哺用餔。不見長城下，尸骸相支拄。』其冤痛如此矣。」

〔一二〕重譯，指譯使或官員。吴兢貞觀政要誠信：「絶域君長，皆來朝貢；九夷重譯，相望於道。」交通，交結，串通。史記黥布列傳：「布已論輸麗山，麗山之徒數十萬人，布皆與其徒長豪桀交通。」

〔一三〕抉盡句，碧城自注：「時中日協約告成。」抉，挖掘；剜除。藩籬，籬笆。此喻國家主權。一紙，指袁世凱與日本簽訂之條約。

〔一四〕金湯，金城湯池之省稱。漢書蒯通傳：「必將嬰城固守，皆爲金城湯池，不可攻也。」顏師古注：「金以喻堅，湯喻沸熱不可近。」杜甫入衡州詩：「君臣忍瑕垢，河岳空金湯。」

〔一五〕祖龍，指秦始皇。史記秦始皇本紀：「秋，使者從關東夜過華陰平舒道，有人持璧遮使者曰：『爲吾遺滈池君。』因言曰：『今年祖龍死。』使者問其故，因忽不見，置其璧去。使者奉璧具以聞。始皇默然良久。」裴駰集解：「祖，始也；龍，人君象。謂始皇也。」

雜感

雪霽紅樓媚晚晴〔一〕，蜃窗歷歷夕陽明〔二〕。隔窗誰弄悲婀娜〔三〕，也作西來鐵騎聲。
華嚴界界現魑魅〔四〕，城社處處跳狌狸〔五〕。勸君可恕君莫恕，慧眼觀來只大悲〔六〕。
已無春夢縈羅綺〔七〕，何必秋懷寄茝蘭〔八〕。灰盡靈犀真解脱〔九〕，不成哀怨不成歡。

幾輩清芬掩墓門〔一〇〕，年時絃誦憶同羣〔一一〕。也知帝意憐嬌弱，多遣巫陽引倩魂〔一二〕。

百折千迴志不銷〔一三〕，由來剛鑽琢心苗。夜臺莫更愁幽暗〔一四〕，胸有光棱萬萬條。

未到斜陽已斷魂〔一五〕，重來愁絶舊朱門〔一六〕。杜鵑啼盡斑斑血〔一七〕，灑入桃花不見痕。

小樓如故緑窗殘〔一八〕，尋徧芳蹤無跡看。回首纖腰人不見〔一九〕，春風愁煞畫闌干。

八月初三可憐夜〔二〇〕，花猶無影只聞香。一彎眉月幽光寂，照見儂家山字牆〔二一〕。

綃衣待月立香階〔二二〕，盼取姮娥玉鏡開〔二三〕。一片瓊花瀉幽影，要他扶上好樓臺。

驛舍初驚景色新〔二四〕，沿途插柳襯芳春。他時再過應相識，也算天涯有故人。

春烟寒鎖碧迢迢〔二五〕，行盡疏林見小橋。啼鳥一聲山寺悄，滿庭花雨下如潮〔二六〕。

荒園重到幾經春〔二七〕，烟柳斜陽百感頻〔二八〕。壁上舊詩痕已落，那堪重憶寫詩人。

紅闌曲曲映碧紗〔二九〕，隔窗誰撥金琵琶。黄昏雙燕歸來後，暮雨細滴牆頭花。

楝花香散過東牆〔三〇〕，疏雨纔晴熱轉長。杏子花紗正宜試，上樓開取縷金箱。

野藕作花憔悴紫〔三一〕，秋波翻浪悽凉碧。濕雲一片過空塘，含將殘雨歸飛急。

筆底精誠走百靈〔三二〕，哀詞宛宛忍重聽。芝焚蕙歎尋常事，腸斷金鑾只十齡〔三三〕。

鶴怨猿哀入夜聞〔三四〕，冰弦逸響遏行雲〔三五〕。明知海上知音歇〔三六〕，抱得瑤琴未忍焚。

夢雨驕陽送好春〔三七〕，舊家亭館近黄昏。緣何池水干卿事〔三八〕，也被東風掩涕痕。

【校】

〔題〕一九一五年第一期滑稽時報作「新年雜感」。原本無最後三首，據滑稽時報補。〔何必〕同上作「豈必」。〔憶同輩〕同上作「感同輩」。〔百折〕同上作「百劫」。

【箋注】

〔一〕此首咏冬日雪後晚景。霽，雨雪初止。

〔二〕蜃窗，大蛤殼嵌飾之窗。雜事秘辛：「時日晷薄辰，穿照蜃窗，光送著瑩面上，如朝霞和雪，艷射不能正視。」

〔三〕悲婀娜，碧城自注：「洋琴譯音」。

〔四〕此首咏世道。華嚴句，華嚴宗將佛和衆生分爲十類，即十界。這裏指人界、天界、阿修羅界、餓鬼界、畜生界、地獄界，皆修行未臻圓滿。如餓鬼界、畜生界、地獄界等，更是破齋犯戒、行同禽獸、怙惡不悛之輩，故以魑魅稱之。參季聖一浄土生無生論講義。

〔五〕城社，城池田社。狌狸，黄鼠狼和野猫。比喻有所依憑而爲非作歹之徒。李邕又駁韋巨源謚議：「託城社之固，亂皇家之基。」

〔六〕慧眼，佛教所言五眼之一，即能悉知衆生心想及過去、未來等的智慧之目。玄奘大唐西域記卷四劫比他國：「嘗聞佛説，知諸法空，體諸法性。是則以慧眼觀法身也。」大悲，佛菩薩不忍衆生受苦而欲救度解脱，悲心廣大，故云大悲。玄奘成唯識論卷十：「彼能隱覆法空真如，令不發生大悲般若。」

〔七〕此首咏愛情。

〔八〕茝蘭，香草名。指代所愛之人。楚辭九歌湘夫人：「沅有茝兮醴有蘭，思公子兮未敢言。」

〔九〕灰盡靈犀，喻情感斷絶。靈犀，傳説犀爲神獸，犀角中髓質像一條白線直通兩頭，感應靈異。因以喻兩心相通。藝文類聚卷九十五引南州異物志：「玄犀處自林麓，食惟棘刺，體兼五肉，或有神異，表靈以角。」李商隱無題詩：「身無彩鳳雙飛翼，心有靈犀一點通。」

〔一〇〕此首咏亡友。清芬，喻德行高潔。陸機文賦：「咏世德之駿烈，誦先人之清芬。」

〔一一〕絃誦，古代授詩，配絃樂而歌者爲絃歌，不配樂朗讀者爲誦，合稱絃誦。禮記文王世子：「春誦，夏絃。」鄭玄注：「誦，謂歌樂也；絃，謂以絲播詩。」舊唐書音樂志一：「周人立絃誦之教。」

〔一二〕也知二句，楚辭招魂：「帝告巫陽曰：『有人在下，我欲輔之。魂魄離散，汝筮予之。』」王逸注：「帝，謂天帝也。女曰巫，陽其名也。」蘇軾澄邁驛通潮閣詩：「餘生欲老海南村，帝遣巫陽招我魂。」倩魂，倩女之魂。陳玄佑離魂記載：天授三年，衡州張鎰有女倩娘，與鎰之外甥王宙相戀，家人不知。後張鎰將許配他人，倩娘抑鬱成疾，王宙也被遣往他鄉。夜半，倩娘之魂赶到王宙船上，同往四川。五年後，雙雙回家。閨中卧病在床的倩娘聞聲，更衣出迎，兩人遂合爲一體。

〔一三〕此首咏守志。

〔一四〕夜臺，墳穴。阮瑀七哀詩：「冥冥九泉室，漫漫長夜臺。」

〔一五〕此首咏身世。

〔一六〕朱門，猶豪門。杜甫自京赴奉先縣咏懷五百字詩：「朱門酒肉臭，路有凍死骨。」

〔一七〕杜鵑，一名嶲周，甌越一帶呼爲怨鳥，夜啼達旦，血浸草木。見祝穆古今事文類聚卷四十四。

〔一八〕此首咏過故友舊居。

〔一九〕纖腰，借指身材苗條的女子。

〔二〇〕此首咏秋日月夜。八月句，白居易暮江吟詩：「可憐九月初三夜，露似珍珠月似弓。」

〔二一〕儂家，我家。

〔二二〕此首咏待月。

〔二三〕玉鏡，喻明月。楊萬里月夜觀雪詩：「游遍瓊樓霜欲曉，却將玉鏡掛青天。」

〔二四〕此首咏行旅。驛舍，驛館旅舍。高承事物紀原卷七：「漢自鄭莊置驛，以迎送賓客，故後世亭傳有驛名。通典曰：「唐三十里置一驛，其非通途大路則曰館，由是通謂之館驛。」

〔二五〕此首咏旅途。

〔二六〕厓，説文：「厓，山邊也。」

〔二七〕此首咏舊游。

〔二八〕烟柳斜陽，形容日落時分的淒惶景象。辛棄疾摸魚兒淳熙己亥自湖北漕移湖南同官王正之置酒小山亭爲賦詞：「休去倚危欄，斜陽正在，烟柳斷腸處。」

〔二九〕此首咏春景。

〔三〇〕此首咏初夏景。

〔三一〕此首咏秋景。

〔三二〕此首歎息人家幼女早早亡故。

〔三三〕腸斷句，用白居易傷悼三歲幼女金鑾子早殤事。白有病中哭金鑾子詩：「病來纔十日，養得已三年。慈淚隨聲迸，悲腸遇物牽。故衣猶架上，殘藥尚頭邊。送出深村巷，看封小墓田。」悲不可言，痛斷肝腸。袁枚隨園詩話補遺卷五：「吴興幼女嚴静甫九齡，善書，兼工墨竹。莆田吴荔娘題云：……晴窗書破洪兒紙，誰識金鑾未十齡。」

〔三四〕此首托物明志，雖無知音響應，自己仍然爲謀求婦女解放奔走呼告，不忍放棄原有慷慨激昂的門志。

〔三五〕遏行雲，此處形容琴聲高亢激越，行雲也因之不動。列子湯問：「撫節悲歌，聲振林木，響遏行雲。」

〔三六〕明知句，吴藻高陽臺雲林姊屬題湖月沁琴小影詞：「成連海上知音少，但七條絲動，移我瑶情。」

〔三七〕此首自傷家道中落，身世淒凉，遭族人迫害事。

〔三八〕緣何句，陸游南唐書卷十一：「延巳工詩，雖貴且老不廢。……尤喜爲樂府詞。元宗嘗因曲宴内殿，從容謂曰：『「吹皺一池春水」，何干卿事？』延巳對曰：『安得如陛下「小樓玉笙寒」之句！』時喪敗不支，國幾亡，稽首稱臣於敵，奉其正朔以苟歲月，而君臣相語乃如此。」

【評】

樊增祥吕碧城集卷二眉批：諸詩全是宋人佳境。

山行遇雨〔一〕

杲日出東方〔二〕，村鷄鳴喔喔。一乘小籃輿〔三〕，躑躅行山麓〔四〕。巖花低拂面，澗篠長絆足。爽氣盪塵胸，好景成幽矚〔五〕。東風忽釀陰，濕雲捉盈掬。雨氣雜嵐烟，霏霏滿襟緑。瞬已失山巒，路不辨咫尺。但聞寒猿聲，處處相應續。猿聲催夢熟，夢入棲霞室〔六〕。游興正雄豪，忽被山靈叱。千巖開狴犴〔七〕，百鬼獰面目。空山獨往時，吾道復窮蹙〔八〕。豁然一驚醒，四顧猶惕怵〔九〕。雲破漏斜陽，奇峯相争出。始知日已晚，哦詩爲紀述。

【校】

〔獰面目〕原作「帶面目」，據王本、聚珍本、黄本改。〔哦詩〕王本作「吟詩」。

【箋注】

〔一〕本詩作於一九一六年秋游浙之時。

〔二〕杲日，詩衛風伯兮：「其雨其雨，杲杲出日。」曹植橘賦：「禀太陽之烈氣，嘉杲日之休光。」説文：「杲，明也。」

〔三〕籃輿，竹轎。蕭統陶淵明傳：「淵明有脚疾，使一門生二兒舁籃輿。」

〔四〕躑躅，徘徊不前。廣韻：「躑躅，行不進也。」

〔五〕幽矚，清幽的景觀。陳廷敬蔣南沙宫贊畫紅墻下小槐樹詩：「迢迢紅墻陰，芳樹馳幽矚。」

〔六〕棲霞室，雲霞棲止之所。譚用之送僧中孚南歸詩：「苔封石錦棲霞室，水迸衣珠噴玉蟬。」

〔七〕狴犴，牢獄。揚雄法言吾子：「狴犴使人多禮乎？」音義：「犴，音岸，獄也。」

〔八〕窮蹙，困厄，窘迫。宋玉九辯：「悲憂窮蹙兮獨處廓，有美一人兮心不繹。」

〔九〕惕怵，猶怵惕，爲協韻而倒置。廣雅釋訓：「怵惕，恐懼也。」

秋興〔一〕

宇宙何寥泬〔二〕，天高爽氣多。夢魂聞鼓角〔三〕，風雨黯關河。詩筆隨秋老，浮生共墨磨。百年驚瞥電，釃酒且高歌〔四〕。

不盡蕭條意，登臨懷抱開。鳥從空翠落〔五〕，人負夕陽來。流水去何急〔六〕，孤雲招未回〔七〕。秋心雖易感，秋氣亦佳哉！

雲氣連齊魯〔八〕，蒼茫入望賒〔九〕。荒厓毓蘭芷〔一〇〕，廢澤隱龍蛇〔一一〕。暮靄浮千里，秋陰羃萬家〔一二〕。孤愁正無奈，寂寞數歸鴉。

棲烏驚不定，飛影亂中庭。静夜三更柝〔一三〕，寒天一點星。霜華蝕樹白〔一四〕，竹氣逼燈青。漸聽鐘聲動，誰家曉夢醒？

【校】

〔題〕一九三五年六月三十日小日報作「秋感」。〔爽氣〕同上作「爽籟」。〔聞鼓角〕同上作「驚鼓角」。〔浮生〕同上作「愁心」。〔百年二句〕同上作「離騷殘卷在，讀罷淚滂沱」。〔不盡二句〕同上作「向晚意岑寂，行吟懷抱開」。〔雲氣二句〕同上作「不盡蕭條意，登臨望眼賒」。〔荒厓〕同上作「荒岩」。〔羃萬家〕同上作「罩萬家」。〔無奈〕同上作「無賴」。〔蝕樹白〕同上作「嚙樹白」。

【箋注】

〔一〕本詩二、三兩首已收入王本信芳集，知其最晚當作於一九一八年。

〔二〕寥泬，見前秋日偶成詩注。

〔三〕夢魂句，杜甫峽口二首之一詩：「亂離聞鼓角，秋氣動衰顔。」

〔四〕瞥電，迅如閃電，瞬間消逝。釃酒，斟酒。范寅越諺卷下：「釃，酒自壺注杯也。」

〔五〕空翠，指碧空。白居易大水詩：「蒼茫生海色，渺漫連空翠。」

〔六〕流水句，韓氏題紅葉詩：「流水何太急，深宫盡日閑。」

〔七〕孤雲句，崔曙潁陽東溪懷古詩：「白鷺寒更浴，孤雲晴未還。」

〔八〕齊魯，均春秋時國名。兩國以泰山爲界，齊在山北，魯在山南。

〔九〕賒，遠。李商隱即目詩：「望賒殊易斷，恨久欲難收。」

〔一〇〕毓，廣韻：「毓，養也，長也。」

〔一一〕廢澤，廢棄的水草叢生之地。應劭風俗通義卷十：「水草交厝，名之爲澤。」龍蛇，此喻英傑。左傳襄公二十一年：「深山大澤，實生龍蛇。」

〔一二〕冪，覆蓋。戰國策楚四：「伯樂遭之，下車攀而哭之，解紵衣以冪之。」鮑彪注：「冪，覆也。」

〔一三〕柝，巡夜報更之木梆。易繫辭下：「重門擊柝，以待暴客。」駱賓王宿温城望軍營詩：「虜地寒膠折，邊城夜柝聞。」

〔一四〕霜華，霜花。華，通「花」。

【評】

孤雲評呂碧城女士信芳集：著者五律數首，蒼雄近杜，視其平素清詞麗句，微爲別調矣。

湖上新秋〔一〕

湘筠一枕隔鷗波〔二〕，午睡微酣暑乍過。風送茶香來別院，雨催詩夢入殘荷〔三〕。山眉斂黛如人瘦，艇尾迴汀挂藻多〔四〕。誰道秋來只蕭瑟，嫩凉天氣轉清和〔五〕。

【箋注】

〔一〕本詩作於一九一六年秋游浙之時。

〔二〕湘筠，湘竹。劉兼新回車院筵上作詩：「黄金蜀柳籠朱户，碧玉湘筠映綺疏。」

〔三〕雨催句，杜甫陪諸貴公子丈八溝携妓納凉晚際遇雨詩：「片雲頭上黑，應是雨催詩。」

〔四〕藻，羅願爾雅翼卷五：「藻，水草也。生水底，横陳於水，若自澡濯然，若流水之中，隨波衍漾，莖葉條暢。」

〔五〕嫩凉句，白居易秋游原上詩：「七月行已半，早凉天氣清。」嫩凉，微凉。

若有〔一〕

若有人兮不可招〔二〕，九天風露任扶摇〔三〕。縱横劍氣排閶闔〔四〕，撩亂琴心入海潮〔五〕。來處冷雲迷玉步，歸途花雨著輕綃。夢回更唤青鸞語〔六〕，爲問滄桑幾劫銷？

【箋注】

〔一〕本詩已收入王本信芳集，當作於一九一八年前。拙作一抹春痕夢裏收以離情解之，深味詩意，殊覺未妥。此殆碧城自擬之辭，借夢境展開，結語旨歸家國之難，心繫蒼生，立意特高。

〔二〕若有句，楚辭九歌山鬼：「若有人兮山之阿，被薜荔兮帶女蘿。」

〔三〕九天，天之總稱。方以智通雅卷十一：「九天之名，分析於太玄，詳論於吴草廬，覈實於利西江。按太玄經：九天，一中天；二羨天；三從天；四更天；五晬天；六廓天；七咸天；八沉天；九成天。此虛立九名耳。吴草廬澄，始論天之體實九層。至利西江入中國而暢言之：自地而上，爲月天、水天、金天、日天、火天、木天、土天、恒星天，至第一重爲宗動天，去地六萬四千七百三十二萬八千六百九十餘里。」扶摇，暴風從下盤旋而上。莊子逍遥游：「鵬之徙於南溟也，水擊三千里，摶扶摇而上者九萬里。」

〔四〕劍氣，指豪俠之氣。龔自珍己亥雜詩九十六：「少年擊劍更吹簫，劍氣簫心一例消。」閶闔，見前某歲游春明於寓邸跳舞大會後夢雪花如掌詩注。

〔五〕琴心，指兒女柔情。吴萊寄董與几詩：「小榻琴心展，長纓劍膽舒。」

〔六〕青鸞，鸞鳥。古人視爲信使。羅願爾雅翼卷十三：「華陰有大鳥，高五尺，鷄頭燕頷，蛇頸魚尾，五色備舉而多青。詔問百僚，咸以爲鳳，唯太史令蔡衡對，以爲凡象鳳者五，多赤色者鳳，多青色者鸞。今此鳥多青，乃鸞，非鳳也。」趙令畤蝶戀花詞：「幸有青鸞堪密付，良宵從此無虛度。」

道中口占〔一〕

捷足吴孃氣亦雄〔二〕，筍輿高駕聳危峯〔三〕。浮生半日消何處？盡在寒雲翠篠中。

【校】

〔題〕南社第二十二集作「道中偶成」。

【箋注】

〔一〕本詩録自王本信芳集，作於一九一七年春游蘇州鄧尉途中。

〔二〕碧城自注：「蘇州肩輿者多婦女。」

〔三〕筍輿，一名編輿，謂竹轎。王安石半山即事十首之一詩：「西崦東溝從此好，筍輿追我莫辭遥。」

呂碧城詩文箋注卷二

詩

秋渡太平洋觀太陽升自朝霞映海水成五色喬皇矜麗不可名狀詩以誌之〔一〕

霞彩繽紛徧海天，盡迴秋氣作春妍。媧皇破曉嚴妝出〔二〕，特展翬衣照大千〔三〕。

【箋注】

〔一〕本詩作於一九二〇年九月碧城首次赴美遊學途中。

〔二〕媧皇，古帝王女媧氏。風姓，承庖犧制度，蛇首人身，一號女希。傳説摶黄土爲人，鍊五色石以補蒼天，斷鼇足以立四極，殺黑龍以濟冀州，積蘆灰以止淫水。

〔三〕翬衣，皇后禮服之一，因以翬雉爲領褾，故稱。隋書禮儀志六：「皇后衣十二等。其翟衣六，從皇帝祀郊禖，享先皇，朝皇太后，則服翬衣。」原注：「素質，五色。」

【附録】

聖因寄示檀香山舟次觀日出詩漫和三解

樊增祥

萬里滄溟一鑑開，紅雲捧日照蓬萊。靈媧曉御鑾輿出，端坐金銀百尺臺。

鶩倒人間趙馬兒，扶輪碧眼赤鬚眉。寧知天際乘鸞女，獨立蒼茫自咏詩。成句。

海心山色浴紅檀，争拜中原女坫壇。莫把驚鴻輕照影，須從麟閣上頭看。女士舟抵埠時，美國商會以香花一巨束獻之。

威賽花園賞桂〔一〕

招隱今何處〔二〕？微馨引步來。空山見窈窕〔三〕，叔世惋賢才〔四〕。密蕊搓金縷〔五〕，繁英剪翠玫〔六〕。九秋稱絶艷，松菊漫相猜。

四大原同域〔七〕，名園且寄生〔八〕。冠爲王者貴〔九〕，氣得聖之清〔一〇〕。正色羞紅粉，天香悟上京〔二〕。芬芳本吾道，宜結歲寒盟。

【箋注】

〔一〕本詩初刊於一九二三年十月二十三日申報，署名碧城女士，題作「威賽花園 Waysid Park 賞桂，詩以寵之。近見報有評桂花爲花中聖賢者，至爲欽佩，特申其旨，以徵同好。」威賽花園，即今上海霍山公園，舊名匯山公園。陳植造園學概論：「公共租界内之公園，……惟在威賽路（匯山公園）及南洋路（兒童遊息場）者，祇許西人遊憩。」

〔二〕招隱句，楚辭招隱士：「桂樹叢生兮山之幽，偃蹇連蜷兮枝相繚。」招隱，招攬隱士。晉左思有招隱詩，招人歸隱。

〔三〕窈窕，美好貌。詩周南關雎：「窈窕淑女，君子好逑。」揚雄方言卷二：「自關而西，秦晉之間，凡美色或謂之窕。故吴有館娃之宫，秦有榛娥之臺。秦晉之間，美貌謂之娥，美狀爲窕，美色爲艷，美心爲窈。」

〔四〕叔世句，碧城自注：「近人有評桂爲花中聖賢者。」叔世，衰亂之時代。左傳昭公六年：「三辟之興，皆叔世也。」李商隱贈送前劉五經映三十四韻詩：「叔世何多難，兹基遂已亡。」

〔五〕金縷，金絲。戴叔倫賦得長亭柳詩：「雨搓金縷細，烟裊翠絲柔。」

〔六〕翠玫，翠玉。説文：「玫，石之美者。」

〔七〕四大，參前出居庸關登萬里長城詩注。

〔八〕名園句，碧城自注：「園爲西人所有。」

〔九〕冠爲句，碧城自注：「西國以桂冕爲尊榮。」

〔一〇〕聖，聖人。清，清高。孟子萬章下：「伯夷，聖之清者也。」

〔一一〕天香，喻桂香。劉克莊念奴嬌木犀詞：「却是小山叢桂裏，一夜天香飄墜。」上京，都城。班固幽通賦：「皇十紀而鴻漸兮，有羽儀於上京。」孟浩然送袁太祝尉豫章詩：「何幸遇休明，觀光來上京。」

春閨雜感和康同璧女士韻〔一〕

翻手爲晴覆手陰〔二〕，韶華草草百愁侵。桃花潭畔行吟過，怕指春波問淺深〔三〕。

飛絮飛花偏錦茵，色身誰假更誰真〔四〕。春穠慧鏡多渲染〔五〕，不信靈犀可避塵〔六〕。

英氣飛騰盪綺思，亦仙亦俠費猜疑〔七〕。錦標奪取當春賽，肯惜香驄足力疲。

花在南枝太俊生〔八〕，仙都彈指有枯榮。和羹早薦金盤味〔九〕，零落何傷此日情。

倦繡惟求物外因〔一〇〕，自鋤瑶草傍雲根。而今蕙帶荷衣客〔一一〕，誰識天花散後身〔一二〕。

【校】

〔題〕一九二五年四月十九日天津大公報作「春閨雜感奉和社英同璧兩女士原韻」。〔韶華草草〕同上作「東皇也感」。

【箋注】

〔一〕康同璧，廣東南海人。康有爲次女。梁啓超飲冰室詩話六：「康南海之第二女公子同璧，覃精史籍，深通英文。去年孑身獨行，省親於印度，以十九歲之妙齡弱質，凌數千里之莽濤瘴霧，亦可謂虎父無犬子也。近得其寄詩二章，自跋云：『侍大人遊舍衛祇林，壞殿頹垣，佛法已劫。然支那女士來遊者，同璧爲第一人矣。』」金燕香奩詩話：「同璧女士爲康有爲先生之淑媛，嘗留學英美各大學，精通西文，尤邃國學。嘗侍先生遊印度舍衛祇林，慨嘆佛學之中衰，法嗣之不振，口占二絶：『舍衛山河歷劫塵，布金壞殿數三巡。若論女士西遊者，我是支那第一人。』『靈鷲高峯照暮霞，淒迷塔樹萬人家。恒河落日滔滔盡，祇樹雷音付落花。』寥寥數語，足抵庾子山哀江南賦一篇也。家學源淵，於此亦可見矣。」

〔二〕翻手句，杜甫貧交行：「翻手作雲覆手雨，紛紛輕薄何須數。」

〔三〕桃花二句，以桃花潭水之深淺，喻人情冷暖，世態炎凉。李白贈汪倫詩：「桃花潭水深千尺，不及汪倫送我情。」

〔四〕色身，佛教指有形質之身。大佛頂首楞嚴經正脈疏卷四十：「由汝念慮，使汝色身。身非念倫，汝身何因隨念所使。」温陵曰：「念慮，虚情也；色身，實質也。」

〔五〕慧鏡，智慧之鏡。佛將智慧比作明鏡，能明照萬物，故稱。中阿含經卷五十四：「云何比丘，聖智慧鏡。」

〔六〕不信句，舊題任昉述異記：「却塵犀，海獸也。然其角辟塵，致之於座，塵埃不入。」韓偓八月六日作四首之四詩：「威鳳鬼應遮矢射，靈犀天與隔埃塵。」

〔七〕亦仙句，龔自珍己亥雜詩二八：「不是逢人苦譽君，亦狂亦俠亦温文。」

〔八〕南枝，代指梅花。蘇軾次韻蘇伯固遊蜀岡詩：「願及南枝謝，早隨北雁翩。」趙次公注：「南枝，梅也。」太俊生，猶言太俊俏。生，語助詞。

〔九〕和羹句，李九齡寒梅詞：「留得和羹滋味在，任他風雪苦相欺。」參鄧尉探梅十首詩注。

〔一〇〕倦繡，指倦卧繡榻。廖瑩中江行雜録：「白樂天詩云：『倦倚繡床愁不動，緩垂緑帶髻鬟低。遼陽春盡無消息，夜合花開日又西。』好事者畫爲倦繡圖。」袁桷簡馬伯庸詩：「象榻香濃翠幌春，美人倦繡態横陳。」

〔一一〕蕙帶荷衣，楚辭九歌少司命：「荷衣兮蕙帶，儵而來兮忽而逝。」孔稚圭北山移文：「焚芰製而裂荷衣，抗塵容而走俗狀。」呂延濟注：「芰製、荷衣，隱者之服。」

〔三〕天花散後身，謂經天女散花驗證後的向道之身。維摩詰經觀衆生品：「時維摩詰室有一天女，見諸大人聞所説法，便現其身，即以天華散諸菩薩、大弟子上，華至諸菩薩即皆墮落，至大弟子便著不墮。」華，通「花」。

無題三首

又見春城散柳棉，無聊人住奈何天〔一〕。瓊臺高處愁如海，未必樓居便是仙。

迴文織錦苦縈思〔二〕，想見修書下筆遲。累幅何曾暢衷曲，從來宋玉只微詞〔三〕。

宛轉愁牽億萬絲，春來驚減舊腰支。枉求玉體長生訣〔四〕，自效紅蠶近死時〔五〕。

【箋注】

〔一〕無聊句，謂百無聊賴的我生活在無可奈何的境地裏。晏幾道鷓鴣天詞：「歡盡夜，別經年，別多歡少奈何天。」

〔二〕迴文織錦，比喻情思淒惋的文辭。晉書列女傳：「竇滔妻蘇氏，始平人也，名蕙，字若蘭，善屬文。滔，苻堅時爲秦州刺史，被徙流沙。蘇氏思之，織錦爲迴文旋圖詩以贈滔。宛轉循環以讀之，詞甚淒惋。」江淹別賦：「織錦曲兮泣已盡，迴文詩兮影獨傷。」

〔三〕宋玉，戰國時楚國著名辭賦家，著登徒子好色賦云：「玉爲人體貌閒麗，口多微詞。」微詞，謂言辭婉轉含蓄，或託諷寓貶。李商隱有感詩：「非關宋玉有微詞，却是襄王夢覺遲。」

〔四〕枉求句，許渾學仙詩：「欲求不死長生訣，骨裏無仙不肯教。」龔自珍己亥雜詩二六〇：「勉求玉體長生訣，留報金閨國士知。」

〔五〕紅蠶，蠶老熟，成紅色，始吐絲結繭，故稱。熟蠶死前會不停地吐絲結繭，直至吐完絲後，羽化成蛾，完成交配産卵，雌雄雙雙死去。

新體無題三首

電掣風輪貼地馳〔一〕，遠鳴仙觱入通逵〔二〕。鶼絨枕上驚殘夢，認得蕭娘輦過時〔三〕。

梵語西來更有情，頻傳芳訊慰傾城〔四〕。相如早證蟚蜞夢〔五〕，變格簪花效蟹行〔六〕。

挽臂相將蹴麝塵，舞衣新試六銖春〔七〕。曇花連理原彈指〔八〕，且向華燈寫夢痕。

【箋注】

〔一〕電掣句，謂火車飛馳，如電光急閃而過。

〔二〕仙觱，指火車汽笛聲。觱，觱篥，又名篳篥、葭管。高承事物紀原卷二：「説文曰：『（觱篥）乃羌人所吹屠觱，以驚馬。』樂録曰：『笳，管也。』何承天纂文曰：『羌胡樂記：「出於胡中，其聲悲，本名悲栗。」』通典亦云。或曰胡人吹之，以驚中國馬，後乃以笳爲首，以竹爲管。樂府雜録曰：『本龜兹國樂，唐編鹵簿，名爲笳管，用之雅樂，以爲雅管，六竅則爲鳳管。』令狐揆樂要曰：『篳篥出胡中，或云龜兹國也。』徐景山云：『本胡人牧馬，截骨爲筒，用蘆貫首吹之，以驚羣馬，因而爲竅，以成音律。』」通逵，四通八達之大道。爾雅釋宫：「九達謂之逵。」

〔三〕認得句，吴文英惜黄花慢菊詞：「映繡屏認得，舊日蕭娘。」蕭娘，泛指美麗多情女子。

〔四〕傾城，漢書外戚傳上孝武李夫人：「初，夫人兄延年性知音，善歌舞，武帝愛之。每爲新聲變曲，聞者莫不感動。延年侍上起舞，歌曰：『北方有佳人，絶世而獨立，一顧傾人城，再顧傾人國。寧不知傾城與傾國，佳人難再得！』」

〔五〕相如句，曹學佺蜀中廣記卷六十引琅嬛記：「王吉夜夢一蟚蜞在都亭作人語曰：『我翌日當舍此。』吉覺，異之，使人於都亭候之。司馬長卿至，吉曰：『此人文章當横行一世。』

天下因呼蟚蜞爲『長卿』。卓文君一生不食蟚蜞。」相如，司馬相如，字長卿，小名犬子，因慕藺相如之爲人，遂改名。蜀郡成都（今屬四川）人。西漢著名辭賦家。

〔六〕簪花，喻指書法之工整娟秀者。張彥遠法書要録卷二引袁昂古今書評：「衛恒書如插花美女，舞笑鏡臺。」秋瑾贈女弟子徐小淑和韻詩：「素箋一幅忽相遺，字字簪花見俊姿。」蟹行，喻横寫之歐西文字。

〔七〕六銖，佛經稱忉利天衣重六銖，言其輕薄。見長阿含經世紀經忉利天品。亦泛指既薄且輕之衣。羅虬比紅兒詩：「天碧輕紗只六銖，宛如含露透肌膚。」

〔八〕曇花，亦稱優曇鉢花，花開即謝。吴其濬植物名實圖考卷三十六：「優曇花生雲南，大樹蒼鬱，幹如木犀，葉似枇杷，光澤無毛，附幹四面錯生。春開花如蓮，有十二瓣，閏月則增一瓣，色白，亦有紅者，一開即斂。」連理，兩樹枝幹相連在一起。摯虞連理頌：「東宫正德之内，承華之外，槐樹二枝，連理而生，二幹一心，以蕃本根。」白居易長恨歌：「在天願作比翼鳥，在地願爲連理枝。」

蘇甯紀遊詩各一絶〔一〕

娥虹身世本飛仙〔二〕，神彩常流霽後天。伴我明妝人似月〔三〕，熟梅佳節雨如烟〔四〕。拾翠無從拾墜歡〔五〕，十年幾看六朝山。人間何事堪回首，莫怪江流逝不還。

【箋注】

〔一〕本詩作於一九二五年初夏擬遊歐洲前，時碧城攜女伴沈月華同遊蘇州、南京，拜訪詩友費樹蔚等。費氏予以熱情款待，有碧城來蘇縱談時事有漫遊歐洲不復返意次日天雨宴之龐氏鶴園作二詩贈之以紀其事。詩繫年乙丑（一九二五），其中有「三年幾日能歡笑，意外逢君攜伴來」之語，可證碧城攜伴同訪。

〔二〕娥虹句，曾慥類説卷四十引稽神異苑云：「江表録：首陽山有晚虹，下飲溪水，化爲女子。明帝召入宫，曰：『我仙女也，暫降人間。』帝欲逼幸，而難其色。忽有聲如雷，復化爲虹而去。」

〔三〕伴我句，韋莊菩薩蠻詞：「壚邊人似月，皓腕凝霜雪。」

〔四〕熟梅句，陳元靚歲時廣記卷二引四時纂要云：「梅熟而雨曰梅雨。」又引蘇軾佚詩云：「佳節連梅雨。」碧城此句尾注小字：「蘇紳費君韋齋謂予每來吳門必雨。」

〔五〕拾翠，撿拾翠鳥羽毛作裝飾物，借指婦女春遊情景。曹植洛神賦：「或采明珠，或拾翠羽。」孟浩然同張明府碧溪贈答詩：「自有陽臺女，朝朝拾翠過。」

【附録】

碧城偕沈女士月華游白下宿惠龍旅舍既知館主爲英籍亟欲移榻而別無佳屋可以棲止不得已居之初闢兩室沈女士堅主去其一以賃資助倡義輟業諸工人乃與碧城分上下床碧城高臥晏然而月華爲蚊齧幾無完膚次晨還滬碧城沿途散金與學子之募捐者復以餘資百元助賑予爲莞爾戲作四詩次見示詩韻　費樹蔚

一舸中流望若仙，淒馨明月滿諸天。更無紈扇揮斜日，但有風蘆掠晚烟。吴江泛舟。

草草經行强作歡，清矑何事避鍾山。雷車散得天錢訖，便抵山陰興盡還。

身鬭飢蚊不羨仙，沈娥此義動雲天。如何君作元龍卧，綃帳深深芍藥烟。

飄燈別館不成歡，接淅而行氣涌山。未會六朝烟水味，但看赤日槁田還。

蘇甯旅行詩答韋齋再疊前韻〔一〕

昔聞縮地長房仙〔二〕，更縮由旬一杵天〔三〕。韲入吴峯同悶損，三分金粉七分烟〔四〕。

桂叢招隱羡詩仙，香滿華嚴卅六天〔五〕。待把高鬟雙綰就〔六〕，半籠吴雨半吴烟〔七〕。

夷齊甘作採薇仙，故國仇讎不共天〔八〕。豈比村姑矜小節，露筋祠樹渺秋烟〔九〕。

青史黄粱各自歡〔一〇〕，他年佳話紀名山〔一一〕。玉成月姊千秋義，一枕遊仙夢乍還〔一二〕。

飛霙掣電自成歡〔一三〕，翠掠車窗飽看山。漢女湘姚同邂逅〔一四〕，偶然劍合便珠還〔一五〕。

淚滿東南强作歡，移文慷慨誓移山〔一六〕。點金幸有麻姑爪〔一七〕，散盡天錢去復還〔一八〕。

【箋注】

〔一〕本詩作年同前。韋齋，費樹蔚之號。

〔二〕昔聞句，葛洪神仙傳卷五：「費長房有神術，能縮地脈，千里存在，目前宛然，放之復舒如舊也。」縮地，舊指術士將距離縮短，化遠爲近之神仙法術。長房，姓費，東漢汝南人。傳説曾從壺公學道，能醫治衆病，懲治妖鬼，善縮地之術。後因丢失其符，爲衆鬼所殺。事見後漢書方術傳。

〔三〕由旬，古印度計算里程及長度之單位。其計數多少，説法不一。大唐西域記卷二：「夫數量之稱，謂踰繕那，舊曰由旬，又曰踰闍那，又曰由延，皆訛略也。踰繕那者，自古聖王一日軍程也。舊傳一踰繕那四十里矣。印度國俗乃三十里，聖教所載唯十六里。」白居易春日題乾元寺上方最高峯亭詩：「但覺虚空無障礙，不知高下幾由旬？」一杵天，極言天空低垂，離地面僅有一根棒槌之距離。説文：「杵，舂杵也。」

〔四〕鞾入二句，碧城自注：「烟雨吴天，旅居悶損，月華謂蘇州之天甚低，秣陵則天高氣爽。」鞾，玉篇：「鞾，鞾蹙，憂愁不樂之狀也。」金粉，景物綺麗穠艷之謂。吴偉業殘畫詩：「六朝金粉地，落木更蕭蕭。」

〔五〕華嚴，佛教所謂法身毘盧遮那之净土，即以大蓮花包藏微塵數之華嚴世界。見華嚴經卷八。卅六天，道教稱神仙所居之天界，有三十六重。雲笈七籤卷二十一引消魔經云：「三清上境三十六天，下備三界三十六帝。」

〔六〕綰，廣韻：「綰，繫也。」

〔七〕半籠句，句末碧城自注：「有秋間來吴門賞桂之約。」

〔八〕夷齊二句，史記伯夷列傳：「西伯卒，武王載木主，號爲文王，東伐紂。伯夷、叔齊叩馬而諫曰：『父死不葬，爰及干戈，可謂孝乎？以臣弑君，可謂仁乎？』左右欲兵之。太公曰：『此義人也。』扶而去之。武王已平殷亂，天下宗周，而伯夷、叔齊耻之，義不食周粟，隱於首陽山，采薇而食之。」

〔九〕露筋祠，亦名露筋廟，在今江蘇高郵城南三十里。廟原祀五代路金，後訛傳傅會，云祀不願「失節」、寧爲羣蚊所嘬而死之女，事見宋米芾所撰露筋廟碑。考其原由，亦宋代理學盛行之結果。前人如李綍辨之甚悉，詳徐昂發畏壘筆記。祝穆方輿勝覽卷四十六：「露筋廟，去城三十里。舊傳有女子夜過此，天陰蚊盛，有耕夫田舍在焉，其嫂止宿，女曰：『吾寧處死，不可失節。』遂以蚊死，其筋露焉。」歐陽修憎蚊詩：「嘗聞高郵間，猛虎死淩辱。哀哉露筋女，萬古讎不復。」碧城自注：「月華之不貨英㢋，猶夷齊之不食周粟也。甘受蚊齧，大義凜然，露筋祠眇乎小矣。」

〔一〇〕黄粱，沈既濟枕中記載：唐開元年間，有盧生在邯鄲客店遇道士吕翁，生自嘆窮困，翁乃取囊中枕授之，使入夢。生於夢中享盡榮華富貴。及醒，主人所蒸黄粱尚未熟。後因以「黄粱一夢」喻虚幻之顯貴及難以企及之欲望。

〔一一〕名山，史記太史公自序：「藏之名山，副在京師。」司馬貞索隱：「言正本藏之書府，副本留京師也。」

〔一二〕玉成二句，碧城自注：「余貪睡，未遑與月華作上下床之揖讓。」月姊，指沈月華，生平未詳。

〔一三〕飛霙，謂落花如雪。吴文英解語花梅花詞：「飛霙弄晚，蕩千里暗香平遠。」

〔一四〕漢女湘姚，指漢水女神和湘水女神。杜甫渼陂行：「湘妃漢女出歌舞，金支翠棋光有無。」湘姚，即舜妃。因舜居姚墟，以姚爲姓，妃從夫姓，故稱。

〔一五〕偶然句，謂不期而遇很快又要分別，各歸其所。後漢書孟嘗傳：「嘗後策孝廉，舉茂才，拜徐令。州郡表其能，遷合浦太守。郡不産穀實，而海出珠寶，與交阯比境，常通商販，貿糴糧食。先時宰守並多貪穢，詭人采求，不知紀極，珠遂漸徙於交阯郡界。於是行旅不至，人物無資，貧者餓死於道。嘗到官，革易前敝，求民病利。曾未踰歲，去珠復還，百姓皆反其業。」古今小説蔣興哥重會珍珠衫：「珠還合浦重生采，劍合豐城倍有神。」劍合，喻重逢。珠還，喻歸返。碧城自注：「秣陵一宿，余即返滬，月華亦赴京口。」

〔一六〕移文句，借孔稚圭北山移文中北山怒拒假隱士周顒從此地經過事，喻工人罷工檄文態度堅決，慷慨激昂。移山，見列子湯問所載愚公移山典故。

〔一七〕麻姑爪，借指女子纖巧之手。太平御覽卷三七〇：「列異傳曰：神仙麻姑降東陽蔡經家，手爪長四寸。經意曰：『此女子實好佳手，願得以搔背。』麻姑大怒。忽見經頓地，兩目流血。」又，太平廣記卷六十：「麻姑鳥爪，蔡經見之，心中念言：『背大癢時，得此爪以爬背，當佳。』方平已知經心中所念，即使人牽經鞭之。謂曰：『麻姑神人也，汝何思謂爪可以爬背耶？』但見鞭着經背，亦不見有人持鞭者。」

〔一八〕散盡句，碧城自注：「余以旅行餘資，悉助滬案輟業諸工人。」

【附録】

奉和蘇甯旅行詩原韻絶句二首

彭穀孫

慣説吴儂祀水仙，雲軿飛下奏鈞天。信芳稿本傳抄徧，磨盡廷珪萬杵烟。

信是詩仙亦地仙，俊遊鴻鵠欲摩天。金閨自有安危志，一爲蒼生洗瘴烟。

小游仙〔一〕

誰將玉帶束晶盤〔二〕，乍見星精出水寒〔三〕。銀縷飄衣秋舞月〔四〕，珠芒銜斗夜加冠〔五〕。微顰世外成千劫，一睇人間抵萬歡〔六〕。自是驚鴻無定在〔七〕，青天碧海兩漫漫。〔八〕

【箋注】

〔一〕本詩初刊於一九二六年十二月十一日申報，同時刊有費樹蔚和韻之作。檢韋齋詩集，和詩題作次韻碧城小遊仙感近事也，繫年乙丑，是此詩當作於一九二五年碧城遊吴門訪費氏前後。

〔二〕晶盤，喻月。此處似形容土星。吕碧城歐美漫游録紀木蘭如吉之戲：「土星腰間環以星氣巨圈，如加玉帶，此皆特別可識者。」

〔三〕星精，星宿之精氣。庾信周太子太保步陸逞神道碑：「祥符雲氣，慶合星精。」

〔四〕銀縷句，謂星精身著銀縷衣，在秋月下起舞。新唐書車服志：「戟，山一章。銀鏤鞶囊。」王褒樂府詩：「銀鏤明光帶，金地織成襦。」

〔五〕珠芒句，謂星精帽飾珠玉，夜晚光芒閃射，直衝斗牛。歐美漫游録紀木蘭如吉之戲：「得遇諸星精，長身姱貌，……飾以明星，高簇爲冠。」

〔六〕微顰二句，謂蹙眉間世外已經歷生滅成毀無數劫難，看一眼人間無恙，抵得上萬千歡樂。一睇，猶一瞥，形容時間極短。

〔七〕自是句，謂自己就象驚鴻一樣，往來無定所。元好問臨江仙寄德新丈詞：「自笑此身無定在，北州又復南州。」驚鴻，猶大雁。此處碧城用以自喻。

〔八〕青天句，孫原湘書憤詩：「只隔一重欄檻地，青天碧海路漫漫。」

【評】

孤雲評吕碧城女士信芳集：此詩高華精警。遊仙例有寄托，此可作義山「碧城十二玉闌干」三首觀之，但賞美文，不欲穿鑿也。

【附録】

和前韻

費樹蔚

真見銅仙泣露盤，誰憐妍眼滴珠寒。竹間粉重侵羅袂，簾下釵横罥錦冠。冷月自隨花影度，罡風盡掃鳥聲歡。明朝絳節歸何處？法曲雖高聽渺漫。

遣興〔一〕

客星穹瀚自徘徊〔二〕，散髮居夷未可哀〔三〕。浪跡春塵温舊夢，回潮心緒撥寒灰〔四〕。人能奔月真遺世〔五〕，天遣投荒絶艷才〔六〕。億萬華嚴隨臆幻，謫居到處有樓臺〔七〕。

【箋注】

〔一〕本詩初刊於一九二六年十二月十一日申報，題作「去國留别諸友」。前此一年十月由上海中華書局出版之聚珍倣宋版信芳集，未收此詩，可知其作於一九二六年去國未久。

〔二〕客星，指乘槎至牽牛宿之人。碧城客居海外，故用以自比。張華博物志卷十載：天河與海通，每年八月有浮槎來往。有人乘槎至天界，並與牽牛晤談。返回後，至蜀，嚴君平告之曰：某年月日有客星犯牽牛宿。計之，正此人到達天河之時。

〔三〕散髮，喻隱逸生活。李白宣州謝朓樓餞別校書叔雲詩：「人生在世不稱意，明朝散髮弄扁舟。」居夷，居南方蠻夷之地。此指寄居域外。韓愈江漢答孟郊詩：「苟能行忠信，可以居夷蠻。」

〔四〕浪跡二句，費樹蔚碧城來蘇縱談時事有漫遊歐洲不復返意次日天雨宴之龐氏鶴園作二詩贈之詩：「軟語一燈留掣電，定心千劫撥寒灰。」寒灰，此指香燃完後剩下的灰燼。

〔五〕遺世，超脱塵世。抱朴子博喻：「是以墨翟以重繭怡顔，箕叟以遺世得意。」

〔六〕天遺句，易順鼎讀太白集漫題二絶句詩：「九州無地置仙才，天遺投荒亦可哀。」

〔七〕億萬二句，以華嚴帝釋天宮殿之帝網天珠，喻其理想境界。法藏華嚴金師子章勒十玄第七：「如是重重無盡，猶天帝網珠，名因陀羅網境界門。」梁啓超論小説與羣治之關係：「此身已非我有，截然去此界以入於彼界，所謂華嚴樓閣，帝網重重，一毛孔中，萬億蓮花。」

柬同學楊蔭榆女士〔一〕

之子近如何〔二〕，秋風萬水波〔三〕。瀛黌懷舊雨〔四〕，鄉國臥烟蘿〔五〕。吾道窮彌健〔六〕，斯文晦不磨〔七〕。狂吟爲斫地，重唱莫哀歌〔八〕。

【箋注】

〔一〕楊蔭榆（一八八四—一九三八），江蘇無錫人。曾就讀於上海務本女中。一九一八年赴美留學，畢業於哥倫比亞大學。一九二四年任北京女子師範大學校長。一九二九年任教蘇州東吴大學。日寇侵佔蘇州，她數次前往日軍官邸交涉，抗議日軍姦淫擄掠，遂遭日寇槍殺。參見楊絳回憶我的姑母。

〔二〕之子句，杜甫天末懷李白詩：「凉風起天末，君子意如何。」之子，猶是子，指楊蔭榆。

〔三〕秋風句，耿湋邠州留别詩：「暮角寒山色，秋風遠水波。」

〔四〕瀛黌，海外學舍。徐鉉進校定説文表：「黌，學堂也。」舊雨，喻故人老友。杜甫秋述：「秋，杜子卧病長安旅次，多雨生魚，青苔及榻，常時車馬之客，舊雨來，今雨不來。」

〔五〕鄉國句，鄂公瓠廬脞録吕碧城近詩：「蔭榆女士飽歷滄桑，近方蟄居我吴，隱於皋比，將買婁溪耦園，爲灌園治菜計。碧城『烟蘿』一語，可謂知蔭榆心事矣。」烟蘿，烟氣聚合，女蘿纏繞。指代棲隱之所。李端送友人還洛詩：「何當嵩嶽下，相見在烟蘿。」

〔六〕吾道句，意謂處境窮困，而志節愈益堅毅。後漢書馬援傳：「丈夫爲志，窮當益堅。」當爲其本。杜甫積草嶺詩：「旅泊吾道窮，衰年歲時倦。」

〔七〕不磨，不滅。後漢書南匈奴傳論：「千里之差，興自毫端；失得之源，百世不磨矣。」

〔八〕狂吟二句，杜甫短歌行贈王郎司直詩：「王郎酒酣拔劍斫地歌莫哀，我能拔爾抑塞磊落之奇才。」

聞迂瑣居士近耽填詞〔一〕

閒煞經綸手〔二〕，商宮按譜嫺〔三〕。詩餘擒藻麗〔四〕，樹老著花妍。叢桂羈詞客，深篁妒鬼仙〔五〕。十洲三萬里，問訊有吟牋〔六〕。

【箋注】

〔一〕迂瑣居士，謂費樹蔚。呂美蓀葂麗園隨筆：「吴門鉅紳費仲深，名樹蔚，號迂瑣，吴江人。積學好古，抗爽有燕趙風。」

〔二〕經綸，理出絲緒曰經，編絲成繩曰綸，合稱「經綸」。多用以指籌劃治理國家大事。辛棄疾水龍吟壽韓南澗詞：「渡江天馬南來，幾人真是經綸手？」

〔三〕商宫，五音中的二音。此指填詞所用之音律聲調。

〔四〕摛藻，見前和鐵花館主見贈韻詩注。

〔五〕叢桂二句，咏其閒居填詞之雅興。餘參前遊鍾山和省庵詩及威賽花園賞桂詩注。又，碧城自注：「君昔贈詩有『萬竹斜陽妒鬼才』之句。」

〔六〕十洲二句，碧城歸隱瑞士阿爾卑斯雪山，迂瑣居士身居蘇州，相去萬里，彼此常以詩書問候，故云。

爲同學凌楫民博士題雲巢詩草〔一〕

一卷琳琅抵百城〔二〕，深研漢魏見菁英。生花筆艷佉盧字〔三〕，變夏能存雅正聲〔四〕。騫槎遥泛斗牛津〔五〕，絃誦相聞憶比鄰〔六〕。銀海光寒瑶霰急〔七〕，扣舷同訪自由神〔八〕。相逢王粲登樓日〔九〕，再遇蘭成去國時〔一〇〕。便欲乘桴成獨往，十洲澒洞去何之〔一一〕？

【箋注】

〔一〕本詩録自黄本信芳集，各本均失收。據第三首「再遇」句碧城自注「予將有歐洲之行」，可知詩當作於一九二六年再度去國前夕。凌楫民，又名凌啓鴻，浙江吴興（今湖州）人。早歲留學美國哥倫比亞大學，與碧城爲校友。歸國後，曾任北平大學法學院教授，後在上海從事律師職業。一九四一年任汪僞立法委員，僞維新政府上海特別市社會局局長。

〔二〕百城，魏書李謐傳：「丈夫擁書萬卷，何假南面百城？」

〔三〕生花句，王仁裕開元天寶遺事卷下：「李太白少時，夢所用之筆頭上生花，後天才贍逸，名聞天下。」佉盧，古印度及中亞地區廣泛使用的文字，最早出現在印度北部佉盧河流域。此泛指西文。潘飛聲月子得儷字代賦一首詩：「少小學佉盧，爲文謝駢儷。」

〔四〕變夏，變易夏聲，指以西文書寫翻譯。雅正聲，指凌氏所作雲巢詩草。雅正，典雅純正。

〔五〕騫槎句，典出張華博物志卷十，詳前遺興詩注。又，胡仔苕溪漁隱叢話前集卷十一引古本荆楚歲時記：「漢武帝令張騫窮河源，乘槎經月而去，至一處，見城郭如官府，室內有一女織，又見一丈夫牽牛飲河。騫問云：『此是何處？』答曰：『可問嚴君平。』織女取搘機石與騫而還。後至蜀問君平，君平曰：『某年月日，客星犯牛斗。』所得搘機石，爲東方朔所識，並其證焉。」與張説稍異，後者似據前者增益附會而成。此謂舟渡太平洋往美洲求學，路途遥遠，一如張騫乘槎往來天河。

〔六〕絃誦，見前雜感詩注。

〔七〕銀海光寒，蘇軾雪後書北臺壁二首詩：「光摇銀海眩生花。」瑶霰，指雪花。霰，雪珠。詩小雅頍弁：「如彼雨雪，先集維霰。」鄭玄箋：「將大雨雪，始必微温，雪自上下，遇温氣而搏謂之霰。」

〔八〕扣舷句，碧城自注：「予識君於紐約，時值冬季，嘗於雪中同遊自由神紐約港口之銅像也。」自由神，梁啓超新大陸遊記：「自由島者，在紐約海口中央，竪一自由女神像，法國人所贈也。美人寶之，登之有瀟灑出塵之想。」

〔九〕王粲，字仲宣，山陽高平人。後漢獻帝初平三年（一九二）長安大亂，粲避難南奔，依荆州牧劉表，思鄉懷歸，感作登樓賦。按，碧城與凌楫民相識於美國哥倫比亞大學，時在一九二〇年。

〔一〇〕再遇句，碧城與凌楫民再次相見，時在一九二六年出國前。北周庾信原仕梁，奉命出使西魏，值梁爲西魏所滅，遂羈留異鄉。詩人有感於庾信境遇，故用以自況。蘭成，陸龜蒙小名録：「庾信幼而俊邁，聰敏絶倫，有天竺僧呼信爲蘭成，因以爲小字。」碧城句末自注：「予將有歐洲之行。」

〔一一〕澒洞，相連貌。杜甫自京赴奉先縣咏懷五百字詩：「憂端齊終南，澒洞不可掇。」吴淑事類賦卷一：「澒洞蒼莽，不可爲象。」

兩渡太平洋皆逢中秋〔一〕

不許微雲滓太空〔二〕，萬流澎湃擁蟾宫〔三〕。人天精契分明證〔四〕，碧海青天又一逢。

【箋注】

〔一〕本詩初刊於一九二六年十二月十三日申報，題作「兩渡太平洋皆逢中秋憶昔樊山贈金縷曲詞有料得前身明月是睹聲名碧海青天裏之句爲之慨然」。按，碧城兩渡太平洋皆逢中秋，分别爲一九二〇年九月二十六日及一九二六年九月二十一日。

〔二〕不許句，劉義慶世説新語言語第二：「司馬太傅齋中夜坐，於時天月明浄，都無纖翳。太傅歎以爲佳。謝景重在坐，答曰：『意謂乃不如微雲點綴。』太傅因戲謝曰：『卿居心不浄，乃復强欲滓穢太清邪？』」滓，污染，玷污。

〔三〕萬流句，形容浩瀚激蕩的太平洋波浪撞擊簇擁着水中之月。蟾宫，月宫。傳説月宫有蟾蜍，故稱。袁郊月詩：「嫦娥竊藥出人間，藏在蟾宫不放還。」

〔四〕精契，精神投合。司空圖月下留丹竈：「其後爲刺史李岫所得，今傳於孫君，豈精契之所感致耶？」證，廣韻：「證，驗也。」

舟中排奇裝宴予化妝爲中國官吏諸客以彩縷擲予致離席時滿身纏繞不良於行衆爲哄笑〔一〕

鮫宮通海夜燃犀〔二〕，影亂銀梭絳霧霏。不惜色身爲一現，胡兒争仰漢官儀〔三〕。

【箋注】

〔一〕本詩録自一九二六年十二月十三日申報，各本均失收。據詩題，當作於是年秋渡太平洋舟中。

〔二〕鮫宮，猶鮫室，謂鮫人水中居所。魏源秦淮燈船引：「泉客鮫宮萬遊戲，漢佩湘珠千出没。」燃犀，謂燃犀角燭照水怪。劉敬叔異苑卷七：「晉温嶠至牛渚磯，聞水底有音樂之聲，水深不可測。傳言下多怪物，乃燃犀角而照之。須臾，水族覆火，奇形異狀。」蘇軾壽州李定少卿出餞城東龍潭上詩：「未暇燃犀照奇鬼，欲將燒燕出潛虬。」

〔三〕漢官儀，後漢書光武帝紀上：「老吏或垂涕曰：『不圖今日復見漢官威儀。』」此處碧城自指晚宴上妝飾漢人官吏衣着。

中秋夜太平洋上觀影戲爲史璜生女士主演之片〔一〕

曼演魚龍幻不窮〔二〕，寒璜辛苦警羣蒙〔三〕。匆匆一霎華胥夢〔四〕，盡在濤聲月影中。

【箋注】

〔一〕本詩録自一九二六年十二月十三日申報，作年同前，時在是年九月二十一日（中秋節）或稍後。史璜生，美國好萊塢著名女影星。曾主演莫負今宵、日落大道等，享譽影壇。

〔二〕曼演魚龍，漢雜戲名。荀悦漢紀孝武皇帝紀六：「設酒池肉林以饗四夷之客，作巴俞都盧、海中碭極、漫演魚龍、角觝之戲以觀視之。」漢書西域傳下「曼演」作「漫衍」，顏師古注：「漫衍者，即張衡西京賦所云『巨獸百尋，是爲漫延』者也。魚龍者，爲舍利之獸，先戲於庭極，畢乃入殿前激水，化成比目魚，跳躍漱水，作霧障日，畢，化成黄龍八丈，出水敖戲於庭，炫燿日光。」

〔三〕寒璜，碧城自注：「古稱寒璜爲嫦娥侍女。」

〔四〕華胥夢，泛指夢境。列子黄帝：「晝寢而夢，遊於華胥氏之國。華胥氏之國在弇州之西，台州之北，不知斯齊國幾千萬里，蓋非舟車足力之所及，神遊而已。」李商隱思賢頓詩：

「不見華胥夢，空聞下蔡迷。」

丁卯暮春遊瑞士〔一〕

誰調濃彩與奇芳，造就仙都隔下方〔二〕。海映花城騰艷靄，霞渲雪嶺炫瑶光。鳴禽合奏天然樂，静女同羞時世妝〔三〕。安得一廛相假借〔四〕，餘生淪隱水雲鄉。

【箋注】

〔一〕本詩録自一九二七年七月二日申報，作於是年四月間。吕碧城歐美漫游録芒特儒之風景：「予抵芒特儒，時方四月，故未登山，勾留三日而去，賦詩一首曰：『誰調濃彩與奇香……』」可證。

〔二〕下方，猶下界，人間。姚合題山寺詩：「雲開上界近，泉落下方遲。」

〔三〕静女句，秦韜玉貧女詩：「誰愛風流高格調，共憐時世儉梳妝。」静女，俗言好女子。馬瑞辰毛詩傳箋通釋卷四：「『静女其姝』，傳：『静，貞静也。姝，色美也。』瑞辰按：説文：『竫，亭安也。』凡經傳『静』字皆『竫』之假借。若静之本義，説文自訓宷耳。静、竫又與靖通用。……鄭詩『莫不静好』，大雅『籩豆静嘉』，皆以『静』爲『靖』之假借。此詩『静女』亦當讀『靖』，謂善女，猶云淑女、碩女也。」

〔四〕一廛，一人所居之地。孟子滕文公上：「遠方之人聞君行仁政，願受一廛爲氓。」

遊義京羅馬〔一〕

夕照鎔金燦古垣〔二〕，羅京寫影入黄昏。海波浄似胡兒眼，石像靚傳娀女魂〔三〕。萬國珠槃存息壤〔四〕，千秋文獻尚同源〔五〕。無端小住成惆悵，多事迴車市酒門。

【校】

〔寫影〕原作「鸞影」，據吕碧城集歐美漫游録、信芳集鴻雪因緣改。〔多事迴車〕原作「記取堅波」，據吕碧城集歐美漫游録、信芳集鴻雪因緣改。

【箋注】

〔一〕本詩録自一九二七年七月二日申報，約作於由瑞士芒特儒抵義京羅馬後，最晚當在是年四月底。義京，即意大利首都。

〔二〕夕照句，李清照永遇樂詞：「落日鎔金，暮雲合璧。」碧城自注：「羅馬古蹟多頽垣斷宇。」

〔三〕石像句，碧城自注：「美術以石像爲最佳。」娀女，史記殷本紀：「殷契，母曰簡狄，有娀氏之女。」淮南子墬形訓：「有娀在不周之北，長女簡翟，少女建疵。」劉文典集解：「有娀，國名也。不周，山名也。簡翟、建疵姊妹二人在瑤臺，帝嚳之妃也。天使玄鳥降卵，簡翟吞之以生契，是爲玄王，殷之祖也。」

〔四〕萬國句，碧城自注：「義之鄰境日内瓦爲各國訂約之所。」息壤，信誓盟約之地。戰國秦武王三年，使甘茂約魏伐韓，茂恐王後悔，乃與之盟於息壤以爲信。後王果有悔意，茂遂以先前與王所訂之息壤盟約説服之。見戰國策秦二。此用其事。

〔五〕千秋句，碧城自注：「各國法律多導源於羅馬。」

日内瓦湖短歌四截句〔一〕

其一

歌舞沸湖濱，約盟聯國際〔二〕。文軌萬方歧〔三〕，珠履三千會〔四〕。

其二

循環數七橋〔五〕，七橋有長短。橋短繫情長，橋長響屧遠〔六〕。

其　三

蓋世此噴泉，泉頭天畔起〔七〕。濺玉復飛珠，蓮花和淚洗。

其　四

今日到湖頭，昨宵宿湖尾〔八〕。頭尾尚相連，墜歡如逝水〔九〕。

【箋注】

〔一〕本詩録自費本呂碧城集歐美漫游録，作於一九二七年五月下旬由巴黎抵日内瓦後未久。

〔二〕約盟句，鄒魯二十九國遊記瑞士：「日内瓦雖瑞士之一州，地復不寬，然因風景之佳，遊人咸趨，國際聯盟會在此，作國際中樞，尤增價值。……國際聯盟，爲威爾遜所提倡，即第一次世界大戰之産物。盟約規定，凡兩國發生争端，須提請國聯仲裁，不得訴諸武力。其有違反此原則者，則全體之會員國均須實行對其經濟制裁。」按，國際聯盟，即今聯合國前身。

〔三〕文軌句，謂各國政治制度及文化經濟皆不相同。文軌，文字車軌。中庸：「今天下車同軌，書同文。」梁簡文帝菩提樹頌序：「一同文軌，萬方共貫。」

〔四〕珠履三千，史記春申君列傳：「趙使欲誇楚，爲瑇瑁簪，刀劍室以珠玉飾之，請命春申君客。春申君客三千餘人，其上客皆躡珠履以見趙使，趙使大慚。」後因以喻門客或貴賓之衆。

〔五〕循環二句，吴宓日記一九三一年四月十七日：「遊觀 Genève 市中 Rhone 河上諸橋（橋數凡七，信芳集有詩咏之）；以鐵閘（可分卷）所成之瀑布。」

〔六〕響屧，步履聲。屧，鞋子；木屐。張先菩薩蠻詞：「翠幕動風亭，時疑響屧聲。」

〔七〕蓋世二句，吕碧城鴻雪因緣日内瓦：「湖濱有極高之噴泉曰 Jet D'eau，據云爲世界冠，泉焕彩光，不審爲日暉所映，抑用别法成之。」

〔八〕今日二句，吕碧城鴻雪因緣日内瓦：「瑞士山水馳譽寰球，尤以湖著名，即 Lake of Geneva。芒特儒（Mountreux）乃湖頭，而建尼瓦（Geneva）（今譯日内瓦）則爲湖尾。國際聯盟會（The League of Nations）所在，亦遊人薈萃之區。」

〔九〕墜歡，已過去的歡樂。鮑照和傅大農與僚故别詩：「墜歡豈更接，明愛邈難尋。」

絶句一首〔一〕

玉井開蓮别有山，無窮劫火照塵寰〔二〕。年來萬念都灰燼，待與乾坤大涅槃〔三〕。

【箋注】

〔一〕本詩録自吕碧城集歐美漫游録，作於一九二七年七月遊拿坡里維蘇威火山時。

〔二〕玉井二句，吕碧城歐美漫游録火山：「山頂作蓮花形，火井居中，恰如蓮實，白烟滚滚，如晴雲噴吐不已，隱現紅色。若於夜間觀之，必明透全赤純然火也，體積甚巨，直冲天際，數十里外皆可見之。山頭惟能熊烈焰及巉巉焦石，絶無植物。」

〔三〕大涅槃，即大般涅槃。指脱離一切煩惱，熄滅生死輪迴後進入自由無礙的精神境界。北本涅槃經卷二十六：「菩薩摩訶薩修大涅槃，於一切法悉無所見。若有見者，不見佛性，不能修習般若波羅蜜，不得入於大般涅槃。」

九月六日日内瓦紀事〔一〕

玉敦珠槃萬象開〔二〕，華燈扶影步虚來〔三〕。未甘鷟座流風歇〔四〕，更向歡場獵一回〔五〕。

【箋注】

〔一〕碧城於一九二六年秋赴美，據其歐美漫游録，是年九月尚在旅美途中，次年八月初至來年三月皆在英倫及法京巴黎遊歷，四月始由巴黎旅居瑞士日内瓦。故題作「九月六日」云，當作於一九二八年九月。

〔二〕玉敦珠槃，古代諸侯爲結盟歃血而設之器皿。周禮天官：「若合諸侯，則共珠槃玉敦。」鄭玄注：「槃類，珠玉以爲飾。古者以槃盛血，以敦盛食。合諸侯者必割牛耳，取其血，歃之以盟，珠槃以盛牛耳，尸盟者執之。」此借指張燈結彩等佈景及擺設。

〔三〕步虛，道家語，指凌空而行。漢武帝内傳：「可以步虛，可以隱形。」

〔四〕驚座，使在座之人驚訝震動。漢書陳遵傳：「時列侯有與遵同姓字者，每至人門，曰陳孟公，坐中莫不震動。既至而非，因號其人曰陳驚坐云。」蕭穎士仰答韋司業垂訪五首之五詩：「中郎何爲者，倒屣驚座賓。」

〔五〕更向句，李商隱北齊二首之二詩：「晉陽已陷休回顧，更請君王獵一圍。」

蔻山 Caux 賞雪歌〔一〕

豆蔻山，在何處？阿爾伯次雲中路〔二〕。陰霾寒鎖春未來，忽放琪花千萬樹〔三〕。不辨南枝與北枝，亂射珠光破銀霧。有客渾如鶴〔四〕，無春亦見梅。天機寸織悉縞素〔五〕，仙山片礫皆瓊瑰。我御飛車印鴻雪〔六〕，搴裳欲行雪没膝〔七〕。小作爐邊煨芋談，同憐海上飄萍跡〔八〕。清遊似此能有幾，玄都重到亦可喜〔九〕。知在華嚴第幾天〔一〇〕，側身四顧心茫然〔一一〕。光迷銀海通三界〔一二〕，須彌浩渺吾微芥〔一三〕。散亂天花著我身〔一四〕，霏瓊滴粉將同化。願化姑射仙姿瑩〔一五〕，遺世辟穀聖之清〔一六〕。或化玉井之蓮開太華〔一七〕，群芳俱屬鄶以下〔一八〕。或化龍女入道坐跏趺〔一九〕，縞衣素帔莊而姝。嗟我凡骨那能修到此，但作冰砂玉屑培護琪花此山裏。更祝乾坤長此存虛白，倘教染色莫染赤。在天只許見朱霞，在地惟應見紅萼。如爲春色到人間，莫教染作萇弘血〔二〇〕。五千盛會毗耶城，盡咳飛霙落瑶席〔二一〕。吁嗟乎！東瞻華夏西歐美，劫餘未見天心悔〔二二〕。龍蛇起陸遍中原〔二三〕，艫舳横空窮四海〔二四〕。瑞雪由來祓不祥〔二五〕，排雲我欲呼真宰〔二六〕。

【校】

〔題〕原作「大雪中乘火車升山賞雪步行半里雪深没脛乃悵然止於茶室脱所濕之履就爐烘之有西人某助予烘履藉談片刻即乘車下山詩以紀之」，兹據己巳本信芳詞附詩改。〔五千二句〕原脱，據信芳詞補。

【箋注】

〔一〕據己巳（一九二九）本信芳詞呂碧城跋文，本詩爲戊辰（一九二八）本信芳集脱佚之作。考詩人首登瑞士日内瓦境内之阿爾卑斯雪山，時在一九二七年六月。來年，詩人有好事近一詞云「再來剛是一年期」，由此可知二登雪山，時在一九二八年六月。然本詩云「陰霾寒鎖春未來」，時序均與之不合，當爲戊辰冬遊雪山歸來後所作，其時信芳集已印行，故未及收之。蔻山，阿爾卑斯山之一部分，臨近日内瓦湖。呂碧城歐美漫游録芒特儒之風景：「湖後爲山，共分三級：第一爲葛力昂（Glion），中層爲蔻（Caux），山巔爲饒席德内（Rochers de Naye），乃最高處。」

〔二〕阿爾伯次，歐洲中南部阿爾卑斯山脈之一。在瑞士境内，其山多雪。

〔三〕忽放句，岑參白雪歌送武判官歸京詩：「忽如一夜春風來，千樹萬樹梨花開。」

〔四〕有客句，謂遊客著雪，狀如白鶴。

〔五〕縞素，白色。桓寬鹽鐵論非鞅：「縞素不能自分於緇墨，賢聖不能自理於亂世。」

〔六〕鴻雪，雪泥鴻爪。喻陳跡。蘇軾和子由澠池懷舊詩：「人生到處知何似？應似飛鴻踏雪泥。」

〔七〕搴裳，撩起下衣。盧照鄰釋疾文：「搴裳訪古。」

〔八〕小作二句，信芳詞增刊本碧城自注：「止於茶舍，與西人某圍爐閒話。」煨芋，因話録載李泌寓衡山，嘗夜往晤懶殘和尚，懶殘方撥火煨芋，出半芋食之，示以前程因果。

〔九〕玄都，指仙境。海内十洲記玄洲：「上有大玄都，仙伯真公所治。」葛洪枕中書：「真記曰：「玄都玉京七寶山，周迴九萬里，在大羅之上，城上七寶宫，宫内七寶臺，有上中下三宫。」

〔一〇〕知在句，指華嚴宗所言大乘仙境，有所謂色界十七天，無色界四天等。

〔一一〕側身句，李白行路難：「停杯投箸不能食，拔劍四顧心茫然。」

〔一二〕三界，佛教所説欲界、色界、無色界之合稱，爲有情衆生所依存。欲界爲具有食欲、淫欲之衆生住所。其上色界，爲已離食欲及淫欲之衆生住所。再其上無色界，爲無形衆生之住所。見俱舍論卷八等。

〔一三〕須彌，佛教名山。相傳周遭有八山八海順次環繞，以此爲中心形成别一世界。山頂爲帝釋天所居，山腰爲四天王所居。釋氏要覽界趣：「四洲地心，即須彌山。此山有八山遶外，有大鐵圍山，周迴圍繞，並一日月晝夜回轉照四天下。」參見立世阿毗曇論卷二。微芥，芥菜子，喻極小之物。華嚴宗以須彌山放入一芥子中，須彌山不見縮小，而芥子亦不見膨漲，以此强調法界體性廣大，無所不包而大小無礙。

〔一四〕散亂句，喻大雪紛飛，用佛祖開講諸天雨花典。

〔一五〕姑射，神仙或美人之代稱。莊子逍遥遊：「藐姑射之山，有神人居焉，肌膚若冰雪，淖約若處子。」皮日休李翰林詩：「蓬壺不可見，姑射不可識。」

〔一六〕辟穀，避食五穀。道家以服食藥物和導引之術，試圖達到長生的一種修煉方法。史記留侯世家：「乃學辟穀，道引輕身。」曹植辯道論：「世有方士，吾王悉所招致，甘陵有甘始，廬江有左慈，陽城有郄儉。始能行氣導引，慈曉房中之術，儉善辟穀，悉號三百歲。」聖之清，見前威賽花園賞桂詩注。

〔一七〕或化玉井句，韓愈古意詩：「太華峯頭玉井蓮，開花十丈藕如船。」太華，西嶽華山，在陝西華陰縣南。華山記：「山頂有池，生千葉蓮花，服之羽化，因曰華山。」

〔一八〕鄶以下，左傳襄公二十九年載，吴公子季札聘魯，觀周樂，於國風、周南、召南以下，樂工每歌畢，皆有評語，「自鄶以下無譏焉」。杜預注：「鄶第十三，曹第十四。言季子聞此二國歌，不復譏論之，以其微也。」後因以「鄶以下」或「鄶下」表示相形見絀、微不足道之意。

〔一九〕或化龍女句，用龍女成佛事。法華經提婆達多品載：娑竭羅龍王之女，年甫八歲，智慧猛利，諸佛所言甚深秘藏，悉能受持，乃於刹那之頃，發菩提心，得不退轉。復以一寶珠獻佛，以此功德願力，轉女成男，具足菩薩行。於南方無垢世界，坐寶蓮花中，成正等覺。跏趺，結跏趺坐，佛教徒修禪坐法。即以兩足交叉置於左右股，或以左壓押在右股上，或以右足壓在左股上。

〔二〇〕萇弘血，見前精忠柏斷片圖爲白葭居士題詩注。

〔二一〕五千二句，碧城自注：「予與歐美諸善士專爲廢屠運動，今夏五月開會於維也納，到者五千人，衆多説法，予亦演詞。」毗耶，古印度城名，在今印度比哈爾邦南部。釋迦牟尼曾於此地説法。此借指奥地利首都維也納。飛霙，飛雪。喻演講者美妙的言語。

〔二二〕天心悔，左傳隱公十一年：「天禍許國，鬼神實不逞於許君，而假手於我寡人。……若寡人得没於地，天其以禮悔禍於許，無寧兹許公復奉其社稷。」李清照浯溪中興頌詩和張文潛詩：「子儀光弼不自猜，天心悔禍人心開。」

〔二三〕龍蛇句，陸龜蒙讀陰符經寄鹿門子詩：「龍蛇競起陸，鬥血浮中原。」龍蛇，指矛戟等兵器。

〔二四〕艫舳句，碧城自注：「英美方競造戰艦。」

〔二五〕祓，玉篇：「祓，除災求福也。」

〔二六〕真宰，謂天。天乃萬物主宰，故稱。莊子齊物論：「若有真宰，而特不得其眹。」

九月三十日夢雲中一丹鳳漸斂羽翩至不可見惟天際一飛艇又忽墜落於鄰宅因之驚醒詩以紀之戊辰仲秋誌於日内瓦〔一〕

鳳兮鳳兮德未衰〔二〕，九苞耀采垂天來〔三〕。儵然鵬程翔九萬〔四〕，不比孔雀五里一徘徊〔五〕。又如行空騰驥足，無勞風人我馬歌虺隤〔六〕。不知是鳳是仙是夢影，但覺雲光霎靆青旻開〔七〕。我方神遊兼目送，鷁退豹隱胡爲哉〔八〕？生當喪亂今何世，丹崦日暮紅桐死〔九〕。鶴鸛猶羞鷄鶩争〔一〇〕，鳳麟豈兆河圖瑞〔一一〕。文翥和鏘一笑逢〔一二〕，付與華胥爲游戲〔一三〕。色相匆匆轉瞬消〔一四〕，飛艎天末遥相繼〔一五〕。我猶列子曾御風〔一六〕，前塵入夢原非異。憶昔揚舲駛太空〔一七〕，朝發羅馬夕奥匈〔一八〕。俯瞰邦國如結衲〔一九〕，横掠山嶽如轉蓬。上界下界白雲海，千朵萬朵碧芙蓉。豐隆肆威曜靈灼〔二〇〕，光使目眯聲耳聾。機身一葉能遒勁，捭闔浩蕩穿鴻濛〔二一〕。當時疎懶無詩紀，今摭殘夢爲補未竟工。或云斂翮墮艇非佳讖，我聞斯語瓠犀粲〔二二〕。前賢籀理齊彭殤〔二三〕，况屬幻夢難憑驗。縱教鎩羽甘爲鳳〔二四〕，便使摧機甘爲艦。但期天上駐精魂，豈向人間論修短。

【校】

〔題〕信芳詞作「夢雲中一丹鳳漸斂羽翮經行而逝惟見天際一飛艇又忽墜於鄰宅驚醒詩以紀之戊辰九月三十日誌於日内瓦」。〔碧芙蓉〕信芳詞作「青芙蓉」。〔殘夢〕原脱「夢」字，據信芳詞補。〔捭闔〕信芳詞作「排闔」。

【箋注】

〔一〕據詩題，本詩作於一九二八年中秋，時居瑞士日内瓦。

〔二〕鳳兮句，論語微子：「楚狂接輿歌而過孔子曰：『鳳兮鳳兮，何德之衰？』」

〔三〕九苞，謂鳳凰。李白上雲樂：「五色師子，九苞鳳凰。」祝穆古今事文類聚後集卷四十二：「丹穴之山有鳥，狀如鶴，五色而文，名曰九苞鳳，見則天下安寧。」

〔四〕倏然句，莊子逍遥遊：「鵬之徙於南冥也，水擊三千里，摶扶摇而上者九萬里。」

〔五〕不比句，古詩焦仲卿妻：「孔雀東南飛，五里一徘徊。」

〔六〕無勞句，語本詩周南卷耳：「陟彼崔嵬，我馬虺隤。」風人，猶詩人。古有采詩官，采集民歌風俗等以觀民風，故稱。虺隤，疲病貌。

〔七〕靉靆，雲盛貌。希麟續一切經音義卷三引通俗文曰：「雲覆日爲靉靆也。」青旻，青天。吴偉業遊石公山諸勝詩：「突兀撑青旻，插地屏障列。」

〔八〕鷁退，鷁鳥後退而飛。左傳僖公十六年：「六鷁退飛，過宋都，風也。」豹隱，玄豹隱身。劉向列女傳陶答子妻：「妾聞南山有玄豹，霧雨七日而不下食者，何也？欲以澤其毛而成文章也。故藏而遠害。」

〔九〕丹崦句，喻指國中一片變亂景象，語本李商隱無愁果有愁北齊歌：「推烟唾月抛千里，十番紅桐一行死。」程夢星李義山詩集箋注：「謂（敬宗）崩後景象，譬如烟沉月墮，鳳死桐枯。」丹崦，指崦嵫山。山在今甘肅天水縣西五十里，傳爲日入之處。山海經西山經：「（鳥鼠同穴之山）西南三百六十里，曰崦嵫之山，其上多丹木。」注：「日没所入山也。」紅桐，陳翥桐譜：「頳桐高三四尺即有花，色紅如火，無實。」

〔一〇〕鶴鸖，喻賢士、君子。鷄鶩，喻佞臣、小人。楚辭卜居：「寧與黄鵠比翼乎？將與鷄鶩爭食乎？」鶩，野鴨。

〔一一〕鳳麟句，論語子罕：「鳳鳥不至，河不出圖，吾已矣夫！」李明復春秋集義卷五十：「河出圖，洛出書，聖人畫八卦，西狩獲麟，聖人作春秋，其義一也。」

〔一二〕文翥和鏘，左傳莊公二十二年：「鳳凰于飛，和鳴鏘鏘。」文，通「紋」，指代鳳凰。鳳凰五采而文，故云。見山海經南山經。和鏘，和鳴。

〔一三〕華胥，見前中秋夜太平洋上觀影戲爲史璜生女士主演之片詩注。

〔一四〕色相，佛教對萬物外在形貌的統稱。涅槃經德王品四：「一切衆生，各各皆見種種色相。」真諦譯大乘起信論：「以諸佛法身，無有彼此色相迭相見故。」

〔一五〕飛艎，猶飛船。朱一是二郎神登燕子磯秋眺詞：「長江天塹，飛艎難渡。」集韻：「艎，艅艎，吴大舟也。」

〔一六〕我猶句，莊子逍遥遊：「夫列子御風而行，泠然善也，旬有五日而後返。」列子黄帝篇：「列子師老商氏，友伯高子，進二子之道，乘風而歸。……足之所履，隨風東西，猶木葉乾殼，竟不知風乘我邪？我乘風乎？」

〔一七〕揚舲，猶揚帆。集韻：「舲，舟也。」

〔一八〕奥匈，奥地利與匈牙利。二者於一八七六年合併爲奥匈帝國，一九一八年奥匈帝國崩潰，次年，奥地利共和國成立。據歐美漫游録水城，碧城一九二七年七月曾由義大利首都羅馬經威尼斯乘飛機往奥地利首都維也納。

〔一九〕結衲，用碎布拼綴而成之僧衣。此喻邦國間彼此疆域連接。

〔二〇〕豐隆，廣雅卷九：「雲師謂之豐隆。」楚辭離騷：「吾令豐隆乘雲兮，求宓妃之所在。」王逸注：「豐隆，雲師，一曰雷師。」曜靈，太陽。楚辭天問：「角宿未旦，曜靈安藏？」王逸注：「曜靈，日也。」

〔二一〕捭闔，猶開合。楊慎丹鉛餘録卷九：「鬼谷子書有捭闔篇。捭音擺。捭之者，開也，言也，陽也，孟子所謂『以言餂之也』；闔之者，閉也，默也，陰也，孟子所謂『以不言餂之也。』」徐霈與胡掌科論陰符書：「捭闔在我，張馳在我，百發百中，而天下莫能違也。」鴻濛，自然之元氣。淮南子道應訓：「西窮窅冥之黨，東開鴻濛之光。」此指混沌迷漫的雲霧。

〔二〕瓠犀粲，露齒而笑。瓠犀，瓠瓜子，潔白整齊排列，以喻美人之齒。詩衛風碩人：「齒如瓠犀，螓首蛾眉。」粲，正字通：「粲，笑貌。」

〔三〕籀理，抽繹出道理。齊彭殤，將長壽與短命同等視之。王羲之蘭亭集序：「固知一死生爲虚誕，齊彭殤爲妄作。」彭，彭祖，姓籛名鏗，傳爲陸終氏第三子，帝顓頊之孫。自堯時舉用，歷夏至殷末，凡八百餘歲。因封於彭城，故稱彭祖。後因以指代長壽之人。殤，釋名釋喪制：「未二十而死曰殤。殤，傷也，可哀傷也。」

〔四〕鎩羽，謂折翅。趙孟頫題二喬圖詩：「龍虎相争欲相啖，鸞鳳鎩羽將安逃？」

感逝三首〔一〕

印光大師〔二〕

大道由來只尚平〔三〕，此公風調自天成。雖嚴壁壘人争近，不露文章世已驚〔四〕。

耄耋年徵仁者壽〔五〕，蓮花香泛聖之清〔六〕。雁門寥落螺山遠〔七〕，梵唄憑誰更繼聲〔八〕。

業師嚴幾道先生學貫中西譯述甚富尤以首譯天演論著名然物競天擇之説已禍歐人若當時專以佛典譯餉世界則功不在大禹下惜乎未之爲此而先生晚年有詩云辛苦著書成底用豎儒空白五分頭亦自怨深矣〔九〕

禍水洪荒破太空，伊誰迻譯徂西東。争知飲鴆傳天演〔一〇〕，猶自傷麟怨道窮〔一一〕。門仰高風曾立雪〔一二〕，墓埋奇氣欲成虹。惟憐燕許如椽筆〔一三〕，未作仁言溥大同〔一四〕。

予早歲受知於項城爲辦學務有年時公方開府北洋也〔一五〕

髫年曾識九方歅〔一六〕，回首前遊黯析津〔一七〕。纂史何妨存魏武〔一八〕，築成終見有嬴秦〔一九〕。黄花晚節留餘恨〔二〇〕，碧海於今又幾塵。何處歸遼問神鶴〔二一〕，西風殘照下崑岷〔二二〕。

【箋注】

〔一〕本組詩三首録自覺有情第四卷第十五、十六號，爲各本所無。詩後有碧城自注云：「予棄詩填詞已二十年矣。近有難民售詩韻者，予購得之，適法香居士索稿，乃復爲馮婦，寄付覺刊。壬午初夏識於珠厓之夢雨天花室。」據此可知詩作於一九四二年夏初，時居香港。

〔二〕印光大師，陳海量印光大師小史：「印光大師，法諱聖量。常慚愧僧，其別署也。陝西郃陽人。俗姓趙。生於咸豐十一年十二月十二日辰時，世壽八十，僧臘六十。」印光自述：「光緒七年出家，八年受戒，十二年往北京紅螺山，十七年移住北京圓廣寺。十九年至浙江普陀山法雨寺，住閒寮，三十餘年不任事。至民十七年，有廣東皈依弟子，擬請往香港，離普陀，暫住上海太平寺。十八年春，擬去，以印書事未果。十九年來蘇州報國寺閉關。廿六年十月，避難來靈巖，已滿二年。現已朝不保夕，待死而已。此五十九年之經歷也。一生不與人結社會，即中國佛教會，亦無名字列入。」

〔三〕大道，常理正道。禮記禮運：「大道之行也，天下爲公。」

〔四〕雖嚴二句，真達等中興净宗印光大師行業記：「師出家三十餘年，終清之世，始終韜晦，不喜與人往來，亦不願人知其名字。以期晝夜彌陀，早證念佛三昧。然鼓鐘於宫，聲聞於外，德厚流光，終不可掩。民國紀元，師年五十有二，高鶴年居士取師文數篇，刊入上海佛學叢報，署名常慚，人雖不知爲誰，而文字般若，已足引發讀者善根。」

〔五〕耄耋，年長壽高。曹操對酒詩：「人耄耋，皆得以壽終。」仁者壽，論語雍也：「智者樂，仁者壽。」

〔六〕聖之清，見前威賽花園賞桂詩注。

〔七〕雁門，東晉高僧慧遠，雁門郡樓煩人，有「雁門僧」之稱。靈澈遠公墓詩：「空悲虎溪月，不見雁門僧。」此借指印光大師。螺山，紅螺山，在今北京懷柔境，印光年輕時曾居是山資福寺。劉侗帝京景物畧卷八：「懷柔縣西北二十里，有山高二百仞，石山也。衆山皆青，沉沉獨黑，日午麗之，不秋而紫。山有潭，當山之頂。潭有螺二，色殷紅，時放焰光，照射林麓，以是故名紅螺山。有寺。」

〔八〕梵唄，佛教作法事時，以曲調誦經，贊咏歌頌佛德之聲。傳爲曹植所擬造。劉敬叔異苑卷五：「陳思王曹植字子建，嘗登魚山，臨東阿。忽聞巖岫裏有誦經聲，清遒深亮，遠谷流響，肅然有靈氣。不覺斂衿祗敬，便有終焉之志。即效而則之。今之梵唱，皆植依擬所造。」慧皎高僧傳經師論：「原夫梵唄之起，亦肇自陳思。」

〔九〕嚴幾道，清史稿嚴復傳：「嚴復，初名宗光，字又陵，一字幾道，侯官人。早慧，嗜爲文。……於學無所不窺，舉中外治術學理，靡不究極原委，抉其失得，證明而會通之。精歐西文字，所譯書以瑰辭達奥旨。……世謂紓以中文溝通西文，復以西文溝通中文，併稱『林嚴』。辛酉秋卒，年六十有九。著有文集及天演論、原富、羣學肄言、穆勒名學、法意、羣己權界論、社會通詮等。」參後致龍榆生書其五注。

〔一〇〕飲鴆，服毒。鴆，毒酒。史記魯周公世家：「使鍼季劫飲叔牙以鴆，……牙遂飲鴆而死。」天演，天演論，嚴復譯自英國赫胥黎進化論與倫理學一書前兩章。該書主張「物競天擇」，以爲强者侵略弱者乃是自然現象。

〔一一〕傷麟，用孔子見麒麟被狩獲而自歎「道窮」典。公羊傳哀公十四年：「西狩獲麟，孔子曰：『吾道窮矣！』」孔鮒孔叢子記問：「子曰：『天子布德，將至太平，則麟鳳龜龍先爲之祥。今宗周將滅，天下無主，孰爲來哉？』遂泣曰：『予之於人，猶麟之於獸也，麟出而死，吾道窮矣。』」唐玄宗經鄒魯祭孔子而歎之詩：「歎鳳嗟身否，傷麟怨道窮。」

〔一二〕門仰句，謂曾從嚴復問學。嚴復名學淺説序：「戊申孟秋，浪跡津沽，有女學生旌德呂氏，諄求授以此學，因取耶芳斯淺説，排日譯示講解。」立雪，北宋游酢、楊時師事程頤。初見時，恰值程頤瞑目而坐，二人侍立不去。及覺，門外之雪已深一尺。事見二程語録卷十七、宋史楊時傳。後遂以「程門立雪」爲尊師篤學典。

〔一三〕燕許，指唐玄宗時燕國公張説、許國公蘇頲。二人以文章顯世，時號「燕許大手筆」。見新唐書蘇頲傳。

〔一四〕溥，玉篇：「溥，遍也，普也。」大同，儒家幻想天下爲公，人人平等之理想社會。禮記禮運：「大道之行也，天下爲公，選賢與能，講信修睦。故人不獨親其親，不獨子其子，使老有所終，壯有所用，幼有所長，矜寡孤獨廢疾者皆有所養。男有分，女有歸，貨惡其棄於地也，不必藏於己，力惡其不出於身也，不必爲己。是故謀閉而不興，盜竊亂賊而不作，故外户而不閉，是謂大同。」

〔一五〕項城，謂袁世凱。劉成禺洪憲紀事詩本事簿注卷一：「袁籍河南項城，發軔天津李合肥幕下。朝鮮一役後，任山東巡撫，手練新建陸軍，爲晚清六軍之第四軍。陞任軍機大臣、外務部尚書。謫歸彰德；起任内閣總理大臣。清帝退位，舉任中華民國大總統。功名居處，皆在河北。洪憲稱帝，始於民國五年丙辰歲正月元旦。取消於五年三月二十二日。凡稱帝八十三日。」後在全國人民一片討伐聲中去世。開府北洋，謂袁時任直隸總督。開府，建立府署，設置僚屬。清代亦爲督撫之别稱。參閲通典職官十六「文散官」，續通志職官八「文散官」。北洋，清末指今遼寧、河北、山東等毗鄰黄海、渤海區域的沿海各省。按，碧城在天津創辦女子公學，時在一九〇四年，項城聞之，極爲贊賞，並力助其成。英斂之先生日記一九〇四年六月初六：「晚間潤沅來，言袁督允撥款千元爲學堂開辦費。」傅增湘藏園居士六十自述：「項城以女學事，馳書數四，敦迫北返。先是，旅津遇旌德呂碧城女士，喜其才贍學博，高軼時輩。因約英斂之、盧木齋、姚石泉等，倡設女學。」可參。

〔一六〕九方歅，春秋時人。一説善相人，一説善相馬。莊子徐無鬼：「子綦有八子，陳諸前，召九方歅曰：『爲我相吾子，孰爲祥？』」慧皎高僧傳支遁：「此乃九方歅之相馬也，略其玄黄而取其駿逸。」

〔一七〕析津，古幽燕地。孫承澤天府廣記卷一：「幽州屬遼，後至太宗德光會同元年，立爲南京。聖宗隆緒開泰元年，改稱燕京。改幽州府爲析津府，薊北縣爲析津縣。」此指北京與天津，乃碧城早年出入旅居之地。

〔一八〕纂史句，以魏武帝曹操喻項城，言修史不妨爲之留有一席之位。

〔一九〕築成，疑爲「築城」之誤。郭茂倩樂府詩集雜曲歌辭十五築城曲：「馬縞中華古今注曰：秦始皇三十二年，得讖書云：『亡秦者胡。』乃使蒙恬擊胡，築長城以備之。淮南子曰：秦發卒五十萬築修城，西屬流沙，北擊遼水，東結朝鮮，中國内郡輓車而餉之。後因有築城曲，言築長城以限胡虜也。」嬴秦，指秦王朝。秦嬴姓，故稱。

〔二〇〕黄花句，謂項城晚歲企圖復辟帝制，爲世人不齒，留下遺憾。胡仔苕溪漁隱叢話前集：「魯直詩云『黄花晚節尤可惜，青眼故人殊不來』，與魏公『且看黄花晚節香』，皆於黄花用『晚節』二字。蓋草木正摇落之時，惟黄花獨秀，故可用此二字。」袁克文洹上私乘先公紀下：「南北一統，先公被舉爲共和第一任大總統。其次年，黨人謀亂，先公命馮國璋等，率師討平之，四海乂安，有承平之象。乃理舊政，布新猷，廢者舉之，絶者續之，開基之始，政爾有爲。不幸悖亂之徒，妄冀大位，羣姦肆逐，衆小比朋，如朱啓鈐、梁士詒、楊度、夏壽田、張鎮芳輩，譸張擾攘，共濟宄謀。先公日理萬機，未遑察及患之伏於眉睫也。大難既作，已莫或遏制矣。先公一憤而殂，嗚呼！」

〔二〕何處句，舊題陶潛搜神後記卷一：「丁令威，本遼東人，學道於靈虚山。後化鶴歸遼，集城門華表柱。」文徵明鬱裕州忠節詩：「塵昏何處歸遼鶴，月黑空山叫子規。」

〔三〕崑岷，指崑崙山與岷山。崑崙西起帕米爾高原，沿新疆、西藏東延入青海境内。岷山在四川松潘縣北，綿延於四川、甘肅兩省邊境，爲長江、黄河分水嶺。王逢君山酹月圖詩：「崑岷東來幾萬里，衣冠雲散三千客。」

夢中所得詩〔一〕

護首探花亦可哀〔二〕，平生功績忍重埋。匆匆説法談經後，我到人間只此回。

【箋注】

〔一〕本詩録自覺有情第四卷第十三、十四號，爲各本所無。張次溪嗚呼呂碧城女士：「當一月四日女士曾以夢中所得詩寄余。詩云：『護首探花亦可哀，平生功績忍重埋。匆匆説法談經後，我到人間只此回。』蓋其生有自來，死有所歸，非偶然也。」據此，本詩當作於一九四三年一月初，距碧城去世半月有餘。

〔二〕護首句，意謂在不得不保護好頭顱的情形下，去探求鮮花，實現美好的志向，也是很可悲哀的。

吕碧城詩文箋注卷三

文

致英淑仲書〔一〕

淑仲大姊大人閣下：日昨寄上一緘，諒邀清覽。妹自拜别後，十一點鐘到塘沽，舍親尚無異詞〔二〕，諸凡安適，望釋綺懷。頃奉手示，聆悉一是，而眷念之情溢於言表，讀之令人不能自已。所云秋碧城女史〔三〕，同時而同字，事亦甚奇。惟伊生於名地，閱歷必深，自是新學中之矯矯者。若妹則幼無父兄指授，僻處鄉隅，見聞狹隘，安敢望其肩背。然既屬同志，亦願仰瞻風範，但未識其性情能與我輩相合否？伊到津時，望即函示。此覆，即頌近安。妹碧城上言。四月初五日。外收本日報四張。

【箋注】

〔一〕本函録自傳記文學第六卷第六期方豪英斂之筆下的吕碧城四姊妹所附影印碧城手書真跡。方豪在該文中云：「碧城的信是給英斂之先生夫人的回信，英夫人告訴她秋瑾亦名碧城，將自京來津會晤。英夫人的信當發於光緒二十九年陰曆四月初五日，因前一日英先生日記中提到北京有秋碧城，而初三日吕碧城已回塘沽，所以吕碧城的回信也是四月初五日當日自塘沽寄出的，所以信後附言説『外收本日報四張』。『本日』當指四月初五日。津沽相距匪遥，信件在彼時即當日可達。」按，方文將碧城此信當作光緒二十九年發出，誤也。據吕氏三姊妹集英斂之序云：「吕碧城女士爲前山西學政瑞田公之季女，甲辰暮春爲遊學計，至津主予家。」英氏所指遊學事，碧城在予之宗教觀文中有詳細記述：「塘沽距津甚近。某日，舅署中秘書方君之夫人赴津，予約與同往，探訪女學。瀕行，被舅氏罵阻。予忿甚，決與脱離。翌日逃登火車，車中遇佛照樓主婦，挈往津寓。予不惟無旅費，即行裝亦無之。年幼氣盛，鋌而走險。知方夫人寓大公報館，乃馳函暢訴。函爲該報總理英君所見，大加歎賞，親謁，邀與方夫人同居，且委襄編輯。」又英斂之先生日記一九○四年陰曆三月二十三日（合陽曆五月八日）云：「晡，接得吕蘭清女史一束，予隨至同升棧邀其去戲園，候有時，同赴園，予遂回館。少秋來。晚請吕女史移住館中，與方夫人同居，予宿樓上。」從英斂之和呂碧城兩當事人所言，可知他們的初次交往始於光緒三十年甲辰暮春，亦即西元一九〇四年五月間，而檢此前一九〇三年英斂之先生所記日記均未言及碧城，故可知此致英夫人書當作於光緒三十年四月初五日（合西元一九〇四年五月十九日）。淑仲，別署潔清女史，愛新覺羅氏，英斂之夫人。

〔二〕舍親，指碧城之舅嚴朗軒，碧城最初去天津，曾被舅氏罵阻。

〔三〕秋碧城，即女革命家秋瑾，字璿卿，別號碧城、競雄，又自稱鑒湖女俠，浙江紹興人。生於一八七五年。少時喜讀書，富有正義感。一九〇四年赴日本留學，加入革命團體同盟會，積極從事反清革命活動。一九〇六年六月，因準備武裝起義事發被捕，在紹興軒亭口遇難。

論提倡女學之宗旨〔一〕

女學之倡，其宗旨總不外普助國家之公益，激發個人之權利二端。國家之公益者，合羣也；個人之權利者，獨立也。然非具獨立之氣，無以收合羣之效；非藉合羣之力，無以保獨立之權。其意似離而實合也，因分別詳言以解明之。

有世界必有競争，有競争而智慧之機發焉，優劣之種判焉，强弱之國别焉。競争之道，惟合羣乃能取勝，蓋萬事莫不成於合羣，而敗於解體也。上智之士，合羣力以争於全球；下焉者，積私力以争於同族；而頑謬之鄙夫，則以一身之力，争於同室焉。今頑謬之鄙夫，聞興女學、倡女權、破夫綱等説，必蹙額而相告曰：「是殆欲放蕩跅弛〔二〕，脱我之羈軛，而争我之權利也。」殊不知女權之興，歸宿愛國，非釋放於禮法之範圍，實欲釋放其幽囚束縛之虐權。且非欲其勢力勝過男子，實欲使平等自由，得與男子同趨於文明教化之途，同習有用之學，同具强毅之氣。使四百兆人合爲一大羣，合力以争於列强，合力以保全我四百兆之種族，合力以保全我二萬里之疆土。使四百兆人，無一非完全之人；合完全之人，以成完全之家；合完全之家，以成完全之國。其志固在與全球争也，非與同族同室之男子争也。

或曰：中國之自强，在二百兆之男子足矣，奚用女子爲？而不知國之有男女，猶人體之有左右臂也，雖一切舉動操作，右臂之力居多，然苟將左臂束縛之，斫斷之，尚得爲活潑之軀乎？尚得爲完全之體乎？假使此一臂之人，穴居野處，與人無争，雖缺一臂之力，尚可勉强支持。若驅之入人羣争競之場，其有不顛而踣者鮮矣！在昔日以半强半弱之國衆，閉關自守，尚不至驟形其頽壞。今則門户洞闢，萬國往來，以半强半弱之國，與彼男女均强之國敵，其敗也不待智者而知。

近日日本盲啞兒童之入學者，約萬餘人；英國婦人復有聾瞽學堂之設。彼本殘疾之人，尚不捨爲棄材，豈中國二百兆完體之人，反捨之爲棄材乎？中國自嬴秦立專制之政，行愚弱黔首之術，但以民爲供其奴隸之用，孰知竟造成委靡不振之國，轉而受異族之壓制，且至國勢岌岌，存亡莫保。吁！可畏哉！而男之於女也，復行專制之權，愚弱之術，但以女爲供其玩弄之具，其家道之不克振興也可知矣。

夫君之於民，男之於女，有如輔車脣齒之相依。君之愚弱其民，即以自弱其國也；男之愚弱其女，即以自弱其家也。自剪其爪牙，自斷其羽翼，故强者虎視眈眈，欲肆其擒搏手段焉。國勢至此，再不覺悟，更待何時？惟願此後合君民男女，皆發深省，協力以圖自强。自强之道，須以開女智、興女權爲根本。蓋欲强國者，必以教育人材爲首務。豈知生材之權，實握乎女子之手乎？緣兒童教育之入手，必以母教爲基。若女學不興，雖通國遍立學堂，如無根之木，卒鮮實效。故外國嬰兒學塾，多以婦人爲師也。欲求强種者，必講求體育，中國女子，不惟不知體育爲何事，且緊纏其足，生性戕伐，氣血枯衰，安望其育强健之兒？固無怪我中國民種之以劣聞也。由是觀之，女學之興，有協力合羣之效，有强國强種之益，有助於國家，無損於男子。

故近世豁達之士，每發其愛力，傾其熱誠，以提倡之。其不明此理者，則每以分己權利，脱己羈軛爲憂。

吾聞李文忠對德相畢司麥自誇其平粤寇之功，畢司麥猶以殺戮同種譏之。今男子以本國女子受己壓制爲榮，豈不大謬乎？既無權術壓制敵國，徒施其野蠻手段，壓制同室無能爲力之人，存一己之私見，忘國家之公益，吾故目之爲頑謬鄙夫也！

右論國家之公益

今欲激發個人之權利，姑先從個人之形體上論起。夫此身者，爲天所賦，完全自由之身也。與以支體，使能運動；與以耳目，使能見聞；與以唇舌，使能語言；與以精神，使能發思想，運智機。天之生人，未嘗不各與一完全之形體也。既得形體以生於世間，猶未得求生之道，必待大聖鴻哲出而爲之籌畫，使各遂其生。故上古之民茹毛飲血，穴居野處，乃有有巢氏出，教民架木爲屋，以蔽風雨；神農氏教民稼穡，以養其身；黄帝元妃教民蠶桑，以暖其體。爲日愈久，而籌畫愈精，乃得成一雍容和煦之世界，俾人民優游其間，各遂其生焉。故聖王之治天下，不令一夫失所；欲不令一夫失所，必不奪個人之權利。

權利者，遂其生之要素也，視己之資格能爲何等之人，即爲何等之人；視己之才幹能爲何等之業，即爲何等之業。士農工商種種生業，隨己之所欲而趨之，此即應有之權，無甚羈勒之苦也。乃中國之民，同生於公衆之世界，同具個人之形體，忽嚴劃爲兩界，男子得享人類之權利，女子則否，只爲男子之附庸。抑之制之，爲玩弄之具，爲奴隸之用。荀奉倩曰〔三〕：「女子以色爲主。」太史公曰〔四〕：「女爲悦己者容。」是指爲玩弄之具明矣。詩曰：「乃生女子，載寢之地。」又曰：「惟酒食是議。」則甫出母胎，便寢地以卑之，以酒食爲責任，是指爲奴隸之用明矣。造其馴伏之性，奪其自主之權。權者，人身運動之大機關也。無權，則身爲木偶，雖有支體以資運動，然壓制之，排叱之，即不得運動；雖有耳目以資見聞，然幽閉之，不許出户，即不得見聞；雖有精神以利思想，然不許讀書以開心智，即難發思想。是天賦之形體，已不能爲己有焉。

夫奴隸乞丐，雖無一長物，而一身尚可爲己有，女子乃竟奴隸乞丐之不若，更何言乎女學？更何言乎女權？至於事業，爲官爲吏，固不可得矣。以至於爲士不能，爲農不能，爲工不能，爲商不能。下至欲爲奴隸，亦不克自主，只有仰面求人給衣食，幽閉深閨，如囚犯而已。囚犯猶有開赦之日，此則老死無釋放之期。嗟嗟！是何乾坤，而有此慘澹昏黑之地獄耶？昔白傅詩云〔五〕：「爲人莫作婦人身，百年苦樂由他人。」蓋古人已知其隱痛矣。然今試舉一女子問之曰：「爾苦耶樂耶？」必曰：「吾樂也，無所苦也。」此皆由性質之腐敗，思想之壅塞，腦力之消亡，奴隸之性造成習慣，不以爲苦，只求得衣食之資，花粉之費，便相安而自足矣。「哀莫大於心死。」吾二萬萬同胞，誠可謂身未亡而心已死之人也。

嗚呼！一枕黑甜，沉沉千載，哀我同胞，何日是鷄鳴興起時耶？惟願此後，各喚醒酣夢，振刷精神，講求學問，開通心智，以復自主之權利，完天賦之原理而後已。夫奪人自主之權，即阻人運動之機；阻人運動之機，即斷人求生之道。人生於世，孰不求生？今日之言自主，乃環球最當之公理，絶無可諱者也。凡我同志，其慎重以圖之，勿畏難而退敗，則幸甚。

右論個人之權利

結論　民者，國之本也；女者，家之本也。凡人娶婦以成家，即積家以成國。故欲固其本，宜先樹個人獨立之權，然後振合羣之力。蓋無量境界，無量思想，無量事業，莫不由此一身而造，此身爲合羣之原質。若此身無獨立之氣，雖使合羣，設遇攻敵，終不免有解散敗壞之虞。故獨立者，猶根核也；合羣者，猶枝葉也。有根核，方能發其枝葉，藉枝葉以庇其根核。二者固有密接之關係，而其間復有標本之判別，竊冀覽者毋河漢焉。

【箋注】

〔一〕本文録自乙巳本碧城文存，初載於清光緒三十年四月初六、初七日（西元一九〇四年五月二十、二十一日）天津大公報，復刊於光緒乙巳出版女子世界第十六、十七期合刊。各本均失收。

〔二〕踈弛，放縱不循規矩。漢書武帝紀：「夫泛駕之馬，踈弛之士，亦在御之而已。」顔師古注：「踈者，踈落無檢局也。弛者，放廢不遵禮度也。」陳緝海上述事詩：「三年踈弛吳中客，十載飄零水上蘋。」

〔三〕荀奉倩，即荀粲，三國魏荀彧之子。妻曹洪女，有美色，粲聘之，容服帷帳甚麗，專房歡昵，感情至篤。後妻病死，粲痛悼不已，歲餘亦卒。粲曾語人云：「婦人德不足稱，當以色爲主。」以是獲譏於世。

〔四〕太史公，漢司馬談爲太史令，子遷繼之，皆稱太史公。後多以專稱司馬遷。

〔五〕白傅，謂白居易。曾官太子少傅，故稱。林逋讀王黄州詩集詩：「放達有唐惟白傅，縱横吾宋是黄州。」

【評】初我女子世界文苑談片：以沉鬱懇摯之情，發其激昂之聲，闡其精確之理。從哲理上，從社會上，反覆剖陳，洞若觀火。如斯女學，求之泰西女學界不易得，顧於幽沉千載拘囚閨閣中有之。

女士固黑闇社會之導綫，萬千魔界之明星哉！彼腐心稗史，戀愛寓言，醉情月露，留連篇什者，一視女士，瞠乎後矣。

女士之才奇，三女士（指碧城及其姊吕惠如、吕美蓀）之才並卓絶尤奇。花萼之輝歟？河山之壽歟？老大帝國中，乃有此絶代文明之尤物，其國運由陵夷而興盛之徵歟？「纖纖雙女手，扶得好江山。」吾於女界中期之。

【附録】

碧城女史論提倡女學之宗旨書後

津門　劉孟揚

深宵寂寂，驀聽破曉之鐘；苦海茫茫，忽得渡迷之筏。發人猛省，動人感情，其即爲碧城女史之論女學乎？夫人之大不幸，莫如生而爲中國之女子。中國女子之所以不幸，即在無一毫自主之權，受萬種束縛之苦。就一國言，教化不及於巾幗，婦女遂多愚蠢之流；就一家言，生活仰給於夫男，婦女備作奴隸之用。畢世幽囚，難邀恩赦；諸般壓制，備極酸辛。以故女人絶少開通，缺乏家庭之教育；國民半成殘廢，隱招外界之欺陵。中國之衰，其原因未嘗不在此也。

今世明哲之士，亟思造就人材，以强國勢，於是提倡女學，以立母教之基。乃頑謬之鄙夫，多因此怪詫驚疑，隱相撓阻。碧城女史憂之，爰爲之抉柢披根，發明女學之益，其總綱爲「普助國家之公益，激發個人之權利」二端。立言能見其大，析理不厭其詳。以女子論女學，故親切有味，耐人深思。至理名言，非同膚泛。最可佩者，以二旬之弱女子，竟能言人之所不能言，發人之所不能發。其詞旨之條達，文氣之充暢，直如急湍猛浪之奔流。而且不假思索，振筆直書，水到渠成，不事雕琢。此固目所親見，而絶非假託者。吾因之不禁喜中國女界之有人，將來女學之興當未可限量。吾敬碧城女史，因而不敢輕視中國之二萬萬女子焉。果有聞女史之言而興起者，則女學昌明，女權大振，家庭中有好教育，國民中自有大英雄，尚慮國家不能强哉？

雖然，興女學亦實有大不易者：一教習之難得，一俗見之難破。果能得碧城女史其人者爲女學之教習，豈非女學界之美事？然而如女史者更有幾人？或有謂可延日本女教習者，無論日本女教習不能多延，即延矣而言語不通，習俗不同，其中亦諸多不便。吾以爲女學風氣初開，正不必過求高遠。女子之通學問如碧城女史者，固不易多得，然紳宦宅中之婦女，亦多有通粗淺文理者。爲紳宦者果有愛國、愛羣之熱心，宜於其宅中設立女學以爲先導，即由其宅中通文之婦女教之課程，不嫌其淺淺者，即爲深之基也。

至於世俗之見，每謂「女子無才便是德」，又謂「女子多才命必苦」，此等謬論不知創自何人。此必係卑鄙齷齪、下賤不堪之男子，創此無情無理之談，以行其錮蔽婦女之術，蓋猶是嬴秦愚弱黔首之政策也。殊不知得一多才多學之女人，實爲男子之幸福，有百益無一損。此其理，女史已詳言之，無庸贅述。惟望爲男子者，聞女史之言，興女學，復女權，共扶救國家之危局；爲女子者，聞女史之言，知自慚，求自立，勿甘受蠻野之强權。此固女子之幸，實亦男子之幸。不但一家之幸，實爲一國之幸也。有心人，其亦以爲然乎？

敬告中國女同胞〔一〕

凡我女子之生於中國，不克與男子平等，且卑屈凌辱，置於人類之外者，固爲萬世一定不移之例矣。蓋中國以好古遵聖爲癖，以因循守舊爲法，於所謂聖賢之書，古人之語，一字不敢疑，一言不敢議。雖明知其理之不合於公，其言之不適於用，亦必守之，護之，遵之，行之。至一切教育、法律、風俗，明知其弊有損于世，明知其腐無補於今，亦不肯改革，曰古法也，曰舊章也。傳曰：「惟女子與小人爲難養也。」乃竟儕女子於小人矣。孟子曰：「必敬必戒，毋違夫子。」以順爲正者，妾婦之道也。」詩曰：「乃生女子，載寢之地。」因而有「夫綱」之説，因而有「三從」之義。設種種之範圍，置層層之束縛，後世遂奉爲金科玉律，一若神呵鬼護之不可移易者矣。只此「好古遵聖，因循守舊」八字，遂使我二萬萬之女子，永永沉淪，萬劫不復矣。今欲超拔我二萬萬沉淪之女子，必須破此一定不移之舊例。欲破此一定不移之舊例，必須闢其好古遵聖，因循守舊之積習。否則聞導女子之自由，倡個人之權利者，必羣起鼓譟之，排抑之。愚不敏，請呈淺言以闢其積習。

夫聖賢者，雖有過人之卓識，蓋世之聖德，恐終不免有缺陷處。且時勢變遷，人情移易，古法雖精，恐不合於今世，況未必能垂之久遠而無弊也。緣世事莫不貴乎變通，法律以日改而日平，教育以日講而日善，學術以日究而日精，智慧以日鬥而日闢，變通不已，真理乃見。故泰西常曰古不如今，世道日進故也。中國則曰今不如古，世道日退故也。今人之病痛，謂除古人之耳目外，即無耳目；除聖賢之思想外，即無思想。故無論有弊無弊，惟敬謹守之而已。法國大學家笛卡兒之學説曰〔二〕：「若但以古人之耳目爲耳目，以古人之心思爲心思，則吾之在世界不成贅疣乎？審如是也，則天但生古人可矣，而復生此千百萬億無耳目無心思之人，以蠕緣蠹蝕，此世界將安取之？」故笛氏之言，最能破學界之奴性，實獲我心。

吾常語人曰：無論古聖大賢之所説，苟其不合乎公理，不洽乎人情，吾不敢屈從之。無論舊例之所沿習，衆人之所相安，苟其有流弊，有屈枉，吾不敢不抉摘之，非盡違聖賢之議論，盡廢古人之成説，不過擇其善者而從之，不善則改之耳。如此然後可與言進化，可與言變通，可與言改革。且教育者，隨世界而轉移者也，況立此頹敗之國，生此競爭之時，爲風潮之所驅，不自立則不可以自存者乎！此吾率土同胞所當打破迷團，力圖自立，拔出黑暗而登于光明。上以雪既往衆女子之奇冤，下以造未來衆女子之幸福，使之男女平等，無偏無頗。解其幽囚束縛之苦，禦其凌虐蹂躪之殘。復個人自主之權，遂造物仁愛之旨，以協力自強，立於人羣競爭間。此吾之所馨香禱祝，以盼於重造世界之英雄也。吾同胞！吾同胞！盍一奮然興起乎？

【箋注】

〔一〕本文初載於清光緒三十年四月初十日（西元一九〇四年五月二十四日）天津大公報，各本均失收。

〔二〕笛卡兒，今譯笛卡爾，十七世紀法國著名的哲學家和數學家。早年先後參加過荷蘭、巴伐利亞及法國的軍隊，後應瑞典女王之聘，赴斯德哥爾摩講學，客死瑞典。其主要哲學著作有方法談、形而上學的沉思、哲學原理、論世界等。

遠征賦有序〔一〕

兵可百年不用，不可一日不備。自來享有家國，欲爲安内攘外之計，則非武備不爲功。况當列雄競争之時代，弱肉强食，各肆憑陵，尚武精神，尤爲立國之要素。戰國時，秦人好勇，見諸國風，而卒以兼并天下。故詩賦者，足以鼓動志氣，感發性情。歷來文人墨客，咏及戰事，莫不作凄凉悲苦之音，使人讀之，魄碎神傷，懨懨而無生氣。此中國貴儒賤兵，而軍務因之不振也。爰不揣俚陋，爲另標新義云。

旌旗閃閃龍蛇舞，秋風落日鳴金鼓。壯夫噓氣貫長虹，豈畏遼陽征戰苦〔二〕。將軍出塞，烈士從征，千鈞任重，一劍身輕。投筆而去〔三〕，不計行程。方其列棨戟〔四〕，排旟旗〔五〕，布魚陣〔六〕，合鷹圍〔七〕，狂飆怒吼，驚沙坐飛〔八〕，風雲變色，草木皆威。手提金戈叱日止，殘照依依爲駐暉。爾乃五陵豪邁，六郡精良〔九〕，丹誠報國，熱血勤王〔一〇〕。親友含悽，漫來挽轡；爺娘惜別，何用牽裳〔一一〕。盼封侯於絶域〔一二〕，喜衣錦以還鄉〔一三〕。方其分袂辭家，挽弓跨騎，指邊塞兮壯游踪，攀桃李兮彈情淚〔一四〕。山頭化石，洵屬貞姬〔一五〕；塞下爲泥，方稱壯士。秋高大野，詎生綺恨春愁；月冷深閨，那管雲鬟玉臂〔一六〕。君不見葱嶺榆關〔一七〕，突兀迴環。鵰影盤青海之月，騎聲繞太白之山〔一八〕。烟雲足壯其行色，風景可破其愁顔。誰言無定河邊，最多死別〔一九〕？試看玉門關裏，豈少生還〔二〇〕！方今海波屢揚，邊氛未靖，强鄰則門户是窺，列國以兵戎相競。拓地侵疆，背盟棄信。倘武備之不修，自國威之罔振。於是主帥嘗膽〔二一〕，國民枕戈，一將全吞渤澥〔二二〕，三軍生斬蛟鼉〔二三〕。馬伏波標越南之銅柱〔二四〕，班定遠收漢室之山河〔二五〕。重整宗邦，豈以殺傷爲樂？嚴防邊海，詎能割地求和？於是玉詔班師，金鐃奏凱〔二六〕，旗常策勳〔二七〕，國徽增彩。碑勒駐蹕之山〔二八〕，兵洗條支之海〔二九〕。佇看熙皞同遊〔三〇〕，澄清可待。屹屹乎雄立亞東，共乾坤而不改。

【箋注】

〔一〕本文有感於日俄遼東戰争而作，初刊於一九〇四年五月三十一日天津大公報，復刊於稍後之笑林報，曾引起强烈社會反響。作者深慨國防不振，弱肉强食，大聲疾呼尚武精神，切盼國人枕戈相待，弘揚國威，努力去建功立業。

〔二〕遼陽，在今遼寧遼陽一帶。此泛指邊塞荒寒之地。高啓獨不見詩：「羅幃猶苦冷，何況戍遼陽。」

〔三〕投筆，擲筆。喻棄文從軍。用後漢班超投筆從戎事。

〔四〕棨戟，大官出行前導之儀仗。崔豹古今注卷上：「棨戟，殳之遺象也，詩所謂『伯也執殳，爲王前驅』。殳，前驅之器也，以木爲之。後世滋僞，無復典刑，以赤油韜之，亦謂之油戟，亦曰棨戟，王公以下通用之以前驅。」

〔五〕旟旗，繪有鳥隼圖像的軍旗。説文：「旟，錯革畫鳥其上，所以進士衆。」

〔六〕魚陣，魚隊。用以形容軍容齊整。張世南宦遊紀聞卷一引劉過詞：「旌旗蔽滿寒空，魚陣整、從容虎帳中。」沈作朋平定金川歌：「龍虎臺高兩翼均，鳥魚陣整五兵陳。」

〔七〕鷹圍，如鷹一般圍獵。

〔八〕鶩沙坐飛，鮑照蕪城賦：「孤蓬自振，驚沙坐飛。」李善注：「無故而飛曰坐。」

〔九〕六郡句，漢書地理志下：「漢興，六郡良家子，選給羽林、期門。以材力爲官，名將多出焉。」顔師古注：「六郡謂隴西、天水、安定、北地、上郡、西河。」

〔一〇〕勤王，爲王事盡力勤勞。左傳僖公二十五年：「狐偃言於晉侯曰：『求諸侯，莫如勤王。』」李商隱贈別前蔚州契苾使君詩：「何年部落到陰陵，奕世勤王國史稱。」此指投筆從軍，爲國效力。

〔一一〕爺娘二句，語本杜甫兵車行：「爺娘妻子走相送……牽衣頓足攔道哭。」

〔一二〕封侯，後漢書班超傳：「超與母隨至洛陽，家貧，常爲官傭書以供養。久勞苦，嘗輟業投筆歎曰：『大丈夫無它志略，猶當效傅介子、張騫立功異域，以取封侯，安能久事筆研間乎？』」

〔一三〕衣錦還鄉，語本史記項羽本紀。周書史寧傳：「觀卿風表，終至富貴，我當使卿，衣錦還鄉。」黄滔送翁員外承贊詩：「衣錦還鄉翻是客，迴車謁帝却爲歸。」

〔一四〕攀桃李句，狀惜別之情。江淹別賦：「攀桃李兮不忍別，送愛子兮霑羅裙。」

〔一五〕山頭二句，初學記卷五引劉義慶幽明録曰：「武昌北山上有望夫石，狀若人立。古傳云：昔有貞婦，其夫從役，遠赴國難，携弱子餞送此山，立望夫而化爲立石，因以爲名焉。」按，望夫石各地多有之，詳方輿勝覽、嘉慶一統志等。

〔一六〕月冷二句，杜甫月夜詩：「香霧雲鬟濕，清輝玉臂寒。」

〔一七〕葱嶺，舊時對今帕米爾高原和崑崙山、天山西段之統稱。羅願爾雅翼卷五：「西域有葱嶺，河源所自出。西河舊事云：其山高大，上悉生葱，故以名焉。」榆關，山海關。又名渝關、臨榆關、臨渝關，在今河北秦皇島市，爲長城之起點。顧祖禹讀史方輿紀要卷十：「渝關……明初以其倚山面海，名曰山海關。築城置衛，爲邊郡之咽喉。」嘉慶一統志卷十九：「山海關，在臨榆縣東門，本古渝關地也。」

〔一八〕太白之山，終南山别名，在今陝西郿縣東南。嘉慶一統志卷二三五：「太白山在郿縣東南五十里。寰宇記周地圖記云：太白山上恒積雪，無草木，山半有横雲如瀑布。」

〔一九〕誰言二句，陳陶隴西行詩：「可憐無定河邊骨，猶是春閨夢裏人。」無定河，明一統志卷三十六延安府：「無定河在青澗縣東六十里，南入黄河，一名奢延水，又名銀水。輿地廣記：唐立銀州，東北有無定河，即固水也。後人因潰沙急流，深淺不定，故更今名。」

〔二〇〕試看二句，東漢班超轉戰西域三十餘年，七十高齡猶得經玉門關凱旋而歸，實現其「但願生入玉門關」心願，其餘生還將士當不在少數，故云。

〔二一〕嘗膽，喻刻苦自勵，發憤圖强。春秋時，越王勾踐爲吴王夫差所敗，困於會稽，向吴求和，得以釋歸。吴罷兵而去，勾踐立志報讎雪恥，「乃苦身焦思，置膽於坐，坐卧即仰膽，飲食亦嘗膽也。曰：『女忘會稽之恥邪？』」見史記越王勾踐世家。王維燕支行詩：「報讎只是聞嘗膽，飲酒不曾妨刮骨。」

〔二二〕渤澥，即渤海。初學記卷六：「按東海之別有渤澥，故東海共稱渤海，又通謂之滄海。」

〔二三〕蛟鼉，蛟龍與鱷魚。呂氏春秋季夏：「令漁師伐蛟取鼉，升龜取黿。」高誘注：「蛟、鼉、龜、黿，皆魚屬也……蛟有鱗甲，能害人。」

〔二四〕馬伏波句，東漢馬援於建武十七年任伏波將軍，南征，曾立銅柱於交阯，作爲漢朝南陲之界標。後漢書馬援傳：「援將樓船大小二千餘艘，戰士二萬餘人，進擊九真賊徵側餘黨都羊等，自無功至居風，斬獲五千餘人，嶠南悉平。」李賢注引廣州記：「援到交阯，立銅柱，爲漢之極界也。」

〔二五〕班定遠句，班超官至西域都護，封定遠侯。曾於明帝永平十六年出使西域，歷時數十年，使西域大小五十餘國擺脱匈奴控制，歸附漢朝。事見後漢書班超傳。

〔二六〕金鐃，古軍樂器名。周禮地官鼓人：「以金鐃止鼓。」鄭玄注：「鐃，如鈴，無舌，有秉，執而鳴之，以止擊鼓。」

〔二七〕策勳，紀功。無名氏木蘭詩：「策勳十二轉，賞賜百千强。」

〔二八〕碑勒句，劉肅大唐新語卷七：「太宗破高麗於安市城東南，斬首二萬餘級，降者二萬餘人，俘獲牛馬十萬餘匹。因名所幸山爲『駐蹕山』。許敬宗爲文刻石紀功焉。」駐蹕之山，即首山，在今遼寧遼陽西南。

〔二九〕兵洗句，李白戰城南詩：「洗兵條支海上波，放馬天山雪中草。」條支，漢西域國名。位於安息以西，臨西海，在底格里斯、幼發拉底兩河之間。

〔三〇〕熙皞，和樂自得貌。薛瑄至武昌口號詩：「千年有幸逢熙皞，萬國同風樂太平。」

興女權貴有堅忍之志〔一〕

登山者，不可畏路徑之崎嶇；涉海者，不可畏風波之險惡；創偉業者，不可畏事體之艱難。竊維中國人心涣散，志氣不堅，發一言輒模棱，舉一事類團沙。或空言無補，或有始無終，或事已垂成，往往因頑固之阻撓，而意興頹敗，致使功廢半途，爲後世之遺憾。我女子不幸而生於支那，憔悴於壓制之下，呻吟於桎梏之中，久無復生人趣。豈知物極則反，忽而有男女平權之倡，此又不幸中之大幸也。

夫女權一事，在外國則爲舊例，在中國則屬創舉；外國則視爲公理，中國則視爲背逆。蓋彼頑固之輩，據惟我獨尊之見，已深印入腦筋，牢不可破，詎能以二三書生之筆墨爭哉！雖然，剛刃可折，不可使曲；匹夫可殺，志不可奪。彼強權者，亦視吾有牛馬馴伏之性，故被以羈軛耳。若我有自立之性質，彼雖有極強之壓力，適足以激吾自立之志氣，增吾自立之進步，亦何慮乎？夫以二萬萬之生靈，五千年之冤獄，雖必待彼蒼降一絶世偉人，大聲急呼，特立獨行，爲之倡率，終須我女子痛除舊習，各自維新，人人有獨立之思想，人人有自主之魄力，然後可以衆志成城，雖無尺寸之柄，自能奏奇功於無形，獲最後之戰勝。但今之興女權者，較創國家、奪疆土爲尤難。創國業者，猶衆人之所共聞也，歷史之所共見也。若女權，則我中國閉關自守，數千年來從無一人發此問題，爲衆人耳所未聞，目所未見。男子聞之，固叱爲怪異矣；即女子受壓制之教育，既成習慣，乍語以此二字，亦必茫然不解。是必須先爲之易舊腦筋，造新魄力，然後再爲之出闇世界，闢新乾坤，豈非較之創國尤難乎？而女權之興，雖較創國爲難，若告厥成功之日，則其功較創國獨偉，其利益較皇祚獨重，其幸福且將永久享受而無窮。

自丁酉、戊戌以來[二]，女學始萌芽於上海，駸駸乎頗有進步。迨至今日，則女學校立矣，女學會開矣，女報館設矣，女子遊學之風行矣。此不過草創伊始，爲日未久，故尚待改良，徐圖精進。然行之日久，我女子豈不能實收回其固有權利乎？今欲求持久，則力有不足，且頑固諸輩，復壓制阻撓之。其何以能成此宏功，償此大願哉？則曰「貴有堅忍之志」而已。使吾二萬萬同胞，各具百折不撓之定見，則阻力愈大，進步愈速。

處此黑闇世界，野蠻之輩甚多，迂儒之習未改，訾詆謗誹，自所不免。而事之有益於衆生，無害於國家者，我女流必人人皆視爲應盡之責任，寧冒萬死而不辭。雖能靡其身，而不能奪其志；雖能阻其事，而不能緘其口；雖能毀其名，而不能餒其氣。竭力爲之，今日不成，明日爲之；明日不成，後日爲之。鞠躬盡瘁，死而後已。果能如此，而終不獲與男子同趨於文明教化之途，爲平等自由之人者，則余未之信也。若有其志而不思達其願，勤厥始而不免怠厥終者，則貽同志之羞，與頑固以口實。所謂勝則王侯，敗則賊寇，遭後世之唾駡，反不若今日之不興此女學，不倡此女權之爲妙也。與其蜷伏哀鳴，何如登高痛哭。近世哲學家曰，二十世紀爲女權發達之時代。是爲二百兆女子禍福轉移之大關鍵，時哉不可失，海内同志諸君子，其共勉之哉！

【箋注】

〔一〕本文初載於光緒三十年四月三十日（一九〇四年六月十三日）天津大公報，各本均失收。

〔三〕丁酉，光緒二十三年（一八九七）。戊戌，光緒二十四年（一八九八）。

教育爲立國之本〔一〕

今日之世界，競争之世界也。物相競争，優勝劣敗，固天演之公例，而我中國不克優勝於世界者，其故何在？愚弱而已。何以愚？不學則愚也；何以弱，不智則弱也。既愚弱，自危亡，欲救危亡，非學不可。故競争風潮劇烈之時代，即學術發達之時代。近日歐美之日臻於富强，互争雄於二十世紀者，亦由學校之盛而已，故學校者，教育之地，人才所出之淵藪也。凡國家欲求存立，必以興學校、隆教育爲根本。今日吾中國自迭經甲午、庚子之難〔二〕，朝野上下競言變法，以求達於富强之目的。今日甲獻一策曰理財，明日乙獻一策曰練兵，諸如此類不可枚舉。雖曰理財爲養民之本，練兵爲保國之本，然國之本果以財爲可恃乎？果以兵爲可恃乎？此吾之所以不能已於言者也。

當今時代固爲戰争之世界，風潮衝突聲撼天地，其所争者有三：曰兵，曰商，曰學術。若以兵戰爲可恃，則亞歷山、拿波倫輩〔三〕，當其盛也，威震全歐，然一敗之後，則武略亦隨之而滅矣；若以商戰爲可恃，則上古埃及、波斯等國工藝懋遷等事未嘗不精，而至今竟散爲流亡之種族矣。於世界中所被最廣久而彌彰者，其惟學術一道乎？如培根、笛卡兒、孟德斯鳩、盧梭諸人〔四〕，皆握轉移世界之大權，爲十九世紀文明之原動力，其關係於世界，豈淺鮮哉？故欲立國者，必以興學校、隆教育爲當今之急務。

教育者國家之基礎，社會之樞紐也，先明教育，然後内政外交，文修武備；工藝商業諸端，始能運轉自由，操縱如意。若教育一日不講，則民智一日不開；民智不開，則冥頑愚蠢，是非不辨，利害不知。所知者，獨自私自利而已。以不辨是非，不知利害，但知自私之人，而從事於所謂理財、練兵、工藝、商業諸端，其不北轍南轅、舍本逐末者幾希。古語謂「工欲善其事，必先利其器」，而教育者所以培植甄陶此種種人材也。不然者即以中國之地大物博，富甲全球，然自己不能理其財，自己不能享其利，如几上之肉，只供外人之攘取争奪。紛紛擾擾，狼視麕集，分之不匀，且遷怒於我。故國有利源而無教育，如室有資財而無主人，徒啓羣盜之争端，爲致亂取亡之捷徑。至於練兵，若不從教育入手，則無愛國之精神，無軍人之資格。平日奴顔婢膝，不過畏我之威，利其數金月餉耳。倘使威勢一敗，則轉而奔走，爲敵人之爪牙矣。至若專制學堂，時人謂之爲製造奴隸廠，以其志趣不過藉爲富貴利禄之階梯，而毫無國家思想，絶少愛羣公心。往往藉通幾句洋語，反挾外人勢力而魚肉同種，殊堪痛恨。故立國之道，在有完全美善之教育，以培植根本。不然，雖有財而不能爲我享，雖有人而不能爲我用，尚安望争雄於各國，競存於世界乎？故今日中國者，欲求富强之根本，非興學校爲普通强迫教育不可。

或曰：中國當此阽危萬狀迫不及待之時，方整軍經武之不遑，何暇爲此迂腐緩圖乎？答之曰：孟子不云乎？「七年之病，求三年之艾。苟爲不蓄，終身不得」〔五〕，則今日中國之教育是也。

【箋注】

〔一〕本文初載於光緒三十年五月初五日（一九〇四年六月十八日）天津大公報，各本均失收。

〔二〕甲午、庚子之難，指日本於一八九四年發動的中日甲午海戰，以及一九〇〇英、法等國組成的八國聯軍侵華戰争。戰敗後的清朝被迫簽訂中日「馬關條約」，割讓臺灣，賠款白銀二億兩；與英、法等簽訂「辛丑條約」，賠款白銀四億五千萬兩。

〔三〕亞歷山，即亞歷山大大帝，古希臘時期馬其頓國王。少時醉心於荷馬史詩中的英雄人物。即位後，大舉侵略東方，在東起印度河西至尼羅河與巴爾干半島領域内，建立了亞歷山大帝國。拿波倫，即拿破侖一世，十九世紀初法國著名政治家和軍事家，法蘭西第一帝國的創建者。

〔四〕培根，十七世紀英國著名哲學家，曾就讀劍橋大學三一學院。受命爲掌璽大臣、英格蘭法相，被封爲子爵。主要哲學著作有廣學論、新工具等。笛卡兒，見前敬告中國女同胞注。孟德斯鳩，十八世紀法國著名啓蒙思想家。法蘭西學院院士。著有波斯人信札、羅馬盛衰原因論等。盧梭，十八世紀法國著名啓蒙思想家、哲學家。著有民約論、愛彌兒和懺悔録等。

〔五〕七年四句，語見孟子離婁上。意謂生了七年的病，當用三年的陳艾治療。假若平時不積蓄，則終生都得不到。喻凡事平常都要有所準備，事到臨頭再想方設法，那就晚矣。

興女學議〔一〕

緒論

今日中國女學之當興，有識者固類能言之，無俟敷陳矣。然而教育之道至繁且賾，況女子教育尤爲吾國前此未有之創舉，若驟欲舉而措之，有如望洋不辨涯涘〔二〕，其難於著手也必矣。蓋當此新舊遞嬗時代，複雜煩亂，言不一致，是貴乎斟酌損益，而出以權衡審慎之心。苟屬吾之所長，則必培植而擁護之，使其得完全之發育；苟屬吾之所短，則必采擷而補綴之，俾得隨時代而進化。是以教育必於個人、家族、社會、國際各方面上著想，而使之圓滿無缺，然後成爲一國之教育。總括之，則不外内察特性，外對世界，以確立教育之鵠，相其緩急，循序漸進而已。兹特覼縷陳之。

甲　宗旨

凡立國者，必保其國固有之特性，以爲基本，所謂精神是也。故教育之道，亦必就其固有之特性而擴充之。然而察吾國女子之特性，固猥瑣陋劣，汶汶汩汩〔三〕，無一長之可取。其思想之錮蔽，器量之狹隘，才力之短絀，行爲之貪鄙，幾無一點可以副個人之天職。其靈敏堅忍、勤勞慈愛諸美德，皆汩没而不彰。嗚呼！世或謂女子之特性固如是乎？殆數千年之政教風俗有以致之，而養成此第二之天性耳。今欲復其天然之美質，則必先剷除其種種習染之劣點始。吾國女子之教育爲驅策服役而設，小之起於威儀容止，大之極於心身性命，充其量之所極，不過由個人而進爲家族主義，絶無對群體之觀念，故其所及也狹。歐美女子之教育，爲生存競争而設，凡一切道德知識，無不使與男子受同等之學業。故其思想之發達，亦與男子齊驅競進，是由個人主義而進爲國家主義，故其所及也廣。然當此時勢，立此世界，有教育之責者，於此二種主義孰去孰取乎？必有所瞭然矣。故以爲今日女子之教育，必授以世界普通知識，使對於家不失爲完全之個人，對於國不失爲完全之國民而已。

乙　辦法

女學爲今日創舉之事，必以講求辦法爲最要，倘辦理失宜，雖有極純正之宗旨，極完備之學科，而亦不能達其目的，收其效果，徒托空談而已。甚且內則衝突叢脞，自相紛擾；外則抵間投隙，詆毀紛來。成績未收，事體已解。吾人有興學之責者，能不審顧周詳，慎之於始乎？兹撮其要端如左：

一、**管理**　學校有公立、私立、官立之别，故其職員之組織亦各不同，兹不具論。然而學校與國家同爲有機體之物。機體者，如五官百骸之屬於腦筋，可以聯絡貫通，互相爲用，故治一校如治一國焉。推治理之意義，實包括一切組織實施、監督護理等事，而總言之，女學校事務繁瑣過於男學校，故管理之關係尤重。現時我國女校有用男子爲管理者，有用女子爲管理者，然就現時女子之程度而論，其學識能力實多遜於男子，是宜用男子管理，始克整齊。就事體論，則管理者，校長之職也；教授者，教師之職也。然而教授之與管理，固互相聯絡，不可須臾離者，則教師之與校長，固同兼訓練管理之職矣。蓋校長保其秩序，行其法令，屬於形式上之作用；教師則監視其心志，限制其嗜欲，涵養其性質，屬於精神上之作用。世或有以管理爲校長之專職，而抑制教師之權者，則教師於訓練上必多掣肘，只得敷衍故事，以塞其責。所謂精神之教育者，杳乎不可得矣。且一校之務，必校長總其綱，教師理其緒，方能指臂相應，期於全體改進。日本清水直義所著實驗學校行政法，謂「學校行政機關，校長屬第一階級，教師屬第二階級，若職事員則責任較輕矣。故教師不特有教授訓練之責，凡學校内外事件，均責無旁貸」云云。噫！是殆深明教育之機關者矣。

二、法律　法律爲維持社會之要素，一學校，一小社會也，故以法律精嚴爲第一義。或曰法律屬形式上之作用，何與乎精神之教育也？殊不知一校之中，修業無定時，器什無定位，言笑無常度，其學業之荒廢，不問可知矣。若入其校舍，形式肅然，條理井然，其内容之完善，亦不問可知矣。蓋形式者，精神之表著也。形式不具，精神何託？世或謂宜棄形式而取精神者，特矯枉過正之辭耳。是以抱實行之主義者，凡舉一事，必以釐定法則始。况女子者，素無對社會之公德，最不知維持秩序循守法律者也，驟聚數什百不教之人於一堂，必起争訴心、嫉妒心、非笑心、猜疑心，紛然並作。苟無法律以範圍之，必移其向日勃谿於家族之習慣〔四〕，而訴誶於學舍矣，不至衝突解散而不止。故必須設嚴密之法律，以扶持維繫於其間。然而女子者，素安於逸居無教之舊習，驟施以過嚴之法律，必不樂於服從，轉蹈知法犯法之弊。是宜於平時教育之中，爲講晰法律之理。司法者先自守法，躬行倡率，引掖誘導以養成愛護法律之精神，且爲他日入社會之基礎，斯爲得矣。

三、**教師之選聘**　吾國今日教師之選亦大難矣，而女師爲尤難。雖資格不求過高，然必須品性純正，年力富强，學問通順者，方可備用。鄙陋寡德之流，固不堪爲人表率，即老弱之輩，亦何能勝教育之任。蓋今日教育至爲繁難，體力衰弱，於講演訓練上必失其精神，師生之間亦不能性情融洽，致親愛之情，於學業之進步，大爲阻礙。至其學問，只以明達通順爲及格，而尤在能閲心理學等書，方能得教育之要領。雖然，猶有一切近問題，則校中宜用女師或男師，亦今日所應研究者也。就事體論，女校而用女師爲最適宜，且女子者，人類天然之師保也，其慈愛勤勞，無微不至，與兒童之性質最能翕合；其訓練誘導乃固有之習慣，使任教育，頗得其宜。美國女子充小學校教師者，得百分之九十四五。英國女學校教師，皆以女子爲之，日本則有以男子爲女學校之教師者。惟男學與女學之發達，既先後不同，故女子於高等學理尚遜於男子，歐美且然，况吾國乎？雖吾國女學初興，課程簡易，各處卒業之女生，未嘗不能勝任，然而爲數已寡，有應接不暇之勢。風氣未開之地，恐因浮議而生阻力，且學者多顧忌不前，固不得不用女師；若風氣已開之處，終以用男師爲宜。

四、學生之資格　學生之資質，以身體健全，年齡少小爲合格。若其體已衰，其腦已舊，其劣根性已成，雖無論如何淘鍊，終難見其效果。蓋人之所以成爲人者，由天賦、人力二者相合而成。天賦者，固有之特性也；人力者，教育之功也。當其未成人格之時，天賦之性未定，則可全以人力轉移而鑄造之。由其腦質純潔，若素絲之受染，施以朱則朱，施以墨則墨也。若年齒已長，則習染已深，則性質已定，教育之功，不過栽培之，灌溉之，發達其不足，以至於圓滿而已。此就學之年齡，宜爲釐定者也。然而學生有特别之性質者，尤當注意。因一校之中，必有一校之習尚，所謂校風是也。若天性惡劣，其才復足以濟其惡者，每傳染同儕而頹墮校風，且召外界之阻力，此必剔去之，以免病羣，亦去害馬除莨莠之法也，特宜出以審慎，不可輕率爲之耳。

丙　德育

德育者，爲學界中可進不可退之要點，而又爲近世學界中之最難進化、最易墮落者也。蓋人之智慧闢則譎詐愈多，而天真愈失。每見荒僻鄉隅，其民情醇樸；繁盛都會，必風氣澆漓〔五〕，此其明證也。故凡兒童入學之初，雖教以種種科學以發達其智識，而尤須引掖誘導，養成道德之心，以定其立身之基礎。否則各種學業雖極發達，而如無舵之舟，飄流靡定，所有智慧適足以濟其惡、敗其德而已。顧近世教育家詎不解注重此點，然以其難於著手，非若他項實學，其成績易見也。故每從而忽略之，而惟致力於智育。殊不知近世學者，其眼光所注射，心力所經營，已專著意於智識矣。蓋世尚競爭，人趨利益，智之所競，則鈎心鬥角；利之所在，或捨命忘身。此所以日汲汲於藝術智識之途，體力之疲乏，尚不暇計及，更遑恤道德之墮落哉！況青年之女學生學識淺薄，志操不堅，易於摇惑。其真具文明之資格者，固不乏人；其弁髦道德〔六〕，踰閑蕩檢〔七〕，授頑固以口實者，尤比比然也。蓋物質上之智識相積，道德上之觀念即與之相消，苟欲矯正此弊，則必女子以研究精神之教育而後可。

道德者，人類所公共而有者也，世每别之曰女德。推其意義，蓋視女子爲男子之附屬物。其教育之道，只求就男子之便利爲目的，而不知一室之中，夫夫婦婦自應各盡其道，無所謂男德女德也。泰西倫理分四大綱，曰對一己之倫理，對家庭之倫理，對社會之倫理，對國家之倫理，而未聞偏限於一部分也。立此優勝劣敗之世界，既欲以教育爲强國之本者，而教以不完全之道德，烏乎可！

一、**自修**　凡人之講道德，必自修養其私德始。私德者何？即對一己之倫理也。而吾國之論女德者，曰温順，曰貞節，此外無可稱者。夫温順、貞節固優美矣，而其喪德敗品隱然而潛伏者，殆百什倍於此也。蓋女子不事生業，嗷然待哺於人，一生之苦樂，胥視一人之好惡，故一切卑屈諂媚、嫉妬陰險、寡廉喪恥之事，勢不得免，寖久遂成固有之物性，且以之傳染其子女。故吾國民格之卑鄙者，未始非母教有以胎之也。今苟欲養成道德之國民，則必自培養女子私德始；培養女子私德，必授以實業，使得自養始。管子曰：「倉廩實而知禮節，衣食足而知榮辱。」孔子曰：「富而後教之。」旨哉言乎！蓋私德者，立身之本也，必能自養而後能自立，能自立而後能講立身之道。

二、**實踐**　道德者，能在實行而不徒取其理論也。夫行之維艱，古有明訓，任教育者，苟不著意於實踐，終難收其效果。吾女子素無與於外事，則以對待家族爲道德實踐之始，如孝父母，和昆弟，養舅姑，助良人，御婢僕，睦鄉黨，皆盡其情理，守其秩序，俾家族之間日益昌盛，此女子之專職也。然而女學不興，則乏家庭之教育，養於深閨，習於驕惰，詈鷄駡犬，誶帚鬩牆〔八〕，戚友以細故而生隙，骨肉因讒搆而乖離，頹風惡俗，其流毒於社會者匪淺，此家政學所宜急講也。其次則入學交友，爲入社會之始。學校者，聚數什百鄉里不同、面貌不同、性情不同之人於一堂，朝夕相處，此最親密團結之社會也，故必須守法律，維秩序，以公益爲懷。凡有驕傲諂媚、煽惑欺詐等情，教師必隨處默察，一有所知，必立即糾正，而曉以忠恕之大義。此等關係最巨，不可視爲課外之事而忽略之也。蓋人群公共之處，倘有違犯而遭斥責者，則自知此等行爲爲不容於社會，勢不得不改過而遷善。久之，則自養成純良之性質矣。

三、涵養德性之法　教育者，貴能矯正其偏詖之性情，而發揚其固有之美德，復授以各種學術，俾薰陶濡染，積久而與之俱化，則教育之功達矣。吾國女子本有獨立自治之能力，勤勞慈愛之美德，就外表之形質論，吾後起之女學生，雖不逮歐美女子之氣象，而其一種挺然獨立之姿，已非彼鄰國之女子所得比肩。受數千年足不出户之束縛，一旦開禁，則以孑然弱質，遊學於數萬里之外者踵相接，非富於獨立之性，曷能臻此？其他若勤儉慈愛等事，尤出於天性，其所缺者特國家思想耳。若能因勢而擴充之，必能養成最優之民族。前此之所以猥瑣狹隘，見識種種偏謬者，概因幽囚束縛所致，故必急去其錮蔽舊俗而開展其胸襟爲最要。

屬於道德之科學者，則修身、文學、哲學、歷史、傳記、音樂、詩歌是也。修身爲各科之首，課本固須完善，而尤在教師講演之得法與否，能動人感情與否；文學、哲學爲研究一切學理之本，以養其高尚之思想；歷史傳記載歷代興亡及聖賢豪傑之遺事，是宜取其最有興會之文，以激刺其腦筋，俾想像當年之狀態，而發愛國之忱。若講演失其精神，或取陳腐無味者研究之，則徒病學生腦力，殊不得其益；至音樂、詩歌，尤爲陶冶性情之要件，蓋女子天生富於感情，若觀劇及披閱小説，每流連感歎，不能自已。若使聆清妙之音，美感之歌，必悠然神往，與之俱化。苟於其中寓教育之意，其勝於教科書之講解者多矣。移風易俗，莫善於樂，豈不然哉？

學課之外，寄宿舍之事件尤須留意，養其勤儉慈愛之德。凡一切洗濯灑掃，須令各自操作，毋使長驕惰之習。學課用品須儉省愛惜，毋得紙墨狼藉，任意塗抹。至起居飲食、休息温課等事，必立有定時，有條不紊，以爲自治之習慣。若同學之間，尤貴敬長慈幼，互相資助，以聯愛情。凡此諸端，皆女子實習之地，不可輕忽視之。蓋寄宿舍者，學校中之家庭也，留心於寄宿舍之整肅，即所以補家庭教育之不足。故監舍之人，是在有完足之精神，而富有教育之思想者。

丁　智育

人類之所以異於動物者，曰智識而已。蓋智識爲萬事之原，苟精神上之智識圓滿，則穎悟敏捷而長於推理，道德之思想，於以發達，而社會成焉，此對於人事之知識也；明萬物體質之構造，及其化合變遷之理，以供吾人之作用，此對於天然物之知識也。之二者，爲人類生存之道，非此則無以立身；不隨天演而澌滅，即爲人力所欺侮。故吾女子道德之不講，曰無知識；故體質之疲薾，曰無知識；故權利之淪喪，曰無知識；故今欲復其個人之天職，舍智育末由矣。顧世之俗論曰：使女子有知識，必於婦德有損。或曰：女子之腦劣於男子，於知識上必不能發達。嗚呼！是何所見之謬歟？殊不知知識者（謂精神之知識），所以輔道德之進化者也，彼愚蠢之婦猶如鹿豕。事理不明，道德何有？至於腦質，則歷經泰東西學者之考驗，而迄無定論，安可以是等揣度之辭而阻之也。美國女子教育之盛，冠絶全球，其科學之深邃，思想之發達，人格之高尚，爲世界所傾倒。以吾國不學之男子與之較，其程度相去不啻天壤，故人之知識當以受教育與否爲斷。昔吾國有康愛德及石美玉二女士者游學美國〔九〕，入墨爾斯根之大學，學中之學生以數千計。卒業之期，二女士俱領得頭等文憑，觀者數千人，無不拍手咋舌，震動內外。當時總教習宣言於衆曰：「此後慎勿輕視支那人也！彼之才力迥非我國所及。若此二女士者，與吾美之女作比例，愧無地矣。」嗚呼！美國女學之盛如彼，吾國女子學於美者如此，其可以奮然興矣。

一、**普通學**　欲造人格，必擴充其本性而發達其全體，固不限於一方面而已也，故普通學尚焉；必具普通之知識，而後成爲完全之人格。無論其日後治何職業，皆有根柢，而能自闢新理，以改良進化，不致故見自封也。世或疑以一人而兼習各種學業，殆欲養成博士之譽乎？而不解普通之意旨，在取各種知識合一爐而治之，融化貫通，互相爲用，雖無論施之何事，皆非不學無術之可比矣。普通之科目已略見前德育中，茲更述其屬於智育中之必修者如下：曰算數。算術之要旨，近之能熟習日常之計算，爲經濟上之關鍵。遠之於世界事事物物，得統系之精神，爲智育中至重之科。婦女治理家事，算術尤爲生計之急需，雖不必求其高深，而必須便捷適用。若筆算、珠算、數學，宜審情酌勢，擇要而教之可耳。曰理科。世間一切物類，能察其現象，審其體質，則致於用者無窮，即治實業之基本也。且理科之價值，能養成精密之觀察，以發育其天然之愛心，故須有形模標本以備實驗。其程度高者，更爲講析傳聲、生電、發光之理，及一切生物營養之原，使婦女能悉其涯略，自能破除種種荒謬迷信之見，不爲習俗所囿矣。曰美術。學校中涵養優美感情及高尚資質者，美術實占其一大部分，而吾國女子於美術上天然適宜。當海禁未開以前，女界最爲黑闇，然若班昭之文〔一〇〕，衛鑠之書〔一一〕，蔡琰之琴〔一二〕，管夫人之圖畫〔一三〕，薛靈芝之針黹〔一四〕，無不各擅絶技，前後媲美。沿至近代，尤指不勝屈，惜乎視爲玩技，而無美術之理想耳。今若因勢而利導之，收效最速，工藝亦藉以發達矣。曰地理。研究地球體質形狀及其運動之理，以及地面之水陸、區域、氣候、動植、礦物之配置，人類職業，宗教政治，文野之程度，及本國之大勢，居何等地位，此爲國民教育中之不可缺者也。我國女子無國家思想，又無從涉及國際之事，則不得不於地理上發育其愛國之心。愛國心者，愛家心之所拓展也。故地理之學，必由本鄉而本國而世界，俾循序以進。其教之之法，雖發揮講演及考驗儀圖，而須偏重於繪圖。其區劃都會交通之式，必熟於手而存於心，如一己之田畝產業，然後保護愛惜之心生焉。曰方言。處今日萬國交通知識競化之時代，則各國方言亦勢所必需矣。但學者必須先通本國之文字，用筆以條達暢適能發揮意致爲及格，然後再擇一二方言而習之，以爲他日入專門之基礎。若就國民程度而論，固不必急事於此。然當此崇尚歐化主義之時，則不可不先於女子著手，因女子最具轉移社會之潛勢力。女子而尚方言，是促社會之速於競化也。惟滬濱一帶，每尚洋文而輕國文，未免忘本，是在有教育之責者急爲矯正而已。

二、**實業** 吾國女子於高等教育固不暇言矣，即普通教育亦多有謂不應授者。其言曰：「女子只應治理家政，不宜與外事，故只授以應用之技藝可矣。」殊不知施教育者，國家之責任也；受教育者，國民之天職也。烏可以傭人及求傭之心爲定計哉。若專以傭人爲懷，則教育之極詣，不過造成高等奴隸斯已耳。或又曰：「女子入學之志，求自立耳，只須授以工藝實業，使得自養。自養斯自立矣，安用習其他之科學爲哉？」嗚呼！女子之所急者，在具普通之知識，造成完全之人格，然後取其性之所近，材所特長者，授以專門之實業，因勢利導，則無扞格不入之弊，學得其用矣。若知識未開，人格未成，而徒授以實業，是猶執喑啞聾瞽之人，而教以工藝，即足謂爲完全教育，足以强吾國者乎？若吾國之工商，雖具種種勤勉耐勞之美德，一與歐美角逐於市場，而卒瞠乎其後。論者或歸咎於國家無保護之力，或謂工藝之有保守而無競進，或謂商情之涣散而無團體，未嘗不言之有理。然而吾取一言以斷之曰：「未受普通之國民教育故也。」蓋精神上之知識發達未足，物質上之知識斷不能臻於精密圓滿之境。於男子尚如此，况女子乎？故吾謂女子自立之道，以實業爲基；實業之學，以普通教育爲始。

戊　體育

國家者，個人之集合體也，若體育不講，其害於國家、害於種族者，可勝言哉？况女子爲國民之母，對國家有傳種改良之義務。昔斯巴達人有言曰〔一五〕：「惟斯巴達婦人能産育健兒。」雖爲一時壯語，其婦人具特別倔强之體質，亦可想見。其武功烘照於歷史者，有由來矣。就個人論，精神與體質固互相關係者也，譬之草木焉，必根柢結實，而後英華芬馥也；人必體質健壯，而後精神焕發也。盧梭氏曰〔一六〕：「身體弱者，心靈亦弱。」若是乎，則烏可不注重於體育，以爲智育之基礎哉！但女子經數千年纏足穿耳之陋習，肢體戕賊，血氣頹衰，積弱相傳，身體素劣，稍事操勞，則腦痛心跳之疾紛然並作。予見女學生如是者多矣，此予夙夜究心而爲抱憾者也。蓋女子競勝之心實急切於男子，每用腦過度，不自休養。爲女教師及爲父兄者，復欲速見功效，而愈加驅策，不惜其體力，雖勇進於一時，而終致最後之失敗。西醫謂兒童知識早開，緣其腦早熟之故，是謂瘰癧質〔一七〕。若以其智慧而獎勵之，愈非兒童之幸福也。夫人爲萬物之靈，於智識上有天然之發達力，且爲風潮之所驅，利禄之所迫，如火就燥，如水趨濕，不待鞭策，已相率直指其途而進矣。爲教師者，正宜審其情勢而加以限制，烏可以揠苗助長之手段，而礙其天然之發育哉！雖然學生受病之源，固不獨此，其屬於衛生之事件尤多，請述其要端如下：

一、**衛生**　教室之中，几椅高低之不適度，空氣光綫配付之不當，休息受業時間之不均，皆有害於身體之發育。其尤要之點，則飲食是也。飲食不精，即無以滋養。然公衆之所，司厨者每蹈中飽之弊，只求樽盤之儀式，不問其能下嚥與否。故學堂之風潮，起於飲食者多矣，管理人反責學生以入學爲求學計，非爲哺餟計。噫！誠不通之甚矣。至房舍之内，住宿者多，炭氣最重，必常開窗户，使之疎通，呼吸唾咳尤應留意。學校中生徒衆多，難保無肺病癆疾者，若使多人共一唾盂，且不洗滌，則微生物隨呼吸而傳染，爲害最甚。至於精神上之衛生，則以樹木清曠之地，爲學生遨游嬉戲之所，以導其活潑快樂之天機。女子性多憂鬱，最能傷身，欲救此病，莫善於此，一以發身心之愉快，一以使學生視學校爲快樂之公家，而生其愛戀之情也。

二、**體操**　吾國閨秀非伏案讀書，則垂頭刺繡，以致腰脊屈曲如彎弧狀，無論其害於身體，即儀表上亦不雅觀。若與彼白色人種挺胸直幹相較，無不自慚形穢，豈昔所謂女德中之婦容者，必須此文弱之態歟？今欲矯正其體態，則非體操不爲功。體操者，矯正其體態，使之活潑健全也。不寧惟是，尤在養成守秩序、尚公同之習慣，進退起伏，悉從一致，不得以一人而破群體，他日對社會之公德準於此矣。歐美體操，多先由醫師驗其體格，察其年齒，分類編列，以適宜者教之。吾國女學初學體操，正宜仿此，不得爲過激之運動，而轉以致傷也。美國女子有習兵操者，上海某女校亦曾效之，雖取尚武之精神，而究爲躐等〔一八〕。

結論

以上諸端於教育之淺理，已言之略備矣。然更有一最後之問題，則教育欲教成何等之人，學者將來之義務何在是也。若曰欲教成完全自立之人，於國於家兩有裨益，是説也未嘗不善。然吾聞之，欲一國臻於全盛之境，必人人有國民之資格、國民有統一之精神而後可。吾國逮至女學遍立，教育普及之時，不知迂緩至何日也。若曰吾之見屈於男子者，由不能自立耳，苟能習成藝術，治實業以自養，自養斯自立矣，此志也亦未嘗不正。然而創女學者，提倡經營，不辭勞瘁，其所責望於學者何在？而學者所以償之者，亦何在也？於是吾得而言之曰：今日之教育播種而待結實者也，非分株而栽植也。教一人而待爲大多數之用，非僅爲個人之用也。顧欲令學者盡教育義務於將來，則必培植初級師範之材於現在。凡學校於三四學年卒業之後，普通學已略具根柢，即加入教育學一門，且於本校之内附設小學一區，令生徒教授而實習之，以養成初級之師範，此今日之急需也。方今女學有自然發達之機，不患其不興，所患無師範之材耳。且教員在世界之位置，不甚榮顯，職務又極勞瘁，樂就此職者甚鮮，故不得不預爲培養其教育之心，果卒業者皆出而任教育之事，則十年之後，教育真普及矣。遠識之君子，曷於此加之意焉。

【校】

〔則必女子〕原作「則女」，據一九〇六年第七、第八期直隸教育雜誌改。

【箋注】

〔一〕本文録自光緒三十二年（一九〇六）正月二十五日至二十八日、二月初一至初五日天津大公報，碧城時掌教於北洋女子公學。復載於一九〇六年第七、第八期直隸教育雜誌。該雜志後有編者曰：「吾國今日稍知教育原理者，莫不注意女學，顧女學誠亟亟矣。安所得如許完全之女管理員哉！北洋女師範招考至數月之久，應選者僅得大衍之數，此若干人者，即盡行卒業，所及幾何。而借材於外國者，則月脩動百餘金，無論需費太鉅，言語不通，而以異國人教幼稚之兒童，究非所宜。竊謂今日女學方始萌芽，權宜之道，莫如縉紳大族，則集一家之女子而自教之；親貫互通之家，則聯合數家或數十家之女子而共教之；窮僻之鄉，則可延五旬以上鄉望素服之長者而暫教之；宦幕之族，則可於公餘之暇自教之。務期男女之學同時發達而後已。若拘牽膠執，恐女學終無興起之日矣，顧以質之熱心女學者。」

〔二〕有如句，莊子秋水：「秋水時至，百川灌河，涇流之大，兩涘渚崖之間，不辨牛馬。於是焉河伯欣然自喜，以天下之美爲盡在己。順流而東行，至於北海，東面而視，不見水端，於是焉河伯始旋其面目，望洋向若而歎曰：『野語有之曰：聞道百，以爲莫己若』者，我之謂也。」

〔三〕汶汶汩汩，昏愚不明、沉淪没落貌。史記屈原賈生列傳：「安能以身之察察，受物之汶汶者乎？」司馬貞索隱：「汶汶者，音閔。汶汶，猶昏暗也。」梅清八月十二夜天延閣聯句詩：「餔糟彼汶汶，濡首咸汩汩。」

〔四〕勃谿，猶吵鬧争鬥。莊子外物：「室無空虚，則婦姑勃谿。」

〔五〕澆漓，指社會風氣浮薄不良。魏書良吏傳：「叔季澆漓，奸巧多緒。」

〔六〕弁髦，古代男子行冠禮，先用緇布冠，次加皮弁，次加爵弁，三加之後即棄去緇布冠，並剪去垂髦，理髮爲髻，謂之弁髦。後因喻棄置無用之物。左傳昭公九年：「文、武、成、康之建母弟，以蕃屏周，亦其廢隊是爲，豈如弁髦，而因以敝之。」弁，緇布冠；髦，兒童齊眉之頭髮。

〔七〕踰閑句，謂超越法度，放蕩而不守道德規範。明史楊時喬傳：「踰閑蕩檢，反道亂德，莫此爲甚。」

〔八〕誶帚鬩牆，謂家庭内部互相指責，争吵不休。梁啓超新民説第十節論自治：「行其庭，草樹淩亂然；入其室，器物狼藉然。若是者，雖未見其鬩牆誶帚，吾知其家之必不治。」

〔九〕康愛德、石美玉，中國近代女界醫學先驅。曾就讀於密執安大學（舊譯墨爾斯根大學）醫學院，一八九六年以優異成績畢業後，歸國行醫。梁啓超記江西康女士：「（康）女士，名愛德，江西九江人。幼而喪父母，伶仃無以自養。昊格矩者，美國學士有宦籍者之女公子也。遊歷東方，過九江見之，愛其慧，憐其窮，挈而西行，時女士纔九齡耳。既至美，入小學、中學，遂通數國言語文字。天文、地志、算法、聲光、化電、繪畫、織作、音樂諸學，靡所不窺，靡所不習，最後乃入墨爾斯根省之大學，以發念救衆生疾苦因緣故，於是專門醫學，以名其家。……某歲月日，將出學，官師集校中學生領執據，而旅進退者以百計，次及女士，則昂然翛然，服中國之服，矩步拾級，冉冉趨而上，實與湖北之石女士俱。石者，黄梅人。與康同學，相伯仲者也。……既畢事，總教習昌言於衆曰：『無謂支那人不足言，彼支那人之所能，殆非我所能也。若此女士者，與吾美之女作比例，愧無地矣！』」

〔一〇〕班昭之文，後漢書卷八十四曹世叔妻：「扶風曹世叔妻者，同郡班彪之女也，名昭，字惠班，一名姬。博學高才。世叔早卒，有節行法度。兄固著漢書，其八表及天文志未及竟而卒，和帝詔昭就東觀藏書閣踵而成之。」

〔一一〕衛鑠之書，陶宗儀書史會要卷三：「衛夫人鑠，字茂猗，廷尉展之女，恒之從妹，汝陰太守李矩之妻，中書郎充之母。受法於蔡琰，善正行篆隸，撰筆陣圖行於世。評其書者謂如插花舞女，低昂芙蓉。」

〔一二〕蔡琰之琴，吴淑事類賦注卷十一樂部琴：「蔡琰别傳曰：琰，字文姬，陳留人，漢中郎將蔡邕之女，聰惠秀異。年六歲，邕夜鼓琴，弦絶，琰曰：『第二弦。』邕故斷一弦，問之，琰曰：『第四弦。』邕曰：『偶得之耳。』琰曰：『吴札觀化，知興亡之國；師曠吹律，識南風不競。由此言之，何云不知也。』」

〔一三〕管夫人之圖畫，夏文彦圖繪寶鑒卷五：「管夫人道昇，字仲姬，趙文敏室，贈魏國夫人。能書，善畫墨竹梅蘭。」

〔一四〕薛靈芝之針黹，王嘉拾遺記卷七魏：「文帝所愛美人，姓薛，名靈芸，常山人也。……夜來妙於針工，雖處於深帷之内，不用燈燭之光，裁製立成。非夜來所縫製，帝則不服。宫中號爲『針神』也。」薛靈芸，即薛靈芝，又名夜來。三國時魏文帝宫人。

〔一五〕斯巴達，古希臘城邦之一。其人實行軍事貴族寡頭統治，自幼接受强健體魄的訓練，成年男子個個是戰士，勇猛善戰。

〔一六〕盧梭，法國十八世紀啓蒙運動的代表人物。著有論人類不平等的起源和基礎、愛彌兒、懺悔録等。

〔一七〕瘰癧質，即腺病質，醫學上指少年兒童因分泌紊亂而引起的體質虚弱，易患結核、淋巴結腫大、濕疹等症。

〔一八〕躐等，不循序漸進，逾越等級。禮記學記：「幼者聽而弗問，學不躐等也。」孔穎達疏：「躐，逾越也，言教此學者，令其謙退，不敢逾越等差。」

論某督札幼稚園公文〔一〕

學堂者，培養人材之地，賴以强種保國者也，故有國家者，無不以學堂爲立國之根本。國者，合男女衆民而成也，則男女之學務，必當並重，不可偏廢，此爲東西各國所公認，無待贅述者也。倘非喪心病狂、冥頑不靈者，必無敢從而非之，從而阻之者。顧其事如此重要，必學識高超、品行純粹者，方可掌辦理之權。立身學界之内，而逢迎附會，惟利是圖者，只可夤緣於腐敗官場，奔走於紛雜市井之間。猶之蛆蟲，只能蠕蝕於糞壤之内也。今我國學界之腐敗，不惟任用之非人，且時有出而阻撓者。以羣小而亂要務，爲目擊者所痛心。兹不料此輩鬼蜮蝥賊，復混跡入我高尚芳潔之女學界中而撓亂之。嗟乎！天胡不弔〔二〕，使支那學界之多事哉！

予常語人曰：今之興女學者，每以立母教，助夫訓子爲義務。雖然，女子者，國民之母也，安敢辭教子之責任。若謂除此之外，則女子之義務爲已盡，則失之過甚矣。殊不知女子亦國家之一分子，即當盡國民義務，擔國家之責任，具政治之思想，享公共之權利。蓋中國者，非盡男子之中國，亦女子之中國也。兹某督札文謂女子入學，只令其講習爲乳媪及保姆，以保育幼兒之事。噫嘻！試問我高尚獨立之女國民，肯甘心爲服役幼兒之乳媪保姆乎？某督者，何輕人太甚，誠可謂之目盲心死矣！且爲奴隸則亦已耳，何必建一學堂，使入學習，方出爲奴隸耶？向來各省之男學堂，被人呼爲奴隸學堂，今不料復出有乳媪學堂，無獨有偶。耗矣哀哉〔三〕！何我中國人民不分男女，皆學爲奴隸。奴隸之原因，已先兆於此。恐我四百兆種族，終不免爲外人奴隸之一日矣。

又云：聚集婦女至六七十人之多，誠恐習染紛歧，流弊滋多云云。若謂女學堂爲不應設乎，則雖僅聚集六七人亦不可也；若謂女學堂爲應設乎，則雖聚集六七千人亦無妨也。若聚衆則滋流弊，然則彼督撫署中及各局廠關卡等處，其上下貪黷，朋比爲奸，而病民誤國者，奚止六七十人。乃不防之於彼，獨防之於向學之女學生，何其舍近而逐遠也。總之凡事只在教育有道，辦理得法，自免流弊。若畏其聚衆而解散之，殊乖合群之義。如一國之内，男女聚集者，必萬億兆人，亦將解散之使爲流民，以杜弊端乎？

又云：挑選粗通文理之節婦一百名，並挑選略能識字之乳媪一百名，建一講堂，講習保育幼兒之事，以備將來紳富之家，延充女師之選；以備將來紳富之家，僱用乳媪之選云云。嗚呼！在培養國民之學堂，則雖六七十人亦以爲多；在製造奴隸之學堂，則雖二百名亦不以爲多。是不在數之多寡，只在爲如何之用耳，其意顯然。且欲挑選略能識字通文者，中國大家婦女，亦多目不識丁。於節婦中選之，已屬不易，况於貧賤爲乳媪者選之，其可得乎？果能於乳媪中選出百名識字者，是亦中國之一大異事，大快事。而中國女學之盛，已達極點矣。其故作此言耶？抑不解事耶？疆臣大吏於土俗民情，尚瞢然不知，遑言其他。

然其宗旨，無論爲保姆，爲乳媪，總不出備紳富家之用一語，則此學堂爲紳富設而已，與紳富有益而已，非爲國家設也，與平民無益也。而紳富佔國中之少數，平民佔國中之多數，以少數爲重乎？以多數爲重乎？不見本年五月間之上諭乎？謂朝廷之置大小官吏，皆爲人民所設。然則朝廷亦未嘗不重平民，乃某督竟公然捨平民而重紳富，鄙俗之心，見諸公文矣。紳富所用僕役，乃至勞堂堂總督，爲之設學堂製造以供其選。嗟夫！今而後吾知紳富之可貴矣。勢利薰心，滿身銅臭。以銅臭之人，辨乳臭之學堂，誰曰不宜？

【箋注】

〔一〕本文録自一九〇四年九月出版第九期女子世界，當作於是年夏秋間，署名碧城女士。

〔二〕天胡句，楊廣隋秦孝王誄：「禍極生災，天胡不弔？」弔，傷痛，憐憫。左傳襄公十四年：「有君不弔。」杜預注：「弔，恤也。」

〔三〕耗矣哀哉，表示悲憤感歎之辭。語本漢書董仲舒傳：「秦國用之，死者甚衆，刑者相望，耗矣哀哉！」顔師古注：「耗，虚也。言用刑酷烈，誅殺甚衆，天下空虚也……或曰秏，不明也，言刑罰闇亂。」耗，同「秏」。

論上海宜設女學報及女學調查會[一]

凡一國革新之際，必頭緒紛紜，萬端待理，然其第一切要之事，則莫如教育。蓋教育者，國民再造之機關，國家命脈之所存繫也。吾國自變法以來，舉國以興學爲急務，固得其要領矣。識時之士，更爲探本窮源之策，而提倡女學，是以近數年間，凡通都要埠，莫不逐漸開辦女學堂，而女學生之出洋者，亦以日多。上海一邑，尤爲女學薈萃之區，姑毋論其内容如何，即表面觀之，亦勃然燦然，一文明之現象矣。然竊尚有所戚戚於懷而不能自已者，則以吾國女學，當此幼稚時代，紛歧複雜，未能統一，宗旨既殊，門徑各異，少相關之情，無調查之會，一任其自消自長於冥漠之中，欲求其改良進化，有發達而無墮落，以臻於完美之境，亦大難矣。且滬上人物殷繁，風氣奢靡，雖日接文明之氣，然豈無一二惡風劣俗，混入其間？是又須吾女學界諸君，有抉擇力，有淘汰力，有消化力，然後方能受其益而祛其弊。然此等識力，求於青年之女學生，實非易易。然則補救之術將如何哉？或謂若統歸國家攝理，劃定規制，編定教科，提綱挈領，而一事權，則不致散漫無稽，冥行而盲進。然而爲此説者，亦非吾所敢聞也。何則？無論此説之於現時事勢不可行，即能行矣，而不觀今日之男學校乎？風潮衝突，層見疊出，官府興學之宗旨，恒與國民教育主義相反對。男子尚如此，其待女子，更可知矣。夫由前之説，放任之弊也；由後之説，干涉之弊也。是均未能盡善也。然則究何以維持而匡正之乎？無已其仍求之我國民自治之道。自治之道奈何？曰：是在我國人之有真心實力者，出其毅力，固立團體，創一機關，以互相稽察，爲互相監督，則我女學界之前途，庶有豸乎〔二〕！

報紙者，近人所謂社會之監督，國民之嚮導也。且凡讀書者，莫不閲報紙，即莫不受其感化力。故報紙恒握操縱學界之權，而適能於學校之外，補教育之不足。故近年以來，各種之科學，皆有專門之報，以助其發達。獨我女學，尚付闕如，雖偶出一二種，其體例亦未稱完善，一似女界之雜誌，並非專講女學者。且多尚浮華虚飾之辭，而無精當確實之理，故其於女學界之勢力也亦甚微。今宜創一女學叢報，月出一二册，專講女學，以純正之宗旨，透闢之識力，主持清議。凡教育之原理，女學之講義，皆不厭其詳。凡學堂之優劣，學課之高下，學制之變更，亦潛心探訪，隨時登録。褒之貶之，俾知所勸戒，則劣者有惕厲〔三〕，而勤者益奮勉矣。

其外宜設立女學調查會。東西洋各種事業皆重調查，一業有一業之調查，一地有一地之調查，隨時報告，以通聲息，故能察其消長，悉其利弊，辨其得失，因得從此以改良。夫辦事之方，必出以理想，加以參考，經以實驗，方知有所去取也。吾國女學草創之始，一切未從實地經驗，兼之師範乏人，教授管理之方法，未免失宜。加以各各分立，聲息隔閡，甲處有所經驗而改革，乙處猶未知也，且將率而行之。乙處既已經驗而心得，丙處猶未知也，更無從仿而效之。輾轉遺悮，暗中摸索，其稽延時日，可勝道哉！今若實力調查，詳明揭示，俾令辦學務者，於得失利弊瞭如指掌，則有所抉擇，不憚改革。且爲各女學互通聲息，互相聯絡之機關。果能行之如法，吾知女學進化之速，當可翹足待也。

近者聞蘇州設立私塾改良會，以熱心教育之士，行其實行主義，以改良各私塾，其影響於我國前途者頗大。彼蒙小學之學生，何其幸也！惟我女學，尚未聞有經營籌畫，謀所以改良之者，其故何耶？夫强國之道，固以興學爲本源，而女學尤爲根本之根本，源頭之源頭。本之不固，其枝不榮；源之不清，其流必濁。其理固莫易也。然則今日女學改良一事，烏得目爲緩圖而恝置之也哉！

【箋注】

〔一〕本文録自一九〇五年九月二十一日時報，復刊於一九〇五第十二期教育雜誌，碧城時在天津。時報文後有一則議論云：「按中國女學誠爲當務之急，記者每思有所貢獻，只以未得暇晷，尚未如願。茲得吕女士來稿，以女士而談女學，其中肯明切，自不待言矣。然竊更有所進者，女學之當團結，當劃一固也，而尤當注意實業。何則？一草木之榮也，始有種，繼有本，而後乃有花葉。一人一國之發達也，始於開通，繼以實力，而後乃放文明之光華。未開通而用實力，其實力未能當也。無實力而仿文明，其文明不過眼前之花而已，無益於事也。今者男學生之求學，漸知由空談而入實事矣，我謂女界其尤急。」

〔二〕庶有豸乎，左傳宣公十七年：「使郤子逞其老，庶有豸乎。」杜預注：「豸，解也。欲使郤子從政快以止亂。」李宗棠勸導留學生日記：「惟望我同學念同胞之可親，信真理之可愛，相與勠力，以維繫此垂危之局，學界前途，庶有豸乎！」

〔三〕惕厲，警惕，戒懼危險。易乾：「君子終日乾乾，夕惕若厲，無咎。」孔穎達疏：「夕惕者，謂終竟此日後，至向夕之時猶懷憂惕。若厲者，若，如也；厲，危也。」後漢書馬皇后紀：「日夜惕厲，思自降損。」

參觀北京豫教女學堂演説〔一〕

敝人孤陋無學，竊聞京師爲首善之區，且女學漸次興立，亟欲一遊以觀其盛。兹乘新年休學之暇，前來參觀於豫教女學堂。時值皇后千秋令節，學堂中循例舉行慶典〔二〕，藉伸愛國之忱。是時師生咸集，約數十人，其秩序之整齊，規條之嚴肅，令人見之欽羡無已。此誠爲女界文明之現象，亦中國前途之幸福也。敝人厠身學界，敢不敬獻數言，爲女界賀，並爲中國前途賀。

夫女學之關係最大，凡世界文化之消長，國家之强弱，種族之優劣，社會之隆汙，莫不視女學盛衰爲比例。不見今日所稱文明中心點之美利堅乎？據千八百九十九年調查，大學以次及各專門學校女生，約在四萬人以上。若東洋崛起之國，以蕞爾三島之地〔三〕，其高等女校亦不下數十區，尋常小學校無處無之，其盛興如此。若女學不昌之國，如中國、朝鮮、印度、波斯、土耳其是已，而反觀其國勢爲何如耶？吾國婦女之勢力，只能行之於家庭，不能行之於社會，惟其不能直接行之於社會也，故反能以間接之力爲社會生惡魔、造惡因焉。請詳其説：

吾國人數號四百兆，女學不興，已廢其半。不寧唯是，彼二百兆之男子，被家室牽累，頹喪其志，相率淪於困苦之境，而迫成卑鄙苟且之行爲者，莫不因以一人而兼養數人之故也。孟子曰：「民無恒産，斯無恒心。苟無恒心，放僻邪侈〔四〕。」救死不贍，奚暇禮義？管子曰：「倉廩實而知禮節，衣食足而知榮辱〔五〕。」豈不然哉！今再進一説，則人之成立者，胥賴家庭教育定其基也。西方之諺曰：「揺籃所學，入墓方休。」誠以兒童幼時血氣未定，有所習染，壯大難移，所謂少成若天性也。苟爲母者不明道德，曷以教子？就此四百兆之民而論，其已長成者居其半，其尚未成人者亦居其半。此半部分之國民，孰不由婦人之手薰陶而養育之？則女學之興，顧可緩哉？吾更爲女學生貢其詞曰：「君等賴人以生，其困苦者無論矣，即榮貴者，亦何嘗不仰人鼻息，豈少家庭之隱痛哉？今欲脱此苦境，舍求學末由矣。若西國女子，多學問優長，故能各執其業，與男子分道揚鑣。若美國之的沙丁省有一女子之煤油公司〔六〕，其間總辦、傭役出入交涉，無一不以女子任之，且皆未嫁之女，有夫者亦不許入，更無論男子也。其他工廠執役、學校教師、報館主筆，女子操其業者以數十萬計。其自立之能力如此，更何有幽囚束縛之苦哉？不惟此也，方今學校日多，男子必人人獲受教育，男女之學問既分高下，資格亦因之有優劣之别，交際之間，家庭之内，相形見絀，自不能致親愛和平之幸福。烏乎，諸君能不早爲之計哉！今吾國女學已有勃然發動之機，諸君果能從此立志求學，猛進文明，則豈獨讓彼東西女子專美於前？行見二十世紀東亞之舞臺上，必英俊之女子與豪俠之男兒互相輝映，並駕齊驅。此敝人所夙興夜寐，馨香而禱祝之者也。

【箋注】

〔一〕本文録自丙午年（一九〇六）正月十九日第四百十二期中華報，原題「天津女學堂總教習吕碧城女史參觀北京豫教女學堂演説」。豫教女學堂，北京最早的女學堂之一，由沈均及其夫人沈貞淑創立於一九〇五年，以造就賢母良婦爲目的。教授國文、珠算、家政、體操之外，並添設女工廠，設織布、編物、成衣機器、繡工各科，是一所工學兼顧的女學堂。

〔二〕時值二句，張百熙欽定蒙學堂章程第三章：「每歲恭逢皇太后皇上萬壽聖節，皇后千秋節，至聖先師誕日，春秋丁祭日，均由教習率學生行拜跪禮。」按，清代皇后誕辰稱「千秋令節」，乃國家慶典日之一，通常有受禮、賜宴等儀式。這天，學校皆由總教習、副總教習，總辦各員率學生至禮堂行禮如儀。

〔三〕蕞爾三島，晚清時稱英國、日本爲「蕞爾三島」。此處指日本。梁啓超戊戌政變記附録一改革起原：「日本蕞爾三島，土地人民不能當中國之十一。」

〔四〕民無四句，見孟子梁惠王上。放僻邪侈，指放縱作惡，毫無顧忌。

〔五〕倉廩二句，見管子牧民。倉廩實，謂百姓糧食充足。

〔六〕的沙丁省，早期美國州名的譯音，疑指美國的田納西州。

致盧木齋書

一

老伯大人鑒〔一〕：

讀尊著自述事略，率撰一聯奉贈，藉博莞爾，幸勿罪也。

身世僧而道

才華鬼更仙

道者非道士，乃道臺也，志在爲僧而未得，却做了六任道臺。昔人謂長吉鬼才，太白仙才〔二〕，公則兼而有之。尊意以爲如何？

碧城謹上　二十七日

【箋注】

〔一〕本文録自手跡，作年不詳。老伯大人，指盧木齋。賈逸君中華民國名人傳：「盧靖，字勉之，號木齋，湖北沔陽人。光緒十一年舉人，歷任贊皇、南宫、定興、豐潤諸縣知事，洊升多倫廳，簡放直隸提學使，調任奉天提學使。民國成立後，隱居天津，不復出仕。盧家素業儒，少溺苦於學，不屑治帖括章句，喜兵家言。能闡明用火器法，尤好疇人傳。其抉精摘微，能與垛積比類、級數回求二書，悟得其捷法，匡當代大師之繁難。書已刻者，爲火器真訣釋例二卷、萬象一元演式十卷、割圓術輯要三卷、合聲易字三卷、古辭令學二卷。未刻者有疊微分補草一卷、代數術補草四卷、微積溯源補草四卷、代微積拾級補草四卷，多密行細字，或載在書眉，不可驟緦理。四部叢刊提要十卷，積稿滿篋。而讀書不求版刻之精，莅官所至，植人才，詳求民生疾苦利病。諳土木，喜營建，創辦保定、天津、奉天圖書館。設立師範、法政、農工商、美術、水産各專門學校，以十數計，中小學以百數計。晚年捐款十萬元，爲天津南開大學建圖書館，南開即以木齋圖書館名之。館成，盧復捐書六萬，儲之館中。盧性好書，喜收未傳之本。尤留心鄉幫文獻，輯湖北先正遺書七十五種，都七百二十卷，匯爲第一集印行。尚謀續成二三集，日夕搜求不倦。精計學，豐營殖，故能出其贏以濟公私之急，而自奉則甚儉約。盧氏生於清咸豐六年二月二十五日，民國二十一年，年七十六。」

〔三〕昔人二句，王得臣麈史卷中詩話：「慶曆間，宋景文諸公在館嘗評唐人之詩云：『太白仙才，長吉鬼才。』其餘不盡記也。」

二〔一〕

老伯大人尊前敬肅者：

荷承代購股票並允由尊股内撥給十股〔二〕，具徵長者厚意，感謝！感謝！所有欠平九兩三錢，暨找正紅股利息三十五兩六錢餘，總計合洋六十五元六角四分，茲並呈上，伏乞轉至爲荷。刻賤恙未愈，聞台旆啓行在即，不審届時能走送否。二家姊承乏奉天師範女校〔三〕，學淺材絀，時虞覆餗〔四〕。惟該校事體向係直接歸學使主持，此後得隸帡幪〔五〕，尚懇多加照拂，是所至幸。專肅，敬請福安。

世晚吕碧城謹上

内緘外洋六十五元六角四分，煩便呈盧大人台啓。吕上。

【箋注】

〔一〕本文録自手跡，係托人代爲轉交受信者盧木齋。據信中「二家姊承乏奉天師範女校，惟該校事體向系直接歸學使主持，此後得隸帡幪，尚懇多加照拂」云云，考碧城二姊呂美蓀一九〇六年出任奉天女子學校總教習，而盧木齋是年出任直隸奉天提學使，可證此信當作於一九〇六年。

〔二〕荷承句，盧木齋爲欒州礦務股份有限公司等多家企業股東之一，故有碧城托其代購股票事。

〔三〕二家姊，指呂美蓀（一八八一—約一九四五），原名呂賢鈖，字清揚，别署梅生、眉生，一九三〇移家青島，自號齊州女布衣。碧城二姐。呂美蓀瀛洲訪詩記緣起：「余弱齡失怙，由豐厚之家一變而爲孤寒之女。年二十後，别母走津門，任北洋女子公學教習，兼北洋高等女學堂總教習。逾年出榆關，應東三省將軍趙公爾巽之召，任奉天女子師範學堂教務長，兼中日合辦女子美術學校教員、名譽校長。蓋趙公與先君提學公爲丁丑會榜同年，念年家子之貧，厚加培植，時光緒末葉也。」

〔四〕時虞覆餗，謂時時擔憂不勝其任。覆餗，易鼎卦：「九四，鼎折足，覆公餗，其形渥，凶。」王弼注：「既覆公餗，體爲渥沾，知小謀大，不堪其任，受其至辱，災及其身，故曰其形渥凶也。」餗，鼎中的食物。覆餗，指倒翻鼎中的珍饌，喻力不勝任而敗事。

〔五〕帡幪，指帷帳之類覆蓋物。王念孫廣雅疏證卷二下：「法言吾子篇『然後知夏屋之爲帡幪也』，李軌注云：『帲幪，蓋覆也。』」

爲鄭教習開追悼會之演説〔一〕

今日此會，係因北洋高等女學堂總教習鄭夫人，勤勞教育，體質虧弱，因染病逝世，鄙人忝屬同群，特開會追悼之。乃承諸君光降，敢不致謝。其開會宗旨可分爲二條，特敬陳如下：

一、表學界之同情並示此後合群之道

方今有志之士，皆亟亟提倡女學，其熱心毅力，良堪欽佩。顧世事非個人獨力所能成者。是則合群之道，宜急講矣。夫學校事體與家庭不同，家庭中有血統之關係，具天然親愛之性質，最易結合者也。而不善處家者，且骨肉冰炭，同室操戈，况以家族不同，性情面貌不同，語言習慣不同之大多數人，使終日相聚一堂哉？如各省男學堂，叠起風潮，釀破壞之結果，雖原因複雜，而不能合群，實爲其通病。甚願吾女界毋再蹈此轍，自窒其進化之機。雖然，吾今以合群倡於女界，諸君必以爲老生常談而厭聞之。且訾吾拾人牙慧，而作此無謂之語也。然而究發於至誠，非尋常泛泛之口頭禪可比。請諸君細審之。

據現在女學之勢力言之，與男學實不能同日語。何則？男學已駸駸日盛，有顛撲不滅之勢，女學則纔茁芽耳，根基未堅固也。以辨理法言之，男學易而女學難。女學在中國爲不習見之創舉，動輒掣肘，加以女子向受錮蔽，識量狹隘，少團結社會之能力，多破壞社會之性質。古人所謂謀及婦人，其事必敗是也。據是觀之，女學將來爲發達爲墮落，尚不可知。然吾疑將來設或不幸，其因必起於內，蓋物腐蟲生，必內界互相妒忌，互相排擠，卒至兩敗俱傷，而外界之阻力逞之。女學破壞，女界全體悉被其影響，所謂覆巢之下無完卵，漏舟之中無完人也。苟吾女學界諸君，和衷共濟，則學課不完善，可徐圖改作之；管理不合法，可徐圖整飭之。必有達完美之一日。但恐不能相群，則變相百出，全體瓦解耳。今日之會悼鄭教習也，然既已逝矣，安用絮絮作悼語哉！吾請以痛鄭教習之心，移而痛女學界之前途可乎？

近者各處女學，風潮叠起，常州粹化女學校，因請教習事，被兩江學務處斥爲不顧嫌疑，毫無忌憚，札府飭縣，將教習撤換〔二〕。松江清華女學校，因起謡諑，致經官集訊〔三〕。而浙江樂清明强女學校，乃至被縣官武斷，吏役騷擾，幾興革命大獄〔四〕。

事既愈出而愈奇，勢亦愈變而愈險。其詳情亦不必言，但願後此急講合群之道，共求教育之改良進化。弭外患於無形，保女學之長立，毋使後人過女學之地址，如經古戰場。女學之名詞，成爲中國歷史上之陳蹟，而覩此至不幸之事也。吾之爲此言者非他，蓋對於女學愛之深，則慮之切；慮之切，則不覺其言之沉痛耳。

二、論凡人當盡義務於社會寧死社會勿死於家庭

昔者女子不與外事，故事業擴張之範圍至狹。今丁此過渡時代，新感情，新思想，繽紛交觸於腦，俯拾即是。而居中者至歧路徬徨，應接不暇，終自墮入困難紛擾之境而已，與社會固無所裨益也。夫女子居全國人數之半，舉凡人種之淘汰與否，家教之隆污與否，皆身當其任，無可推諉。據大者言，過去之女子，爲現在世界之母；現在之女子，爲未來世界之母。其關係至重，故須抱一定之宗旨，毋徒追逐風氣已也。如近時有志女士，或奔走國事，或提倡女權，其志願之偉，令人驚歎。然大率終年碌碌，一無所成，蓋事業與權利，皆隨個人之資格而爲進退者也。人格未成，且不能救己，遑言救國哉？爲今之計，惟有極力求學，學成而後展其經綸，償其志願，斯可耳。即對於女同胞之義務亦然，與其徒勞奔走，爲無意識之運動，何如講求

家庭教育外，兼研究社會教育之爲得乎？

雖然，爲社會盡力而勤勞以死，如鄭教習者，有幾人哉？淺識之人，覩鄭教習旅亡於外之慘狀，且懷戒心，將來女學界聘教習之事尤難。蓋今之充女教習者，多南北奔馳，辭家就聘，意外之虞，在所難免。如家姊受電車之傷，幾瀕於死〔五一〕，苟深藏繡閣，烏有此事？况人之護惜生命，趨利避害，固生物之天性，無可諱亦不必諱也。而吾倡言爲社會作犧牲者，詎矯情哉！然其中有區別焉，智者對於利益，捨小取大，捨短取長，在抉擇之力耳。如人人莫不欲壽命之長，而至長百年亦不過三萬六千五百晝夜，過此可消滅矣。惟智者能延長於世界，其法維何？則此身之外，更有世界也。有現在之世界，有未來之世界，有精神之世界，有理想之世界。現在之世界者，生存時之世界也；未來之世界者，死後之世界也。如此鄭教習已死，而我輩之聚會爲鄭教習也，則今日仍可稱爲鄭教習之世界耳。精神世界者，形質亡而精神不滅，如孔子，如釋迦，如耶穌，謝世已若干年矣，其道力深入人心，其精神常貫注世界。今日之世界，稱爲孔子之世界可也，稱爲釋氏之世界亦可也，稱爲耶氏之世界亦無不可也。理想之世界者，凡有特别思想之人，必有特别之希望，常於此身之外，别有一理想構成之世界於腦中，如鄭教習平時以女學發達爲希望，死後而女學盛興，與其平時想像之光景正合，則其靈魂游行於此理想搆成之世界是也。若凡庸之人，但有生存時之世界，與夢寐中之世界，身死則與草木同腐，不若前所言有不死者存也。吾此番言論，得毋近於宗教家之觀念乎。然稍解哲理者定悟此旨，不盡以爲荒謬。要而言之，作社會之犧牲，仍屬利己主義，但庸俗之眼光，不及此耳。

更以至近理譬之，舊社會之婦女，因勃谿之苦，仳離之悲，而自戕者不知凡幾。昔曾調查自戕人數，女子恒多男子二倍。與其坎坷抑鬱茹痛以亡，何如爲社會勤勞而死，苟鄭教習死而有知，地下相見，能不爲若輩呼冤耶？吾以平時種種感情，發爲是論，匪獨於教育爲然，願吾人於所當盡之務，皆作如是觀可也。

【箋注】

〔一〕本文録自一九〇七年第二十一期直隸教育雜誌。

〔二〕常州粹化六句，一九〇六年七月二十七日申報蘇學務處嚴批女校不准聘男教習：「上年常州府設立粹化女學，因有男教習雜厠其間，奉經陸前撫憲劄處飭府督縣嚴行諭禁，即經該府縣督同全行更换女教員。」

〔三〕松江清華三句，同前申報蘇學務處嚴批女校不准聘男教習：「松郡各女校延男教習者居多。城内府署東首清華女校男教習沈調陽因素不安分，致於履楨乘間造謡污蔑，由校長夏允麐等投府縣控訴。華亭縣趙豹文大令提集人證澈訊，判造謡之於履楨罰銀充公，沈亦自知不容於衆，退出女校。」

〔四〕而浙江樂清四句，一九〇六年十一月二十日申報提訊學界糾控革命杭州：「浙東樂清縣學界士紳屢次晉省，稟控某君創立之明强女學堂藏有革命課本，業由浙撫將兩造提到省，飭巡警總辦袁巽初觀察督同學務員警兩提調，於上月二十八日傍晚□訊。摒除僕從，盤詰至四小時之久。所有詢問供詞，概用筆述。訊畢，即分押巡警總局，稟候浙撫核辦。」

〔五〕如家姊二句，英斂之先生日記遺稿一九〇六年七月初三（八月二十二日）：「十一點後，忽來電話云，碧城在官銀號左近被電車軋傷，急乘車各處探問。至官醫院無有出門，始知被軋者爲梅生（碧城二姊）。再尋至女醫院，始見梅生仰卧箥羅中，左腕骨折，血跡模糊。」也是集吕眉生序：「丙午（一九〇六）之夏，清揚以應北洋女學堂之聘，由皖來津，方匝月而召電車傷臂之禍，左腕骨折，瀕於死者幾矣。」

女子宜急結團體論〔一〕

自歐美自由之風潮，掠太平洋而東也，於是我女同胞如夢方覺，知前此之種種壓制束縛，無以副個人之原理，乃群起而競言自立，競言合群。或騰諸筆墨，或宣之演説，或遠出遊歷，無不以自立合群爲宗旨。紛紛紜紜，其熱腸俠骨，真心愛群者固不乏人，而乘此風潮，以圖炫耀於一時者，亦比比皆是。其從事筆墨者，則如荼如錦，一紙風行；其清辭善辯者，則粲花妙舌〔二〕，娓娓動聽；其遠出遊歷者，則又以博望浮槎〔三〕，顧盼以自豪。一時風起水湧，英雄女傑，層見疊出，不可謂非我女界之一綫光明也。然而獲名譽則棄義務矣，因私見則忘公益矣。其略能搦管爲詩文論説者，一既傲然自恃，而目能辨蟹行書，或手治專門學者，又若惟我獨尊。平心而論，自立云云，私心希冀，不過如此，固然其無足怪。然吾竊異彼終日以合群爲言，而必位置較我不相上下，性情與我頗相融洽，方引爲同志。否則甲詆乙之無學，乙輕甲之無名，互相忌嫉，互相攻詆，欲和反離，各成孤立。小小之群不能合，遑言能達其目的，而獲其益乎？嗟！嗟！吾非謂我同胞人格之不高也，志趣之不壯也，吾寢室中，夢寐中，所崇拜，所希望，所親愛之女同胞，吾焉肯訾議之，實以平日期望之者甚切，故責備之者甚深耳！

或謂人之才能各有不同，門户亦復互異，豈能强爲聯合？若第責其無愛國心可矣，責以互相攻擊可乎？蓋有團體必有抵排，愈抵排而愈成團體。假令以漢文自負者，專結一研究漢文之團體；以洋文自負者，專結一研究洋文之團體；以科學自負者，專結一研究科學之團體，各立門户，分道而馳，以達其愛國之目的，亦何不可？故只當問其有愛國心與否，而不當徒以互相攻擊責之也。斯言也，予大不謂然。大凡人之所以攻擊排抵者，爲宗旨不同耳。若同是愛國的，則宗旨既同矣，而猶肆其攻擊排抵，是直忌人之技能，妒人之名譽，烏呼可也？何也？譬之人身，手足耳目鼻舌，所用各各不同，而各盡其能，彼此互用，聚成一體，未見其自相衝突，自相戕賊也；即使有之，亦必醉癲癲狂漢。烏可以我女界而有此魔障也。夫好勝之心，自利之心，固爲人之天性，無可諱言。但須熟爲計算，舍短取長，舍小取大，斯爲得耳！若舍大取小，舍長取短，於同群之中各各競争，冀以排倒他人而獨立，相傾相軋，同室操戈，自相摧滅，一旦外患乘之，終至於國亡家破，而身亦隨之爲奴隸爲牛馬。嗚呼！身且不保，遑計身外之利益哉？是何如結爲團體，捍衛一國，而協力排倒他國，則犧牲個人之利益，以圖公共之利益，己身可借之以存立；大則如法蘭西之革命，美之脱英而自立，流幾多之頸血，擲幾許之頭顱，而得收今日之效果之爲愈乎！而不然者，覆巢之下無完卵，漏舟之中無完人，我同胞其勿思倖免也！然此對於國家言之也。若於男女間論之，則不結團體，女權必不能興；女權不興，終必復受家庭壓制。諸君以爲今日已脱男子之羈軛，登自由之新世界乎？蓋猶未也。不過纔見影響，纔茁根芽，若不合力培植，設或一旦傾覆，彼時壓力必益加重，非我女子所能忍受。擬其禍害之止境，必匪僅今日自由之樂，名譽之榮，滅如泡影，且恐貽爲將來之口實焉！語云「同舟遇風，則吴越人相救如左右手」，況我同胞既同在學界，又同一宗旨，吾輩而不能合群，更何望他輩之能合？此時而不能合群，而更何望他時之能合？故吾深望同胞，急結成一完備堅固之大團體。一人倡而千百人附，如栽花然。一粒種發爲千丈樹果，其根柢深厚，生機活潑，則同根之樹，必無此枝榮彼枝悴之理。吾女同胞特患狃於故態，不能結大團體耳，何患不收花簇文明之效果哉！而非然者，子矛子盾，自相抵觸，吾竊有所不取矣！

【箋注】

〔一〕本文録自一九〇七年三月四日第二期中國女報，碧城時在天津北洋女學堂任上。

〔二〕粲花妙舌，謂言辭優美動聽，口才極佳。王仁裕開元天寶遺事：「李白有天才俊逸之譽，每與人談論，皆成句讀，如春葩麗藻，粲於齒牙之下，時人號曰李白粲花之論。」孫錦標通俗常言疏證二一九文事：「粲花妙舌，端莊流麗，雜以詼諧，尤爲雅俗共賞。」

〔三〕博望浮槎，指漢張騫乘木筏至天河事。胡仔苕溪漁隱叢話前集卷十一引宗懔荆楚歲時記云：「漢武帝令張騫窮河源，乘槎經月而去。織女取楮機石與騫而還。」紀昀平定回部凱歌十二章：「回頭博望浮槎地，曾是西來第一程。」博望，張騫封號。漢書張騫傳：「騫以校尉從大將軍擊匈奴，知水草處，軍得以不乏，乃封騫爲博望侯。」

在保姆講習所演説〔一〕

今日爲保姆講習所第一次畢業之期，亦即北洋女學界第一次畢業之舉也。三年前，鄙人初到津時，即有此嚴氏家庭女學校，雖係家塾，殆爲北洋女學之起點。今日優美之結果，亦較他校爲最早。且吾見其平時教育精神之充足，即已預知畢業時必得優美之結果。今復就其畢業時優美之成績，而預知其在社會上勢力之閎遠，可斷言也。鄙人既躬逢其盛，實與有榮焉。

今夫教育有家庭與學校之别。無家庭教育，則道德之根基不立；無學校教育，則普通之知識不完。二者不可偏廢。然吾國當此過渡時代，以曩日無學之女子，豢養於閨幃，大都坐食交謫〔二〕，牽累男子，無所謂家庭教育也。驅一般新舊複雜、年齡不等、資格不合之人，使充塞於各種學校，則學校中亦難爲完全的學校教育也。

若是乎則必須有一階級介於家庭與學校之間，補家庭之不足，爲學校之預備，俾二者皆得其完全之發育與補助焉。其法維何？則幼稚園是也。雖然，幼稚園之保姆，將於今日女界中求之乎？吾知其大非易易。何則？今日女界可分爲新舊二派，舊者既頑梗不化，不肯投身學界，習保育之事；新者又好高騖遠，自以爲具高尚芳潔之資格，將來必爲女博士或高等講師，領社會上最優之價值，烏肯以提携乳臭之兒爲畢生之事業哉！然則幼稚保姆果無從得之乎？曰有之，即嚴氏保姆講習所諸生，具特别之眼光，特别之熱力，而率身先導者也。故鄙人亦甚願諸君自重其職，土苴一切名位利禄〔三〕，惟視此幼稚園之生涯爲無上乘之樂境也。

古今利益最溥之事業，往往成之於大多數無名之人物，如小學校之教師，幼稚園之保姆，大抵位卑而名不顯，然其力之普被，實勝大學之教師。蓋一國之中不能人人受高等教育，不能不人人受初等教育，則大學教師實握國民之少數教育權，而保姆與小學教師實握國民全體之教育權焉。至幼稚教育與國家關係之重，考之歷史最爲明確。法國自一千八百三十三年與德國戰敗後，日懷復仇之心，遂極力擴張教育，而尤注意於幼稚園，故泰西各國幼稚園辦理之完善，以法國爲最，德國尚不及焉。請更言美國，吾人但知新大陸執世界女學牛耳，而亦知其女學之根本尤有可觀之處乎？據千八百九十八年調查，國中公私立之幼稚園，有二千八百八十四所，教師有五千七百六十四人。夫以美利堅三百五十餘萬方里之面積，七千餘萬之人口，而幼稚教師已如此之多，例之中國文明程度之相去，誠不可以道里計。吾國當益恍然知教育根本之所在矣。

得天下英才而教育之，子輿氏引爲一樂〔四〕。抑知更有樂於此者，則幼稚教育是也。蓋人之生也，本爲極純净之質，其腦亦若素絲之未染，由家庭入學校，入社會，經一層階級即增一次濡染。彼爲高等大學之教師者，是取多次濡染之質料而重加繪畫，重施采色者也。惟保姆與小學教師，是取天然之質料而鑄造之，有如造化然。其職務最爲高尚，其關係最爲重大。譬如吾人手置一粒種子，俄而見其萌芽，俄而見其枝葉披拂，俄而見其英華馥郁，則必有非常愉快之情，自與移花植木者不同。對於兒童亦然：出提携捧負之時，睹其進步，睹其成立，或爲政治家，或爲教育家，以及等等之事業，豐功榮譽顯鑠一時，其保育之師從旁觀之，愉快之感情，亦與半途而教投者不同。此即諸君精神上的快樂也。夫以諸君職任之重如此，境界之樂如此，則鄙人敢不敬之慕之，貢數語爲諸君賀，並爲中國前途賀。

【箋注】

〔一〕本文録自一九〇七年北京出版第八十六期風雅報，由津門寄稿。爲吕碧城在天津嚴氏保姆講習所畢業典禮上的演講詞，强調培訓幼兒師資教育的意義重大。該講習所乃清末著名教育家嚴修創辦於一九〇五年，屬於幼稚師範性質的教育機構，專門培養幼教師資。

〔二〕坐食交謫：不勞而食，争相責備。嚴修奏爲詳議女子師範學堂及女子小學堂章程事：「務注意講授練習，力袪坐食交謫之弊。」交謫，詩邶風北門：「我入自外，室人交遍讁我。」讁，同「謫」，責難。

〔三〕土苴：莊子讓王：「道之真以治身，其餘緒以爲國家，其土苴以治天下。」陸德明釋文：「司馬云：『土苴，如糞草也。』李云：『土苴，糟粕也，皆不真物也。』」集韻：「苴，土苴，和糞草也。一曰糟魄，或作苲。」

〔四〕得天下二句：孟子盡心上：「君子有三樂，……得天下英才而教育之，三樂也。」子輿，指孟子，名軻，字子輿，戰國時鄒國（今山東鄒縣東南）人。古代著名思想家、政治家、教育家。

創辦女子教育會章程〔一〕

第一章　宗旨

第一節　本會以聯絡同研究女子教育，期於女學之發達爲宗旨。

第二章　分部

第二節　本會分四大部

一研究部　分開會聚議、通訊商榷二項。

（甲）開會聚議　凡會員住址，與會所相近者，每届開會之期，必赴會聚談，發表教育上之意見，以供研究。

（乙）通信商榷　凡會員居住異地，不能隨時赴會者，則將其教育之意見，或實驗管理教授等法，隨時報告本會，以供研究。

二調查部　分本國調查、外國調查二項。

（甲）本國調查　凡各省官立、公立、私立之女學，及延師教讀之家塾，均詳細調查，勸導改良。每一學期，刊發調查表一次，散給各地，且裝訂總表，存留本會。

（乙）外國調查　凡東西各國女學之制度、課目、管理、教授等法，均派員調查，確實報告，以資採用。

三編譯部　分編譯教科書、發行女學雜誌二項。

（甲）編譯教科書　凡女學應用課本，及有關教育學理之書，均隨時編譯。

（乙）發行女學雜誌　凡研究調查兩部之發表及報告，會員之演説，及中外女學之專件，均編入雜誌。

四建設部　分創立、贊助二項。

（甲）創立　會事擴張後，應派遣會員，分往各地，創立女學、組織女報等事。

（乙）贊助　無論何省興辦女學等事，本會會員力所能助者，皆竭力贊助。

第三章　會員

第三節　凡入本會者，皆稱會員，於會中有職任者，皆稱職員，由會員中選舉。會長一人，副會長一人，評議員八人，學務幹事四人，庶務幹事四人，書記幹事二人，會記幹事二人，調查幹事無定數，會員無定數。

第四節　本會會員職員，皆以女子任之，男子别爲贊助員。贊助員無定數。

第五節　職員由會員中投票選舉，每年改選一次，連選者連任。

第六節　會員以學界中人爲合格，其非學界中人，而熱心女學，能助本會經費者，亦推爲贊助員。

第四章　經費

第七節　凡會員（以下凡會員皆包括職員而言）每月皆捐洋二角，以爲會費。

第八節　凡常年出入之款，每届年終，由會計幹事報告，印册宣布，以昭核實。

第五章　義務

第九節　本會會員義務如左：（一）會員皆有遵守本會章程之義務。（二）會員皆有推廣本會勢力之義務。（三）會員皆有保護本會名譽之義務。（四）會員皆有擔任本會經費之義務。

第六章　權利

第十節　本會會員權利如左：（一）會員皆有舉人及被舉之權。（二）會員皆有議事及決事之權。（三）會員皆有提議及駁議之權。

第七章　開會

第十一節　每月開常會一次，每年開大會一次。如有特别要事，由會員提議，得三人贊成，可報明會長，開臨時會。

第十二節　開會之前一星期，由書記報告同人。

第十三節　開會時不得雜踏喧擾。

第八章　演説

第十四節　凡尋常開會演説，須關於教育上之問題。如開特别會，可不拘此例。

第十五節　贊助員雖無舉人議事之權，然有意見，可以演説發表之。其在遠處者，可函達書記，由書記報告。

第九章　議事

第十六節　舉人決事，於開會時行之，參用舉手投票之法。

第十七節　如有重要事件，須有會員三分之一出席，方得舉人決事。其道遠不能赴會者，亦必由函件諮商。

第十八節　議事有過半數贊成者，方得決議。如可否同數，由會長決之。

第十九節　議事時如有意見，俟一人言畢，方可辯駁，不得越次多言。

第二十節　新入會會員，不能詳知會事者，舉人決事時，可先明説，不必舉手投票。

第十章　入會

第二十一節　凡入會者，須開寫姓名、籍貫、職業（開寫父兄職業，已嫁者兼書夫家職業）、住址，並小影一枚，報明本會，以便注册。

第二十二節　凡欲入會者，或託人紹介，或自投函本會，經本會察覈認可，即爲會員。

第十一章　出會

第二十三節　會員宗旨，有與本會不同，自願出會者，如難强留，即聽其出會。

第十二章　議制罰

第二十四節　會員如有不守會章，隳落一己之名譽，或損礙本會之名譽者，應由同人報告會長，加以相當之處分，於開會時決之。（一）勸戒。（二）詰問。（三）記過。（四）除名。

附則

一、所有章程方在草創，如有不妥處，應隨時改良。

二、創辦之始，本會事務所，及一切職員，均未定準。俟會勢成立後，再公同議定。

三、現時所有報名入會者，概毋須納費。俟人數衆多，實行開辦時，方按月捐納，刻下用款，由倡辦人獨任。

四、各地同志，如有願表同情而賜教者，請函寄天津督署後天津公立女學校總教習呂碧城手收可也。

【箋注】

〔一〕本文録自一九〇七年三月東京出版中國新女界雜誌第二期，最先刊於一九〇六年八月十七日上海時報。中國新女界雜誌文末刊有煉石題誌云：「右女子教育會章程，頃從篠隱君處得閲之。女士之來書曰：『城不學無術之人耳，顧生性狷介，不甘泯然，儕於流俗，乃立志委身學界。雖然，吾國教育尚在幼稺時代，男學且不易言，矧女學乎？方今通都大邑，固已私塾林立，絃誦相聞，然求其一定之主義方針，則渺乎而不可得。或專教以家庭婦職，或雜進以各種技藝，以爲女子教育範圍，止於此矣。殊不知家族之間，相夫教子之道，不僅於織紝户甕已也。以間接之力，扶翼社會之風教者，亦非區區物質上之智識而有裨也。欲造成一般爲理想之國民，必先造一般理想之女子。必授女子以完全精神上之智識而後可。今之主持教育者既欲啓之，又欲遏之，狼跋狐疑，進退失據。蓋以爲民智開，則民權之思想生；女智開，則女權之思想生。且每謂女子不應與男子受同等之學業，故爲此不完全之教育，以爲預防之策。然而民權也，女權也，苟不出道德之範圍，亦復何害？彼爲害爲亂者，正坐智識不熟之故耳。王陽明有言：「知者百行之母。」知識成熟，即爲道德。梭革拉底氏亦持「知行合一」之説，嘗曰：「人之舍善而惟惡是趨者，由其知識不足，不善別擇故也。」中西哲言，若合符節，固無疑義矣。尊論謂中國於女子教育，持狹義之範圍，必不足達完全之目的，唯有社會之觀念者，乃能橫縱古今，彌宇宙之缺陷，此亟爲鄙人所拜服而感歎無已者也。顧吾國教育界，泯泯紛紛，迷其涯涘，更安得如左右之孤懷宏識、遠矚將來者哉！前者曾擬女子教育會章程稿，登諸時報，而綿力薄弱，應者殆寡。兹特録呈尊鑒，倘蒙志士慨允贊助員之任，匡其不逮，是則鄙人爲女界前途所馨香禱頌者也。』讀此足以見女士志趣之閎卓，擔荷之艱鉅，而關係於中國女界前途爲何若。

斌甚願篠㠇君之亟贊助之也。斌尤願吾女同胞有志之士，亟起而將伯之也。爰登諸册，以質同胞之熱心教育者。煉石誌。」

創辦女子教育會通告書〔一〕

天以人類爲萬彙之長，舉凡一切自然界、精神界胥畀吾人，廬牟而亭毒之〔二〕，天固處於無爲，而默觀其演化者也。惟其建設也巨，故其成立也難。斯教育之道，其不可已矣。然而人類所以成其爲人者，以感覺之性，特賦於先天教育之道，所以能收其效果者；以鑄造之功，奠基於蒙養女子爲國民之母，此女學所以爲國家教育之導源也。

西哲談種姓之學，執因求果，其理至密。謂凡有官之品，其受生之始，絪緼化合，遞嬗迤降，大都本母性以遺傳。此戴經胎教之説〔三〕，與西方治教育者，同其極軌也。古訓有言，少成若性，習慣自然。蓋以孩提之童靈機未鑿，腦質純素，近朱近墨，惟外界之是承。於斯時也，或導以猥瑣之行，貪邪之念，先入爲主，及長不移。吾國爲人母者，腐敗其心思，戕賊其肢體，而後委以保育之任，幾何其不種弱而性劣也？且夫治化之進，萬有分功，故民無廢材，國無廢土，而後富强至。吾國女界占全地球上人口八分之一，占本國人口全數之半，而乃逸居無教，等諸禽獸，豢養無業，備爲玩好。揆之公理未安，籌之國計失算。男子困於交謫〔四〕，跋涉險巇，惟家室之是謀；女子待於仰給，步趨奴隸，惟壓制之是怨。人道不亦苦哉？必各操其業，然後勞逸之數均；各致其能，然後夫婦之序平，舍是弗圖。而惟怪改良政治、振興實業之無效，又烏知女界植其潛勢力，以支配社會階之爲厲哉！

或曰中國古代未嘗無女教矣。女師之職，婦學之名，内則之篇，見於方策者不一而足，但須修明而保守之，可耳。棄固有而趨歐化，安見其相適也。則應之曰：不然，彼所謂教者，大抵只行乎宫壼〔五〕，而不普及於民間。矧教育之道，隨時勢爲轉移，就令今之女界復返二南之風〔六〕，悉被四德之教〔七〕，使與歐美女子治精神物質之學，受德智體之育者爲比例，材力優絀，相形立判。國本强弱，由此而分。此鄙人所敢昌言廣告於關心國是者之前也。

唯是欲治教育者，非己身先受教育，則舉措弗能中窾。當此草創伊始，一切未從實地經驗，間有女校卒業之生，及名媛閨秀，堪爲教授之任者，或淹通舊學而昧於新理，或粗知新學而根柢未立，以是爲學，以是爲教，夫已成績難期，而况未必盡人之樂於此業乎？是故對於女界非呼召不可，非研究不可。此女子教育會設立之宗旨也。自歐美文明輸入中土以來，五千年沉淪之女界，漸獲昭蘇，顧風會所趨，歆奇尚異，見聞複雜，意識無定，致歧路徬徨，終墮入困難紛擾之境。如近來號稱女英女傑者，奔走國事，提倡女權，窮年逐逐，荒其本務。於群於國，幾見有些須之裨益者，而且互相標榜，互相激勸，奈之何其不昏昏而使人昭昭也。竊以爲女子切近職務，莫若家庭教育。推而進之，則擔任社會教育亦其所宜。即歐美之俗，亦以高等講席爲女子最優之位置。誠以女子性質温柔，思想縝密，爲人類天然師保，此固世所公認。若以教育爲無聊之生涯，以豪傑爲國民之代價，無論不可跂及，就令盡人能之，於家庭起居之福，國家治化之序，其奚益耶？吾今敢匹言告我二萬萬女子曰：欲求自立，請自修學始；欲求救國，請自興學始。有用之時光、之精力，請悉舉而爲學業上之切磋，教育界之設備，則個人享自立之幸福，國體得順序之進化，胥於是覘之。環顧吾黨，有聯袂相應而起者乎？女子教育會幸甚！中國幸甚！時光緒丁未二月撰於天津公立女學校。

【校】

〔廢土〕光緒三十四年九月十五日第六期惠興女學報作「廢士」。〔富强至〕光緒三十四年九月十五日第六期惠興女學報作「致富强」。（時光緒丁未二月句）原無，據惠興女學報補。碧城。

【箋注】

〔一〕本文録自光緒三十三年（一九〇七）八月初七出版第十五期吉林官報，復刊于光緒三十四年（一九〇八）九月十五日第六期惠興女學報、十月十五日第七期惠興女學報。署名呂碧城。

〔二〕廬牟，規劃。淮南子要略篇：「廬牟六合，混沌萬物。」高誘注：「廬牟，猶規模也。」毒之，養育。老子：「長之育之，亭之毒之。」文選劉孝標辯命論：「生之無亭毒之心，死之豈虔劉之志。」李周翰注：「亭、毒，均養也。」

〔三〕戴經胎教，王聘珍大戴禮記解詁卷三保傅第四十八：「周后妃任成王於身，立而不跂，坐而不差，獨處而不倨，雖怒而不詈，胎教之謂也。」引盧注云：「大任孕文王，目不視惡色，耳不聽淫聲，口不起惡言，故君子謂大任爲能胎教也。古者婦人孕子之禮，寢不側，坐不邊，立不蹕，不食邪味，割不正不食，席不正不坐，目不視邪色，耳不聽淫聲，誦詩，道正事，如此則生子形容端，心平正，才過人矣。」

〔四〕交謫，交相埋怨責難。詩邶風北門：「我入自外，室人交徧讁我。」宣鼎夜雨秋燈録卷六鬼神報施各别：「帝急禁止，遂互相交謫，幾揮老拳。」

〔五〕宫壼，指帝王後宫。章學誠文史通義卷五内篇五婦學：「婦學掌於九嬪，教法行乎宫壼。」壼，爾雅釋言：「宫中衖謂之壼。」

〔六〕二南之風，指詩經中的周南、召南所反映的風俗教化。周南和召南分别是周公及召公管轄治理下的南方地域。劉勰文心雕龍明詩：「興發皇世，風流二南。」

〔七〕四德，封建時代要求女子所應具備的四種德行，即德、言、容、功。周禮天官九嬪：「掌婦學之法，以教九御婦德、婦言、婦容、婦功。」鄭玄注：「婦德謂貞順，婦言謂辭令，婦容謂婉娩，婦功謂絲枲。」後漢書皇后紀序：「九嬪掌教四德。」李賢注：「四德謂婦德、婦言、婦容、婦功也。」

畸零女〔一〕

某都會有公園一區，豐草緑縟，雜花馥郁，雛娃三五輩，相携蹈舞爲戲，天機爛漫，信可樂也。其中一女，年可十二三，艷若玫瑰含苞，服飾亦絢麗，轉旋爲舞，翩翩然如仙禽振羽，其風度迥非餘人所及。伊爲誰？即本邑貴閥林氏夫人之愛女，名璣，字曰湛圓者是也。

女秀而穎，神思澄澈，顧性喜繁華而惡枯寂，凡管弦宴會之所，恒趨騖之，母氏從其欲不之禁。且謂世界自然物，皆真宰所造，以供吾人享受者。苟力能致之，恣其應用，勿而暴殄，斯不爲愆。推此以及一切人事之娛樂，皆社會進化之原，不可妄加阻遏。夫人持論如此，故女得順其天性，極稚年最樂之生涯。

其父某君，歷年客於外，一旦歸來，見女年漸成長，愈益美慧，頗鍾愛之，將注意施其教育，養成理想高潔之人物。維以女嗜紛華、氣質弗靖爲憂，庭訓之際，常與夫人相拂逆。無何夫人病歿，女哀毁逾恒〔二〕，營葬後猶神思嗒喪，凡鏡奩衣笥、樂譜琴臺，曩所一日不離者，今皆擯而弗御，朋輩之交遊無論矣。其父際此，遂以嚴酷主義，行其理想的教育，以潛移其性質。取哲理諸籍，使閉户研究，雖間許庭除散步，至交遊之事，則悉爲謝絶。女固穎慧，於諸籍頗能窺其奥秘，而興味醰醰〔三〕，將往日俗務紛奢之念，悉化爲哲學理想，波詭雲譎〔四〕，氾濫於方寸中。父偶叩之，則觸緒紛來，因喜曰：「汝學識進矣！然猶未也。」

一日女偶涉園，時春氣漸暖，薔薇作花，蓓蕾千百，夕陽欲没，從葉底篩出，的的明媚〔五〕，作蔫支色，女賞玩不忍去。俄而暝色漸深，夜鶯無數，飛鳴林際不已，女復爲神移久之。忽其父至，見之蹙額曰：「吾兒何爲戀戀於是，須知天然界之美麗，造物者之工巧，皆誘人於欲，汩没其天能者也。人欲一點未净，則高尚之質格不能圓滿，如其勉旃〔六〕。」女乃掃興歸寢。自是約束益加嚴厲，欲求偶一窺園，不可得也。其父則常臨書室，爲講論至虚静之學理〔七〕。久之，女亦以爲樂。蓋捨此空谷之足音，更無一人來存問也。

無何父又殁，女遂孑身孤立，除婢媪執役外，一無伴侣。乍釋桎梏，翛然如出籠之鳥，舊時閨友，漸來存恤，顧女性質已高尚絶俗，一如藐姑仙子〔八〕，不食人間烟火者。待人接物之間，微論言語之鑿枘也，即見人一顰一笑，皆爲芒背〔九〕。對一切男子，尤若襬襶濁垢〔一〇〕，不可嚮邇。同儕之間，有自慚形穢而引避者，有媢嫉其學而遠之者。自是交遊復絶，人罕覩其顔色。

女之父母墳墓，距宅舍只數武，華表荒凉，松楸蕭瑟，女常徜徉其間以遣興。一夕暝色昏沉，猶悵然忘歸。時萬籟俱寂，老木戰葉，撼撼有聲，不辨爲風爲雨也。俄而漸息，萬葉相滴瀝，復浸女之領靨，方知爲深宵雨過，仰視天際，黝黑之雲與皎潔之月，競爲凄厲。俯視則叢木蓊翳，遠近莫辨。惟月光照此新冢，愈覺龎然巍大而已。此時景象，至幽慘可怖，而以窈窕玉立之女郎，徙倚其間，乃不之覺。蓋雖青年弱質，暮氣已深，與此景習慣而安，亦可悲也。

小樓數楹，廊面軒敞，景物歷歷陳目前。一女子垂目枯坐，委身如遺蛻〔一〕，膚色瑩膩，與蠟同質，而瓊準隆起〔二〕，睫毛下垂如簾。其凸凹之處，蘊藉神秀，尚蘧然有生氣，否則見者幾謂爲埃及以藥保存數千年之艷尸也。伊何人？伊何人？即曩年跳舞於公園之雛娃，即女子交際社會之領袖也。蓋女自杜門絶交後，常兀兀於此，或把卷支頤，眼倦則閉目少憩；或流眄野景，顧煩悶特甚，不足開張心顔。蓋人之樂群病獨，其天性也，不幸而被無情之教育，自擯於群倫之外，豈生性哉！

於時萬籟俱寂，惟聞胸前之時計，格格移動之聲，而默數之至百十其度。已而力倦，又復忘却，則欠伸獨笑，或低吟微歎，又或彈其指甲作響，就耳際諦聽之以自娱。久之復停其思想與動作，惟凝睇檻外遠山之黛色，直至薄暮。青翠之峰巒爲烟靄所冪，成絳紫色。殘照西曬，則由絳紫轉爲灰色，復變爲黯闇之黑影，横於天際。此時檻外景物，一無所睹，乃悄然起，歸入室内，已燈影熒然，婢媪爲料理寢具矣。

他日有過松楸林下，見雙冢巍然，旁有小墳三尺，似新築者，即一生孤冷之薄命女，魂歸帝側受仁慈煦育之時也。

著者曰：鰥生豎儒〔三〕，每謂人禽之判，即在天理人欲之間。噫其然！豈其然乎？夫自嬰婗墮地之時〔一四〕，一切欲望，即隨有生以俱來，是謂天賦。然則人欲即天理也，第不以人欲害人欲，斯爲得天之正。厥法維何？曰：群己之間，各謹其界而已。此極端克己之論，及基督舊教與身爲讎之説，不待攻而自破也。雖然，其流毒尚未有艾，私家教育，以遏滅兒童生趣爲能事者，比比皆是。使謬種流傳，則社會演進之機，必因以窒，非過言也，然亦未可盡歸咎此輩。每見有人焉，並未受此等不情之教育，亦非生具乖僻之性質，第於其群爲特别挺秀者，必見擯於其群，此其故又將奚責？畸零之苦，固不僅湛圓女郎一人已也。觀於此，吾於老氏和光同塵之旨〔一五〕，深爲服膺，特恨不諳其術耳。嗚呼！

著者附識：

此篇脱稿出以示客，客曰：消極主義，阻社會進化之原。固聞命矣。顧所謂人生娱樂者，其範圍至廣，睿哲之士，取精神上之愉快，奚斤斤於物質爲哉！則應之曰：不然。君所云知一而未知其二者也。世風媮薄，俗鄙之夫，沉湎於聲色貨利，固非提倡精神之愉快，不足以促國民程度之進步。惟過猶不及，若執此以爲文明極致，是必欲返世於皇古樸陋之風已耳。蓋吾人既居此實現的世界，以衣、食、住三者爲必要之生涯，而猶曰愉快於精神，勿愉快于物質，優美其心思，勿優美其形式。若而人者，必神游羽化於無何有之鄉而後可。夫精神與物質，爲對待之名辭，非正負之名辭。其爲用也，實相需相成。蓋人民生活程度之高，而思想始愈以開拓，人第知方今歐西學術蔚興，國民心理上之進步，有非常可驚者。試觀彼所謂文明祖國希臘、羅馬，其雕刻建築美術爲何若？可廢然返矣。

【校】

〔于諸籍〕民立報無此三字。〔氾濫〕原作「汎濫」，據民立報改。〔不忍〕原作「不能」，據民立報改。〔林際〕民立報作「叢際」。〔美麗〕民立報作「美嚴」。〔質格〕民立報作「資格」。〔烟火〕民立報作「五穀」。〔距宅舍只〕原作「距宅」，據民立報改。〔黝黑〕「黝」原作空格，據民立報補。〔與蠟同質〕原作「如蠟」，據民立報改。〔即女子〕民立報作「及女子」。〔流眄〕民立報作「流盼」。〔其天性也〕原無，據民立報補。〔其度〕民立報作「數度」。〔孤冷〕民立報作「孤僻」。〔一切〕「一」字原作空格，據民立報補。〔流傳〕民立報作「深傳」。〔又將〕原作「又特」，據民立報改。〔觀于此〕原脱「此」字，據民立報補。〔吾于〕原脱「于」字，據民立報補。

【箋注】

〔一〕本文録自一九一〇年一月二十日至一月二十六日中國報第二版，題作「教育小説畸零女」，署名皖南女士。一九一一年二月九日起，該文復連載於上海民立報，署名碧城女士。

〔二〕哀毁逾恒，因喪親而極度哀痛消瘦，身體損壞超乎尋常。陳錫麒太平軍陷海寧始末：「母病，曾刲股以進，而母終不起，哀毁逾恒。」

〔三〕醰醰，醇厚濃郁。文選王褒洞簫賦：「哀悁悁之可懷兮，良醰醰而有味。」劉良注：「醰醰，醇濃也。」

〔四〕波詭雲譎，形容事物如水波流動、雲氣漂浮一般詭奇怪異，變幻莫測。文選揚雄甘泉賦：「於是大廈雲譎波詭，摧嗺而成觀。」

〔五〕的的，即旳旳，光亮鮮明貌。淮南子説林訓：「旳旳者獲，提提者射。」高誘注：「旳旳，明也，爲衆所見，故獲。」毛滂擬秋聲賦：「燈炯炯而出簾，螢的的而投帷。」

〔六〕勉旃，猶言努力，勸勉之詞。漢書楊惲傳：「方當盛漢之隆，願勉旃，毋多談。」旃，助詞，「之焉」的合音。

〔七〕虚静，虚極静篤。即心靈空虚無物，達到極致；神情寂然不動，守定清净。老子：「致虚極，守静篤。」

〔八〕藐姑仙子，神話傳説中的仙女。莊子逍遥遊：「藐姑射之山，有神人居焉，肌膚若冰雪，綽約若處子。」後人多喻指美女。

〔九〕芒背，芒刺在背的省語。形容極度不安。漢書霍光傳：「宣帝始立，謁見高廟，大將軍光從驂乘，上内嚴憚之，若有芒刺在背。」

〔一〇〕褦襶濁垢，穿戴邋遢骯髒。褦襶，衣著厚重貌。翟灝通俗編卷二十五服飾：魏程曉嘲熱客詩：「今世褦襶子，觸熱到人家。」天香樓偶得：「褦襶，衣厚貌。一云不曉事，非。今俗見人衣服粗重者曰『納褡』，即此之譌。」

〔一一〕委身句，李咸齋咏史詩：「中散好箕踞，委身如蟬蜕。」遺蜕，指象蟬蟲一樣脱去皮殼。范椁過梅尉祠下詩：「真材儲世用，遺蜕或如蟬。」

〔一二〕瓊準，史記高祖本紀：「高祖爲人，隆準而龍顔。」文穎注：「準，鼻也。」

〔一三〕鯫生豎儒，舊時對淺薄無知之人和迂腐書生的蔑稱。趙汸橘隱堂記：「叔孫通挾禮、樂之説，惴惴焉在鯫生豎儒間，縮項吐舌，不敢出一語。」

〔一四〕嫛婗，嬰兒。王先謙釋名疏正補卷三釋長幼：「嫛婗，總謂小兒耳。」

〔一五〕和光同塵，融合光彩，混同塵濁。即處世隨俗，隨遇而安。老子：「和其光，同其塵。」王弼注：「無所特顯，則物無所偏争也。無所特賤，則物無所偏恥也。」

爲徐沅書〔一〕

初夏

楝花香散過東墻，疏雨才晴熱轉長。杏子花紗正宜試，上樓開取縷金箱。

秋夜

八月初三可憐夜，百花無影閤庭廊，一彎眉月幽光寂，照見儂家山字墻。

過故友舊居

小樓如故緑窗殘，尋遍芳蹤無跡看。回首纖腰人不見，春風閒煞畫闌干。

里　謡

夜來聽見山水叫，白日看見山水流。有心要跟山水去，又怕山水不回頭。

芷生先生索書詩詞〔二〕，顧素性疏拙，不工韻語，偶爲遣興之作，亦無存稿。今歲南旋，檢得兒時吟草一卷，爰録數首以塞責。附里謡一首，亦兒時所傳誦者，未詳何人所作，亦不悉詞意所指。而古意悠然，亦國風之流韻歟？拉雜書之，以博一粲。庚戌冬月碧城書。

【箋注】

〔一〕本文録自手稿，乃庚戌（一九一〇）冬，碧城爲徐沅書，題爲編者所擬。

〔二〕芷生，即徐沅（一八八〇—？），字芷笙，一作芷生，號薑盦，江蘇吴縣（今蘇州）人。清光緒二十九年（一九〇三）經濟特科進士，官山東聊城知縣、直隸洋務局會辦。入民國任津海關監督。著有雲到閒房筆記、小薜荔園詞等。

與某先生書〔一〕

某某先生：甲辰之歲，北方女學，尚當草昧未闢之時，鄙人浪跡津沽，徵諸同志，將有創辦女學之舉，恐綿力之難濟也，抒其芻論，假報紙游説於當道。其時公掌權政於津門〔二〕，慨然馳騎相召，首先匡助，女學基礎，於焉成立。迄今北方女界，文明大啓，絃誦相聞，胥公當日之賜也。人事倉皇，忽忽十載。會當民國肇興，滿廷不祚〔三〕，公既覆帝政於荆駝〔四〕，旋諧仙偶於簫鳳〔五〕。功成身退〔六〕，式好宜家〔七〕，較諸鴟夷一舸，載西施於五湖烟水中者〔八〕，不是過也。兹值嘉禮之餘〔九〕，鄙人不揣冒昧，以側聞絶艷之名，作平視宓妃之請〔一〇〕。倘蒙玉允，請示時期，當即進謁粧臺，一聆解圍芳論也〔一一〕。專此祇頌儷安，並賀新喜。

【箋注】

〔一〕本文録自上海中華圖書館一九一四年刊行，新舊廢物所編香艷雜誌第二期。某先生，謂民國國務總理唐紹儀。文中「甲辰之歲」，指光緒三十年（一九〇四），時唐任津海關道，督辦税務，應允每月「由籌款局提百金作經費」，力助碧城興辦女學（見英斂之先生日記一九〇四年六月初六日所載）。

〔二〕權政，指海關税務。鄭觀應盛世危言税則：「京都特設總税務司，凡各口海關，則設正副税務司，幫同監督經理權政。」

〔三〕祚，皇位。廣韻：「祚，位也。」

〔四〕荆駝，荆棘銅駝，形容亂世荒凉景象。晋書索靖傳：「靖有先識遠量，知天下將亂，指洛陽宫門銅駝，歎曰：『會見汝在荆棘中耳！』」

〔五〕旋諧句，指唐娶新夫人事。趙叔雍唐紹儀傳：「民國元年，娶繼配吴夫人，要以薙鬚，欣然從之。行禮上海趙氏園，黄克强爲之證婚，一時播爲佳話。」簫鳳，蕭史秦人，善吹簫。秦王有女名弄玉，好之，遂妻焉。教弄玉吹簫作鳳鳴，有鳳至其室，乃作鳳臺居。一夕，吹簫鳳集，乘之仙去。此用其典。見劉向列仙傳卷上。

〔六〕功成句，謂一九一二年六月二十七日，唐紹儀辭國務總理事。趙叔雍唐紹儀傳：「和議既成，任内閣總理。……世凱又謀帝制自爲，則力格其非。逮窺其異志已決，不爲所動，乃脱身南行，一時人望益歸之。」

〔七〕式好句，謂夫婦相好和睦。詩小雅斯干：「兄及弟矣，式相好矣。」詩周南桃夭：「之子于歸，宜其室家。」朱熹集傳：「宜者，和順之意；室，謂夫婦所居；家，謂一門之内。」

〔八〕較諸二句，錦繡萬花谷後集卷二三：「諸暨有苧蘿山，若耶溪傍有東施家、西施家。西施姓施而在西，越王用范蠡計，獻之吴王。其後滅吴，蠡復取西施，乘扁舟、遊五湖而不返。」方回送述明居士燕道覺歸東林詩：「吴江垂虹三高祠，鴟夷一舸浮西施。」

〔九〕嘉禮，指婚禮。薛用弱集異記裴越客：「先是鎬之在京，以次女德容，與僕射裴冕第三子前藍田尉越客結婚焉。已剋迎日，而鎬左遷，遂改期來歲之春季。其年越客則速裝南邁，以畢嘉禮。」

〔一〇〕平視，對面直看。三國志魏書劉楨傳注引典略：「其後太子嘗請諸文學，酒酣坐歡，命夫人甄氏出拜。坐中衆人咸伏，而楨獨平視。」宓妃，曹植洛神賦所塑造之優美動人的婦女形象。舊説是賦爲感念甄后而作，然與史實多有不符，未可盡信。此用以喻比唐紹儀新夫人吴氏。

〔二〕解圍，意指出門與外界交流。吴氏深居閨閣，與外人隔絶，得紹儀應允，方才與碧城見面，猶如被解除圍困，故云。

費夫人墓誌銘〔一〕

夫人姓費氏，諱佩莊，字曰叔嫺，吴江人也。父諱延釐，詹事府右中允〔二〕，篤行君子，爲世推重。母陸氏，端謹明禮。冓母袁氏有二女〔三〕，故夫人第二。生八歲而父殁，腹育教誨，悉依文母〔四〕。淑質惠心，備修四德〔五〕。年十七，歸吴縣望族謝氏。夫曰景宣，字贄臣，候選知府。上存適姑，旁少支姓。堂上問寢，愼鞶帨之容〔六〕；閨房相倚，擅連璧之譽〔七〕。周於戚黨，曾無間言。越五歲而寡，處夫之喪，毁容掐膺〔八〕，以至歐血〔九〕。又排折衆紛，選宗立後〔一〇〕，大本以定〔一一〕，心力交悴。然歸寧母氏，笑言宴宴〔一二〕，怡柔聲氣，若忘其悲。昔賢承親，以爲色難，而於夫人有焉。夫服既終，母嬰凶疾〔一三〕，親嘗湯藥，兢兢匪懈。禱於神祇，以求身代。蓋厪三日，而母遂不起，以頭搏地，號慟幾絶。繇是甚病，猶彊與祭奠，奉終依禮。家人進藥，輒覆其甌曰〔一四〕：「敻敻弱質〔一五〕，視死如歸。且窀穸未安〔一六〕，何亟求生爲？」爰及封墓，始允擇醫。思慕摧傷，疾不可瘵〔一七〕。烏虖哀已！其居常也，怒不揚聲，笑不露齒，雝雝肅穆〔一八〕，嚴而可親。寬以接物，和於婢使，而福不偕循〔一九〕，患不盡弭。夫以共姜之潔〔二〇〕，嬰兒之孝〔二一〕，鮑女宗貞順好禮〔二二〕，孟姬綢直如髮〔二三〕，粹於一身，橫被彤史，宜百祿之攸加，尚神察於幾理〔二四〕。詎天道而靡常，忽莫申乎假紀〔二五〕，以宣統三年四月戊寅卒，春秋二十六。嗣子一行惠，即以其年月甲子葬於吳縣之西跨塘〔二六〕，啓謝君兆合焉〔二七〕，宜也。生不逢辰，委化任命〔二八〕，凡此金閨之彦〔二九〕，含章之倫〔三〇〕，知與不知，流涕相告。慕德音之孔膠〔三一〕，紹芳蘭之幽思，用刻青珉〔三二〕，以慰泉壤〔三三〕。銘曰：

猗歟高門〔三四〕，蒀兹靈秀〔三五〕。㐱髮如雲〔三六〕，蛾眉頩首〔三七〕。風神淖約〔三八〕，匪僊胡逅〔三九〕？夙秉詩禮，婦道既成。相夫專静〔四〇〕，紛毋令名〔四一〕。和鳴將將〔四二〕，宜熾而昌。如何隊緒〔四三〕，適會其殃。持躬絜白〔四四〕，援禮自圉〔四五〕。周旋進退，壹中規巨。楢柱公姓〔四六〕，譽疑所府〔四七〕。粤有靈氛〔四八〕，筮焉愬汝〔四九〕。窮亦不變，敬事威家〔五〇〕。飭我帉礪〔五一〕，佩玉之儺〔五二〕。有艾弗乂，椒蘭則萎。御物謙僔〔五三〕，使令寬密。九族咸睦〔五四〕，融融泄泄〔五五〕。胡先胡後，維良作則。彼疏而粺〔五六〕，式刑坤德〔五七〕。性已弗遂，聿懷隱憂〔五八〕。從容顏色，終和且柔。言歸定省〔五九〕，昕夕綢繆〔六〇〕。天乎罔極〔六一〕，慈蔭遽凋〔六二〕。心同籜解〔六三〕，淚若泉流。淚猶有竭，心胡能瘳〔六四〕。含悽寢疾，自冬徂春。清和扇序，怛化歸真〔六五〕。樹蕙盈晦〔六六〕，猋風疾振。荄則敝矣〔六七〕，播馥揚芬。舜華易謝〔六八〕，寔隕其年。松竹之操，孰陵其堅〔六九〕。宅身弇晦〔七〇〕，光於斯文。千秋萬禩，永奠幽窀〔七一〕。

【校】

〔文母〕中華婦女界第一卷第五期誤作「父母」。〔淑質惠心〕同上作「瓌姿淑性」。〔歐血〕同上作「嘔血」。〔大本以定〕同上作「鞠育訓迪」。〔母嬰〕同上作「母膺」。〔禱於神祇〕同上無。〔疾不可癳〕同上作「疾不可藥」。〔福不〕原作「纇不」，據中華婦女界改。〔夫以四句〕同上作「夫以嬰兒之孝，孟母之賢，共姜之節，莊姜之美」。〔啓謝君兆〕同上作「啓資政墓」。〔委化任命〕同上作「華年委化」。〔紹芳蘭〕同上作「闡芳馨」。〔青珉〕同上作「貞珉」。〔猗歟六句〕同上作「猗歟彼美，邦國之媛。明姿玉耀，慧性珠旋」。〔紛毋〕同上作「紛和」。〔持躬八句〕同上無。〔窮亦不變〕同上作「矢志靡慝」。〔有艾十六句〕同上無。〔遽凋〕同上作「復凋」。〔心同四句〕同上作「拗蓮絲絕，搗麝香銷」。〔樹蕙四句〕同上無。〔舜華二句〕同上作「舜華之艷，天靳其年」。〔松竹〕同上作「松筠」。

【箋注】

〔一〕本文曾刊於一九一五年五月二十五日出版中華婦女界第一卷第五期，文字與今本有較大出入，内容較爲簡要，似爲勒石初稿，後經增益改定，即今信芳集、呂碧城集所收之文。

〔二〕詹事府，清太子僚佐官屬，亦爲詞臣遷轉之地。内設左右中允，滿漢各一人，掌修書撰文，偕翰林院官而共其事。

〔三〕歬，玉篇：「歬，今作前。」王闓運采芬女子墓誌銘：「留野棠於荒寺，拾落葉於歬山。」

〔四〕文母，舊指周文王之妃太姒。此處比作有文德的母親。詩周頌雝：「既右烈考，亦右文母。」藝文類聚卷十五引列女傳：「太姒者，文王之妃，莘姒之女也，號曰『文母』。」漢書杜鄴傳：「故禮明三從之義，雖有文母之德，必繫於子。」

〔五〕四德，封建社會婦女必修之四種德行，即品德、言語、容儀、女功。

〔六〕鞶帨，揚雄法言寡見：「今之學也，非獨爲之華藻也，又從而繡其鞶帨。」李軌注：「鞶，大帶也；帨，佩巾也。」

〔七〕連璧，雙玉並聯，喻人之雙美。劉義慶世説新語容止：「潘安仁、夏侯湛並有美容，喜同行，時人謂之連璧。」

〔八〕掐膺，搥胸。國語魯語下：「無洵涕，無掐膺，無憂容。」

〔九〕歐血，吐血。歐同「嘔」。杜甫謁先主廟詩：「雜耕心未已，歐血事酸辛。」

〔一〇〕選宗，選取同宗之人爲子孫。

〔一一〕大本，根本。荀子彊國：「故爲人上者，必將慎禮義務忠信然後可。此君人者之大本也。」

〔一二〕笑言句，詩衛風氓：「總角之宴，言笑晏晏。」宴宴，歡樂貌。

〔一三〕嬰，遭受。後漢書南匈奴傳：「墝埆之人，屢嬰塗炭。」

〔一四〕甌，杯碗。玉篇：「甌，碗小者。」

〔一五〕煢煢，孤單貌。周紫芝懷舊詩：「煢煢隻影，只復自憐。」

〔一六〕窀穸，埋葬。左傳襄公十三年：「唯是春秋窀穸之事，所以從先君於禰廟者，請爲靈若厲。」杜預注：「窀，厚也；穸，夜也。厚夜，猶長夜。春秋謂祭祀，長夜謂葬埋。」杜甫八哀詩：「不得見清時，嗚呼就窀穸。」

〔一七〕瘵，古療字。説文：「瘵，治也。」

〔一八〕雝雝，和樂貌。詩周頌雝：「有來雝雝，至止肅肅。」鄭玄箋：「雝雝，和也。肅肅，敬也。」

〔一九〕偕循，相沿。

〔二〇〕共姜之潔，衛世子共伯早死，其妻共姜爲之守節，父母逼她改嫁，誓死不從。事見詩鄘風柏舟之序。常璩華陽國志卷一：「夙喪夫，執共姜之節，守一醮之禮。」此指費夫人守節不嫁。

〔二一〕嬰兒之孝，用戰國時齊女北宮嬰兒子奉孝雙親事。戰國策齊四：「威后問使者曰：『……北宮之女嬰兒子，無恙耶？徹其環瑱，至老不嫁，以養父母，是皆率民而出於孝情者也。』」

〔二二〕鮑女宗，劉向古列女傳卷二：「女宗者，宋鮑蘇之妻也，養姑甚謹。鮑蘇仕衛三年，而娶外妻，女宗養姑愈敬。因往來者，請問其夫，賂遺外妻甚厚。女宗姒謂曰：『可以去矣。』女宗曰：『何故？』姒曰：『夫人既有所好，子何留乎？』女宗曰：『婦人一醮不改，夫死不嫁。……以專一爲貞，以善從爲順，豈以專夫室之愛爲善哉？若其以淫意爲心而扼夫室之好，吾未知其善也。』」此用其事。

〔二三〕孟姬句，齊孝公夫人孟姬好禮，非禮不從。孝公曾遊琅玡，孟姬尾追其後，不意馬翻車碎。孝公使駟馬立車載姬以歸。姬以立車無軿（指車四周無障蔽）爲無禮，無禮而生不若死，遂自縊。後爲人所救，知軿蔽已具，乃乘之而歸。時人以詩之「彼君子女，綢直如髮」來贊譽她。事見劉向古列女傳卷四。綢直如髮，髮如絲直，美而不亂。詩小雅都人士：「彼君子女，綢直如髮。」

〔二四〕幾理，事物吉凶萌動的道理。易繫辭下：「幾者，動之微，吉之先見者也。」韓康伯注：「吉凶之彰，始於微兆。」荀子解蔽：「危微之幾，惟明君子而後能知之。」楊倞注：「幾，萌兆也。」

〔二五〕假紀，同「遐紀」。高齡，長壽。曹植五游咏詩：「服食享遐紀，延壽保無疆。」

〔二六〕西跨塘，在吴縣木瀆鎮附近。嘉慶重修一統志卷七十七：「胥口塘在縣西南太湖口。自胥口東流九里入木瀆，香水溪匯焉。又東入跨塘，匯越來溪。又東至胥門入運河。」

〔二七〕兆合，墓地合葬。兆，爾雅釋言：「兆，域也。」郭璞注：「謂塋界。」韓愈祭十二郎文：「吾力能改葬，終葬汝於先人之兆。」

〔二八〕委化，聽任自然之變化，引申爲死之婉辭。魏書陽尼傳：「既聽天而委化兮，無形志之兩疲。」

〔二九〕金閨之彦，江淹別賦：「金閨之諸彦，蘭臺之羣英。」金閨，金馬門之別稱。史記東方朔傳：「金馬門者，宦者署門也，門傍有銅馬，故謂之曰『金馬門』」。彦，賢俊之士。爾雅釋訓：「美士爲賢。」

〔三〇〕含章，藴含美質。易坤：「含章可貞。」孔穎達疏：「章，美也。」張華女史箴：「婦德尚柔，含章貞一。」倫，説文：「倫，輩也。」

〔三一〕慕德句，詩小雅隰桑：「既見君子，德音孔膠。」今人高亨注：「孔，很；膠，牢固。」

〔三二〕青珉，青石。張翥題趙文敏公木石有先師題於上詩：「好呼鐵爪夜錚錚，刻向青珉照人眼。」

〔三三〕泉壤，死者葬身之地，猶黄泉。潘岳寡婦賦：「上瞻兮遺像，下臨兮泉壤。」

〔三四〕猗歟，詩周頌潛：「猗與漆沮，潛有多魚。」鄭玄箋：「猗與，歎美之言也。」班固東都賦：「猗歟緝熙，允懷多福。」

〔三五〕薀，同「藴」。包藏。

〔三六〕參髮句，詩鄘風君子偕老：「鬒髮如雲，不屑髢也。」毛傳：「鬒，黑髮也。如雲，言美長也。」説文：「㐱，稠髮也。從彡，從人。詩曰：『㐱髮如雲。』」

〔三七〕蛾眉句，詩衛風碩人：「螓首蛾眉。」眉以長爲美，蠶蛾眉角最長，故喻。頩首，又作「螓首」，額廣而方。王闓運鄧氏大姊王娥芳墓誌銘：「㐱雲頩首，出言有章。」頩，説文：「頩，好貌。」

〔三八〕淖約，姿容善美。漢書揚雄傳：「閨中容競淖約兮，相態以麗佳。」顔師古注：「淖約，善容止也。」

〔三九〕逅，邂逅，即不期而遇。

〔四〇〕專静，專一貞静。劉向古列女傳卷四：「宋女專静，持心不傾。」易繫辭上：「其静也專，其動也直。」

〔四一〕紛毋，揚雄方言卷二：「紛毋，言既廣又大也。」

〔四二〕將將，同「鏘鏘」，象聲詞。詩鄭風有女同車：「將翱將翔，佩玉將將。」

〔四三〕隊緒，衰亡未竟之事業。隊，通「墜」。書五子之歌：「荒墜厥緒，覆宗絶祀。」韓愈進學解：「尋墜緒之茫茫，獨旁搜而遠紹。」

〔四四〕持躬，猶持身。陳道法易箋卷六：「持躬涉世，則以謙爲守。」

〔四五〕自圉，自禁。爾雅釋言：「御、圉，禁也。」郝懿行義疏引一切經音義九：「御、圉，未有而預防之也。防亦禁止之義。」

〔四六〕楮柱，支撑。爾雅釋言：「楮，柱也。」嚴復哭林晚翠詩：「英才相楮柱，契合互攀援。」

〔四七〕僁疑句，意謂怪罪猜疑聚集一起。僁，爾雅釋言：「僁，過也。」府，玉篇：「府，聚也。」

〔四八〕粤，句首助詞，無義。靈氛，楚辭離騷：「索藑茅以筳篿兮，命靈氛爲余占之。」王逸注：「靈氛，古明占吉凶者。」

〔四九〕筮，以蓍草占卜吉凶。楚辭招魂：「魂魄離散，汝筮予之！」王逸注：「筮，卜問也。著曰筮。」愬，同「訴」。詩邶風柏舟：「薄言往愬，逢彼之怒。」朱熹集傳：「愬，告也。」

〔五〇〕敬事，敬慎處事。論語學而：「敬事而信，節用而愛人。」威家，以家法治家。爾雅釋言：「威，則也。」

〔五一〕帉礪，指身上佩帶的佩巾、小刀。沈括夢溪筆談卷一：「帶衣所垂蹀躞，蓋欲佩帶弓劍、帉帨、算囊、刀礪之類。」

〔五二〕佩玉句，詩衛風竹竿：「巧笑之瑳，佩玉之儺。」毛萇傳：「儺，行有節度。」

〔五三〕謙僔，謙讓。僔，同「撙」，自損之義。荀子仲尼：「主尊貴之，則恭敬而僔。」楊倞注：「僔，與撙同，卑退也。」

〔五四〕九族，説法不一。一説爲異姓親族，即父族四、母族三、妻族二。見左傳桓公六年「親其九族」注疏。一説是同姓親族，即從自己算起，上至高祖，下至玄孫。見馬融、鄭玄尚書注。

〔五五〕融融泄泄，意謂和樂舒緩。左傳隱公元年：「公入而賦：『大隧之中，其樂也融融。』姜出而賦：『大隧之外，其樂也洩洩。』」按，洩洩當作「泄泄」，唐石經避太宗諱改。

〔五六〕彼疏句，詩大雅召旻：「彼疏斯粺，胡不自替？」鄭玄箋：「疏，粗也。謂糲米也。」粺，玉篇：「粺，精米也。」

〔五七〕式刑，典範，法式。詩周頌我將：「儀式刑文王之德，日靖四方。」朱熹集傳：「儀、式、刑，皆法也。」坤德，猶女德。柳宗元亡妻弘農楊氏誌：「坤德柔順，婦道肅雍。」

〔五八〕聿懷，詩大雅大明：「昭事上帝，聿懷多福。」鄭玄箋：「聿，述；懷，思也。」陳奂傳疏：「繁露郊祭篇引詩『允懷多福』。『聿』與『允』皆語詞。時邁傳云：『懷，來也。』」按，陳説近是。

〔五九〕言歸句，謂歸家早晚按時向親長請安問好。詩周南葛覃：「言告師氏，言告言歸。」禮曲禮上：「凡爲人子之禮，冬温而夏凊，昏定而晨省。」鄭玄注：「安定其牀衽也，省問其安否何如。」言歸，回歸。言，語助詞，無義。一説爲我歸。毛傳：「言，我也。」

〔六〇〕昕夕，早晚。王偁東都事略卷十九石守信傳：「城中危迫，破在昕夕。」綢繆，情意殷勤。三國志蜀書先主傳：「先主至京見權，綢繆恩紀。」

〔六一〕罔極，罔極之恩，即父母之恩。詩小雅蓼莪：「欲報之德，昊天罔極。」

〔六二〕慈蔭，慈庇。指父母庇護之恩。南史劉道規傳：「義慶爲荆州，廟主當隨往江陵，文帝下詔褒美勳德及慈蔭之重，追崇丞相。」

〔六三〕籜解，筍殼層層脱落。梁簡文帝餞别詩：「籜解篁開節，花暗鳥迷枝。」

〔六四〕心胡句，詩鄭風風雨：「既見君子，云胡不瘳。」毛萇傳：「瘳，愈也。」

〔六五〕清和二句，謂費夫人病歿於來年農曆四月。清和，農曆四月之别稱。袁枚隨園詩話卷十五：「張平子歸田賦：『仲春令月，時和氣清。』蓋指二月也。小謝詩因之，故曰：『首夏猶清和，芳草亦未歇。』今人删去『猶』字，而竟以四月爲『清和』。」扇序，時序轉换。駱賓王上兖州張司馬啓：「方今凉秋届節，嚴飆扇序。」怛化，原意不要驚動將死之人，後用爲死亡之稱。莊子大宗師：「俄而子來有病，喘喘然將死，其妻子環而泣之。子犁往問之，曰：『叱！避，無怛化。』」郭象注：「夫死生猶寤寐耳，於理當寐，不願人驚之，將化而死，亦宜無爲怛之也。」

〔六六〕樹蕙，猶植蕙。蕙，蘭蕙，屈原離騷：「余既滋蘭之九畹兮，又樹蕙之百畝。」盈晦，此言草木盛衰，惋惜費夫人之死於盛年。宋書後廢帝本紀：「而夷險相因，盈晦遞襲。」

〔六七〕荄，草根。敝，凋敝。

〔六八〕舜華，詩鄭風有女同車：「有女同車，顔如舜華。」朱熹集傳：「舜，木槿也，樹如李，其華朝生暮落。」華，通「花」。

〔六九〕陵，廣韻：「陵，侵也。」

〔七〇〕宅身，猶安身，立身。李呂祭妹夫何叔京文：「操行孤堅，宅身端静。」呂楠涇野子内篇卷二：「君子宅身，一曰義，二曰命，禍福不與焉。」弇晦，掩晦不顯。爾雅釋訓：「弇，蓋也。」

〔七一〕幽窀，墳墓。范純仁王安之朝議挽詞三首之一詩：「幽窀窮厚地，不掩是清名。」

【評】

孤雲評呂碧城女士信芳集：至爲雅潔，且用筆矜慎，合於金石文字典重之格，可誦之作也。

京直水災女子義賑會通告〔一〕

邇者，奇災告警，大浸稽天〔二〕，黔黎慘逐波臣〔三〕，京畿淪爲澤國〔四〕。序已殘秋，未退潢汙行潦〔五〕；地非極緯〔六〕，瞬成雪窖冰巖。等三軍之挾纊〔七〕，盼寄寒衣；圮萬户而斷炊，待輸義粟。本會由海上諸女士所發起，本芳菲悱惻之懷〔八〕，爲博施普濟之舉。警兹洚水〔九〕，漂殘北地蕎支〔一〇〕；禳彼災氛〔一一〕，還借南都金粉。惟以廣益集思，衆擎易舉，爰發通告，號召邦媛，或擅八斗才華〔一二〕，或屬六珈名貴〔一三〕。現身説法，降棣棣之威儀〔一四〕；游藝登場，曳珊珊之環佩。此在西方彼美，早有先例可循；揆諸吴越同舟，尤屬當仁不讓。行見珠光花氣，蒸爲天際祥雲；鈿股釵頭，化作迷津寶筏〔一五〕。睹姑射之仙，物不疵癘〔一六〕；使泥犁之獄〔一七〕，境悉康莊〔一八〕。是望聯袂偕來，共維義舉。此日賢勞備至，他生福慧雙修。用肅蕪箋〔一九〕，佇遲芳躅〔二〇〕。謹啓。

【箋注】

〔一〕一九一七年秋，華北數省洪水肆虐，災情異常嚴重。碧城聞之，與海上諸名媛發起成立京直水災女子義賑會，積極爲災民募捐籌款。本文即當時所代擬之賑災通告。翦伯贊中外歷史年表：「是歲（一九一七），華北大水，直隸被災者百零三縣。」一九一七年十月二十六日申報：「京直水災奇重，待賑孔殷，旅滬呂碧城等諸女士特組織女子義賑會，籌備兼旬，已有頭緒。茲擬於十一月十日、十一日開遊藝會於張園，所售券資悉數充賑，並聞該會經費係由諸女士自墊，並不募捐云。」

〔二〕大浸稽天，大水滔天。莊子逍遥遊：「之人也，物莫之傷，大浸稽天而不溺。」司馬彪注：「稽，至也。」

〔三〕黔黎，黔首黎民，即平民百姓。陸游訪客至西郊詩：「君恩何由報，力耕愧黔黎。」波臣，指代洪水。古人以爲江海水族也有君臣，被統治的臣隸稱波臣。莊子外物篇：「我東海之波臣也，君豈有斗升之水而活我哉？」

〔四〕京畿，京城所轄地區，此指北京及其屬地。

〔五〕潢汙行潦，左傳隱公三年：「潢汙行潦之水，可薦於鬼神。」孔穎達疏引服虔曰：「畜小水謂之潢，水不流謂之汙。」行，道路。潦，大雨後之積水。

〔六〕極緯，指緯線在地球南北兩端的南極與北極，兩地均以寒冷著稱。

〔七〕挾纊，猶穿上綿衣。左傳宣公十二年：「王巡三軍，拊而勉之。三軍之士，皆如挾纊。」杜預注：「纊，綿也。言説以忘寒。」

〔八〕本芳句，裴子野雕蟲論：「若悱惻芳芬，楚騷爲之祖。」

〔九〕警，通「驚」。朱駿聲説文通訓定聲：「警，叚借爲驚。」洚水，洪水。孟子滕文公下：「書曰：『洚水警余。』洚水者，洪水也。」

〔一〇〕北地句，謂北方水災使無數平民流離失所。北地蔫支，徐陵玉臺新咏序：「北地燕脂，偏開兩靨。」蔫支，即燕支、燕脂、胭脂。崔豹古今注卷下：「燕支，葉似薊，花似蒲公，出西方。土人以染，名爲燕支。中國亦爲紅藍。以染粉爲婦人色，謂爲燕支粉。」趙彦衛雲麓漫鈔卷七：「北方有焉支山，山多紅藍，北人採以染緋，取其英鮮者作燕脂。」

〔一一〕禳，祭名。即除邪去災之祭。廣韻：「禳，除殃祭也。」

〔一二〕八斗才華，舊稱才高之人。李商隱可歎詩：「宓妃愁坐芝田館，用盡陳王八斗才。」宋佚名釋常談八斗之才：謝靈運嘗曰：『天下才有一石，曹子建獨佔八斗，我得一斗，天下共分一斗。』」

〔一三〕六珈，古代女子髮簪上的金玉飾物。馬瑞辰毛詩傳箋通釋卷五：「『副笄六珈』，……考後漢書輿服志，步摇上有熊、虎、赤羆、天鹿、辟邪、南山豐大特六獸，正合六珈之數。……今按釋名曰：『王后首飾曰副。副，覆也，以覆首也。亦言副貳也，兼用衆物成其飾也。』衆物即六珈之類。古者男子二十而冠，女子十五而笄，女之笄猶男之冠也。男之冠有三加，從奇數以象陽；女之笄有六加，從偶數以象陰。笄以玉爲之。珈之言加，而從玉，蓋亦以玉爲之。」

〔一四〕棣棣威儀，詩邶風柏舟：「威儀棣棣，不可選也。」棣棣，閑雅莊重貌。

〔一五〕寶筏，佛教喻能引導人渡過生死苦海而到達彼岸的佛法。李白春日歸山寄孟浩然詩：「金繩開覺路，寶筏渡迷川。」

〔一六〕睹姑射二句，莊子逍遥遊：「藐姑射之山，有神人居焉，肌膚若冰雪，淖約若處子，不食五穀，吸風飲露。乘雲氣，御飛龍，而遊乎四海之外。其神凝，使物不疵癘而年穀熟。」司馬彪注：「疵，毀也。」山海經海内北經：「列姑射在海河州中。」郭璞注：「山名也。山有神人。河州在海中，河水所經者。莊子所謂藐姑射之山也」疵癘，災病。

〔一七〕泥犂，地獄之意譯。佛教稱其爲十界中最劣之境界，在此界中，一切喜樂不復存在。梁簡文帝大法頌序：「惡道蒙休，泥犂普息。」

〔一八〕康莊，四通八達的大路。爾雅釋宫：「五達謂之康，六達謂之莊。」

〔一九〕用肅，表敬之辭。肅，廣韻：「恭也，敬也。」

〔二〇〕芳躅，前代賢哲之行迹。史記萬石君傳索隱述贊：「敏行訥言，俱嗣芳躅。」

致琛甫〔一〕

琛甫節使裨侍：乙卯夏〔二〕，邂逅於津浦車中，接席啣杯，飫聆偉論〔三〕，别後人事倥偬〔四〕，久闊音塵。比聞坐鎮東南〔五〕，大樹威名，挾吴苑春聲而遐播，引瞻旆旆〔六〕，無任欽遲〔七〕。兹有懇者，鄙人擬於日内偕諸女伴探梅鄧尉，同行者約四五人，皆女學界知名之士。惟於該處塗徑生疎，弱質旅行，尤虞險阻，倘荷飭人護送，紉感何極。夙審明公儒雅，用敢乞庇帡幪〔八〕。如蒙俯允，春風一舸，當直指香雪海而來也〔九〕。專此，祗頌勳祺！

附記：今春游鄧尉時，蒙朱君招待極優，别後賦七絶一首贈之云：「管領幽芳到遠林，旌旄擁護入花深。虬枝鐵幹多凌厲，中有風雷老將心。」（末用龔定庵句）

【箋注】

〔一〕本文作於一九一七年春遊鄧尉前。函文及其後答夢廬、答南湖、答鐵禪三篇，均録自上海有鄰書局一九一七年十月初版天虚我生所編紗幃雁影録卷一，復見於中華圖書集成公司一九二〇年十月印行，魯莊雲奇所編男女才子軼事大觀卷十吕碧城女士之書翰。琛甫，即朱熙，别名琛甫。曾任蘇常鎮守使及江寧鎮守使。

〔二〕乙卯，指民國四年（一九一五）。

〔三〕飫聆，猶飽聞。

〔四〕倥傯，日促事多，不暇給也。後漢書卓茂傳論：「建武之初，雄豪方擾，虓呼者連響，嬰城者相望，斯固倥傯不暇給之日。」

〔五〕比聞句，時琛甫任蘇常鎮守使職。

〔六〕引瞻，引頸瞻望。旌旆，泛指旗。古代多用以指揮或開道。

〔七〕無任，不勝；非常。欽遲，敬仰。晉書陶潛傳：「刺史王弘以元熙中臨州，甚欽遲之，後自造焉。」

〔八〕帲幪，帷幕，用作托庇之意。揚雄法言吾子：「震風陵雨，然後知夏屋之爲帲幪也。」吴自牧夢粱録卷十四：「民之疾苦，悉賴帲幪。」

〔九〕香雪海，蘇州吴縣鄧尉山遍植梅花，繁花似雪。清康熙時，江蘇巡撫宋犖爲之題「香雪海」三字，刻於崖壁，遂爲鄧尉别稱而聲名遠播。曹寅西城看梅吴氏園詩：「老我曾經香雪海，五年今見廣陵春。」

答夢廬〔一〕

孟魯先生：高軒過滬〔二〕，幸接清塵〔三〕。方期秣陵返轡〔四〕，瀹茗攀談〔五〕，更聆餘緒，忽手素由京頒到〔六〕，始悉徑賦歸歟，將於明月生時，重來海上。賢者國事旬宣〔七〕，甚矣行踪之靡定也。鄙人閒居無俚，刈草蒔花，聊資養性。塵事既㧾〔八〕，握筦亦復疎慵〔九〕，故書來累日，稽遲未報；亦以晤教匪遥，無待手楮墨之覼縷也〔一〇〕。秋風薦爽，祇候興居。

【箋注】

〔一〕夢廬，生平未詳。

〔二〕高軒過滬，謂大駕光臨滬上。王定保唐摭言卷十：「李賀，字長吉，唐諸王孫也。父瑨肅，邊上從事。賀年七歲，以長短之製，名動京華。時韓文公與皇甫湜覽賀所業，奇之，而未知其人。……會有以瑨肅行止言者，二公因連騎造門，請見其子。既而總角荷衣而出。二公不之信，賀就試一篇，承命欣然，操觚染翰，旁若無人，仍目曰高軒過。……二公大驚，以所乘馬命連鑣而還所居，親爲束髮。」陸游别曾學士詩：「忽聞高軒過，歡喜忘食眠。」

〔三〕清塵，車後揚起之塵埃。書信中多用爲對尊者之敬詞。漢書司馬相如傳：「犯屬車之清塵。」顏師古注：「塵，謂行起塵也。言清者，尊貴之意也。」

〔四〕秣陵，即今南京市。李吉甫元和郡縣圖志卷二十五江南道一：「秣陵故縣，在縣東南四里。本金陵地也，秦改爲秣陵。」返轡，猶返駕，指歸返。

〔五〕瀹茗，烹茶。朱熹康王谷小簾詩：「追薪爨絶品，瀹茗澆窮愁。」

〔六〕手素，猶手書。古人書信寫在白絹上，稱素書。後雖通行用紙，仍沿舊稱，故云。

〔七〕旬宣，遍巡四方，宣佈德教。詩大雅江漢：「王命召虎，來旬來宣。」馬瑞辰毛詩傳箋通釋卷二十七：「白虎通：『巡者，循也。』又云：『三年，二伯出述職。』古者以二伯出述職代天子巡視邦國，『來旬來宣』正其事也。胡承珙曰：『鴻雁傳：「宣，示也。」此「來宣」毛意亦當爲示。』是來旬爲巡視之遍，來宣爲宣佈之遍，故爾雅同訓爲遍。」

〔八〕恝，不經意，無動於衷。孟子萬章上：「夫公明高以孝子之心，爲不若是恝。」焦循正義：「忽忘於心，即是無愁。」此處有忽略之意。

〔九〕握筦，握管，猶執筆。廣韻：「筦，同管。」

〔一〇〕覼縷，意謂委曲陳述。廣韻：「覼縷，委曲。案：覼，説文作覶。」柳宗元寄許京兆孟容書：「雖欲秉筆覼縷，神志荒耗，前後遺忘，終不能成章。」

答南湖〔一〕

損書獎飾逾分〔二〕，謬以千秋期許，三復之餘〔三〕，惟滋感媿。城髫齡失學，稍長復從事教育，茶神霾照於鉛堊間〔四〕。比年重以家務之困，藐然弱質，已臻病廢，讀書學道，幾成隔世之想，而非所論於今日矣。南湖乃責以旁蒐遠紹〔五〕，爲墜緒之延耶？女學方興，伏班輩出〔六〕，跂予望之而已。承許他年爲校刊拙稿，一經品題，聲價十倍，謹當彙其殘缺，以待鑒定，即以來簡爲息壤可耳〔七〕。閱報知賢梁孟將竝轡於新大陸〔八〕，班生此行〔九〕，不異登仙，君之謂矣。第恝捨滬杭兩處佳墅〔一〇〕，不慮淞水雷峯諸靈怨乎〔一一〕？稍暇擬走訪，藉覘芝瑛夫人清恙。霜寒伏維珍衛。

【箋注】

〔一〕南湖，詩人廉泉之字。光緒二十（一八九四）年舉人。與其妻吳芝瑛均同情革命，與秋瑾、碧城均有深交。

〔二〕損書，表敬之詞，意即對方貶損身份寫信給自己。劉琨答盧諶詩一首並書：「損書及詩，備辛酸之苦言，暢經通之遠旨。」

〔三〕三復句，記纂淵海卷四十二穎悟：「何遜八歲能賦詩。沈約謂遜曰：『吾每讀一詩，一日三復猶不已。』」

〔四〕茶神霾照，謂精神疲倦，容貌不鮮。鉛堊，板書時落下的筆粉，指代教書。文選任昉爲范始興作求立太宰碑表：「人蓄油素，家懷鉛筆。」李周翰注：「鉛，粉筆也，所以理書也。」

〔五〕南湖二句，書五子歌：「荒墜厥緒，覆宗絶祀。」韓愈進學解：「尋墜緒之茫茫，獨旁搜而遠紹。」墜緒，行將斷絶失傳的學問或事業。

〔六〕伏班，指西漢經學家伏勝之女及史學家班固之妹班昭。伏女曾奉父命傳尚書於晁錯。見史記儒林列傳。班昭曾續成其兄班固遺著漢書，屢受詔入宫，爲皇后及貴戚講學，號曰「大家」。後漢書有傳。

〔七〕息壤，本秦邑名，其地所在無考。戰國時秦武王與甘茂曾結盟於此，後因以爲信誓盟約之義。見史記甘茂傳。宋犖答朱悔人：「别後詩思已枯，不能即爲屬和，須興發乃補爲之，先以爲息壤可耳。」

〔八〕梁孟，東漢梁鴻孟光夫婦，安貧守義，相敬如賓。李商隱重祭外舅司徒文：「紵衣縞帶，雅睨或比於僑吴；荆釵布裙，高義每符於梁孟。」此喻廉泉夫婦相親相愛。並轡，指同行。新大陸，指美洲，此指代美國或加拿大等北美國家。按，美洲大陸由哥倫布於一四九二年所發現，後來，意大利歷史學家彼得·馬爾太爾首先以「新大陸」或「新世界」稱呼美洲，因云。

〔九〕班生，東漢班超，曾遠行異域征戰。此喻將遠遊北美之廉泉。

〔一〇〕第恝句，樊山居士吳芝瑛夫人之風雅：「吳芝瑛女士爲無錫廉南湖泉之德配。……所居曰小萬柳堂。一在杭之西湖，一在滬之曹家渡。其中曰帆影樓，風揚高雅，隔絶塵囂。」恝，不在乎。

〔一一〕淞水，即吳淞江，發源於江蘇太湖，流至上海與黃浦江會合，至吳淞口入海。雷峯，山名。在杭州西湖旁。傳説從前有道人雷就居此，遂稱雷峯。五代吳越王妃曾於此建寺築塔，塔名王妃塔，又稱雷峯塔。

答鐵禪〔一〕

昨奉畫緘，祇悉一是。執事文辭斐亹〔二〕，固已足觀，而來函殷殷下問，抑何虛懷之甚耶！城學殖譾陋，媿無以仰贊高深，姑就管蠡之見〔三〕，略爲陳之。著作之林浩如瀛海，時代既殊，體派各别，而大要在能分雅鄭〔四〕，既知雅鄭，則縱所至爲之，皆足有立。且文章本乎學識，學識有資於境遇，昔太史公游名山大川〔五〕，所爲文軼宕有奇氣，然跡其所至，不過五岳四瀆之間，初未越國門一步也。左右印五洲之鴻雪〔六〕，讀萬國之寶書，星斗羅胸，驪珠在握〔七〕，所爲文，必有以破一世之浮靡，而自標高格者，奚必跼蹐於古人門户乎〔八〕？惟文者言也，言必根於義理。義理正，社會取而循之，而羣治賴以進化。是故文章至者，必有造乎於國，而非徒時鳥之鷇音也〔九〕。至於詩歌，雖無裨實用，而涵養德性，發揚美術，所關亦至深。美術者，思想最精之結果，而道德之真源也（美之廣義，概括道德，兹不具論），必文明程度綦高，而後臻此。近時一知半解之夫，頗薄詞賦，此實由於勘理之麤疏耳。大雅以爲何如？

【箋注】

〔一〕本文約作於一九一六年間，爲吕碧城早年文藝思想表述之重要文獻。鐵禪，謂鐵禪和尚，（一八六五—一九四六），法號心鏡，又號鐵頭陀。俗名劉秀梅。廣東番禺人。早年投身劉永福黑旗軍，親躬涼山戰役。後入廣州六榕寺爲僧，漸爲住持。一九〇三年捐獻寺産，爲黄浦武備學堂畢業生赴日留學經費。後結識孫中山，又曾入南社爲社員。抗戰時任日華佛教協會會長，兩度出訪日本，拜謁天皇裕仁。抗戰勝利後以漢奸罪被捕，死於獄中。工山水花卉，書法尤有名。

〔二〕執事，稱呼對方的表敬之辭，以示不敢直指其人。趙璘因話録卷五：「前輩呼刺史太守，亦曰節下；與宰相大僚書，往往呼執事，言閣下之執事人耳。」斐亹，謂文采絢麗。孫綽遊天台山賦：「彤雲斐亹以冀檽，皦日炯晃於綺疏。」李善注：「斐亹，文貌。」

〔三〕管蠡，管窺蠡測之省語。喻眼界狹小，見識有限。東方朔答客難：「以筦窺天，以蠡測海，以莛撞鍾，豈能通其條貫，考其文理，發其音聲哉。」

〔四〕雅鄭，雅樂與鄭聲。前者指周王朝之用於郊廟朝會的正樂，後者則指鄭國流行的使人志氣怠慢的淫靡之聲，即論語所謂「鄭聲淫」。劉勰文心雕龍體性：「然才有庸俊，氣有剛柔，學有淺深，習有雅鄭，並情性所鑠，陶染所凝。」

〔五〕太史公，漢史學家司馬遷曾官太史令，世稱太史公。

〔六〕鴻雪，指飛鴻在雪泥上留下之爪印。喻往事陳跡。蘇軾和子由澠池懷舊詩：「人生到處知何似，應似飛鴻踏雪泥。泥上偶然留指爪，鴻飛那復計東西。」陳維崧念奴嬌緯雲弟八載京華昨始旋里尚憩西村未遑握手先寄此詞詞：「八載難歸，百端横集，往事成鴻雪。」

〔七〕驪珠，驪龍頷下之珠，喻珍寶。莊子列禦寇：「河上有家貧恃緯蕭而食者，其子没於淵，得千金之珠。其父謂其子曰：『取石來鍛之！夫千金之珠，必在九重之淵而驪龍頷下，子能得珠者，必遭其睡也。使驪龍而寤，子尚奚微之有哉！』」

〔八〕跼跼，狹小貌。鶡冠子王鈇：「天地跼跼，奚足以疑？」

〔九〕鷇音，莊子齊物論：「其以爲異於鷇音，亦有辯乎，其無辯乎？」成玄英疏：「鳥子欲出卵中而鳴，謂之鷇音也。」鷇，初生之鳥。

游廬瑣記〔一〕

余夙慕匡廬之勝，於本年七月十四夕由滬附輪前往。以竟日疲勞，入艙即寢。顧岸頭人語嘈雜，苦不成寐。夜半啓椗後，濤聲汩汩，漸催入夢。次日向午，殘暑忽厲，餐堂中電扇環拱，竟乏涼颸。同舟諸人多就余閒話，略與酧答，即入室偃息。静臥片時，轉覺凉爽，蓋日已夕矣。越日，舟過小姑山〔二〕，彈鬟螺黛，秀挺依然。憶予髫齡時曾經此處，倐逾十載，有如楞嚴經阿育王所云「每過恒河輒形異昔」者〔三〕，非耶？又一日晡，始抵潯埠〔四〕，宿九江公所。荒驛無眠，坐視星河漸黯。夜四鼓，即乘肩輿，向牯嶺進發〔五〕。沿途峻嶺平疇，參錯競秀。約行五小時許，由輿夫指示，見余所預訂之旅館，隱於山坳翠靄間，以爲近在目前，瞬息即至耳。詎峯迴路轉，歷無數峭壁懸厓，該館尚忽隱忽現而不可及也。又半時許，經一街市，乃就山勢所闢者，郵電、警局及店肆皆備。街盡處爲修潔之坦途，山色横空，清溪不斷，路旁球場、花圃佈置井然，而該旅館在焉。館名 Fairy Glen，譯曰仙谷，名頗稱也。予入所訂之室，窗對層巒，凉翠撲人眉宇，乃就榻偃息，足不出户。晝聞鳴瀑潺湲，間以隔户之啁啾歐語，夜則怪鳥哀蟲互相唱和。侍者謂此間安謐，可開窗而寢。予囑其閉百葉窗，蓋既懔於夜景之悽厲，復憶晝間所睹山勢之峻險，得毋有所謂山魈者耶？雖不迷信，固有此感想也。昨夜宿潯驛時，揮汗如雨，今則翠被驚秋，不耐五更寒矣。氣候因地而別如此。

次晨，出門散步。門外羣山環拱如屏障，相距似僅二丈許。山麓爲淺溪，天然如城濠。溪中怪石堆疊，緜亘數里，清泉湍激，隨與俱遠。山腰石齒嶙嶙，破黛痕而呈褐色。凹處鳴瀑琤琮，瀉於叢篁翠篠間。水禽嬌小，悠然飛鳴，有仙意。更行里許，則亂峯蒼莽，寂無人蹤。縱目四矚，惟嵐影與遠天相映，身孤心怯，不欲再進。延佇之頃，遇一樵者，因就詢歸途。其人欣然爲導，並謂此間向多虎患，後經西人僱獵者搜捕，現已絕跡云。行經溪畔，予詢此中何來如許怪石，其人曰：「此秦始皇鑿驪山時所移至者。」復雜以神話，語津津若甚有味。復行經幾曲峻巘〔六〕，路漸平坦，洋樓絢然點綴於翠微間，則已抵原境矣。予謝別樵者，拾級登山，徑歸旅館。予室前有長廊，裝以玻璃窗，左右隔以板壁，每室皆如此也。顧壁不甚高，其上皆通。一日，鄰室西童數人架疊桌椅，欲跨壁而入，予止之曰：「勿爾！否則余將告知爾母。」一童答曰：「吾無畏！蓋汝不識我母爲誰。我母乃密昔斯台樂耳也。」予爲失笑，乃按鈴呼侍者，告以故。侍者往該室，吁長聲叱之，如驅逐鷄犬。一陣履聲蹴蹈，已羣向林中奔去矣。

山中陰雨，則雲氣騰漲，山巒悉隱。窗外景物，雖近咫尺，亦漫無所睹。輕雲冉冉，且由窗入室，予每以口吸之，蓋吾人已身在雲端也。惟秋寒襲人，愈形蕭索。越日，天忽放晴，微雲抹空，蔚藍無際，與朱樓翠嶂相輝映。景至明靚，氣候亦融暖如春。午後予散步山麓，山花作藍色，嬌艷可玩，散於山隈。尋而擷之，漸忘路之遠近。偶一回顧，則千峯夕照，又易原境矣。欲行迷路，欲佇立以俟行人，既足音杳然而日墮崦嵫〔七〕，伥伥何往〔八〕，悔懼交并。方徬徨間，忽山麓之翠叢微動，一白衣西人款步而出，向予致辭曰：「予睹君於前山，爲時久矣。君必迷途，願爲引導，可乎？」予欣然謝之。詢其姓氏，爲威而思。彼語予時操英語，然予固辨其爲德人也。伴予至旅館門外，並以所採之紫花一握贈予而别。

次日午餐時，來一肥客，挈一美婦，氣度名貴，光艷照人。每次入餐堂，必易服裝。其衣亦詭麗無倫，薄綃抹胸〔九〕，袒其皓腕，如輕烟之籠芍藥。胸前恒懸寶石，亦逐日易之。如其色絳，則衣裙以及腰帶、手帕等皆絳；若碧，則皆碧矣。髻鬟高擁，作旋螺狀。一日，忽髩雲低嚲，斜覆其額，若有意效予之梳掠者，尤饒風致，但予較彼實自慚蒲柳耳〔一〇〕。吾友某君有「西方終覺美人多」之句，可謂知言。

歸雲弄暝，宿鳥喧晴，山窗昏曉，倏已十度。篋中帶有體操書，每晨按圖演習畢，即進早膳，閱書報，然後梳沐入客堂。午餐飯後假寐，習以爲常。是日午睡起，天氣和暖，乃易單衣出遊。甫行至緑陰交蔽之石徑（由旅館下山之路），覺涼颸嫋嫋，砭人肌骨，乃復返取黑絨大衣，披之而出。遇威而思於門次，蓋爲謁予來也。遂同行溪畔，於途間談話，抵御碑亭，止而小憩，已暮山凝紫，一丸赤日艷如火齊，漸匿於濕靄間，返射作奇彩。威而思囑予注目視之，時丹輪尚餘半規，其墮力甚速，倏乃無睹。予慨然曰：「是不啻送人易簀也〔一一〕，我亦何樂乎視此。然彼固萬劫不磨者，伊古以來，先我輩來此憑眺者，不知幾千萬人，皆逝而不返矣。」威曰：「君言固當，然何感慨之深也！」時歐戰方啓，威而思日盼捷音，而不知德意志帝國之命運同此將沉之旭日耳。予興辭，威仍送予返寓。

陽曆九月半，計予別滬寓亦已半月矣。是日，威而思約予出游，予辭謝之。向晚，天氣沉霾，亦猶予意之不適，未進晚膳，頹然就寢。次日，偕同寓俄國茶商高力考甫游鹿嶺。其地風景幽絶，石壁崚嶒，疊爲平坂。飛瀑緣之曲折而下，凹處積潴成池，清澄澈底。亂石槎枒，間則激爲雪浪，瀉入松陰作琴筑聲。山顛陡峻如矗筍，有數人攀陟而上，以遠光鏡遥矚予等，並吁長聲呼高力考甫，彼亦吁聲答之，且告予曰：「若輩皆俄國教士也。」俄而，踞山顛者發爲長嘯，高力考甫亦歌以答之。相距雖遠，聲浪爲空氣所傳，亦頗清朗，是足見西人之善於行樂矣。予等旋取徑返寓。晚餐後，予與旅館司賬愛格德夫人閒話，高力考甫來索紙筆，就案頭作書，愛格德故以肘觸之，阻撓爲戲，且語予曰：「彼乃作情書也。」予不覺失聲而笑。愛格德曰：「汝笑何爲？詎以彼年老不應作情書耶？」予頓悔冒昧，乃亟辯曰：「否，予乃笑汝之善於雅謔耳。」愛格德有幼子，年甫七齡，憨而多力，每見予則拖曳而走，强與嬉戲。予力不勝，則隨之往。一日，奪予妝鏡，予恐其碎之也，力持不與。鏡有機括〔一二〕，予左指適夾機中，彼力闔其機，指如被箝，痛甚。予呼其釋手，不顧也，乃以右拳痛捶其首，始釋去，而予指腫且破矣。恚極，奔告其母，戒以後不許入予室。彼雖不敢入，然每遇予，必拈糖餌舉示，呼與嬉戲。

久客傷時感事，無以自聊。聞有三疊泉者，風景最佳，擬游畢即作歸計。黎明備糇糧〔一三〕，登輿出發。其先天尚晴朗，惟凉風颼起，已而濕霧騰漲，數尺外昏無所睹。初行皆土山，徧草萊而乏喬木，間有黄菊、玉簪花等，皆瘦弱不茂，以所處高寒故也。更進則爲石山，峻峭可怖，所履皆欹側之石，無尺寸土，益以濕滑，而寒風愈厲，霧氣着人眉髪，凝如微霰。輿夫等頗能履險如夷，予心悸不已，默念萬一傾躓，則頭顱碎矣。山童無叢莽〔一四〕，惟短松疎然生於石罅，夭矯各具姿勢，如日人所售之盆景，頗可愛也。約行半日許，始抵一寺，疊石爲屋，僅堪容膝，輿夫等羣入厨爲炊。予爲風寒所襲，頗感不適，就佛堂假寐。已而僧來禮佛，膜拜誦經，且擊磬焉。因室小，相距咫尺，梵音直貫耳膜，因自訝曰：吾身何爲在此？詎夢境耶？四顧亂山積礫，荒渺無垠。一西人面白皙，微有短髯，因兵敗國破憤而自戕，由巨石躍下，頭顱直抵於地，有聲砰然，即委身不動，蓋已暈矣。須臾，勉自起立，予視其顱凹陷，蓋骨已内碎而皮膚未破。予知其已無生理，欽其爲殉國烈士也，乘其一息尚存之際，遽前與握手爲禮。其人精神立焕，且久立不仆。予訝之，因問曰：「汝將何如者？」意蓋謂生乎，死乎。其人答曰：「我爲汝忍死須臾。」言甫竟，血從顱頂泛出，鮮如渥丹。予大駭，立時驚醒，則一夢耳。輿夫來問欲觀三疊泉否，距此已不遠矣。予曰：「天尚未霽，白霧迷漫，即往亦無所睹，日暮途遠，宜早歸也。」乃復忍寒下山，薄暮抵寓。或問此遊樂乎，予惘然無以爲答。次日，即理裝返滬。

【箋注】

〔一〕據碧城沁園春詞序云：「丁巳七月遊匡廬，寓 Fairy Glen 旅館，譯曰仙谷。」丁巳爲民國六年，證以瑣記「余夙慕匡廬之勝，於本年七月十四夕由滬附輪前往」及「陽曆九月半，計予別滬寓亦半月矣。……久客傷時感事，無以自聊。聞有三疊泉者，風景最佳，擬遊畢即作歸計」云云，本文當作於一九一七年九月回滬後不久。

〔二〕小姑山，即小孤山，又名髻山。歐陽修歸田録卷二：「江南有大、小孤山，在江水中嶷然獨立，而世俗轉『孤』爲『姑』，江側有一石磯謂之澎浪磯，遂轉爲彭郎磯，云『彭郎者，小姑壻也』。」又，江西通志卷十二：「小孤山在彭澤縣北，壁立大江中，一名髻山，取其形似髻也。」

〔三〕有如句，楞嚴經卷二：「佛言：『我今示汝不生滅性。大王，汝年幾時見恒河水？』王言：『我生三歲，慈母携我謁耆婆天，經過此流，爾時即知是恒河水。』佛言：『大王，如汝所説，二十之時，衰於十歲。乃至六十，日月歲時，念念遷變，則汝三歲見此河時，至年十三，其水云何？』王言：『如三歲時，宛然無異。乃至於今年六十二，亦無有異。』佛言：『汝今自傷髮白面皺，其面必定皺於童年，則汝今時觀此恒河，與昔童時觀河之見，有童耄不？』王言：『不也，世尊。』」阿育王，意譯無憂王，古印度名王旃陀羅笈多之孫，賓頭沙羅之子。傳説阿育王在華氏城舉行過第三次佛典結集，並派人到國外弘法傳教，影響深遠。詳安法欽譯阿育王傳、赫耳兹奇阿育王的銘刻。

〔四〕潯埠，指九江碼頭。長江流經九江附近稱潯陽江，故稱。

〔五〕牯嶺，山名。九江廬山著名風景區之一。因山巖狀如牯牛而得名。

〔六〕峻巘，險峻陡峭的山峯。江淹空青賦：「峻巘層石，龜穴龍壁。」

〔七〕崦嵫，山名。傳爲日入之處。山海經西山經：「西南三百六十里，曰崦嵫之山。」郭璞注：「日没所入山也。」楚辭離騷：「吾令羲和弭節兮，望崦嵫而勿迫。」

〔八〕倀倀，無所適從貌。荀子成相：「人主無賢，如瞽無相何倀倀。」楊倞注：「倀倀，無所往貌。」

〔九〕抹胸，古代婦女之貼身内衣，亦稱肚兜。李煜謝新恩詞：「雙鬟不整雲憔悴，淚沾紅抹胸。」徐珂清稗類鈔服飾：「抹胸，胸間小衣也，一名袜腹，又名袜肚。以方尺之布爲之，緊束前胸，以防風之内侵者。俗謂之兜肚，男女皆有之。」

〔一〇〕蒲柳，亦稱蒲楊，柳之一種。入秋即零落，因以喻容顔早衰。劉義慶世説新語言語：「顧悦與簡文同年，而髮蚤白。簡文曰：『卿何以先白？』對曰：『蒲柳之姿，望秋而落；松柏之質，經霜彌茂。』」李白長歌行：「秋霜不惜人，倏忽侵蒲柳。」

〔一一〕易簀，更换寢席。簀，竹席。春秋時，魯國曾參病重將死，以寢席華美，與自己的身份不合，因命其子曾元换席，隨即咽氣。見禮記檀弓上。

〔二〕機括，機關裝置。陳元龍格致鏡原卷二十八：「元順帝造龍舟，巧其機括，能使龍尾鬣俱動，而龍尾自撥水。」

〔三〕糇糧，乾糧。詩大雅公劉：「迺積迺倉，迺裹糇糧。」

〔四〕童，山無草木。釋名釋長幼：「山無草木亦曰童。」

北戴河遊記〔一〕

「欲把西湖比西子，濃妝淡抹總相宜。」此二句於西湖之神態，殆摹擬盡矣，然猶係中國美人態也。若夫海澨之風景〔二〕，清奇高抗，氣象萬千，有如西方美人，細腰捷足，曳長裾飄飄欲仙，令人見之，具瀟灑出塵之想，則北戴河似焉。其地附近唐山，夙稱名勝，爲旅居北方之西人避暑之地。余於今夏以養疴故，曾寓該處連峯山頂甘德璘女士家。女士英人，爲余校中之教習，暑假後相約前往。届時女士病，須緩一星期起程，余乃隨其母夫人往焉。是日晨搭汽車，晚六句鐘始抵該境。天陰雨，漸就昏黑，氣候凉爽，有如深秋。下車以肩輿拾級登山，入其舍，謁見甘德璘君，六旬餘老牧師也。略叙寒暄。晚餐畢，即歸寢。次晨睡足，雙眸甫豁，覺白光照耀遍室，乃海氣涵映窗檻間，幾疑身在舟中，泊於大洋，蓋其舍背山面海也。著衣起，不待早餐，出而瞻眺。甘牧師亦早起，爲余指陳各處。東望爲秦皇島，惟積沙成片，餘無可睹。因憶姜白石詞「燕拂黄沙，天垂碧海」之句，恰符此景。西北則昌黎縣孤竹國遺址在焉〔三〕，甘牧師猶能道伯夷叔齊之故事。南面則蒼溟無際，迴抱此山境而已。余欲下山觀海，甘牧師謂相距尚有數里，必果腹方可往。余弗聽，獨乘興前去。蜿蜒行數武，即怪石崚嶒〔四〕，大者如屋，小者如拳，石齒巉巉〔五〕，囅然作獰笑狀〔六〕。老木懸崖，如長槍大戟，槎枒交錯，葉離離作古翠色。過此則爲松林，拔地參天，一望無際。漸聞波濤淜湃之聲，不辨爲松風爲海外也。其時旭日初昇，萬松競翠，此聲此色，直若濯髮游大羅天〔七〕，聽鈞天廣樂〔八〕。心身愉快，殆爲余生平第一次所經也。游行良久，始抵海濱，密沫湔裙，積沙没屐，驚濤駭浪，復拍拍而來，聲若巨雷震耳。獨立須臾，陡然悚懼，乃踉蹌覓歸徑。顧腹餒力疲，欲少憩，賃肩輿歸，四顧更無人蹤，遑論屋舍也。復力疾前進，路轉峯迴，始見村舍。有黑蹇數頭繫林下〔九〕，村人勸策蹇歸，乃賃其一。扶持登跨，頗懼顛隕，極力控御，汗出如漿。少頃竟抵原寓。余恐狼狽狀，爲甘所哂，勉作優游之態。甘迎問曰：「勞乎？」余曰：

「差可。」甘笑曰：「吾以遠光鏡，窺見君在海濱困頓之態矣。」乃相與大笑。入室午餐畢，欲復游，則體憊不克起行，乃與甘夫人坐談。夫人年老，憚於出游，喜絮語家庭事，不啻中國婦人習氣也。次日膳畢，余乃由山後信步而下，與前所遊者，境又迥異。屋宇相望，炊烟縷縷，隱約於林巒箐密間。沿途居户甚多，而屈臣、良濟、利亞諸藥房及照像館皆備焉，一繁盛山市也。復折行而西，賃得一蹇驢，揚鞭策進，較昨初乘時，頗馳騁自如。道出村落，稻畦漁港，農家風味，復宛然宜人。途畔，豆棚數架，爲茶肆，加非、汽水、啤酒等，羅列滿几。有西國軍士數人，憩息其間，睹余揚鞭而過，頗嘖嘖稱異，蓋其地絶少中國婦女行踪也。出村，南趁，則連峯矗天，迎面盡羊腸鳥道，乃捨驢徒行。松杉夾道，石卵纍纍，圓澤如玉。有清泉瀉於崖畔，響潺潺然，若琴筑。余因誦「清泉白石無人到，一陣松風響似濤」之句，至於往復數四。俄而漸至山頂，半日在松陰濃幂中。忽而天開日朗，襟懷頓闊。乃踞絶頂，俯矚八荒，惟見蒼烟默默，林嶂模糊，所謂北戴河者，曲屈如銀綫焉。兀坐數小時之久，始悄然下，覓徑返寓。既至，甘與夫人方坐廊間閒話，乃相起讓坐，謂余曰：「君甫至山，即逐日作汗漫遊〔一〇〕，何體力輕健乃爾？我輩久於山居者，尚不逮也。」余問山居潛伏何所修養，甘曰：「余研究植物學，以此山爲實驗之所。君試看此叢槲林，其種類同也。葉以千萬計，亦莫不同也。若以極精之顯微鏡測之，當無一同者，其形式必有纖微之差異，此真宰造物之妙。昔達爾文曾養鴿試驗其理〔一〕，始由二同形色之鴿遞嬗卵翼，繁殖千百，終乃無一同者。粗而視之，其形色相類者，固屬不尠，然不得謂之盡同也。人類亦然，孿生之子，外人見之，不能辨識其甲乙，家人居處至稔，則能識之。植物之葉，正復類此，特吾人眼光甚巨，彼之區別至微，故不能察辨耳。西人推勘物理，其精微若此。」余曰：「匪獨西人，吾國固早有先覺者。周代有士曰莊周，吾國哲學初祖也，嘗創萬物畢同畢異之説。謂萬物總謂之物，莫不皆同，是萬物畢同；若分而別之，則人耳、目、鼻、口、百體、草木，莫不皆異，是物畢異也。與達氏之説，詎不吻合耶？惜吾國物理之説多散見於政治叢書，不特立專科，致後世湮没無傳耳。」甘亦爲稱歎不置。坐談既久，不覺皓月東升。時值六月既望，曉珠斗大，破出滄溟，銀輝爛然，海面徑可十丈，此又爲余生平看月之奇遇。同此月也，隱約花陰，照耀深院，不過助騷客之悲，引春閨之怨而已。安有此異彩，以闢吾眼界耶？欣賞移時，興辭歸寢。

次晨陰雨，雲氣蒸騰，環抱山舍，門檻外咫尺莫睹。四大皆空，似懸屋宇於天際。須臾晴霽，山巒林莽，始驀地湧出，亦幻景也。山之南産野花，色藍而艷，余擬移植盆中，乃乘雨後荷筐鋤下山，信步覓而劚之，忘其近遠。忽雲氣氤氲起裙袂，俄而林嶂暝合，一白無際，莫辨歸途。心大惶急，往復周匝於雲間，久之，始達原處。自此每值陰雨，不復敢下山矣。

一日凭欄晚眺，夕照正明，古柏喬松，萬山一色，惟片雪冉冉，漾於凉翠叢中。漸近方辨爲縞衣女子，急注視之，乃玕德璘至矣。後隨一髯客，下騎入門，相與歡笑。詢知髯客爲天津益聞西報記者，英國高文君也。是夕醵飲甚暢。次日，玕德璘約余暨高文同遊石條山。策蹇齊向東進，行近海岸，一無山林，惟蜃灰及蚌殼，堆積成堤，綿亘數里。海水作蔚藍色，浪花翻滚如雪，拍堤有聲。忽迎面山如屏障，横絶去路。高文謂須繞道而過，余與玕德璘欲試其趫捷之能，固不可，乃以二騎授高文，令先往山前守候，乃聳身躍上，躋至顛頂，即攀援籐篠，縋緣而下，竟達彼岸。玕德璘著香色縠裙，薄若烟霧，爲籐篠所罥，破裂殆盡，亦不暇顧。翹望石條山，尚距里許，已儼然在目，爲雙筍形，高聳若插天之柱。余等乃牽騎步行，少頃，已至山麓。山赭色，石質皴裂，苔蘚斑駁，頗具古峭之致。前麓瀕海，二山交澗處，有石梁彎曲如弓，天然作門洞狀。余等三人，傴僂而入，有白鷗數十，驚起翔於海面，蓋潛伏沙際者。沙中多五色石子，映水晶瑩若寶石。余愛而拾之，裹以手帕。高文謂手携不便，乃爲余悉納入衣袋。兩袋皆滿，復脱帽盛之。方游賞間，而雷聲隆隆，天將暴雨，乃覓騎問道，急奔連峯山。甫抵寓，即大雨傾盆，山林昏翳。高文沿途爲余載輜重，卸裝後汗喘不已。余與玕德璘雖狼狽，尚較可也。

越日天氣晴朗，午後，玕德璘備浴衣，將詣海岸沐浴，約余往觀，甘夫婦暨高文亦往焉。比至，已殘照西匿，鏡海不波，餘霞散綺，景色至絢麗。已先有多人浴於海面，容與中流，乍沉乍起，如鳧鷖之游泳。水邊麗人，尚絡繹而來，綃縠綷縩〔一二〕，與海水囓岸之聲相和亂。繞岸紅礁巉巖作結晶狀，散亂於清流急湍間。岸上多鉛皮小屋，乃各家所置。浴時先入屋，更浴衣而後入水，其衣式與常服不甚懸殊，但略短而已。玕德璘等换衣畢，相率就海灘清淺處徐徐而下，余亦裳褰涉流，擇礁石之平者，踞坐作壁上觀焉。惟見浴者散於海面，而女子較多，散蜷髮，攘皓腕，奮其輕軀，與海水相激戰。波濤湧至，盡滅其頂，濤退始得復現。浪花多處，簇擁芙蓉，彷彿浴神化身千百，作水國之嬉遊也。余爲目眩神移久之，偶返顧己身，則裙裳爲浪花所濺，濕其大半尚不覺也。俄而海水激礁石愈厲，浪花斗大，砰擊而來，飛瓊迸玉，作四面之攻。余方顧而樂之，心暗忖：若觀錢塘潮，較是爲何若耶？驀聞玕德璘呼曰：「君不速下，海潮生不得渡矣。」余遥視之，則海面浴者漸稀，已陸續登岸。玕德璘亦張其兩臂，如鳥鼓翼，拍浪而來。余始急下，跋涉登岸，甘夫婦暨高文已易衣候立於岸，玕德璘亦至。入室易衣畢，乃相率歸寓，余至是亦歎觀止矣。爰於次日束裝旋津，紀其游踪如此，且因之重有感焉：吾國人當炎夏之際，褦襶汗喘於市井之間〔三〕，國有勝境，不知闢而游之，乃爲他人捷足先登，反賓爲主。彼今日之蜃樓海市，即吾昨日之斷井頹垣也。嗟夫！又豈一北戴河爲然哉？

【箋注】

〔一〕本文録自一九一一年六月婦女時報第一號，其後又刊於一九二一年二月九日上海時報以及一九二一年五月上海中華書局印行新遊記彙刊卷六。文言其北戴河之遊乃「以養疴故」，而據嚴復集與夫人朱明麗書第二十九函談及碧城云：「聞刻病在天津，頗重也。」函作於一九〇九年陰曆十月十四，是本文當作於一九一〇年夏北戴河療養歸來。北戴河，著名遊覽避暑勝地，在河北省秦皇島市。北依蓮蓬山，南濱渤海。東北角鷹角亭爲觀賞海上日出絶佳之處。

〔二〕海澨，海濱。江淹謝臨川遊山詩：「且泛桂水潮，映月遊海澨。」張銑注：「海涯曰澨。」

〔三〕孤竹國，古國名。史記周本紀：「伯夷、叔齊在孤竹。」張守節正義引括地志：「孤竹故城在平州盧龍縣南十二里，殷時諸侯孤竹國也，姓墨胎氏。」

〔四〕崚嶒，高峻重疊貌。謝朓遊山詩：「堅崿既崚嶒，迴流復宛澶。」

〔五〕巉巉，尖突鋒利貌。蒲松齡聊齋誌異夢狼：「甲撲地化爲虎，牙齒巉巉。」

〔六〕囅然，笑貌。莊子達生：「桓公囅然而笑曰：『此寡人之所見者也。』」

〔七〕大羅天，道家所稱三十六天中之最高一重天，乃道境極地。雲笈七籤卷三：「最上一天名曰大羅，在玄都、玉京之上。」王維送王尊師歸蜀中拜掃詩：「大羅天上神仙客，濯錦江頭花柳春。」

〔八〕鈞天廣樂，天上之仙樂。史記扁鵲倉公列傳：「簡子寤，語諸大夫曰：『我之帝所甚樂，與百神遊於鈞天，廣樂九奏萬舞，不類三代之樂，其聲動心。』」鈞天，天帝居所；廣樂，廣大之樂。

〔九〕黑蹇，黑色毛驢。嵇永仁蛇鬼辨：「鬼衣冠壯偉，乘黑蹇驢，陰悍剽賊。」

〔一〇〕汗漫遊，任意遨遊。孟浩然送元公之鄂渚尋觀主張驂鸞詩：「應是神仙子，相期汗漫遊。」

〔一一〕達爾文，十九世紀英國博物學家，進化論主要奠基人。著有物種起源，提出以自然選擇爲基礎的進化學説，産生巨大影響。

〔一二〕綃縠綷縩，潘岳藉田賦：「衝牙錚鎗，綃紈綷縩。」劉良注：「綃紈，薄素練也。綷縩，衣聲也。」李賀神絃曲詩：「畫絃素管聲淺繁，花裙綷縩步秋塵。」

〔一三〕襬襶，避暑之笠帽。陸游十五日雲陰凉尤甚再賦長句詩：「襬襶京塵觸熱行，豈知世有野堂清。」郝懿行證俗文卷二：「襬襶，潛確類書：即今暑月所戴涼笠，以青繒綴其簷，而蔽日者也。」

致費樹蔚書〔一〕

辱存問，感甚。今夏料理西渡諸事就緒〔二〕，忽染時疫，迄今兩月，二三日輒一反覆，至爲倦厭。今春曾兩次夢入一室，狀頗堅固，甫入其門，即戛然閉。余知自此與塵世永隔，皇急而醒。又數年前，寓滬上法國醫院，夢得七律半首云：「九蓮華燭爛生光，玉女蒼龍遞守防。廿載滄桑成一笑，百年短夢費平章。」又初建滬宅時，夢得一聯云：「生死流轉兩相守，華屋山丘一例看。」又兒時夢有人示以畫册，云余姊妹之事蹟，初展數圖不甚記憶，後閱余一己者，則畫荒草中有繡被裹一尸，旁有人持鋤瘞之，題云：「青山憐種玉，黄土恨埋香。」又夢立叢竹中，影爲夕陽所射，修瘦幾與竹等，得長短句云：「看竹裏、微陽瀉盡，淡黄顔色，渲染出、幽慘人間世。」雖云春夢無憑，然合而觀之，殊非佳讖。四舍妹未亡之前〔三〕，夢其對余誦詩兩句云：「浪花十丈波十圍，日月倒走山爲飛。」後得其噩耗，所歿地名鼓浪嶼，亦異矣。今春詣崇效寺，看牡丹已謝，率成一律曰：「纔自花城卸冕回，零金剩粉委蒼苔。未因梵土埋奇艷，坐惜芳叢老霸才。却爲來遲情更摯，未關春去意原哀。風狂雨横年年似，悔向人間色相開。」語氣頗頹喪，然彼時遊興頗濃，且擬海天破浪，固出之無心也。果不久物化者，擬葬鄧尉，購廣地於湖山勝處，碑鎸客春探梅十首於上，植紅緑梅多本，使常得文人酹酒吟吊吾魂，慰矣！拉雜作此，助君詩話之資，可一笑也。

【箋注】

〔一〕本函録自韋齋詩鈔卷四寄呂碧城詩附碧城原書，繫年戊午（一九一八）。費樹蔚，號韋齋，又號迂瑣居士，江蘇吴江人。碧城詞友，著有韋齋詩文集。

〔二〕西渡，指赴美留學。

〔三〕四舍妹，指碧城四妹賢滿（一八八八—一九一四）。曾先後任教於北洋女子公學及厦門女子師範學校。著有靈華閣詩稿，已佚。

北洋女子公學同學録序

北洋女子公學成立於光緒甲辰孟冬〔一〕，其時京津一帶，雖有私立女學一二三，皆家塾制度，若撥帑備案〔二〕，就地區爲公衆謀者，實以此校爲嚆矢焉〔三〕。溯創設之始，艱苦締造，將近一載，始克成立。予忝爲創辦之人，承當事官紳推主講席，綜理教務；傅太史增湘任監督事〔四〕。當時生徒無多，衹分二級，以國學爲主，略輔以普通之學。規制科目，尚多未備，顧衆譽翕然，生徒進步駸駸〔五〕，由是來者日衆。丙午之春〔六〕，因擇其資質優秀者，改設師範一科，釐訂課程，力求精進。己酉七月行卒業禮，計七學期間培植成材者，僅有十人〔七〕。此其故，實緣北方女學未昌，肄業者率多隨宦閨秀，曾得南方風化之先者。而土著之族，仍守舊習，觀望不前，各於家塾自相教敦焉。於是此校遂有日本華族女學之概。顧宦遊者，去住無恒，中途輟學實居多數，此所以獲與卒業者殊寥寥也。然以全體生徒計，已足百名之額，因相與謀製同學録。問序於予，遂爲述其厓略如此。今夫女學關係之要，明達之士類能言之，予第慨夫吾國女界之黯黮數千載於兹矣〔八〕。外患已深，國勢已蹙，至是而女學始興，始躋吾輩於文明之域，美人香草〔九〕，曷勝遲暮之悲！諸生其績學儲能，將來各出所得，以閎教育而迴景運〔一〇〕，此則人人所當引爲己任，不容一隙自寬者也。滋蘭百畝〔一一〕，播吾道之芬芳；畜艾三年，療庶物之疵癘〔一二〕。爰刊斯録以爲之券云。

【箋注】

〔一〕光緒甲辰，光緒三十年（一九〇四）。

〔二〕撥帑，發放府庫錢財。帑，説文：「帑，金幣所藏也。」

〔三〕嚆矢，響箭，喻事物之起始。莊子在宥：「焉知曾史之不爲桀跖嚆矢也！」黄庭堅彫陂詩：「窮山爲吏如漫郎，安能爲人作嚆矢。」

〔四〕予忝四句，天津大公報光緒三十年八月廿四日載天津女學堂創辦簡章，末署「倡辦人吕碧城，議事員等同訂」。傅增湘藏園居士六十自述：「先是，旅津遇旌德吕碧城女士，喜其才贍學博，高軼時輩。因約英斂之、盧木齋、姚石泉等，倡設女學。先室凌夫人力贊之，偕碧城上謁楊文敬、唐少川諸公，醵金築舍，定名女子公學，令碧城主教席，而推余夫婦總其成。」傅增湘，字叔和，號沅叔，四川江安人。清末官直隸提學使。近代著名學者，藏書家。

〔五〕駸駸，馬疾行貌。此喻進步快速。詩小雅四牡：「駕彼四駱，載驟駸駸。」

〔六〕丙午，光緒三十二年（一九〇六）。

〔七〕己酉三句，一九一一年六月出版婦女時報第一期載北洋女子公學畢業生合影一幀，共九人，依次爲潘連璧、彭清惠、黄盛頤、朱若華、陳克柔、朱麗明、張韞玉、張振權、彭清湘。此當爲首届畢業生「僅有十人」者。其中缺少一人，恐因故未能參與。己酉，宣統元年（一九〇九）。

〔八〕黯黮，不明貌。楚辭九辯：「彼日月之照明兮，尚黯黮而有瑕。」

〔九〕美人香草，喻國君及賢士。王逸離騷經章句：「離騷之文，依詩取興，引類譬諭，故善鳥香草，以配忠貞；惡禽臭物，以比讒佞；靈修美人，以媲於君。」

〔一〇〕景運，猶祥運。黄滔闕下口號詩：「奎壁照臨回景運，風雷鼓舞契昌辰。」

〔一一〕滋蘭句，楚辭離騷：「余既滋蘭之九畹兮，又樹蕙之百畝。」王逸注：「滋，蒔也。十二畝曰畹，或曰田之長爲畹也。」

〔一二〕畜艾二句，孟子離婁上：「猶七年之病，求三年之艾也。苟爲不畜，終身不得。」艾，羅願爾雅翼卷四：「庶草治病，各有所宜，惟艾可用灸百疾，故名醫草。」

訪舊記〔一〕

庚申春〔二〕，予客京師，嘗以事赴津，暇時訪同學女友於某小學校，蓋相别已十稔矣。驅車入僻巷，茅屋土壁，與慘澹日光同色。小家女三五躑躅於短檐下，多着紅布衫，足小如稯，而泥污殆遍。間有挾書袋者，即吾友之門徒也。已而抵校，屋宇稍整潔。一聾媪應門，余投以刺。俄頃，導予徑至吾友處，相見凄然，幾不能語。風韻猶似當年，而憔悴骨立。蓋女士以侯門麗質，賦緑衣之怨〔三〕，大歸後爲某小學校長〔四〕，菲衣糲食，與村娃伍，斷送韶華於凄風苦雨中，已不知幾歷寒暑矣！

憶昔同學時，某年其舅翁持節過津〔五〕，參觀吾校，武士控怒馬，列隊先至，蹄聲載道，驚塵蔽空。制服肩章，金彩燦然之使者一再馳報，某公始挈其公子莅止。校中諸生排隊迎之，行一鞠躬禮，女士與焉。公子即其夫也，亦木然隨乃翁受參禮。同學中有黠者，目女士努其唇作哂狀，而女士臉霞頳起，泛入蝤蠐之雪矣〔六〕。滄桑彈指，以今例昔，猶夢幻耳。傾談移晷，惘惘而別。歸途尋味，爲悲感不已。

是夕，返京寓（時余寓北京飯店），華燈如雪，方張樂跳舞，如春潮之漲也。登樓入室，案頭已積函盈寸，匆匆展閱，殊少佳訊。時將晚膳，而形神倦憊，不欲下樓，蓋入餐室須嚴妝也。乃按鈴傳餐入寢室，膳畢，不易寢衣，即頹然卧案上。諸銀器爲燈光反射，照眼生纈，耳畔隱隱聞樂聲，苦不成寐。百憂駢集，生趣索然，如處墟墓。曉色初綻，即曳衣起，推窗而眺，時廣衢如砥，尚少行人，而電炬成排，猶曄曄於宮墻柳影間。徙倚之頃，率成一絶，即寄吾友。詩曰：「又見春城散柳棉，無聊人住奈何天。瓊臺高處愁如海，未必樓居便是仙。」

【箋注】

〔一〕本文刊於一九二二年九月周瘦鵑所編半月雜誌第二卷第二號，文前有編者按云：「本刊自第二卷起，特請女文豪、女美術家呂碧城女士常川擔任稿件，本期之訪舊記，即爲其登場第一聲。」嗣後，碧城時有文章刊登該刊。

〔二〕庚申，民國九年（一九二〇）。

〔三〕緑衣之怨，謂丈夫寵愛妾媵，使自己失去家庭地位而引起的怨恨。詩邶風緑衣：「緑兮衣兮，緑衣黄裏。」序：「緑衣，衛莊姜傷己也。妾上僭，夫人失位而作是詩也。」馬瑞辰毛詩傳箋通釋卷四：「緑衣爲間色，以喻妾；黄爲正色，以喻妻。」意謂尊卑失序，貴賤顛倒。

〔四〕大歸，指被夫家遺棄。左傳文公十八年：「夫人姜氏歸於齊，大歸也。」詩邶風燕燕序：「衛莊姜送歸妾也。」孔穎達疏：「左傳曰『大歸』也，以歸寧者有時而返，此即歸不復來，故謂之大歸也。」

〔五〕持節，古代使臣出使，必執符節以作憑證，稱持節。史記張釋之馮唐列傳：「是日令馮唐持節赦魏尚，復以爲雲中守。」秦觀別子瞻詩：「故人持節過鄉縣，教以東來償所願。」

〔六〕蛸蠐，天牛幼蟲。色白，身長足短。後因以喻婦女之頸。詩衛風碩人：「領如蛸蠐，齒如瓠犀。」陳維崧家皇士望遠曲序：「蛸蠐粉項，偏宜白燕雙釵。」

美利堅建國史綱序〔一〕

歷史夙尚賅詳，古人每一著述，輒數十卷。予譯此篇，乃至簡短，當爲大雅所弗取。然古今時勢不同，昔之儒者專研一經，或窮治一史，已足行世。自清季與世界各國交通以來，吾人所需之學，除本國所有外，尚須加以世界之智識，不啻以一人之力，而治數十人之學，其困難可知，故每人應擇定專門之學精勤而致力焉。至於普通科目，僅能得其綱要，而卷帙繁重之史，用備參考而已。今之士大夫能瞭然於各國史綱，如吾此篇之所具者，且不數覯，則簡明之作，乃裨實用。惟予譯此篇未竟，因事亟欲作歐洲之行，致時日既促，且心緒不寧，後半卷潦草迻譯，文筆蕪陋，幸閱者諒之。中華民國十四年十二月六日。

【箋注】

〔一〕本文録自民國大東書局刊印吕碧城譯美國派特饒伯子著美利堅建國史綱。該書内分歷史、地理、政治等三章。此爲卷首譯者自序。

紐約病中七日記〔一〕

七月九日，病了。晚間睡的很早，就是不能睡的著，於是把牀上的電燈開開，拏幾本禮拜六閒看。那插畫裏面有宋園鬼影一幅，看著可怕，毛髮都豎起來。可是我想這是攝影的人故弄手術，也不足信。看了一時，疲倦了，丟了書，糢糢糊糊的漸入了夢境。忽然聽見有紙聲從門外頭送進來（這個旅館的門，製造的很巧，不論甚麽書報信件，都可以從外面送進來，裏面依然是關鎖著，不用開開）。我知道是喬治的信，因爲他每天在晚九點或十點鐘的時候，來尋我閒談。有時候報館裏事情忙，他就十一點以後纔來。可是那時候，我多半是已經睡了，他就寫一封信，叫人從門外送進來。要在平常的時候，不論誰的信，我都急急的要拆開看，可是近來我很心灰意嬾，彷彿是參禪的人，大澈大悟，對待朋友，也就是隨便的敷衍。所以雖然知道有信來，也不去拏來看。過了兩三個鐘頭的以後，忽然聽見有奇怪的聲音，發生在門的近處，不覺喫了一驚，就凝神靜聽。那怪聲又發了，比前一回更利害，並且好像是在門裏，並不是從門外來的聲音。我就下牀去看，門依然關的好好的，地毯上清清楚楚，並没有甚麽東西墜落或翻倒，只有一封信在門下，就順手拾起來。再看桌上的鐘，已交四點，旅館内外都安静，没有一點聲音。我雖然不迷信，這時候也有些膽寒，疑惑有鬼氣。再看那封信，果然是喬治的，他説明天要到匹特斯伯爾格去〔二〕，我也没有看完那封信，就把他擲在桌上，揭開被窩，昏昏沉沉的睡去了。

十日，病體也没見加減，午間出外喝了一杯牛奶，下午在屋裏看看報紙。顧德文女士來了，他要求和我合夥，把中國有趣的歷史和故事，賣給各報和雜誌，由他去和各方接洽，得了錢，我兩人平分。可是，我想我現在已經認識了許多報界的人，如果要賣文，也很便當，何必白白的分一半錢給他，豈不冤枉？所以我就當時拒絶了他。他説早已和我談判過的，我説雖經談判，但並没有約定。他又説，那麽那個總統賣魚的新聞，請你許我宣佈。我説，你的信昨天已經收到，但是我不能許你（因爲有一天，我和他閒談，無意中説露了。説我國裏有一個總統，把三海裏的魚都賣了〔三〕。他的商標，應當畫一個人，穿著總統衣裝，駝著一條大魚在他背上，如同那鱉魚肝油的商標一樣）。他的爲人，我很鄙薄他，但此事關係我國的體面，你若宣佈，我就拏你要求的信起訴。他説並不要强行宣佈，也值不了幾個錢，説完了，就氣憤憤的去了。他走後，又有兩次電話。有人要來見我，我因爲被顧德文咭啦咕嚕的一陣話，吵得我頭腦格外加痛，我再也不能見客了，就一概辭謝。晚間在東飯廳裏，喝了兩杯鷄汁，就回來睡覺了。

十一日，晨起，尚覺體氣清爽。天氣很不好，下雨又不能出外，無聊極了，就把應當回答的信，寫了幾封。午飯後，又覺著無事可做，到樓欄間，看看廣廳裏往來客人，真是形形色色，也不知道他們忙的是甚麽。回想到我自己，也是如一粟飄在滄海，也不知道生存的目的何在。晚間睡的很早，彷彿身體在空中游行，有幾株很高大樹，開著細小的白花，我的身體，就拂擦著過去，看見這花已經半謝了。又走過一株小些樹，白花盛開，極其芬芳細膩，我不知不覺的抱著這樹哭起來，並且誦程芙亭女士落花賦「莫待西風古塞，青塚蕭條；休教落日飛燐，紅顔拌棄」的句子〔四〕。但是我沉痛極了，哭不出聲來，久而久之，纔由心房裏抽出一股酸勁的氣，就一慟而絶。當時驚醒了，眼皮乍開，電燈的光芒如萬縷金絲，密密四射成纈，因眼毛上有淚，對著燈光，就成此現象。

十二日，身體又微微的發熱，除了看報閒坐之外，也無可紀載。晚上睡時，忽然覺得心跳很急，久久不止。嘗聽見説，心臟病很危險，能頃刻間就死的。我或者要和這可厭的世界告别麽？就把枕旁的電話摇起來，請本旅館的醫生來看看。五分鐘後，來了一個儀表俊爽的醫生，帶了一個看護婦，那婦人年約五旬，蒼白的頭髮，圓圓的臉孔，很是和藹。我對醫生笑道：「剛纔打電話的時候，覺著心跳，但現時已經好了。」醫生也笑了，就把聽筒來聽我的心。我説：「如有危險，請你明白告訴我，不必隱瞞。」醫生説：「没有危險。你的心好，和我的心一樣。」我不覺笑出來。我知道，凡是活潑的醫生，每借著諧談，減輕病人的疾苦。他從懷裏取出一個二寸來方的紙板，扯下一張，開寫藥方。我説：「你不必開方子，我是向來不喫藥的。」他説：「那麽你叫我來何用？」我説：「我請你來驗驗我的病的。如果緊要，我須請律師，立遺囑。」醫生笑道：「哦，原來我的職業，是與律師有關係的。」於是我們跟看護婦三人都大笑起來。我們又叙談了些閒話，幽寂的斗室裏，當時就融融如有春氣。醫生又很懇摯的勸我喫藥，我也只得佯爲應允。他們去後，我覺心身暢適，就酣然睡著了。

十三日，我雖有病，從來不偃臥在牀，每日必出外，然而並不是到街上。本旅館極大，寓客幾千，加上外來的客人，每日總有萬人出入。就是我一日三餐，也没有一定的所在。飯廳茶室極多，隨便揀一個地方進膳，坐著看那些花花緑緑往來的客人，勝似坐在房間裏。這天早晨我出外時，把鑰匙交給本層的女管事（外國旅館中，每一層樓必有一個女管事，稱爲 Floor Clerk）。他問我病體如何，且説昨晚的醫生，是個很好的，曾囑託我格外照應你，似很憐惜你是孤客呢。我聽了點頭微笑。這女管事人極圓滑，對於客人，多方籠絡，每逢年節，收了不少的禮物，居然和我也成了密友。要論我如何和他認識的，却也可笑，是從我的背後認識的。説起來話很長：當我初到美國舊金山的那一年，正趕上下霧的天氣，不能出游。同船的一百多中國學生，多數都願多住幾天，然後結伴一同起程，我却住的不耐煩，便請中國王領事陪我出游。他因有公事，便派一個陶書記，和我坐一部汽車，游圖書館、金門（Golden Gate）等。雖然舊金山被大霧遮蓋，看不見景致，然而走到近處，却看得很清楚。古人説霧裏看花，我却是霧裏看崇樓傑閣，和千百美術雕刻的大理石像。在烟霧隱約中，我恍如身入別一個世界了。我既游完了，一意孤行，不肯等候衆人，獨自往紐約去。雖然有些人勸我，説是你初次到外國，紐約地方諸多危險，稍一不慎，便要喫虧的，何不候大衆同行？當我很高興的時候，急欲前往，那裏肯聽。我竟搭了火車，駛過萬山之頂，凡四晝夜，到了紐約，住在世界第一的潘斯樂維尼亞旅館。樓上高高挂著一個大牌，上面詳細指明飯廳、茶舍等在何處，藥店、理髮室等何處。我正在仰著頭一一的細看，猛不防有一個人在我背後，把我攔腰一抱。我喫了一驚，暗想我來到紐約，可謂破天荒第一次，並没有半個朋友，誰和我開這頑笑。我掙扎一時，硬迴過頭來看時，却是一個金鬢婑婧的女子〔五〕，展開他那細白如編貝的牙齒，向我嬉嬉的笑。他告訴我，他是本層樓的總管事。從此，我每逢無事的時候，就到他寫字臺前閒談，習以爲常。這天黄昏的時候，我很無聊，足足的和他談了一個多鐘頭，忽見寫字機上，筆頭自動的寫起字來。本旅館每層樓都有一個寫字機，從樓下通到幾十層的樓上，機上有紙有筆，如樓下有人來訪友，每在機上寫字。那樓上的機器，本是相連一體的，也就立時那支筆自動的在紙上寫出字來，知道是有人請我下樓。我下去，見著費立戴立費亞城的女雜誌記者〔六〕，探問我些故事，要了我一張像片去。晚餐後，在游廊（Mezzanine floor）裏閒坐。這游廊造的如戲園月樓一樣，是一個長方式的環形游廊，滿鋪著錦毯，壁上懸挂著極貴重的織絨古畫，大抵都是歷史的事蹟。向裏貼壁一面，排列著寫字臺，約每隔十尺光景一張，周圍排到底。這臺子是兩面相連的，當中有半尺高脊背，把他隔開。在臺背上裝一盞電燈，照著兩面，所以一張臺子，可以兩個人對面寫字。臺面上放著紙筆，任人取用，可是兩人的面孔逼近咫尺，被燈光照得毫髮畢現，眼光偶一相交，很覺難以爲情。那些男客，又每藉故向女客説話。譬如説「我這面信紙用完了，你可以遞一張給我麽？」又或説「我可以喫烟麽？你不怕烟氣麽？」所以這兩面相連的寫字臺，雖節省了一盞燈，却實在有些不便，必須改良纔好。至於向外面的游廊，乃是一排鐵花欄，排列些長椅，椅後全有絳紗燈和盆頭緑椶樹。這椅上每晚都滿滿的坐著禮服的紳士和晚妝的美人，眼光都對著欄外的大廳，如看戲一樣。那廳的地面，全是白净的大理石做的，加上衆人的黑漆皮鞋立在上面，很像雪地上落了許多烏鴉，格外的黑白分明。這裏也有許多外來的人，專來聯絡富商，兜攬生意的；或是結交朋友，漁獵美色的；就連扒手小偷也有。雖是偵探密佈，然也防不勝防。這天晚上，正鬧著一樁失竊的事情。乃是一個女客在游廊裏失去一個錢袋，也不知道後來尋到没有。我回到房間裏，接著萬國女學生會請帖，十四日晚上，開月光游覽會。我預備去的，後來因爲又發熱，並不曾去。

十四日，得上議員塔末理來函，説他的夫人在醫院裏，曾經過危險的割症，現時已快好了，囑他代筆問候我，等他夫人病好清了，他們兩人就來訪我。本日飯後，我覺得體氣還好，到樓上游廊閒坐，憑欄看樓下廣廳，萬頭蠕動，又聽見唤客的聲音。美國各旅館因爲地方大，旅客常隨意坐在各處，雖不曾出門，他的朋友來訪他，也尋不著，所以專僱許多僕人，在人叢裏走來走去的呼喚。這時我忽聽見喚王竇的聲音，聲聲振耳（王竇的姓名，很像中國人，但他乃是德國人）。我因有一點謠言，想和王竇質問，並聽見別人說，王竇也願意認識我，但是他們不肯替他介紹。過了一時，海軍部的鮑登來了。鮑登是個愛爾蘭的少年，爲人很活潑，和我談了一些英愛的戰事。他又說：「今晚本旅館有跳舞會，可惜我的禮服在華盛頓，不曾帶來，不然我們可以去跳舞了。」我說：「今晚預備赴會的二千多人，全是本旅館的僕役，難道我們也去跟他們混雜麽？」他說：「我本是貧士，倒也不妨，但你是東方的公主，未免屈尊了。」我說：「誰給我加上的公主頭銜？」他說：「許多人如此說，並且說是真正公主呢。」談了些時，他去了。我想喫晚飯，因胃痛，光飲了一點牛奶，就回房間裏，鎖上門安睡。正睡的昏昏沉沉的，忽然枕邊的電話「瑲——瑲——」的響。拿起聽，知道喬治昨晚回到紐約了，請我下樓一談。我說：「我已睡了，明天見你好麽？」他說：「明天早晨要到芝加哥。」我不得已，就答應了。連忙起來，到浴室，開了熱水管，浄了面，到妝臺前，拿粉撲輕輕的撲了一點粉，悤悤的挽了髻，披上我日間所著的粉紅綢衫，臨鏡自照，覺臉色很是腴潤，因爲適纔酣睡的原故。攏總不到十分鐘的時間，已裝束完畢。搭電梯下樓，見喬治立梯旁等我，我們就到西茶室去。談話時，意見略有衝突。我們雖然常見面，究竟彼此很客氣，不便争論，我就告辭上樓去了。

十五日，晨起覺身體清健，我的病差不多完全好了，但是精神很爲鬱悶，又無事可做，不知道如何是好。舉頭一看，傾耳一聽，無非是繽紛色彩，悠揚音樂，真所謂錦繡叢中，繁華世界。然而以我這樣枯木死灰的人，置身其間，又與墟墓有何分别呢？大抵一個人，萬緣參透，便無希望。一個人無宗旨，就成了行尸走肉。那麽一舉一動，一衣一食，都覺是多事煩擾。想起我幼小時候，文理尚不甚通，偶讀老子「人之大患，爲吾有身。及吾無身，何患之有？」我雖不甚解他的意思，便歎爲至理。我每次病時，却有希望，希望能脱離肉體，游神太虚。病一好了，我又失望了。有時我也自問自己道：「你這種理想，恐怕是錯誤罷？」所以一切爲人立身之計，我還是黽勉進行，當做照例的公事，不敢怠慢。本日席帕爾德夫人請喫晚飯，他是紐約的大富豪，家住在五馬路。紐約的五馬路，就如上海的大馬路一樣〔七〕，地價非常昂貴，非大商家和大富豪，是住不起的。然而五馬路的寬大，局面的壯麗，比上海加上十倍。拏上海比較，上海簡直的成了僻陋的村市了。我還從來没有到過席帕爾德夫人家裏，也想去看看富室的風光。下午，我就到女修容店裏去梳頭。這女理髮店，也就在本旅館的裏頭。因爲本旅館地方極大，居然是個小小的世界，凡藥房、照像店、雜貨、衣裝、男女理髮等店，應有盡有，就連火車站也在本旅館的地道下，直接由紐約的下市，通到上市，把紐約貫穿了。這女理髮店裏，有一個侍女姓道亦爾的，專會拍馬，我也未能免俗，歡喜他的甜蜜蜜的言語和細心的服伺。每回去梳頭，專要他，別的丫頭都不要的。每梳一次頭，金洋二元半，我總給三元，多餘的就算賞錢了。這天，道亦爾問我預備到那裏去，我告訴了他，他很爲驚訝，立時眉飛色舞，替我歡喜。説是席帕爾德夫人，豈是容易接近的？你若能得他的歡心，他的勢力大呢，甚麽事都能替你辦得到的。聽道亦爾的語氣，簡直把席帕爾德尊爲第二個上帝了。他並教我許多的方法，如何與富人周旋應對，聽著到也覺得盡縱横迎合之妙。我聽著只是不開口，等他説完了，我從容的對他説道：「你知道麽，我比席帕爾德夫人還要富呢。」他聽了，怔了一怔，隨説道：「那麽我失敬了。」我説：「這也無妨，總是你的好意。」我想，這丫頭未必信我的話爲真實，知道我是和他説笑話的。

這天晚上，我坐一部汽車，直開到五馬路一座高大的鐵花門下，投進名片，就有一個女書記，招待入客室，然後主人夫婦出見。他們都有五十歲光景，樣子很樸實。我看他家屋宇陳設，也没有甚麽格外奇麗，和普通上等人家也差不多。一二分鐘裏，男女客已陸續到齊。進膳時，有幾個著禮服的俊僕伺候。我每日在旅館裏用膳，也是如此，並且還有音樂呢。飯後，席帕爾德夫人談起罷工的事，很爲憂慮，這當然是資本家的唯一苦惱了。我首先告辭出來，回到旅館，和些熟朋友談笑，比在他家快樂得多呢。據他們説，席帕爾德夫人曾捐巨款，給兵士及水手造一所藏書樓，所以馬路上的兵士水手看見他都行禮的。他嫁時，已過了四十歲，不能生育，有四個兒女，全是承繼的。因爲他太富，別人不便先開口向他求婚，他便先向男子求婚，這是仿英女皇維多利亞的先例呢。談了一時，我就歸寢了，但是想起貧富的階級來，我很有感慨。我曾在跳舞場裏認識一個人姓湯姆的。中國人的習慣，交友之初，便把姓名、住址、年歲、籍貫、職業，探問的清清楚楚。這原是個好法子，但在外國人，就認爲冒昧。有一年我還未到外國去時候，遇著一個外國人，我就如法探問。他説：「你問話像律師一樣。」我受了這個教訓，以後便不敢冒昧了。我跟湯姆常常跳舞，也不過是逢場作戲，除了互通姓名之外，也不作深談。有一天，他説：「我猜你的地位很高，我不敢瞞你，我是個工人。你須酌量，要是你的富貴朋友知道你跟我來往，他們就不跟你來往了。」就連這個跳舞場，也不是上等地方，全是窮人來的。」我答道：「我並不是勢利人，別人的富貴，與我何干？況且我是經濟獨立的，不靠別人爲生活。」他説：「你既不怕，我便心安了。」常常在跳舞後，他請我喫茶點，或喫飯看戲，每次花幾塊錢。我著實感謝他，因爲我知道他的進款很小。我要知道他的程度如何，我就要求他寫一封信給我，居然寫的很好，比那些吹牛的大人物寫的信，還好的多呢。有一天，他又約我跳舞。我說：「對不起，我已被別人約了。」他問：「是何如人物？」我說：「是某銀行總理。」提起這個人來，我始終莫名其妙。他姓貝士林，又有時姓貝士利子，據説是某銀行總理，塞爾維亞（就是這回歐洲大戰導禍之源的塞爾維亞）首相的姪子。他和我同住在一個旅館，旅館的日報也曾紀載過他的歷史。後來我聽説，他不過是本埠某銀行外國滙兑部的一個退職經理。我問他：「爲甚麽姓名前後不同呢？」他説：「我們本國文字與英文不同，第一次拼音揀定了一個字，以爲不妥，後來又改良了一點的。」這天在跳舞場裏遇見湯姆，他依然很和藹的，與我握手爲禮。我本想散會之後尋他談談，因爲每回他在跳舞場裏和别的朋友跳舞，看見我來了，就捨了他們來陪伴我，散會後且送我回寓。所以，這天我必須周旋他。無奈我的記性太壞，散會時偏偏的忘記了。我很想見面時道歉，然而從此就没有見面。我屢次仍到這跳舞場來，再也遇不見他，他是從此絶跡了。在形跡上，顯見得我得了富朋友，就立時捨了窮朋友，但我並無此心，然而無可辯白，就連自問，也不肯恕我自己。從此我也没有再和貝士林來往，可是要想補過，也來不及了。

這天晚上，接到由中國寄來的報紙，拆開看看，國事幾乎糟的不可救藥，紛亂如麻。我看看都煩厭了，爲甚麽那些搗亂的人，却興高采烈，永遠没有倦厭的時候呢？我真佩服他們的精神。再看看所紀社會的方面，正在那裏驅蠅、滅蚊、防疫，種種的忙碌。唉！我自别故國以來，久已不見蠅蚊，早已把他們忘記了，看見寄來的報紙，纔又想起來。我年來旅居繁華世界，别人猜我酒緑燈紅，樂不思蜀了，誰能知道我家國的隱痛，已是痗心刻骨呢〔八〕？人家以我爲女子，故對我格外的客氣；又見我表面上的奢華，或者又有幾分勢利的眼光看待我。然我尚經過許多的感觸，那些清寒的中國男學生，所受的激刺當更深了。我曾聽見一個官僚對我説，外洋回來的留學生，多有神經病。唉！何不想想，爲甚麽單單的留學生善病？其中必有致病之因呵。我在中國時，曾寫過一封信給一個最有權力的人，説當代政界諸公不解西語，不與外人交際，所以没有國際的感觸，世界的眼光，只知道在家裏關起門與同胞互争雄長。他日出門一步，遇見外人，纔知道我國的地位，在世界上卑微到何等！感觸有多深！諸公固然自己身受不到的，但是既有了錢，諸公的子孫，必然讀西文，出洋留學，必有與外人相處的時候。就是不出洋，世界交通，西力東漸，華洋的交涉，逐日的繁密，也無可避免。諸公何不捐除私鬥，共救國家，爲後世子孫做人的地位呢？我這話真可謂流涕陳詞，言盡於此了。提起國家事的事來，來日大難，我這枝筆也不能再往下寫去了。

【箋注】

〔一〕本文是迄今爲止所發現的作者唯一一篇用白話文寫成的文學作品。作於第一次遊學美洲之時，當在一九二二年夏秋之際，連載於一九二三年三至四月上海出版的半月雜誌第二卷第十二號至第十五號，署名聖因女士，各本均失收。碧城歐美之光有云：「予昔年寓紐約 Hotel Pennsylvania，乃世界最大之旅館，廣廳坐客盈千。」所叙與本文所記正相契合。

〔二〕匹特斯伯爾格，今譯匹兹堡，美國東部城市，著名鋼鐵工業中心。

〔三〕三海，在今北京故宫、景山西側，遼始引玉泉山水匯爲池沼，舊稱太液池。池跨長橋，東西峙華表，東曰玉蝀，西曰金鰲。橋南爲中海、南海，橋北爲北海，合稱三海。按，「總統」指馮國璋。吴宓空軒詩話：「民國七年，馮國璋爲代理大總統，入居北京新華門内之公府，乃以三海之魚出售獲利。美國公使購得，特爲送還。報紙喧傳，中外騰笑。」

〔四〕程芙亭，清浙江上虞人，副貢徐虔復妻。著有綠雲館吟草一卷，後附賦文三篇。

〔五〕金鬟婑媠，髮式美好入時貌。列子楊朱：「穆之後庭，比房數十，皆擇稚齒婑媠者以盈之。」

〔六〕費立戴立費亞城，今譯費城，美國東部重要港口城市。工業發達，尤以造船和石油加工業聞名於世。

〔七〕大馬路，鄭逸梅上海舊話二：「談到南京路，本名花園弄，俗稱『大馬路』。」

〔八〕痗心，傷心。韓維再繳納舉臺官敕劄子：「此臣所心痗心疾首，爲陛下深憂也。」

致王鈍根書〔一〕

病中輟學，蒙贈之禮拜六多卷〔二〕，前因恐傷目力，閱未竟而束之高閣者，乃復取而讀之，益觸鄉思。病榻無聊，悽絶家國身世之感，而枕旁之電話，尚繹絡而鳴，乃諸報館訪員之欲謁見者，已一概謝絶。雖病決不就醫，生死一任天命。老友知我，當不訝此言也。

此間戲園及電影，每暴揚中國社會之劣跡醜態。中國在世界之價值，亦已掃地。城與西友談及，輒極力辯白，然口談無益，現正設法運動美國官場，冀禁止之，不審有效否。前在華盛頓，曾謁中國公使，希談此事，彼竟搭官僚架子，拒而不見。試問彼於外交界能靦顔驕傲否？在外人眼中視之，能與他國各公使平等否？彼居美國，於國恥而熟視無睹，且對本國人搭架子，其腦筋簡單，不受激刺之能力，令我佩服。紐約屋宇高摩雲漢，入夜華燈億萬，照耀如銀海。此等繁華社會中，茹苦含酸之儔正復不少，譬如醇酒美羹，常食酸索。居滬時曾於樓窗望對面各家屋宇，得詞句云：「幾處紅樓燈影，不知誰最愁濃。」賴此意也。鈍根先生足下。碧城手啓。七月二日。

【箋注】

〔一〕本文録自一九二一年禮拜六雜誌第一二二期，原題作美洲通訊，署名吕碧城女士。兹據文體改。王鈍根，嚴芙孫民國舊派小説名家小史：「王君鈍根，名晦，字耕培，江蘇青浦人，爲古文家王鴻鈞先生之孫。幼穎悟，一目數行俱下。十歲時即喜閲小説，凡舊小説幾無不覽，被祖摧燒，則大憤。長在故鄉創自治旬報，時同鄉席子佩主申報，聞君名，延爲編輯，手創自由談，爲各報小品之先進。識拔少年人材，均爲今日小説名家。君生平編輯工夫多而著述工夫少，然暗中爲人潤色，所費工夫，無人能知也。嘗輯自由雜誌、游戲雜誌、禮拜六等小説刊物，而禮拜六尤膾炙人口，輯二百期，風行一時，推週刊中之巨擘焉。」

〔二〕禮拜六，民國初年的文學週刊，一九一四年六月創刊於上海，每逢星期六出版，一九一六年四月停刊，一九二一年三月復刊，前後共出二百期。編者王鈍根、孫劍秋、周瘦鵑。其作品主要傾向是暴露社會的黑暗，軍閥的横暴，家庭的專制，婚姻的不自由等，亦不乏描寫才子佳人的哀情故事，時人以「卅六鴛鴦同命鳥，一雙蝴蝶可憐蟲」嘲之，將這類作家冠名鴛鴦蝴蝶派。

墮樓記〔一〕

記者自抵紐約，迄今七匝月，時留心觀察此邦之風俗，及國民之特性。報紙所載痴兒女之殉情者，數見不鮮。今日一慘劇，爲記者所目睹，且爲同寓之客，爲之震駭感歎，徬徨不寧者終日，爰記之如左：

紐約七馬路三十二號街，有世界著名最大旅館，曰潘斯樂維尼亞者（Hotels Pennsylvania），巍然矗立，與潘斯樂維尼亞鐵路車站相對，館之命名以此。本年六月十四日正午，初夏之日光，熊熊然照耀廣衢，行人及車馬往來，如萬蟻蠕動，忽一人由旅館第十七層樓窗躍墮於地，斷脰糜軀，慘不堪視。霎時數千人麕集，婦女見之，驚駭呼號，間有暈到者。警察以車載尸去，觀者漸散，猶有數百人圍立，哆口瞪目，注視於地。蓋地上鮮血汪然，其面積約五尺有餘云。旋有警察偵探等入其寢室檢閱，見几上聖經夾有一箋，作散漫之書曰：「我想錫麗，余腦中何如此有異。此事暴裂於今晨，但余愛錫麗。」錫麗乃女郎之名，彼書此「麗」字最末一畫下垂，爲未竟之筆。可推知彼未竟其書，即趨往窗前，蓋恐稍一遲迴，失其勇氣，而不克成其死耳。几旁雪茄半支，餘烟猶裊而未燼，滿地皆紙烟灰及雪茄殘燼，牀鋪整齊，夜間未曾就寢。據旅館執事云：「其人於先一夕簽名賃屋，當時無可疑形跡，但所簽者，非真姓名，蓋賃此屋專爲自殺之用。」警察於其衣袋中覓得信函數件，名爲凱而克慕爾（Kirk Moares），年約二十五歲，身着禮服。聞其人死後，該女郎名錫麗者，曾往其寢室察視，態度如何，則未詳云。

【箋注】

〔一〕本文録自一九二一年七月十一日申報，署名聖因。

旅美雜談一〔一〕

美國公立小學校，兒童概可免費入學，即書籍亦由校備置，讀畢還之而已。夜學雖於成丁之人，亦有不收費者，間有數州高等學校亦可自由入學。其教育普及之盛，爲世界冠。

凡文明開化之國，皆禁重婚，犯之爲罪人，曰 Bigamist。吾國現行法律，亦禁重婚，但娶妾不以重婚論，然妻妾之别，僅名目耳。有婚姻之實，無婚姻之名，而曰非重婚也，此等滑稽法律，不堪爲外人道。文王百子〔二〕，晉武帝後宮萬人〔三〕，寧非歷史之污點，然猶可曰古代思想未開也。今則世界交通，他國皆同，而我猶異，此例不革，欲人之不以野蠻視我，烏可得乎？一美人問余曰：「中國總統有幾妻？」余答曰：「一耳。」曰：「無所謂第二、第三者乎？」余曰：「無之。」曰：「袁總統子女極多，皆一妻所出乎？」余曰：「乃其原配與繼配之妻所出。」曰：「二年前見香港報記袁總統元配寡妻逝世，可證明袁生存時，並未喪偶。」余窘甚，惟答之曰：「彼乃其離婚之妻耳。」問者睨余微哂笑曰：「外交家。」

美國尚自由，然男女間之别嫌明微則至嚴，不似過渡之中國，每濫無限制也。旅館中除眷屬外，男客不得入女客室，女客亦然。餐館中兼跳舞者，女子無男子護衛，不得入。一美國女子欲登告白於報曰，一少女欲教授英文於外國人云云。報館拒之曰：「不得稱少女，且須言明只招女生。」女曰：「不言年少亦可，惟生徒則男女並教。蓋外國婦女多不營商業，不習英文，故余之招生徒，意在男子云。」報館卒不之許。

凡公共場所多禁婦女吸烟，然並無明文標示，惟見之輒加勸阻而已。六月二十日，下院議員保羅約翰生提議：凡婦女於公共場所吸烟，第一次犯者罰洋二十五元，再犯則每烟一支，罰洋一百元，地主亦受同等之罰。所謂公共場所者，爲大餐間、飯館、升降梯、街車、載客之公共車、戲園、車站、待客室等，以及公司行所，其主人任容婦女吸烟，皆受相等之罰。約翰生氏之言曰：吸烟之弊，甚於飲韋司忌酒，能弱種族，於婦女尤損其人格之高尚，令人失敬。約翰生氏自己不吸烟，而於男子之吸烟，苟非過度，不加反對云。記者按吸烟之弊，男女應同負責。若以禮貌論，謂女子對男子吸烟爲無禮，則男子亦不應對女子無禮。每見男子對女客談話時，吸巨大之雪茄，雖謙遜者，或先請示，而女客固無不准之者。並於男女並集之公共場所，任意吞雲吐霧，且爲置巨缸承其餘燼，殊非公允之道。余嘗與美友論及，彼等無以難也。

記者慕合衆國之文明久矣〔四〕，曩以執教鞭於檀山〔五〕，未獲至新大陸一游。頃值暑休，遂由檀山赴舊金山，過詩家谷〔六〕，東行抵波士頓，南至紐約，入美京華盛頓。復由華盛頓回詩家谷，南行至紐倭倫、愛而泊素〔七〕，迤西至樂安集〔八〕，還金山，計游行約五千英里有餘，時閱二月之久。所歷大小市鎮不下十數，於合衆國之政治、教育、風俗等偶有聞見，即拉雜記之。管窺蠡測，或亦閱者諸君所不棄也。

記者一月前曾舉美國西部排日問題之情形，告諸閱報諸君矣。此事之重要原因，純屬種族問題。美人對他種人本一視同仁，惟日人在加利福尼亞州之人數，幾有方興未艾之勢，加以購地置産，作終老計畫者，亦日漸增多。美人遂提出排日議案，前此惟加州一處而已，近則尼注達、華盛頓州等相繼而起〔九〕，均已將排日議案通過。加州之房屋出租界者，其租條上且有謝絶日本人字樣。前月復由加州議會通過徵收外國人人頭税法案，凡外國人居住加州者，每年徵租十元，須先向移民局報名注册，經過若干時日若來報名，即得捕送法庭，照違反州法，科以監禁罰金。他國人均紛紛注册，惟日人刻下尚未報名，謂據美日商約有不得任意科税之條，已轉請駐美日本人大使幣原氏向美政府抗議。至華人方面亦視日人之行動爲轉移，亦已由領館轉華盛頓我國使署商議辦法。美人報紙則謂若至七月十五日後未注册者，均得依法辦理。此事結果，尚不得而知，然亦吾人應注意之一事也。

【校】

自「記者慕合衆國之文明久矣」至末尾二段，申報無。

【箋注】

〔一〕本文録自一九二二年第十二卷第八期地學雜誌，又刊於同年八月十一日申報，均署名吕碧城。

〔二〕文王句，謂文王有子多達百人。詩大雅思齊：「大姒嗣徽音，則百斯男。」毛傳：「大姒，文王之妃也。大姒十子，衆妾則宜百子也。」封神演義第二十二回西伯侯文王吐子：有贊爲證：「漫道姬侯生百子，名稱雷震豈凡夫。」

〔三〕晉武帝句，太康二年三月晉武帝司馬炎「詔選孫皓妓妾五千人入宮」（晉書武帝紀），後宮掖庭殆將萬人，而並寵者甚衆。

〔四〕合衆國，指美利堅合衆國，簡稱美國。

〔五〕檀山，全稱檀香山，又名火奴魯魯，即美國夏威夷州首府，以風景優美著稱，旅遊業爲城市支柱産業。

〔六〕詩家谷，今譯芝加哥。美國第三大城市，位於密歇根湖的南部，是美國最重要的文化科教中心之一，旅遊勝地。

〔七〕紐倭倫，今譯休斯頓。美國德克薩斯州最大城市，位於得州東南墨西哥平原北部，是美國重要的國際金融貿易中心。愛而泊素，今譯埃爾帕索。地處德克薩斯州最西端的邊境城市，隔格蘭德河，與墨西哥華雷斯城相望。

〔八〕樂安集，今譯洛杉磯。美國第二大城市，位於加利福尼亞州西南部，瀕臨太平洋，是美國西部最大的經濟中心，文化和教育事業非常發達。

〔九〕尼注達，今譯明尼蘇達，美國中部之州，北接加拿大曼尼托巴和安大略省，東臨蘇必利爾湖，隔密西西比河與威斯康星州相望。

旅美雜談二〔一〕

美國時令可謂不分冬夏，雖隆冬亦飲冰水，各餐館中之玻璃杯，必置冰一塊，無冰者不飲。夏季，婦女御皮圍領者，十人中必見二三。本年夏季以酷暑聞，報紙載受暑死者多人，然余實未覺暑熱，殆所謂瓊樓玉宇，高處不勝寒耶〔二〕？本年二月間，大雪爲數十年所未有，自綺麗之紐約城，頓成冰天雪窖，一日之間，掃雪者一萬六千人，皆上等人士，非奴僕也。手鑽戒而胸金表，烏衣楚楚，面色爲嚴寒所迫，緋若桃花，荷鋤握鏟，點綴於一白無垠之地，天然絶妙之雪景也。

余自抵此邦，久不見蚊蠅及赤膊之人，污穢之區，或有蚊蠅，若赤膊之人，恐窮三〇〇，〇〇〇方里，及一〇〇，〇〇〇，〇〇〇之人口，不得其一焉。蓋余自舊金山搭火車至紐約，行四晝夜有餘，所經村野之區，亦饒興味。農民大抵居木板或鉛皮之小樓，髹漆雅潔，衣冠雖不若居城市者之美，亦完整無缺。婦女多縞衣茜裙，楚楚娟麗。草場碧膩，植以果樹，霜紅之實，散落滿地，遠望如錦茵。舍後置風車（Windmill）一具，聳然孤立。凡此皆農家，若以油畫寫之，余尚能追摹其風景也。

赤膊婦女可見於晚舞會、跳舞場等，輕綃一幅，僅束其胸。背膊幾乎全袒，顯其玉雪，如洛神賦所謂「皓質呈露」〔三〕，非若吾國之車夫苦力、赤膊如醬鴨也。日間街衢往來之婦女，衣裙極短小，袖不蔽肘，裙僅及膝。自矜時式，似欠雅觀。殆文極而野歟？

每年之節令，兹按月臚舉如左：

一月一日新年。

二月十二日，總統林肯氏（Abraham Lincoln）之生日。此節令但北方各州遵行。南方各州不承認之。蓋林肯乃釋放黑奴之偉人，殺身成仁者。南方則曾售賣黑奴者也。

十四日，愛情節（Valentine），是日傳寄情書，用印就情話之片，不署姓名，使猜度爲何人所寄。若情人太多，不能猜度爲何人者，則可證其愛情不專。

二十二日，第一代總統華盛頓之生日。

五月三十日，追念國殤之日〔四〕。

七月十四日，開國紀念日，即宣佈獨立之日。

九月勞工日，無定期。每九月中第一次之禮拜一。凡因暑假休息者，是日後，逐漸開工，照常營業。

十月十二日，哥倫佈尋見新大陸之日。

二十七日，第二十六代總統羅斯佛勒特（Roosevelt）之生日。

十一月，秋季選舉之日，每於第一次之禮拜二，舉行之。感謝上帝日，每年十一月中最後之禮拜四，舉行之。

十二月二十五日，耶穌聖誕。

【箋注】

〔一〕本文録自一九二一年十二月三日申報，署名吕碧城。

〔二〕殆所謂句，蘇軾水調歌頭丙辰中秋歡飲達旦大醉作此篇兼懷子由詞：「我欲乘風歸去，又恐瓊樓玉宇，高處不勝寒。」

〔三〕皓質呈露，此謂肌膚潔白，顯露在外。曹植洛神賦：「延頸秀項，皓質呈露。」

〔四〕國殤之日，此即美國陣亡將士紀念日。

旅美雜談三〔一〕

紐約繁盛，汽車之多，較滬上奚止十倍，然傷人之事，則不多見。其開駛之度甚緩，不與步行者爭先。余初抵紐約，見汽車之多，頗形畏懼，每爲同行者所訕笑。又每當橫越馬路時，見汽車至，則佇立以待。汽車夫每揮手令余先行。一日，於街心下電車，而往來汽車擁擠，無路可避，乃佇立不動，惟舉手以示之。一汽車夫顧而笑曰：「汝何用舉手，吾有目在，固不汝傷也。」余嘗歎曰：設滬上皆爲西人，而無華人者，敢斷言汽車開駛決不橫肆，蓋華人之生命賤，盡可蹂躪之耳。然開車者，大抵皆華人，華人而自賤其同類，夫復何言？

諺云「入國問禁，入境問俗」，誠爲旅行者所當注意。紐約地底火車榜曰：「唾痰於車中，罰洋五百元，或監禁一年，或罰款與禁錮並行。」設有外人不識英文者，因唾痰被此重罰，豈不冤煞。

每入街市，輒生兩種感慨，一則往來行人，皆衣冠齊楚，微論無袒背跣足者，即求一敝衣垢面者，亦不可得。（有之惟泥水匠、漆匠等，皆携其所用之器用衣服，手臂爲泥水顔料所染。又常見大學中國畫教員，授課時著白布，外衣爲顔料所染，雜色斑斕，狀若污垢之工人）回憶故國每值暑季，販夫走卒，多赤膊跣足，即店鋪中之商人，亦成群袒背，密如肉林，極不雅觀，彼等居之自若也。此間街市，但聞車聲，不聞人聲。法律固不禁行人之談笑，且路旁多花圃草地，備置長椅，任人憩息閲報。顧行者坐者，皆守静默，不若中國之市聲，雜以喧嘩也。設有外人初入中國境者，但就耳目所及，已概其餘，不必調查探訪而始知其真象，此爲有志改良社會者所應注意也。

余嘗詢一美人（其人曾游中國），此間以何銀行爲穩妥。其人笑曰：「無不妥者。汝以爲若中國之銀行耶？此間銀行等皆在强有力之政府管轄之下，必須有確實擔保物産（Security），其值且須過於收入民間之款，及發出鈔票之數，方准其開設，此乃大概情形。至於法律保障之嚴密，則非局外人所能詳述」云云。所聞如是，未知然否。

繁盛之區，每爲罪惡淵藪。紐約爲北美第一巨鎮，各國人士麕集，多於土著。其言語文字之不同者，有二十六種。其複雜情形，可以想見。而盜賊極夥，且多衣裝整齊、容貌文秀之人。某女客曾與余同寓一旅館，睹余之彩繡中國衣而艷羨之。一夕叩余室門求視，余拒不納。而偵探之耳目亦極靈敏，約十分鐘内，即來查問，且告余曰：「彼意在劫奪汝衣，吾將偵緝之云。」余嘗言吾華人道德甚高，盜賊皆未受教育之下等人，且必饑寒交迫，始鋌而走險；上等人之盜竊行爲，必惑於重利，不以區區衣物而喪失廉恥也。美人聞之，亦不以爲忤。

【箋注】

〔一〕本文録自一九二一年十二月五日申報，署名吕碧城。

【評】

一九二一年十二月十七日申報□修汽車緩行之必要：「昨讀吕君碧城之旅美雜談（見本月五號之自由談），而深慨夫吾華汽車司機之駕馭無術，自殘同類之可怪也。吕君之言曰：『使滬上皆爲西人而無華人者，敢斷言汽車開駛决不横肆，蓋華人之生命賤，儘可蹂躪之耳。然開車者，大抵皆華人，華人而自賤其同類，夫復何言？』斯言也，吕蓋目擊滬上汽車之控縱如飛，風馳電掣，不以行人之危險爲意，往往釀成撞壓之禍，而不謂適彼樂土，所見乃與吾華迥不相侔，遂不禁下筆之沉痛也。」

旅美雜談四〔一〕

紐約游覽營業亦頗發達，備有各種車船招攬游客，講演員陪行指示，不憚其詳。一日，余乘汽船游覽各海港，經過高大之鐵橋數重，其建築費數百萬或千萬不等。美之富力，令人驚歎。舟行數小時，值大霧，景物隱約，令人倦厭。抵岸時，跳板甫放，余即躍登，顧板未落定，致被纜索連板及余拖載而過。幸余立穩未踣，船主驚呼曰：「萬能之上帝，汝不能等待耶（Good god almighty, can't you wait）！」聞者皆笑。蓋其語甚趣，猶如吾俗，情急則呼「菩薩祖宗」等是也。同游之客某君語余，彼有友爲兵艦人員，當庚子拳匪之亂，兵艦六艘，英、法、美各二，直駛揚子江。江中某處民船甚多，頭尾啣接，以千百計，蓋皆終年以船爲家者。兵艦人員指揮，令其移避，不惟言語不諳，且倉卒間無處可移，各兵艦乃直駛而入，悉衝毁之，破裂聲及啼哭聲，一時並作，情景甚慘。此乃該艦員所目睹，而述之於某君者。某君語余時，余噭然曰：「萬能之上帝，彼不能等待耶！」某君鼓掌，贊余引用之巧妙。此亦拳亂時一軼事，殊可憫也。

北京、上海等處之外國飯店，亦有專營遊覽事業者，但皆外人所辦，吾華人曷自謀之。

【箋注】

〔一〕本文録自一九二一年十二月十二日申報，署名吕碧城。

旅美雜談五〔一〕

余過火奴魯魯時，游博物院，見棕色及黑色種人模型，所居爲茅舍，以手掬飯，而食列於動物部中，頗爲感歎。造物不仁，既生人類，何又區别以顔色，遂於世界人種中多生階級。殆抵紐約，見黑人尤夥，約占白人中十分之一，皆充僕役，然局面較優之場所，則擯而不用。如余所居之潘斯樂維尼亞旅館，僕役千餘人，皆白種，無一黑者，而餐館、戲園、跳舞場等，則絶無黑人踪跡。美國餐館，大抵備工商人等於每日職務畢後就餐之所，或因離家太遠，或家中本不炊爨，故一出店門，即就近入餐館果腹。館中皆雜座，每多人共桌而餐，不似中國菜館專爲宴會之用，非偕往之友，不同席也。然黑人亦皆工作，無餐館可往，必感不便。余嘗邂逅一律師，因詢其故，據云如黑人往餐館，而館中不納者，按律罰洋五十元，可知法律平等，而彼等自不肯往耳。哥倫比亞大學中亦有黑種學生，蓋亦有教無類之旨。校中有膳所，爲寄宿學生之用。復另有餐館，售座於走讀之生，上午之課，至十二點半始畢，而午後一點半，又開始授課，則走讀之生，離家稍遠者，必就餐於館中，然平時未見有黑人踪跡。一日，余到館稍遲，座位已滿，僅餘一桌，可坐四人，爲一黑女所據，因思彼雖黑，安能浼我，不妨同座。忽忽餐畢，離席付賬，見後至者覓座不得，寧佇立以俟，不肯入黑女之席。自是日後，該黑女亦永不再至矣。余於該處逐日與白人雜座，尚未遭以黄種見擯，且或與我攀談。自念若面色再加深一層者則殆矣。火車電車中，則黑白雜坐，據云，美洲南部火車及電車中，特設三座於後列，爲黑人之用。

僑民入籍法，一爲公民之權利（The Privilege of Citizenship），二爲投票權（The Right to Vote），須二種紙單，一爲請願入籍書，二爲許可書，必繼續居住美國滿五年後，始得批准。其人必須只有一妻，公民權利由國家授與，投票權則授自地方。

除不得爲總統外，其他權利皆與本國人民相同。誕生於美國土地者，亦得入籍。但中國、日本、高麗之人，無論誕生於美境，或居住滿五年後，均不得入籍。其格於黄、白之種界耶？然印度人，除居處安其故習及不納租稅外，且得入籍。其殆畏黄種之侵略（如柯利福尼亞州之不許日人置産即此意）及嫌其多妻主義歟？

【箋注】

〔一〕本文録自一九二一年十二月三十日申報，署名吕碧城。

横濱夢影録〔一〕

一九二二年四月，予由坎拿大附舶返華〔二〕，道出横濱，偕同舟美利堅婦女數人登岸遊覽。時英太子華爾士御駕將臨，通衢燈彩繽紛，如雲霞四泛，彌望無際。日政府爲特建行宫，鏤金鑿石，莊麗無倫。余等信步入覽，重闕排雲，華鐙奪月。晚妝倭婦，曳錦襜〔三〕，插步摇〔四〕，成隊出入於長墀曲檻間，氣象嚴貴，恍見東方古代文明，令人生異感。

方徘徊間，倏一少年趨前款客，衣歐式禮服，佩金章，綴以紅緞小纈〔五〕，儀止楚楚。予等告以停泊參觀，幸蒙不拒，復加引導，殊爲感謝。該少年操其倭音之英語，殷殷詢予行踪暨學業甚詳，予略答以肄美術於哥侖比亞，此行歸國而已。彼出其名刺授予，加注住址，諄以别後通訊爲請。予默念同來者衆，彼何不悉與周旋，而獨惓顧於予？詎所謂脣齒之邦，誼應親善耶？予年來浪跡天涯，盍簪之雅〔六〕，徧於各國，惟於東鄰缺如。此蓋因外交杌隉〔七〕，而私誼亦以隔閡。興思及此，不覺微慨。予等興辭，諸美婦中，惟一年長者與少年握手爲禮，餘皆避去。予僅頷首，亦即迅步趨廊外，少年則急引手穿檻花（時檻上徧置盆花），招予曰：「此别未必重逢，請一握爲幸。」予從之。塞德爾女士睨予驩然〔八〕，予亦匿笑，遂踉蹌出。登舟時，躡渡板，予投其名刺於海，默祝曰：「沉者自沉，浮者自浮，予某某，不友其讐。」

厥後遂忘之，迄今已二載。乃昨夜夢與家族聚處如舊時，篝燈閒話，其樂融融。忽一僮款扉，投以名刺，視之，則横濱所邂逅者。方詫愕間，僮復扛一巨簏入曰：「此某君所遺也，請檢收。」而箱面之郵券，及旅館之封標，皆來自東瀛者。啓之，内滿儲美術用品，尤以圖畫顔料、毛筆等居多。吾母頓嚴霜冪面，怫然曰：「不肖兒，予縱汝遊學，竟濫交若此！友及木屐兒耶？」予欲辯，而格格莫致一詞。家人環視，雖不明加指斥，但或努其脣，或嗤以鼻，鄙夷之情，有甚於語言者。吾母檢點各物，一擲之於地。一物一罟，而不或爽〔九〕，予惶愧無以自明。方窘迫間，工廠汽笛齊鳴，遂蘧然醒，如釋重負。追憶曩年情境，猶歷歷在目。横濱經地震奇災，全境陸沉，諒其人已罹此劫。

予今於寒雨瀟瀟之夜，濡筆爲記，白骨有知，於坼巖硝燼中，或亦破涕爲笑乎？嗟乎！人事滄桑，瞬息萬變，而余當日以國讎爲芥蔕，殆猶未參佛氏戒嗔之旨歟？中華民國十三年三月三十日，聖因書於滬西寓廬。

舊作浣溪紗一闋，移題此篇，似亦切合：

殘雪皚皚曉日紅，寒山顔色舊時同。斷魂何處問飛蓬。　地轉天旋千萬劫，人間只此一回逢。當時何似莫匆匆。

【校】

〔附舶〕社會之花第一卷第十期作「搭輪」。〔排雲〕同上作「凌霄」。〔款客〕同上作「招待」。〔惓顧〕同上作「注重」。〔驪然〕聚珍本、黄本作「輾然」，誤。〔遂忘之〕社會之花作「漸忘其人」。〔或爽〕同上作「或變」。〔嗟乎五句及篇末詞〕各本均無，據同上補。

【箋注】

〔一〕本文初刊於一九二四年出版第一卷第十期社會之花雜誌。横濱，日本最大的港口城市，神奈川縣首府，地處東京灣西岸。一八五九年闢爲通商口岸。一九二三年九月，曾遭受關東大地震嚴重破壞。

〔二〕坎拿大，即北美洲之加拿大。

〔三〕錦襜，錦製圍裙。爾雅釋器：「衣蔽前謂之襜。」郭璞注：「今蔽膝也。」

〔四〕步摇，婦女首飾。釋名釋首飾：「步摇上有垂珠，步則摇動也。」傅玄艷歌行：「頭安金步摇，耳繫明月璫。」

〔五〕小纈，指絲織花紋。玉篇：「纈，彩纈也。」

〔六〕盍簪，謂友朋聚會。易豫：「勿疑，朋盍簪。」王弼注：「盍，合也；簪，疾也。」陸德明釋文：「簪，虞作戠。戠，叢合也。」孔穎達疏：「羣朋合聚而疾來也。」唐彦謙留别詩：「西入潼關路，何時更盍簪。」

〔七〕杌隉，不安、危殆貌。書秦誓：「邦之杌隉，曰由一人。」

〔八〕囅然，左思吴都賦：「東吴王孫囅然而咍。」李善注：「囅，大笑貌。」

〔九〕或爽，損傷。方孔炤周易時論合編卷八：「不以寒暑霜露或爽其質。」

【評】

社會之花第一卷第十期編者按：女文豪呂碧城的著作，向不輕易示世，現在有她的横濱夢影録，記與某國人一段關係，笑話百出，而吕女士的愛國心，尤足欽敬。

説舞〔一〕

跳舞爲國粹之一，非僅傳自歐美也。吾國文化之興，基於六藝〔二〕，而樂與焉。樂與歌舞常相互爲用，見禮記及各經傳。周禮所謂「樂師掌國學之政，以教國子小舞」，「春夏習干戈，秋冬習羽籥」等，皆以舞列入學科之明證。八佾兩階〔三〕，爲廟堂祠享之用。又祭祀則鼓籥之舞，賓客享食亦如之，是且推行於宴會間矣。至若祖逖聞雞〔四〕，項莊拔劍〔五〕，幾於人盡能舞，非僅樂師伶工之專技也（今人不自習舞，而以舞爲倡優之技，誤矣）。且用之於喪葬者，見山海經「形天與帝争神〔六〕，帝斷其首，葬之常羊之山，操干戚以舞〔七〕。」此與埃及之死舞，同爲世界最古之發明，亦可異也。

西舞輸入中土，當在唐代。白居易樂府胡旋舞云：「天寶末年時欲變，内外人人學旋轉。内有太真外禄山，二人最道能胡旋。」按今之 Waltz 譯爲旋轉舞，當即爾時楊妃所習也。

歐洲跳舞，導源於古代希臘、羅馬，普徧於近世各國。其中以西班牙、俄羅斯人擴充而發展者爲最多，約略舉之，如 Gavotte, Polka, Menult, Mazurka, Bolero, Habanera, Schottische, Fandanco, Chica, Folias, Jota, Rheinlander, Tyrolienne, Aragonesa, Seguidilla, Zapateado 等。有名目相同而步法略異者；有名稱雖異而步法略同者；有由一種內而截取之，別爲一名者。紛紜變化，不勝詳究。但簡單分之，一爲古式舞 Classical Dance，一爲時式舞 Modern Dance，即 Waltz, Fox-Trot, One-Step 等。One-Step 本由 Two-Step 脱胎而出，現偶有人仍稱之爲 Two-Step 者，實則 Two-Step 現已爲過去之陳跡矣，但有一種步法散見於各跳舞中，仍稱爲 Two-Step，此僅爲一種步法之名稱，而不得成爲一種具體跳舞之名稱也。一爲戲臺舞 Stage-Dance，此本以古式之精神，成爲演劇之舞，如 Toe-Dance, Ballet, Fantasia 等。一爲唐鈎舞 Tango，以演劇之姿勢，而又可二人合舞，適社交之用，但其步法繁多，約百餘種，練習不易，即習得數種，亦難遇舞伴。試觀跳舞場中，演唐鈎者，幾於各自爲式，難睹相同者，繁複可知。其導源則由於俄之 Karsavina, Powlow 等舞。此外尚有一種東方舞，即 Oriental Dance 乃吾國之古技流傳於西土者，姿式極優美，詩所謂「蹲蹲」、「僛僛」[八]、「手舞足蹈」，禮所謂「旅進旅退」[九]、

「憲左致右」〔一〇〕、「俯仰屈伸」、「發揚蹈厲」，猶可想見及之。又西方多徒手舞，用器舞則創自東方。上古執羽籥，秦漢以後多用劍，如項莊舞劍，公孫大孃舞劍器等〔一一〕。今西方之劍舞曰 Fence。

至以服裝及姿式而别之者，則有假面跳舞 Masquerade，在吾國古時名之爲儺，帶獰惡之假面具，以狀疫神，即此類也。尋常跳舞，以雅馴爲度。若身體爲過分之搖顫，名爲 Shimmy Dance；或衣極短小，儼如裸體，名爲 Hawaii Dance。美國跳舞列警察範圍之内，Shimmy Dance 及 Hawaii Dance 爲警律所禁，犯者拘捕。

右所述各種，以時式跳舞 Waltz, Fox-Trot,One-Step 三種最爲普徧適用。按以音樂之節奏 Tempo，則 Waltz 宜用四分之三拍子，Fox-Trot 四分之四，One-Step 四分之二。然拍子之緩急可以變用，其中最易者爲 Waltz，因其步法均匀而不繁變，間有繁複者，非常例也。One-Step 則至簡單，所難者惟迅速耳。Fox-Trot 步法較繁，然緩而易舉。或謂 Fox-Trot 爲美利堅人所創行，余留學北美時，嘗聞其始爲北美土人（紅色種人）所發明，歐人渡美後，見土人所爲而悦之，效其法而成此式。然其步法中，固有各種古式演繹混合而成。總之，人類無分文野，本天性而發爲歌舞，則同也。惟文明愈進，則跳舞愈成爲嶄然有統系之儀式。迂拘者目爲惡俗，每禁戒其家屬，勿事學習，此無異哀樂發於心，而禁其啼笑。拂人之性，古聖不取。舞之功用，爲發揚美術，聯絡社交，愉快精神，運動體力。若舉行於大典盛會，尤足表示莊嚴，點綴昇平景象，非此幾無以振起公衆之歡抃也〔三〕。

【校】

〔相互〕原作「相輔」，據一九二三年十一月十日申報跳舞與文明之關係改。〔劍舞曰〕同上申報跳舞與文明之關係作「劍舞名爲」。〔雅馴〕同上申報作「文雅」。

【箋注】

〔一〕本文最初分上下兩篇刊於一九二三年十一月十日、十一日申報自由談，題作跳舞與文明之關係，署名吕碧城女士，當作於是年歸國後不久，又刊於一九二八年十二月紫羅蘭第二卷第十八號，題作説舞。

〔二〕六藝，一説指禮、樂、射、御、書、數；一説指易、詩、書、禮、樂、春秋。周禮地官保氏：「保氏掌諫王惡，而養國子以道。乃教之六藝：一曰五禮，二曰六樂，三曰五射，四曰五馭，五曰六書，六曰九數。」韓愈送孟東野序：「凡載於詩書六藝，皆鳴之善者也。」

〔三〕八佾，古代天子所用之舞樂。起舞時，八人爲一行，稱作一佾。八佾即八行，六十四人，爲天子專用。論語八佾篇：「孔子謂季氏，八佾舞於庭，是可忍也，孰不可忍也？」朱熹集注：「佾，舞列也。天子八，諸侯六，大夫四，士二。」

〔四〕祖逖聞鷄，晉書祖逖傳：「祖逖字士稚，范陽遒人也。……與司空劉琨俱爲司州主簿，情好綢繆，共被同寢。中夜聞荒鷄鳴，蹴琨覺曰：『此非惡聲也。』因起舞。」

〔五〕項莊拔劍，史記項羽本紀：「范增起，出召項莊，謂曰：『君王爲人不忍，若入，前爲壽，壽畢，請以劍舞。因擊沛公於坐，殺之。不者，若屬皆且爲所虜！』莊則入爲壽。壽畢，曰：『君王與沛公飲，軍中無以爲樂，請以劍舞。』項王曰：『諾。』項莊拔劍起舞。」

〔六〕形天，古代神話傳説斷首之天神。陶潛讀山海經詩：「形天舞干戚，猛志固常在。」形，通「刑」。一説，形天當作「形夭」，即形殘意。淮南子地形篇正作「形殘」。

〔七〕干戚，指古兵器盾與斧。古武舞有操之而舞者，稱干戚之舞。禮樂記：「執其干戚，習其俯仰詘伸，容貌得莊焉。」

〔八〕蹲蹲，起舞貌。詩小雅伐木：「坎坎鼓我，蹲蹲舞我。」毛傳：「蹲蹲，舞貌。」僛僛，醉舞貌。詩小雅賓之初筵：「賓既醉止，載號載呶。亂我籩豆，屢舞僛僛。」毛傳：「僛僛，舞不能自正也。」

〔九〕旅進旅退，同進同退。禮記樂記：「今夫古樂，進旅退旅，和正以廣。」鄭玄注：「旅，猶俱也。俱進俱退，言其齊一也。」

〔一〇〕憲左致右，支起左腿而右膝跪地。禮記樂記：「武坐致右憲左，何也？」鄭玄注：「言武之事無坐也。致，謂膝至地也。」

〔一一〕公孫大孃，唐開元時教坊著名舞伎，善舞劍器，技藝精湛。張彦遠歷代名書記吴道子：「時又有公孫大孃，亦善舞劍器，張旭見之，因爲草書。杜甫歌行述其事。」

〔一二〕歡抃，歡欣拍掌。薛逢元日樓前觀仗二首之二詩：「欲識普恩無遠近，萬方歡抃一聲雷。」

在寰球中國學生會演講詞〔一〕

我今天是來聽江博士演説的〔二〕。博士到杭州去没有來，敏於先生要我演説，我没有預備，並且身體不大舒服，現在隨便把我旅美得到的見聞説幾句。

我們没有出過國門，不知道世界各國對於吾國是什麽樣的。我在美國兩年，初到那邊，碰見美國人（和政治没有關係的美國人），他們非但不認爲中國國旗，並且不知道有中國，這不是很奇怪麽？他們見到我，總説我是日本人，因爲我住的旅館和一切起居，他們以爲中國人住不起的。我們應該知道自身在國際間處何地位，倘然國民不知覺悟，不圖自强，要並列國際間，恐怕是危險的哩！

美國女子在社會上很占一部分勢力，公司行廠，均有女子職員，所以女子職業，美國是發展的。中國要發展女權，應先謀女子職業。社會上有可以容納女子服務的機會，女子自身就應該盡力做去。這是我的主張，很盼望中國女子注意。

美國影戲館中的影片，常把中國不良的風俗狀况映入，這是很損國體。我曾經和好幾處影戲院商量，想把中國優良的特點，映成影片，去掉换不良的影片。因爲經費問題，所以没有成功這件事。（下略）

【箋注】

〔一〕本文刊於一九二二年十月十四日寰球中國學生會週刊第二版，原標題作「吕碧城女士在本會演説詞」。

〔二〕江博士，江亢虎（一八八三—一九五四），字紹銓，號洪水、亢虎，安徽旌德人。政客、學者、教授。一九一五年被美國加利福尼亞大學授予名譽哲學博士學位。早年熱心宣傳社會主義，提倡女子教育、中文拉丁化等。日寇侵華，投身汪僞政權，任僞考試院副院長。抗戰勝利後，入獄，後病死獄中。著有江亢虎文存初編、洪水集、新歐遊記、中國社會改革等。

致女子參政協進會函〔一〕

女子參政協進會台鑒：

敬啓者。本月十三日，貴會在大東旅社開會〔二〕，鄙人曾蒙邀請，因慕諸女士人材濟濟，故以來賓資格，前往一覘其盛。詎報載，將鄙人列入會員，不勝驚訝。自問無法政知識，何敢妄充會員？且並未入會，與事實不符。用請貴會查明賜覆，無任企禱之至。此頌公安。

呂碧城謹啓　十月十五日

【箋注】

〔一〕本文録自十月二十二日申報第四張「來函」欄。

〔二〕本月旬，一九二二年十月十四日申報第四張女子參政會招待新聞界紀：「本埠女子參政協進會，於昨日午後三時，假大東酒樓，邀請本埠新聞界舉行茶會，會員到者有沈彬儀、王立明、萬璞、唐家偉、陳家慶、呂碧城等二十餘人，新聞界到者十餘人。……本會定十五日下午一時三十分，假商科大學開成立大會，尚望諸君惠臨指教。」

記同命鳥〔一〕

古人之言，每多不驗，謂鴛雁等爲匹鳥，予以爲妄也。家蓄芙蓉雀一雙，嬌小可握，戢首並棲，極形眷戀。後忽同病，而喪其一，生者亦懨懨垂斃。予擬俟其病愈，再購一鳥，爲鸞膠之續，詎逾日竟羽化爲在天之比翼矣。爲闢壙於花園冬青樹下，而雙瘞之。

【箋注】

〔一〕本文録自一九二五年紫羅蘭第一卷第二期，署名吕碧城。

致王一之李昭實書〔一〕

一之、昭實先生同鑒：

幸瞻錚佼〔二〕，眼界爲新。本星期日午後五時半，謹備茶點，恭候光臨，一叙爲荷。嫥約〔三〕，並頌儷綏〔四〕。

吕碧城啓　七月一日

【箋注】

〔一〕本文録自手跡，作於一九二五年七月一日。碧城時居上海同孚路八號。王一之，生卒年不詳，筆名萬葉，浙江杭縣人。美國華盛頓大學畢業，歷任上海申報館編輯，駐巴西使署三等秘書、澳大利亞使署二等秘書。一九三一年起任國際聯合會代表辦事處三等秘書，後任復旦大學宣傳學教授。與李拔可長女李昭實結爲伉儷，共同從事新聞工作。著有旅美觀察談、綜合宣傳學等。李昭實（一八九七—一九四六），福建閩侯人。民國期間與丈夫王一之同爲著名的新聞記者。一九二八年第一期第六號今代婦女：「李昭實女士，字佩荃，西名旦睫（Daisy），别署小可，福建閩侯人，是詩人拔可先生的愛女，前清光緒二十三年五月十四日，生於閩垣之南營，曾在南通女子師範、江南女子公學、愛國女學校及聖瑪利亞書院等校肄業。民國七年，與文學家兼外交家王一之先生結婚，即赴美遊學，旋又赴歐，足跡遍佈各名都市，所至輒有紀述，散見申報及時報。國際聯盟開會時，由上述兩報聘爲駐歐通訊員。……民國十四年，歸國省親，曾爲時報編輯世界報紙大觀一書，各機關、學校争請演講。上海婦女會以女士有功國民外交，推爲會長。」一九二九年一月一日第二十期美美畫報悲慧記旅遊之中國兩女文人：「昭實女士爲閩詩老李拔可先生之女，適王萬葉先生一之，萬葉遊美洲，著文紀事，布於上海申報。昭實日讀之，慕其爲人。拔可先生知其意，因使人諫萬葉乞婚，亦文士之殊榮，藝林之佳話也。昭實之文，屢見北京晨報之星期畫報及上海圖畫時報，多記藝術界、社交界之珍聞，佐以影片，增讀者之清歡。其體例同於新聞，而其措語之工妙淵雅，則非庸下記者之所敢望。蓋女士之文周詳委曲，其於寫情叙事無不達之隱，而又韻致清遠，讀者唯恐其盡。是以當時京中人士值日曜休假，徜徉於公園，輒相問曰：『今日已見李昭實文乎？』其爲社會所重如此。客歲，萬葉先生任職於國際聯合會，君夫婦遂旅居巴黎。退食之暇，輒握管撰文以寄宗國。」

〔二〕錚佼，即錚錚佼佼的省稱，喻出類拔萃，特別優秀。後漢書劉盆子傳：「卿所謂鐵中錚錚，傭中佼佼者也。」方以智通雅卷九釋詁：「劉盆子傳：『光武曰：「鐵中錚錚，庸中佼佼。」』鄺引『翹翹』、『蹻蹻』，皆言矯矯出羣。」廣韻佼又與姣通，好也。」

〔三〕嫥約，同專約。嫥，説文：「嫥，壹也。」玉篇女部：「嫥，專一也。」

〔四〕儷綏，書信中祝頌用語，意謂夫婦安康。

致三日畫報書〔一〕

三日畫報台鑒：

頃見貴報第五期，有自稱蕭史者，對於鄙人爲援工游藝會跳舞有所譏評。該會爲救國運動，凡明大義者，對於演員縱有不當之處，亦應曲予原諒。鄙人於該會之請求，曾一再函謝，謂不能作戲臺優伶之舞，各函俱在，學生聯合會可以覆按。乃該會固請，謂當然爲交際舞，因念事關國恥，人人應自告奮勇，被邀者尤義不容辭，初未計及作壁上觀者之苛責也。不幸該舞臺地板裝有旋轉機，高低不平，且多洞穴，大約爲佈景架柱之用，跳舞之高跟鞋勢必陷入，若中國戲，鋪地毯用之，固無妨也。此爲不克跳舞之原因。至謂以華人怯避爲言而招德人，似指爲鄙人之遁詞，殊不知曾函商敝友中之出洋留學生等，有辭却之復函爲憑。復托學生聯合會等代覓，皆不可得，始商及德友。其人擅唐鈎舞（Tango），爲交際舞中之别開生面者，百人中幾無一能之。舞伴之選，以彼爲當。矧他人方以排外誣我，與德人合作，亦可表示無國界也。用佈一切，希登入貴報爲荷。吕碧城啓。

【箋注】

〔一〕本文録自一九二五年第七期三日畫報，原標題爲吕碧城致本報書。

三日滄桑記〔一〕

是編爲吾友悴紅女史所述，余筆記之。感其彈指變遷，佛氏所謂如夢幻，如泡影，不僅爲情場喝棒，而世界萬事皆可作如是觀。希讀者具正法眼藏，勿以綺語見訾。篇中姓名悉爲更易，惟存事實，諒悴紅勿忤也。

悴紅曰：余識庚白生於半載以前，其人體幹魁梧，貌亦端整，惟訥訥寡言笑。余以其拘謹也，遂亦相對索然，而交漸疏，後且忘之矣。

某夕，余應友約，餐於喀兒頓旅館，忽復邂逅。筵散，遂相偕歸。余延之入寢室，蓋時雖春半，餘寒猶厲，惟該室有日耳曼製之珐爐〔二〕，獸炭熊熊，佈給强熱。余等並坐於長椅，椅爲歐式，矮而温軟，彼仍恂恂如囊態。出言低而審慎，惟談話較多耳。

窗外爲通衢，車馬馳驟聲漸稀，蓋已夜午矣。忽後院僮僕驚呼甚急，余知爲盜警，立趨室門，砰然闔之。户本未掩，且裝有彈鐼，推之則自鍵也。此際欲自鍵呼援，彼問短銃何在，余指床前小几之屜，彼立取之，啓户疾趨後廊，則暴客二三，方攀墻脊欲下，睹彼奮勇狀，俱辟易而遁。彼復飾虞侯跡之〔三〕，始挾銃返室，詢余受驚否。欲加撫慰，復次且而止，乃相將復坐。余贊其勇，彼靦然曰：「予平生無所畏懼，惟畏婦女。故年逾而立，尚未婚娶。」余亂以他語曰：「謝君扞衛，拔刀相助，匪可以尋常友誼論也。」彼曰：「然則君此後當不復避我若浼矣〔四〕。」余詫問其故，彼曰：「今夕已宴，如蒙不棄，明晚當更來作長談。」余曰：「明日爲友人婚期，且張筵宴，余已被柬約，君願偕往一覘其盛否？」彼躊躇曰：「固所願也，惟羞作不速之客，君盍獨往？」余曰：「踽踽無俚，當挈他友往。君憶喀兒頓之某君乎？渠常隨余赴宴，殊坦然也。」余言至此，彼起立曰：「容以電話奉候。」遂握手作别而去。

今當述第二夕事矣。是夕六時，偕吴君赴某宅賀婚，鼓樂喧闐，人聲嘈雜，宴罷，匆匆别吴君歸寓。鐘甫九鳴，僕通報曰：「電話已來三次。」言甫竟，而鈴復鳴，余接聽之，果庚白生也。彼求晤談，余初辭以倦，實則余體雖疲，而情殊戀戀，雖預計今夜宜憩息不復見客，然宴罷早歸，仍爲相見地耳。蓋身之行動，已不期與所計相左。電話中經彼固求，乃允之。殘妝未卸，背燈以待。須臾門鈴鳴，余心亦隨之而振，彼頎碩之影，已冉冉循梯而上。握手道晚安畢，笑詢盗未更至乎，余答以未。坐定，與談某宅婚宴事，彼曰：「別後甚悔不從君往，以偶爾靦腆，致被他人奪席，何其愚也！」余曰：「勿悔，來日方長，不乏同遊之便。」彼曰：「日後君或忘我，設非前夕邂逅於咯兒頓，度芳心中已久湮没鄙人之影矣。」余遜謝，因詰昨夕所謂避之若浼之語，果何所喻。彼曰：「某夕相偕跳舞，君囑勿偎持太緊，致腰支不克旋轉，是殆虚與委蛇，而靳其薌澤，舞掔掌上，而訑訑顔色，拒人千里〔五〕。又某日尊邸茶會，珠衮所霏，遍於同席，獨無片言及我。凡此諸端，君憶之乎？」余答以未能記憶，設或有之，當屬疏忽與誤會，幸勿咎既往，今後當永矢知己。彼聞言頫首微笑，意若已操勝算者。彼初不欲示余以得意狀，然瓠犀一展〔六〕，已難瞞對方之慧眼矣。夫世間情人相對，皆急欲親暱，顧爲禮所拘，如薄紗障面，一時無計抉而去之。士也懼逢彼怒，女子復恥先施，致彼此相持，莫敢輕發。凡身分較優之士女，皆淑慎其儀，非若狂且冶婦之輕躁也。此時二人辭意已洽，倘彼有所表示，亦弗病唐突。顧彼仍審慎，如佈奕然，守而不攻，其雅度令人敬佩。實則余知今夕面幕必將抉去，但沉機觀變，嚴陣以待耳。已而相對詞窮，彼忽回眸睨余，余立作莊容問故，彼曰：「予視君倦未。」余謹對曰：「偶覺胸悶，故略吁氣，君或誤爲呵欠。」夫對客呵欠，於禮非當，刓清譚忘倦，睡魔早避席矣。余之措詞應對，皆拒彼之侵伐耳。或曰情之至也，如養由基之射〔七〕，其力可以穿七葉，孰能執而禦之？能執而禦，又能迴旋操縱於其間者，是術也，而非情也。余謂不然，女子每喜設疑陣以窘其情人，觀其如何進行，以爲樂。今余對彼，亦猶是耳。此時余二人惟摭拾無聊詞句，互相問答。有頃彼復沉默，惟對余凝睇，余目光偶一回觸，立覺面熱心忡，雖力持鎮静，然已示敵以弱，陣線將被衝破矣。彼果徑握余手，余心忐忑愈急，失其抵抗力。彼乃覘余神色，雙眸作懇摯之光曰：「乞君賜我一吻。」余默然。彼仰面待吻，時室内静悄無聲，繡屏深掩，爐火微薰，紗釭閃其緋焰，斜照雙影，漸併爲一。余亦昏眯如入夢境，不自知其何若矣。

第三日如韶光駘蕩，忽轉陰霾。是日午後，余因事外出，路經佛蘭斯公圃，入而散步，裁錦鏤霞，奇葩競艷，一莖一蕊，余悉俯而玩之，覺造物所賦，各有菁華。而余緬想春宵之樂，心房甜釅，如中酒微醺，人與草木相衡，正不知其艷思孰甚也。歸寓後，僕通報如前，謂電話已來三次，須臾鈴復振，余接聽之，彼曰：「汝竟歸耶？」語意如釋重負。余忖彼猶如昨日之四次電話，爲求歡晤耳。因告以今日倦極，蓋宵來神經受激太過，必休息二日，方能奉晤。彼曰：「二日後不復能相見矣。」余駭然，因以晚五時爲約，而方寸徬徨，莫知所可。惟徒倚樓欄，邈思遠眄。時殘陽欲没，愈渲慘艷。天際小雲朵朵，漸由茜紫泛爲深灰色，暮靄乃黮然罨罩全境。廊間金籠雙鳥，亦戢羽相偎，隨暝烟而入夢。因念轉瞬鐘聲五報，不知將得何種惡消息來也。俄而時至矣，彼匆遽登樓，挽余竝坐，凄然曰：「今將别矣！余奉命調遷□□供職，明日登舟。」余木然久之，始詢以爲期久暫，則以三年對。且謂境地窵遠，不啻蠻荒。但使兩志不渝，則後會未必無期也。余念人事靡常，瞬息萬變，三日已如此，矧云三年。已矣！此永訣耳。興思及此，鼻觀驟酸，熱淚的皪而下，彼一一以舌吮之。余哽咽曰：「上帝乎！余敢矢言，汝所畀余之境地，非余所能堪也。」相將凄戀既久，失神忘晷，一任室中昏黑，既不傳餐，亦未然炬。余覺腹餒，出匣底餘糕饗之。彼不納，惟吸烟半枝。余取糕悉自啖，聊代晚膳。彼尋扶余安卧，代爲掩户，悄然自去。余未睹彼面容何若，惟聞案鐘適鳴十一點，遂於黑暗中瞢騰至曉，疑噩夢爲魘，顧潛痕滿襟，菸燼在几，則惟冥想音容於海天帆影間耳。

【校】

〔日耳曼〕原脱「曼」字，據一九二九年七月廿八日無線電刊載呂碧城手稿補。

【箋注】

〔一〕本文録自一九二五年九月二十四日出版乙丑花第一集。署名聖因女士。

〔二〕日耳曼，指歐洲的德國或日耳曼人。

〔三〕虞侯，守護帝王山澤的官吏。左傳昭公二十年：「藪之薪蒸，虞候守之。海之鹽蜃，祈望守之。」杜注：「虞候、祈望皆官名也。言公專守山澤之利，不與民共。」

〔四〕避我若浼，意謂擔心躲避我不及，好像自己會被玷汙一樣。孟子公孫丑上：「思與鄉人立，其冠不正，望望然去之，若將浼焉。」浼，説文：「浼，汙也。」

〔五〕而訑訑二句，孟子告子下：「訑訑之聲音顔色，距人於千里之外。」訑訑，洋洋自得貌。顧野王大廣益會玉篇卷第九言部第九十：「訑訑，自得也。」

〔六〕瓠犀，詩衛風碩人：「齒如瓠犀，螓首蛾眉。」毛傳：「瓠犀，瓠瓣。」朱熹集傳：「瓠犀，瓠中之子，方正潔白，而比次整齊也。」

〔七〕養由基，春秋時楚國人，以善射得名。戰國策西周二：「楚有養由基者，善射，去柳葉者百步而射之，百發百中。」

【評】

劉豁公曰：聖因爲吾國才媛之一，其詩與文均所素佩，即讀者當亦心折其人。其所著之信芳集，足奪道韞、清照之席也，惟惜墨如金，非有價值之書報，不願著筆；小説家言，更如鳳毛麟角，不可多得。就余所知，僅兩年前，與余同輯心聲時，曾有一篇，紀其遊美見聞之事，已徇瘦鵑之請，復製一篇登半月，並此記才三則耳，而余竟獲其二，亦云幸矣。矧此篇紀彼女友親述之情史，哀感頑艷，得未曾有。文筆古茂，猶其餘事，求諸晚近女界，豈易得哉！

致時報函〔一〕

昨日貴報所紀鄙人控美報一案，事實未盡符合。至謂黄洱淅供「我與吕碧城在新聞學會成立時始認識」云云，實爲謬誤，鄙人從不識黄洱淅其人。去秋新聞學會請鄙人演説，固辭不獲，勉爲一往。演説時，會場人衆皆得見鄙人之面，然不得謂爲與鄙人認識。其後該會借敝宅開會，黄洱淅首先到會，投刺謁鄙人，當時鄙人即辭以病，未予接見。黄洱淅乃以侮辱之詞登載美報，此其緣由，見諸檢察廳之提起公訴書。直至昨日，在審判廳始識其面。至貴報所紀，謂其始鄙人見侮辱之字，緘默不言云云，亦非事實。當查見之始，鄙人即將該報函寄警廳，嗣得復函，謂須正式起訴。惟當時不欲涉訟，故而擱置。迨開心報、共和書局等效尤侮辱，方實行起訴。

雖共和書局經理李春榮經公廨判處徒刑，開心報編輯平襟亞逃匿〔二〕，現在緝拿之列，而追溯作俑，實由美報，其編輯人等尚逍遥法外，故其後乃控訴及之也。務祈將此函登入貴報，以爲更正是荷。吕碧城啓。四月十七日。

【箋注】

〔一〕本文録自一九二六年四月十八日時報，原題作吕碧城女士來函。

〔二〕雖共和書局經理二句，一九二六年三月二十六日時報登載吕碧城延律師在會審公廨「指控共和書局經理李春榮，登載廣告，預備發行僞造原告污穢性質之書，致出版後，原告蒙名譽損失等情，由廨訊供，判交五百元保候」。及至四月十日，民國日報發表百大秘密案判決，稱「李春榮延羅傑律師到堂，聲述書中並無吕碧城字樣。李自稱適往寧波，不知書中内容，有信爲證，並謂書已停印，已預訂者退款」，而「原告薩賚德律師起而辯論，英領馬丁君與正會審官關炯之君，令判李春榮押一月以儆。開心報主筆平襟亞在逃，俟到案再訊」。按，所謂侮辱之文，即登載於一九二五年十二月二十三日美報創刊號上署名黄帝的小姑居處記，及發表於一九二六年二月二十八日開心報第一號第二版上署名「文婆」的女文豪起居注，歷來訛傳爲李紅郊與犬。平襟亞，名衡，筆名網蛛生、襟亞閣主人、秋翁，江蘇常熟人，民國小説家，著有長篇小説人海潮等，並與沈知方、李春榮合夥創辦中央書店。

翠島瑶嬰録〔一〕

予於重午前一日，由滬買舟北駛，翌晨抵青島，遥見丹碧駢組，如長虹跨海，則山麓屋宇鱗接所成也。眼界既開，心計亦遷，决捨舟登陸，取道膠濟赴津〔二〕。聞晚八時開車，乃暫憩海濱旅館，惟於該埠夙乏知交，孤蹤踽踽，於溟光嵐翠之間，如别菭星球，自成欣賞。

館瀕海澨，闃無市聲，惟銀濤拍拍，衝激嶕嶼，向朱樓作三面環攻，繁音成籟。予信步灘邊，積沙没屐，不見人蹤。攀越危石，方睹幼稚五六人，聚而嬉戲，皆面目姱姣，短衣縞絳，掩映玉雪，如嬌蕾小萼，散於水湄，又疑天使相群（西國摹寫天使多作童形），游行於荒島清寂之境，得此點綴，乃如古番展神閟之跡，而吾身亦入與同化矣。群兒見予，皆拍手歡呼曰：「速入！吾黨，捕魚爲樂。」其一年稍長，約七八齡，自道姓名，並挈引其餘，爲予歷數其名，以爲紹介。詢其國籍，皆美利堅也。有詢必答，且每句皆殿以「馬丹穆」（英語對女客之尊稱）。夫和而可親，恭而有禮，於治化未蒸之民〔三〕，固不數覯；即夙以文明自詡者，亦多出於虚飾。惟此諸兒，本其秀逸之資，發爲天真之勢，世外仙緣，相逢如舊，矧彬彬儀止，見乎齠齡，以例桃源漁父，益饒温馨之致也。

予興辭，散步漸遠，群兒復高呼曰：「雷地（Lady）何往，乃樂獨遊耶？」予以覓魚爲詞。一兒曰：「如得魚，請悉見貽可乎？」予慨諾之。旋於石凹積潴間，睹一小螺，色净而艷，拾取掌上，則有螯伸出，駭而擲之。群兒遥矚奔就曰：「汝得有珍物耶？」予曰：「幸不辱命。」相與諦視，則一小蟹，匿於粉霞色之螺殼内，負之以行。殼小如西瓜子，而蟹體之小，乃如神工鬼斧所鑿，亦奇妙玩物也。群兒以巨蚌殼注水養之，觀其蠕行爲樂。予乃告辭，一兒甚依戀，伴予行數十步。詢其年齡，彼伸四指曰：「四。」兒肥晳如匏，時作憨笑。予詰以素不相識，何親暱乃爾，則含羞不答，以白布帽自覆其面。予爲整冠於首，握手而别。

計予行經該島，僅數小時，而此一霎夢痕，足留鴻雪。旅次不假思索，而直書之，蓋紀實也。

【箋注】

〔一〕本文録自一九二六年八月二十八日工商新聞，署名吕碧城。文中記叙碧城是年端午前一日由滬水路北上，於青島稍事停留期間的一段奇遇。

〔二〕膠濟，指膠濟鐵路，由山東青島起至濟南，始建於一八九九年。

〔三〕未蒸之民，詩大雅蕩：「天生烝民。」蒸，通「烝」，衆多。

牛鬼蛇神之時妝〔一〕

客秋留美數月，縱覽名勝，今春始抵巴黎。此間情形，較之北美貧富立判，且屬舊式，頗有數點與吾國相同，遠極則邇，理固然也。

聞去年美人到此遊覽者，其旅費共計三千萬元，可謂豪矣。女子剪髮已成陳跡，大都雲鬟婑媠〔二〕，復其舊觀。此間以蛇皮爲時妝，女子冠履及錢袋多用之，且用以製傘，而美國則尚牛皮，白質黑章，毛短而密，用製女大衣冠履。亦有僅剪一條，或一小方，綴冠爲飾者，亦猶巴黎之絨緞女飾，多飾以蛇皮一條，可謂牛鬼蛇神，附聞以博一笑。

故國風雲激變，惟祝諸君安好。

前數日，巴黎日報謂滬上華人恐遘戰禍，遷往寧波等處者，近三萬人，未知確否。（下略）

【箋注】

〔一〕本文録自一九二七年五月二十四日晶報，題下另有一行「吕碧城女士自巴黎通信」。文前有按語云：「吕碧城女士爲吾國之中西文學家，昔嘗遊美洲，客歲之夏，復作歐遊。初擬經身毒、羅馬，以往法蘭西，適鄭毓秀女士自法歸，爲言地中海酷暑，不宜夏行，女士乃復循太平洋環遊新大陸者半載，今春乃至巴黎。萬里壯遊，其篋中必平添無數詩料矣。昨自巴黎來書，談及法、美女子新妝，足資盡日風尚之考究也。書曰：」後接正文「客秋留美數月……」

〔二〕婑媠，美好貌。列子楊朱：「穆之後庭，比房數十，皆擇稚齒婑媠者以盈之。」

倫敦參觀皇冕記〔一〕

倫敦堡（Tower of London）之一部曰衛克斐（Wakefield Tower）者〔二〕，儲歷代皇室寶器，於一小室之中央，置玻璃罩，四周繚以鐵欄，光彩閃爍，莫可逼視，鑽石冕數尊，尤爲特色。最大者爲英皇愛德華第七之冕〔三〕，計嵌鑽石二千八百十八粒，精圓明珠二百九十七粒，額之前部綴大鑽石一，巨如鷄卵，重三百零九克拉，名「斐洲之星」〔四〕，沿邊飾玫瑰寶石五十二粒，鸚鵡寶石五十九粒，紅緑相間，矜麗無倫。其形爲條棱四拱，頂立十字，計重三十九盎斯。次爲喬治第五所御之冕〔五〕，綴鑽石六千一百七十粒，印度翡翠一，重三十四克拉，及其他寶石不計。其形八條拱抱，頂立十字，喬煌矜麗，寶相莊嚴。女皇之冕，體積較小，形式亦同。一爲維多利亞之冕〔六〕，乃女皇於一八三八年，行御極禮時所製，其寶石乃由諸舊冕采取而成者；一爲乾姆斯第二之繼妻瑪麗后之冕〔七〕。惟聖愛德華之冕，綴飾特異，多珠寶而少鑽石。據云最爲時式，乃查理斯第二登極時所製者〔八〕。威爾斯太子冕純爲金製〔九〕，形式簡單，略飾珠寶，爲喬治第一之子所用〔一〇〕。又御杖或稱皇節，與羅馬教皇所持之節形式略同，頂作金瓜式，外加條棱虛拱，嵌以珠寶，柄端嵌鑽石一，巨如鵝卵，重五百十六克拉，爲世界最巨之鑽，無價可估，亦稱斐洲之星。其他實器，兹不具論。

倫敦堡包羅其國史甚廣，建於一千零七十六年，爲威廉帝所始創〔一一〕，以固國防，分設各部，如堡壘、武庫、皇宫、監獄、造幣廠、藏書樓等，以迄十二世紀，逐漸擴充，實爲倫敦城之總薈，歷代帝后居之，至查理斯第二止。舊俗凡帝王御極之前，必先居此，而後就職。其中一部曰緑宫，宫中小室一隅，鋪以花綱石，皇族及權貴之就死刑於此者凡七人：（一）哈士丁爵士，一四八三年。（二）安波林皇后（亨利第八之次妻）〔一二〕，一五三六年五月十九日。（三）馬格來伯爵夫人，一五四二年五月二十七日。（四）卡薩玲皇后（亨利第八之第五妻）〔一三〕，一五四二年二月十三日。（五）饒佛子爵夫人，一五四二年二月十三日。（六）建格來爵夫人〔一四〕，一五五四年二月十二日。（七）載佛伯爵，一六零一年二月二十五日。斷頭台上置一巨斧，厲惡可怖。建格來夫人年幼貌美，竟以蝤蠐之頸，膏此凶鋒，後世惋惜之。名畫家多繪圖以紀其事。諸人之刑，皆用該斧，惟安波林皇后斬於寶劍，特由聖奥梅宫取出，以斷其脛者。尸皆瘗於堡内之派特寺下。至諸人事蹟之奇哀酷艷，自與皇冕之尊榮，同其極詣，可借鑑而知也。予遊覽其間，由曲狹之石級，而降於窖，幽邃黑暗，蛛網塵封，堆積古銹之劍戟，而闃寂無人，初不知即瘗尸處，後向經理室索閲其史，而始知之，否則獨遊時必疑魅影之或現，生恐怖心矣。又有所謂血宫者，乃愛德華第四之二皇子〔一五〕，被其叔理查德第三，遣人暗殺於此，爲争皇位故也。（此説聞諸該室守衛之兵）

願世世勿生帝王家〔一六〕，東西同慨。然則皇冕者，不祥之物也。國寶陳列，千載後猶有血腥焉。抑吾更有感者，以英民教育之普及，智識之發達，當不在吾中華民國人民以下，乃能安於君主立憲之治，享其富强與安樂，而不標新鶩異，蓋知國步不可躁越而進，大本不可輕易更張也。返觀吾國，帝政而共和，共和而革命，循環往復，靡有窮期。理想與主義未實現，人民已死亡億萬，沉淪苦海，見鄙全球。况大抵皆逞權利之私，無所謂主義乎？互言救國安民，而禍國殃民，彼此一致，日以流血號召，但流他人之血，不流自己之血。此等欺詐言詞，無論爲天理良心所不容，即徵諸事實，久已信用墮落，衆所唾棄，所不敢公然抵抗者，力不逮耳，安能行之久遠哉！夫一己擅權，一黨專政，有悖共和，及天下爲公之旨。猶古帝王之專制，以爲子孫萬世之基，同一誤解，惟釀禍亂而已，惟自相獮薙其子孫與種族而已。詩云：「嗟我兄弟，邦人諸友，莫肯念亂，誰無父母〔一七〕。」願國人三復斯言，釋忿息争，共謀建設，然後與各國競存於世界，勿徒局其眼光於同室之一隅也。

【箋注】

〔一〕本文録自一九二八年三月三日天津大公報，署名吕碧城女士。

〔二〕衛克斐（Wakefield Tower），今譯韋克菲爾德塔，面對泰晤士河上的吊橋。

〔三〕愛德華第七：即愛德華七世，維多利亞女王之子。一九〇一年至一九一〇年在位。

〔四〕斐洲，今譯非洲。

〔五〕喬治第五，即喬治五世，愛德華七世之子。一九一〇至一九三六年在位。

〔六〕維多利亞，維多利亞女王，威廉四世姪女。一八三七至一九〇一年在位。

〔七〕乾姆斯第二，今譯詹姆士二世，查理二世的弟弟。英格蘭和蘇格蘭國王，一六八五至一六八八年在位。瑪麗后，詹姆斯二世的第二任妻子，天主教徒。

〔八〕查理斯第二，即查理二世，查理一世之子。蘇格蘭國王，一六五〇至一六八五年在位；英格蘭國王，一六六一至一六八五年在位。

〔九〕威爾斯太子，指英國國王喬治三世的長子。一八二〇年繼承皇位。

〔一〇〕喬治第一，即喬治一世，詹姆斯一世之外曾孫，安妮女王的遠房表叔。一七一四至一七二七年在位。

〔一一〕威廉帝，指威廉一世，「懺悔者愛德華」之遠房表侄。一〇六六至一〇八七在位。

〔一二〕安波林皇后，今譯安妮·博林，原爲亨利八世第一任妻子凱瑟琳的侍女。因樹敵太多，遭讒言與多人有染，被指控通姦和叛國罪，在倫敦塔内遭斬首。

〔一三〕卡薩玲皇后，今譯凱瑟琳·霍華德，以年輕貌美博得亨利八世的歡心，成爲第五任皇后。她因爲涉嫌通姦和叛國被關押在倫敦塔内，判處斬首。

〔一四〕建格來，今譯簡·格雷，英國歷史上爲時最短的女王，在位九天，即遭廢黜。由於時局和公爵們的陰謀，她十六歲登基，半年後在倫敦塔内從容就死。

〔一五〕二皇子，指愛德華五世，一四八三年繼位，兩月後與其弟約克公爵理查，神秘失蹤。傳説被理查三世關進倫敦塔而遭殺害。

〔一六〕願世世句，沈約始平孝敬王子鸞傳：「帝素疾子鸞有寵，既誅羣公，乃遣使賜死，時年十歲。子鸞臨死，謂左右曰：『願身不復生王家。』同生弟妹並死，仍葬京口。」黄宗羲原君：「昔人願世世無生帝王家，而毅宗之語公主，亦曰：『若何爲生我家？』痛哉斯言！」

〔一七〕嗟我兄弟四句，語出詩經小雅沔水，意謂令人歎息的是我的同姓兄弟、鄉人朋友，對禍亂不肯念及阻止。誰家没有父母？他們理應得到尊重。

千年之運動〔一〕

前年日内瓦裁兵之集議，俄代表李特威瑙甫（Litvinoff）主張廢止一切武器，英人於會場中竊相語曰Colossal Joke（大笑話）。予今主張廢止一切屠殺，聞者當尤謂爲Colossal Joke。然世事萬變，千百年後每多吾人所夢想未及者，況理想所已及乎。世界極大罪惡，乃人類屠殺物類。圓輿之上〔二〕，在在國國習而安之，不悟其謬，因殺生而習見流血之慘，養成凶殘之性。人類且自相屠殺，釀成恐怖時代，道德根本淪亡，法律窮於救濟，是須有一新主義焉，應運而生。本宗教之精神，躋文明於極軌，民胞物與，概視同仁，以一物之殺爲可恥，以一滴之血爲不祥，庶乎人皆佛性，世進大同，而共享安樂，亦即吾儒止於至善之道也。或曰「子説迂闊，難期實效」，則應之曰「實效成於運動」。語云：「三年之病，求七年之艾。〔三〕」苟爲不蓄，終身不得。予髫齡寓津，見滬報紀伍廷芳氏之蔬食品衛生會〔四〕，即函陳衛生義屬利己，應戒殺利他以宏仁恕之旨。伍公覆函，謂原藴此義，惟恐世俗斥爲迷信佛學，故託衛生之説以利進行云云。

予頻年形役塵網，計畫屢輟，主義未遷。戊辰冬，閒居瑞士，偶於倫敦太穆士報見皇家禁止虐待牲畜會之投函，心復怦然，立即馳牘，交换意見，因而知該會有百年運動之歷史，爰慨然欲廣其義，預爲千年之運動。且先進各國保護禽獸，禁止虐待，已多見諸法律，廢止屠殺此其嚆矢，擴而充之，與時俱進。世界已有此項之動機，而吾國尚處於茫然無覺之地位，偶有私人主張，反被鄙爲迷信，而不自知其孤陋寡聞爲可恥也。兹介紹該會概略於次：

按皇家禁止虐待牲畜會（The Royal Society for the Prevention of Cruelty to Animals）

創於一八二四年六月，爲世界最先保護動物之機關，總會設倫敦，厥後分部數百，遍佈於世界文明開化之區。始創者爲白儒穆（Arthur Broome）及馬丁（Richard Martin）二氏，以及同志數人，歷經種種困難阻遏，百年後基礎始臻穩固。當一八二二年以前，世界無論何國，未訂保護禽獸之法律。是年，由馬丁氏艱苦運動，始由立法會議正式通過。又二年，該會亦告成立，然僅具毅力而乏基金，諸同志百折不撓，始終維繫。迨一八三五年女皇維多利亞加入，聲勢爲之一振動。時女皇猶韶齡之公主，由是皇族入會者聯翩不絶，以迄今日。此皇家命名之所由也。一九二四年六月開紀念會，二十三國代表涖焉，刊有爲禽獸百年之運動（A Hundred Years' Work for Animals）一書，由總會倫敦吉民街（Jermyn Street）一百零五號發行，每册價七先令六便士。至該會之方略，以禁止虐待爲消極，以增進一切仁慈爲積極，刊行書籍，散佈傳單，尤注重教育，改造青年對待禽獸之意見。已得教育部之允許，能往任何學校與校長接洽，要求將此意見編入教課，並由該會組織演講隊，分往各地演説。偵察有虐待禽獸者爲依法起訴，設文明新法推行於屠場，俾屠時禽獸失其知覺而無痛苦。此其大概也。

予今望故國諸同志亦創辦此會，惟取義較廣，以禁止虐待及鼓吹戒殺同時並行，倡言無諱，爲根本之救濟焉。考吾國經傳（海外無書參考，僅憶及一二）間有恩及禽獸之説，如成湯之開獵網[五]，君子之遠庖厨，聞其聲不忍食其肉[六]，大夫無故不殺羊等[七]，皆示限制而戒恣殺，但無貫徹之主張，蓋未根本明瞭殺生之有違道義也。迨佛教東漸，戒殺之説始嶄然成立，惟以發源於宗教，儒者弗取，遂致正義湮没。間有主張其説者，反遭鄙視，笑爲迷信，斥爲佞佛，而不知佛教一切人我衆生平等，立願之宏，取義之廣，猶儒家之「止於至善」，有過之而無不及。故予綜攬羣言，首宗其説焉，次則推崇美總統林肯拯救黑奴之績，及感於史遷游俠之傳，皆純然發乎義憤而無所自私，道德之定義，惟無私者，永立於不敗之地，而亦感人最深。予慕游俠，非欲效朱家、郭解之行也[八]，惟本其精神，欲救世之不克自救者。黑族昔未開化，等於禽獸，而林肯救之。禽獸天賦缺憾，無力自救，而釋迦牟尼悲之。予内省良知，遠慕先覺，於世人之誤解謬見，不憚辭而闢之。善哉！該禁止虐待禽獸會之宣言，謂欲造成公衆之新觀念（The Aim is to Create a New Public Opinion）。夫吾人恃强凌弱，恣殺他類，以利己而不恥者，皆原始觀念之誤也。今欲矯正其謬，則爲公衆改造觀念，實爲切要之願。兹抉其誤點如左：

一、誤認禽獸爲天賜吾人之食品。弱肉强食乃事實所演成，非理論所特許。試思吾人有時亦被猛獸如虎狼熊豹吞噬，或被蚊虱等蟲嚙吮，吾人亦承認爲天賜彼等之食品否？

二、或謂人類如不殺禽獸，則禽獸將繁殖聚而食人。人類智力兼優，畏爲禽獸吞噬而無法防禦，非愚即妄。禽獸本不食人，凡方齒者（其齒與人類相似），天然只食芻非食肉之類，其特種之鷙禽猛獸，自應以特別方法處之。且吾人於禽獸生殖之繁□，亦有法限制，即或聚而殲之以減其種族，亦較助其繁殖，徐爲無盡之慘殺之供食用者，其仁虐之分，猶相去億萬里也。

三、或謂肉品及齒革羽毛之豐富，捨棄爲可惜。世界萬物供給人類之用，已至豐富，何必貪婪無厭，以慘殺求額外之需。且科學精進，一切天然物多可以人造品代之，如人造絲已大著成效。歐戰後德國一切食用等物之匱乏者，幾悉以人造品代之，此其明證也。當白種人販賣黑奴時代，黑人之生命，幾與牲畜相等。設屠食其肉，未必不甘於牛羊。其髮可製氈毯，其骨可製器物，苟無林肯義師之戰，黑人之髮革齒骨，或且入工廠爲大宗之原料，一旦廢棄，不亦視爲可惜耶？

四、或謂動物非我族類，不得以道德論。荀卿曰：「萬物異則莫不相爲蔽，此心術之公患也。〔九一〕」使萬物各私其類，各黨其同，則道德不復存在，文明永無可期。循是以往，近則可攫殺鄰人，以啖所親，遠則可越國境，捕殺外民，以變所屬。凡膚色有黄、白、赤、黑之判，眼有深淺，鼻有高低之别者，皆可袒其所同，而殺其所異，此與白人販賣黑奴之心理，猶五十步之笑百步。乃親疎之計，非一視同仁之旨，况同此血肉，同此感覺。惟以形貌之異，遂擯諸道德矜憐之外，以彼之痛苦流血，饜我口腹之快。利用之私，悍不動心，靦不覺恥，此豈以文明進化自詡之人類所應爾者，抑吾人應任此穢德腥政與天地相悠久而不思挽救耶？

英國禁止虐待禽獸會有百年之運動，始微著成效，吾人欲謀範圍較廣之法制，應預爲千年之運動。吾生有涯，世變無極，惟以衆人繼續之生命，争此最後之文明，莊嚴浄土，未必不現於人間。雖目睹無期，而精神堪慰。一息尚存，此志罔替。吾言息壤〔一〇〕，天日鑒之。凡我同志，盍速興起。歲戊辰十二月草於日内瓦。

【校】

〔大著成效〕原作「大著或效」，據吕碧城集謀創中國保護動物會之緣起改。

【箋注】

〔一〕本文録自一九二九年二月二十八日時報，署名吕碧城。文後附録致皇家禁止虐待禽獸會函、禁止虐待禽獸會覆函、屠牲公會覆函、致芝加哥屠牲公會函，乃吕碧城著歐美之光節選，兹不録。

〔二〕圓輿，同「員輿」，猶地球。章炳麟非黄：「舉世皆言法治，員輿之上，列國十數，未有誠以法治者也。」

〔三〕三年之病二句，當是「七年之病，求三年之艾」誤記，語本孟子離婁上：「猶七年之病求三年之艾。苟爲不蓄，終身不得。」意謂好比生了七年的病，要用三年的陳艾來醫治。趙岐注云：「艾可以爲灸人病，乾久益善，故以爲喻。」

〔四〕伍廷芳，字文爵，號秩庸，廣東新會人。晚清民國時著名的政治家、外交家。早年就學於英國倫敦大學，榮膺法學博士，返港後成爲首位華人律師。先後出任駐美國、西班牙和秘魯公使，中華民國外交總長等。

〔五〕如成湯句，謂商湯張開網，仁愛之心推及禽獸。語本史記殷本紀：「湯出，見野張網四面，祝曰：『自天下四方皆入吾網。』湯曰：『嘻，盡之矣！』乃去其三面，祝曰：『欲左，左。欲右，右。不用命，乃入吾網。』諸侯聞之，曰：『湯德至矣，及禽獸。』」

〔六〕君子之遠庖厨二句，孟子梁惠王上：「君子之於禽獸也，見其生，不忍見其死；聞其聲，不忍食其肉。是以君子遠庖厨也。」

〔七〕大夫無故句，禮記玉藻：「君無故不殺牛，大夫無故不殺羊。」

〔八〕朱家，秦末漢初游俠。史記游俠列傳：「魯朱家者，與高祖同時。魯人皆以儒教，而朱家用俠聞。所藏活豪士以百數，其餘庸人不可勝言。然終不伐其能，歆其德，諸所嘗施，唯恐見之。振人不贍，先從貧賤始。家無餘財，衣不完采，食不重味，乘不過軥牛。專趨人之急，甚己之私。既陰脱季布將軍之阸，及布尊貴，終身不見也。自關以東，莫不延頸願交焉。」郭解，西漢時期游俠。史記游俠列傳：「郭解，軹人也，字翁伯，善相人者許負外孫也。解父以任俠，孝文時誅死。解爲人短小精悍，不飲酒。少時陰賊，慨不快意，身所殺甚衆。以軀借交報仇，藏命作姦剽攻，休乃鑄錢掘冢，固不可勝數。適有天幸，窘急常得脱，若遇赦。及解年長，更折節爲儉，以德報怨，厚施而薄望。然其自喜爲俠益甚。」

〔九〕萬物異二句，見荀子解蔽篇。意謂大凡事物都有差异，就没有不互相造成蒙蔽的，這是人們思想方法上的共同毛病。

〔一〇〕息壤，「息壤在彼」的省語，意謂不要忘了在息壤所簽的誓約。此處代稱信誓，决不違背。戰國時，秦武王和甘茂在息壤訂下盟約，讓甘茂攻打韓國宜陽。歷時五月，未能攻克，秦王於是召見甘茂，把聽信議論，打算退兵的想法告訴他。甘茂回答説：「息壤盟誓在那裏放着。」武王説：「有你説得盟誓事。」爲此發兵支持甘茂繼續進攻，終於攻下宜陽。見戰國策卷四秦策二。

紀英國哈密頓公爵夫人（一）

近代思潮發展，大勢所趨，厥爲國界種族偏狹之見漸泯，而世界民物同情之運動漸多，由人類推及物類，此公道之極則，而文明之精髓也。儻臻此境，則一切煩惱競争皆得解決，縮軍非戰，噫乎後矣。考英國保護動物之機關，以皇家會 R.S.P.C.A. 成立爲最早，次則素菲會（Zoophile）亦諸後起中之勁，主其事者哈密頓公爵夫人（The Duchess of Hamilton and Brandon）及海格貝女士（Miss Lind-af Hageby）等，皆倫敦巨富，交際場中聲譽最著者。彼等以其財産全數捐爲會中經費，終身蔬食，爲廢止一切屠殺之模範，奔走運動，二十餘年如一日。其精誠毅力，有足多者；其事業效果，則期在世界。亭育羣倫，不僅一國一類已也。

記者曾參觀其日内瓦分會，佈置井然。一、圖書部，羅列羣帙，以供參考。二、屠場改良部，各種禽獸被屠模型，皮革毛血，見者悚然。舊法及新式屠機互列比較，舊者耗費人工，且使禽獸痛苦，新機則甚便利。三、人造毛革部，皆精美與真者無異。勸人采用，以代屠殺。四、鳥籠獸栅部，以示桎梏之苦。五、肉食有害衛生之圖説部。六、活剖部（Vivisection）之模型，因醫家每活剖獸體以爲試驗，自俄醫佛羅諸夫發明以猴腺爲返老還童之藥，實效未著，徒使獸類受此慘刑，皆夫人所極力反對者。

素菲會自分設於日内瓦以來，蔬食之風盛行，投機者多設素菜館，以奥玲匹亞（Olympia）館生涯最盛，聞將有大規模之建築，以與争勝云。本年五月，奥京維也納將開萬國仁慈保護禽獸大會，歐美各國皆派代表出席。德國最多，計有七團體，英國有五，美、法各三，雖蕞爾小邦亦各有一二。由奥國財政總長麥爾克博士主席，届時槃敦交歡〔二〕，集思廣益，必有一番盛况也。

【箋注】

〔一〕本文録自一九二九年四月十一日時報，署名碧城。

〔二〕槃敦，古代諸侯會盟時之禮器，以槃盛血，以敦盛食。此指代杯盤。聶崇義新定三禮圖卷十四尊彝圖：「今案玉府云：『若合諸侯，則供珠盤、玉敦。』注云：『敦、盤，珠以爲飾。』疏云：『此盤、敦應以木爲之，用珠玉爲飾耳。』」

阿爾伯士之移動〔一〕

巴佛立亞（Bavaria）之都城孟尼（Munich）爲世界麥酒製造之淵源〔二〕，將被阿爾伯士雪山 Alps 壓没，但其期當在距今二千五百萬年之後，此由科學家精密之勘測。現時阿爾伯士緩緩向北而移，在最近一世紀間，桓岱斯墩（Wendelstein）山頂（阿爾伯士之頂）〔三〕，已由原處移去十英寸。若按此例，及其速率，繼續移動，而不間斷，則二千五百萬年後，全山將移至孟尼城所在之處。吾國有愚公移山之寓言。然則山之自身且非固定體，滄海桑田，猶變遷之淺易者耳。

【箋注】

〔一〕本文録自一九二九年五月八日天津大公報，署名碧城。

〔二〕巴佛立亞，今譯巴伐利亞，德國東南部最大的州。孟尼，今譯慕尼黑，德國巴伐利亞州首府。

〔三〕桓岱斯墩，今譯文德爾施泰因，德國巴伐利亞州境内山峰，屬於阿爾卑斯山脈。

東西文明進退觀〔一〕

記者前稿記美國學士會（The American Couneil of Learned Societies）有將中國經史、宗教、哲學、文藝等迻譯刊行之事，主席勞佛爾（B.Laufer）宣稱，真實之人道教育，不能離中國之文明而獨立云云，諒讀者尚能憶及。吾人嘗訾歐美尚功利主義，不若中國之崇道德，然此乃古代東西兩方之比較，而非所論於今世也。時逝境遷，吾國豈惟於物質無所發展，道德斯文亦且淪喪，覆瓿焚坑〔二〕，於今爲烈。滬友函有學界發誓不看線裝書之説，此輩安知海外方蒐羅吾國寶藏，發攜而光大之耶〔三〕？而晚近歐美弘道進德之程，已突越東方舊軌，有別闢廿紀景運之勢，匪特空論，而爲偉大之措施，較諸昔賢僅以著書講學爲務者，尤有立言起行之別焉。

據倫敦禁止虐待動物會（The R.S.P.C.A）之報告，近一世紀中，代禽獸起訴之訟案逾三十萬件。去年代訴之案，被告人受懲罰者，三千四百零七件。出版書籍（以保護動物爲旨）二十二種，非會員而私家著述者二十三種。演講隊之添組者，一百九十六隊。屠獸機器（屠時無痛苦者）售於屠户者，七百七十九具。新會員之入會者，四千三百三十五人，往來函札七萬二千七百零件（内有答覆記者件）。小學校之兒童所作淺短論文（以仁慈於禽獸爲旨），二十二萬一千七百十二篇。此一年間之成績也。其效果則徵於近半世紀中，刑事犯之減少，按罪犯學籍調查表。其曾受此等教育者爲最少數（以童齡所學有效），且勸導兒童參觀博物院，使知造物成績之美，應與以友善之同情，深合中國民胞物與之古訓。道德教育，所以補法律之不足。中國距法治之程太遠，則此等教育，尤爲社會養生素中不可缺之成分。該會聲稱以教育爲其大部分之工作，蓋國内保護動物之法律雖多，而仍有對待禽獸不仁之舉。該會目睹而無權干涉（似指國家未頒廢止屠殺之律），則惟有從事教育，以待將來之發展云。

其他各國，同此宗旨之團體，約數千不計外，該會之分部，一千四百餘所，遍設於世界文明開化之區。全歐各國，美洲、奧洲及非洲之西南部，獨亞洲缺如，記者深以爲憾。考吾國經傳仁及禽獸之説，於世界爲最早，何今日反處化外，非文明退化之徵耶？誠知此等主義，揆諸社會程度，爲時尚早，但歐美已運動百年，吾國尚瞠目不之知，或知而不之重，恐再待百年，猶今視昔，徒以退化貽羞於世界。記者不揣謭陋，提倡宣傳，請自隗始〔四一〕。他國有千萬人之呼籲，幸國人勿以記者單獨之嘵音爲可厭也。

【箋注】

〔一〕本文録自一九二九年五月九日時報，署名碧城。

〔二〕覆瓿，覆蓋醬壇。比喻典籍不受重視，被人隨意處置。漢書揚雄傳：「今學者有禄利，然尚不能明易，又如玄何？吾恐后人用覆醬瓿也。」顔師古注：「瓿音部。小甖也。」焚坑，指秦始皇焚書坑儒，借以形容文化遭受嚴重摧毁。

〔三〕發撝，猶發揮。朱子語類卷十七易六：「撝謙，言發揚其謙。蓋四是陰位，又在上卦之下，九三之上，所以更當發撝其謙。」

〔四〕請自隗始，謂自願從我帶頭做起。史記燕召公世家：「王必欲致士，先從隗始。況賢於隗者，豈遠千里哉！」隗，郭隗，戰國時燕國賢臣。燕昭王千金市骨、築黄金台納賢等故事均與之有關。

貢獻改良牢牲意見〔一〕

衛生局局長先生鑒：

閲四月三十日時報載滬北將設新宰牲廠，從事改良，殊深欽佩，特將鄙人在歐洲所見聞者，掬誠貢獻，用備采擇。查歐美各國因道德及文明起見，廣爲保護動物之運動，屠牲之事，一時不克廢除，故創造各種文明屠牲機器，俾禽獸受屠時，失其知覺而無痛苦。且其法合乎衛生而減省人力，故世界各國多采用之，惟猶太人守其舊法，以刀斧屠獸，故世稱爲猶太屠法。各國人士刊行圖籍，演映電影，分派演講，到處宣傳猶太法之野蠻殘忍，此亦猶太民族之羞恥也。

今年五月十二日，國際保護動物會開大會於奥京維也納，到有四十餘國代表會員，集會者五千餘人。演映電影時，猶太人擁至抗論，幾起衝突。詳情請查閲時報中拙稿。鄙人應該會之請，曾往演説，於電影中目睹德國之屠猪機器，其法機簡捷，至祈采納，既得保全名譽，又便利於實用。積善致祥，功德無量，一舉而數善兼焉。抑更有進者，近世最新屠場之建築爲分隔法，若同時屠多數之獸，須分隔執行，不得使彼獸眼見此獸流血之慘。蓋動物當恐怖痛苦時，體肉發生一種毒質名 Ptomaine，人食其肉，有害衛生。此最近之發明也。附呈屠猪屠牛及屠場建築等圖説，皆鄙人所展轉通函向各處所索得者，祈勿隨意拋棄爲幸。此頌公安。吕碧城手啓。六月九日，泐於瑞士。

【箋注】

〔一〕本文録自一九二九年七月二日申報，題下有副標題「爲籌建滬北新宰牲廠而發」。正文前有「呂碧城先生爲上海籌建滬北新宰牲廠，致市衛生局函云」云云。

日常生活之一班〔一〕

海外旅費，以膳宿二者爲巨宗，膳且較昂，旅館無論大小，寢室未必皆精，而餐所則皆華縟之廣厦。侍役概著大禮服，趨蹌伺候，巨胔如輪，以銀車推至客前，臨時割取。紅蝦盈尺，以銀盤進。此等排場，無非刻削旅客之貲財。肉既不熟，割之見血，魚蝦尤腥，俗所謂花錢討苦吃，真冤極也。予欲蔬食久矣，但以旅次諸多不便，遂爾因循。初不知有素榮館也，客冬於日内瓦赴美國人年宴，完全蔬食，因念既符仁恕戒殺之旨，而又適口，何予不能享此清福，雖旅次不便，亦應勉爲其難，遂決計試辦。每餐往咖啡店選進精美麵食，或牛乳鷄蛋及果品。消化較易，胃病大減，旅費則節省半數，始悔此計之不早也。間於寓所自炊以遣興，小爐二寸，燃密特火精，小片白如瓊霜，焰作藍色，頗類珍玩。予雖不善烹飪，且乏材料，然亦能得美味，以乳油及巴黎醬油爲主要品。今夏購得紫茄切成小塊，先用乳油炒熟，再加鹽糖醬油，小火煮之，食時竟甘美無比，色香味皆臻上乘。又以黄瓜去皮切成小丁，同樣烹調之，但使湯滷略多，以挂麵（即細小之乾麵條）加入，煮至湯乾，則瓜汁及乳盡入麵内，滑膩甘芳，較上海之伊府麵爲尤美[二]。予曩亦饕餮之流，熊蹯鯊翅無不遍嘗，非不知味者，今則寧捨熊鯊而取瓜茄矣。予諸事從儉，惟寢室每日必供鮮花而不惜費。玫瑰半殘，則以糖漬儲，用乳油烙玫瑰餅，食之芳留齒頰間。意大利最流行之饌名「斯巴蓋地」，即以較巨之麵條，用茄醬炒之。予亦善製此品，與巴黎著名之意大利餐所煮者無異。又以巴黎醬油及番葱炒鷄蛋。凡此種種皆美於肉食，輒憶及蘇東坡詩其園蔬詩有「不知何苦食鷄豚」之句[三]。後經善會介紹素菜館，遂得日常之所焉。

我國蔬類繁多，婦女夙主中饋，技術尤精，益以筍蕈等特産，隨意選用，較予之孤客海外，處境之難易，何啻霄壤。有福不知享受，耗費金錢而啖腥羶，乃被習慣所愚。一旦醒悟，毅然試行蔬食，研究做素菜之法，精益求精。如北平、杭州廟宇所供之素饌，海内馳名，安見不能代葷菜也。雖肉價在中國尚不甚昂，然每日多費半元，一年即近二百元，十年加以利息則三千元矣。積十年之仁術，家教薰陶，其子孫必無性質凶殘、觸犯刑網之事。而且得數千元之酬贈，化民成俗，家國胥蒙其利。至於年節喜慶壽誕等日，吾人心理，皆祝平安和順，尤不宜將帶血之尸肉搬運入宅，印證凶慘之迹象。質諸主持家政者以爲何如？

或謂蔬食恐體力不强，此實誤會。試觀虎狼肉食，雖性質兇暴，而無任重致遠之力。牛馬芻食，而能駕車載貨，村農只食蔬穀，雖有鷄豚亦售於城市，而肉食之士紳，其體力遠遜村農。英文蔬字Vegetable，由於拉丁文Vegetus而成，而拉丁文之原義爲Vegorous，即强壯之説。一九〇七年八月，倫敦各報刊有蔬食衛生論，乃名醫十三人聯署而發表者，皆屬於M.D.F.R.C.S.，貴族外科醫士會及M.R.C.P，貴族内科醫士會。又英國醫藥報（British Medical Journal）宣稱，國民死亡表中以患Cancer者占多數，大半因食肉之故。至於水族魚蝦等類，食之能使人得不治之症，及最可憎之大痳瘋（Leprosy）云。世界人物共分二類，一、Herbivora，即食植類；二、Carnivora食肉類。吾人之齒作方形，宜食植物。就大體而言，骨格構造最相近者，惟人與獼猴同爲四手類（Quadrumana），故達爾文有人類由猿猴進化之説[四]。猿猴只食植物，可爲吾人代表。若强吾人效虎狼之完全肉食，决不能受，必致疾而死。（人類匝月不食植物即得敗血病，上海名醫俞鳳賓所言）何况殺他類以利己[五]，殄仁賊義，情理顯然；强自辯護，色厲内荏。除生性兇殘者不計外，使任何人目睹屠殺流血之慘，而當場烹食能下咽者，蓋亦鮮矣。若以不聞不見，即食而甘之，是自欺也。法國大哲學家盧梭（Rousseau）即終身蔬食之人〔六〕，其所著悔罪（Confessions）云：「肉之滋味，非人類本性所嗜。試觀幼稚之兒童，若與以肉類、蔬果、牛乳、酪糕等同時並列，彼等必不取肉類，而取其餘諸物。吾人對於所愛之兒童，何必强變其本性，使爲食肉類之動物。即不爲衛生計，亦應爲其品性計也。」據此則人類之嗜肉食，亦習慣所養成，矯揉造作，變其本性耳。今人每詰問曰：「吾人若不食肉，則獸類豈不繁殖，轉而食人乎？」按天演之例，生物盈絀各有本量，且衰減較繁殖爲易。人類不自相食，地球亦無人滿之患。果以剿殺爲防患之策，則非戰弭兵之説，皆應擯斥矣。况吾人所屠食者，皆Herbivorous之牛羊，而非Carnivorous之狼虎。以此爲防患禦敵之策，豈非李代桃僵？牛羊猪鷄鴨之死，冤哉枉矣！且食芻類之繁殖，皆人工所助成。山中之野獸，較家畜之量數孰多孰寡，可證明也。其他種種虐待，如屠牲不用機器延長其痛苦，馬繫厩中不使眠睡，牛羊載運於舟車中不給飲食，且於舟車黑暗處，横亂推入，致受盲目折脛之傷。此在歐美，尚有各善會爲之偵查起訴。動物之生於中國者，尤爲不幸也。中國尚無保護動物之法律，吾人惟有本其天良，相戒不食肉，况他國除旅館等繁華之所外，居民已多蔬食，吾人不妨試辨。綜以上諸端而論，肉食與衛生、經濟、道德，皆有直接之損害。讀吾此文者，幸平心静氣爲一分鐘之考慮焉。

【箋注】

〔一〕本文録自一九二九年十月一日時報，署名碧城。

〔二〕伊府麵，一九三四年第九卷第八期社會新聞：「吾人於粤菜館中，嘗見有『伊府麵』一品，據云係屬粤中大户伊姓者所創製云。頃於王壬秋之湘綺樓日記見有一則，録之如次，亦見一食之微，亦有其所自也：『午食鰯麵甚佳，伊墨卿守惠州日始爲之，故曰伊麵。』」

〔三〕輒憶及句，蘇軾撷菜詩：「我與何曾同一飽，不知何苦食鷄豚。」

〔四〕達爾文，十九世紀英國著名的生物學家，進化論的主要奠基人。著有物種起源，提出生物進化論學説。

〔五〕俞鳳賓，中國近代知名的醫學、公共衛生學與社會活動家。出生於一八八五年，卒於一九三〇年。江蘇太倉人。一九一二年赴美，入賓夕法尼亞大學攻讀公共衛生學，獲博士學位。一九一五年歸國後，與著名醫學人士顔福慶、伍連德等一起籌建中華醫學會，並接任第三屆醫學會會長。受聘聖約翰大學醫科教授、上海中央大學醫學院教授。

〔六〕盧梭（Rousseau），十八世紀時，法國傑出的啓蒙思想家、哲學家、教育家，浪漫主義文學的開創者。著有論人類不平等的起源和基礎、社會契約論、愛彌兒、懺悔録等。

耶路撒冷亂事感言〔一〕

自一二七二年十字軍告終後〔二〕，耶路撒冷（Jerusalem）一片土，猶爲禍墟，環境時有宗教之争，以本年八月阿喇伯人之屠殺猶太人爲最劇。燃七百年之死灰，而饒有歷史之意味也。自一九二零年起，衝突每年不絶，則有其近因焉。其初不過兩教聖地之争，近則牽涉英、美，而尤以英之巴福宣言（Palefour Declaration）爲導火線。今阿人聲稱非取銷此宣言，永無和平之日云。蓋一九一七年，英以愛倫比爵士（Lord Allenby）佔領巴勒斯丁（Palestine）〔三〕，土爾其人遂失統治聖地之權，並由英之外長巴福宣言，英政府承認巴勒斯丁爲猶太人國土，保護其居住云。此當然爲舉世西恩運動者Zionists（即古時耶穌墓地被佔後，教會於西恩山築大衛之堂，以繼其嗣）所歡迎〔四〕，但同時亦召阿喇伯人極端之反感，以爲猶太殖民得此强援，將使阿人被逐净盡而已。迨一九二三年，巴福之宣言經國際聯盟會批准。實行之始，英遂再宣言，凡居住巴勒斯丁者，不論是否猶太人，一例爲受保護之人民云云。此舉本爲解釋阿喇伯人之疑，而阿人反認此宣言，隱含□□之見，不啻爲猶太人加一保障，愈懷不平，爲有組織大規模抵制英貨之舉，蓋已久矣。英屬之猶太人，學力財力，皆遠非文明退化之阿喇伯人所能及。且美籍之猶太人亦源源而來，美以紐約一埠，爲猶太人雜居最盛之地，刻苦經商，鑽營牟利，久爲美人所厭忌。乃挾其美國化之學力財力，分殖巴城，阿人愈瞠乎後矣。

當歐戰前，該城之阿喇伯人口爲 535,000，而猶太人僅 85,000。據本年户口調查表，阿人已減爲 520,000，而猶太人則增至 200,000。阿人見敵勢日張，本族將全被迫返於故土，媢嫉及恐懼之心〔五〕，隱鬱已久。今逢衛靈屋（Wailing Wall）之争〔六〕，蘊釀遂告成熟，宗教之戰復啓，猶太人稱此墻界半爲瑣羅門（Solomon）墓地所轄〔七〕，而阿喇伯人則稱半屬回教 Mosque of Omer 堂界。據經典所云，爲導入天堂之路，豈容他族霸阻，遂爲此次發難根據。然當巴福宣言提議之始，英殖民大臣樸勒麥氏早識爲禍根之隱伏。近據英報稱，已發現蘇俄煽亂之證據，則又其内幕也。有受傷逃難之猶太婦，哭訴於醫院，謂阿喇伯人使伊目睹其兒女家族被屠刀砍成數塊，血染此婦之衣。事見八月杪各英報。予聯想及本年五月間，國際保護動物會開會於奥京維也納，會中演映電影，示猶太屠獸法之慘酷，猶太人糾衆到場，狺狺抗辯。會中苦勸猶太人屠獸須用機器，使先失知覺而免痛苦，不得用斧刀。且屠時應將各獸分隔執行，勿令彼此互見流血之慘，而猶太人悍然不從也。爲時僅三閱月，而猶太人被阿喇伯人大屠特屠，亦其當時所不料也。

夫「己所不欲，勿施於他」，中外同此格言。一九二七年三月，倫敦開國家保護動物會（National Council for Animals' welfare）於慕惕美廳（Mortimer Hall），刊有傳單云：Religion constrains us to treat others as we would ourselves be treated,and to reverence the life in all god's creatures, and teaches that as a man soweth so shall he also reap。謂宗教訓飭吾人，尊重他類之生命，如何對待他類，猶本身之遭同樣承受，如播種收穫云，與上述情形頗爲巧合。予非對於巴勒斯丁之變，有幸災樂禍之心。予之引證此事，蓋言恕道之必要，不必待禍臨本身本族而始感覺耳。吾儒治平之道，以忠恕爲本，苟能貫澈此旨，何有於宗教之戰。故予於耶路撒冷之亂，而感慨系之也。

【箋注】

〔一〕本文録自一九二九年十月二十二日時報，署名碧城。

〔二〕十字軍告終，英人喬納森·賴利·史密斯十字軍史載：由英格蘭國王愛德華和法國聖路易國王，於一二七〇年七八月率十字軍艦隊東征。剛起航不幾天，路易就病死在征戰途中。一二七一年四月底，這支十字軍航行到聖地，僅有二三百名騎士和約六百名步兵隨行。他們聯合當地的另一支十字軍，把附近的土庫曼人軍隊打了個措手不及，但在得知一支穆斯林軍隊正逼近時，選擇了撤退。隨後，在一二七二年四月，耶路撒冷王國與埃及達成一份爲期十年的停火協定。此後，再也没有大規模的十字軍東征事件發生。故史家多以十字軍告終在一二七二年。

〔三〕巴勒斯丁（Palestine），今譯巴勒斯坦。

〔四〕西恩運動者，亦譯錫安運動者，即猶太資産階級的一種民族主義，主張猶太復國運動的群體。

〔五〕娼嫉，妒嫉。大學引秦誓：「人之有技，娼嫉以惡之。」

〔六〕衛靈屋，哭墻，又名「西墻」，由巨石砌成。是猶太教古聖殿的殘存遺跡，在耶路撒冷城中。流散世界各地的猶太人常來此朝覲，爲本民族的悲慘命運而傷心落淚，故稱「哭墻」。

〔七〕瑣羅門，今譯所羅門，古代以色列猶太王國國王，大衛之子。

致新晨報主筆書〔二〕

新晨報大主筆先生鑒：

閲五月二十六日貴報社評，謂屠牲當衆施行，能使人民染成殘酷之習慣，至佩偉論。海外所聞，可資引證者，英國有八齡及九齡二童，持刀斧竊入牧場，將幼稚之小犢肢體砍斷，以爲遊戲。小犢之被傷害者至十七頭之多，此二童遂被訟於法庭，律師爲之辯護云：因彼等家居近屠場，放學後，每往觀屠宰，故被習染。裁判官柯克班爵士聲稱，此案爲諸最慘厲案之一，爲其生平所未聞，判令二童入習藝所，嚴受訓導，使之改過。彼並擬呈請内務部，禁止兒童參觀屠場。哈密頓公爵夫人投函云：此等慘案須求根本之解決。用刀斧屠獸，本違背文明，成年之人，亦不應爲，何能專責兒童之仿效，故屠法改良，爲必要之圖云。見一九二六年九月十五日倫敦太晤士報。

按屠獸機器，其功用在使獸類被屠時，失其知覺，而無痛苦。倫敦雖有若干屠户自由採用，而猶太人之執此業者，本其宗教之旨，拒用機器，致强迫使用此機之議案不能通過於議院。於是各團體刊行書籍，演映電影，分隊演講，到處宣傳猶太人之罪惡。今年五月十二日，國際保護動物會開大會於奥京維也納，到有四十一國代表，公使二十五人，會員五千餘人。鄙人由會中邀請演説，親見演映猶太屠法之電影，並親聞會場中詆斥猶太法，野蠻殘忍之聲，洋洋盈耳，實其民族之羞恥（開會計一星期，猶太人曾來滋擾二日）。

查我國屠法，與猶太相同（不先使獸失其知覺，即用刀斧割獸之頸），亟應改用機器，既保全名譽，且便利實用，一舉兩得，是在當局者一念之決定，功德無量。又貴報謂屠場自晨至暮，喊聲震天，慘不忍聞云云。若用機器，則絶無喊聲，鄙人於維也納會場中，見電影所映之德國屠猪機器，至爲便捷，而省手續。其法將猪驅入機器之上口，由下口傾出，即昏迷不動矣。兹將發售此機之公司地址開列於後：Georg Kitt Ingenieur. Munchen So 5 Mullerstasse 13, Germany。宰牛殺鷄各機器，均可與此公司接洽也。保護動物，改良屠法，世界各大報皆予贊成，如倫敦之太晤士報、每日電訊報、晨報等。關於此事之稿件，無論巨細，皆爲登載。尚祈貴報持同樣之態度，使特别提倡爲禱。專此即頌公安！吕碧城。

【箋注】

〔一〕本文録自一九二九年七月十二日新晨報改良屠法之呼聲一文中之碧城信札。標題爲新擬。文前有編者按：「呂碧城女士最近自瑞士投函本報，對五月二十六日本報社評『屠牲當衆施行能使人民染成殘酷之習慣』一語，深表同情，並主張提倡改良屠法。仁者之心，溢於言表。女士於今年五月，曾在維也納萬國保護動物大會演講，故其觀感尤爲深切，兹特將原函披露如下。」

瀛波梨影〔一〕

吾國伶工聲價，介乎中下社會之間，雖多文士品題，意旨不離賞玩，而不知移風易俗，有關群治，匪特裨益藝林已也。己巳夏五，予應國際道會之請，赴奥京維也納演講，會畢略事游覽，以遺餘興。知彼邦尊尚歌劇，蔚比騷雅。國中銅像林立，多編作嫥家，以資矜式，宜其流風緜邈，而國俗之斐變也。除德之歌特（Goethe）原籍屬奥不計外〔二〕，其著名編劇家如葛洛克（Christof Willibald Gluck，1714—1787）〔三〕、海恩（Josef Haydn，1732—1809）〔四〕、謨薩特（Wolfgang Amadeus Mozart，1756—1791）〔五〕、比陶文（Ludwig van Beethoven，1770—1827）〔六〕、蕭伯特（Franz Srhubert，1791—1828）〔七〕、蘭諾爾（Josef Lanner，1802—1842）〔八〕、斯特饒斯（Johann Strauss，

1825—1900）[九]、白若克諾爾（Anton Bruckner、1824—1896）[一〇]、白拉穆士（Johannes Frahms、1833—1898）[一一]、吴爾福（Hugo Wolf、1859—1904）[一二]、馬勒（Gustav Mahler、1859—1911）[一三]、雷孟德（Ferdinand Raimund、1790—1812）[一四]、高諾爾（Theodor Körner、1791—1812）[一五]、葛立拍塞爾（Franz Grillparzer、1791—1872）[一六]，以上皆已故名家。而去年適爲蕭伯特逝世百年之期，曾有盛大之紀念會。至現仍生存之編劇家，苟其造詣精醇，間亦有銅像之鑄立，不必待蓋棺論定也。兹略舉其姓氏如下：

斯來克爾（Franz Schrecker）[一七]、熊伯爾格（Arnold Schönberg）[一八]、畢特諾爾（Julius Bittner）[一九]、金瑟爾（Wilhevm Kienzl）[二〇]、來赫爾（Lehar）[二一]、斯密子（Franz Schmidt）[二二]、魏爾甘士（Anton Wildgans）[二三]、衛格（Stefan Zweig）[二四]、斯尼士勒（Arthur Schnitzler）[二五]、金士凱（Franz Karl Ginzkey）等[二六]。已故斯特饒斯，其子理查（Richard）斯特饒斯現尚生存，頗能箕裘紹業[二七]，雛鳳聲清[二八]，其他諸家則人琴俱亡，而乏嗣響矣。此等編劇家，大抵兼擅音樂及詩章，以瀏亮之音，蓄艷之筆，融會而抒寫之。宜其麗而有則，軌於正宗，非十八世紀後巴黎之編劇家浪漫尖靡者，所得分鑣並轡也。民間傳誦之詩，如海上曲（Am Meer）、良夜求鳳（Ständchen）、宅中三姝（Dreimäderlhaus），皆意境高騫，和而不蕩，得社會之推崇，自有其道。吾國編劇家，當知所取法矣。

最著之劇場爲Staats Oper，建築瑰麗，專爲上等音樂歌劇之用，尋常售價每座二三十先令，約合華幣七元至十元。如遇名伶歌舞，則每座且售百餘先令，而座仍常滿，雖歐戰後生計奇絀，亦不之惜，可見其民風所嗜。予曾一度顧曲其間，先一日預訂座位，以爲雖到稍遲，當無人佔取。晚餐後前往，詎座已被佔，閽者拒不納，幾經交涉，直待至客有散去者，予始得補座。此等劣習，即在吾國劇場且罕覯。予僅得聆曲之尾聲，片時閉幕，歸寓夜已午矣，因聯感而夢聞故國歌聲，極頓挫蒼凉之致，爲譜黄鐘商之律如左：

還京樂

殢春睡，聽引圓腔，激楚哀絲顫。話上京遺事，周郎顧罷，龜年歌倦。又夜來風雨，無端撩起梨花怨。縈萬感、殘夢碎影，承平猶見。鳳槽檀板，問人間何世？依然粉醉金迷，華席未散。而今更不成歡，對金樽、怯試深淺。指蟾宫、早桂影都移，霓裳暗换。渺斷魂何許，青峰江上人遠。

【校】

〔先一日經交涉……極頓挫蒼涼之致〕一九二九年七月二十一日新晨報副刊日曜畫報作「夜深歸寓，西歌不曾入夢，而夢故國歌聲，極頓挫蒼涼之致，夢中悽感較醒時尤甚」。

【箋注】

〔一〕録自一九二九年第二卷第一期戲劇月刊，署名吕碧城。復見一九二九年七月二十一日新晨報副刊日曜畫報第五十號，署名碧城。時旅居瑞士。碧城歐美漫游録赴維也納瑣記：「會務既畢，曾往音樂館（Staats Oper）聽歌。奥以物質論，固工業之國；以精神論，則音樂詩歌之國也。」

〔二〕歌特（Goethe），今譯歌德，德國詩人、劇作家、思想家。一七四九年，出生於美茵河畔法蘭克福富裕市民家庭。青年時爲狂飆運動的代表人物。一生熱衷於文藝創作，同時還潛心研究自然科學。著名的作品有書信體小説少年維特之煩惱、詩劇浮士德、自傳詩與真等。

〔三〕葛洛克（Christof Willibald Gluck，1714—1787），今譯格魯克，德國作曲家。一七一四年出生於巴伐利亞東部的埃蕾斯巴赫，一七八七年因酒精中毒去世。一生創作四十餘部歌劇和五部喜劇，以歌劇改革著稱。歌劇代表作有伊菲姬尼在奥利德、阿爾米德等。原生卒年作 1712—1789，乃碧城誤記，徑改。

〔四〕海恩（Josef Haydn，1732—1809），今譯海頓，奥地利作曲家。餘參見卷四歐美漫游録赴維也納瑣記注。

〔五〕謨薩特（Wolfgang Amadeus Mozart，1756—1791），今譯莫扎特，歐洲古典主義音樂作曲家。出生於羅馬帝國時期的薩爾茲堡。他在短暫的三十五年生命歷程中，創作了數以百計的音樂作品，涵蓋了歌劇、交響曲、協奏曲、奏鳴曲、四重奏、器樂小品、獨奏曲等各種音樂體裁。著名的歌劇作品有費加羅的婚禮、唐璜等。

〔六〕比陶文（Ludwig van Beethoven，1770—1827），今譯貝多芬，德國作曲家。餘參見卷四歐美漫游録赴維也納瑣記注。

〔七〕蕭伯特（Franz Schubert，1791—1828），今譯舒伯特，奥地利作曲家。餘參見卷四歐美漫游録赴維也納瑣記注。

〔八〕蘭諾爾（Josef Lanner，1801—1843），今譯蘭納，奥地利作曲家。出生於維也納，逝世於奥博德布林。與老約翰·施特勞斯齊名，一生創作了二百多首圓舞曲。著名的作品有施蒂亞德的舞蹈、求婚者圓舞曲等。原生卒年誤作 1802—1842，徑改。

〔九〕斯特饒斯（Johann Stiauss，1825—1899），今譯斯特勞斯，奥地利作曲家兼指揮家。一生陸續完成了十六部歌劇、一百六十多首圓舞曲。餘參見卷四歐美漫游録赴維也納瑣記注。原卒年作1900，徑改。

〔一〇〕白若克諾爾（Anton Bruckner，1824—1896），今譯布魯克納，奥地利作曲家和管風琴演奏家。少年時在修道院當歌童，學管風琴。後任維也納音樂學院管風琴教授，兼任維也納大學音樂講師。一生創作許多宗教樂曲、管風琴曲。另有九部交響曲，被認爲是晚期浪漫主義交響樂代表作品。

〔一一〕白拉穆士（Johannes Frahms，1833—1897），今譯勃拉姆斯，德國作曲家。出生於漢堡。在德國音樂史上，他與巴赫、貝多芬鼎足而三。主要作品有D大調小提琴協奏曲、德意志安魂曲、悲劇序曲等。原卒年作1898，徑改。

〔一二〕吴爾福（Hugo Wolf，1860—1903），今譯沃爾夫，奥地利作曲家、音樂評論家。出生於斯洛文尼亞格拉代茨，卒於維也納。一生創作藝术歌曲二百七十餘首，著名的作品有歌劇市長、弦樂四重奏義大利小夜曲等。原生卒年作1859—1904，徑改。

〔一三〕馬勒（Gustav Mahler，1859—1911），奥地利作曲家及指揮家。出生於奥匈帝國波希米亞猶太人家庭，十五歲畢業於維也納音樂學院。一生寫出十部交響曲，有四部含聲樂套曲，代表作有巨人、復活、大地之歌等。

〔一四〕雷孟德（Ferdinand Raimund，1790—1836），今譯賴蒙德，奧地利劇作家。出生於維也納市郊工人家庭，愛好戲劇。當過演員，做過導演、劇團經理。一生寫有八部作品，知名作有童話劇阿爾卑斯山王和仇恨人類的人、神話劇揮金如土的人。原卒年作1812，徑改。

〔一五〕高諾爾（Theodor Körner，1791—1812），今譯科爾内爾，德國音樂家。事蹟不詳。

〔一六〕葛立拍塞爾（Franz Grillparzer，1791—1872），今譯格里爾帕策，奧地利劇作家。先後任職宫廷圖書館、關税總署等。一生創作金羊毛、夢幻人生、撒謊者是痛苦的、托萊多的猶太女郎等十餘部悲喜劇，爲奧地利古典戲劇奠基人。

〔一七〕斯來克爾（Franz Schrecker），今譯施雷克爾，奧地利作曲家，音樂教育家。出生於一八七八年，卒於一九三四年。曾任柏林高等音樂學校校長。主要作品有歌劇火焰等。

〔一八〕熊伯爾格（Arnold Schönberg），今譯勳伯格，美籍奧地利作曲家。一八七四年出生於維也納，一九五一年卒於美國洛杉磯。主要作品有交響詩光明之夜、室内交響曲，歌劇期望、摩西與亞倫等。遥遠的聲音、玩具與公主、命中注定，管弦樂a小調交響曲、浪漫組曲。

〔一九〕畢特諾爾（Julius Bittner），一八七四年出生於奧地利維也納，卒於一九三九年。生平事蹟不詳。

〔二〇〕金瑟爾（Wilhevm Kienzl），奥地利作曲家。一八五七年出生於俄國瓦岑克肯，就學於布拉格音樂學院，曾在李斯特門下受業。一生寫過九部歌劇，一百二十餘首協奏曲、室内樂和歌曲，知名作有傳道士、瑞士牧歌、堂吉訶德先生等。一九四一年在維也納去世。

〔二一〕來赫爾（Lehar），今譯萊哈爾，奥地利輕歌劇作曲家。原籍匈牙利，一八七〇年出生於科馬羅姆，曾就學於布拉格音樂學院。一九〇二年定居維也納，不久創作輕歌劇風流寡婦，一舉成名。一生寫有近四十部輕歌劇作品，著名的有維也納的婦女、吉卜賽的愛情、俄國皇太子等。一九四八年，卒於巴特伊施爾。

〔二二〕斯密子（Franz Schmidt），今譯施密特，奥地利作曲家、鋼琴家、大提琴家。一八七四年出生於普雷斯堡，一九三九年卒於佩希托爾茨多夫。早年入維也納音樂學院學習，代表作有第四交響曲、間奏曲聖母院、清唱劇七封印之書等。

〔二三〕魏爾甘士（Anton Wildgans），今譯維爾德甘斯，奥地利詩人和戲劇家。一八八一年出生於維也納官宦人家，一九三二年卒於維也納。一生從事詩歌和戲劇創作，出版有詩集道路、詩歌全集、維也納詩鈔，劇作貧窮、愛情、最後審判日尤有名。

〔二四〕衛格（Stefan Zweig），今譯茨威格，奥地利小説家、詩人、劇作家、傳記作家。一八八一年出生於奧地利維也納一富裕的猶太人家。二戰期間遭納粹驅逐，流亡英國。一九四二年二月二十二日與年輕的夫人綠蒂·阿爾特曼，在巴西里約日内盧近郊小鎮寓所内，雙雙服毒身亡。著有一個陌生女人的來信、心靈的焦躁、昨天的世界等名作。

〔二五〕斯尼士勒（Arthur Schnitzler），今譯施尼茨勒，奧地利劇作家、小説家。一八六二年出生於維也納，卒於一九三一年。青年時期一度行醫，從事醫學時事評論，後轉向文學創作。主要作品有劇本輕浮的愛、輪舞，小説埃爾澤小姐、古斯特少尉、通往曠野的路等。

〔二六〕金士凱（Franz Karl Ginzkey），奧地利作家，出生於一八七一年，卒於一九六三年。生平事蹟未詳。

〔二七〕箕裘紹業，比喻繼承先人事業。羅家稱六十自述詩：「稼穡命名雙穗秀，箕裘紹業一經遺。」紹，説文：「紹，繼也。」

〔二八〕雛鳳聲清，比喻晚輩後人更有才藝。李商隱韓冬郎即席爲詩相送一座盡驚他日余方追吟連宵侍坐徘徊久之句有老成之風因成二絶寄酬兼呈畏之員外詩：「桐花萬里丹山路，雛鳳清於老鳳聲。」

報楊令茀女士書〔一〕

令茀先生：

別來無恙，緬想光儀〔二〕，明明如月。往歲費城賽會，知芳躅遵海而西，城適倚裝紐埠，遲艦渡歐〔三〕，咫尺之程，竟睽良覿爲悵〔四〕。頃由 Montreux 轉來大札〔五〕，清詞亹娓〔六〕，推重逾恒，自顧樗庸〔七〕，惟有感愧。文藪寫像〔八〕，藝史翻新，操手淩烟，卓邁千古，敢爲國人賀，非僅執事一己之榮也。城久客海外，學殖早荒，偶爾操觚，亦猶時鳥鷇音〔九〕，無關宏旨。益以志墮風雲，心鄰墟墓，杜門養疴，謝絶交游者，亦已半載。重刊拙著信芳集之舉，正如南湖先生所云「能否觀成，尚不可知〔一〇〕」。蒙示樣本，至爲感謝。惟印刷事已託天津黄盛頤女士主持〔一一〕，遠道礙難過問也。黄女士淑懿績學，吾黨錚佼〔一二〕，企慕清才，乞爲紹介，祈通款爲幸。

尊著莪慕集尚未遞到，遊歐已定期否？行旌在望，倒屣爲歡。九月一日渺於瑞士。

【箋注】

〔一〕本文録自黄盛頤女士所刊信芳集，結尾僅書月日，未署作年。楊令弗致碧城原信有云：「弗去年自北美歸來……一年以來，風鶴頻驚。」考令弗北美歸國時在一九二七年，函曰「一年以來」云云，知其原信作於一九二八年，故碧城此書亦當作於是年。楊令弗（一八八七—一九七八）江蘇無錫人。近代著名旅美女畫家。八歲從吴觀岱學畫，後得陳師曾、林琴南等指點，畫藝大進。一九三七年定居美國，從事繪畫和教學。

〔二〕光儀，容光儀表。禰衡鸚鵡賦：「背蠻夷之下國，侍君子之光儀。」

〔三〕往歲四句，楊令弗曾於一九二五年赴美國費城參觀博覽會，一九二七年春返國，其時碧城適從紐約出發，在旅歐途中，二人失之交臂。故云。遲艦，搭乘船舶緩行。

〔四〕良覿，歡聚，相見。謝靈運南樓中所望遲客詩：「搔首訪行人，引領冀良覿。」李善注：「良覿，謂見良人也。」

〔五〕Montreux，今譯蒙特勒，瑞士西南部城市，地處萊芒湖東岸。

〔六〕亹娓，指文辭優美動聽。

〔七〕樗庸，樗木材劣，因喻才能平庸。硃批諭旨卷一六八：「質同瓦賤，材似樗庸。」

〔八〕文藪句，指楊令弗一九二七年夏，應邀爲沈陽故宫博物院臨摹歷代帝后像，畫成後懸於該院文藪閣。

〔九〕觳音，幼鳥新孵出殼時之鳴叫聲。莊子齊物論：「其以爲異於觳音，亦有辯乎，其無辯乎？」成玄英疏：「鳥子欲出卵中而鳴，謂之觳音也。」

〔一〇〕南湖，指詩人廉泉，號南湖。

〔一一〕黄盛頣，碧城門人。一九〇九年畢業於北洋女子公學師範科，乃其北洋女子公學同學録序所謂「計七學期間培植成材者僅有十人」之一。

〔一二〕錚佼，形容出類拔萃，非同尋常。後漢書劉盆子傳：「卿所謂鐵中錚錚，傭中佼佼者也。」

【附録】

致吕碧城女士書

楊令茀

碧城先生：

海上相逢又五年矣，曾蒙凌楫民先生以信芳集見貽，知神明千里固不遺在遠也。康同璧女士以花鬘集囑茀乞題於樊山師，老人爲之題云：「唐山夫人有其正而無其奇，鮑令暉有其才而無其韵，李清照有其韵而無其華，吾於花鬘嘆觀止矣。」茀云：「前不見古人，後不見來者，仙乎仙乎，弟子心中目中尚有一人在也。」迺出信芳集與老人相視而笑。記此一段因緣，欲通尺素於萬里之外者久矣。

頃南湖先生示以大札，歡喜雀躍。茀去年自北美歸來，應奉天博物館之聘，重摹歷代帝皇像於武英殿。一年以來，風鶴頻驚，而得以從容竣事者，雖成敗有定，然非廉先生高義，不能成也。此雖雕蟲事業，而諸老前輩皆云，足爲民國藝文史中獨開生面。茀與先生感遇以來，耿耿五年，先生聞之，必爲大快。茀不揣簡陋，已自刻莪慕室吟草四卷，所以敢災梨棗之苦衷，皆詳自序一篇，閱之祈指疵謬，是所至盼。先生欲重刻信芳集，南湖先生願代定格式并任編次。如先生囑附塵柯鳳老蓼園詩草一册，精本也，與茀之莪慕吟草較之，真如西子之與嫫母矣。

茀所摹之歷代帝后像，已懸於盛京故宫文藪閣上（共九十六幅，長皆丈二，原本藏紫光閣中）。今擬私摹九十六幅，携之漫遊歐美，追隨先生。蓋茀與先生之身世同，感想同，嗜好復同，惟茀所學不如先生之高且深耳。先生得茀當大慰，茀亦可免後顧茫茫，無一事可爲之感。人生朝露，百齡俄頃，惟精靈所寄，長留清氣於扶輿之間，或較人壽爲永耳。

尊著漫遊録久無嗣響，爲之懸懸，想先生得茀書，知迢遥故國尚有馨香崇拜、精誠固結之一人在，當必欣然操觚，有以餉我國人也。南湖先生居……先生筆墨事冗，不必作長函，得暇草數行付歸雁，至盼也。臨穎不盡，惟頌旅祺曼福。楊令茀手狀。

謀創中國保護動物會之緣起〔一〕

予髫齡寓津，見滬報紀伍廷芳氏之蔬食衛生會，即函陳衛生義屬利己，應標明戒殺，以宏仁恕之旨。伍公覆函，謂原蘊此義，惟恐世俗斥爲迷信佛學，故託衛生之説，以利進行云云。予頻年役形塵網，計畫屢輟，主義未遷。戊辰冬，閒居瑞士，偶於倫敦太穆士報見有皇家禁止虐待牲畜會之函，心復怦然，立即馳牘討論，遂決計爲國人倡導，並舉該會概略以資借鑑，將來或與聯合，俾臻實力。現雖謀設於中國，而成效期於世界，無畛域之限也。

按皇家禁止虐待牲畜會（The Royal Society for the Prevention of Cruelty to Animals）創於一八二四年六月，爲世界最先保護動物之機關，總會設倫敦，分部數百，徧布於世界文明開化之區。始創者爲白儒穆（Arthur Broome）及馬丁（Richard Martin）二氏，以及同志數人，歷經種種困難阻力，百年後基礎始臻穩固。當一八二二年以前，世界無論何國，未釐訂保護禽獸之法律。是年，由馬丁氏艱苦運動，始由立法會議正式通過。又二年，該會亦告成立，然僅具毅力而乏基金，諸同志百折不撓，始終維繫。迨一八三五年女皇維多利亞加入，聲勢爲之一振。時女皇猶韶齡之公主，由是皇族入會聯翩不絶，以迄今日。此皇家命名之所由也。一九二四年六月開紀念會，二十三國代表蒞焉，刊有爲禽獸百年之運動（A Hundred Years' Work for Animals）一書，由總會倫敦吉民街（Jermyn Street）一百零五號發行，每册價七先令六便士云。至該會之辦法，雖未提倡完全戒殺，但宣言以禁止虐待爲消極，以增進一切仁慈爲積極，刊行書籍，散布傳單，尤注重學校教育，改造青年對待禽獸之意見。偵察有虐待禽獸者，爲依法起訴。設文明新法推行於屠場，俾屠時禽獸失其知覺而無痛苦。此其大概也。

予今謀創之會，則更進一步，以禁止虐待及鼓吹戒殺同時並行，倡言無諱，爲根本之挽救。考吾國經傳，間有思及禽獸之説，成湯之開獵網，宣尼之遠庖厨，聞其聲不忍食其肉，大夫無故不殺羊等，皆示限制而戒恣殺，但無貫澈之主張，蓋未根本明瞭殺生之有違道義也。迨佛教東漸，戒殺之説始嶄然成立，惟以其發源於宗教，儒者弗取，遂致正義湮没。間有本乎良知附和其説者，反遭鄙視，笑爲迷信，斥爲佞佛，而不知佛教一切人我衆生平等，願力之宏，道義之廣，猶儒家之「止於至善」，有過之而無不及，實互相印證，亦何可鄙之有。予不求因果之報，不修净土之宗，惟以佛教集戒殺之大成，闡文明之真義，心實服膺。故予綜攬羣言，首宗其説焉，次則推崇美總統林肯拯救黑奴之績，及感於史遷游俠之傳，皆抑强扶弱，純然發乎義憤，而無所自私。道德之定義，惟無私者，永立於不敗之地，而亦感人最深。予慕游俠，非欲效朱家、郭解之行也，惟本其抑强扶弱精神，欲救世之不克自救者。黑族昔未開化，等於禽獸，而林肯救之。禽獸天賦缺憾，無力自救，而釋迦牟尼悲之。予内省良知，遠契諸先覺微旨，爲彼喑啞無告之動物呼籲。於人類對物類之暴行誤解，不憚辭而闢之。善哉！英國禁止虐待牲畜會之宣言，謂欲造成公衆之新觀念（To Create a New Public Opinion）。夫吾人恃强凌弱，恣殺他類以利己而不恥者，皆原始觀念之誤，則改造觀念，洵爲必要之途徑。兹擇舊觀念之誤點如左：

（一）誤認禽獸爲天賜吾人之食品。　弱肉强食，乃事實所演成，非公理所特許。試思吾人有時被猛獸如虎、狼、獅、豹等吞噬，或被蚊虱等蟲吮吸膏血，吾人亦承認爲天賜彼等之食品否？

（二）或謂人類如不殺禽獸，則禽獸將繁殖聚而食人。　人爲萬彙之靈，智勇兼全，畏爲禽獸吞食，無法防禦，非愚即妄。禽獸本不食人，凡方齒之獸（其齒與人相類）天然食芻，非食肉之類。其特種之鷙禽猛獸，自應以特别方法處之。即或聚而殲之，以減其種族，亦較助其繁殖，徐爲無盡之慘殺，以供食用者，其仁虐之分，猶相去億萬里也。

（三）或謂肉品及齒革羽毛之豐富，捨棄爲可惜。世界萬物供給人類之用，已至豐富，何必貪婪無厭，以慘殺求額外之需。且科學精進，一切天然物多可以人造品代之，如人造絲已大著成效。歐戰後，德國一切食用等物之匱乏者，幾悉以人造品代之，此其明證也。當白種人販賣黑奴時代，黑人之生命幾與牲畜相等，設屠食其肉，未必不甘於牛羊。其髮可製氈毯，其骨可製器物，苟無林肯義師之戰，黑人之髮革齒骨，或且入工廠爲大宗之原料，一旦廢棄，不亦視爲可惜耶？

（四）或謂動物非我族類，不得以人道論。荀卿曰：「萬物異則莫不相爲蔽，此心術之公患也。」使萬物各私其類，各黨其同，蔽以成見，相爲殘殺，則道德不復存在，文明永無可期。循是以往，近則可攫殺鄰人，以啖所親；遠則可越國界，捕殺外民，以饗所屬。凡膚色有黃、白、赤、黑之判，眼有深淺，鼻有高低之别者，皆可祖其所同，而殺其所異，此與白人販賣黑奴之心理，猶五十步之笑百步。乃親疏之計，非一視同仁之旨，況同此血肉，同此感覺。惟以形貌之異，遂擯諸道德矜憐之外，以彼之痛苦流血，饜我口腹之快，利用之私，悍不動心，覥不覺恥，此豈以文明進化自詡之人類所應有之態度耶？使此穢德腥政，與天地相悠久，則吾寧願此瓌麗之地球及早陸沉，以滌巨玷，四大皆空，萬有寂滅之爲愈也。

英國禁止虐待牲畜會，有百年之運動，始微著成效，吾人欲謀範圍較廣之組織，應預爲千年之運動。吾生有涯，世變無極，惟以繼續之生命，争此最後之文明，莊嚴净土，未必不現於人間。雖目睹無期，而精神不死，一息尚存，此志罔替。吾言息壤，天日鑒之，凡吾同志，盍速興起。

【校】

〔並舉該會概略……予今謀創之會則更進一步〕歐美之光本無。〔儒者弗取〕同上作「儒者囿於門户之見，善而不取」。〔附和〕同上作「服膺」。〔笑爲迷信〕同上本無。〔實互相印證……不修净土之宗〕同上本無。〔惟以佛教三句〕同上作「集公道之大成，闡文明之真義，世界任何宗教，寧有善於此者」。〔必要之途徑〕同上作「必要之圖」。

【箋注】

〔一〕本文是在前千年之運動一文基礎上删改而成，可與前文參看。

致倫敦禁止虐待牲畜會函

親愛諸公：

請准予提議數事，以備參考，因公等乃同情於可憐無告之牲畜者。

（一）吾人類誤於强權即公理之謬説，認牲類爲上帝賜與人類之食品。譬如因特別情境，吾人或被野獸如獅虎等所吞食，或被蚊虱等蟲所吸吮，吾人豈承認乃上帝賜與彼等之食品乎？由是而論，人類之殺物類，純出於以强欺弱，豈有他哉！予認此事爲世界文明重大之羞恥，當美國故總統林肯氏因救黑奴而開戰之前，白人之視黑人與牲畜相類，殆不自知其謬，恰如今者吾人之殺物類同一誤解也。如諸公欲完全貫澈公等之主義，應勸導人類完全停止殺害物類。

（二）予不鼓吹人道之仁義，因人之有口能言，有手能寫，無俟予之嘵嘵。予但爲處於世界悲憫矜憐之外之物類籲。予爲中國女子，夙受吾國至聖先師孔子之教，以爲殺生縱不能完全停止，亦應予以限制。當吾國周代，天子無故不殺牛，大夫無故不殺羊，士人無故不殺豕。屠牲必先説明事由，如因國慶宴饗等節典，先期須請允許，證彼等日常食品穀糧蔬菜而已。

（三）人類因疾病入醫院受手術時，先用珂羅芳、伊塞爾等迷藥，獸類同此血肉，同此痛苦與感覺。予以爲此等手續，應由立法會議正式通過，用於屠場，但屠場殺牲日以千萬計，用珂羅芳等藥未免太昂。當歐戰時，德軍用毒嘎斯薰斃敵人。據聞，受者立時昏迷，無鋒鏑槍彈激刺之苦。倘屠場採用此法，較用藥爲經濟。或用電氣及他種方法，諸公如潛心研究，不患無盡善之法也。

汝之忠誠者吕碧城謹啓，一九二八年十二月十一日。

【附録】

倫敦禁止虐待牲畜會覆函

親愛女士：

予等謝君惠賜有興味之長函，但君顯然未知本會因人類殺牲爲食品事，已有多年之運動。予欣然奉告，予等現有毫無痛苦之方法，使牲類失其知覺，其法係以無子彈之彈藥包射入腦中。此法現已由多數之屠户自由採用，其未採用之城市，則由地方會議强迫施行，在蘇格蘭已正式訂爲法律，施行全境。予等希望此法或相類者，於本國（指英倫）不久亦將由立法會議通過云。予等奉寄本會所刊各種書册，當爲君樂於披覽也。汝之忠誠者總書記費好穆謹啓，一九二八年十二月十四日。

按：予曾將此事與一美國女友談及，據云伊之鄉里芝加哥城，已採用免除痛苦殺牲之方法，其他各大都會諒亦多採用者。吾國地廣民衆，駕乎歐美，竟任野蠻殘忍之屠刀，流行數千載。吾民子孫繁衍，皆由無量數之痛苦，飼哺流養而成，即此一節，較諸歐美已多愧色。至希國人便中鼓吹，俾吾國文明得與各大國同躋一等之程度，而勿遺羞於世界也。

致美國芝加哥屠牲公會函

諸位先生：

予聞貴會有最新文明法用於屠場，能使獸類失其知覺而無痛苦。公等能惠然示我以詳情否？予爲中國女子，夙矜恤彼可憐無助之牲畜，欲免除彼等無必要之痛苦。我國疆域如此廣大，肉類食品之供給，當超過任何國所需之量，然而尚未採用屠獸之新法。近者予曾函詢倫敦禁止虐待牲畜會，彼等復函所呼爲人道文明屠牲法者，謂以彈藥包射入腦中，使失知覺而無痛苦云云。予甚疑之，以爲彈藥包射入腦中，何能無痛苦？又聞瑞士屠牲法，係用機架圅拘牛首，使其固定不能轉移，而後以少許炸藥射入腦中。其法與現行於英倫蘇格蘭者相仿，予均不能認爲滿意。若貴會尚未發明較善於此之方法，予提議試用毒嘎斯，即歐戰時所用以殺敵軍者。據云嗅之者立失知覺，其功用與珂羅芳或伊塞爾相類。此法如用之屠牲，每次可殺數千，其毒祇薰入腦中及吸入肺中，而不染及血肉，無礙於肉品之供食也。此外或更有他法，如用電力殺生等。倘諸公肯惠然研究此問題，自能得盡善之法也。此候覆音。

最誠實之吕碧城啓，一九二八年十二月廿一日。

覆函由美至歐，需時一月，不克久待，先此函付刊。希海内同志，提倡戒殺之餘，先倡此說爲急，則治標之策，雖吾國文明程度相去尚遠，然三年蓄艾，必先運動方獲效果，跂予望之。譯者自誌。

佛教在歐洲之發展（一）

信仰自由，文明各國皆垂爲憲典。然歐洲近復有自由信教之運動，蓋匯攬百宗，删粃擷粹，此中消息精微，固有待於學界耆宿，爲藍篳之先導，非盡人皆善自抉擇也。倫敦現有雜誌名此路（The Way），出版處 Athenaeum Road Whetstone London N.20，每季一刊，專闡此旨。主編者，沃爾緒博士（D.R.Walter

Walsh）。予由博士介紹，得與倫敦佛學會總理及倫敦佛教聯合會主席赫穆福雷君（C.Humphreys）通訊，得知概略。

近數年間，世界佛教廣爲中興運動，蓋以東方形而上之哲學，應西方物質主義之反響，而補救其失。在日本尤爲特著，風靡全國。中華因擾亂，欠有秩序之發展，幸尚有太虚法師爲之拄揞。其在印度，則有多數團體及雜誌之組織，俾聖教復返於母國，因印度已久非佛教國也。（按梁任公撰佛教與羣治之關係篇有云，謂印度信佛而亡國者，闇於歷史者也。佛滅度後十世紀，全印已無佛教。印之亡，正以佛教不行也云云。）歐洲承物質之弊，偏枯不樂，遂有多種精神學術之發展，佛教其一也。羅斯博士（D.R.Ernest Roest）認爲真實之哲學，於一九零七年爲介紹於英倫及愛爾蘭各島，遂有貝利經學會（Bali Text Society）之設，積極運動，惜絀於財力，未臻巨效。一九二四年，佛教羣衆，收合餘燼，承繼已停版之佛學評論，而重組織倫敦佛學會，實即一九零七年之大英及愛爾蘭佛學會之擴充改組耳。現方編譯及詮釋各佛經，爲重大工作，出版有何者爲佛學西方意見之答詞。此書初版七百五十部，瞬即售罄，今再版一千本（予得一册，已另撰文，將投大公報文學副刊）。其他佛學書十七種，均私家著述，可向此會索購。會中機關報爲佛學在英國之月刊，出版已將四載，全年七先令六便士，零售每册一先令。此報頗受歡迎，編輯室中，恒堆滿各地之來件，皆精警之論著，及實證之資料，而西方人士於此之感興味，亦可見矣。該會復設有宣講隊，偏佈全英國，但講員之數尚不足應公衆之需要，而有待於設法羅致，現暫以十六頁之小册名佛學及其在西方之運動以代其不足云。而一九二五年倫敦創設之英國菩提會，則有英國佛學月刊。該會組織尚未完備，彼等專修貝利禪宗（Bali Meditation），但英國學生佛教會之會員，常往該處演講，予以助力，據聞近亦大有進步云。學生佛教會每星期集會於Hi Clacester Road N.W.I.且由Geylon延有高僧三人居於該會所，爲之教授，另設有Theravada學校。至日本及中國學生則有大乘原理之刊，日本人且在倫敦發行英文之佛學季刊，名The Eastern Buddhist，每年價十五先令，在美國寄售則美金三元半。編輯者皆學界領袖，出版處The Eastern Buddhist Soecity, Kyoto, Japan。倫敦復有卡拉穆士雜誌，以各教互相比較，而重注於佛學，主編者亥士（Rev.Wiu Hayes）。此其概略也。

美國紐約有北美佛學會，地址爲Suite 7.No.1283, Sixth Avenue，主持者瓦雷君。哥倫比亞大學之日本學生，多與聯絡。火奴魯魯則有Hongwanji Mission of Honolulu，主持者杭特君。波斯頓現方由白琅女士籌辦佛學會。

其專以繙譯經典推廣佛教者，德之Munich城有史華伯君專任德文，巴黎有著名詩人及著作家馬特瑞君專任法文，日本有Takakusu博士，專任日文。其通信員等則美國芝加哥博物館人類種族學教授羅福爾博士，德國佛郎府大學教授韋爾穆博士，英國倫敦佛學會赫穆福雷君。

中國人在歐洲之運動，則始於太虚法師〔二〕，一九二四年應德人之請，説法於柏林。韋爾穆博士及佛郎府大學教授等數十人，實主持之。該處原有之佛學會，自戴爾克博士逝世後，乏人維持，至是復振。厥後法政府正式邀往巴黎説法，而世界佛學院遂成立於巴黎之Mussie Gulmst 6 Place Dejena，旋由英國邀往倫敦。講席既開，英之各佛學會，及中日兩國學生麕集，於是議決辦法大綱四條如左：

(一)英倫及愛爾蘭原有之各佛學會自此互相聯絡，共策進行。

(二)組織佛教大聯合會，凡中國、日本、暹羅等國之學生佛教研究會皆屬之。

(三)倫敦於每年華曆七月十五，月圓之時，開大會演講佛教。

(四)由倫敦推及各行省。

綜各刊大旨，謂佛教係以哲學根據名學公式演成之宗教，擯斥神權，注重研究。其教義之高尚精湛，微特各少數教主，莫能與京〔三〕，即地球有史以來，任何人均未能爲此項之發明。以歐洲大戰後情勢而論，西方人不得不别求有理性之真實哲學，以決解人生問題，而佛教適合此項之需要云云。

各刊多用杏黄色函面，精繪水蓮標誌，通訊之箋，亦多倣此。函末署名，曩用汝之忠實者某某字樣，今則予等皆自稱皈依正義者（Yours in Dhamma），頗别饒興味。

國際保護動物，非戰弭兵，闡揚佛教各團體，每互有聯絡，函札往來，愈引愈多。間有稱釋迦世尊爲我主（Our Lord）者，其推崇可謂至矣，然僅奉以爲法，非佞之也。佛訓吾人獨立自尊，無依賴性，故趙孟可使人貴賤[四]，祭師可代人祈福贖罪，而釋迦如來不能使人成佛消劫，蓋佛教專重自修，自造因果，佛無能爲也。世人斥信佛者爲佞佛，佛固以無權自居，而不求佞。即此一端，已見誠明之德，爲決不誘人盲從之證。

中國丁世運之劇變，民生塗炭久矣，亟應定佛法爲國教，而以孔教輔之。其信仰他教者，亦各從其便，概與自由。儒釋二教，體用皆極契合，中外時賢，早有論列，惟佛法更爲貫徹圓滿耳。歐族尚欲借此自救，吾人亟應返納故軌，否則前途杌隉[五]，雖再閲百年，亦不能定。「人心惟危，道心惟微」[六]，其此之謂歟？

【箋注】

〔一〕本文録自一九三〇年二月所刊海潮音第十一卷第二期。

〔二〕太虚法師（一八八九—一九四七），近代高僧。法名唯心，俗姓吕，浙江崇德（今併入桐鄉）人。著有太虚大師全集等。

〔三〕莫能與京，意謂大得没有誰能與之相比。史記陳杞世家：「八世之後，莫之與京。」集解：賈逵曰：「京，大也。」

〔四〕故趙孟句，孟子告子上：「趙孟之所貴，趙孟能賤之。」趙孟，晉國正卿趙盾字孟，因而其子孫都稱趙孟。孫奕示兒篇：「晉有三趙孟，趙朔之子曰武，謚文子，稱趙孟。趙武之子曰成，趙成之子曰鞅，又名封父，謚簡子，亦稱趙孟。趙鞅之子曰無恤，謚襄子，亦稱趙孟。」

〔五〕杌隉，不安貌。書秦誓：「邦之杌隉，曰由一人。」

〔六〕人心二句，見僞古文尚書大禹謨篇。意謂人心不是安定的，道心是幽昧難明的。道心，即道德思想。荀子解蔽：「人心之危，道心之微。」

海外歸鴻[一]

八月九日大公報載，衛生局科員焦錫經、鄂鬱蒼等提議，定蒙古産牛爲菜牛，准在本市出口輸往外洋云云，殊爲詫異。吾國民生主義傳統已久，專制時代，親耕教稼，保護耕牛，古制昭然。殘暴如赤俄，亦以勞農標榜，蓋古今中外之通義也。今當北方飢饉大災之後，忽提倡耕牛解禁，較諸歉歲米商販米出洋，關係尤重，應召社會嚴重之注意，而不容漠視。焦、鄂兩君之提議（見大公報），既云「蒙古之地，多荒蕪未墾」，則正應勸農勸墾，何反欲將該地之牛，運售出口。蒙古究屬我國版圖，即對鄰邦，亦悖忠恕之道。況此禁一開，售牛之事，未必限於蒙古。該議有云「山東牛産體格較大，價值低廉」，「亦無不可漸使內地産牛，亦可應人類之要求」云云，則吾人安得以彼所指者，爲甌脱之地（蒙古）[三]，遂減輕其注意耶？該議謂「吾國畜産事業，尚在幼稚，産額若何，既不能確實調查，自無精密統計」，乃又言「過剩産額運往外國，以我之餘裕，供彼之不足」云云，何自相矛盾乃爾。但以「窺諸青島一隅每年出口數目極巨，斷爲牛額過剩」云云，此乃不根據於調查統計之盲窺臆斷。本年八月十八日上海時報登有山東災民售牛之像片。注云，農民只顧目前温飽，不計明年稼穡。據此則非因過剩而出售也明矣。該議謂「只求繁衍得當，斷不致供不應求，而致牛荒」，試問繁衍得當，有何保証可操左券？且售牛乃貿易之事，片言可以解決，當日可以成交。而小牛之生産及成長，則需待經年，孰難孰易？該議一則曰「斷不致牛荒」，再則曰「斷爲牛額過剩」；既自言不能調查統計矣，而復一斷再斷，斷言如此之多，是何用意？既自知「吾國畜産事業，尚在幼稚時代」，又急欲爲總批售之出口，捉襟見肘之言，殊難索解。中國地廣而荒，縱使牛額過剩，各盡其用，亦無嫌多之理。

吾華以農業立國，正當之生産多多益善。國人但知東南爲財賦之區，實則蕞爾江浙〔三〕，所占幅員，不及全國三分之一。而西北廣袤，怠於人工。清季曾遣貽穀爲綏遠墾務大臣〔四〕，頗著成效。乃未幾貽穀被讒罷黜，墾務亦廢。近有農林專家傳君志章，查得該處可墾之地，約數千萬畝。著有綏遠圖誌一書。嗣華洋義賑會復遣技師查得有水利之田八百萬畝，土質肥沃，遠勝中原久耕之地，每畝價僅一元有奇。若早經營，以過剩之牛，移爲該地開墾之用，則此次西北大災可以倖免，不較勝將牛售與外國耶？該議謂「況津埠禁止出口，係起自軍閥張、褚時代」〔五〕，敝見凡能維持民食者，不論是否軍閥，是否張、褚，皆善政也，何得以人廢政。且此禁一開，村氓無遠慮，惟利是圖，雖非蒙古之牛，亦將混充蒙産。淵魚叢雀，騙誘有人，内地耕牛，不難瞬息盡入海舶，誰能調查及辨認牛之籍貫。縱能調查辨認，以慣於徇情舞弊之中國，謂能嚴劃界限，奉公守法，其誰信之？吾國災荒，雖多由内亂釀成，然苟設備周詳，則範圍不致如此擴大。國人若非患道德上之麻痹者，應如何懲前毖後，預防水旱，廣蓄耕牛，使不再成災。然如焦、鄂兩君之計畫，將使此災成永久性之癱症。繼續存在，將災民未來之生機，根本斬絶。該議謂「爲商民謀福利，以此爲先決問題」，「嗣後講求牧畜之道，促進特别發育」，是以售賣爲先，以講求牧畜發育爲後，利固占得先著矣，其如牧産之青黄不接何。所謂謀得之利，能否擔保，其不被小部分所吸收，而貽大羣體以災害，此乃「亟待研究之先決問題」耳（此句借用該議原有者）。明知售牛即害農也，乃巧創新名曰菜牛，其言曰：「耕於田者，自屬耕牛。牧於野者，何妨假定爲菜牛。」此等假定，殊堪噴飯。同一牛也，有時耕於田，亦有時牧於野，所處既無定位，所用何分定名。越雷池一步，立即改變名稱，非牛之本身失其耕作之能力也。不使之耕，遂名以菜，於是乎乃運售出口曰：「此乃菜牛而非耕牛也。」夫牛有耕種之功用，乃五千年之事實，及四萬萬人之心理，而得耕牛之名。今以一二人之計議，竟易名改用，苟循此例，且可杜撰「菜人」之名。譬如吾人遇較優之民族，以吾人之愚弱無能，或德性腐敗，只可供菜肴之用，加以菜人之名，爲屠場貨品，有何不可？

本年五月國際保護動物會，開會於維也納，曾苦勸猶太人屠獸應用機器，俾失知覺，而免痛苦。不得用刀斧，且屠時應將各獸分隔執行，勿令彼此互見流血之慘，而猶太人悍然不顧也。□□□□□□□□□□猶太人被阿拉伯人大屠特屠，猶太婦哭訴於醫院，謂眼見其子女家族被刀砍成數塊，血濺此婦之衣。八月杪之歐洲各報多紀有此事，距維也納之會，爲期恰一百日。猶太人竟供阿拉伯人之刀俎，與菜獸易地以處，而爲菜人矣。吾述此事，並非對於巴勒斯丁之變，有幸災樂禍之心，乃申明恕道之必要，不必待災禍之臨本身本族而始感覺耳。近人有提倡農業應科學化，用機器以代牛耕者，高論無裨實用，只可期諸將來，不能行於現在。以中國田地之廣，安有此財力，皆購機器耕之，又安能遣派技師，一一教授各農人以使用機器之法耶。况牲類出口供屠，爲一種不道德之事。有國際同盟反對牲類出口供屠會，設於倫敦，其地址如下 H,LINCOLN'S INNFIELDS,LONDON,W.C.2 ENGLAND，可見此爲世界之公共觀念，非予個人之私見也。此文脱稿後，旋見九月廿五日之順天時報載，東京新聞聯合電：「輸入蒙古牛一事，因輸出地方正值農事時期，以致一時停斷。自本週開始輸入，預定每年輸一萬頭云。」據此益足證明所輸出者，乃有關農事之耕牛，非所謂菜牛也。如當局已解此禁，望權其輕重，速收回成命。君子之過，如日月之食，其光明磊落行爲，當爲社會所欽仰，不以出爾反爾少之。事關害農釀災，凡我仁人，與其將來奔走營救，何如未雨綢繆，及早爲嚴重之抗議乎。

耕牛出口之禁，爲時已久，未聞有人提議解禁。迨予在維也納之演説稿讚美此事，刊於大公報，未及一月，即見焦、鄂兩君之提議（該議有「准予屠宰及出口」之句）。是國際之運動及予之演詞，不惟不能使彼等感動毫末，反因此引起妙計，恰如國際禁烟會議宣稱，凡私造鴉片及諸麻醉毒之各工廠，一經察覺，即列表宣佈，以暴其惡。不料巴爾幹半島、南斯烈夫等地種烟之鄉民，反利用此表，得知各工廠之所需，而私供給其原料。此與予贊美耕牛出口之禁，反引起解禁何異。因予演説稿之披露，致億萬耕牛喪其生命，航海萬里，流血萬丈，且因此害農釀災，造成無數之餓莩，我雖不殺伯仁，伯仁由我而死〔六〕。焦、鄂兩君將予陷入如此重大之罪惡中，予實承當不起。如當局不收回成命，予將手寫……一百卷，建塔藏之，勒石爲誌，以自贖罪。予和平澹泊，與世無争，尤無心與不相識之人尋釁。今本良心，迫而出此，任何犧牲，皆準備領受，亦不畏對方之反攻。如焦、鄂兩君能慨然悔悟一時之過，人非聖賢，孰能無過，固極欽佩！即有反駁之詞，予亦願虛衷領教，請貴報爲一例登載，以彰公道爲幸。

【箋注】

〔一〕本文録自一九三〇年三月十日、十一日天津益世報，署名吕碧城。

〔二〕甌脱，荒遠邊境。葉昌熾聞藹人將軍貽穀督辦蒙古墾務以墨敗感賦二首三疊前韻詩：「穹幕荒凉甌脱地，豈知下土異剛壚。」

〔三〕蕞爾，很小的樣子。爾，形容詞語尾。左傳昭公七年：「鄭雖無腆，抑諺曰『蕞爾國』，而三世執其政柄。」杜預注：「蕞，小貌。」

〔四〕貽穀，晚清官員。清史稿貽穀傳：「貽穀，字藹人，烏雅氏，滿洲鑲黄旗人。光緒元年舉人，以主事分兵部，晉員外郎。十八年，成進士，選庶吉士，授編修，累遷内閣學士。……山西巡撫岑春煊奏晉邊察哈爾左右翼及西北烏蘭察布、伊克昭兩盟荒地甚多，請及時開墾，派大員督辦。詔以貽穀爲督辦蒙旗墾務大臣。貽穀有經濟才，艱貞自勵。既奉命，鋭以籌邊殖民爲己任。其督墾地界，綿延直、晉、秦、隴、長城、河套，凡數千里。……三十四年，貽穀劾歸化城副都統文哲琿侵吞庫款，而文哲琿先以敗壞邊局、蒙民怨恨劾貽穀。朝命軍機大臣鹿傳霖等往查，傳霖以已革布政使樊增祥等爲隨員，奏覆，褫貽穀職，逮京，下法部勘問，三年不能決，卒坐誅丹丕爾事，讁戍川邊。」

〔五〕張、褚，指民國時期奉係軍閥張作霖、褚玉璞。

〔六〕我雖二句，語出晉書周顗傳：「初，敦之舉兵也，劉隗勸帝盡除諸王，司空導率羣從詣闕請罪，值顗將入，導呼顗謂曰：『伯仁，以百口累卿！』顗直入不顧。既見帝，言導忠誠，申救甚至，帝納其言……敦既得志，問導曰：『周顗、戴若思南北之望，當登三司，無所疑也。』導不答。又曰：『若不三司，便應令僕邪？』又不答。敦曰：『若不爾，正當誅爾。』導又無言。導後料檢中書故事，見顗表救己，殷勤款至。導執表流涕，悲不自勝，告其諸子曰：『吾雖不殺伯仁，伯仁由我而死。幽冥之中，負此良友！』」伯仁，周顗之字。

致舄公君函〔一〕

舄公先生左右：

前奉兩函，知拙著已爲刊於民言報，謝謝。承教以手録詞稿一份存圖書館，至紉卓見〔二〕。但舊稿久由日本駐英公使爲存於東京圖書館，惟非全稿耳。數月以來，文字之債，蟬聯無已，未遑函候爲歉。頃得六月二日賜書，知尊著將於七月半出版，屬撰序文，亟應附驥（按，即指人海微瀾及隱刑而言。記者）。惟自慚才盡，且時日太促，謹以簡短之急就章呈教，不知適用否？城於説部完全外行，强作解人，得毋又蹈侈談之誚。故國佛徒各執宗派，但鄙人爲新近尚未標派，奈何亦被詆斥。倫敦各佛會亦多彼此不睦，可爲慨嘆。潘之軼事〔三〕，可供尊著材料，便中尚希褒揚。彼初名聯貴，城爲改今名。歿時惟城輓之，其名再見於報紙，即以收場（此語沉痛極矣。記者）。

當其居故都時，清才玉貌，聲華斕然，而逝後諸故交中竟無一字之輓。生前則諸名士每以詩調之，不知左右曾聞易實甫之詩案否〔四〕？易爲詩徧評都中諸名媛，尤力繩潘貌之美。潘率諸采伴往毆之〔五〕。他人復爲詩嘲易君，有「潘蓮熊掌石難當」之句〔六〕。蓮謂潘之金蓮，掌指一熊夫人之手掌，石則易實甫也（實甫有時亦自署石甫。記者）。

女士本吴姓，遭家難，螟寄於潘氏。受繼母虐待，城遂挈往於滬静安寺路新建之宅居住。迨其嫁南洋盧君，城復伴送至北京，任賓相之役，即Bridemaid，扶之行禮。盧君生長南洋，甫習國語，國文則目不識丁，於喜筵中問某客曰：「你是甚麽東西？」其意謂「你姓甚麽」，但初學語言，誤成笑柄。潘卸妝入洞房，即痛哭不已。此數年前事也。

潘女士伉儷間，純用英語。其夫於潘逝後數月亦殁，同葬於南洋。其畢生抑鬱，已可概見。聊述概略，左右聞之，當亦爲嘆惜也。匆佈，敬頌著安！吕碧城六月十八日瑞士發。

【箋注】

〔一〕本文録自一九三〇年民言畫報第三十八期，據文末日期，可知作於是年六月，時在瑞士。題下有副標題「述潘連璧女士軼事並悼詞」。文末「附吕女士悼潘女士詞兩闋」，兹从略。皛公，潘伯鷹（一九〇五—一九六六），原名式、嬰，字伯鷹，號皛公，别署孤雲，安徽安慶人。小説家、詩人、書法家。早年入桐城吴闓生門下習經史文詞，著小説人海微瀾等。後潛心書法及詩歌創作，有中國書法簡論、玄隱廬詩集、潘伯鷹行草墨蹟行世。

〔二〕至紉，舊時信札中之客套語，意謂深感對方。李心傳與王周卿舍人啓：「跋語之囑，至紉不彼」。

〔三〕潘之軼事，謂碧城門生潘連璧女士早年與名士往來的趣聞及婚後的遭際。

〔四〕易石甫，即易順鼎（一八五八—一九二〇），字石甫、實甫、實父，號哭庵、一厂居士等。龍陽

（今湖北漢壽）人。光緒乙亥舉人，歷官廣東廉欽道。入民國，任印鑄局局長。後失意，放浪形骸，恣情聲色，貧病而死。有琴志樓編年詩集十二卷、琴志樓遊山詩集八卷行世。

〔五〕易爲詩三句，袁克文辛丙秘苑易順鼎惹禍：「京中貴婦名媛，假榮禄故園作遊藝會，籌資濟賑。時初夏佳晴，宜於遊賞，易哭庵慕其盛，邀予偕赴。予有書記方重審，少年好事，亦與同往。予素惡囂雜，遇集會事咸弗與臨，易、方之約，初亦却之，要迫再三，不獲辭避，乃同莅園會。一院中陳雜物，諸婦女咸在，遇遊者輒求鬻。有唐在禮之夫人，予盟嫂也。潘連璧女士，北洋女子公學生也。章以保女士，北京女子傳習所生也。三人咸識予，要予助金購物。予出數十金，易一銀籃、一銀匣，及他物累累。易、方争携之，唐夫人以絹花酬予，蓋助金者咸若是。易乞一枝，唐亦予之。易手持物，不遑兼顧，因乞爲簪襟上。唐素爽特，無婦人習，故未以易爲妄而斥拒也，易大樂。適陳物鬻罄，潘女士導予遊觀，易、方從於後，盡歷園景，薄暮始别女士行。是夕歌集城南樂家，易、方又偕往。筵間招雪印軒、石曼君諸女侑觴，咸擅昆曲者。易擊節狂吟，盡歡而散。翌日，報載易紀事詩六絶句：一遇熊希齡夫人；二唐夫人爲簪花，有『黑妞小名何須諱，是梁紅玉是張穠』句；三譽潘女士，有『水紅衫子水紅裙』句；四記鬻物諸女士；五贈雪印軒；六贈石曼君。其序中謂予偕往云云。唐、潘見之大怒，咸就予責問，謂予導其往，不應聽之爲此詩。

辭既輕薄，復與女妓同列，太難堪矣！唐尤憤，因其夫見詩注有簪花云云，疑有隱昧，嚴詰深責，唐避居醫院，幾至絶離。予亟代服罪，且允糾易之誤，遂屬易作詩正謬，既辨既謝，唐氏夫婦始和好如初，潘亦釋然。」采伴，貌美同伴，多指女性。丁丙武陵坊巷志卷二十一：「是紅閨采伴，約踏燈街。」

〔六〕他人二句，王森然易順鼎先生評傳：「民國初年，京師有華洋義賑之舉，勸捐賣物之役，皆以各閨秀貴婦充之，所得款項，全數助賑，一時傳爲善舉。孰料哭庵竟志詩十餘首，刊載於亞細亞報之文苑欄中，將各閨秀詳加品評，而於某省長之女公子潘小姐名下加以『顏色尤艷』數字。一時衆娘子軍大憤，由熊希齡夫人及潘女士爲首，向亞細亞報質問，後經該報道歉了事。時王湘綺客京師，即成打油詩一絶，持贈哭庵，其末句云：『連累可憐亞細亞，潘蓮熊掌實難當。』可謂謔而又謔者矣。」

評梟公小説集〔一〕

自新文化汎濫以來，予於坊間小説，概不寓目，以其字句冗贅，損耗時間也。偶於大公報讀潘君諸作，始嘆懷異之才，不以時代而致磷淄〔二〕；而里閈之言，不假文辭亦見錚佼。軼倫拔萃，胥視其人學識之造詣耳。矧常人注意作文，名家則注意用筆。摹聲繪影，色采票姚，作文也；旁渲側襯，詞義藴藉，用筆也。諸作諷世砭俗，紓寫深刻，每以微旨，隱示觀過之知；間設伏綫，遥繫未來之局。而首尾迴合，治絲不紊。史遷慣用此筆。蓋史以紀事，而人事蕃變，本有先機，特當局忽略不察耳。著者得此中三昧，盡捭闔出入之能，藝而進乎道矣。當兹世風凌替，人欲横流，書賈廣煽詖邪，藉以牟利，苟無狷介之士，矯枉扶欹，示以模楷，則民彝胥弱，曷有其極？此予於潘君諸作，不惟喜其文筆之雋，而尤欽其文品之高也。潘君其勉之。

【箋注】

〔一〕本文録自一九三〇年第四十七期民言畫報，碧城時旅居歐洲瑞士。署名吕碧城。

〔二〕磷淄，比喻因受環境影響而發生變化。論語陽貨：「不曰堅乎，磨而不磷。不曰白乎，涅而不淄。」磷，因磨而損。淄，因染而黑。

拿坡倫后之鑽飾案〔一〕

皇室寶器，理難世襲，興亡憑弔，千古同感。尤以宫闈之儉奢，覘天禄之修短。

室有賢助，尚以齊家，況國母乎！記者曩遊倫敦堡參觀珍品，惟歷代英皇所御之鑽石冕數具，及御杖等，宫眷珍飾，竟無可稱。而維多利亞女皇御極之冕，且係由各舊冕拆湊所成者。儉德如此，宜乎終其身稱郅治〔二〕，而國祚迄今鞏固勿替也。他如俄前皇室，瑰寶無價，徒供他人攘掠之資；遜清慈禧后亦尚奢華，卒賈盜陵之禍〔三〕，同其例也。

記者又嘗遊巴黎之馬勒梅桑，吊拿坡倫后約瑟芬之故居，衡宇湫隘，如庶人宅。練裙在椸〔四〕，直與中華史上馬后媲美〔五〕，不圖見之巴黎第一貴婦之邸也。后以無子，而賦仳離，後世惜之。

拿翁以連横策續娶奥皇之嬌女瑪麗魯易絲，奇裝曠世，尤炫珍飾，而閨襜之間，轉乏倡隨之樂，此拿翁畢生之隱痛。但藉爲桑榆之慰者，結縭暮年，獲舉一子，即羅馬王，稱拿坡倫第二。而瑪麗后遂以此復得其夫之厚貺，以爲紀念，即一鑽石項串，由拿皇竭其權力，窮搜舉世最佳之鑽，共得四十七粒，召著名之飾匠尼吐使精心鑲嵌。工成，式樣極巧，尼吐竟榮膺懋賞，而名益著。

拿皇忽作預言，謂若干年後（報紙曾載其所指之年數，記者忘之矣），當被他人以賤價售於紐約，此殆感慨之言，雖厚斂以媚閫〔六〕，終有慊於心也。詎此物果於前月出現於紐約，由珠寶商米且爾公司以美金四十萬購得，未幾以盜售涉訟，物主爲奥國來坡那大公之夫人瑪麗台來撒。數月前，大公夫人由維也納來紐約，盛妝遊宴，此串時璀璨閃光於夫人之頸，暇則藏於保管庫，最後取用，竟不翼而飛。按外國保管庫，每有於合同上注明，不負貯藏物之責任者，但商界重價交易，類有保證，不難根究。

現爲追緝各關係人，即來坡那大公，亦由維也納傳至紐約質證，但米且爾公司已將此串之鑽石拆卸，分鑲於他類飾物，縱得原璧歸趙，而古物已非舊觀。名匠尼吐之手藝，不可得見矣。

【箋注】

〔一〕本文録自一九三〇年四月二十四日天津益世報，署名「吕碧城女士寄」。一九三〇三月十二日申報社會新聞載：拿破崙金剛鑽項圈，價值四十萬元，最近已易主人。紐約訊：「世界著名之拿破崙金剛鑽項圈，於數月前忽傳失蹤，經紐約珠寶商界偵查，現已查得安然在一珠寶商之手。此商人係從英國殖民地秘密偵探中一對官方面購進，該項圈價值四十萬元。一八一一年間，拿破崙給其后馬利魯薏，全部有大金剛鑽四十七粒，久爲維也納之脱來賽大公夫人所珍藏。最近大公夫人密托上述之英偵探隊官在紐約出售，遂爲某商所得。聞某隊官得傭金六萬元云。」所述不及碧城海外通訊詳實。

〔二〕郅治，大治。清史稿黄遵憲傳：「可以成共和之郅治，臻大同之盛軌。」

〔三〕遜清二句：指民國年間軍閥孫殿英秘密挖掘東陵慈禧墓盜寶事。劉成禺世載堂雜憶清陵被劫記：「奉令掘西太后陵，當時將棺蓋揭開，見霞光滿棺，兵士每人執一大電筒，光爲之奪，衆皆駭異。俯視棺中，西太后面貌如生，手指長白毛寸餘。有兵士大呼，速以槍桿横置棺上，防殭尸起而傷人，但亦無他異。光均由棺内所藏珠寶中出，乃先將棺内四角所置四大西瓜取出，瓜皆緑玉皮紫玉鑲，中間切開，瓜子作黑色，霞光由切開處放出。西太后口中所含大珠一顆，亦放白光。玉枕長尺餘，放緑光。其他珠寶，堆積棺中無算。大者由長官取去，小者各兵士陰納衣袋中。衆意猶未足，復移動西太后尸體，左右轉側，悉取布滿棺底之珠寶以去。於是司令長官下令，卸去龍袍，將貼身珠寶，搜索一空。乃曰：不必傷其尸體。棺中珠寶盡，再索墓中各處殉葬之物。棺底掀轉，現一石洞，中儲珠寶亦盡取之。搜畢，由孫殿英分配，兵士皆有所得。」

〔四〕椸，禮記曲禮上：「男女不雜座，不同椸枷。」陸德明釋文：「椸，衣架也。」

〔五〕直與句，陳建皇明通紀皇明啓運録卷之七：「（馬皇后）性恭儉，既貴，服浣濯之衣，衾裯雖弊不忍易。每製衣裳，餘帛縙爲巾褥。織工治絲，有荒纇棄遺者。亦戢而織之，以賜諸王妃、公主。謂曰：生長富貴，當知蠶桑之不易，當爲天地惜物也。」馬后，指明太祖馬皇后。

〔六〕媚閫，此謂取悦妻子。閫，閨閫，即婦女居處。班固白虎通嫁娶：「閨閫之内，衽席之上，朋友之道也。」

題信芳詞贈言〔一〕

亢虎先生惠存，吕碧城贈。

如將來啓行歸國時，行篋無隙存儲，請轉贈知音，勿抛棄爲幸。因限於經濟，此刊卷數極少，且係最後之作，現已絶筆於文藝也〔二〕。

【箋注】

〔一〕録自碧城題贈江亢虎信芳詞手跡，時在一九三〇年不久。

〔二〕現已句，碧城二卷本曉珠詞跋：「殆庚午（一九三〇）春，予皈依佛法，遂絶筆文藝。」

巴黎佛會一夕記〔一〕

前月七日，予於晚間撥冗赴甘乃麥路（Rue Guynemer）十二號之佛學會（Les Amis Bu Bouddhisme）。按巴黎佛教機關，另有東方佛學會（Assoaiation Francaise Des Amis De L' orient）及世界佛學院（Institute International Bouddhist）等，而此會乃英國琅斯白瑞女士（G.C.Lounsbery）及其同志所組織者。

予抵會所，由侍者導入客室，即嗅覺旃檀香氣，壁間且懸有吾國太虛法師之像。少頃琅女士出迓，略談各地佛會近況。已而諸客續集，主人一一爲款接介紹。華賓惟記者及胡永齡君（前駐法公使胡惟德之姪）。當一九二四年太虛在巴黎説法時，胡君曾爲之傳譯，故於佛教在巴黎發展情勢知之較稔。據稱法政府現特派黛婉尼勒夫人（Alexandra David Neel）往西藏調查佛學。夫人深研禪諦，著述極豐，女界知名之士也。

座間有專繪佛像之美術家詹寧女士（Louise Janin），素面短髮，鉛華弗御，予於燈下遥睹之，初誤認爲美男子。彼旋趨予前曰：「吾聞衆稱君爲吕女士。吾於本年二月份之英國佛學月刊（Buddhism in England）見呂女士之演説稿，殆即君乎？」予應之曰：「然。」轉詢彼姓，始知未識面之前，予曾以龍華法會圖寄投上海時報，即彼所繪也。女士是夕着玄緞東方式之衣，飾以中國官用之拚金繡補，丰神朗朗，如玉山照人，貌極端莊。若扮爲畫中之觀音大士，可謂酷肖。

主席旋爲予介見一眏麗之少女波離陶（F.Politour），據云爲持戒最嚴者，予爲肅然起敬。蓋佛學現於歐洲發展雖盛，學者大抵僅認爲哲理之研究，而疏於戒律。根本五戒中之蔬食〔二〕，尚不躬行，更遑論沙彌十戒〔三〕，優波離二百五十戒乎〔四〕。女士曾由太虚法師授以華名，爲「心源」二字，歐人之得中國法名者，殆以女士爲嚆矢歟？

據客談及，法政府將捐贈地基一方，爲建中國佛寺之用。至日本之日法協會在巴黎建設純東洋式大伽藍佛國寺，則已有成議。日文壇長老野口曾贈日法協會以題佛國寺之詩一首，現經山田耕作氏於數月前苦心撰日本式之交響樂一曲，於四月八日之花祭在日比谷演奏，以資建立該寺之紀念，當日由無線電將此項讚佛之音樂詩歌向巴黎放送云。

【箋注】

〔一〕本文録自一九三〇年五月刊行海潮音第十一卷第五期，署名客星。

〔二〕五戒，指佛教在家男女教徒所應遵守的五種戒條。慧遠大乘義章卷十二：「言五戒者，所謂不殺、不盗、不邪淫、不妄（語）、不飲酒，是其五戒也。前三防身，次一防口，後之一種通防身口，護前四故。」

〔三〕十戒，佛教沙彌和沙彌尼所受的十種戒律。指一不殺生、二不偷盗、三不淫、四不妄語、五不飲酒、六不塗飾香鬘、七不歌舞觀聽、八不眠坐高廣大床、九不食非時食、十不畜金銀寶。智顗童蒙止觀具緣第一：「若得出家，受沙彌十戒，次受具足戒，作比丘、比丘尼。」

〔四〕優波離，古印度迦毗羅衛國人，屬首陀羅種姓。精於戒律，修持嚴謹，有「持律第一」之稱。爲釋迦牟尼「十大弟子」之一。二百五十戒，佛教比丘、比丘尼所持之戒律，凡二百五十條。因與沙彌、沙彌尼戒相比，戒品圓滿具足，又稱具足戒。

梵海蠡測〔一〕

予於佛法雖服膺已久，大抵得諸耳食，重要典籍，多未寓目。今春承海内善信寄贈數種，研習伊始，方興望洋之歎，詎宜率爾操觚，妄有論列。惟讀金剛經略得疑似之解，姑作備忘之録，以資他日參考，非敢謂有契佛旨也。佛曆二千九百五十七年初夏識於日内瓦湖畔。

金剛經屬破相宗，爲闡發般若高渾之作。般若綜别有三：（一）實相般若，妄相破盡，實相始呈，無相之相，如如不動，故喻如金之堅利也。（二）觀照般若，實相即所照之體，智慧即能照之用，能所兩泯，五蘊皆空是也。（三）文字般若，諸法義諦，藉章句以傳，得意忘言，則迹象應遣，故如來説：「知我説法如筏喻者，法尚應捨，何况非法。」即莊叟筌蹄之譬〔二〕，老氏希夷之旨也〔三〕。此經於三種般若，皆擅所長，故引人入勝。以我人衆生壽者四相，開宗立論，賅以三十二分，義博文約，脈絡井然。

或謂此經既以破相爲旨，而所析相分，不若華嚴楞伽之繁變何也？答曰：是乃善現大士爲衆生啓請發心之道，四相就色塵立論，破凡夫之惑亦已具足。若按心境，則有三細六粗〔四〕，合爲九相，以窮因緣生滅之源；若論法界，則有總、别、同、異、成、壞六相，以顯事理圓融之妙〔五〕。是皆十信以至十地菩薩之所修證〔六〕，而非勸人發心之所需也。「發阿耨多羅三藐三菩提心」之句〔七〕，經中凡廿九見，其要旨在此。復次，我人衆壽四相，而以壽相殿之，其尤注重可知。蓋梵典凡雙起之文，重在末字，如賢聖身心染净等皆是。我相者，自私自利也（按起信論所釋人我見，乃以我見而成法執，爲二乘説法，此係勸凡夫發心，故立論不同）。人相者，休戚無關也。衆生相者，賢愚貴賤，我處其間，而欲優勝也。壽相者，倖生忘死，作久遠計，執著最深者也。凡夫惑於色塵，造業受苦，輪迴無盡者，皆認暫爲常，認夭爲壽之故。必先破壽相，則我人衆生諸相皆迎刃而解。故全經結處，以反映壽相之筆，作烘雲托月法：「一切有爲法，如夢幻泡影，如露亦如電，應作如是觀。」戛然而止，有擲地作金石聲之概，發讀者猛省。我佛悲憫爲懷，欲拯羣倫於苦海，故稱凡受持此經者，如來於滅度後，皆悉知悉見，語重心長，溢於言表。

又云：「如來説諸心皆爲非心，是名爲心。所以者何？須菩提〔八〕，過去心不可得，現在心不可得，未來心不可得。」此有二義，爲已發心者説，「應無所住而生其心」，即過去、現在、未來三世不著；爲未發心者説，則以衆生妄念競争，所鶩之利，皆空華幻影，暫而不常。佛以「不可得」三字，點破羣迷，慾薪積厝，頓化清凉。然須菩提爲末世衆生請佛指示發阿耨多羅三藐三菩提心之法，佛答以實無有法（此亦有二義，若爲菩薩説法，即不著相之意），語意益悲，蓋衆生不自發心，佛無如之何也。有情爲佛性，無情爲法性。佛雖欲普度衆生，然必須衆生自度，佛無法可度。

否則衆生應早已度盡，何以我等迄今尚流浪生死，不得成佛耶？何則？萬法唯心，順流則入生滅門，逆流則返涅槃門，乃不易之理也。

爲凡夫破人我執之大旨，既如上述，而法我執不易破也，是必藉微妙縝密之觀照法焉。此法悉藴於三折筆中，如「所謂佛法者，即非佛法，是名佛法」。此等三折筆，文義各殊，凡二十八見，試詮其義。

所謂佛法者，不著法相，姑立假名，循權覈實，即得佛法也。文字之簡鍊，截金爲句；意義之軫轉，則九曲穿珠。豈惟法藏性海〔九〕，循此探源，亦開藝林空前之範，爲治修詞學者所宜含咀，以詩賦中之疊句較之，覺膚淺而乏味矣。歷代文人尋撦梵筴，以潤色章句，良有以也。然吾人不僅欲解釋字句，應以一心三觀法〔一〇〕，尋繹其理，則此等三疊句之義藴，剖解無餘矣。

三觀者，空觀、假觀、中觀，龍樹大師所立〔一一〕，而台宗奉爲圭臬者也。云何空觀？萬法皆因緣和合所成，緣會則生，緣離則滅，而無自性，但聞者不達，或誤爲斷滅之見。云何假觀？妙假非假，以一切法不離世間法故；真空不空，以具足無量性功德故。但昧者不察，易生執着之見。云何中觀？危微精一，不落二邊。住無住之心，空無相之相。一味平等，三觀具足，是爲中道義，亦名二性空。二性空者，不著有無、愛憎、取捨等見也。維摩詰經云：「有佛世尊，得真天眼，悉見諸法，不以二相。」其是之謂歟？是故二乘得真諦，菩薩得俗諦，佛得中諦。空觀破一切法，假觀立一切法，中觀圓一切法。按法相唯識宗，徧計所執爲非量〔三〕，應以空觀破之。依他起性爲比量，應以假觀攝之。離徧計執及依他性爲現量，應以中觀證之，則圓成實性，即實相般若也。故瑜伽論云：問諸修觀行者，見徧計所執無相時，當言入何等？答入圓成實性。蓋諸法皆相因而立，真因妄而顯，净因染而顯，空因有而顯，則實相以無相爲本體，此金經破相之極致也。

方今唯物學説凌厲一世，然於時間之始終，空間之邊際等問題，皆不能解決，則佛説空幻等旨，轉覺耐人尋味。英國羅斯博士（Dr.E.R.Rost）最近著有良知之本性（The Nature of Consciousness），每本價十二先令六便士，發行處 Williams And Norgate Ltd. London。據稱此書乃科學實驗，證明佛學獨爲世界放一新光，附有二十五幀精密之圖表，解説各種自然現象之性質，及心理之複雜變化。學者如致力禪定，則見效尤巨，爲科學家闢一新蹊徑。凡自古迄今，宇宙間不能解決之謎，皆由此而獲新發明云。因此予遂憶及當三年前，予於佛法尚未獲親炙，故於宇宙現象妄爲推測，謂萬彙皆真宰所造，已刊於拙著鴻雪因緣中。嗣爲保護動物運動，遂有不慊於造物，以爲真宰既萬能，何不造人及動物，皆純以空氣爲糧，免一切弱肉强食之慘劇？雖人類將來道德進步，有完全蔬食之可能，而虎狼鸇鱷等，則不能改善其本性。主宰既爲人及動物造腸胃爲銷贜之府，復爲造齒牙爲施刑之具，遂使世界無時無地不在殺戮痛苦之中，而地球成爲積罪叢慝，藏垢納污之物。果有此主宰，予亦不佩服，不崇拜，以其不仁不義，不公不平故。老子謂「天地不仁，以萬物爲芻狗」〔三〕，固早與吾有同感矣。

今聞佛説世界萬彙皆業識所感而成，自力所造，非他力能造。吾人歸咎於天，豈天之咎哉？願讀金經者，悉空四相，普度衆生，則世界雖惡，未嘗無解脱之期也。

【箋注】

〔一〕本文録自一九三〇年九月刊行海潮音第十一卷第九期。據文前小序「佛曆二千九百五十七年初夏識於日内瓦湖畔」，可知約作於一九三〇年五、六月間。

〔二〕莊叟，即莊周。莊子外物：「筌者所以在魚，得魚而忘筌；蹄者所以在兔，得兔而忘蹄；言者所以在意，得意而忘言。」筌，廣韻：「筌，取魚竹器。」蹄，篇海類編身體類：「蹄，兔網。」

〔三〕老氏句，老子：「視之不見，名曰夷；聽之不聞，名曰希；搏之不得，名曰微。此三者不可致詰，故混而爲一。」希夷，形容虚寂微妙，感官無從把捉的「道」。河上公老子章句：

「無色曰夷，無聲曰希，無形曰微。」老氏，指老聃。相傳著道德經五千餘言。

〔四〕三細六粗，大乘佛法謂根本無明起動真如（即宇宙萬物本原的「衆生心」），現出生滅流轉之妄法（即迷之現象），其相狀有三細與六粗（即九相）之别。三細，指一無明業相，二能見相，三境界相；六粗，指一智相，二相續相，三執取相，四計名字相，五起業相，六業係苦相。若由細相進入粗相，即由不相應心之阿賴耶識位進入相應心之六識位，迷之世界即隨之展開。因而若欲抵達悟境，須由粗相向細相邁入。説詳龍樹釋摩訶衍論卷四。

〔五〕則有二句，大乘佛教謂一切現象雖然各有自性，但都可以融合無間，全無差别；一切緣起法不成即已，成則即相，即容融無礙，自在圓極。六相，指事物的六種相狀，即總相、别相、同相、異相、成相和壞相。大乘佛教多用來論述事物的全體與部分、一般與個别的關係。法藏華嚴金師子章括六相第八：「師子是總相，五根差别是别相；共從一緣起是同相，眼、耳等不相濫是異相；諸根合會有師子是成相，諸根各住自位是壞相。」

〔六〕十信，大乘佛教指菩薩修行的五十二階位中的最初十位，稱十信心，即信心、念心、精進心、定心、慧心、戒心、回向心、護法心、舍心和願心。見竺佛念譯菩薩瓔珞本業經卷上。十地，大乘佛教指菩薩修行的十個階位，即歡喜地、離垢地、發光地、燄勝地、難勝地、現前地、遠行地、不動地、善慧地和法雲地。據説此十地是菩薩最上妙道，最上明浄法門。見佛馱跋陀羅譯大方廣佛華嚴經卷二十三。

〔七〕阿耨多羅三藐三菩提，梵文 Anuttarasamyaksambodhi 之音譯。略稱「阿耨三菩提」、「阿耨菩提」，意譯「無上正等正覺」，舊譯「無上正遍知」，即能認知佛教一切真理、認知一切事物的無所不包、至高無上的一種智慧。

〔八〕須菩提，亦譯須浮帝、須扶提等。古印度拘薩羅國舍衛城人，婆羅門種姓。後出家，以論證「諸法性空」著稱，爲釋迦牟尼的十大弟子之一。

〔九〕法藏，亦作佛法藏、如來藏。佛教意指法性含藏無量的妙德。康僧鎧譯佛説無量壽經卷上：「深入菩薩法藏，得佛華嚴三昧。」性海，佛教指本性之海，以喻真如之理性，深廣如海。敬播大唐西域記序：「廓羣疑於性海，啓妙覺於迷津。」

〔一〇〕一心三觀法，中國佛教天台宗之基本觀法。亦稱圓融三觀、不可思議三觀、不次第三觀。謂一心中觀緣起法空、假、中三諦。事物因緣所生，故爲假有，即假諦；虚假不實，故爲真空，即空諦；空、假不可分離，非空非假，是爲中道，即中諦。同時在心中觀悟此三者，亦即「一心三觀法」。

〔一一〕龍樹，古印度大乘佛教中觀學派創始人，爲南印度婆羅門種姓出身。著述極豐，主要有大智度論、大乘二十頌論等。

〔二二〕遍計所執，佛教唯識宗所立「三自性」之一，其餘爲依他起自性和圓成實自性。按，遍計所執自性，謂「周遍計度（指普遍觀察思量），故名遍計」；由此而各種心識虚妄分別，虚妄執著的自性差別，稱爲「所執」。依他起自性，即「依他衆緣而得起」的一切現象。圓成實自性，謂「二空所顯，圓滿成就諸法實性」，即在「依他起自性」上，遠離「遍計所執自性」的謬誤，認識到一切現象既無「人我」，又無「法我」，皆無自性，是空而已。二空所顯示各種事物的「真實」性質就是圓成實自性，亦即唯識實性真如實性。見玄奘譯成唯識論卷八。

〔二三〕老子句，老子章句虚用第五河上公注：「天施地化，不以仁恩，任自然也。」蘇轍老子解：「天地無私，而聽萬物之自然。故萬物自生自死，死非吾虐之，生非吾仁之也。」芻狗，一説草和狗；一説用草紮成的狗，供祭祀用。

吕碧城詩文箋注

增訂本　下

吕碧城　著
李保民　箋注

中華書局

行刊出，致指定之報不肯複刊矣。另致大公報一牋，如拙稿可用，即祈一併加封寄去爲托。城於佛法，尚微有疑惑，倘蒙指示，爲祛疑堅信之助，實爲至幸。城以主張戒殺，久引佛爲同志，萬變不離其宗，無論如何，必宏揚到底也。茲陳各點如後：

（一）佛是否謂時間無始終，空間無邊際，一切皆幻而不實。

（二）佛不主張人有靈魂，然三惡道中有鬼，鬼非魂乎？果無魂，則善惡果報，所用以輪迴投胎者，果爲何物？曰此「識」也，然識與魂不過名詞之異耳。古今書籍，及至友傳説靈魂之事至夥，是否皆妄？城親聞先母言其母（即吾外祖母）死後托夢告知某某事，次日果得事實之證明，此非靈魂而何？

（三）楞嚴中所言地理，其國數及洲及山等，何以與現時地理不同？

（四）六祖惠能有種種神通力，但有下雨乃龍所致之言。然現時科學家解釋下雨之原因，已成常識，無人信龍行雨之説。

（五）净土宗簡而易行，城先亦欲從此門入手，迨讀净宗各書，信心頓退。净經自相矛盾，四十八願中有惟除五逆之句，而觀無量壽佛經又許五逆往生。彌陀經言善男子，善女人，是以善爲條件，惡業不應往生。而諸家詮釋，謂惡人夙世有善根，是善惡不分矣。且佛法重因果律，其律應至嚴。佛力不得變易之惡人，恃佛力往

吕碧城詩文箋注

增訂本　下

吕碧城　著
李保民　箋注

中華書局

呂碧城詩文箋注卷四

文

致王小徐居士書〔一〕

小徐居士慧照：

久仰高賢，未聆謦欬，頃由李圓浄居士處詢悉尊址，冒昧通函，至希諒恕。城學識譾陋，遠居海外，此間於佛法，多屬小乘，難遇善知識，頗有因緣不足之感。三年前曾主張真宰造物之説，付刊後漸覺其誤，亟欲取消，遂撰梵海蠡測一文，藉以更正舊作，否則以城學識之淺，固不敢妄談佛法也。特寄呈鑒定，如有謬點，乞改竄寄還，歉處爲感。倘大致尚妥，則小疵不計，請代寄天津大公報館編輯部。惟此稿祈勿經他人手，蓋因已往經驗，凡有稿托友轉交指定之報，而一展轉間，輒被他報所得，先行刊出，致指定之報不肯複刊矣。另致大公報一牋，如拙稿可用，即祈一併加封寄去爲托。城於佛法，尚微有疑惑，倘蒙指示，爲祛疑堅信之助，實爲至幸。城以主張戒殺，久引佛爲同志，萬變不離其宗，無論如何，必宏揚到底也。兹陳各點如後：

（一）佛是否謂時間無始終，空間無邊際，一切皆幻而不實。

（二）佛不主張人有靈魂，然三惡道中有鬼，鬼非魂乎？果無魂，則善惡果報，所用以輪迴投胎者，果爲何物？曰此「識」也，然識與魂不過名詞之異耳。古今書籍，及至友傳説靈魂之事至夥，是否皆妄？城親聞先母言其母（即吾外祖母）死後托夢告知某某事，次日果得事實之證明，此非靈魂而何？

（三）楞嚴中所言地理，其國數及洲及山等，何以與現時地理不同？

（四）六祖惠能有種種神通力，但有下雨乃龍所致之言。然現時科學家解釋下雨之原因，已成常識，無人信龍行雨之説。

（五）净土宗簡而易行，城先亦欲從此門入手，迨讀净宗各書，信心頓退。净經自相矛盾，四十八願中有惟除五逆之句，而觀無量壽佛經又許五逆往生。彌陀經言善男子，善女人，是以善爲條件，惡業不應往生。而諸家詮釋，謂惡人夙世有善根，是善惡不分矣。且佛法重因果律，其律應至嚴。佛力不得變易之惡人，恃佛力往生，是因果力失效也。惡人殺害人物甚多，反受净土福報，則其被殺害之人等，將含冤飲恨，無從昭雪。而净宗辯曰：「此惡人往生後，則其冤親皆得度脱，同生净土。」然净宗以持名念佛爲條件，惡人之冤親未曾念佛，但憑一下品往生之人，即得度脱，阿彌陀佛尚不能將衆生度盡，而往生之惡人，反有此權力乎？耶教不以善惡爲標準，但以信仰與否爲條件，聶雲台君曾痛斥之，謂譬如一主人有二僕，甲僕工作惟謹而不頌讚主人，乙僕則善頌善禱而不盡職，主人則親乙而疏甲，有是理乎？今净宗之言曰：「生品之高低，全憑持名之深淺。」高僧傳、净土聖賢録、佛祖統記等，皆言昔賢每日念佛十萬聲。近有人試驗計算，即晝夜急聲念佛一刻不停，至多僅能得六萬聲。禪宗多詆净土，六祖惠能其一也。金剛經有不應以三十二相觀如來，若以音聲求我，是人行邪道，不能見如來，亦與净宗觀像之説衝突。今年佛誕日，倫敦集會之演説，大抵謂佛教之人，仗自力而不仗他力。耶、回、猶等教皆主一尊，不論善惡，但憑信仰，求之則賞，違之則罰，此所以不及佛教之可貴云云。使歐人聞净宗之説，恐亦信心瓦解。城非謗佛，但反覆思惟，心實迷惑。尚祈居士爲我解惑，無任感謝之至。城崇拜佛法，有歸命捨身之誠，但疑點不解，終爲大障礙物耳。匆上叩候道安。呂碧城六月十日。

【箋注】

〔二〕本文録自一九三一年三月刊行海潮音第十二卷第三期。當作於上一年六月十日。王小徐（一八七五—一九四八），即王季同，字小徐，江蘇吴縣人。早年赴英國留學。一九二八年任中央研究院工學研究所研究員，有多項科學創造發明，對佛學亦素有研究。著有獨立變數之轉换與級數之互求、佛學與科學之比較等。

【附録】

答函一

王小徐

碧城居士慧鑒：

讀手示並大著梵海蠡測文，欽佩之至，文及致大公報編輯部箋，容即遵命加封轉寄。同於佛法，一知半解，辱承下問，慚惶無似。兹就臆見聊答尊疑如左，不敢謂契佛意也。

（一）時間無始終，空間無邊際，一切皆幻而不實，當是依文字般若方便説法。至於實相般若，即維摩詰經不二法門，若説幻説實，已是二相。同近與友討論佛法與科學，因悟近代科學家有依科學上所得種種經驗，而謂一切皆是相對，無絶對的善惡，亦無絶對的是非等。此相對論，雖未盡理，然可以通於佛法。今日風靡一世之唯物論，爲科學家企圖推翻一切宗教者唯一之武器，今以此相對論破之而有餘。蓋心物二元論之非，因其認心物並爲絶對；而西洋唯心論哲學，則獨認精神爲絶對。今之唯物論，又獨認物質爲絶對，揆諸相對論，其失均等。然相對論本身是相對抑是絶對？謂相對即否認所立自宗，謂絶對又明明與自宗矛盾，不免如因明正理門論所指一切言皆是妄同爲自語相違過也。故佛法口議心思不及，一涉言詮，便非了義；用盡氣力，纔説得離言説相、離心緣相、非有非無、非一非異等語，已失之毫厘，謬以千里矣。

（二）第八識具相見二分，世俗及異教所説靈魂，祇是第八識見分，與其相分之根身器界相對，皆不離識。六道輪迴，人趣鬼趣，悉舉第八識全體爲之。故佛不説靈魂投胎，亦不説鬼爲靈魂。

（三）據同所見，不特佛經中神話可信，即基督教新約等神語，亦未嘗不可信。夫世遠年湮，古籍誠不盡可據，然謂教主與其信徒悉爲專事造謡之人，不特武斷已甚。且史籍所記，亦不能一概僞造。教之出世，衆目所覩，當時人盡非獃子，豈皆盲從？謂神話決不可信，乃近代科學家之見解，其唯一理由，在以物質之真之常爲前提。然物質之真之常，祇是科學上之空想，並無絲毫根據。往昔化學家以爲物質由數十種原子所構成，兩個輕原子，一個養原子，可合成一個水分子；一個水分子，仍可析爲兩個輕原子，一個養原子。而輕原子常是輕原子，養原子常是養原子，原子不可更析，故爲真爲常。然今科學已證明輕原子由一電子一素子所構成，養原子由十六電子、十六素子所構成，於是原子爲真爲常之觀念已破，而轉計電子、素子爲真爲常。然後之視今，亦猶今之視昔。電子、素子，又何必定真定常？則佛説外境非實，何嘗因科學而摇動，而所謂神話，安見其必無此事乎？至法華經從地涌出品所稱娑婆世界三千大千國土，並不局於一地球，其説詳後。

（四）尊函稱楞嚴地理，同不記有此文。刻檢楞嚴，亦未得之，不審有無筆誤？按佛書説世界安立，與今天文學，雖不盡相符，亦頗多不謀而合之處。如言日繞須彌成晝夜，若將須彌作北極會，即與地球自轉成晝夜之説宛然相通。又如地輪、金輪、水輪、風輪，輪與「球」義本相近，所謂空中起大風輪，風輪持水輪，水輪持金輪，金輪持地輪，除金輪稍費解外，與今人所知大氣與水圍裹地球，游行太虛中，情景逼真。而此祇得爲一小世界，所謂娑婆世界三千大千國土，乃有百億日月，百億須彌，據此則約略與今天文學所知天河中恒星系統相當。又如言劫初世界成時，大雨大風，水長至二禪天，後不漸減，結成須彌山等語，亦隱約與「星雲説」相似。至其與天文學不盡吻合者，亦數種理由可言，今日天文學亦當未能説明一切天象，一也；佛爲當時人説法，自應隨順當時人心量。佛意不在教人研究天文學，固不能將今日天文學説整個搬出，二也；當時人無現今天文學識，縱聞于耳，而結集法藏時，或有失真亦意中事，三也；世遠年湮，不免魯魚亥豕，四也。此猶是以世智測度佛法也，若就佛法言，佛法則世界成壞本是漚起漚滅，所謂「若人識得心，大地無寸土」。既寸土皆無，何處更有世界安立？

（五）一事一物，本可從種種方面說。例如有綫電，吾人本熟知其電能（Electric energy）係從銅質導綫内部通過，用歐姆氏定律計算，結果與實驗密合。乃曾見一篇説明無綫電之文字，大旨謂在有綫電導綫固圍空際，有静電等勢面（Electrostatic equipotential surface），其面之總數，等於其電壓。又有磁力等勢面（Magnetic equipotential surfaces），其面之總數，等於其電流。兩種面互相垂直，分隔空際，爲許多管狀。其管之總數，等於二者之積，即電力每一管，皆從發電之源，通至消費電能之體。而每單位時，消費電能之量，等於理想之管之總數，故不論有綫電，無綫電。無綫電，吾人皆可認其電能爲從此管中通過去者，此與第一説似乎相反，而皆足以説明電氣現象。且後説雖不若前説普通，然以之説明無綫電尤易了解。由此知吾儕對於無論何事，雖已證明甲説之正確，不能遽斷乙説爲錯誤也。如西醫謂瘧因微蟲，藉蚊傳染，然人不着凉，抵抗力强，則雖染瘧種無妨。故中謂瘧因受寒，未嘗不通。由此類推，則有人偶見鬼物，在科學家往往以爲眼花，然同以爲即使確係眼花，而亦不妨即此眼花便是鬼物。龍行雨説，亦可作如是觀。

（六）念佛十萬聲，當時約略之詞，舉成數也。然精進修行者，二六時中除飲食便利外，無刻不修。參禪如是，持咒如是，念佛亦如是，則日念五六萬聲自在意中。惡人念佛往生，必其當念佛時已對過去所作惡業痛自懺悔之故，即其能發念佛心、懺悔心，亦心其有過去出世大善業故，正是因果律之有效也。阿彌陀佛雖不能度盡衆生，而往生之惡人，決定能度其冤親。蓋不能度者，由於無緣，而冤親已非無緣也。冤親同生浄土，亦仍不離念佛法門，惡人以有緣故，決定能教令冤親念佛同生浄土也。禪宗有讚浄土者，亦有詆浄土者。其詆浄土，乃詆當時不真了解浄土之人，非詆浄土之法也。即聲色見如來是凡夫見；離聲色見如來，是外道見。不即聲色，亦不離聲色，不見相而見，乃爲真見如來。浄宗雖教人觀像，觀成雖決定往生，然着相而觀，是凡夫觀，生品必低；不着相而觀，方是第一義觀，生品乃高，故仍無衝突也。佛法圓融，遠非耶、回、猶等教可比，然惟其如此，小機淺智難入。諸佛世尊憫衆生愚闇，昧於至道，故復立亦憑信仰，亦論善惡，亦仗他力，亦仗自力之念佛法門。其亦憑信仰，亦仗他力，與耶、回、猶等教相似，故易信易行。然亦論善惡，亦仗自力，理事無礙，又與大乘真了義教究竟無二，故如説修行，頓超三界，迥非耶、回、猶諸教所可望其萬一也。佛法方便多門，居士聞浄土而疑，意者居士因緣或不在浄土，是不妨擇其所服膺之法門而專修之，固不必拘於浄宗也。然世尊處處經中教人專念阿彌陀佛，求生西方極樂世界，吾儕居凡夫地位，不宜妄起謗議，自誤誤人耳。率復敬請道安。王季同和南。

答函二

王小徐

碧城居士慧鑒：

前奉手示，垂詢各節，已逐條答復，諒達尊覽。兹按所答世界安立及龍致雨等條，尚欠圓融，特修正如左：

一二百年來，自然科學突進，宇宙間許多舊學説、舊傳説，被科學新説所推翻，如地静天動及龍致雨等皆是。然自然科學不特推翻舊學説、舊傳説，亦屢推翻其所自立之新説，如原子構造説之推翻原子不可分析説，新相對論之推翻牛頓動例等。且有時非但推翻已立在前之新説，又反而使此新説所已推翻之舊説，有復活之機會。如地静天動，舊説雖被哥白尼地球繞日等説所推翻，然新相對論，證明動静只是相對的。故言天對地爲動，與言地對日爲動，其爲誠爲妄，實無軒輊之可分。故佛以天眼觀世間，則舊説、新説一樣非絶對準確，而方便説法，不得不折衷新舊諸説。且佛對三千年前之人説法，尤不可不應三千年前聽法人之機，則其不能與今日一期之自然科學新説完全吻合，又何足怪？此説足補前函所未及，特以奉聞。

上常惺太虚法師書〔一〕

常惺太虚法師慧鑒：

前奉惺師五月二十日函，已以短簡先復，計早達覽。城於佛法雖服膺已久，然皆得諸耳食，重要經典，概未寓目。今春承海内善信寄贈數種，研習伊始，頗多惶恐，非得正解，何由起信？亦猶儒家博學、審問、慎思、明辨，而後方能篤行也。另紙臚陳各節，只冀祛疑，實非建謗。先請注意之點有二：（一）果得真詮，定甘歸命。今有門徑而復徘徊者，實因各疑點如鯁在喉，爲大障礙故。（二）夙以戒殺爲旨，萬變不移。爲世道人心計，必始終擁護佛法，無論如何，决不反汗。如所疑各點，皆屬謬誤，乞兩師詳爲解釋而矯正之。儻一得之愚，有中肯綮者，應相商榷如何對待而整理之。掬誠佈臆，敬頌安隱！

後學呂碧城謹上　七月十一日

【箋注】

〔一〕本文録自一九三〇年刊行海潮音第十一卷第八期，作於同年七月十一日，時居瑞士日内瓦。常惺（一八九六—一九三九），近代名僧。法名寂祥，俗姓朱，自署雉水沙門。江蘇如皋人。著有常惺法師集。太虛，見前佛教在歐洲之發展注。

【附録一】常惺法師覆吕碧城函

碧城居士丈室：

兩奉手教，敬悉種切。學佛過程，原區分爲信、解、行、證之四步，道席注重依正解，起信而後篤行，甚得學佛之旨。蓋佛法重在以正智而破迷惑，非欲人屏除理智而盲從也。承訊各節，已另答如别。虚師在平，只留一月，現往四川宏法，尊函未及寓目，所答各節，由惺私裁，道席如有不滿，請再來函討論，或由敝處轉請虚師再爲解釋也。

竊以漢文經論，修詞立義，自以什、奘二師所譯者爲最嚴密；説理批評，自以天台、賢首兩宗爲最圓滿。净土、禪宗，爲合於支那之兩種特別法門，在教理系統上，不佔何重要地位。且初讀壇經，往往執理而廢事，但尚他力，易入流俗之迷信。故教理研摩，最好先從性相經論入手，再進於台、賢，而後棲息於禪那或净土。如是則驪珠在握，左右逢源矣。大藏中諸譯異出、立名紛歧、急待分類整理者，指不勝屈，但以聖教量威力至宏，非得有梵藏文精本校對，絶對不容稍加己見。所幸西藏寶窟，漸次可開，世界要求，研習日廣，自後重振法幢，廣益人天，道席所發整理之宏願，或不難得世界英賢共同努力也。虚師回國後，籌辦世界佛學院，院址決設於北平，現暫設籌備處於柏林寺，明秋可以正式成立，甚希道席能加入贊助也。保護動物會，去歲北平有多數人建議組織，虚師在上海佛教總會亦曾提有議案，但以國内多故，團體組織朝更夕變，凡自好者皆望而却步，訖無實現之可能。尊著梵海蠡測，未能拜讀。性相必讀經論，另紙開塵，道席如有所需，請即函知，當隨奉寄也。專復，即頌道安！常惺謹啓。

【附録二】

呂碧城與常惺佛學問答

問一：佛是否認時間無始終、空間無邊際？果爾，則仍莫明其妙。此問題應質之科學家，如不能答，則唯物之説，根本不立。請就近在平詢陳振先君，此爲宇宙本原問題，宗教皆建築於此。

答：時間空間在百法明門論中爲色心假立之「不相應行法」，謂時空本無固體，乃依色法而心理隨之分別。就其成壞言之，則有時間；就其方所言之，則有空間，故時空分別依心境發生交互關係而後有，故屬假立之「不相應行」也。雖然，此就唯識法相家作如是說耳，若至華嚴「法界緣起」中，則時空皆成重重無盡之「因陀羅網」而超絶始終内外。蓋專就一法之成壞方所言之，雖有始終内外之相，若細推緣成此一法之各種親疏關係條件，展轉交互，前之不見其始，後之不見其終，則時間無可説。大之不見其外，小之不見其内，故空間無可立。良以佛法依「無生」理而善説「緣起」之相，故依無生之體言之，則時空本無可立；依緣成之相言之，則時空交徧，難以建立。此華嚴法界所以總以因陀羅網而該攝之，否認有始終内外之相也。至就衆生心境上，不妨依緣成一法假説時空，以便説明萬法之性相，故百法中攝爲「不相應行」也。依此言之，似無不可解處。質之道席，以爲如何？至唯物之説，能否成立，須視物之界説如何。若專以有形質可見者名物，則唯物論中困難之點甚多；若以凡可想像擬議者皆名爲物，等於心理上之概念者，則唯物之説亦可成立。蓋佛家唯識之説，不同哲學上之偏頗唯心論也。陳振先君，在北平歐美同學會中，曾見數面，未及暢談。時空爲宇宙本原問題，尊論甚是，在佛學上亦甚重視此點，蓋「超脱流轉」即解決此時間——流——空間——轉——之問題也。

問二：佛不説靈魂，然吾人所用以感業輪迴者爲何物？曰此識也，識其魂之代名詞歟？

答：「魂」字初見於易之「游魂爲變」，再見於楚詞之「招魂」，雖無固定之界説，大概以死後不滅之靈名魂。以彼作識解，原無不可，故安世高、支謙等所譯諸經中亦往往有言魂者。但中國社會，迷於輪迴之真諦，多半誤認人死後必定爲鬼，且認鬼完全爲精神活動，不知識具四分——見分、相分、自證分、證自證分，及中陰趣果之理，故使佛教真諦爲鬼神教所蔽。吾人爲欲發揮佛家「惟識因果」之真諦故，否認靈魂之説。魂有類於鬼，以識與魂之含義不同，故不許識爲魂之代名詞也。

問三：衆生從無始來，以最初一念之迷而現山河大地而受輪轉，然當其一念未動之先是否即佛？既是佛，何以又動念？按圓覺經中有佛答金剛藏之問，但仍莫明其妙。乞以世俗字句簡明見示爲盼。

答：「以最初一念之迷而受輪迴」，此言殊不善巧，易起誤會。圓覺中説「無始無明」，楞嚴中説「從無始來用諸妄想」，故「最初一念」四字，宜作「無始」解釋，不能落時間之先後。不然，誠有如來教所難，以衆生有始，諸佛必有終故。圓覺金剛藏章中，問衆生本來是佛，何因復起無明？此段要點，在明衆生與佛之異同。蓋佛有「理性佛」與「究竟佛」二種。依理性佛論之，衆生與佛平等，以衆生皆有成佛可能也；以究竟佛論之，則衆生不名爲佛，以煩惱未空故。金剛藏菩薩恐人迷理性佛爲究竟佛，故展轉設難。吾人若知衆生本來是佛者，指理性佛説，而有無明者，以無始不覺未成究竟佛故，則此難可迎刃而解矣。但圓覺中答詞譯文甚爲晦澀，非細讀不易了解。請參閲唐圭峯略疏。

問四：經典中神話甚多，如法華經從地涌出品等事跡，是否在此地球上？歷史有無可考？其景象僅天眼能睹，肉眼不能見之？

答：吾人在法界中流轉，佔極短之時間，極小之空間，若望宇宙之全體，直滄海之一毛滴耳，故五官所接、思想所及者，甚不完滿。能將吾人本有靈性，完全發揮光大、毫無遺憾者，則名爲佛。是以佛之境界，未可以吾人之思想見聞爲中心而衡定之也。以吾人之思想見聞未臻圓滿故，是以吾人學佛之態度根據聖言，由其可知可想者，而精深研幾；其現前不可思量測度者，則依其法而實證之，由人之地位以進至於「超人」。不輕盲從，亦不輕置議，蓋菩薩由聞思修入三摩地之態度應如是也。法華從地涌出品中諸大菩薩，明言在娑婆世界下空界中住，且其受教發心之事，在塵點劫前，在此地球上，當然無歷史事實可考。以現前五洲在娑婆界中，當於百億分中四分之一，且祇有五千餘年之歷史故，非特肉眼不能發現，即天眼亦不克證知，惟佛眼乃可明見也。然吾人深信並非神話，此類問題惟有依法修持，至菩薩地自可解決，在現前人類中，唯有仰信耳。

問五：經中多見「龍」字，然世界博物學家從未獲龍，據 Websfer 字典，謂爲荒誕理想中之飛蛇。六祖惠能有「龍行雨」之説，現代科學家於雨之原理已成常識，吾人將何以處此問題？又六祖既承佛門正統，何得詆斥净土宗，根本不承認其存在？而學佛者兩俱信奉之，無是非之辨，何也？

答：世界博物家雖未獲有生龍，然前年美國地質學家在外蒙古發現龍骨，長四丈餘，則龍之爲物未始無也。蒸氣成雨之説，雖成常識，然佛説實有龍主司之，故密宗有「祈雨法」。即今西藏喇嘛，往往試之而驗，事非偶然，故未可以常識窺也。竊以雨質雖爲蒸氣所成，而水旱之災，根於同業招感之理，有龍主司之，其理未嘗不可通，但不可如流俗所傳者，由龍鱗甲中吸水耳。

基於釋迦牟尼整箇的教理，而各據一端，特别發揮之，是成各宗。各宗立説雖有歧異，而融合觀之，仍成整箇的佛法。如方桌一張，但自一面觀之，則成長綫；自一隅觀之，則成三角；自上面觀之則成平方；自旁面觀之，則成立方。雖由各箇立點不同，所觀有異，而合之仍不失一方桌也。佛法之分宗，亦猶是矣。「禪宗」重在見性成佛，直明自心，不許心外取法，是謂「攝相而歸性」；「浄土」重在信願往生，仗彌陀加持力悟無生後直證自心，是謂「依性而起相」。兩宗立點雖異，而禪宗自性中，何妨有浄土莊嚴之相；浄土雖仗他力往生，而九品之相，仍爲念佛者自識所變現，故兩宗相違而適以相成也。以同奉釋迦遺教爲標準，而佛語不自相違故，六祖雖斥浄土，但爲心外取法不明自性者痛下針砭，於浄土教理無與也。

問六：外道末伽梨之議論，謂有即是無，無即是有，亦有即是，亦無亦無，即是亦有，與佛説非有相非無相、非非有相、非非無相、非有無俱相之説，最爲相似。彼注起信論者，亦不能解釋，但以百非俱遣而總結之。至楞伽之百八俱非，字句單調，無變换，無藴藏，尤難索解。是否每句各有其義，抑但以「一切皆非」之語而賅括含混解釋之？

答：佛説之所以異於外道者，根本求之，可以「緣起無生」四字賅括一切。蓋宇宙諸法，法爾而有，交徧互融，其性本無去來生滅，其相所以有變化遷流者，但由因緣改轉，故以性求之，本自「無生」；以相求之，但見「緣起」。無生，故一法不立，成畢竟空；緣起，故萬相全彰，成無盡有。相雖無盡而性自空，性雖本空，不礙萬相，此佛所以善以二諦説諸法要，而常履居於非有非空之中道第一義諦也。起信論中，四句俱非，專就「無生」理中而明畢竟空義，但遮而不表。如言「非有相」但言如實空中不是有相，非説如實空中即是無相也。此四句乃從「豎」的方面展轉互遣，非如末伽梨外道横作四句矯亂論也。以後外道不明性相非一非異之理，但從有無上掉弄玄虚，令人無從索解，故名矯亂論。若得佛法「緣起無生」之説，本可以四句而善説一切法也。

復次，起信論中四句，當作如是標讀：

第一非「有相」，謂如實空中非有種種差别相也。

第二非「無相」，此復遣第一句，恐人誤解「非有相」爲無相，故更云如實空中非是無相也。

第三非「非有相」非「非無相」，此雙遣一二句也，恐人不解一二句但爲遮詞，誤解「非有相」、「非無相」即名如實空義，故更遣云非「非有相」非「非無相」也。

第四非「有無俱相」，此更遣第三句也，恐人誤解非「非有相」仍爲有相，非「非無相」仍成無相，更轉計如實空爲亦有相亦無相，最後遣云非「有無俱相」。故此四句從「豎」的方面展轉互遣，但遮而不表，與末伽梨但表而不遮者，實不可同日而語。蓋如實空理以四句遣至究竟，如長空鳥迹，秋水魚蹤，不落纖痕，非若末伽梨之拖泥帶水，矯亂無次。

楞伽正宗，根於自心現量——無生理——而廣顯五法三自性——緣起相——百八句中皆上半顯相，下半顯性，故於經初先昭示大慧，而後結歸應當修學。然以但標而未解，故讀之殊覺寡味耳。若能玩索後文，與百八句互參，亦可恍然有得也。

問七：於報紙拜讀尊著諸稿，其最足著眼而注意者，即「佛學於歷史上實有進化之迹」之語，能示以概略歟？

答：佛學在歷史上進化之迹，如成實不及三論之縝密，六足發智不及攝論之深細，而攝論又不及成唯識論之條理井然。至若陳那之改因明五分爲三支，則尤事之彰明較著者矣。我國隋時天台之五時八教，已較西土性相爲圓滿。一花五葉，白蓮結社，更開東土未有之奇觀。他若華嚴之六相十玄，真言之住心判教，西藏宗喀巴之覺道次第，就其規模宏遠、立義精微處觀之，莫不後後勝於前前，此皆歷史上進化之事實而無可否認者也。雖然，此特就學佛者認識方面而言之耳，至若釋迦所圓悟之平等法界，自在流出之三藏十二分教，則盡未來際，無有超過之者。何以故？以釋迦已證窮法界故。設有一理未證，一事未明，則不名究竟佛故。是以佛陀所證之理，所説之法，無有增減，不入進退之幾，而就弟子認識方面，實有進化之痕也。

問八：大乘非佛説之問題，傳遍中外，吾國早見諸文獻通考及朱子語録等，王恩洋氏所著大乘非佛説辨，多理論而少事實之考證。敝見白馬負經東來，必卷帙繁多，不僅一部。四十二章經謂此經之外，皆屬華人僞造，必無是理。但若謂五千四百卷帙，皆譯自佛説而無僞造之混入，亦難保證。況一馬之力，能負數千卷之重量乎？漢代以還，中國與西竺，續有交通否？請考史爲幸。如經中附有年月日、御詔序跋等，當非僞造。楞嚴有御詔序跋等文否？敝處所有乃新本也。

答：大乘非佛説本印度小乘家言，彌勒於大乘莊嚴經論中以七義破斥，小乘師不能置答，在佛學史上已不成問題。惟近人根據進化之説，疑大乘思想非釋迦牟尼時所能産生，必爲後人假托，非必限於支那人僞造也。梁任公摭拾日人之説，著大乘起信論考證，指起信論爲華人所僞造，牽涉大乘非佛説問題，王恩洋氏據理力争，故立言多偏於理論方面也。至正藏五千餘卷中，經律兩部，多爲佛説，論部則皆後代弟子解釋之作也。佛藏東流，始於漢代，經三國六朝及於盛唐而大備，非明帝時一馬負來也。譯經大師，不下百餘人，最著者則羅什、真諦、菩提流支、佛陀般陀、羅耶舍、玄奘、義净、實叉難陀、般若等，其事跡多見於高僧傳。諸經中附有年月詔序者，約十之六七。楞嚴無有詔序，以般剌密帝航海至廣州，房融私人請譯，非國家公開之譯場也。

問九：楞嚴之字句章法最爲整齊，而意義亦曲折縝密，如譯自異邦，必於字句大有顛倒增損，始能合格，此稍治譯學者，皆能知之。古代中外交通未盛，譯學是否已發達至此境界，殊屬疑問（予在故國時未習佛經，即因不信古代譯學之故）。其卷三之「火大」一節，謂執鏡就日求火，火若從日來者，則來處林木皆應就焚；若鏡中出，則鏡何不鎔？故知其非由日來，非由鏡出云云。然予嘗試驗以鏡取火乃由玻璃聚光之理使成焦點，故而能焚。其光下射低處，並未上射林木，故林木不焚。以如來之正徧知，豈不明此粗淺物理？又楞嚴中之地理，當係吾人所居之娑婆世界，而其國數二千三百須彌山及四大洲等均與現時之地理不同，辨者謂此係循婆羅門教之舊説，若更改之，則係將虛幻者説實矣。然舊説可存而不論，何得承謬習舛？辯者又以「如觀掌中庵摩羅果」之句，謂爲指地體圓如果之證，然經中又有「如觀掌中葉」之句，其義僅爲瞭如指掌而已。又經中每言如來滅度後外道盛行，亦言自得無上涅槃，是所見仍限於印度宗派，而不知耶教之徧佈全球也。余讀至此等處，已反復思維，惶惑不已。迨讀至卷七衆生十二類，引蒲盧、水母、梟獍等説，則爲之目瞪舌撟者良久。蓋大爲失望，疑此經爲華人僞造，非佛説也。按蒲盧見爾雅注，即土蜂。又見詩經：「螟蛉有子，蜾蠃負之。」謂蜂抱桑蟲爲己子。今養蜂爲業者甚多，知蜂初生其狀如蟲，並非抱他蟲爲己子。至楞嚴謂異質相成，是同吾國舊説也。梟獍見述異記及前漢郊祀志注，謂爲食父母之鳥獸。而楞嚴謂「如土梟等，附塊爲兒，及破鏡鳥，以毒樹果抱其爲子，子成，父母皆遭其食」，又與中國舊説相同。按英文字典，梟乃夜飛食肉之鳥，但予疑其所食者，乃體力較小之鳥，未必係梟之父母。至該經中謂附土木使成肉體，其理尤難信。當中國二三千年之前，動物及昆蟲學均未發達，縱令蒲盧、梟獍等之性質，實皆佛説，而華人何能預先一一發明而吻合之乎？至水母是否亦出中國古籍，旅次無書可考，請代查爲荷。倘楞嚴果屬僞造，而又多與事實不符之地理、物理，則轉爲佛教之累。如楞伽之「云何日月形，側住覆世界，如因陀羅網」，注謂「日月所繞世界如器，側覆仰横，帝網千殊，殊光交映，喻世界重重無盡」云，則頗合於地球旋轉及太空星氣成雲之狀。

答：中印交通，古分南北二道：北路出玉門、陽關，越流沙，踰葱嶺，轉西南涉懸度。再轉東南以至北印。南路由廣州，從南海，過星洲，西北航行至恒河口。古代航海術未精，水路多滯，惟法顯、義净、達磨，不空等，從南路來，餘皆從北路。故六朝、隋、唐之際，求經西使，東來梵僧，絡繹於途。北路譯場，較南路爲盛，且譯經大師多通華語，如羅什、流支等，華僧亦多曉梵文，如義净、窺基等。譯場組織，以國家爲後盾，規模宏大，人材薈萃，慎重將事，往往爲一名詞之釐訂，經數日之考慮，恐非近代譯事所能比擬，此讀慈恩傳可得其彷佛者也。尊論謂古代交通未盛，譯學不昌，事非盡然。至楞嚴文義縝密，章法整齊，恐非譯筆所能致，竊以譒譯原有直譯、義譯之分，玄奘用直譯，文多詰屈聱牙；羅什用義譯，頗流暢可誦。房融爲長於文學者，故亦仿什師之義譯耳。謂句有顛倒，事則有之，至義有無增損，在未得梵文原本以爲對照之前，苦無方法可以證明也。

「火大」一段，本顯火大清净，本然周徧法界，非因緣，非自然，乃佛法最高之中道義也。以鏡就日取火，雖由玻璃聚光而火現，此有相之因緣論也。但所聚之光，必從日體而發，而日光放射地面，中間必經林木。設謂火必從日出者，所經林木，自應焚燒，而林木不焚必待聚光而火始顯，可知火大非自然有。火大雖非自然有，而亦非因緣生，以日光銅鏡等中分析，求之各無火故，可知火大清净本然，周徧法界，爲如來藏中妙真如性，人間所見者乃隨衆生心應所知量而循業發現耳。楞嚴中四科七大皆應作如是觀，非如來不知因緣聚光之理也。

今日之五洲，依佛説推之，似當於四天下之南閻浮提；以一太陽系論之，尚有其他各大行星。今日吾人不能與之交通，揆之佛説無大不合，所異者佛説日繞須彌，吾人但知地球繞日，日則不動耳。至謂正中大洲有國二千三百，雖無正確史乘可稽，然在亞洲當日情形，似亦有此可能也。蓋傳稱孟津之役，諸侯不期而會者八百國，傳記可考者約百有餘。以蕞爾中原，數尚若是，復加五印、南華、扶桑、中亞等，二千三百之數，無足異也，但不能以今日國家眼光而觀察之耳。掌果之説，不必牽强附會，誠如尊論，佛後耶教盛行。據西藏喇嘛云，藏文經典中有此預記，並有將來回教滅佛之説，特未傳來東土耳。法滅盡經中所記者，與今日情形若合符節，另奉寄閲。

道席讀後，當驚嘆佛陀之「知三世智力」爲不虚也。

論者對楞嚴懷疑之點，尚不止於十二類生一段。按「真性有爲空」一偈，爲佛後千一百年頃，清辨破護法所立之比量，乃性宗攻擊相宗重要之論文。當時並未指爲佛説，即爲佛説結集時文句之組織，必不如是。以佛時因明作法，當援用五分論故。又經言及琉璃王誅釋種事，非用懸記式，而事在佛後百餘年，此皆歷史事實上之難通者也。雖然，他如徵心、顯見、四科、七大、二十五圓通、六拾聖位、七趣五陰等文，又爲純正佛之知見，無可置議。此佛學界對楞嚴問題，低首徘徊而無可如何者也。竊以楞嚴譯場，爲房融在廣州私人組織，體制如何，語焉不詳。别本或標西域彌伽釋迦譯語，當時是否有兼通梵漢大師佐證，不得而知。房融潤文是否如林琴南之主譯西洋説部，是皆在可討論之列者也。然對譯來經典懷疑，關係全部漢譯聖教量之評價，此問題牽涉太大，故吾人不得不三爲審慎。最好將來能發現楞嚴梵本，則此問題可迎刃而解，不然，恐將如法滅盡經所記，楞嚴其將先亡歟？

水母之名，據所知者如次：（一）漢王褒楚詞章句中云：「玄武步兮水母。」（二）葛洪神仙傳云：「王玄芝夜見一道士，隨之入西江水底，見一物如龍，長十丈許。道士曰：『此水母也，見者長生。』」（三）郭璞江賦云：「璅蛣腹蟹，水母目蝦。」按水母正釋本海中下等動物，道家另爲附會。但此名托始於何時，不見爾雅。惺尚無所知也。

問十：净宗夙受各界訾議，大抵攻者之理由較强，辯者之理由較弱。予覽雲棲疏鈔、十疑論等，均未能滿意。無量壽經譯筆膚淺，章句仍亦凌亂重複，誓願中無關宏旨者，亦列專條，如「設我得佛，國中菩薩，不能見其道場樹高四百里者，不取正覺」。能見樹否，亦立一願，則能見七寶欄楯、八功德水等皆可立爲願條。至述諸寶樹，金樹則銀葉，銀樹則金葉等，連篇累幅，似覺俗淺，不能引起讀者興味。予理想中之佛國，雖實相莊嚴，亦應在虚無漂渺之中。予僅願脱去肉體，神通自在，不慕金銀寶樹，以其不如紅花緑葉之芳艷也。既云國中諸天人皆受虚無自然之身，則何須「百味飲食」？諸天人既各得各種神通，至此境界，早離語言文字之相，更何須「講堂精舍」。至云足踏散花，花用已訖，地輒開裂，以次化没，然國中諸物，既隨意所欲應念即至，則用訖之花，亦可隨念而没，何必地開裂没收之，爲此重拙之迹象乎？至謂世俗凡夫，造種種惡，不畏「天地神明日月」，然楞嚴中，有一人修真，則大地粉碎之言，蓋諸物質皆妄念所現，何足敬畏？無量壽經，有惟除五逆不得往生之説，而觀經中又許五逆往生，互相矛盾。至謂國中胎生之民，乃以疑惑心修諸功德，修習善本，願生其國，故得壽僅五百歲，謂之胎生。原居宫殿，喻如七寶牢獄；而五逆十惡，但臨終十念稱名，即得往生極樂世界，於蓮花中化身。據此，則修功德行善者但以未免疑惑，即以胎生入七寶牢獄，而逆惡輩，但以臨時信仰，即入蓮花化生，是善者可懲，以其疑故；惡者可賞，以其信故。不以善惡爲標準，但以信仰爲條件，揆諸情理，烏得謂平？

況疑惑非罪業，即人世間亦不以此論罪。祛疑解惑，教者之責任，何得以之論學者之罪惡？若六度萬行不爲功，十惡五逆不爲罪，「品位之高下，全憑持名之深淺」（蕅益所言），則顢頇無理，反遠不如人世之有理性矣。使惡逆之人，受浄土福報，則被此惡逆所殺所害者，含冤飲恨，何由昭雪？浄宗辯曰：「一人往生，則其冤親皆得度脱，則冤解矣。」然浄宗則以持名信仰爲條件者也，此人之冤親，既未持名信仰，何由得度？彌陀欲普度衆生，尚不能度盡，豈此惡逆之人，反有權普度其冤親乎？況因果之律，至嚴至公，佛不得而變易之。先有法而後有佛，故經曰：「妙哉！般若爲諸佛母。」若不以法爲主體，以佛爲主體，是因果律失效也。至各傳記，謂高僧等，每晝夜念佛十萬聲，然有人試驗，按時間計算，爲不可能。浄宗辯曰：「此乃禪定中事。」其言尤無理也。

答：無量壽經譯筆膚淺，修詞欠精，去羅什、玄奘等不可以道理計，此實爲時代所限，無可如何者。然細按經義，與觀經、阿彌陀經等互相參證，尚無不合之處，略文而取義可也。

道場樹專立願條者，竊以道場樹高顯特出，可以總攝彼道場中所有一切莊嚴，如舉首領而兼攝羣衆，故言道場樹，則欄楯、羅網、七寶蓮池、八功德水等，皆可總攝於中矣。

虚無漂渺，乃吾人理想中之神仙世界，佛國莊嚴，乃清浄識中所變現之清浄世界，事實宛在，不可作海市蜃樓觀。至謂金樹銀葉七寶等，乃就此世界中最珍貴者而假擬耳，事實上之芳艷，非此土粗硬之金銀所能仿佛也。

净土三輩九品之程度，相差甚遠，非一往生彼國後，皆能神通自在，徧往十方，而供養諸佛也。故天台於净土中，横論四土，百味飲食講堂精舍等，乃爲净土宗初生凡夫而説。是以觀經「中品中生者」，須聞法後方得初果。經半劫已，方成羅漢「中品下生」者；經一小劫，方證四果至「下品上生」；須過十小劫，方入初地。故知初生彼國之凡夫，須有飲食講堂等事也。至華萎須地裂化没，不能隨意消滅者，亦指初生凡夫未得自在者説耳。若已得自在，菩薩自可隨意消滅，誠如尊論所説。兹節引無量壽經下卷一段爲證：

彼國菩薩，承佛威神，一食之頃，往詣十方無量世界。隨心所念，華香、妓樂等無量供養之具，應念即至。珍妙殊特，非世所有。乃覆三千大千世界，隨其前後，以次化殁。

其諸菩薩，在異國供佛，尚能隨意化生化殁，在本國可知矣。

什、奘以外，所用名詞，頗多不合。佛義如「魂」、「虚無」、「自然」等，尤以東漢、兩晉、三國爲甚。蓋佛典初來，教義未彰。華梵遠隔，「想當然耳」之臆説，自不能免。「不畏天地神明日月」，是其例也。按天地日月等，皆有神明掌管人間善惡，此印度婆羅門教多神之説也，我國社會亦有此種迷信。揆之佛説，日月山河等雖不妨有神祇主司之，然與人道業果不同，不能掌管人間善惡。蓋善惡業果唯人自招，於神無與，記載何爲。故「不畏天地神明日月」，當解作不信因果。爲惡無憚，但以修詞不善，含有神道設教之味也。

無量壽經五逆不得往生者，以兼有「誹謗正法」之過故，經有明文。觀經十惡五逆許往生者，以無誹謗正法之過故。蓋五逆雖重，果能信願堅切，猶可帶業往生，若誹謗正法，不信因果，不解信願，則往生無由矣。二經實不相背。

净土真諦，在「真信」「切願」「實行」，故古德有言，信、願、行爲净土之三資糧，一切往生者，所不可或缺者也，皆有如實真諦。而道席輕視「臨時信仰」無多價值，故生多難，今略説如次：

第一信之真諦有三：一信西方十萬億佛土外，確有極樂世界，爲阿彌陀佛及諸大菩薩清净識所共變。二信自心徧滿十方，極樂不離自心，但能一心清净，即可仗極樂爲本質，發現自性净土，使自心彌陀而安住之。觀經所謂「是心作佛，是心是佛，諸佛正徧知海從心想生」者是也。三信彌陀與我，不一不異，如鏡互照，如光互徧，但能誠心憶念，深合彌陀願海，彌陀決定不違本誓，接引往生。蓋自力他力，交涉不二，感應之理，有如是也。

第二復發大願，願我命終之後，決定往生極樂世界。見佛聞法，得「無生法忍」後，分身十方，廣度有緣。現前所有功德，悉皆迴向，毫無一念留滯意，即無量壽經上輩中所謂「發菩提心」，觀經上品中所謂「回向發願也」。此願甚爲重要，雖有真信實行，若無切願，則不往生。以

「是心作佛」不願不生，必然因果，有如是也。

第三真實念佛，滿前信願，執持名號，一心不亂。浄念相繼，自他混融，現前身心，即成西方依正莊嚴。雨打不進，風吹不入，所謂「念念中能除八十億劫生死之罪也」。

明上三資糧之價值，則往生之道，有可得而言焉。五逆十惡之人，臨終十念得往生者，彼人現雖造惡，過去善根，必不可思議。以彼臨命終時，得遇善知識爲説妙法，——真信——且能領解，——切願——十聲稱念，——實行——是三資糧皆如實具足。阿彌陀經所謂「不可以少善根福德因緣得生彼國」者也，非廣作惡業，臨終模糊信仰、依稀念佛者所可比擬。近謂某某已得往生者大須斟酌，以廣造惡業者，臨終多不能逢善知識，而正信念佛故。胎生雖修諸功德而不能見佛者，以經中明言：

> 若有衆生，以疑惑心修功德。不了佛智，不思議智，然信罪福，修習善本，願生其國。

> 此人原不了佛智信心成佛而求往生，但以世間有漏心而修福德，故入七寶牢獄，不得見佛，亦因果之當也。蓋往生見佛，以三資糧爲標準，不以有漏善惡爲依據。有漏善惡之因，但感可愛不可愛之果，於往生見佛無與焉。是以七寶牢獄，非懲其疑，正以賞其信罪福、修善本之因。蓮花化生，非賞其五逆之罪，正酬其真信、切願、實行之果耳。道席謂「懲善賞惡烏得謂平」，理不然也。

以懷疑態度探討真理，正資糧加行位中菩薩，應有之抉擇智。所謂由聞思而修也，烏得爲罪。罪在對因果必然律疑惑不信，縱私我而廣作衆罪耳。靈峯「品位之高下，全憑持名之深淺」之言，本非顢頇，但以限於詞句立言未盡耳。

一人往生，則冤親皆得度脱，不假惟識因果之正當解釋，往往流於「一人登仙，九族超升」之魔説，此吾人對近代浄土立説之膚淺，不得不低徊而太息也。按一人往生，冤親皆得度脱之説，當由此人往生，見佛聞法，得證無生後，再爲分身十方，廣勸歷劫冤親，各各發菩提心，解脱輪迴。非必各各皆往生極樂世界，亦非隨此一人而同時解脱也。至度盡衆生之説，菩薩雖發此願，但事實上何時能盡，不得預定。以衆生根基不等，發心因緣不同，菩薩但大悲不捨耳。

造五逆十惡業者，往生後受浄土福報，被殺害者無昭雪之期，事亦不然，蓋「假使百千劫，所作業不亡。因緣會遇時，果報還自受」。揆諸果報之理，非造業者至誠懺悔，使對方感極而捨其報復心，則雖百劫千生，因緣會遇時，仍復酬償，此釋迦所以有「金鏘馬麥」之報，而六祖有「只欠汝銀，不欠汝命」之説也。故往生浄土者，悟無生後，分身化度。設若遇昔人被殺害者，除非對方受化而捨其報復心，則菩薩仍須償其宿債。但受報如幻，毫無痛苦，不似凡夫之實受，此浄土帶業往生者之所以爲殊勝也。

晝夜念佛十萬聲，此不過言其置心一處，毫無散動，非必以珠記記數也。至禪定深者，字輪旋轉，無念之念，歷歷分明，十萬不變，亦非欺人之談，但非常人之所能致耳。道席能深修禪定，將來定能證取此言之不虛。

附開各種必讀經論：

解深密經（參閱圓測疏）　大乘起信論（參賢高義記）
二十唯識述記　唐譯楞伽經
攝大乘論（參世親釋）　成唯識論（參述記）
百法明門論五蘊論（合本）　十地經論
因明論節疏　法華經（參閱文句）
佛地經論　法相綱要　百論
圓覺經（參圭峯略疏）　辨中邊論
維摩經（參肇注）　中論
雜集論（參述記）　楞嚴經（參正脈疏）
十二門論　瑜伽菩薩地
般若燈論　掌珍論

上太虚常惺大法師書〔一〕

太虚常惺大師法座：

本月十一日上函，計已達覽。頃見上海時報佛教消息一節甚關重要，特剪呈師座，不知有用否？北平友人來書謂「教中各執宗派」云云，未審師等主持何派。前見虚師所刊傳單，指示學佛應用各書，有初機净業指南一種，内稱修净業者臨終時，佛持金臺或銀臺來接引。念佛功深者得金臺，功淺者得銀臺，未知此説出何經典？金貴銀賤，乃人世之事，何故佛國亦以此爲區别？况净土距娑婆十億萬里之遥，以神識往故瞬息即至，何用乘金銀之臺？凡此皆城之疑點，祈賜明誨爲幸。城既憚禪宗之難，而又不克起净宗之信，徬徨歧路，欲進無門，惟師等慈悲，有以教之。而前上之長函，盼復尤殷也。敬頌安隱。末學吕碧城謹上。

七月廿五日。

再者，城現持五戒及慎身口意三業〔二〕，且達觀一切名利生命無不可捨，但妄念紛沓，心不能静，尤以遇事不能制伏瞋怒煩惱。當初次坐禪，似得奇效，後因一怒而功效全失，再試不驗。坐時係按常式，不知是否必須按台宗所示之趺坐法。

按攝心法果能默默念佛，實爲浄念相繼之最好方法，但既於浄宗未能祛疑起信，僅以念佛爲攝心作用，則未免褻瀆耳。如何爲實行下手功夫，亦乞垂示。前撰梵海蠡測一文，託友轉交大公報，未見登出，不知何故。欲再録則文長未暇，現方應英國保護動物會之請，爲撰英文之稿。中國古書記載坐禪印證及臨終瑞相，實多訛誤，有不可信之處，不知師等平生所親見，有可見示之處否。覼縷瑣瀆，惟希誨人不倦，紉感無既。城再啓。

【箋注】

〔一〕本文録自一九三〇年十月刊行海潮音第十一卷第十期。作於同年七月二十五日，時居瑞士日内瓦。

〔二〕三業，佛教指身業，即身體行動，若殺生、不與取、欲邪行等爲身惡業；若不殺、不盜、不淫爲身善業。口業，又作語業、言語，若妄語、離間語、惡語、綺語等爲口惡業；若不妄語、不兩舌、不惡語、不綺語則爲口善業。意業，即思想活動，若貪欲、嗔恚、邪見等爲意惡業；若不貪、不嗔、不邪見則爲意善業。玄奘譯大毗婆沙論卷一一三：「三業者，謂身業、語業、意業。」

歐美之光自序〔一〕

吾國護生愛物之旨，濫觴最早，迭見經傳，此固文明之極詣，大同之歸宿，終遍圜輿，無間蠻貊，矧學術孟晉之歐美乎〔二〕？海通以來，士風丕變，競乞鄰醯〔三〕，弁髦國粹〔四〕。凡茹素戒殺之説，輒鄙爲迂腐，不值時賢之一笑。庸知其爲仁術，正歐美所殫精竭慮，爲嶄然有綱目之大舉進行。雖積重難返，而急則治標，苟能稍紓痛苦，無不曲予補苴。多士議於明堂，峻法垂諸憲典，其鄭重視之，等於經世治國之宏猷〔五〕，非僅愚夫愚婦之小惠。蓋已突越東方舊軌，有別闢世界景運之勢，而國人昧焉不察，日言歐化，摭其糟粕，而遺其精髓，不亦可異耶？

予去國十年矣，游屐所及，徧於瀛寰，不歆其物質之發展，惟覘其風化之轉移。每述見聞，郵傳桑梓，良以故邦杌隉，非關民智之不開，實繇民德之淪喪。相習殘忍，肆行獮薙〔六〕，其危險程度，爲有史以來所僅見。蓋以明末之流寇時代，及法國之恐怖時代，鎔爲一體。革命而不革心，縱有科學，僅能助虐濟惡，欲出亂入治，末由也。歐人經大戰之創，眼光有邃密之觀察，探本窮源，得其癥結而致力焉，其識敻乎遠矣（請參看英人 J.L.Cather 所著教育家須知之文，譯載本編）。顧拙稿刊於各報，國人頗匙贊同，友輩且持異議，以救物類何不救人類相難，此殆不知仁民愛物相關之義。惟仁民者始知愛物，而虐物者必不仁民，苟不曲突徙薪〔七〕，奚免延岡焚玉〔八〕。

世頗有喜逞詞鋒求全責備者，己既不肯爲善，見他人爲善，必援較善之事以難之；見他人爲惡，或援更惡之事以恕之。夫博施濟衆，堯舜病諸〔九〕；排難解紛，魯連不作〔一〇〕。爲善之方略不同，亦各盡其量而已。世間善事固多，然惡事亦不可犯。譬如教唆盜竊而勉之曰：「此無罪也，彼殺人越貨惡甚於此者方爲有罪也。」與世間善事甚多，不必茹素戒殺之説何異？此即孟子「月攘一鷄」之喻，認弱肉强食爲正義。此例擴而充之，世界寧有和平？

溯良心之本，弭禍亂之源，則是非幾微，端賴明辨，而不容邪説詖詞之混淆也。海外操觚，多供報紙資料，日久不免遺軼。今承李圓净居士之介，由上海佛學書局刊行專集，遂檢舊稿，益以新聞，彙編餉世，俾國人知世界之新趨勢。而曩謂西儒不知戒殺者實屬誤解，予亦曾持此説，今旅歐既久，方自慚昔日見聞之陋也。卷末附以西漸梵訊，而巴黎佛化美術家 Louis Sanin 女士所繪佛像，尤屬新穎，迻供藝林珍賞。俱徵十洲慧業，夷夏攸同；三界羣倫〔一一〕，蝡蠓普被〔一二〕。護生及大同旨外，別濬玄源，更斠真諦。庶知道之顯晦，每間千載以爲遞嬗，而累世紓寰〔一三〕，卒振墜緒，復獲中興。其前途之久遠光大，又豈鯫生蠡測所能爲量也哉！

中華民國十九年九月，呂碧城序於瑞士國之日内瓦湖畔。

【箋注】

〔一〕本文録自一九三一年四月刊行海潮音第十二卷第四期。按，歐美之光爲碧城旅居瑞士時所編譯，專紀歐美各國人道主義運動和保護動物情形。其重要記録，多附西文原稿，並配以精美插圖，以證其實。

〔二〕孟晉，勤勉地進取。班固幽通賦：「盍孟晉以迨羣兮，辰倏忽其不再。」李善注引曹大家曰：「孟，勉也。晉，進也。」

〔三〕競乞句，謂争先恐後向洋人看齊。論語公冶長：「孰謂微生高直，或乞醯焉，乞諸其鄰而與之。」爲此句所本，邢昺疏：「醯，醋也。」

〔四〕弁髦，古時童子始冠，三加冠成禮，而棄其始冠。參見前興女學議注。

〔五〕宏猷，宏偉的規劃。司空圖故鹽州防禦使王縱追述碑：「早振宏猷，雅多奇節。」

〔六〕獮薙，殺戮，鏟除。陳高送劉景玉赴金華縣教諭序：「有司以文法治勿勝，卒至用兵戈獮薙之。」

〔七〕曲突徙薪，使烟囱拐彎，並將柴草挪遠，以防失火。此喻防患於未然。淮南子說山訓：「淳于髡之告失火者。」高誘注：「淳于髡，齊人也。告其鄰突將失火，使曲突徙薪。鄰人不從，後竟失火。言者不爲功，救火者焦頭爛額爲上客。」

〔八〕延岡焚玉，謂大火延及昆岡，美玉和石頭一起焚毀。喻好與壞同歸於盡。尚書胤征：「火炎昆岡，玉石俱焚。」

〔九〕夫博施二句，意謂廣施恩惠，讓大家生活得好，恐怕堯舜都難以做到。論語雍也：「子貢曰：『如有博施於民而能濟衆，何如？可謂仁乎？』子曰：『何事於仁！必也聖乎！堯舜其猶病諸！』」

〔一〇〕排難二句，意謂爲人解圍排難，魯仲連一無所取。史記魯仲連鄒陽列傳載：魯仲連遊趙，適遇秦圍趙。魏使新垣衍欲令趙尊秦爲帝，仲連聞之，以大義責衍。秦將因此退兵五十里。時魏公子無忌奪晉鄙軍以救趙，秦撤軍而去，邯鄲解圍，趙欲封仲連，仲連推讓而辭別，笑曰：「所貴於天下之士者，爲人排患釋難解紛亂而無取也。」

〔一一〕三界，佛教把世俗世界劃分爲欲界、色界、無色界，皆處在生死流轉的輪迴過程中。

〔一二〕帲幪，帷帳。在旁曰帲，在上曰幪。引申爲覆蓋。揚雄法言吾子：「震風陵雨，然後知夏屋之爲帲幪也。」

〔三〕紆寰，延緩循環。寰，通「環」。

日本保護佛寺之法律〔一〕

日本每當春季，三島櫻花絢麗如海〔二〕，各國遊人麕集，而遊者雅興遄發，恒喜題寫姓名，以誌鴻雪之緣，或嗤爲疥壁惡習〔三〕，然向例在所不禁。頃見紐約先鋒報，謂日本新頒法律。自本年四月一日起，凡有題寫姓名，或任何毫末之污損於佛寺者，治以褻瀆神聖（Desecration）之罪，不論何國之人，一律逮捕入獄，受有期之徒刑，兼罰充苦工。如修造馬路，搬運木料，碎繫石子等艱重工作，雖富貴人不能免也。現日文及西文之告示，已遍黏貼各佛寺，以免遊客誤蹈刑章，自取其辱。但遊人或疏忽不看告示，記者特爲揭登於報紙，亦方便之道，且吾國社會近有一部分人士，鼓吹破除迷信，一若推翻佛教，國即能强者。請看日本古强國也，其對佛教之態度，果何如乎。

【箋注】

〔一〕本文録自一九三一年五月七日時報，題下有副標題「吾國遊人注意，吕碧城女士來稿」。

〔二〕三島，晚清時國人對日本的别稱，因其領土主要由本州島、四國島和九州島組成。秋瑾日人石井君索和詩：「詩思一帆空海闊，夢魂三島月玲瓏。」

〔三〕疥壁，壁上胡亂塗寫，形同疥癬。段成式酉陽雜俎前集卷十二：「大曆末，禪師玄覽住荆州陟屺寺，道高有風韻，人不可得而親。張璪常畫古松於齋壁，符載讚之，衛象詩之，亦一時三絕，覽悉加堊焉。人問其故，曰：『無事疥吾壁也。』」

致時報函〔一〕

見五月三十日時報載江灣路某兩大學校之間，有行人穿過鐵軌被火車碾斃之事（學生之家屬）。且謂該處近來火車傷人，已有多次云云。中國路政設備不周，無可辭咎。予現居瑞士之 Montreux 乃一山村，其鐵路貫穿街衢，則甚繁密，而火車往來頻數，從無傷人之事。蓋路口豎有長柱，如電桿狀，漆以紅白相間之色。柱下有機器如輪，能旋轉之。每值火車將到時，預鳴檢鐘，則轉動柱機，柱即傾倒，横攔路口，阻隔行人。俟火車經過，將柱豎起，路始開放。觀其設備及運用手續，均甚簡易，豈外國山村能辦到之事，而中國太埠如上海者反辦不到，屢使行人慘死，分尸兩段，豈非路政之羞。兹請鐵路當局設想自己本身將遭此慘禍，則無論如何困難，亦必將預防之法辦到，而不推諉矣。

予去年即見報載此類之事，當時曾擬陳明辦法，後竟忘之，深悔昔之因循疏忽，致蹈知而不言之咎。予今更爲公衆告者，凡見他人處於危險之境，務須無以警告，最不宜緘默，而貽良心上之悔。憶數年前，予遊義京羅馬，見一婦攜幼童行路，婦忽遇其女友，遂佇立談話，童則以銅幣口中爲戲，警告該婦，謂恐其滑入腹中，婦遂將銅幣由童口中奪去。後予至倫敦，見報載某童因戲含銅幣滑入腹中，即送入醫院求救，而醫生遍診病人，延至六小時後始及此童，則已太遲，不及挽救而死。其家屬以玩忽人命之罪，控醫院於法庭。予憶及羅馬之事，則用以自慰，亦此類也。

【箋注】

〔一〕本文録自一九三一年七月四日時報。函前有報社所擬之語云：「吕碧城女士遠道相告，驚歎火車屢屢傷人。瑞士國路線如網，路口長柱，大可仿置。」

奉題式園時賢書畫集〔一〕

今月古月，道將毋同。現世瑰寶，後世郢宗〔二〕。緬兹墨妙，永襲塵封。式金式玉〔三〕，型典雍容。二王不作〔四〕，六法誰參〔五〕？米船易幟〔六〕，鄴架改函〔七〕。繪後於素，青出於藍〔八〕。時聖復起，燕支牡丹。

【箋注】

〔一〕本文録自民國年間上海文華美術圖書印刷公司刊行陸丹林編輯之式園時賢書畫集，該書收有顧麟士、夏敬觀、鄭午昌、馬駘、張大千、陳石遺、趙熙等名家書畫作品。式園，即王鯤徙，號式園，近代杭州著名收藏鑒賞家。

〔二〕郢宗，此指習畫者效法尊崇的流派。郢，郢人，善歌者之謂。此借指善畫者。戰國宋玉對楚王問：「客有歌於郢中者，其始曰下里、巴人，國中屬而和者數千人。」沈括夢溪筆談樂律一：「世稱善歌者皆曰郢人。」

〔三〕式金式玉：金玉般中規中矩的樣式。楊萬里江西詩派二曾居士詩集序：「雖逸於三百篇之外，而式金式玉之句，猶略見於檮杌之史者，以子革之誦也。」

〔四〕二王，晉代書法家王羲之、王獻之父子擅書法，後人因以二王稱之。

〔五〕六法，古代有關中國畫的六種技法。南齊謝赫古畫品録：「雖畫有六法，罕能盡該，而自古及今各善一節。六法者何？一氣韻生動是也；二骨法用筆是也；三應物象形是也；四隨類賦彩是也；五經營位置是也；六傳移模寫是也。」

〔六〕米船，北宋書畫家米芾喜携書畫乘舟遊覽江河，並懸掛書畫於船上，時人以「米家書畫船」呼之。黄庭堅戲贈米元章之一詩：「滄江静夜虹貫月，定是米家書畫船。」任淵：「崇寧間，元章爲江淮發運，揭牌於行舸之上，曰『米家書畫船』云。」

〔七〕鄴架，亦稱「鄴侯架」，指藏書之處。唐李泌曾封鄴縣侯，家富藏書，故稱。韓愈送諸葛覺往隨州讀書詩：「鄴侯家多書，插架三萬軸。」又王應麟困學紀聞考史：「李泌父承休，聚書二萬餘卷，誡子孫不許出門，有求讀者，别院供饌。鄴侯家多書，有自來矣。」

〔八〕青出句，荀子勸學：「青，取之於藍，而青於藍。冰，水爲之，而寒於水。」藍，藍草，染青色之草。

玄學與科學將溝通乎〔一〕

倫敦自一八八二年即有靈學會（The Society For Psychical Research）之設，現

時地址爲 31, Tavistock Square London。記者曾與一度通函，知其中主持者，多學界巨子、大學教授等，刊品甚豐。承其邀請入會，惟記者旋皈佛法，只欲明心見性，勉持戒律，其他詭異之事則不欲研究，故未與該會續有接洽，然亦無反對之意見也。歐洲已往著名靈學家如胡穆（M.Home）巴拉丁諾（Eusapia Palladino）等〔二〕，其成績昭彰在人耳目，雖白朗寧氏（Browning）作有著名之詩 Mr.Sludge The Medium 以嘲之〔三〕，然終未發覺其有任何詐僞之行爲。去冬美國靈學家格蘭頓博士（Dr. Grandon）夫婦游倫敦，頗引起社會注意，十二月六日巴黎之 Daily Mail 報曾著社論，要求格氏公開實驗，邀集科學及靈學兩界人士，爲嚴密之接洽，俾明真相。謂此事與世界進化及人生觀，關係最重。蓋吾人欲知肉體之短生命外，靈魂究將何往也。科學家懷丹氏（D.Whetham）亦於其所發行之 History of Science 雜誌内聲言〔四〕，「科學家平心静氣，觀察靈學，將一切術士詐僞之行爲乘除外，則所得餘數，有不可思議之原質存在」云。

記者以爲人類思想發展，不出「横的」及「竪的」兩途，横的屬唯物，其結果流爲縱慾奬貪，由競争而釀禍亂；竪的屬唯心，存過去、現在、未來三世之思想，多淡泊明志，社會賴以調和。如科學家欲壟斷一切，不惟爲學理所不許，亦爲世道人心所不宜。故晚近科學界每於不可思議之事，肯虛懷研究，如今夏巴黎之 New York Herald 報所紀柏林消息：有工程師 Joseph Trunk 者，年六十餘歲，自言將於本年七月二十五日逝世。預將所賃之宅退租，一切財物分贈親友罄盡，室中惟餘一牀，屆期並自僱定辦喪事之 Undertaker，然後登牀而臥。時衆親友畢集，並爲延醫診視，醫云實係年老壽命將終，别無他故，果於二小時内安然逝世。於是柏林科學界羣相討論之，終莫明其妙也。記者按吾國學佛之士，多有預知死期者，向不足異。如今夏程公德全之訃文内所述，即其一也〔五〕。是知佛法之妙，賅括一切。

今春法國政府遣黛姽妮勒夫人（Davidneel）往西藏調查佛學，予初聞之，頗不謂然，以爲求佛法何不求之中國，而求於荒野之西藏。近始聞佛法傳於中國者，大抵爲顯教，而真言（Buddhist Spells）（即密宗〔Mystical Yoga School〕）則西藏喇嘛得之，乃金剛智及善無畏兩大師在那爛陀寺（Nalanda University）所講授者是也〔六〕。（按瓦德勒博士〔Dr. Waddell〕所著西藏之佛學〔The Buddhism of Tibet〕謂真言之入西藏，乃 Padmasambhava 所傳，不知是否上述兩大師之一？）日本僧空海〔七〕亦受得少份，中國則因缺乏梵文（Sanskrit）及貝利文（Bali）真言似難準確，而無盡之秘密法窟，仍屬西藏。甚矣法政府眼光之銳利也。

英國禪家巴林頓氏（E.Barrington）所著奥妙之路（The Road to The Occult）云：了解心理及其潛力，須由内心自己尋求，如聚光鏡，使成焦點，而後得光明之線，此爲西方之人，從未受此訓練者。吾歐之一切學術制度，全向外界物質發展，若聚會精神，爲心理自身之測驗，此實西方所從未建立之事。據予（巴氏自稱）個人之意見，現西方既不乏熱心研究心之潛力，欲引爲實用，須依從印度先覺之倡導，方得線索。紀元前二世紀之大著作家邏輯一切妙理者，乃著名之印度人巴丹嘉立（Patanjai）氏〔八〕，著有瑜伽誡詞（Yoga Aphorisms）直傳於現代，爲心理學之基礎。但吾人切勿認巴丹嘉立爲創始發明此學之人，彼僅收集最古之一切實驗家之意見耳。在印度稱爲瑜伽者，其字義即聚會精神，專用天然内心之力，而得成效之謂也（記者按，佛學中之瑜伽，不審是否由此字譯出）。又謂「瑜伽」與佛教相同（記者按，據此可見巴氏所習者，屬旁門外道，非純正佛學），分爲八種步程。第一步，學道者須嚴守不殺生、不食肉之戒，及以誠實忠恕，克己自治，不貪奢華，任何世務皆值得放棄，思想、言語、行爲（按即佛家之身語意三業），皆不許傷害任何人類以及物類，視人與物平等（按佛説胎生、卵生我皆救度之。佛爲倡平等主義之最早者，人類巇視物類之生命，是仍存强弱貴賤等階級之見，世界禍源在此），冤與親平等。與我有讎怨者，我亦救護之（即佛之大乘主義）。净鍊其心身，愉快冲和，若稍著嫉妒、恐怖、怒恨等情，能將所作工夫，毀蕩以盡。倘能嚴守戒律，及精持坐法（按巴氏所述坐禪法甚詳，但似道家吐納術，兹不録），則數月後，漸見衆人之思想，由朦朧晦暗而成清楚之形狀（記者昔有歐人所著思想現象之各種攝影一巨册，係伍廷芳氏所囑購者，去國時已贈於青年會張錫三君），或遠隔之事務能現形象於心中。若凝神於嗅覺，則有旃檀香氣；凝神於耳根，則聞微妙之音樂。種種勝境。但須知此爲進步之表現，而最後之目的，乃在使靈魂自由（按即佛家之超脱生死，不受輪迴之最大目的）。按科學之程式，此種心力，於宇宙間不能毁滅，且能遍處交通，在印度總稱曰樸拉那（Prana）。即彼不學之人，亦有時於某種境界或情形之下，發生不成片段的心象，如閃電之潛力。但不能守持之，早遲之間，此種智慧，復歸澌滅而他轉矣。但不學之人及道德未純者，慎勿輕試坐禪，其危險猶如無電學知識之人，而玩弄電線也。

記者按：佛家有他心通（Telepathy）天眼通（Clairvoyance）諸法，英國心理家麥當哥爾氏（W.Mcdongall）所著 Body and Mind 一書，亦詳言之。記者曩聞嚴幾道先生（即吾國首譯天演論者）言，英國某校甲乙兩生，各居寄宿舍，僅隔一壁。甲生無聊，隨意畫一鴨，而塗以銀色，自笑其無理由。及入乙生舍，則乙生方繪一銀茶壺，壺式扁而嘴長，形極如鴨，與甲生所繪吻合，亦此類也。在歐洲最著之故事，由名宿證得者，即瑞登保（Swedenborg）於衆客筵席間，忽停杯遠矚，謂六百里外，某地正肇焚如。後向該地調查，果曾失火，恰當瑞氏宴飲之時也。瑞氏兼信靈魂輪迴之理，與其他先哲鉅子，如柏拉圖（Plato）、哥德（Goethe）、叔本華（Schopenhauer）等皆篤信之〔九〕。歐美人士最近所著輪迴之書，彙紀其事實及證據者，如 The Ring of Return, Anthology of References to Re-Birth, By E.Martin，出版處 Philip Allan & Co.London〔一〇〕，Reincarnation, By E.D.Walker，出版處 Ridor&Co.London England〔一一〕。

今人每不信因果輪迴之説，然五千年之正史迭有記載，家族親友間確有傳説，豈彼等皆不肖之徒，專門造謡乎？學者之正當態度，對於任何事務，苟欲堅决否認之，須指出確實之反證，否則寧保留（Reservation）以待研究，若輕率武斷，則淺陋不智之人耳。

今歐人不滿意於肉體生命之短促，而欲知靈魂之究竟何往，可謂人生觀之一種覺悟，然欲解决此問題，則以佛説最爲圓滿精密。最近倫敦出版之良知之本性（The Nature of Consciousness），羅斯博士（E.R.Rost）著，發行所 Williams & Norgate

Ltd. 據稱，此書乃科學之實驗，證明佛學獨爲世界放一新光。凡自古迄今，宇宙間不能解决之問題，皆於此而獲新發明，爲科學家闢一通幽之徑，學者致力禪定，則功效尤巨云云。歐人之傾向佛學，於此可見一斑。

又孟特雷爾（Montreal）爲坎拿大（Canada）第一大城〔二〕，歐美文化之新總匯，蓋其領權屬英（自歐戰後，已成自由國，與愛爾蘭同制），而交通則近美洲，距紐約十二小時，波士頓十小時，華盛頓十七小時。火車晝夜往返不息，教育則以 Mcgill University 大學爲最高學府〔三〕，有百五十年之歷史。其附屬之圖書館，乃由紐約富豪 Gest 氏購贈中國書籍十一萬五千册，内賅括佛經五千册以上，皆明季舊版，士林所珍。歐西得此寶藏，亦世界前途之曙光也。

【箋注】

〔一〕本文録自一九三〇年十二月二十九日上海時報，署名聖因。

〔二〕胡穆（M.Home），今譯霍姆，歐洲十九世紀著名的靈學家、特異功能者，有記載稱其曾當衆表演身體漂浮。巴拉丁諾（Eusapia Palladino），今譯普羅提諾，古希臘哲學家，新柏拉圖學派代表人物，有神論者。主張人生最高目的，是讓靈魂從肉體桎梏中解脱，回到神那裏去，達到與神合一的境界。主要著作有九章集。

〔三〕白朗寧(Browning),英國維多利亞時代詩人。一八一二年出生於銀行職員家庭,自幼熟讀古典文學作品,喜好詩歌寫作。一八四六年和女詩人伊利莎白・芭蕾特結婚,長期居住意大利。主要詩集有指環與書、戲劇抒情詩、男人和女人等。Mr.Sludge The Medium,即關亡人斯勒齊先生,是其劇中人詩集中的篇名。

〔四〕懷丹(D.Whetham),未詳。疑即二十世紀英國哲學家丹皮爾,著有科學史及其與哲學和宗教的關係。

〔五〕程公德全(一八六〇—一九三〇),字純如,一字雪樓。法名寂照。四川雲陽人。前清廩生,曾官黑龍江營務處總辦,後調任奉天巡撫、江蘇巡撫。入民國,任南京臨時政府内務總長。袁世凱竊國後,任江蘇都督。晚年禮佛,受戒於常州天寧寺。

〔六〕金剛智,梵名音譯跋日羅菩提。唐代僧人,密宗創始人之一。出身南天竺摩賴耶國,十歲出家於那爛陀寺,後受南天竺國王派遣入唐傳法。玄宗開元七年(七一九)攜弟子不空等到達廣州,次年入洛陽、長安,從事密教經典的翻譯。先後譯有金剛頂經、七俱胝佛母準提大明陀羅尼經等,與善無畏、不空並稱「開元三大士」。善無畏,一稱凈師子,梵名音譯戍婆揭羅僧訶、輸波迦羅。唐代僧人,密宗創始人之一。本中天竺人,十三歲嗣烏荼國王位,後因内亂出家,讓位於兄。旋入那爛陀寺,投達摩鞠多座下,學習密教,受灌頂。

玄宗開元四年（七一六），奉師命經中亞入長安，弘揚佛法，譯有大日經、蘇婆呼童子請問經等密教重要經典。那爛陀寺（Nalanda University），古印度摩揭陀國王舍城東著名寺院，在今印度比哈爾邦巴臘貢。傳説龍樹在此修業，提婆、無著、世親等都曾在此講學，求學僧徒數以千計。全寺分八大院，重閣虬棟，壯麗絶倫。義浄大唐西域求法高僧傳：「那爛陀寺，乃是古王室利鑠羯羅昳底爲北天苾芻曷羅社槃所造。此寺初基纔餘方堵，其後代國王苗裔相承，造製宏壯。」

〔七〕空海（七七四—八三五），日本佛教真言宗創始人。讚岐（今香川縣）人。延曆二十三年（八〇四）與最澄一起入唐求法，從長安青龍寺惠果處受密宗嫡傳。三年後回國，奉詔弘布真言宗，影響遍及日本各地。

〔八〕巴丹嘉立（Patanjai），今譯巴檀闍黎，古印度瑜伽派哲學經典瑜伽經的作者。生平未詳。

〔九〕柏拉圖（Plato），古希臘哲學家。出身於雅典貴族家庭。蘇格拉底的弟子，亞里士多德的老師。主要著作有理想國、智者篇等。哥德（Goethe）（一七四九—一八三二），今譯歌德，德國詩人、劇作家、思想家。主要作品有書信體小説少年維特之煩惱，詩劇浮士德等。叔本華（Schopenhauer）（一七八八—一八六〇），德國唯心主義哲學家，唯意志論者。强調所有的人都是利己主義者，而利己的「生活意志」無法在現實世界中得到滿足，故人生充滿痛苦。主要著作有世界即意志觀念。

〔一〇〕The Ring of Return, Anthology of References to Re-Birth, By E.Martin，書名世世回環再生問題參考文獻選，作者伊娃·馬丁。

〔一一〕Reincarnation, By E.D.Walker. 書名輪迴轉世，作者沃克。一八八八年該書初版於英國倫敦。

〔一二〕孟特雷爾（Montreal），今譯蒙特利爾，加拿大魁北克省首府。

〔一三〕Mcgill University，加拿大麥吉爾大學，建校於一八二一年。由蘇格蘭裔蒙特利爾皮毛商、著名慈善家詹姆斯·麥吉爾一八一三年去世時立下遺囑，捐款興建。

賽美女皇殺夫〔一〕

美國聖魯易城賽美會所選之女皇密斯阿美利加（Miss America），即諾德玲吉夫人（Mrs.F.N.Nirdlinger），現犯殺夫罪，囚繫於巴黎獄中。其夫諾德玲吉乃費拉戴非亞城大戲院之業主，結婚後時占脫輻〔二〕，雖有二子，而非快樂之家庭。夫責其妻之風流放誕，妻恨其夫之束縛自由。諾氏曾給其妻每年零用費美金六萬元，並雇定一男子專爲其妻之跳舞伴侣，以免其與雜亂之衆跳舞，終不克束身就範，最後囚鎖於一室。夫人由天窗中逃出，遇修理房屋之泥水匠助之，攀緣高樓而下，乃謁律師，以備起訴。律師爲之調解，勸其夫婦旅行，以恢復感情。前月同游法國之妮市（Nice），夫人以手槍擊斃諾氏於旅館。入獄後求交保以便母子聚居，而法庭不許也。諾氏生前曾語人謂「警告天下男子，勿娶賽美之女皇爲妻」。

記者按，賽美會本城市中踵事增華之舉，近聞有舉行於學校中者，則殊有違教育之旨。又吾國皆稱此項被選者爲皇后，他方面復以有皇后何以無皇帝相詰難，實則 Queen 字本兼有女皇及皇后兩義，帝王之妻亦得稱 Queen，但女皇之夫則不得援引此例，如英女皇維多利亞（Queen Victoria），其夫只稱 Prince-Consort，而不得稱帝稱王，故賽美會被選者應譯作女皇，而吾國學界有提議另選皇帝以爲皇后之匹偶者，尤屬搗亂之舉，非教育界所宜也。

【箋注】

〔一〕本文録自一九三一年四月十五日時報，署名聖因。

〔二〕脱輻，謂車輪脱離解體，喻夫妻反目不和。易小畜：「九三，輿説輻，夫妻反目。」説，通「脱」。

燒與殺〔一〕

山東掖縣焚毀大藏佛經三萬卷之事〔二〕，其舉動可謂重大，中國五千年之歷史，焚書之事，僅一見於暴秦。今帝制已廢，反而發生無數之秦始皇，國之綱紀，蕩弛無遺。國人注意者尚不甚多，而外國報紙及學界致予之函，則冷嘲熱罵，憤慨之情，溢於言表。稱此舉爲 Crime 爲 Vandalism，稱焚經之人爲 Criminals（即罪犯）。當此欲收回治外法權之時，使外人眼中印此景象，認中國爲野蠻無法律之國，於中國法治問題，根本失其信任。夫任何國内，不能無罪犯，是在能自治之民族能執法以繩其後耳。罪惡之大者曰殺人放火，然各國大城市之謀殺案日有多件，而獨於所謂 Arson 者（即放火），雖世界首屈一指罪惡淵藪之芝加哥亦不多見。如或有之，則視爲擾亂治安之嚴重性質，斷無放任之理。今焚經之人，構成刑事上毁滅國家古物，及縱火兩罪。地方公民及司法界，均不容漠視也。又貴報讀者論壇中有路季裳君戒殺之文，竟有自稱大學之學生投函反對，謂「讀之拍案大叫爲開倒車」云云。以中外情形對照，而美國小學之學生，課餘結隊爲護生運動，據稱發展極速，每三十五分鐘成立一組。他國學生及蘇俄之小學均同爲此種運動。予今不暇詳述，予譯有歐美之光一書，不日出版，請購閲之。其中專紀各國自議院以及民間汲汲爲保護動物節制殘殺之計，以改造人，必爲弭亂治安之本。卷末附有歐美佛化之新運動。凡重要文件，多附原文，中西合璧，及名人簽名之函札，元首女皇，政界學界諸鉅子之像，以爲徵信。其運動之偉烈，事蹟之新穎，多爲吾人所未夢見者。如英國皇家護生會每年用費至英金十餘萬磅，其工作之廣大，可以想見。試取讀之，方知吾言之不妄也。又見讀者論壇中，有蘇元良君，以西醫活剖動物爲試驗，探本溯源，仍爲自私而殺，請求良心判斷之文。此問題，拙編歐美之光中，譯載有名人論著，可爲答詞。按歐美護生運動，以反對活剖爲最烈，各國之大城市幾於皆有其組織之團體。予甫於昨日得美國 Los Angeles 反對活剖會來函報告，謂柯立福尼亞省，此種運動正烈，各地方自治區域，反對活剖之函，已有數千封。而英國議院，及紐約立法會議，均已先後提出此案矣。又吾國人喜狩獵者，謂行獵「是高尚的運動」，而外國則稱爲血戲（Blood Sports）。如大詩家哈代（Thomas Hardy）、著作家加爾斯華賽（John Galsworthy）等均稱爲可鄙可恥之事。豈彼等皆鄉愿，爲煦煦之仁，以自鳴高乎？蓋進化之義如此。且瞻觀世界大勢，知前途險惡，大難將臨。據報界消息，國際猜疑日甚，每星期皆有新發現之備戰陰謀，雖吾人聊認其爲誇張及揑造之報告，用以自慰，而不幸事實上非全無根據者。識深矚遠之士，欲謀自救，以戒殺奔走呼號，吾人但驚佩其義聲之壯烈，而不知其用心之哀且苦矣。吾國人之以時髦自矜者，不知世界風雲之青黄黑白，尚主張殺化，有破壞而無建設，掖縣焚經之舉，與此輩之心理，同出一源。任其崩潰横決，造成今日中國有史以來未有之危險與痛苦。蓋以法國之恐怖時代，及吾國明末之流寇時代，鎔鑄爲一，强梁飲鴆止渴，良善將無噍類。予久居海外，冷眼觀變，惟惓念宗邦，有不能已於言者耳。

再者坎拿大之麥吉勒大學（Mcgill University），藏有中國佛經一萬餘卷。今春吾友某君欲以佛經托其保存，乞予介紹。該校饒賽博士（Dr.R.R.Roese）來函表極熱烈之歡迎，不幸敝友變計，取銷原議，博士爲此事陸續致予函有七次之多，苦求佛經。云無論代爲保存，或出價購買，均所情願，而予無以應之。方深悵惘，轉瞬即聞掖縣之變，使該縣大藏付諸劫灰，何如庋藏於世界最高之學府（該校成立已一百五十年，名譽最優）。華盛頓之國會圖書館（Library of Congress, Washington U.S.A）亦曾致函於予云：「尊處佛經，若許公衆讀用，同沾法益，則本館願慎重代爲保存。」昔白香山樂府咏澗底松云：「天子明堂欠梁木，彼求此有兩不知。」可爲今日咏。天下最痛心之事，殆無有逾於此者矣。

【箋注】

〔一〕本文録自一九三一年五月二十四日天津大公報，標題下另有一行云「呂碧城自歐洲寄」。

〔三〕山東句，一九三一年四月八日申報通訊掖縣明刻藏經造厄：「掖縣城内海南寺，有明刻北藏本大藏經全部三萬餘册，價值五十萬元，充滿屋三楹。該縣因辦師範講習所，欲用該屋，認經爲迷信書，焚去三分之二。教廳急電禁止，並派圖書館長王獻唐往查。按該經國内僅有七八部，但均不全。」又，一九三一年五月七日申報載掖縣大藏經運濟保存云：「前聞焚毁説不確，但有一部分損毁。」同時詳細報導説：「濟南通訊：山東掖縣海南寺大藏經，原有海内完本之稱，近年以一再遷運，頗有損失。月前並有該經爲師範講習所焚毁之傳説，教育廳因特派省立圖書館長王獻唐赴掖縣調查真相，始悉焚毁説不確，惟損失則甚劇，非運濟妥善保存，恐名槧珍籍終有全部損壞之虞，故將完整者二千二百七十五册共裝八箱，碎亂者裝十八麻袋，於四月二十三日運入濟南圖書館。」

歐美佛學之女作家巴林頓不弋聲華隱名韜晦（一）

予於去年十二月廿九日時報中，登有玄學與科學之文，於英國禪家巴林頓氏（E.Barrington）之著作，曾誤評以貶詞，疚焉於心。兹爲閲者略述梗概，以明真相。

按前年予於日内瓦見某雜誌中，有巴氏所著奥妙之路（The Road to the Occult）之文，愛其幽邃，裁取藏之。時予尚未學佛，亦不審巴時爲何人也。近與歐洲佛學界交游，始知爲吾女界現身而説法者，原名□□□□□□，巴林頓乃其化名，於法文著作中，則自稱白吕穆女士（Mlle.plume）。本無我之旨，隱名韜晦，其風格之高，有足多者，尤爲輸進東方及哲學佛學於歐洲諸先進之一。著作甚富，如亞洲之光榮（The Splendour of Asia），實踐之宅（The House of Fulfilment），幻象之園（The Garden of Vision），貞粹之女神（Chaste Diana），天國之姝（The Divine ady）（或可譯爲神聖之姝），尊榮之阿普盧（Glorious Apollo）等。其關於歷史之作，則克睞巴達（Cleopatra）外傳尤膾炙人口。克氏爲埃及驚才絶艷之女皇，玩弄諸英雄梟傑如傀儡，世所稔知者也。巴氏於佛學著作，惟曾著奥穆（Om）名作之道巴蒙地（Talbot

Mundy）氏堪與頡頏。而法國佛學家如黛姽尼勒夫人（A.Davidneel）、羅柯杜福夫人（Mme Rokotoff）等，亦差相伯仲，可爲巾幗吐氣矣。

巴氏久居日本，其於佛學，多承扶桑餘緒，然經英倫女郎之心理澡雪琱琢，別出新機軸，東西圓輿之精彩，遂融會焉。其他英美女佛學作家，如黛姽子夫人（Mrs. Rhys Dovids）、克里特爾夫人（Mrs.Cleather）、嘉平女史（Helen B.Chapin）等，皆一時知名之士。

環顧吾國，爲佛教淵薈，莽莽神州，不乏金閨之彦，苟有志於此，不難與東西媲美。較諸耗損心力，著作婚姻戀愛、武俠偵探等書，其得失豈可同日而語？曷速興起，跂予望之。至予個人，則自慚鈍根，不敢作此奢想。且學佛日淺，今甫朞年，而此短期中，百務紛擾。曾試從「法相唯識宗」入手，尚苦不能自解，更不敢率爾操觚問世也。兹因更正舊作，而附及之。

巴氏修然高蹈，不弋聲華，予欲表彰其行誼，經其知交代爲辭謝。故此文仍隱其真姓名，僅略抒事實，爲吾國女界勸。

【箋注】

〔一〕本文録自一九三一年七月刊行海潮音第十二卷第七期，署名聖因。

呂碧城女士啓事〔一〕

予於十九年七月十一日致函常惺法師，討論佛學，本屬個人質疑之私函，初未料及公佈。頃見同年八月出版之海潮音，登有該項問答之函，甚覺不安，蓋恐讀者誤會，於佛法更滋疑議，而生惡影響，殊有更正之必要。

按敝函中關於神話之疑，今已完全消釋。蓋宇宙間最大之問題，如時間之始終，空間之邊際，吾人皆不能解決，則豈能就吾人腦力所不能測，目力所不能見之事，遂否認之？至於龍之爲物，尤不能斷其必無。如鵬鶚巨鳥，吾人從未得見，即各國博物院，就予游覽所及者亦未見之。然頃見本年四月二十五日巴黎出版之 The New York Herald 報，載倫敦軍用之航空游擊艇，被一巨鳥撞落之事，則鳥身之大，可以想見。今之飛機，其升力至高不及四萬尺，已遇此等怪鳥，倘能突破四萬尺之外，則見龍或佛説金翅鳥之類，亦在情理之中。他如地球之説未發明以前，世人皆認地下皆實質無際，而佛經則每言東南西北上下虛空，是明示地球懸於虛空之中，惟佛法是出世法，故不號「天文」、「地理」、「博物」諸學耳。予今於净土，不惟信願，而且力行。

予往年曾夢白石階級，高闊如梯，滿刻佛經，上通於天。旁有人（未見其人以意會之）指示曰：「此爲登天之路。」復指其他一方面曰：「彼爲印度安南之境。」予遂循級登梯，愈行愈高，而階級亦愈窄愈密，不能容納足步。俯視則已離地萬丈，進退維谷。恐慌之際，乃宣佛號（即念阿陀彌佛），忽覺有力將予向上提引，吾身乃得登天。醒後亦不注意，惟閲申報忽見有「印度安南者○○○○」之句，乃解釋印度安南閲之説，且似關重要。茲不宣佈，而以五圈代之。予平生閲報甚多，何能記憶其字句，今事經多年尚能記憶者，則以其有奇異之徵耳。

又曩年夢亡母見召，予趨往，則母掛古寺中，榻懸帳幕，未睹慈容，惟母隔幕賜呼予名曰「静持」。予當時雖不解其意義，因出慈名，亦多年以來，敬志誌不忘。最近讀瑜伽師地論，見第四十九及五十卷中「静慮解脱等持等至」之句甚多，且有昔年夢中得句近始發見於華嚴經中者。予當年既未聞佛法，且自頂及踵，方沉溺於聲色貨利之中，此等夢不可謂由結想而得也。按瑜伽中之静慮即六度中之禪定，予今發覺於修持功夫最所缺欠而需要者，即「静持」二字。蓋心思每誦經念佛，亦難凝聚，惟結跏趺坐合掌修觀（即修净土之觀），心始漸定。而先慈早見及此，雖幽明境隔，仍於夢中啓示。罔極之恩〔二〕，與我佛同其隆重。予惟有堅決奉行，庶期不負耳。敢告同人，敬希共勉。

【箋注】

〔一〕本文録自一九三一年八月刊行海潮音第十二卷第八期。

〔二〕罔極之恩，謂廣大無邊的父母之恩。詩小雅蓼莪：「欲報之德，昊天罔極。」罔極，猶無極。

普門品中英譯文之比較〔一〕

法華經英譯有三種：（一）實法蓮華（Lotus of the True Law），但此經用梵文之品（Saddharma Pundarika），爲東方聖書之一部份（Sacred Books of the East, Volume XXI. 一八八四年，克爾恩氏〔H.Kern〕由梵文譯出。發行處，克拉蘭頓書局〔The Clarendon Press.Oxford, England〕）。（二）妙法蓮華（The Lotus of the Wonderful Law），素錫勒氏（W.E.Soothill）由中國之法華經譯出，簡略不完。（三）貝勒氏（S.Beal）所編之中國羣經（Catena of the Chinese Scriptures），賅有普門品。以上所述三種，予認克爾恩氏所譯較爲可據，以其直接譯自梵文，非展轉重譯者可比也。其普門品與吾國所譯者略有不同，凡諸菩薩之名，皆用梵文原名，而不譯其意義，如觀世音爲Avalokitesvara〔二〕，無盡意爲Skshayamati〔三〕，持地爲Dharanindhara等〔四〕。當予未讀英譯之前，每誦普門品至「應以佛身得度者，觀世音菩薩即現佛身而爲説法」云云，輒加疑揣。以爲既已成佛，何尚待觀音之度，而以何身得度之「以」字？猶如梵網經菩薩戒之第三十六條「寧以此身投熾然猛火」，「終不以此破戒之身，受檀越禮拜」云云。若按此例，則普門品中之「以」字，表明觀音爲能度，佛爲所度，於理未當，諒係譯者用筆略欠明析之故。今讀克爾恩氏所譯之普門品云「應被佛所感化者，觀世音菩薩即現佛身而爲説法」云云，較爲妥洽。吾國譯者於無盡意菩薩獻瓔珞之事，謂觀音不肯接受，由佛勸告，始肯受之。而克氏所譯乃由無盡意再請，觀音即肯受之，並無佛從旁勸告之説，未知是否克氏譯筆之脱略。其餘雖兩譯互有差異，無關重要，兹不具述。惟「偈言」則大有不同，且證明中國譯之「無垢清净光，慧日破緒暗。能伏災風火，普明照世間」之偈，其第三句似屬錯誤。蓋克氏所譯者，爲「其燄熾如火」，與上二句及下一句皆相聯合；而「能伏災風火」，則與上下文不接洽也。中國譯者，每偈四句，每句五字，共計二十六偈。克氏譯者則皆散文，共三十三偈，計多七偈，且於第十九偈以下，有無盡意菩薩之答詞，謂聞佛説之偈而欣悦。自第二十偈「真觀清净觀，廣大智慧觀。悲觀及慈觀，常願常瞻仰」以至第三十三偈，皆無盡意讚歎之作。吾國譯者至「福聚海無量，是故應頂禮」而止，克氏之譯，則由此加以第二十七以至三十三偈（見本册第十五十六頁）。以下即「持地菩薩即從座起」以至「皆發阿耨多羅三藐三菩提心」，與華文譯本相同。吾人於未閱梵文原本之前，於此華英文兩種譯品，孰爲優勝，殊不敢率爾判斷。且克氏於第十九偈以下，謂爲「無盡意菩薩所説」，於此加以括弧，且注曰：「爲後人加注於卷邊者。」然則是否無盡意參入之詞，抑全是佛説，尚難斷定。而全篇結處，有「佛説是普門品時」之句，則認諸偈一律皆佛説，較有根據耳。夫以中英文字之迥異，而兩國各譯此經，竟能大體符合，異曲同工，亦可謂難能矣。惟可惜者，吾華爲佛教先進國，竟無梵文之傳習，而讓諸歐洲，今彼都通巴利（Bali）或梵文（Sanskrit）者頗不乏人，此吾國學子，負笈錫蘭〔五〕，爲不可緩歟。篇末諸偈，讚揚净土，説明觀世音菩薩居處及來歷，尤見完善，且爲蓮宗有力之證，不亞於華嚴之普賢行願品，爰樂爲追譯，以供參考。至若鑒定增輯，續入經文，則有待於精嫻梵籀之法家，自維謭陋，不敢以蕪筆率玷蓮牒也。

【校】

〔今讀〕原形誤作「今續」，因徑改。

【箋注】

〔一〕本文録自吕碧城英譯法華經普門品。

〔二〕觀世音，佛菩薩名。此爲佛教中之大慈大悲的菩薩，衆生遇難，衹要誦念其名號，「菩薩即時觀其音聲」，前往解救脱難，故名。見法華經普門品。

〔三〕無盡意，佛菩薩名。賢劫十六尊之一。密號曰定惠金剛。此菩薩因觀一切事物現象之因緣果報皆爲無盡，而發心上求無盡之諸佛功德，下度無盡之衆生，故名。見觀音義疏卷上。

〔四〕持地，佛菩薩名。密號曰内修金剛。此菩薩能荷負衆生，如大地能持萬物，故名。見造像功德經卷上。

〔五〕錫蘭，今稱斯里蘭卡，亞洲南部印度洋中島國。島内近百分之七十的居民信奉佛教，古寺遺跡衆多，著名者有無畏山寺、祇園寺、塔園寺、楞伽寺等。

畫佛因緣記〔一〕

四年前，予遊倫敦，偶於中國使館見佛學傳單，取而藏諸行篋。旋往瑞士，夢於倫敦見予所繪觀音大士像，秀髮披拂，現身海中，因憶及幼時居鄉，鄉人曾以此舊畫乞爲摹繪。然事隔多年，如雲烟過眼，記憶力中，久已消失其影響，竟於數萬里外，夢中重見之，已足異矣。前年冬，由沃爾緒博士 Dr. W. Walsh 之介，與倫敦佛學會（The Buddhist Lodge London）通訊，予爲撰佛教在歐洲之發展一稿，寄登中國報紙，遂承海内諸善信，以各内典寄贈，研習之始，即決心皈依。

去春於巴黎佛學會（Les Amis Du Boudhisme），識佛化美術家（Louise Janin）女士，厥後函劄往還，女士屢以其作品見贈，予爲感發興味，亦試畫佛像，得成飄海觀音一幀，以贈倫敦佛學會。距予之夢，又隔三年，無意中因緣凑合，散髮飄海之法身，果現於倫敦而成事實矣。語云佛法難聞，予得聞於海外，尤屬難中之難，爰記其經歷如此。

又予曩從嚴幾道先生習邏輯（Logic）學。（先生名復，字幾道，號又陵，即吾國首譯天演論者，今商務印書館發行之名學淺説，即先生當日教授鄙人之作，詳見序文。）先生爲於課卷書「明因讀本」四字，予遂以「明因」爲號。後樊樊山年伯見之〔二〕，謂與古人同名，爲改作聖因，云「聖」與「明」字義相通，初於佛學無涉也。最近讀地藏菩薩本願經，則聖因之字句甚多，予感此因緣，繪地藏像一幀，贈英國大菩提會（The British Maha Bodhi Society），原本爲水彩畫，飾寶之金冠，及硃色之袈裟，頗形嚴麗。惟予之畫佛，此爲初度，愧未能工耳。

【箋注】

〔一〕本文録自一九三二年世界佛教居士林林刊第三十二期，署名聖因女士。

〔二〕樊樊山，即樊增祥（一八四六—一九三一），字嘉父，別字樊山，號雲門，湖北恩施人。與碧城之父吕鳳岐同科進士。歷官渭南知縣、陝西布政使、署理兩江總督。近代同光派重要詩人。著有樊山集。

亞洲之光作者百年紀念〔一〕

歐族夙鄙東亞，自大戰後欲補偏救弊，始旁蒐遠紹，知印度古代文明之盛，如文學、哲學等不亞於希臘、埃及，故近時習梵文者頗不乏人。然百年前已有縋幽矚邃〔二〕，專注於此者，則阿那爵士是也〔三〕。阿那（Sir Edwin Arnold, M. A. Oxon; K. C. I. E; C. S. I.）於一八三二年六月十日生於英之Gravesend Kent〔四〕，今適百稔。父爲法官，母意大利産，肄業於牛津大學，得碩士位。旋於一八五六年以文學比賽，作有貝沙薩王宴（Belshazzar's Feast）之詩，而赢得最著名之紐迪蓋大奬（Newdigate Prize）。此爲爵士平生諸作品中最榮譽之一，亦爲世界公認於歷來紐迪蓋大奬中最傑出之一也。次年往印度，掌教於梵文學院（Deccan Sanskrit College），竟於該處得其精神永託之所。旅印未滿五年，因事返英。然已精嫻梵文，所作之詩，印度著名學者認其文藝純粹自然，與印人所作無異。其於世界學術博聞强記，一身如百科全書之庫（猶如吾國白香山有「行秘書」之稱〔五一〕）。凡有質問，不假檢閲，應答如流。尤擅口才，演説時，莊諧並作，聽者解頤。性情和善，處世接物，怡怡如也。據爵士之子愛麥森博士 Dr. Emerson Arnold 云：「吾父一生無疾言厲色，每訓吾等謂『汝應視一切動物爲汝弱小之弟』。予確信吾父前身爲印度佛徒而投生於英國者，彼固忠愛英國，然其種種性情習慣皆半帶亞族風味，即貌亦略似。迨遊印度，乃使多生舊習，完全成熟，非偶然也。」其子之言如此（見上年六月份英國佛學雜誌愛麥生阿那博士自述之文）。爵士自印度歸後，即任倫敦電訊日報（Daily Telegraph）（此報今尚照常出版，爲倫敦諸大報之一）筆政，計四十年。自云身在該報之編輯室，而心在印度也。平生巨著亞洲之光（The Light of Asia）一書，闡揚佛法，譽溢瀛寰，即成於該報之編輯室中。後遊錫蘭，該地佛徒爲行贈授衣鉢之禮，贈以黄色袈裟及食鉢各一，亦殊遇也。歿於一九〇四年三月廿四日，遺骸葬於牛津大學之禮拜寺。最近之倫敦地方會議爲造一瓷釉之像於波頓花園（Boston Gardens，South Kensington）以資紀念云。愛麥森博士之結論，謂吾人感想，若歐洲曾信佛教，以替代有名無實之耶教，則世界大戰不致發生云云。

記者尤有感焉。夫亞洲之光，非亞族所産，乃佛光也。物質與精神各有其光，自燐火日月，以至宇宙光（Cosmic Rays）皆物光也。此外必更有精神之光。按愛因斯坦（Einstein）相對論，謂星光若向前進行五十萬兆年後，將復返於原位。空間雖無限而度量則有限（Space, Although Unlimited, is Finite in Extent），其説固未圓滿。予意星光殆遇更强之光，故遭屈折而返。最强者其爲佛光乎？佛經盛稱光力，非予臆説也。

【箋注】

〔一〕本文録自一九三三年第四期香海佛化刊，署名吕碧城寄自瑞士。

〔二〕縋幽矚邃，謂將繩索下落到幽深之處，觀察其深度。此處用來形容探求深奥的梵文。

〔三〕阿那，今譯阿諾德，十九世紀英國著名的詩人。名作除亞洲之光外，尚有火星上的生命

（Gulliver of Mars）等。

〔四〕Gravesend Kent，英格蘭肯特郡格蘭芬德。

〔五〕猶如句，此處以「行秘書」稱白居易（號香山），非是。實乃唐人虞世南，碧城偶然誤記。劉餗隋唐嘉話卷中：「太宗嘗出行，有司請載副書以從，上曰：『不須。虞世南在，此行秘書也。』」行秘書，泛指博學而强識過人。

地球運行空中與佛説相同略考〔一〕

民國廿二年十二月一日出版之佛學半月刊有王沠空君問：「近世地球圓説，由飛艇環繞地球一週，更顯明證。以佛教而言，此南贍部洲在須彌山外鹽海之中，似乎地是方形，非在空中。究竟佛説地形如何？宇宙如何？」

按王君謂洲在海中，似乎地是方形，非在空中云云，不知其意何解。蓋洲在海中，而海亦在空中，何得謂地不在空中？更何能由此而證明地是方形？地球運行空中而海在地面，此人人皆知者。且地球之面有一種清濛氣名爲「以太（Ether）」（此爲已故業師嚴幾道先生所函示），與佛説地面有風輪水輪相同。風與水相激蕩之理，佛經亦有說明，王小徐先生能詳言之〔二〕，且驚其與科學家之天文地理吻合，甚願王君（小徐先生）他日刊布之。至於佛説地在空中最顯明者，即阿彌陀經言東南西北上下六方，地之下方亦有佛國無數，則地球非在空中而何？非若吾國古人謂地下皆實質及黄泉也。佛經每云東南西北四維上下虛空無盡。又云「我所居處爲金剛臍，餘地皆轉」，此地不動。乃明示地球運行於虛空之中。又楞伽經云：「云何日月形，側住覆世界，如因陀羅網。」注云：「日月所繞世界如器，側覆仰横，帝網千珠，珠光交映，喻世界重重無盡。」既云世界如器，側覆仰横，不居定位，則非如球旋轉而何？而千珠交映，世界重重無盡，則合於太空星汽成雲之狀（銀河系之星球億萬，作螺旋雲狀）。吾人所居之地球，乃太陽系九大行星之一，在太陽系内且屬中等，而非大者。太陽系之外尚有較大之星，其數無量。美國威爾遜氏以一百英寸徑大遠鏡，察見此地球之外，尚有其他星球約二千萬。其太遠太小不能用鏡察見者，尚不知其數，則佛説三千大千世界爲不誣矣。世人每以此地球上所有之事物爲真，餘則斥爲迷信，而不知此地球在無量數星球中爲一小而可憐之物（太陽之體積較地球大一百廿五萬倍，何况其他星球有較太陽更大者），何足爲標準。又以吾人之耳能目見聞者爲真，否則爲妄，殊不知科學愈發明，則吾人耳目之權利，愈相形見絀。以宇宙萬有，憑耳目有限之能力裁判之，何足爲定案乎？佛説諸天之中有無量光天，與最近瑞士天文臺發明之宇宙光（Cosmic Rays）云其量無限，不屬於日月，亦可互相印證。佛學深奥，須經悠久之年歲，方能次第與科學相發明。現所證明者雖尚不多，然如地球運行於虚空中，三千大千世界，無量光天等，及一鉢之水中有微生物億萬（佛與舍利弗所言），皆與科學相合。吾人壽命甚短，不能一一待其親證，惟有就已發明者而資信仰，不必以現尚未完全發達之科學而疑佛法也。

【校】

〔金剛經〕原作「金剛劑」，音近致誤。

【箋注】

〔一〕本文録自一九三四年第四卷第六號佛學半月刊，署名呂碧城。時碧城寓居滬上譯經。

〔二〕王小徐，名季同，字小徐，生於清光緒元年（一八七五），死於一九四八年。江蘇吴縣人。清末赴英留學生，攻讀電機工程及數學，精于電機工程理論與製造。受楊仁山影響，涉獵佛學，以爲佛法圓融，既「不是其他宗教和近代西洋哲學所可比擬，也决非科學知識所能推翻。」（唯識研究序）由是成了佛學的堅信者。由於他是一位著名的科學家而兼研佛學，成爲當時學術界調和佛學（宗教）與科學傾向的代表人物。一九三三年，他應好友周美權（叔弢）之請，爲周叔迦的唯識研究一書作序，以科學與佛學相互發明，提出三千年前的佛教辯證法比黑格爾、馬克思的辯證法更爲澈底。此文刊出後，不乏批評之聲。爲此，他又撰寫了佛教與科學一文作答。其主要佛學著作有佛法省要、佛法與科學之比較研究等。

花城卸冕記〔一〕

凡游歐洲者，皆知意國屬境號稱「花城」之佛羅蘭斯（Frorence）〔二〕。該城不獨花木繁盛，尤富於圖畫碑版及彫刻品，大美術家多誕生於此。迄今幽斐思大小二館 Uffizi Gallery、Pitti Gallery 之文采炳然〔三〕，皆諸家遺徽所寄〔四〕，手澤如新。然爲之搜蒐保護，嘉惠後世者，伊誰之力？則安娜瑪麗亞（Annamaria Ludovica）公主，捨其王位而換得者，尤足爲花城歷史生色也。當十六世紀時，意國各地分裂爲諸部落，其中以麥迪西（Medici）氏爲最强〔五〕。其創業之君克西謀（Cosimo）一世，雄才大略，爲佛羅蘭斯人民所欽服。再傳至三世（Cosimo Ⅲ），極盛難繼，流於驕奢，宮闈多故，稗史艷稱，爲歐洲製造笑話之工廠。其甲第之盛，豈僅如紅樓夢中之大觀園，即阿房宮且有遜色。鑲金嵌玉，迄今三百餘年，猶光采隱鑠於古氣陰森中，蓋聚瑰寶而成於鬼斧神工之名手。其厚斂民財，取之盡錙銖，用之如泥沙，猶可想見。以五十三年之虐政，民怨沸騰，末日將至，内政不修，外患迭起，而以一高尚明哲之嬌女，殿麥迪西王朝之局焉，殆如虞淵落日返照之回光歟〔六〕。

三世生有二子，安娜其幼女也。長子游蕩早殤，次子承襲王位，亦荒嬉不治國事。且因避其德國之悍妻，常遨遊國外，由其妹安娜攝政。予曾見其御裝之像，手按皇冕，豐采奕奕。安娜英才明毅，得其祖克西謀一世之遺傳性，爲人民所愛戴。王願禪位於安娜，禪書已簽定，各鄰邦亦均贊同，忽因外交政策，欲得强鄰奥國之援救，乃以族弟Erancis求婚於奥皇之女，使族弟繼王位，俾奥公主得爲王后，此爲婚約之條件，亦即康伯雷（Cambrai）和約之内幕。安娜慨然同意，但求得紓國難，甘棄權位如敝屣，而以取得祖傳一切書畫美術品爲代價，悉以存貯於花城之幽斐思美術館，不分國界，永爲世界人士公共享用（其遺囑中第三款所言）。部署既畢，即退出皇宫，居於祖墓之側，督修歷代未竣工之陵寢（Mausoleum）而終老焉。殁於一千七百四十三年二月十八日，享年七十六。

記者曰：吾國禪讓之風，唐虞而後，至禹開世襲惡例，然士大夫尚甘淡泊而矜遜讓，每以掛冠歸田爲口頭語。今之權貴，則國可亡而權位不可讓。揆諸古人審出處而慎行藏，懍知足不辱之戒，承平時代且應如此，況處覆巢漏舟之中乎？吾觀安娜事重有感焉。彼以國難之時，若戀位而不救國，雖榮亦辱。此則爲亡國大夫甘受唾面以辱爲榮，見解不同，使榮辱顛倒，夫復何言？

吾國歷史中，夙多賢明之后，有稱女中堯舜者，然眼光囿於政局，缺乏世界思想。他如金輪天后（武曌）〔七〕，吾家娥姁（吕后）〔八〕，以及名聞海外之西太后（West Empress Dowager）〔九〕，則更不足道矣。求如英女王伊立撒伯、馬利等之擁護宗教〔一〇〕，維多利亞及今荷蘭女王之保護動物〔一一〕，尚無聞焉。若安娜者，以書畫美術餉世界，攬縹緗而蹴旒冕，高風瓌誼，曠世一人，開歐陸未有之例。至於守墓修陵，則得吾東亞大孝之精神，尤爲難能可貴也。

【箋注】

〔一〕本文録自一九三四年佛學半月刊四卷第十五號，署名碧城。當爲詞人旅歐期間所作。

〔二〕佛羅蘭斯（Frorence），今譯佛羅倫薩，意大利歷史悠久的文化名城，文藝復興的搖籃。别名花城。

〔三〕幽斐思大小二館 Uffizi Gallery、Pitti Gallery，今譯烏菲兹美術館，位於佛羅倫薩市的烏菲齊宫，始建於一五五九年，一七六五年正式對外開放。館中藏有達·芬奇、米開朗基羅、拉斐爾、喬托、波提切利、提香、丁托列托、倫勃朗、魯本斯等無數世界頂尖的繪畫藝術大師的傑作。

〔四〕遺徽，遺留下來美好的品德。岳珂愧郯録追册后：「是時郭后正位中宫，仁宗追念遺徽，特崇位號。」徽，玉篇糸部：「徽，美也，善也。」

〔五〕麥迪斯（Medici），今譯美第奇，意大利佛羅倫薩歷史上最强盛的家族，其統治始於一四三四年，延續至一七三七年，因絶嗣而解體。

〔六〕虞淵，古代神話傳説中的日没之處。淮南子天文訓：「日入於虞淵之汜，曙於蒙谷之浦。」

〔七〕武曌，武則天，唐開國功臣武士彠次女。年十四，入宫爲才人，太宗賜名媚，人稱武媚娘。太宗死，削髮爲尼。高宗朝，再度入宫，後封爲皇后。高宗崩，中宗即位，武氏爲皇太后，臨朝稱制，廢中宗，立睿宗。復廢睿宗，自立爲武周皇帝，改名曌，國號周，史稱武周。上尊號金輪聖神皇帝、則天大聖皇后等。

〔八〕吕后，吕雉，字娥姁，漢高祖劉邦稱帝後，封爲皇后。漢惠帝即位，尊爲皇太后。惠帝死後，吕后專權，臨朝稱制八年，大封諸吕爲王，以姪吕産、吕禄分掌南北軍。吕后死，周勃、陳平等將諸吕悉數誅滅，擁立文帝劉恒，恢復劉漢政權。

〔九〕西太后（West Empress Dowager），即孝欽顯皇后，（一八三五—一九〇八），葉赫那拉氏，咸豐帝嬪妃，同治帝生母。咸豐帝駕崩後，與孝貞顯皇后兩宮並尊，上徽號慈禧，俗稱西太后。辛酉政變，一舉鏟除肅順等顧命八大臣，施行垂簾聽政。同治帝死，以其侄載湉繼位，改元光緒。戊戌政變，殺譚嗣同等六君子，囚禁光緒帝。光緒帝崩逝，立三歲溥儀爲帝，被尊爲太皇太后。

〔一〇〕求如句，余楠秋譯季尼（E.P.Cheyney）英國史第二九一節：「雖然女王等恢復天主教之心甚切，全國大部分人民並無成見，而各社會階層中個人之成爲堅决信仰之新教徒者，不乏其人。……馬利後漸强迫人人須信仰舊教，否則以異端罪見罰。」第二九六節：「一切男女每逢星期日及宗教節日須往教堂，每次缺席科以一先令之罰金。爲監察宗教法律之執行及依照獨尊條例管理教會事業起見，伊利薩伯常任命宗教法官，彼等最後組成永久最高宗教法庭。」伊立撒伯，今譯伊莉莎白，英國女王。亨利八世和第二任王后安妮博林的女兒。終身未嫁，有「童貞女王」之稱。其在位期間，解决宗教問題，國力鼎盛，文化發達，被譽爲英國歷史上黄金時代。馬利，今譯瑪麗，英國歷史上第一位女王。國王亨利八世和第一任皇后凱瑟琳所生的長女。瑪麗死後，王位傳給了同父異母的妹妹伊莉莎白。

〔一一〕維多利亞句，吕碧城歐美之光各國保護動物近訊：「皇家禁止虐待動物會（Royal

Society for the Prevention of Cruelty to Anilmals）設於倫敦吉民街（Jermyn Street, London S.W.1）一百零五號。此會創立於一八四二年，首先入會者爲英女皇維多利亞，時女皇尚爲韶齡之公主。」又：「荷蘭國今女皇陛下，荷蘭皇族多爲保護動物會之會員。」維多利亞，大不列顛及愛爾蘭聯合王國女王，喬治三世的孫女。威廉四世駕崩後，繼位爲女王。在位時，殖民地遍及世界許多地方，經濟、文化空前繁榮，史稱維多利亞時代。荷蘭女王，此處指荷蘭女王威廉明娜（一八八〇—一九六二），她是一個積極保護動物者。二戰期間法西斯德國佔領荷蘭，她不得已前往英國，與盟軍合作，帶領荷蘭人民最終打敗了法西斯侵略者。

血食問題〔一〕

昔游羅馬，承吾國駐意公使朱兆莘氏〔二〕，伴遊山水，於火車中談及人類血食問題，朱公謂不但動物有血，植物亦有之。蔬菜之血爲青色或白色，水果之血多黄色或紫色，但非紅色而已。何故衹應食植物，不應食動物？況戒殺動物，無絶對之可能。吾人飲水一杯，其中即有無數之微生物，吾人能不飲水乎？鄙人以爲世界正義，以同情維持之。植物有生命而無感情，動物之痛苦及情感，於吾人相同，故應捨動物而食植物，戒殺亦止就吾人之可能爲止。昔佛之大弟子舍利佛初得天眼通〔三〕，見水中微細生物無數，遂不飲水。爲佛所責，謂汝已證聖果，能不飲水，後世凡夫若不飲水，何以生存？故制律以肉眼所見爲限（按戒僧有漉囊），竊以爲科學發明微生物，已在佛説千年之後，惜朱公未聞佛説，而終以食物喪命（據報紙稱食蛇及狸中毒而死）。

吾國最古醫書靈樞素問云：「五穀爲養，五菜爲充，五果爲助。」而未言及肉食，較近世西醫發明蔬食衛生之説，在三千年之前。靈素亦賅有生理解剖學，其未能充分發達成立者，乃後人不研究之過，非古人之咎也。

【箋注】

〔一〕本文録自一九三四年佛學半月刊第四卷第十九號。署名聖因。

〔二〕朱兆莘（一八七九—一九三二），字鼎青，廣東花縣（今廣州花都區）人。光緒乙未（一八九五）科進士。一九〇七年留學美國，先後就讀於紐約大學和哥倫比亞大學。歸國後，長期從事外交工作。一九二五年，被北京政府任命爲中國駐意大利全權公使，次年兼任駐英代辦。一九二八年七月，宣告脱離北京政府，八月受任國民政府外交部政務次長。

一九三二年十二月十一日因誤食蛇羹中毒去逝。

〔三〕昔佛之三句，法苑珠林卷六身量部第四：「佛令比丘漉水而飲。舍利弗乃多遍而漉，猶有細蟲，因此七日不飲水，身形枯顇。佛知其故，問：『汝云何顦顇？』答佛言：『佛令漉水而飲，弟子縱多遍漉，以天眼觀蟲猶尚而過，如器中粟水沙。以護生命，不敢飲水，故身顦顇。』佛告舍利弗：『若以天眼觀，一切人民無有活者。自今以後，但聽肉眼看水清净，其内無蟲，即得開飲。』」此用其事。舍利佛，釋迦摩尼十大弟子之一。號稱「智慧第一」。天眼通，謂得色界天眼根，能透視無礙。

述譯經之感應〔一〕

感應一　蓮華成人手形

余譯成此經後數日，買得蓮華數朵，供於佛堂中之佛菩薩像前，忽有使余驚異者，蓮華中之一朵有兩瓣形似人手。每瓣各有一小分支如大拇指者，相交叠焉。除此兩朵外，其餘各花則無異狀。按蓮華之瓣，普通均作橢圓式，不缺不裂，獨此二瓣如人手狀，誠爲稀有。

余旋從蓮萼摘下此兩瓣，以資保存。細察其裏面之一大拇指狀之小分支，比外面之一瓣較小，蓋因成長未足也。余使所雇攝影師攝其影，彼見之甚訝，疑爲贋品。語余曰：「此恐係人造者，殆剪成此狀耳。」余乃指告以此兩花瓣主幹部分之各筋脈均從底直達至頂，而近大拇指狀之分支處之若干筋脈，則依自然之勢，斜迤而入分支，另成一部分，人造者能如是乎？攝影師乃服，信爲確是天然生成者。不僅此也，當余初睹此異時，華尚未全放，故大拇指狀之分支兩相叠合，倘使爲人造者，則無論技術如何善巧，決不能不損傷華瓣。蓋蓮華之瓣一觸輒墮，乃其特性也。迨余次晨再觀，則外面一瓣之分支已較裏面者略大，此亦足證其爲天然生長矣。

余對此奇華，輾轉尋思多日，忽念「蓮華手」余素未聞，不知丁福保博士佛學辭典中有此名否。遂檢查該書，則竟有此名。據其注釋，梵文爲 Padmapani，並引大日經文云：「又現執金剛、普賢、蓮華手菩薩等像貌。」奇哉！「蓮華手」之名既與余所見之物質的「蓮華手」相符，而大日經中之普賢菩薩，又適爲余此書之標名，是豈偶然者哉！

數日後，余復於丁氏辭典中獲見普賢三昧耶印之名，又與蓮華人手之形相關。據其注釋引瑜珈經，右拇指與左拇指相交，名普賢三昧耶印云。信乎宇宙間之事理，無窮無盡，難思難議，斷非凡夫所能了解，惟有深細推求，或能得其真相耳。

在華嚴經第八十卷之末，載有本經之信徒及翻譯者之若干感應事實，既有此先例可援，余因將余之所獲覩者附述於此。余覺此事誠耐尋味，不獨可引起佛教徒與神學家之注意，并可供植物學者之討論也。

感應二　面盆中顯蓮華形

「蓮華手」之發現（如感應一所述）六個月後，余又得一奇異之感應。彼時余方通一代表十大願王普賢菩薩之聖像，繪事歷七日而畢，於脱稿之翌日，即一九三五年二月十八號，余方晨起，忽見臥室中余每晚洗手之面盆中，有不少沈澱於盆底之物質，形成一蓮華模樣。華之直徑約七寸，形圓，適滿遮盆之圓底，數其華瓣，恰爲十片，與十大願王數相合。余因需用該盆，即將水傾去，惜當時手邊未有攝影器，否則可照一相片也。

佛徒修行常例，應擇一本尊，以求加持，而資隨學。余因得面盆中蓮華相之啓示，因念余應以普賢菩薩之行願爲行願，遂於三月八號，依正式儀軌，皈依普賢菩薩爲本尊，並於臂上依法作成三誌，爲皈依之證焉。

感應三　面盆中顯白鶴相

上記面盆中蓮華形之顯示，在二月十八號，約一個月後，即夏曆二月十八日（西曆三月廿二號），余於午餐後盥手入佛堂，就打字機打此書之清稿約一小時，乃返臥室。忽又見面盆中顯一異相，相現於水底物屑間，清晰可觀，係一蓮華之概形，華面則有一鶴在焉，宛然繪畫而成。就其畫法論，近於工筆，與前次所現類似相重之水彩畫不同。

余憶起小彌陀經中所説極樂世界之一種莊嚴，即蓮華池中有多種天鳥，其一即白鶴也。此殆因余繙譯本書之功德，故蒙以此相顯示，爲余將來往生浄佛國之保證，以遂吾願耶？

余亦望科學家或可予我以解釋，即如何物質能依其自力，於水中形成一種特別之畫圖也。

感應四　夢示已得生蓮之路

中國歷史相傳，十一月十七日爲阿彌陀佛聖誕日。余於一九三一年十一月十七日，於彌陀像前頂禮白言：「弟子念誦聖號已一年，尚未蒙佛啓示。弟子將來能否往生安養，於蓮華中化生，今逢佛誕良辰，求賜一兆，以獎勵我，俾我之願力益堅。」

是夜，余就寢後得一夢，見有一池，有物浮於水面，顧頗模糊，不辨爲何物。余乃迫近審視，則了了分明，皆蓮華之蕊也。然此景物突然變易，蓮蕊忽不見，代之而浮於水面者，爲竹或木之柵欄，雙行夾立，但僅稍露其頂於水面，頗似電車之軌道然。在此兩行欄楯之間，則有若干大蓮葉。余自語曰：「誰種此蓮華於路上耶？」

余既醒，陡憶日間曾求佛啓示，則此夢必爲一種感應也。蓮華爲極樂世界表法之華，净宗行人皆於華中化生。余憶余於夢中自語時，於「路」字發音特重，然蓮生水中，不生土中，而余夢中之所謂路，則由水中欄楯所成，其行間蓮華在焉。然則此夢之結構，洵屬奇妙。蓋夢所詔我者，顯然謂「汝已得化生蓮華中之路，今正在開始耳」。是即佛對余禱白之答覆也歟？

感應五　夢見現光雨花之瑞

在本書出版之前一個月，即一九三六年三月十六號，余得一夢，見天際光明炳耀，花雨繽紛，余手攜籃，滿盛天花，散撒於一城市之上空。

近余買得一籃，作盛置本書稿本之用。此籃之形式與余夢中所攜者乃宛然無二也。

余以此夢函告天津徐文蔚老居士〔二〕，請其判釋。蒙彼函復引某書，謂發光與雨花同爲從事宏布佛法所得之感應。古來譯經或作疏之大德於卒業之後，獲同樣之感應，見於著録者，不乏其人也。

余因感斯異夢，遂名余所居爲夢雨花館云（譯者按：吕女士所定原名未悉，姑從英文意譯爲夢雨花館）〔三〕。

【校】

〔裏面之一〕原作「裏面一之」，據文意改。〔弟子將來〕原作「弟子當來」，據文意改。

【箋注】

〔一〕本文録自一九三七年第七卷第一四三期佛學半月刊，署名吕碧城。篇首有按語：「世界新聞社云：吕碧城女士精研内典，專志净土，抱宏揚佛法於世界之大願，新譯有英文華嚴經普賢行願品及净土綱要，合刊一册，將徧寄各國佛教團體，藉資起信。女士於譯成此書之後，獲有種種奇妙之感應，自記於該書附録中，計前後共五事，玆爲譯布如左。」因此可知原作用英文寫成。

〔二〕徐文蔚，即徐蔚如（一八七八—一九三七），字文蔚，號藏一，浙江海鹽人。近代佛教居士。早年受其母信佛影響，研習佛經，後皈依諦閑法師。曾先後在北京、天津刻經處校刻佛典達兩千卷。對華嚴經尤有研究，時人尊爲華嚴學者。

〔三〕夢雨花館，當作「夢雨天花室」，吕碧城自號齋名。

佛學與科學之異同〔一〕

數年前，曾有某君投稿於佛學半月刊，謂佛説天文輿地，似與吾國之天圓地方説相同，而違反科學。予當時已爲文闢之，蓋佛説天地與吾國之舊説，絶對不同，謂爲相似者，是謗佛也。厥後復有多人諍論，迄今未息。予愧不學，何敢置喙，然以責任所在，難安緘默，復爲此文，此後或不暇再辯矣。

謹按佛説地圓而轉，較普魯士人歌白尼（Nicolaus Copernicus，1473—1543 C.E.）發明地轉之説，早一千年。而吾國古人於天地之輪廓草圖，外形外綫，尚絶未夢見，雖佛説與科學相符合，而譯人無從索解，難於著筆；又恐驚世駭俗，則下筆時或不免含混牽就，亦在情理之中。然即此依稀彷彿之譯本，已足證明佛説之不誤，兹述如左：

一、地懸於虚空。二、地形如器，非平扁如板。三、地體轉動。四、地體非一。此犖犖大端，已定概略。諸經多云東南西北上下六方皆虚空無盡。既下方亦虚，則非懸處虚空而何？楞伽經云：「云何日月形，側住覆世界，如因陀羅網。」注：「世界爲器，側住仰覆，重重無盡，爲帝釋之珠網。」夫側住仰覆，非動轉而何？又云：「我所居處，爲金剛臍，餘地皆轉，此地不動。」（此段忘出何經，尚希讀者見告）至於三千大千世界，多如珠網，與今科學家言，星球（Planets）無數，每組作螺旋雲狀，羅列如雲。與帝網之説，亦極相似。諸契經且言世界壞時，諸災紛至；與紐約之海登天文雜誌（Hayden Planetarium）所説情形，頗相彷佛。惟佛經日繞須彌之説，與現代天文不無出入，但須知此等處，譯文或有顛倒之誤，而近世行星繞日之説，尚有研究餘地。即恒星之位置，亦有變更。恒星系之公重心，亦無絶對靜止之積極證據。譬如山爲恒定之體，然亦非絶對不移；前見紐約先鋒報（The New York Herald Tribune）謂歐洲之阿爾伯士山，已逐漸向前移動，約萬餘公尺，山既能行，日輪亦爾，世事固難言哉。佛於地球另有説明，謂有水輪，水輪之外爲風輪。大圓形之體爲輪，水輪者，諸大海洋，風輪者以太（Ether）也。如瑜伽師地論云：「此大風輪，有二種相，謂仰周佈，及旁測佈，由此持水，令不散墜。」此與今世地球懸虛空中之説，極爲符合。蓋水居上面或平面，自無散墜之虞，惟地球既懸於虛空，則其下面及側面之水何能不墜？則風輪持之也。風輪之仰佈勢，爲仰承地球下面之水。風輪之旁側勢，爲挾持地球側面之水。此説極爲善巧，曲而能達。喻如一盂之水，能安置於平地，盂若轉側，水必傾覆。予昔年於天津大公報，嘗與總理英斂之君討論地球持水之理〔二〕，英君以手中所持之茶一杯，揮臂疾旋轉之，其茶竟能不墜，謂因旋轉之速故有風持水。英君何得此敏捷之手法？其理予雖不解，其事則予迄今尚能記憶也。又瑜伽説地成之理「於虛空界，金藏雲興，從此降雨，注風輪上〔三〕。次復起風，鼓水令堅，此即名爲金性地輪」。此與今世科學家説地球之成，由奈薄拉（Nebula）（即星雲，或稱星汽），即瑜伽所説之金藏雲也。又瑜伽論云：「又彼日輪，恒於二洲，俱時作明；復於一洲，俱時作闇。謂於一日中，於一日出，於一夜半，於一日没。」（注：「謂於一日中」之「日」字，是指全晝之時間，不作日輪解。）言同在一日之中，此洲中其日輪於晝間出現，另一洲則日輪於夜半出現，如亞洲之日午，爲美洲之夜半。

瑜伽論月之盈虧云：「又此月輪，於上稍欹，便有半月，由彼餘分，障其近分，遂令不見，如如漸側，如是如是，漸現圓滿。若於黑分，如如漸低，如是如是，漸現虧減。」亦與今世科學家説符合。附圖如左：

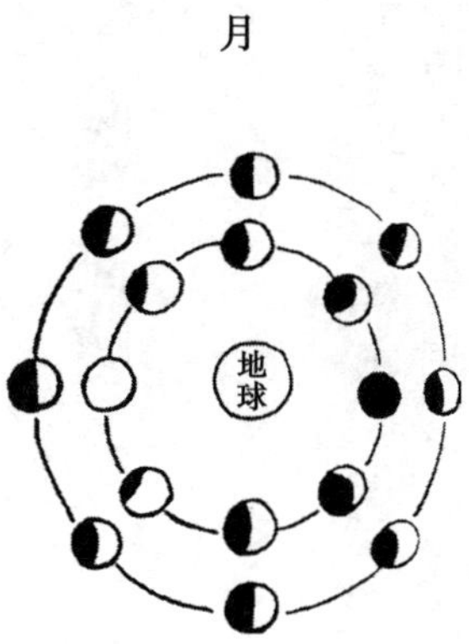

總之佛説與科學頗多相同之點，亦間有不同者，則以宇宙至廣，有非我輩凡夫思想所及之處，不應謬執管見，輕起訾詆，與願同人共勉之。

【箋注】

〔一〕本文録自一九四一年覺音第三十至三十二期合刊，署名吕碧城。復刊于一九四一年覺有情第五十二、五十三期。

〔二〕英斂之，（一八六七—一九二六），號安蹇齋主、萬松野人，天主教徒。滿洲正紅旗人。

一九〇二年在天津創辦大公報，任總理兼編撰。一九一一年後，退居北京香山静宜園，主要從事慈善教育事業和天主教革新工作。著有也是集等。

〔三〕金藏雲興三句，佛謂呈金色之雲興起，其中注滿流水，升至光音天時，降大雲雨，灌注風輪上，雨滴大如車軸，積水成輪。見宗密華嚴原人論斥偏淺第二。金藏雲，章炳麟五無論：「世界初成，溟濛一氣，液質固形，皆如烟聚，佛謂之金藏雲，康德謂之星雲，今人謂之瓦斯氣，儒者則以太素目之。」

曉珠詞跋〔一〕

右詞二卷，刊於己巳歲杪，迨庚午春〔二〕，予皈依佛法，遂絶筆文藝。然舊作已流海内外，世俗言詞，多違戒律，疚焉於懷，乃略事删竄，重付鋟工，雖綺語仍存，亦藴微旨；麗情託製，大抵寓言，寫重瀛花月，故國滄桑之感。年來十洲浪跡，環奇山水，涉覽略遍，故於詞境漸厭横拓，而躭直陟，多出世之想。聞頗有俗傖揣以凡情，妄搆謠詠，爰爲詮釋，以闢其誤，西崑體晦，自作鄭箋，恨未能詳也。卷尾若干闋，乃今夏寢疾醫舍無聊之作，遺懷兼以學道，反映前塵，夢幻泡影，無非般若，播梵音於樂苑，此其先聲，儻亦士林慧業之一助歟！壬申秋末聖因識於瑞士國之日内瓦湖畔。

【箋注】

〔一〕本文録自曉珠詞二卷本，作於一九三二年秋末。

〔二〕庚午，一九三〇年。

二

予慨世事艱虞，家難奇劇，凡有著作，宜及身而定，隨時付梓，庶免身後湮没。曩刊曉珠詞即本此旨。時雖遠客海外，未能校讐，版漶字訛，均未遑計。邇以舊刊告罄，索者踵接，無以應也，乃謀重録，釐爲三卷。初稿多髫齡之作，次旅歐之作，歸國後媵以佉盧文字迻譯釋典，三載始竣。重拈詞筆，月餘得如干闋，即此卷也。

手寫新稿先付景印，將與前二卷合刊，俾成全璧。敝帚自珍，深媿結習之未蠲也。丁丑三月吕碧城自記〔一〕。

【箋注】

〔一〕本文録自曉珠詞卷三碧城手寫影印本，作於一九三七年三月。

三

年來潛心梵夾，久輟倚聲，由歐歸國後，專以佉盧文字迻譯釋典，三載始竣，形神交瘁，乃重拈詞筆，以游戲文章息養心力。顧既觸夙嗜，流連忘返，百日内得六十餘闋，爰合舊稿，釐爲四卷。草草寫定，從今擱筆，蓋深慨夫浮生有限，學道未成，移情奪境，以詞爲最。風皺池水，狎而玩之，終必沉溺，凛乎其不可留也！至若感懷身世，發爲心聲，微辭寫忠愛之忱，小雅抒怨悱之旨，弦歌變徵，振作士氣，詞雖末藝，亦未嘗無補焉。予惟避席前賢，倒屣來哲，作壁上觀，可耳。丁丑孟夏聖因再識〔一〕。

【箋注】

〔一〕本文録自曉珠詞四卷本，作於一九三七年孟夏。

中國文化西漸〔一〕

紐約消息：中國文化博大精深，駕乎歐洲物質文明之上，代表全世界人口四分之三，幾令其餘民族瞢然不知有此文化者已三千年矣。現將由美國學士會（The American Council of Learned Societies）廣爲宣揚，將經、史、子、集，宗教、哲學、文藝等迻譯刊印，以中國文化部勞佛爾（B.Laule）爲主席，現任芝加哥歷史博物館之人類學（Authropological Science）主任，方開始於科倫比亞大學（Columbia University）之菲味爾堂（Fayerweather Hall）學士會總部集中工作。勞佛爾氏聲稱，真實之人道教育現已不能脱離中國之學術而獨立。予等將研究各部，俾得價值最高之中國文明云。其分任編輯諸職員，如壁夏樸（C.W.Bishop），華盛頓東方美術部主任；古德立煦 C.L. Goodrich，科倫比亞大學講員；赫德斯（Professor L. Hodous），中國哲學及宗教教授；休穆爾（A.Humme1），華盛頓國會圖書館之東方文化部主任；哈瓦德教授（Professor L.P.Harvard），華盛頓農學部主任；拉陶來特（Professor K.S.Latcurette），耶路大學（Yale University）教授，皆學界耆彦。東西文化自此匯通，矯功利主張之偏宕，集世界學術之大成，亦人類史上破天荒之重要發展也。

【箋注】

〔一〕本文録自一九三五年第二百十五期山東民政公報，署名碧城。

何張蓮覺居士傳〔一〕

居士姓張氏，諱静容，字曰蓮覺，廣東新安縣人。生而窈窕有宿慧。父某任榷署象胥〔二〕，故居士亦嫻譯事。幼信佛教，善根早植。既長，嬪同里何紳士曉生〔三〕，精懋遷術〔四〕，成陶朱業〔五〕，鴻案相莊〔六〕，人以福禄鴛鴦目之。富而不驕，孳孳爲善〔七〕。及宏揚佛化，每值饑饉兵燹之年，輒請於夫，斥資鉅萬，廣濟災黎。聞者咋舌讚歎，居士猶惻然以爲未足也。晉王衍口不言錢〔八〕，稱「阿堵」以鳴高，然袁簡齋咏錢詩云「善用何嘗非俊物」，而於居士有徵焉。其用於佛道也，數亦相埒。如鋟梓釋典，建築梵刹，以至釁序經樓〔九〕，依次成立。其中以香港之東蓮覺苑爲巨擘，檀欒金碧〔一〇〕，備極莊嚴，爲諸净侶肄習梵行之所。育才甚盛，遠近聞風，多負笈從之。衆皆蔬食，遵守佛制，蓋聖教以戒殺爲首也。

昔賢以女子言不逾閫爲訓〔一一〕，居士聲光所被，靡間遐邇，既不囿於積習，復罔越乎彝倫〔一二〕。其居家也，習禮聞詩，相夫教子，固有契於四德，亦準繩於千古，豈晚世士女效顰夷俗、敝屣國粹者所能比擬哉！

居士丰神雋朗，頎頎玉立，如古蜀女子黃崇嘏詩云「挺志鏗然白璧姿」〔一三〕，可想見之。具舊家風度，雅慕吟咏，于歸後，慎蘋蘩而疎鉛槧〔一四〕，故平生以德稱而不以才顯。其唯一著作名山遊記，文筆遒宕，蓋有得於行役。曾隨夫周遊列邦，釵鈿横海，簦笠銜雲，足以拓其襟抱也。夫菑畬必穫〔一五〕，聲響斯應，實世間之常理，尤佛法之明徵。儻淺嘗薄涉，功力未醇，成績難見，行者自疑唐勞〔一六〕，凡外訾爲迷信，蓋比比然矣。

居士學佛，鍥而不捨，臨終瑞相彰聞，有足述者。俗傳十一月十七日爲阿彌陀佛聖誕，若持誦佛名七日，即爲生西左券〔一七〕。經有明文，但無定期，居士則如期守七，從未或爽。歲丁丑，忽囑全苑净衆，展緩十日，於是月二十七日舉行，詎甫滿期，竟以微疾逝世，且恰值禮誦藏事半時之後，蓋預知時至，從容計算以就之也。尤可異者，當彌留之際，一片紅光，起於足下，光旋變白，籠罩全身，向西而滅。時百餘人在側，目所共睹。佛法之徵驗如此，足以間執謗者之口，不得訾爲迷信矣。昔人誄闕公則云〔一八〕：「金光夕朗，玉顔朝悴。」以古方今，其揆一也〔一九〕，雖列聖諸祖之本迹，何以加焉？而見之巾幗，洵難能已。時予遠客歐西，憾未親睹，分郵詢察，所答略同。予志在宏法，即以佉盧文字寫之〔二〇〕，刊贈各圖書館，約近千本。迨返香島，承林苑長誳委作傳〔二一〕，彙示叢殘，留諸報紙，信史具在，軼事可徵，爰摭其概略如此。收曇影於當時〔二二〕，潡靈風於後葉〔二三〕，所願羣賢繼踵，净宗發皇〔二四〕，著者與有榮焉。

居士生於乙亥，歿於丁丑，享壽六十有三。生丈夫子三人：長世榮，次世儉，再次世禮，均有聲於時。女子子七人：長錦姿，適名法家羅文錦。餘慧姿、嫻姿、崎姿、文姿、堯姿、孝姿，多卒業瀛黌〔二五〕，膺學士位。庭森芝玉，楣耀金張〔二六〕，猗歟盛已〔二七〕。復爲贊曰：

緊善女人，法號蓮覺。挺生震旦〔二八〕，含章表烈〔二九〕。蘭房連璧〔三〇〕，瓊樹駢柯〔三一〕。鏘鸞而迓〔三二〕，佩玉之儺〔三三〕。胡先胡後，維良作則。質秉芝醴〔三四〕，型式懿德。百禄攸加，莫縻其志。夐矣軼塵，幡然出世。巍築大廈〔三五〕，净侶同參。黌開庠序〔三六〕，軸蔚娜嬛〔三七〕。閫内宣文〔三八〕，女中長者。體道居貞，慈悲喜捨。方冀天南〔三九〕，憖遺一老。迦音未央〔四〇〕，巫陽遽召〔四一〕。臨期屬纊〔四二〕，放妙光明。異蹟遐播，薄海咸驚。筓弁同功〔四三〕，奚問螓首〔四四〕。珠女龍驤〔四五〕，勝鬘獅吼〔四六〕。金閨之彦，玉臺之倫。方興未艾，寧讓當仁。我聞西極，國有清泰。彼岸速登，搴裳同邁。蒐紀行誼，史牒常存。千秋萬禩，光於斯文。

【箋注】

〔一〕本文録自覺有情半月刊第八十三、八十四期合刊，當作於一九三七年何東夫人張蓮覺居士逝世後不久。

〔二〕象胥，指譯員。周禮秋官：「象胥掌蠻夷、閩貉、戎狄之國使，掌傳王之言而諭説焉。」于鬯香草校書周禮五：「蓋禮與辭皆可以文字傳之，惟蕃國則文字不必盡通。故不以文字而以言。言傳之者，以口譯傳之也。序注云：『通夷狄之言者曰象胥。』是也。」

〔三〕何曉生（一八六二——一九五六），即何東，洋名羅伯特。國際知名實業家、慈善家。包華德民國名人傳記辭典：「何東在香港擁有大量房地産，被認爲香港的首位巨富。他是很多公司的總經理和股東。他在滙豐銀行、香港黄埔船塢公司、香港電燈公司、香港電車公司、香港地産公司，以及其他船舶、保險、交易、製造等行業都有投資。」

〔四〕懋遷，猶貿易。書益稷：「懋遷有無化居。」蔡邕漢津賦：「導財運貨，懋遷有無。」懋，通「貿」。

〔五〕陶朱，謂經商致富者。史記貨殖列傳：「范蠡既雪會稽之恥，乃喟然而歎曰：『計然之策七，越用其五而得意。既已施於國，吾欲用之家。』乃乘扁舟浮於江湖，變名易姓，適齊爲鴟夷子皮，之陶爲朱公。朱公以爲陶天下之中，諸侯四通，貨物所交易也。乃治産積居，與時逐而不責於人。故善治生者，能擇人而任時。十九年之中三致千金。……子孫修業而息之，遂至巨萬。故言富者皆稱陶朱公。」

〔六〕鴻案，東漢梁鴻家貧，有節操，曾爲人賃舂。妻孟光，有賢德。每食，光必爲之舉案齊眉，以示敬重。見後漢書梁鴻傳。後因以「鴻案」爲夫妻和好相敬之詞。陳維崧毛貞女墮樓詩序：「鴻案相莊，復洊更夫寒暑。」

〔七〕孳孳，努力勤勉貌。孟子盡心上：「鷄鳴而起，孳孳爲善者，舜之徒也。」

〔八〕王衍，晉司徒王戎從弟。字夷甫，琅邪臨沂（今屬山東）人。曾官元城令，以清虚通理稱名於時，仕至太尉。後爲石勒所害。劉義慶世説新語規箴：「王夷甫（衍）雅尚玄遠，常嫉其婦貪濁，口未嘗言『錢』字。婦欲試之，令婢以錢遶床，不得行。夷甫晨起，見錢閡行，呼婢曰：『舉却阿堵物。』」又，王楙野客叢書卷八：「今人稱錢爲阿堵，蓋祖王衍之言也。阿堵，晉人方言，猶言這個耳。王衍當時指錢而爲是言，非真以錢爲阿堵也。」

〔九〕黌序，古時學校。魏書高祐傳：「祐以郡國雖有太學，縣黨宜有黌序。」朱熹齋居感興詩：「聖人司教化，黌序育羣材。」

〔一〇〕檀欒，秀美貌。多用以形容竹之美。枚乘梁王兔園賦：「修竹檀欒，夾池水。」黄庭堅乙卯宿清泉寺詩：「田家鷄犬歸，佛廟檀欒碧。」

〔一二〕昔賢句，禮記曲禮上：「外言不入於梱，内言不出於梱。」梱，同「閫」，閨門限也。劉克莊聶令人挽詩：「婦言初不逾閨壼，家法尤先下里門。」

〔一三〕彝倫，常理。書洪範：「天乃錫禹洪範九疇，彝倫攸叙。」蔡邕筆賦：「傳六經而輟百氏兮，建皇極而序彝倫。」

〔一三〕如古蜀句，楊慎丹鉛總録卷二十一：「崇嘏，臨邛人。作詩上蜀相周庠，庠首薦之，屢攝府縣，吏事精敏，胥徒畏服。庠欲妻以女，嘏以詩辭之曰：『一辭拾翠碧江湄，貧守蓬茅但賦詩。自服藍衫居郡掾，永抛鸞鏡畫蛾眉。立身卓爾青松操，挺志堅然白璧姿。幕府若容爲坦腹，願天速變作男兒。』庠大驚。具述本末，乃嫁之。」

〔一四〕蘋蘩，詩召南有采蘋及采蘩篇。采蘩序云：「采蘩，夫人不失職也。夫人可以奉祭祀，則不失職矣。」後因以喻女子習禮儀法度，克盡婦職。白居易井底引銀瓶詩：「不堪主祀奉蘋蘩，終知君家不可住。」

〔一五〕菑畬，猶耕耘。易无妄：「不耕穫，不菑畬。」白居易歸田三首之二詩：「迎春治耒耜，候兩闢菑畬。」

〔一六〕唐勞，猶徒勞。玄奘大唐西域記卷六：「汝何守愚，唐勞羽翮？」

〔一七〕左券，古代契約分左右兩片，當事人各執其一。左片稱左券，由債權人持有，作爲憑據。商君書定分：「即以左券予吏之問法令者。」陸游戲作貧詩：「左券頻稱貸，西成少蓋藏。」

〔一八〕闕公則，晉人，嘗依慧遠游止，與高士劉遺民、雷次宗、宗炳等百有二十三人，棄世遺榮，於廬山修净土之社，共期往西方極樂世界。說郛卷五十七下：「闕公則入廬山白蓮社，既逝，有同社人至洛陽白馬寺，夜中爲公則修忌祭，忽一時林木殿宇皆作金色，空中有聲曰：『我是闕公則，祈生極樂國，今已得生矣。』言訖無見。」

〔一九〕其揆句，孟子離婁下：「先聖後聖，其揆一也。」揆，道理，準則。

〔二〇〕佉盧文字，古印度文字，佛教傳爲佉盧所造。此借指歐西文字。

〔二一〕林苑長，指香港東蓮覺苑禮佛之林楞真女士，爲碧城至交道友。諉委，又作「諉諉」，猶囑托。爾雅釋言：「諉諉，累也。」郭璞注：「以事相屬累爲諉諉。」

〔二二〕曇影，曇花之影。此用以形容短促之人生。

〔二三〕靈風，神靈之風。藝文類聚卷十三帝王郭三晉簡文帝：「湛湛神儀，穆穆靈風。望之凝秀，即之深冲。」

〔二四〕净宗，净土宗，以往生西方極樂净土爲目的之佛教宗派，以持念佛號爲主要修行法。因東晉慧遠在廬山結蓮社，取義生西方净土者皆由蓮花所化生，專主净土法門，故又稱蓮宗。發皇，發揚光大。陳康祺燕下鄉脞録卷十四：「發皇祖德，揚詡神功。」

〔二五〕瀛黌，指海外學校。黌，廣韻：「黌，學也。」

〔二六〕金張，謂漢功臣世家金日磾和張湯。金家自武帝至平帝，七世爲内侍，張家子孫自宣帝、元帝以來，十餘人爲侍中、中常侍者。見文選左思詠史八首之二詩李善注。

〔二七〕猗歟，見前費夫人墓誌銘注。

〔二八〕震旦，梵文Cinasthana之音譯，爲古印度對中國之稱呼。慧琳一切經音義卷二十一慧苑新譯大方廣佛花嚴經卷上：「震旦國或曰支那，亦云真丹，此翻爲思惟。以其國人多所思慮，多所製作，故以爲名，即今此漢國是也。」或謂震旦、支那，皆因秦之國名而來者，亦即贊美此方爲衣冠文物之地。

〔二九〕含章，見前費夫人墓誌銘注。

〔三〇〕蘭房，女子居室。潘岳哀永逝文：「委蘭房兮繁華，襲窮泉兮朽壤。」陳後主采蓮曲：「歸時會被唤，且試入蘭房。」連璧，雙玉并聯，喻人之并美。劉義慶世説新語容止：「潘安仁、夏侯湛並有美容，喜同行，時人謂之連璧。」陳師道和黄生出遊三絶句之二詩：「諸郎連璧萬人看，新有詩聲伯仲間。」

〔三一〕駢柯，樹之枝幹并排相靠，以喻人之才高并同。陳維崧任丘龐先生七十徵詩文啓：「以故一枝擢秀，先標上苑之名；而三樹駢柯，俱擅連城之譽也。」

〔三二〕鏘鸞，鸞鈴相撞之清脆悦耳聲。詩大雅烝民：「四牡彭彭，八鸞鏘鏘。」張羽獨不見詩：「未奉鏘鸞迎，詎肯涉行露。」

〔三三〕佩玉句，見前費夫人墓誌銘注。

〔三四〕芝醴，靈芝與甘泉。范承謨沈孝婦傳：「夫世仁孝譬猶麟鳳之與芝醴也，闡發幽芳，表厥宅里。」

〔三五〕巍築句，指建香港東蓮覺苑。

〔三六〕庠序，古代地方所設學宫。孟子梁惠王上：「謹庠序之教，申之以孝悌之義。」

〔三七〕軸蔚句，謂東蓮覺苑如同嫏嬛福地，珍藏大量卷軸秘籍。伊世珍嫏嬛記卷上載：晉張華遊洞宫，遇一人共至一處。大石中忽然有門，别有天地，宫室嵯峨，每一室皆陳書滿架，有歷代史、萬國志等秘籍。華歷觀諸室書皆漢以前事，多所未聞者。問其地名，知是嫏嬛福地。此用其事。

〔三八〕宣文，指東晉苻秦時太常韋逞之母宣文君宋氏。幼喪母，穎慧異常。父授以周官，日日諷誦，精研不輟，年八十，視聽無損，秦王苻堅詔其立講堂，復置學生百二十人從學。賜號「宣文君」。事詳内則衍義卷十六。

〔三九〕方冀二句，謂期盼藥草能挽留蓮覺的生命，願世間多留下一個老者。天南，天南星，多年生草名。根圓白，形如老人星狀，因名。吴其濬植物名實圖考長編卷十四：「天南星，味苦辛，有毒。主中風，除痰、麻痹下氣。破堅積，消癰腫，利胸膈，散血墮胎。生平澤，處處有之。葉似蒻葉，根如芋，二月八月采之。」憖，願，肯。詩小雅十月之交：「不憖遺一老，俾守我王。」

〔四〇〕迦音，佛教稱傳説中的妙禽迦陵頻伽鳥發出的美妙聲音。玄奘瑜伽師地論卷三十七：「其聲和雅，如頻迦音，能感衆心，甚可愛樂。」

〔四一〕巫陽，女巫師，傳能攝人魂魄。洪适余吏部挽詩三首之二詩：「未報蒲輪聘，巫陽已下招。」餘參前雜感詩注。

〔四二〕屬纊，將絲綿放在臨死之人的口鼻上，觀察其有無呼吸。因借指人之病重將死。禮記喪大記：「屬纊以俟絶氣。」鄭玄注：「纊，今之新綿，易動摇，置口鼻之上以爲候。」鮑照松柏篇：「屬纊生望盡，闔棺世業埋。」

〔四三〕笄弁，指成年男女。夏尚樸題靖安舒節婦卷詩：「殷勤撫諸孤，笄弁自成列。」笄，古代女子加笄之歲，特指十五歲或成年。國語鄭語：「府之童妾未既齔而遭之，既笄而孕。」韋昭注：「女十五而笄。」弁，古代男子年滿二十加冠稱弁，以示成年。書金縢：「王與大夫盡弁，以啓金縢之書。」同功，功效相同。

〔四四〕奚問，謂哪里能阻隔分開。王惲祭諸葛丞相乞靈文：「我公在天，日星昭緯。容光必照，奚問彼此。」螓首，喻指婦女。皮日休揚州看辛夷花詩：「螓首不言披曉雪，麝臍無主任春風。」

〔四五〕龍驤，龍昂舉騰躍。張衡南都賦：「車雷震而風厲，馬鹿超而龍驤。」陸游中巖圜老像贊：「巍巍堂堂，鳳舉龍驤。」

〔四六〕勝鬘，中印度舍衛國國王波斯匿之女。王以女比華鬘，女勝於鬘，故曰勝鬘。聰慧敏悟，貌美絶倫。後出嫁爲王妃，皈依佛道，親於佛前宣説勝鬘師子吼一乘大方便廣經。見吉藏勝鬘寶窟卷上。

致龍榆生書

其　一〔一〕

兵燹方熾，忽奉雅翰，奚啻空谷足音。曾念尊寓滬西密邇戰地〔二〕，本欲馳訊，恐已喬遷，兹悉無恙爲慰。大作以「銀潢」句最雋，本應擱筆，重違雅命，姑於百忙中奉和呈教。尚有拙作容緩録呈，亦乞賜和。

拙譯各經，前刊於滬者近始到港，怵於世變，亟欲分寄歐美，庶大法不致湮没。急速緘封，焚膏繼晷[三]，十晝夜始竣。俟付郵畢，當裁答中外各函，已稽遲半載矣。山光道十二號之屋擬出售，係三層新洋樓，地段極佳，有自動流水盥瀉所，實價兩萬五千元。如尊友中有欲購者，乞爲介紹爲感。匆頌榆生先生吟安！碧城手啓，九月六日。請翻閱紙面。玉甫諸君乞代慰問，現未暇另函。

臨江仙

奉和榆生詞家丁丑七夕李後主忌辰之作，昔人曾以薄命君王咏後主。「詞皇」見半櫻詞。又金梁外史稱與後主同以七夕生，不僅爲其忌辰也。胡氛方熾，率寫今昔之感。

薄命詞皇初度日，瑶空靈鵲齊飛。長星偏照玉繩西。傳杯良夜，惆悵碧天垂。

莫問倉皇辭廟事，南唐殘夢淒迷。何須貂錦怨胡兒。教坊揮淚，娥監自相依。

【箋注】

〔一〕本文作於一九三七年九月六日，時居香港。信之背面書有臨江仙詞一首。又碧城此函與此後致詞學家龍榆生先生各函，均録自先生哲嗣龍廈材所提供之原件。龍榆生（一九〇二—一九六六），名沐勛，號忍寒，江西萬載人。著名詞學家。曾主編詞學季刊、同聲月刊，校刊彊村遺稿，著有中國韻文史、忍寒詞等。另編有唐宋名家詞選、近三百年名家詞選，風行海内。

〔二〕曾念句，陳定山春申舊聞記八一三抗日戰：「中華民國廿六年七月下旬，日方藉詞盧溝橋事變對華用兵……八月七日，日政府突然命令漢口僑民撤退，日船全部集中上海，路透電的東京通訊指出：『大戰將起於上海了！』……戰事以八月十三日—二十三日爲第一階段，我軍固守真如、閘北、江灣、吴淞一帶。」是時龍榆生先生寓居滬西極司非而路（今萬航渡路）康家橋廿一坊，與真如、閘北相去不遠。密邇，臨近。尚書太甲上：「密邇先王其訓。」

〔三〕焚膏繼晷，謂夜以繼日。膏，油脂，指燈燭。晷，日光。韓愈進學解：「焚膏油以繼晷，恒兀兀以窮年。」

其　二〔一〕

榆生詞家：

十二月三日賜緘及造像，均由港轉到，感謝之至。一棹南溟，今恰匝月，玉甫先生抵港〔二〕，已不及見。歲杪將往檳嶼小住。二月間，遵紅海而西，雪山長往，此後恐與國人永別矣。林鐵尊、趙叔雍、夏吷庵及其他諸詞家住址〔三〕，擬請録示，以便分寄續刊之詞稿。倘蒙惠允，感謝無量。由檳榔嶼PENANG南洋兄弟烟草公司轉。專此敬頌，吟安。

吕碧城謹上　十二月二十三日

【箋注】

〔一〕本函作於一九三七年十二月二十三日，時由香港抵達馬來西亞北部海島檳榔嶼恰好滿月，在此小住養病，俟來年春暖赴歐。

〔二〕玉甫，葉恭綽（一八八一—一九六八），字譽虎、玉甫，號遐庵、遐翁，廣東番禺人。清末廩貢生，京師大學堂仕學館畢業，充郵傳部路政司主事，復升任鐵路總局局長。入民國，任北洋政府交通總長，及交通銀行總理等。一九三一年十月任南京國民政府鐵道部部長。抗戰時期，避居香港。建國後回北京，任中央文史研究館副館長，北京畫院院長。著有遐庵彙稿、遐庵談藝録等。

〔三〕夏吷庵，即夏敬觀（一八七五—一九五三），字劍丞，號盥人、吷庵，江西新建人。清光緒二十年舉人。歷任江蘇提學使及上海復旦、中國公學監督。入民國任浙江省教育廳廳長。旋退隱滬西，築室康家橋，專事繪畫與著述。晚年斥賣舊宅，鬻畫自給。著有詞調溯源、忍古樓詩集、怏庵詞等。

其　三〔一〕

榆生先生：

前蒙賜緘，即以作答，寄康橋舊邸〔二〕，祈往郵局查詢，並囑其所有郵件皆轉寄新址，按例系如此辦理。惟須正式簽名，則無遺失也。玉甫南來未晤〔三〕，蓋鄙人已先離港。頃復由星坡抵檳嶼，擬下月初赴歐，俟得定所奉聞。尊寓如再遷，亦祈隨時示之爲幸。此復，敬頌吟安。

碧城謹啓　一月四日

賜函請由檳嶼 Penang 南洋兄弟烟草公司轉交。

【箋注】

〔一〕本函作於一九三八年一月四日，時在馬來西亞北部海島檳榔嶼小住養病，俟春暖赴歐。

〔二〕康橋舊寓，此指龍榆生一九三六年八月初，安置在滬西極司菲爾路（今萬航渡路）康家橋二十一坊二號的寓所。

〔三〕玉甫，葉恭綽之字。餘參前注。

其　四〔一〕

榆生先生著席：

承惠新詞，深紉雅契〔二〕，匠門遺緒，不落凡響，固無待區區之辭贊也。本應奉和，奈已擱筆。最近全稿之刊，即係結束之計，詞韻等書皆棄於南溟，以示決絶。惟知者諒之。前托代刊小册，兹呈致佛學書局一函，如該處存款不敷，則請就商於聶雲台君〔三〕，懇其轉募或先墊。諒爲數甚微，容後匯還可也，其數乞示知。附呈致聶君一函爲介，如取得拙譯佛經，祈詳閲箋注，可於佛法粗窺門徑，未審賢者能起信否？小册刊成，寄敝處十本，餘交聶君或存尊處。祈代寄一册於四川威遠縣鎮西場佛學社慧定法師爲荷。又聞女詞家丁寧身世艱虞〔四〕，亦乞代寄一小册，勸其棄詞學佛。城久居海外，於故國詞流大抵皆未識面，然讀丁詞，知其造詣可期，但不宜以此自誤耳。拙詞集刊於星加坡，托友代寄台端，如收到，祈示知爲幸。瑣瀆惶恐，敬頌吟安！碧城謹啓，四月十七日。净土綱要序尾之「下略」二字應删，而補以：「予請以大乘四無量偈結束之。偈曰：衆生無盡，誓願度煩惱無窮，誓願斷法門無量，誓願學佛道無上。誓願成。」但如以印竣，則當然不必改動矣。

【箋注】

〔一〕本文作於一九三八年四月十七日，時居瑞士日内瓦。

〔二〕深紉，非常感佩。舊時書信客套語。宋無名氏回仙遊興化兩知縣：「有味來言，深紉高誼。」雅契，十分契合。楊炯送并州旻上人詩序：「劉真長之遠致，雅契高風。」

〔三〕聶雲台（一八八〇—一九五三），湖南衡山（一作長沙）人。名其傑，號雲台。曾國藩之外甥。曾任華商紗廠聯合會會長，上海總商會會長及多家企業董事長。著有廉儉救國説、歷代感應統紀等，譯有無綫電學、托爾斯泰傳等，爲近代著名實業家、佛教居士。

〔四〕丁寧（一九〇二—一九八〇），字懷楓，江蘇鎮江（幼移居揚州）人。早年父母雙亡，嫁給紈絝子弟，感情不睦，後離異，終身寡居。工詩，尤擅填詞。長期從事圖書館工作，精於古籍版本鑒定。著有還軒詞、師友淵源録等。後病逝於安徽合肥。

其　五〔一〕

榆生先生惠鑒：

七月三十一日賜書，祇悉一是。聶公勸信佛法，甚善。讀經雖無所得，宜從事實著手，先發欣厭之心，知人生皆苦，佛國爲樂。去就既決，自能逐漸領悟。聞散原老人絶食殉難〔二〕，諒尊處早得消息。吾人今日皆係忍辱偷生，解脱之法，惟往生佛國。香港富豪何東夫人逝時〔三〕，有多人爲之誦佛，葉玉甫君適亦在場〔四〕。葉函稱此爲其平生之一快事，謂與百餘人同見白光起於尸足，繞身而上，可證其往生佛國。何東及其子女本不信佛，今皆信矣。溦業師故嚴文惠公幾道之媳吕淑宜女士早慧〔五〕，精研西學，聞已在北平萬華山爲尼〔六〕，法名常慈。彼夙與舍間有戚誼，我等皆忝屬知識階級，非迷信者，感於此世界太苦，實不堪鬱鬱久居。先生宜早自爲計，勿沉淪也。拙稿小册印否已無關係，本因拙譯之經欲改正重刊，故先就正有道，今已付印，不及待矣。曉珠詞全稿久在新加坡付印，定約今年二月十日出版，故疑早已寄至尊處。已付半價於印字局，餘半則預存友人處，並已將尊址簽條寄友，托代發，詎迄今杳無消息。世事如此，惟有慨歎。近撰人死後如何英文小册，已寄倫敦付刊，俟出版呈教。又自題詞集石州慢一闋，賜和爲幸。匆頌著安！碧城拜上，八月廿二日。商務印書館已復業否？便乞示及爲荷。

【箋注】

〔一〕本文作於一九三八年八月二十二日，時居瑞士日内瓦。

〔二〕散原老人，謂近代著名詩人陳三立。陸丹林當代人物志詩壇耆宿陳三立：「全面抗戰的近因，是倭寇於民廿六『七七』在盧溝橋畔藉故向我開釁。北平就在七月二十九日淪陷，一班舊官僚軍閥政客們，到處活動，却有一位八十五歲高齡的老詩翁陳散原（三立）絶食逝世。這真是保存兩間的正氣，給那些無脊柱蛆蟲的一個深刻教訓。」陳三立（一八五三—一九三七）晚年號散原老人，江西義寧（今修水）人。光緒十二年（一八八六）進士，官吏部主事。戊戌變法失敗後，與其父陳寶箴同被革職。辛亥革命後遷居上海、南京、北平等地，長期過著隱逸生活。著有散原精舍詩文集。

〔三〕何東（一八六二—一九五六），原名啓東，字曉生，西名羅拔（Robert），廣東寶安人，出生於香港，畢業於香港中央書院，曾任英商怡和洋行買辦，後自營商業而成巨富。歷任滙豐銀行、電車、電燈、輪船、火險等公司董事及總經理，迭獲英、德、葡、意等國及國民政府所授勳章。參前何張蓮覺居士傳注。

〔四〕葉玉甫，即葉恭綽（一八八一—一九六八），字玉甫，號遐庵，廣東番禺人。清末曾任郵傳部路政司主事，代理鐵路總局局長等職。入民國，歷任交通部次長、郵政總局局長、鐵道部部長。一九四八年移居香港。新中國成立後，回到北京，歷任中央人民政府政務院文教委員會委員、全國政協委員、中央文史館館長等職。著有遐庵詞、遐庵滙稿，另輯有廣東叢書、全清詞鈔等。

〔五〕嚴文惠公幾道，謂嚴復（一八五四—一九二一），初名傳初，改名宗光，字又陵，又改名復，字幾道，晚號瘉壄老人，别號尊疑。福建侯官（今福州）人。光緒二年（一八七六）曾赴英國留學，習海軍戰術並西方哲學，歸國後曾任北洋水師總教習。有譯著天演論、原富、羣學肄言、穆勒名學等。協助馬相伯創辦復旦公學，後任校長。擁護帝制，爲袁世凱總統府顧問，乃籌安會發起人之一。一九二一年，因肺病逝世。吕淑宜，生平未詳。

〔六〕萬華山，即萬花山，位于北京西郊香山以東，與碧雲寺、卧佛寺相距不遠。

其　六〔一〕

榆生詞友惠鑒：

十月杪寄雪繪詞，計已收到，趙叔雍處祈代爲解釋爲幸〔二〕。頃奉十月十四日尊函，知於浄土已經起信，至爲欣慰。兹請更進一步，下大決心，最好能持五戒及永斷肉食〔三〕，否則嚴戒殺生。宅中立即供奉阿彌陀佛聖像，每日至少誦聖號百聲，此係萬劫生死關頭，勿遲疑也。

城來歐半載餘，見種種駭目傷心之事。五月間，比京地震，城致函慰問一女友，彼答云地震不驚，但種種世事令人驚駭欲絶。可謂知言。全球猶太人一千六百萬，現有半數處地獄生活，不知滬報詳載否？全家自殺者甚衆。請看此世界尚能久居耶？

不求往生佛國，將何往乎？佛像（不論畫之優劣皆聖靈所在）可向佛學書局購請。兹奉贈拙繪普賢菩薩像一葉。城譯普賢行願品畢，即繪此像，七日竣工，於最後一日晨起，驚見洗面盆中所用之洗手水，泥土甚多，沉於水底，形成蓮花一朵，共計十瓣，合普賢十願之數。先一夕，曾誦佛號甚久始歸寢，誦時洗手甚勤，如飲茶或因事離座，必洗手一次，每洗一次（自信兩手無泥垢）即换水，而就寢後門窗皆閉，無人得入，此泥土由何而來，殊爲奇事。此三年前二月十八號事也，城因此正式皈依普賢菩薩。甫匝月，值陰曆二月十八日（陽曆三月廿二日），午餐後往佛堂打字（經稿）一小時，返寢室又見洗臉盆内水底沉垢作蓮花形，花上棲一白鶴。又譯經畢，買蓮花供佛，得手形蓮瓣一雙，其攝影附呈，乞檢收。又，譯經時右眼角生小瘤如粟，恐其長大爲患，命女僕簡氏以絲線繫之，逐日加緊，一日隨手而落，以顯微鏡窺之，乃青色蓮花一朵，長瓣重疊無數。此鏡係向前海軍提督姜西園借用〔四〕，姜且呼其夫人就鏡窺之。簡氏常稱此小瘤爲「肉寶」，予珍藏之，往星加坡時始失去。按蓮花手、蓮花目等名詞，内典中皆有之。八年前十一月十七日，城初次買菊花供佛，祝曰：「若我得生净土者，請佛示以徵兆。」是夜，夢水面茁生蓮芽，極爲肥密。方審視時，景物倏换，如電影之换片，然則爲湖面有竹木之栅雙條，微露其端於水面，如電車之軌道（西湖中每見此物，乃插籬劃分水界）。蓮葉生此道中，已展大盈尺。予夢中自語曰：「誰種蓮花於此路中？」而於「路」字之音特別提高。醒時忽憶日間曾乞徵兆，此爲佛之答語。分明示我曰：「汝蓮邦有路，今始萌芽爾。」城每年於是日作重大紀念，明日又逢此期矣。城之斷除肉食則較早二年，至本年十二月廿五日爲滿足十年〔五〕。自甘蔬果，從不思食腥羶，絶無所苦。君等盍試之，於經濟道德皆大有裨益，尤爲學佛人之根本要義。蓋佛以大慈悲爲心，若殺生食肉，則與佛心相反也。英文人死後如何小册昨始出版，兹寄呈教，收到後乞示知。拉雜書此，祈恕不恭。文債山積，無華文打字機，實不暇起草也。敬頌著安！碧城拜上，十一月十六日。書另封寄，緑色紙面者爲拙著。

【箋注】

〔一〕本文作於一九三八年十一月十六日，時居瑞士日内瓦。

〔二〕趙叔雍（一八九六—一九五六），字尊岳，江蘇武進人。曾任國民政府鐵道部參事，汪僞政府鐵道部政務次長、宣傳部長等職。工詞，深得彊村老人推重。輯有惜陰堂匯刊明詞，著有高梧軒詩全集、珍重閣詞集等。

〔三〕五戒，見前巴黎佛會一夕記注。

〔四〕姜西園，字炎鍾，東北人。抗戰前曾任粵海艦隊司令。一九三六年，粵系軍閥陳濟棠因反蔣失敗，姜受其牽聯被通緝，遂避居香港。一九四〇年，投靠汪僞政權，官海軍部次長。戰後以通謀敵國罪被逮捕槍決。

〔五〕城之斷除二句，呂碧城歐美之光海外蔬食談：「客冬於日内瓦赴美國人年宴（一九二八年十二月二十五日），完全蔬食。因念既符仁恕戒殺之旨，而又適口，何予不能享此清福？雖旅次不便，亦應勉爲其難，遂決計試辦（予之斷葷，即從是日起）。」

其　七〔一〕

榆生詞友賜覽：

久疏音訊爲歉。昨奉七月十五日函及新作，詞筆突進，淒麗雋永，非城所及，甘拜下風矣。自奉題尊拓佛像後，已無一字之吟，實因尠暇。本擬往美國任蔬食月刊筆政，此報爲亡友所遺，見曉珠詞。前主筆逝後，由其夫繼任，久欲息肩，另營他業。城爲護生計，毅然願往，一切規例辦妥，倚裝待發。及詣美領事處簽護照時，彼堅執限期六個月，不許久住，蓋對東亞人一例如此。城遂臨時取銷此行。近復因病下山，醫謂病由缺乏「維他命」，須食大量之蔬果，而下山購取，往返不便，故於前日還居山下之克拉昂。此旅館高樓臨水，風景亦佳，惟專供夏季遊人，天寒無客，則停止營業，城十月一日前仍將覓遷他處。如蒙賜書，請仍寄舊址，可轉達也。祈以曉珠詞全刊一册贈鐵尊並代索其半櫻詞卷三寄下爲荷〔三〕。此佈，祇頌著安！碧城謹啓，八月五日。

歸國謡 和龍榆生君擬飛卿之作

紅簌。殘步共花摇躑躅。征程聽盡鵑哭，亂山猶似蜀。　翠琶漫彈遺曲，嬙魂淒黛蹙。不堪風雨華屋，背燈尋夢續。

瑞士山中亦多紅躑躅，即杜鵑花也。右稿煩代補入雪繪詞爲荷。

【箋注】

〔二〕本文作於一九三九年八月五日，時居瑞士日内瓦。信末附其歸國謡和龍榆生君擬飛卿之作詞。

〔三〕鐵尊，林鵾翔（一八七一—一九四〇）字鐵尊，號半櫻，浙江吴興人。曾任駐日學監。爲彊村老人朱孝臧之入室弟子。工詞。著有半櫻詞。鄭逸梅近代野乘：「半櫻詞人林鐵尊，諱鵾翔，吴興人。生於同治辛未，爲某科舉人。鼎革後，官浙江交涉史，甌海道尹，行政院秘書。有見其人者，謂侏儒而畜須，蓋『短主簿』與『髯參軍』，一人而兼之也。曾從朱彊村學詞，造詣殊深，與懺庵、劍丞、蘖夢、疚齋輩組織午社，凡七集。己卯臘八日，鐵尊病歿滬上，午社同人悼之以詞。」

其八〔一〕

榆生先生詞友惠鑒：

來緘所述窘境，凡存心忠厚者，當能原諒。佛說世事如夢幻泡影，不必深論，倘能以歸依三寶自嗚〔二〕，則以佛徒之立場，不受世法之界限。桑榆之收〔三〕，莫善於此。頃有友人談及，城亦持此論，非以虛言奉慰也。如能真實歸佛，則於世事一切能安心，自覺另換一個天地，將來尤獲益無窮，尚希有以自解，勿徒戚戚。如蒙賜函，請由滬轉爲要。手此，敬頌吟安！碧城拜上，九月十二日。

【箋注】

〔一〕本文作於一九四〇年九月十二日，時居香港。

〔二〕三寶，佛教徒所尊敬供養之佛寶、法寶、僧寶。據說，能使世人免除痛苦煩惱。

〔三〕桑榆之收，謂起初雖有失，但最終獲得補償。後漢書馮異傳：「始雖垂翅回谿，終能奮翼黽池。可謂失之東隅，收之桑榆。」桑榆，日落所照之處。

致陳无我居士書〔一〕

一

无我先生大鑒：

前函謂歐美佛徒深惡净土及蔬食、輪迴等説，自不能一概而論。然如佛學在英國（Buddhism in England）之雜誌，其經理人生一女，且刊佈之，而何東夫人生西，則拒不登載。其前任主筆某君謂人死投生爲禽獸，此地球上斷無此事。又謂釋尊係誤食毒菇致死，斷然無疑云云。美國某老佛徒聞人死或投生爲畜之説，謂令人憎惡欲嘔。已故之德國老佛徒（八十餘歲），謂净土與佛法相反。紐約佛徒奥特氏謂净土非佛法，英國某老婦誤譯釋尊係食猪肉脹死，其譯才如此陋劣，而佛學在英國至今猶登載其文字不已。且此婦之譯經最多，徧布各國，故歐美之佛學，城認爲一塌糊塗，辨不勝辨。城此後決不再與以經濟之資助。巴達皮鞋廠主以殺爲業，而印度佛學雜誌登其盛自稱讚之告白。城不信彼等解蔬食之意義。城提倡净土及輪迴之説，英佛徒謂城爲錯誤之領導。城前函言之憤激，已自知過，然豈無因哉！拉雜書此，尚祈不吝指教。即頌著安。碧城頓首。

二

无我居士大鑒：

九月十七日由正金銀行匯呈軍票五十元，請半數買物放生，半數助覺刊，以刊行保護動物專號爲交换。次日得八月十九號賜函，則公已自動於十月份發刊「不食肉」專號，甚慰甚慰，捐款吾亦不悔。仍助貴刊，請每年十月發護生之刊，並平時注重此旨，則豈僅鄙人感激，且能得多數閲者之同情也。（下述他事從略）九月廿一日。

【箋注】

〔一〕此文兩則均録自覺有情第四卷第八十七、八十八期合刊。前函有「編者誌」云：「此係民國廿八年女士自瑞士來書。」據此，文當作於一九三九年。後函亦有「編者」附誌曰：「此係三十一年九月間來函。此後女士續助覺刊經費一千元，諄諄以注重護生相勗，悲願深矣。」可知作於一九四二年九月。陳无我，名輔相，字无我，號法香。南社社員。著有臨城劫車案、滿麗女郎等。陳海量印光大師永思集輯後誌感：「天涯下走，寄足海上，稔善知識陳无我長者。長者錢塘人，性至孝。早歲奔走革命，豪氣萬丈。清社既覆，致力文化，嘗與李叔同先生共執筆於太平洋報，長世界新聞社十餘載。中歲以還，歸心我佛。」

致冒鶴亭書

鶴丈詞宗賜鑒〔一〕：

瀨西通訊瞬已二年〔二〕，遥維道履清勝〔三〕，定符私祝。晚於歐戰開後，遵海而南，顛沛流離，遑恤我後〔四〕，致前賜題詞及論詞大札，均遭遺失，至爲痛惜。如尊處尚有存稿，懇再録寄，俾得珠還，曷勝紉感企禱之至〔五〕。專此敬叩福安。

晚吕碧城拜上　十一月十日

通訊處：香港山光道十五號東蓮覺苑。

【箋注】

〔一〕本文録自手跡，作於一九三九年十一月十日。碧城時由歐歸國，寄居在由何東夫人張蓮覺女士所創辦的香港山光道東蓮覺苑。鶴丈，冒廣生（一八七三—一九五九），字鶴亭，號疚齋，江蘇如皋人。幼有神童之譽。光緒二十年（一八九四）舉人。曾參與戊戌維新，歷官刑部、農工商部郎中。入民國任温州海關監督，築温語樓，自號「甌隱」。抗戰時爲太炎文學院詞曲教授。曾寄吕碧城論詞札，取清真、夢窗詞一一對勘，乃知句讀可破，平仄可移。闡述填周、吴兩家慢詞不必盡守四聲之論，欲爲倚聲家破除桎梏。晚年居上海，專心從事著述。著有蒙古源流年表、四聲鉤沉、小三吾亭詞話等。

〔二〕澥西，猶言海西。古指大秦國，即羅馬帝國。史記大宛列傳「其西則條枝，北有奄蔡、黎軒。」，張守節正義引括地志：「魏略云：『大秦在安息、條支西大海之西，故俗謂之海西。』」此泛指歐洲及西方國家。

〔三〕道履，行走往來，泛指日常生活起居。多用於書信中問候、祝福之語。陳確與吴裒仲書：「則天過，備知道履清勝，極慰馳係。」

〔四〕遑恤我後，意謂顧及不上以後的事。詩國風谷風：「我躬不閱，遑恤我後。」鄭玄箋：「躬，身。遑，暇。恤，憂也。我身尚不能自容，何暇憂我後所生子孫也。」

〔五〕紉感，猶感激。王闓運致李江安：「旅食餘甘，紉感隆情。」

印光大師贊詞〔一〕

猗歟大師，降祥震旦。廣度羣倫，期登彼岸。蓮風獨振，麗日中天。戒行精粹，道格高騫。針砭薄俗，曰誠與敬。萬善同歸，資糧相應〔二〕。茲聞滅度〔三〕，發予深慨。陳子郵函〔四〕，殷重乞誄。一十七載，瀛海栖遑〔五〕。平生問道，竟失羹牆〔六〕。不慕其名，唯欽其德。久矣心儀，豈闕耳食〔七〕。當茲末法，奈耶廢弛。我寄微詞，誰諳密意？靈巖蒼蒼〔八〕，石湖洋洋〔九〕。必有健者，繼踵香光〔一〇〕。

【箋注】

〔一〕本文録自印光大師永思集，當作於一九四〇年年底前後，時在印光大師圓寂後不久。

〔二〕資糧，人之遠行，須藉糧食資助其身，以達目的地。佛教因以喻修道時須有之善根功德。廣弘明集卷三：「人生居世，須顧俗計，樹立門户，不得悉棄妻子，一皆出家；但當兼修行業，留心讀誦，以爲來世資糧。」

〔三〕滅度，滅障度苦，佛教用以指僧人之死。意同涅槃、圓寂、遷化。大般涅槃經師子吼菩薩品：「滅生死故，名爲滅度。」白居易六讚偈發願偈：「佛滅度時，願我得值。」

〔四〕陳子，指佛教居士陳无我，時在上海主辦佛學雜誌覺有情半月刊。

〔五〕一十二句，碧城自一九二〇年負笈歐美等地，至一九四〇年爲止，中間除一九二三至二五年在國内度過，及間或短暫歸國棲息訪友外，餘均浪跡海外，時共十七年，故云。

〔六〕羹牆，史載堯死後，舜懷念不已，坐時眼前浮現堯的身影出現在牆上，食時見堯的面影倒映在湯羹中。後因以羹牆爲追慕先賢之詞。後漢書李固傳：「昔堯殂之後，舜仰慕三年，坐則見堯於牆，食則覩堯於羹，斯所謂聿追來孝，不失臣子之節者。」岳珂桯史卷四宣和御畫：「適睿思殿有徽祖御畫扇，繪事特爲卓絶，上時持玩流涕，以起羹牆之悲。」

〔七〕耳食，謂僅憑傳聞，非賴目擊。語本史記六國年表序：「此與以耳食無異。」司馬貞索隱：「言俗學淺識，舉而笑秦，此猶耳食不能知味也。」

〔八〕靈巖，山名，在今江蘇吴縣西。吴趨訪古録卷二：「靈巖山在縣西三十里。一名石鼓山，又名研石山，又名石射堋山。山之絶頂爲琴臺，可以遠眺。石壁峭拔曰佛日巖，其平坦處爲靈巖寺。山有吴王井、西施洞、館娃宫、響屧廊遺址。」

〔九〕石湖，在今江蘇吴縣盤門西南十里，范蠡所經入五湖者。諸峯映帶，風景絶勝。宋范成大因越來溪故址，曾小築臺榭，構爲别墅。吴趨訪古録卷二：「石湖在郡西南十二里楞伽山下。山有望湖亭，每歲八月十八日看串月於此。湖中畫船簫鼓，游人最盛。」

〔一〇〕繼踵，猶繼承。踵，脚跟。香光，猶香火。引申指奉神禮佛之事。

因果綱要跋〔一〕

人類以色礙之身，無論境遇優劣，品位高低，皆不能免苦。若值亂世，其苦尤劇。人當痛苦時，則易受感化。佛法之信仰，最能安慰人心。此書以英文述之，旨在感化歐美，俾於歐戰後痛定思痛，了然於因果業報，知此肉身之器世界外，别有樂土，即西方之阿彌陀佛國。則心有所屬，自能不造惡業而甘淡泊。西哲雪蕾（Shelley）曰最寡欲者與天道最近〔二〕，與吾國康有爲氏詩曰「與世日離天日近」，可謂不謀而合。蓋徵文軌雖異，而真理則同也。卷末附以本書中所用之佛學名詞梵漢對照表，皆歐人以羅馬字拼梵音而通用者，爲國人譯經之助。予曩譯浄土四經，聶公雲台見之〔三〕，以未將漢字列入爲惜，囑專編佛學名詞中西合璧之書，予諾之而未暇著手。兹以此書爲嚆矢〔四〕，異日或竟全功。然人生朝露，世變刹那，不敢輕諾矣。

佛曆二四八三，歲次庚辰，著者吕碧城識於泰京曼谷。

【箋注】

〔一〕本文録自英文本因果綱要。原書正文爲英文，而此跋則用中文。據文末所署「庚辰」紀年，知作於一九四〇年，碧城時居泰國首都曼谷。

〔二〕雪蕾（一七九二—一八二二），今譯雪萊。英國著名詩人。抒情詩有西風頌、雲雀頌等，膾炙人口，並有詩歌理論著作詩辯，强調藝術的教化功用。

〔三〕聶公雲台，名其傑，法名慧傑，湖南衡山人。早年以實業救國，辦紗廠，設置職業學校。晚年隱居禮佛，著保富法一書，影響極大。參前致龍榆生書其四注。

〔四〕嚆矢，響箭。挽弓而射時聲先聞而箭後到，因喻爲事物之開端及先聲。語本莊子在宥：「焉知曾史之不爲桀、跖嚆矢也。」

文學史綱自序〔一〕

文以載道，史以編年，探學術之源流，稽時代之遞嬗，應有鴻編鉅製，博採詳蒐，豈此區區小册得該其綱要哉！然士生今世，百端待理，奚暇窮年兀兀於鉛槧間〔二〕。此書以簡御繁，爲淺嘗者備緜蕞〔三〕，非爲博雅者立方隅也。至若文采票姚之士〔四〕，敻思孤抱之儔〔五〕，欲假文辭而移世俗，一鳴驚人，有鳳翔千仞之概，固於西山鄴架〔六〕，不憚窮搜，俾成絶學。蓋言之無文，不能遠行〔七〕，胥以用之多寡，而取文之博約，否則飾羽而畫，尼父遺譏〔八〕，況常人乎？

今春講學於香島蓮苑〔九〕，臨時屬草，急就成章，而於歷代作家及文學典籍，皆擇要誌之，讀者欲廣其用，自可按圖索驥，各適所需，不囿於是編也。文之爲用亦大矣哉！所謂「大之爲河海，高之爲山嶽，明之爲日月，幽之爲鬼神，纖之爲珠璣華實，變之爲雷霆風雨〔一〇〕」，隨緣應用，獺祭於才人腕底〔一一〕，建其不世之功，跂予望之〔一二〕。劉氏雕龍曰〔一三〕：「道沿聖以垂文，聖因文而明道〔一四〕。」旨哉是言！闡揚聖教，責在吾黨，此予爲梵衆講授文學之微旨也。

壬午五月，著者聖因氏識於珠厓之夢雨天花室。

【箋注】

〔一〕本文録自覺有情第三卷第七十、七十一期合刊，據文末「壬午」紀年，作於一九四二年五月。

〔二〕奚暇句，韓愈進學解：「焚膏油以繼晷，恒兀兀以窮年。」兀兀，同「矻矻」，勤勉不息貌。鉛槧，鉛粉筆及木板，均古人紀録文字之用。後因指代著述及校勘。語本劉歆西京雜記二：「揚子雲（雄）好事，常懷鉛提槧，從諸計吏，訪殊方絶域四方之語，以爲裨補輶軒所載。」

〔三〕緜蕞，漢初，叔孫通欲爲漢高祖創定朝儀，與諸生學者百餘人於野外，引繩爲綿，立表爲蕞，習儀月餘始成。見史記叔孫通傳。後多指儀表、表率。皮日休移成均博士書：「洸洸乎，洋洋乎，爲諸生之蓍龜，作後來之綿蕞。」

〔四〕票姚，亦作「嫖姚」、「剽姚」、「票鷂」，勁疾貌。漢用爲武官名號。漢書霍去病傳：「大將軍受詔，予壯士，爲票姚校尉。」顔師古注：「票姚，勁疾之貌。」王士禛汪比部傳：「君詩才票姚跌蕩，其師法在退之、子瞻兩家。」

〔五〕敻思孤抱，指獨具高超見解。敻，高超。孫奕履齋示兒編：「吐辭不凡，敻出塵表。」儔，流；輩。

〔六〕鄴架，指藏書。據鄴侯家傳載，唐李泌父承休，聚書二萬餘卷，戒子孫不許出門，有求讀者，别院供饌。韓愈送諸葛覺往隨州讀書詩：「鄴侯家多書，插架三萬軸。」

〔七〕蓋言二句，左傳襄公二十五年：「言以足志，文以足言。不言誰知其志？言之無文，行而不遠。」

〔八〕否則二句，莊子列禦寇：「仲尼方且飾羽而畫，從事華辭，以支爲旨，忍性以視民而不知不信，受乎心，宰乎神，夫何足以上民！」飾羽而畫，羽毛有天然的文彩，再添加色彩，浮華而不切實，喻刻意雕琢文飾。尼父，指孔子。名丘，字仲尼。父，同「甫」，古時男子之美稱。

〔九〕香島蓮苑，即香港寺廟東蓮覺苑，爲何東夫人捐款興建。

〔一〇〕大之六句，見韓愈上兵部李侍郎書。

〔一一〕獺祭，水獺每將捕到之魚陳列水邊，猶如祭祀。後因稱羅列典故以供檢用爲獺祭魚。吕氏春秋孟春：「魚上冰，獺祭魚，鴻雁來。」高誘注：「獺獱，水禽也。取鯉魚置水邊，四面陳之，世謂之祭。」又，吴炯五總志：「唐李商隱爲文，多檢閲書史，鱗次堆積左右，時謂爲『獺祭魚』。」

〔一二〕跂予望之，猶「予跂望之」。跂望，謂舉踵翹望。語本詩衛風河廣：「誰謂宋遠，跂予望之。」跂，跕起脚尖。

〔一三〕劉氏雕龍，指梁劉勰所著文學理論批評名著文心雕龍。

〔一四〕道沿二句，出自劉勰文心雕龍原道第一，意謂道依靠聖人通過文章來表現，聖人通過文章來闡明道。

佛儒不能平等説〔一〕

時賢多謂佛儒二教，將來並轡聯鑣〔二〕，非但重光於中國，或且洋溢於世界。其言契理，吾無間然，且望其能實現也。惟二者之間，具本有之軒輊，不容不辨。否則儒教復興時，被邪佞所利用，殺生食肉，而仍舊貫，爲衆生留禍根，爲佛法生障礙。吾爲斯懼，用貢芻言〔三〕。

儒家修齊治平之道，固盡善盡美。若謂與佛教如日月麗天，溟渤畫地，則言之太過。蓋不但彼此之範圍廣狹不同，即義諦亦有究竟與因循之别。顧儒於中國，根深蒂固，雖已衰頹，猶具尊嚴，誰敢訾議，即爲非聖叛道，犯大不韙。又以今之文人程度較深者，仍源出儒門，既畏威而復感舊，故擁護之。謂與釋氏平等，予則以爲孔子僅倫理學之專家而非至聖，以其體量未充，故聖而不至，惟佛菩薩堪稱至聖。其他各種學術之專精者，皆爲凡夫之聖，不僅儒家有之。離婁之明〔四〕，師曠之聰〔五〕，概得稱聖，以至詩有詩聖，醫有醫聖，各界皆然，各國皆然，非自生民以來未有如夫子者也。漢書藝文志云：「諸子十家，其可觀者，九家而已。」謂儒家、道家、名家、法家、陰陽家、縱横家、墨家、雜家、農家、小説家也。九家各有可觀，不僅儒家。蓋凡一種學説之嶄然成立，必有其精微獨到之處，不足爲奇。若遽驚爲神聖，何異認倉頡造字爲洩天之秘，致有「天雨粟，鬼夜哭」之説〔六〕，其識見不亦陋乎！而不知世界各國各族皆有文字産生，乃自然之勢也。儒家談羣治，範圍本廣，惜其出之於狹；説仁義本爲可貴，惜其猶帶偏私。僅限於人類，不賅物類，流弊所及，弱肉强食，人類亦將不保，爲世界戰亂之導源。按邏輯之公例，凡立於同一原則之下，若僅以程度之親疏遠近而分畛域，此界限終被突破，有趨於極端之可能。人類與物類感覺，同爲血肉之身，所不同者，僅形貌智愚强弱耳。若曰非我族類即可殺害，其不乖於仁義者幾希矣。族類以親疏遠近爲原則，親疏遠近以自私自利爲根據，世界一切種族之讎，宗教之戰，國境之争，階級之鬥，皆由此起。既可爲同類而侵略異類，則亦可爲一己而侵略同類，蓋以人類較物類，固人親而物疏；以自己較人類，則己親而人疏。範圍愈縮愈密，而成楊朱之爲我〔七〕。佛則胎卵濕化概稱衆生，範圍愈伸愈廣，而成世界之大同。惟一味平等，不分畛域，方能弭戰止争。儒家劃分人物之界，雖談仁義，瑜不掩瑕。况只世間法而無出世法，非究竟義，故儒與佛，不能等量齊觀。中庸雖有盡人性，兼盡物性，參天地之化，萬物並育而不相害等辭，然孔子食則魚肉，衣則狐貉，游則釣弋，食用游戲皆以物類之生命爲供養，而曰勝殘去殺者，只爲人類言之耳。孟子祖述之，樹桑可以衣帛，五母鷄，二母彘，勿失其時，則肉不可勝食云云，故使孳尾繁殖，生之而後殺之。儒以仁義爲道，孟子曰：「殺一無罪，非仁也；非其有而取之，非義也。」又曰：「王若隱其無罪，則牛羊何擇焉？」是已承認牛羊之無罪矣。此猶可强爲解曰，牛羊受人豢養，應殺身以報（此理已説不通）。

而彼游於江湖者，飛於天空者，既未受人之惠，亦未開罪於人，奈何釣之弋之？可謂仁乎？彼泳者翔者之肉，乃其本身自有，非人類所有。「非其有而取之」，可謂義乎？所謂「非其義一芥不以取諸人」者，而可全體取諸物，是對物類不講仁義也昭昭明矣。「庖有肥肉，厩有肥馬」，孟子責爲「率獸食人」，然亦何可率人食獸？對同類講仁義，對異類尚侵略，可謂公平乎？此例不擴充至國際乎？或爲辯曰：「釣而不網，弋不射宿，及見其生不忍見其死，聞其聲不忍食其肉，君子遠庖厨諸説，非仁義乎？」答曰不然。仁有定義，事有定法，不容模棱兩可。謂動物不應殺乎，則當絶對禁戒；謂應殺乎，何必法外施仁，作「月攘一鷄」之損減？至若遠庖厨，不見不聞，即食而甘之，掩耳盜鈴，是自欺也。雖示節制之殺，寧逃苟且之譏。「夫子之道，忠恕而已矣。」爲他謀而盡其量曰忠，若半護半殺，非忠也。己所不欲，勿施於他曰恕，殺他利己，損彼益此，非恕也。「厩焚，傷人乎？不問馬。」人固應問，馬亦何可不問？以平生馳驅服勞之伴侣，遭焚身之禍，絶不置問，而但問厩外之人，族類異同之成見，深植於心而無惻隱，尚得以此爲訓乎？孟子曰：「五穀者，種之美者也，苟爲不熟，不如荑稗。夫仁，亦在乎熟之而已矣。」擯異族於仁義覆幬之外，其仁可謂熟乎？又曰「擴而充之」及「能充其類」，人物嚴劃疆界，其義可謂擴乎充乎？吾但見弱肉强食，由物類擴充至人類之間耳。告朔用牲，惡例也，不予革除，反欲延而續之。子貢請廢餼羊，子曰：「賜也，爾愛其羊，我愛其禮。」假使羊若能言，應曰：「夫子也，爾愛其禮，我愛其命。」事實如此，易地皆然。禮之用，和爲貴，豈必殺害生命，違反和平，始成其禮，而不可以蔬果代之乎？以孔子之聖，計不出此。然予見之於他二聖焉：一爲東土之劉勰，一爲西歐之謝蕾（Percy Bysshe Shelley）〔八〕，南史稱：「梁天監中，七廟饗薦已用蔬果，而二郊農社猶有犧牲。劉勰乃表言，二郊宜與七廟同改。詔付尚書議，依勰所陳。」謝蕾有言曰：「欲免人類戰争流血，須先從其餐桌做起，使不流血。因其事於原則上最違反和平，廢除血食，較勝於任何之事，能剷除一切罪惡之根株故。」劉、謝二氏，皆具絶世才華。劉著文心雕龍一書，爲操觚之士傳授心法，實藝苑之鴻寶；謝有英國詩聖之稱，世又稱爲不死之詩人。天縱之聖，自古多能，若威鳳九苞以耀采，文豹千炳以垂姿，蓋賦以吸引之力，使動生民之耳目也。然謝氏之説能發皇於西歐〔九〕，劉氏之議，則湮鬱於中土，殆爲禮教所掩歟？劉以梵行稱，不婚娶，終至披緇，法名慧地；謝以劬於仁術，年僅三十即逝，立言不朽，勝於短命之顔回。是二人者，皆鞠躬盡瘁，無玷於道。是知聖賢誕生，不限於鄒魯。吾人不宜只尊孔聖，而抹煞其餘也。

佛教於世間法及出世間法，二者兼備。三乘之中，其初級人天乘，即世間法。五戒十善，治世具足，無待他教之補助，而能圓滿獨立。然則儒之地位，應居何等乎？曰儒應列入學校，爲倫理專科。而釁序之間，其教材夙以節取爲用，擇儒説之可從者而從之，折衷至善，豈不懿歟？若欲兩教合併，終難澈底。即如儒之飲酒食肉，與佛家戒律，首見衝突。古德雖欲勉爲儒佛之合一，如靈峯宗論等作，因當時兩教皆盛，門户之争未息，故有調和之必要。今則皈佛者仍盛，且有向海外發展之勢，而學儒者幾闃焉絶響。吾人應念兩教於國史上曾同爲文化命脈所繫，今儒瀕於危，佛徒有勗救之責。導入教育，青年學子受儒薰陶，植其德本，將來轉而皈佛，必皆上駟，爲有力之金湯外護，較勝於不學無術之信徒。然提倡儒學，必待佛法全盛，定爲國教，對學校有審查之權，始可出此。否則主持教育之人，對儒學不知删擇，貽誤衆生，甚至燃韓、歐、程、朱之死灰，以怨報德。饕餮之徒，以孔孟言行爲藉口，而殺生食肉。「其作始也簡，及其畢也巨。」烏可不策萬全，而輕率倡導乎！

蓮池大師於孔子之釣弋〔一〇〕，亦頗有微詞，然曲爲解脱，謂係字句刊印之誤。然儒教殺生食肉，隨處多見，非僅釣弋一事，未易辯護也。如魯人獵較，孔子亦獵較，不能爲諍臣格君之非，且尤而效之。世人又以蔬食飲水，樂在其中，爲孔子辯護，然原文僅係譬喻之詞。謂縱受蔬食飲水之苦，有道亦樂。實則孔子食不厭精，膾不厭細，並非捨精膾而甘蔬水，况惟酒無量不及亂之句，益證其飲食皆非淡泊矣。予非好攻古德，惟既稱至聖，其起居言行，皆爲後世模範，利害攸關，不得不防微杜漸耳。

【箋注】

〔一〕本文録自覺有情第四卷第八十七、八十八期合刊。據編者云，是年十月碧城由香港寄出此文，是本文約作於一九四二年夏秋間。

〔二〕並轡聯鑣，猶並駕齊驅。聯鑣，聯騎同進。劉長卿少年行詩：「射飛誇侍獵，行樂愛聯鑣。」鑣，馬嚼子，與銜合用。銜在口内，鑣在口旁。

〔三〕芻言，草民粗俗的言論。自謙之詞。陳書周弘正傳：「如使芻言野説，少陳於聽覽，縱復委身烹鼎之下，絶命肺石之上，雖死之日，猶生之年。」

〔四〕離婁，莊子作離朱，傳説爲黄帝時人，目力極强，能於百步之外望見秋毫之末。孟子離婁上：「離婁之明，公輸子之巧，不以規矩，不能成方員。」

〔五〕師曠，春秋晉平公時樂師，生而目盲，善辨樂聲。孟子離婁上：「師曠之聰，不以六律，不能正五音。」

〔六〕何異二句，淮南子本經訓：「昔者蒼頡作書，而天雨粟，鬼夜哭。」高誘注：「蒼頡始視鳥迹之文，造書契，則詐僞萌生。詐僞萌生，則去本趨末，棄耕作之業而務錐刀之利。天知其將餓，故爲雨粟。鬼恐爲書文所劾，故夜哭也。」倉頡，也作蒼頡，傳爲黄帝時史官，漢字始創者。

〔七〕楊朱，戰國時魏人。倡導爲我愛己學説，與墨子的「兼愛」相反，同被當時的儒家譏爲異端。孟子盡心上：「楊子取爲我，拔一毛而利天下，不爲也。」

〔八〕謝蕾，今譯雪萊，英國著名詩人。參前因果綱要跋注。

〔九〕發皇，發揚光大。杜甫唐故德儀贈淑妃皇甫氏神道碑：「蓋所以教本古訓，發皇婦道，居具燕寢之儀。」

〔一〇〕蓮池大師，亦稱雲棲大師。名袾宏，字佛慧，號蓮池。出家杭州雲棲寺，與紫柏、憨山、蕅益並稱明代四大高僧。有遺書雲棲法會行世。

觀音聖恩記〔一〕

今秋東蓮覺苑同人患痢者，兩月内死三人。復有同寓柳氏婦患之，貧不能醫，由苑主施贈醫藥，久不見效，遂亦置之不問。蓋當此時代，人皆經濟困難也。彼識字無多，於佛理不甚了解，雖念佛而畏死，自求觀音籤，其詞吉，彼仍懇予爲誦大悲咒水。予夙拙於持咒，乃以浄水一杯安置菩薩像前，跪修觀無量壽佛經中之第十觀，隔宿以水飲之，一服而愈。予今奉勸世人，凡持誦佛名，若自覺不得力，未能一心不亂者，請試觀想此菩薩，必有大益。蓋持名太容易，難擯妄念；作觀較難，不暇起妄念；强逼專心，心不專則觀不成，故有臨終專觀此菩薩而得瑞相者。蓋有一定不變之理，而無一定不變之法，修者務須依照觀經，而世俗之塑像畫像，全不相干，亦非女像，概須避之。初修觀雖困難，但一二星期後，即成習慣而不難矣。治世事專門之學，尚非下一把死力不爲功，何况出世大事，豈可不發一番奮勇哉！又有謂修觀易招魔，戒阻勿修者，其見殊誤。須知修觀有佛菩薩之聖威在前，魔何敢犯。若大乘之行人，則自己亦是菩薩，更何畏乎魔鬼。行人能作此念，即平時亦得免却許多無味之恐懼矣。

【箋注】

〔一〕本文録自覺有情第四卷第八十七、八十八期合刊。

夢境質疑〔一〕

予修净業，惟自期精進，不敢希求靈感，故拙著觀經釋論有云：「初機行人，不求與佛相應，唯求與經相應，所謂與修多羅合也〔二〕。」偶見念佛切要一書，中有善導大師教云〔三〕：「行人於修觀之前，可先祝曰『某是凡夫，障深慧淺，未睹聖相，求佛力加被示現，俾有遵循』。」且云「此法近來大有靈驗，精進行之，方信不虚」云云。予遂爲所動，且恐自己所觀想者或有不合，反成妄想，乃亦如法祈禱，而數次無朕兆。末次惟得一夢，夢在一巨宅門外，心知宅爲己有，但門加雙鍵。予手中携有巨大鑰匙二具，各長數尺，色如白銀或白鋼。予以匙啓鍵，門遂得開。其下一匙，匙柄作波羅式（波羅果名，味甘如蜜，故又名波羅蜜）。啓門時，未覺費力，但啓後，予坐其旁，喘息不已。大喘特喘，若勞力過度者。醒覺後，綜思此夢之大旨，似謂汝欲開此門，須自己努力，行大乘波羅蜜，鑰匙巨大者大乘也，但何用雙匙，此予自識所變之妄夢耶，抑佛所啓示耶？特記之，求當世高明指教。然無論此夢之因緣如何，其意義皆足以勉勵行人也。

【箋注】

〔一〕本文録自覺有情第四卷第八十七、八十八期合刊。

〔二〕修多羅，梵語音譯。指佛教經典。李師政法門名義集理教品十：「修多羅是一切本經一切論法，從如是我聞至歡喜奉行，無問卷數多少，皆言修多羅。」

〔三〕善導，唐僧人，净土宗之創始人。相傳一生用所得施財寫彌陀經十萬卷，畫净土變相三百壁，人稱「彌陀化身」。著有觀無量壽經疏、净土法事贊等。

致李圓净居士書〔一〕

一

圓净居士道席：

未通音訊，倏已十年，維福德無量爲頌。今秋曾以拙著觀經釋論一册託陳无我君轉呈，計已達覽。兹有遺囑二件，其内容係以遺資贈與某君，須彼承譯佛經，在太虚法師指導之下。如某君較我先亡，或不願接受此條件者，則由居士承受，惟除「太虚法師指導之下」之一句，因居士年齡及資望均較某君爲高，故毋須他人指導也。事關宏揚佛法，居士義不容辭，務祈協助爲感。又此遺囑無論如何請勿寄還香港，因尊函寄到時，城或已辭世也，故此敝函亦不望賜答。如實無辦法，亦可由尊處請佛學界公議處置之。專此拜託，敬請法安。呂碧城謹啓　三十一年十二月三十日

二

圓净居士：

昨寄遺囑，處置紐約存款。今再寄另一遺囑，處置舊金山存款。此囑内容是説將舊金山存款捐與Mr.Beech，爲維持彼所辦之蔬食月刊，但須由彼寫據承認，至少須繼續出版五年。彼如不接受此條件者，則捐與李圓净居士爲刊印佛經之用。此遺囑今拜託居士保存，俟世界恢復和平，能與美國通郵時，方能寄與Mr.Beech。但届時請居士勿忘記此事耳，一笑。匆上敬請道安。呂碧城謹啓　十二月三十一日

三

圓净居士慧鑒：

兩寄遺囑，計均蒙收到。兹再寄此囑，附舊信兩封，即告完畢。敬求接受，代爲

保存，俟上海之麥加利銀行恢復營業時，即可辦理。此款請代用於宏揚佛法之事，若不代取，不啻使佛門受損失。居士宏法有責，諒不辭却也。專此拜託，敬頌净安。

呂寶蓮謹上　三十二年一月一日

【箋注】

〔一〕本文三則均録自覺有情第四卷第八十七、八十八期合刊。依次作於一九四二年十二月三十日、三十一日、一九四三年一月一日，距碧城逝世不足一月。李圓净，豐子愷戎孝子和李居士：「李居士名榮祥，法名圓净，是廣東一資本家的兒子。……李榮祥在復旦大學某系畢業，不就工作，一向在家信佛宏法，皈依當時有名的和尚印光法師。……解放前夕，其妻帶了一筆家産，和兩個子女逃往臺灣。李圓净乘輪船赴崇明，半夜裏跳入海中，往生西方極樂世界去了。」

悼弘一大師〔一〕

大哉一公，濁世來儀〔二〕。磨而不磷，涅而不緇〔三〕。輗軏羣倫〔四〕，是優波離〔五〕。昔爲名士，今人天師。須彌之雪，高而嚴潔。阿耨之華〔六〕，澹而清奇。厥功圓滿，罔世懟遺〔七〕。土歸寂光，相泯圭畸〔八〕。公既廓爾亡言兮〔九〕，我復奚能贊一辭！

【箋注】

〔一〕本文録自文物出版社印行中國佛教協會所編弘一法師。陸丹林女詞人吕碧城：「記得弘一和尚於卅一年十月十三日怛化的時候，她（指碧城）那時住在香港，寫了幾句感悼詞，這幾句話，要是改易了幾個字，也可以做悼她的哀音。詞云：『大哉一公，濁世來儀。……』這些話，很像是她的生死觀。」弘一（一八八〇——一九四二），近代高僧。俗姓李，初名康侯，又名息，後改名岸，又名文濤、廣侯，字息霜，號叔同。原籍浙江平湖。少時錦衣紈褲，風流倜儻。曾就讀於南洋公學經濟科，並以官費赴日本學習美術，加入同盟會。精書畫，擅刻印，好演新劇，爲春柳社之發起組織者。歸國後，加入南社，與柳亞子結交。民初，在杭州浙江省立第一師範學校教授美術和音樂，前後共七年，豐子愷、劉質平等著名畫家、音樂家，皆出其門下。一九一八年至虎跑定慧寺出家，釋名爲演音，號弘一，晚號晚晴老人。修持華嚴律行，崇信浄土法門。一九四二年十月於泉州圓寂。

〔二〕來儀，鳳凰來時的容儀，後因以喻非凡人物的出現。書益稷：「簫韶九成，鳳凰來儀。」

〔三〕磨而二句，意謂磨也磨不薄，染也染不黑。藉以頌揚弘一的高尚品格。論語陽貨：「不曰堅乎，磨而不磷；不曰白乎，涅而不緇。」磷，薄。涅，染成黑色。

〔四〕輗軏，車轅前横木，兩頭有活銷，用以套牲口駕車，否則車乘即無法行走。後因以喻事物的關鍵。論語爲政：「大車無輗，小車無軏，其何以行之哉？」

〔五〕優波離，又作「優婆離」、「鄔波離」等。古印度迦毗羅衛國人。釋迦十大弟子之一。精於戒律，修持謹嚴。傳説佛教第一次結集時，由他誦出律藏。

〔六〕阿耨，阿耨達池之省稱，一名阿那婆答多池。梵語，意譯清凉無熱惱。佛典載此湖中多生蓮花，實則乃是一種小草。慧琳一切經音義卷一：「此池在五印度北，大雪山北，香山南，二山中間，有此龍池。」

〔七〕罔世句，意謂時世昏亂，怎麽還能留下來。猶言往生浄土。罔世，扭曲的世道。憖遺，願意留下。詩小雅十月之交：「不憖遺一老，俾守我王。」朱熹集注：「憖者，心不欲而自强之詞。」

〔八〕相，色相。佛教指一切人或事物呈現的形質相狀。楞嚴經卷三：「色相既無，誰明空質？」圭畸，有圭角，與衆不同。圭，棱角，鋒鋩。畸，特異。此處形容弘一出衆的個性和才華。

〔九〕公既句，弘一臨滅遺偈：「君子之交，其淡如水。執象而求，咫尺千里。問余何適？廓爾亡言。華枝春滿，天心月圓。」

致蔣維喬書

竹莊老友無恙〔一〕：

一别十餘年，諒道躬康健。聞公事甚忙，未知近作何業？新著又增幾許？所拜讀者唯五藴論注一種。城自濫竽佛門，除譯經數種及雜書外，絶少佛學著作，現始試爲觀經釋論之稿，效顰學步，知不免爲大雅所譏。兹以原稿一卷及補寫一紙呈教，祈不吝法施，詳爲指正，能速尤感。閲畢如轉交尊友中之唯識專家審鑒，更善。但以上海爲限，勿寄外埠。此書之稿可交佛學書局代收，惟函劄如賜教之件，則請直寄香港山光道東蓮覺苑轉鄙人爲荷。想尊夫人玉體清寧，乞爲道念。手此，敬頌著安。呂碧城謹啓

【箋注】

〔一〕本文録自覺有情第四卷第十五、十六號合刊，前後有説明文字云：「呂女士碧城，於民國元年在北平與余訂文字交，文采風流，詞華藻麗，實一奇女子。嗣後在寧在滬時相過從，然絶無傾向佛學之意。迨民十五六以後，赴瑞士，信札稍疏。約在民二十後，則來函常涉

及佛教，且茹素念佛，篤信淨土，前後判若兩人，亦足奇矣。歐戰後避難，歷泰國至香港，三十年六月忽來一函，附觀經釋論稿。函云……稿到後，則半月一函，一月一函，催我速改。乃檢其全稿，爲之悉心訂正，由榮柏雲居士寄去。今此書出版僅及半載，而女士已脱然生西，是可感也。」竹莊，蔣維喬（一八七三—一九五八），字竹莊，號因是子，江蘇武進（今常州市）人。近代著名出版家、教育家、佛學家。早期商務印書館教科書最重要的編者之一。一九二二年起，曾任江蘇教育廳廳長、東南大學校長、光華大學教授等職。新中國成立後，以特邀代表身份出席蘇南人民代表大會，被選爲主席團主席，復被聘爲上海市文史館館員。一九五八年病逝。著有教育學講義、心理學講義、中國近三百年哲學史、中國佛教史、宋明理學綱要、佛學概論等。

報聶雲台居士書〔一〕

雲公大德座下：

兩奉手教，知欲修觀，謙撝自牧〔二〕，詢及芻蕘〔三〕，謹據經過以聞，非敢作識途之馬，聊報歷承獎掖之德。是否有當，仍希教正爲幸。

竊謂修觀屬六波羅蜜中之精進，亦我輩識字人分内之事，惟彼文盲，始不幸而居例外。顧向來净土諸書，千篇一律，只教持名〔四〕，以致行人皆避難就易，每終身口誦數十年而不修觀。故步自封，精進之謂何哉？且持名太易，亂心易起。作觀則需全力，亂念無暇（亦可云無罅）插入。此爲工作上之方便，況修觀之功用較爲特强耶。某（原文是自稱名，以付刊用某，較爲清晰）近以事忙心亂，初尚勉强每日持名一二萬，然自知以心亂故，毫不得益，徒喪失短促寶貴之時光，遂毅然改弦更張，以修觀爲正課，持名爲助課。修觀經中第九、第十、第十一之三觀，合而修之，亦不過一小時餘，頗覺得力。一二星期後，即成習慣，毫不爲難，公盍試之。天下事有一定不變之理，而無一定不變之法。

來教謂拙著觀經釋論於「白毫相」條下，解釋似欠明瞭，確如尊論。然以「毫與眼須相稱如常人」之句，恐人認毫指睫毛，則公誤會敝意矣。經云「眉間白毫」，當然在兩眉之間，而拙著謂應與眼相稱者，因有人教作「白毫觀」，其長過膝。夫佛眼如四大海水，則眉毫雖長百億丈，亦應不出兩眉間之地位，何得過膝？蓋眉眼各部分，一一皆大，而非眉毫獨長也。

經云：「欲觀彼佛者，當起想念，於七寶地上，作蓮華想。」然第七觀之花座，至爲繁複，初修之人，宜暫避繁就簡，而徐圖之。某之修法如下：先想西方落日，狀如懸鼓，於暮靄金紫混合光中。此係昔居歐洲阿爾伯士山時，恰對西方，背山面湖，湖水之外，即是落日。習見已久，早成印象（某居該山兩度，合共六年）。此雖個人環境之優，然無論何人，皆曾於曠野中，見落日之象（經云：「自非生盲，皆曾見之」）。如記憶不清，可特往曠野再觀。某每想落日一二分鐘後，則水相自至。即念此是極樂世界八功德水，旋想水結成冰，再轉念此非冰，乃琉璃地。有七寶（彩色）之條，將地分爲一一方格，每條鑲以摩尼巨珠，再加黄金爲邊，輝映於瑩澈之琉璃。

次想一大蓮花，團圞正等，幾與宇宙同量。宇宙之量何如耶？若從高處觀之，亦不覺大（此乃地面小故）。孔子登泰山而小天下，確是實情。某昔居山樓時，有點絳脣詞云「放眼登樓，半弓蒼靄天圜小」，乃寫實之作。又航行地中海時，曾登船樓之頂，高攀幾及旗杆，見天圓而小，四面皆爲眼力所及。今取爲修觀之助，常人雖未必曾作壯遊，然登高大之建築，如上海之新世界、大世界等，亦得縱目而觀。心中既有概念，即想蓮花之大亦如此。花有八萬四千瓣，爲方便計，將其色分爲八部，每部瓣約一萬有餘。每瓣之長大，約占曠野之半徑，具八萬四千脈絡。先從八脈想起，再想若加十倍，八十爲何如耶？以至八百、八千、八萬，皆作概念，每脈有八萬四千光。然光綫太多，心量難及，則念光皆「極微」之體。極微非目力所見，但心念之。再念由極微合成大紅寶光，大紫寶光，以至大藍、大緑等，其色隨每部而起（如大紅色起大紅光，大緑色起大緑光）。每部之聯，其色以漸而分，如深紅之後爲紫色，紫色之後爲藍色，以至藍後爲緑，緑後爲青、爲黄，爲白、爲淺紅，復至深紅，週而復始。瓣間有摩尼珠爲飾，而花想成矣。

次於花上想佛而逆觀之（倒觀，自下而上）。先彷佛見金色裳襦，佛趺坐花上，兩手置於膝間。其手之大如遠望兩座小山，手背紫金色稍深，掌則金色稍淡。每指巨大如番舶，多紋放光。漸上觀及金色之衣，愈上愈高，如金色之山，而見肩胛頸項，紫金之色較衣爲深。至是則想頂上圓光，如百億三千大千世界。如此之大，豈非不見邊際乎？而實不然。因其太高太遠，則不顯其大。日輪較地球大一百二十五萬倍（此數確否，不甚記憶）。然吾人居地球上觀之，日僅大如盌耳。觀佛之圓光，較日輪大千萬倍，則已具足。想其光之白净，如寶月光、雪光、電光，以至如汽油燈光（其光中化佛暫從略），則觀佛額，其廣大略如美孚或亞細亞火油圓倉。約略想佛相好，不必細想。因重要之點在眉間白毫，不在其餘部分也。想兩眉之間，有一白毫，遠觀長約數尺，曲作圓圈，圓勁而細，向右垂如此式，所謂右旋宛轉也，至是則凝想不復移動。全身金色外，惟見白毫，不見他色，應甚明顯。或想眉間金色帶紫，則映白毫，色更清晰。色應極白而净，不可如世人之白鬚白髪白帶微黄。佛毫如須彌山之晴雪。某居阿爾伯士山時，見雪山爲晨曦所射，白而寒冽。今作觀，則想其山爲須彌，復想將全山縮成一綫，鍊爲雪精，成爲佛之毫相，則其潔白，無與倫比。專注久想，得印象後，再綜合作全體之觀。分爲三色：（一）大白圓光。（二）全身金色。（三）百寶彩色之蓮花。只此三段，甚爲簡單，不比觀音、勢至二菩薩像之繁複。

想像非念佛也。經云「想彼佛者，先當想像」，故觀像僅爲念佛之前方便（想像尚非念佛，何况持名）。佛像之概念既成，則應念曰：「佛之形像，吾已略知。佛之心性，爲何如耶？」曰「大慈悲是」。其慈大悲大，三界四生，悉在幬覆之中，不限於一人一事，一地一時。既知其心性，更念其威能，爲正遍知海，爲大圓鏡智，妙觀察智，平等性智，成所作智，末即極樂世界成就所由也。像、心、能，三者同其廣大。至是，於佛粗得認識。想後繼之以感，感彼佛爲我等衆生，不惜歷劫修行之苦，建立净土，攝受我等，其恩雖天地莫比高厚，江海莫喻淵深。若大乘行人，例屬佛子，應念我大慈父或法王父（佛爲法王，我等皆爲其子，非文殊師利法王之義），生我法身，與我慧命。彼有意造我，我亦有意願往，出於雙方有理想之同願，此乃天真父子，不比世間父子，由於無意識之結合也。我今業障未消，致天真父子，不能相見，可悲孰甚。况我法王父亦正在西極，盼我念我，我雖糜身碎骨，撞冰山，超火海，亦必奔赴其前，抱其足，痛哭作悲喜交集之相逢耳。若行人曾睹聖相，或曾得夢兆，尤應念念不忘，緬懷零涕，此即由想像而成念佛也。尚有一事，念天真父子，相見有期（人生比天道或佛國則甚短，百年亦只崇朝），轉念世間父母，瞬即離别，我將何以盡孝？大地衆生，倒懸未解，我將何以盡忠？昔人詩云：「一花一石尋常見，到近離時却耐看。」我應於臨别之前，凡能盡一分一寸之力者，皆勿失時機。若於眼前事實，應盡之職責而不盡，徒謂俟生西後普度冤親，終覺其言爲河漢也。

復次，觀想觀世音菩薩，亦至重要。因此菩薩本領，遊行娑婆，與衆生接近故。觀佛用逆觀，觀此菩薩則用順觀。由頂至踵，先觀頂上肉髻爲紫金色，次觀天冠大如山岳，嵯峨璀璨，不可名狀。冠之正面，立一金色化佛之像。再想菩薩金色之面，萬德莊嚴：（一）偉大。（二）端莊。（三）美好。（四）智慧。（五）慈悲。（六）吉祥等等，不勝枚舉。眉間毫相爲七彩之色，流滿宇宙。項有圓光，籠罩肉髻、天冠及相好，而相無男女之别。紅蓮之臂有八十億光明瓔珞。或疑瓔珞如此之多，豈兩臂所能容受？須知其數雖多，而隨意隱顯，不相障礙。其他各觀中種種八萬四千之數，皆可用此法觀之，方得自在。寶手作五百億雜蓮華色，亦是隨意隱顯，倏乎變化。可分別觀之，而非同時俱現。然亦不可執定爲分別變化，而有同時俱現之可能。蓋微妙不可思議，非我輩凡夫心力所及。惟得勝定之時，方能知法法圓融、重重無盡、事事無礙之境界耳。經中説及寶手，云「其光柔輭」，當不作强鋭如針如戟之光綫。想其融和成片，庶幾近之。一一指有八萬四千畫，一一畫有八萬四千色，一一色有八萬四千光，是菩薩一手之光色，已足納吾人於色天光海之中。其偉大如此，而世俗概畫作娟娟女像，屈其尊嚴矣。

觀大勢至菩薩，先觀頂上寶瓶，蓮花形之肉髻。其冠爲花冠，異於觀音之寶冠。相好之中，帶剛健之態。因此菩薩行動之時，十方國土，一時震摇，故某作此感想，未知合法否。又此菩薩諸莊嚴事，多現於首部，出於頂上寶瓶，及冠中之花。舉身光明，惟紫金一色，較易想念。至於第十三觀爲修諸觀之「前方便」，構思小像，人人優爲之，恕不辭費。（下略）

【箋注】

〔一〕本文録自一九四三年覺有情半月刊第四卷第八十五、八十六期合刊。

〔二〕謙撝自牧，爲人謙遜，自養德行。陳書高祖本紀：「寔由公謙撝自牧，降損爲懷，嘉數遲回，永言增歎。」

〔三〕詢及芻蕘，此用作自謙之詞，意謂徵求我這草野淺薄之人的見解。芻蕘，即草柴，代指割草砍柴者。詩大雅板：「先民有言，詢於芻蕘。」毛傳：「芻蕘，薪采者。」文心雕龍議對：「三代所興，詢及芻蕘。」

〔四〕持名，謂專心稱念菩薩名號。佛教稱念佛之人爲持名行者。觀無量壽經：「汝好持是語，持是語者，即是持無量壽佛名。」

致范古農居士書〔一〕

古農大德慈鑒：

前承手教，知拙著觀經釋論已蒙代擬出售廣告，甚爲感謝。此書在港出版只一千册，分贈將罄，將來恐欲覓一册亦不可得（滬印者字太小，殊不適用）。敝帚自珍，竊願永久流通，惟城遠居邊滋文化衰落之區，苦無辦法，公於此等事經驗夙深，擬以累公，未知肯受此重托否。

方今世界開空前之變，欲救衆生，欲弭大亂，非佛法普及全球不爲功。故城夙重對外發展，十餘年來，苦心孤詣，成效未彰。宏法海外，須儲備譯才，培養精通英、法、德、義文字之人。兹事體大，望公倡導。聞公年已週甲，但揆仁壽之理，可臻耄耋，希爲道珍攝，更求諸佛護持，同志匡贊，前途景運，曷其有極。又我輩皆净業行人，本兼善之旨，亦希廣化瀛寰。查各國不乏篤信佛教之士，而於净土則不契機，事實究竟如何，以城孤陋，未能盡知，未敢妄斷。但就個人經驗所及而論，則英、德、美諸國之佛徒，對此法門，似皆不願接受。以城臆測，或因單持一句佛名，簡單儱侗〔二〕，不合科學化民族之性質，苟欲净澤流衍，勢須擴充其範圍，且此法門本非狹隘，詳見觀經。

專重持名者乃三經之一，即小本是，取一廢餘，原非上策。净土與法相確有邃密關係，發展之計，莫妙於融會相净。日本唯識家良遍阿闍黎早主張之〔三〕，不爲無見。返顧國内，尚未全泯門户之競争，罔恤主奴之出入，竊爲時賢惜之。公今毅然有净土法相學會之設，净宗發皇，此其樞紐。而復創立永不食肉會，弱肉强食，此其戒鑒，皆探驪得珠、批却導窾之筆。下風遜聽〔四〕，欣忭奚如。兹由正金銀行匯呈滬幣壹千有餘（原匯是軍票二百元），以應兩會需用〔五〕。抛磚引玉，冀有他人作鉅量之捐，穩健其基礎，成此鴻業也。知貴會不募捐，此款出自愚誠，當蒙接受。專布，敬

後學吕碧城謹啓　十一月廿八號

請道安。

【箋注】

〔一〕本函録自一九四三年覺有情半月刊第四卷第八十五、八十六期合刊。范古農（一八八一—一九五一），原名運樞，字拱薇，後改名夢耕，字古農。浙江嘉興人。清末留日，加入同盟會，與章炳麟、沈鈞儒等交往。辛亥革命後歸國，任嘉興府中學堂監督，轉向佛學研究。後去上海任佛學書局總編輯，出版衆多頗具影響的佛教典籍。一九四三年在上海創辦法相學社，講經説法，於「净土三經」尤有心得，所著古農佛學答問流行甚廣。一九五一年病逝於上海。

〔二〕儱侗，同籠統，含糊不清。

〔三〕良遍（一一九四—一二五二），日本法相宗高僧，以法相唯識爲中心，融合一切成佛説，不爲傳統所囿，展開自由思索。著有真心要訣、唯識空觀等。

〔四〕下風，喻地位低下，多用作謙詞。左傳僖公十五年：「皇天后土，實聞君之言，群臣敢在下風。」逖聽，猶遠聞。文選司馬相如封禪文：「率爾者踵武，逖聽者風聲。」李善注引漢書音義曰：「逖，遠也。」

〔五〕軍票，抗戰期間，日本侵略者佔領香港時，由其軍事機構發行的流通貨幣，稱軍票。

致張次溪書〔一〕

次溪先生大鑒：

承索蔚公遺札〔二〕，城已檢得一重要者，有益衆生，且於尊著示寂記中所引潘對鳧居士「用釋群疑」之句〔三〕，不啻與以答詞及解釋，擬稍暇撰附跋語寄呈（能否得暇，現尚難言）。惟來函所謂「於蔚公宅内檢得鄙人手札五十餘通，可備刊用」云云，此則爲鄙人所不願，請先寄還鄙處爲要。所有蕪函雖多討論佛學，然大抵因一人一事請益之作，與公衆無關。其中談家務者，及涉及月溪法師者〔四〕，尤不願宣佈也。囑爲蔚公文集製序，不能應命。徐公佛學浩瀚如海，城則謭陋不能窺其涯涘。又徐公住世之日，既表示不願刊布雜文，則應遵其遺志。敝處如再檢得其他遺札，擬不寄呈，諒尊見亦以爲然也。匆復祈恕潦草，敬請著安。呂碧城謹啓

【箋注】

〔一〕本文録自一九四三年覺有情第四卷第八十七、八十八期合刊張次溪著嗚呼呂碧城女士中

之引文。張次溪（一九〇九—一九六八），號江裁，别署肇演、燕歸來主人等，祖籍廣東東莞。著名史學家、民俗學家。幼年隨父宦居京師，後入北京孔教大學讀書。一九三〇年受聘國立北平研究院，長期從事史學與民俗研究。一九四九年後，在北京師範大學歷史系資料室工作，一九六八年九月病逝於北京東莞會館。著有北平歲時志、清代燕都梨園史料、中國史跡風土叢書等。

〔二〕蔚公，指近代著名的佛教居士、華嚴學者徐蔚如，民國初，任浙江省第一届議會議員，並主辦浙江日報。後遠離政界，矢志研佛弘法，先後在京、津創建刻經處，校刻佛典近兩千卷。晚年開講華嚴經尤有名。其次女徐肇瓊，一九三三年嫁與張次溪。

〔三〕且於句，張江裁外舅海鹽徐蔚如先生示寂記：「外舅徐蔚如先生之逝，去今閲六年矣……四方之景仰既衆，遂多以先生易簀時事見詢。山左潘對凫居士守廉生前，更鄭重貽書與余，謂先生七代奉佛，爲藏經第一功臣，……而倉卒西歸，應有接引勝蹟。堅囑以探明爾時有無瑞應，用釋群疑云云。」潘對凫（一八五一—一九三九），即潘守廉，字潔泉，號節園，又號雪岩，因其舊居與凫山相對，自號凫山居士，山東濟寧任城人。清光緒十五年（一八八九）進士。歷官河南南陽知縣、鄧州知府，創立學校，開通水利，救濟孤寒，仁風遠播。掛冠退隱後，潛心禮佛。著有論語鐸聲、對凫緣景，主持編修南陽縣誌。

〔四〕月溪法師（一八七九—一九六五），俗姓吴，祖籍浙江錢塘（今杭州市），生於雲南昆明。近代高僧。曾遍訪名山，隨緣講經説法，行化各方。晚年致力創建萬佛寺，歷時八年而成。著有金剛經講録、圓覺經講録、大乘絶對論、月溪語録。

吕碧城詩文箋注卷五

歐美漫游録　又名鴻雪因緣〔一〕

予此行隻身重洋，倏然遐往，自亞而美而歐，計時週歲，繞地球一匝，見聞所及，爰爲此記。自誌鴻雪之因緣，兼爲國人之嚮導，不僅茶餘酒後消遣已也。

三千年之古樹

自抵舊金山（San Francisco），即聞柯省（California）有三千年之古樹Muir Woods〔二〕，爲考古家所欣賞，乃賃游車（乃大汽車，可容數十人，專爲游覽之用）。登車後座客已滿，御者爲一女子，以一身兼任司機及講演之職。講時用傳聲筒，游客又多詢究，致彼時須回首作答，予甚恐其疏忽蹈險（去年四月間，巴黎附近此項游車相撞，死傷美國婦女八人）。予坐適與之竝，彼竟請予襄助司機。予曩曾開車肇禍，今何敢以此巨車輕試。該御者少不更事，實可譴責，然亦可見彼邦女子皆有開車之技矣。已而車過金門海峽（Golden Gate），汽車渡海，此爲創見，蓋以車置巨筏上，鼓汽機而行。駛入騷撒立途（Sausalito）之境，改由鐵路抵蒙他莫立沛（Mt. Tamalipais），爲柯省名山。午餐後，與數德人合攝一影，即乘山車，乃特製以行嶺嶂間者，響巨而震，座客大樂，相與哄笑。抵一叢林，濃蔭蔽天，綿亘數里，衆皆下車步行。其樹又名紅林（Red Woods），因其内質色紅，外觀仍緑也。樹幹挺矗，高拏雲表，博物家能察其皺紋，核知其壽。樹根多十餘株珠聯作圜形，徑口約百餘尺，其巨可知。殆原幹已朽化，嫩條所茁，皆成巨材。根多木菌，其形如芝，大逾栲栳〔三〕。落葉鋪地，厚於氍毹〔四〕，人行其上，步履悉深陷。仰觀莫見其杪。頑青古翠，空氣馨蒸，游者如入藥爐陶冶，立覺却疾輕身之效。

金山氣候温煦，因留度歲，計三閱月。村野間紅繁緑縟，豈惟不冬，且無一絲秋氣。長日恣其遨遊，忽爲俗事所擾，蓋予因賬款糾葛訟一旅館，爲數不巨，未延律師，因費昂將得不償失也。幸獲勝訴，收還欠款，法庭爲予追償甚嚴，不因數小而寬縱。

署名Small Claims Court，譯爲「小款清償之署」，公費一律豁免，訴者無錙銖損失而獲實效。其制甚善，吾國宜仿行之。該署設於市政廳（City Hall），壁柱悉鑿花綱石爲之，有字示衆曰：「如於壁上擦火柴一枝，罰五十金元。」因恐吸烟者就壁取火而致污痕，亦可見其屋宇之精潔矣。又如紐約電車榜示曰：「吐痰一口，罰五百金圓，或監禁一載，或罰鍰與監禁並行。」亦不許吐痰於牕外云。美人好潔，遊者所應注意。

【校】

〔不僅茶餘句〕信芳集作「不僅豆棚瓜架之談資已也。旅次潦草屬詞，閱者諒之。丁卯二月聖因識於巴黎。」〔爲一女子〕原無，據一九三〇年一月出版紫羅蘭第四卷第十三號鴻雪因緣補。〔皆有開車〕信芳集作「皆諳駕駛」。〔内質〕原作「肉質」，據信芳集、紫羅蘭改。

【箋注】

〔一〕歐美漫游録，記叙碧城自一九二六年秋至一九二七秋游歷美洲及歐洲英、法、德、意、奥、瑞士諸國之見聞，間或闡發對宗教、文學之見解，涉及作者早年之經歷，終篇殿以一九二九年五月碧城赴奥京維也納參加國際保護動物會之瑣記，先後連載於紫羅蘭雜誌及順天時報等，以鴻雪因緣爲題，頗受讀者歡迎。

〔二〕柯省（California），今譯加利福尼亞，美國西部濱太平洋之州。主要城市有洛杉磯、舊金山等。

〔三〕栲栳，笆斗之類的盛物器具，多以竹木爲之。王禎農書卷八：「一瓜餘蔓，花皆掐去，則實大如三斗栲栳矣。」

〔四〕氍毹，毛麻等織成的地毯。古樂府隴西行：「請客北堂上，坐客氍毹。」

荷萊塢諸星之宅墅

新年後啓程，自西徂東，蓋由西岸之舊金山至東岸之紐約，第一站先抵羅散吉樂（Los Angeles）〔一〕，亦名城之一。瀕行之日，得識佛革森君，亦將往該城者。彼於先二小時往，予到羅省，寓西賽旅館（Ceoil Hotel），即有人由電話呼予，予甚異之，初不料即彼也。彼爲部署游程，並代購得荷萊塢（Hollywood）游券。晨游動物園，園蓄鱷魚、駝鳥甚多。鳥能駕車，控繮轡於其頸翼，載二人疾馳，其力與驢等也。午後游荷萊塢，眼界爲新。蓋沿途皆小屋平房，搆造精雅，錯綜於芳叢緑野間，澹冶而饒畫意，較之高樓連苑，夾道蔽天，如居古井深谷者，别有天地也。一中國戲院方鳩工營造，據云價值二百五十萬元。餐館數所，謂皆銀幕中人所集會者。衆星奎聚，想見光采冲霄之盛。迎面翠峰簇起，爲日暉反射，艷靄四溢，如天后凌虚，餘輝散爲寶氣，閃鑠於雲霞滃翳間。榜大字於山腰，曰「荷萊塢境」（Hollywood Land）。入此以往，則諸星宅墅薈萃之區，神山樓閣参差起於花陰嵐影間，與境外之小屋平疇風景又别。峯迴路轉，叠見紺宇雕甍，簾垂永晝，檻鎖穠春，一律闃無聲跡，净絶纖塵，而異卉嬌禽不知誰主。夢境歟？抑仙境歟？計驅車半日，未逢一人，未踏一礫，可稱莊嚴净土。恨我筆不克曲狀其美，但絶無阿好之辭，皆紀實耳。兹覼舉數宅如左：

卓别麟 Charlie Chaplin〔二〕

門前爲坦潔石徑，繚以短垣，垣内萬檜森立，如春筍怒發；雜花抽條，覆垣甚密。綴英尤繁，有「春色滿園關不住」之概。衆緑之杪，白屋聳出，如一輪皓月高拱雲端，氣象嚴貴，儼然王者居也。

羅克 Harold Lloyd〔三〕

細草茸緑之場，建以白石之室，其樓僅兩層，平整雅潔，徧張粉霞之幕。屋脚植小叢花卉而無樹木，如雅儒不逞奇氣，如静女不炫濃妝。

賈克枯根 Jakie Coogan〔四〕

大廈起於廣場，草地數方，界以白石之徑，井然有序，門駐巨輦，吾人每見此童於影片中，初不意其養尊處優有如是也。

巴賴乃格立 Pola Negri〔五〕

白屋覆以絳瓦，門前巨圃，繁花枝枝挺立，層列如波，一望無際。屋後殿以叢林，雍容華貴如富家女。

愛琳立許 Iren Rich〔六〕

白屋偏張緑色牕欞，幽蒨娟雅，不似演少奶奶的扇子（Laoy Windemers Fan）時之騷辣也。

范鵬克 Douglas Fairbanks〔七〕

白蠣墻，紺灰色屋頂，緑草場上有高大之石像，作天使鼓翼狀。

范倫鐵瑙 Rudolph Valentino〔八〕

建築古樸而鬱悶，宜居者之不壽。門牕悉閉，廊間尚挂金籠，空而無鳥，殆有之亦已殉主耶？沿堦珍叢淩亂，有不知名之異本，翹然只作一花，色紺而嬌靚，爲朵絶巨，但欹側下垂，若藴無窮之悽怨。范以藝術成名，世人多慕其美，然貌亦尋常，義國中不乏其儔而湮没無聞者，有幸與不幸之別耳。

其餘史璜生（Gloria Swanson）〔九〕、拿斯穆瓦（Nazimova）〔一〇〕、瑙門塔梅（Norma Talmadge）〔一一〕、梅白瑙門（Mabel Norman）諸明星〔一二〕，各有其宅，未暇一一述及。

歸寓後，佛革森以電話獻議，多留一日，作河濱遊，當立予否決。因於紐約諸事待理，赴歐之船期將届，不敢多留也。

【校】

〔予到羅省……初不料即彼也〕原作「予到後即由」，據紫羅蘭第四卷第十三號鴻雪因緣改。

〔灰色屋頂〕原脱「屋」字，據紫羅蘭補。

【箋注】

〔一〕羅散吉樂（Los Angeles），今譯洛杉磯，美國加利福尼亞州南部太平洋港口城市。北郊好萊塢爲全美影視製作中心，聞名遐邇。

〔二〕卓別麟（Charlie Chaplin）（一八八九—一九七七），英國著名電影演員。一生拍攝八十餘部喜劇片，經典影片有淘金記、城市之光、大獨裁者等。

〔三〕羅克（Harold Lloyd）（一八九三—一九七一），好萊塢著名喜劇演員。片酬曾居同時代美國十大電影名星之首，年收入約二百萬美金。

〔四〕賈克枯根（Jakie Coogan）（一九一四—一九八四），美國著名兒童影星，曾主演尋子奇遇記等電影，頗受觀衆好評。

〔五〕巴賴乃格立（Pola Negri）（一八九四—一九八七），一譯尼格麗，出生于波蘭。好萊塢著名演員，早期主演的影片有世故的女人、帝國飯店等。

〔六〕愛琳立許（Iren Rich）（一八九一—一九八八）好萊塢著名電影演員，曾主演影片孤膽騎兵、少奶奶的扇子等。

〔七〕范鵬克（Douglas Fairbanks）（一八八三—一九三九），美國著名電影演員。在佐羅的面具、羅賓漢等衆多影片中均有出色表演。

〔八〕范倫鐵瑙（Rudolph Valentino）（一八九五—一九二六），一譯范倫鐵諾，美國著名電影演員。曾主演啓示録四騎士、酋長之子等。影片中范氏優雅浪漫，常以熱情哀怨的目光注視女主角，使無數美國婦女爲之傾倒，有「拉丁情人」之稱。

〔九〕史璜生（Gloria Swanson）（一八九七—一九八三），美國著名電影演員。曾主演凱莉女王等影片。

〔一〇〕拿斯穆瓦（Nazimova）（一八七九—一九四五），好萊塢早期當紅女影星，曾與范倫鐵瑙合演茶花女。

〔一一〕瑙門塔梅（Norma Talmadge）（一八九三—一九五七），好萊塢著名演員，有「影界皇后」之稱。曾主演紐約之夜、女人等影片。

〔一二〕梅白瑙門（Mabel Norman），生平未詳。

大坎寧之山景

由羅散吉勒購路券至威廉（Williams）〔一〕，車中信宿，復換車至大坎寧（Grand Canyon）〔二〕，該處風景奇麗而名最著。下車登山，氣候頓寒，予披貂氅徘徊於疎松殘雪間，腦力爲之清醒。惟一之旅館曰愛力陶佛爾（El Tovar），高踞山巔，外觀樸質而內部精麗，棟樑悉截松幹爲之，不加髹漆，綴巨枝蒼松紅葉爲飾，畫意詩情，悉資游興。斲槎枒松幹爲燈籠鏡楹，映以雪焰晶波，祛盡山林荒寒之氣。東壁滿懸長槍古劍，羅列交叉，與西壁羚鹿諸首觭角相對。主之者何人？乃鎔俠情美感於一爐，極其能事矣。平臺以外則大地團欒（實則非地，乃如大池，羣山起於其中），羣山環拱，即大坎寧也。高約八千餘尺，面積廣袤二百十七英里，山皆赭色，爲日光渲染，嫣然而紫。所奇者，其形多方，或三角，或六角，皴痕深刻，觚棱叠起，如萬塔浮海，層層啣接，嶄然一線，絶不參差綜錯，類人工所築。疑古之霸者，瘏其民力，成此巨觀。詢之同游者，皆謂成之天然，决非人力，然則造物之結晶歟？予立高處攝取一影，羣山相對作萬笏朝天狀，佳製也。是日，就山徑之平坦者，偕衆驅車作一小時之游，僅能覽其概略。至探幽矚邃，必破十日之晷，方臻奇景，且非舟車所能通。館主欲售以二十金幣之券，爲備騾作二日游，且指示山阿，有河流蜿蜒如銀線者，其旁綴翠斑數點（乃紅山中緑瓦之屋頂也），謂爲旅館，可宿其中。嗟乎！予不乘馬已十年矣。曩客京華，嘗攬轡於頤和園、南苑等處，然亦只能馳騁於輦道，矧久習媮惰，安能再試於巘巇萬仞之間，惟望洋而歎耳。

午後觀美利堅土人（即紅種人）舞蹈，該土人即美洲之舊地主也，喪其全境而奴於白種，習流利之英語，諛詞以媚游客，蓋傭於旅館逐日獻技者。予觀其膚髮頗類華人，塗赭於面，號稱紅種。近世考古家每證明華人發見新大陸，在哥倫布以前，且有謂即西藏人者。今觀此益信，而予重有感焉。

黄昏散步雪徑，與葛柔斯君閒話，詰以山形何由如此，彼謂係經地震而成，予深信之。歸寢後此問題仍盤旋於腦，如因地震，必有迸裂之碎石積於山麓，決計晨起再加考察。乃次日俯覽山凹澗底，净無片屑，復以質問一叟，則答以古時洪水衝激，水歸海而山裂矣。此説較近，惜予不諳地質學耳。步入客堂，見男女多作騎裝，裹糧待發，自顧弗能，既愧且恨。

將離此處往芝加哥，乃詣車站預訂車位，路員某謂毋庸預定，有某號車可直達芝埠，甚爲簡捷云，乃與約定翌日購票。及再往，僅一少年供職其間，叩以路程，彼偏檢簿册，良久始能作答，且謂無通票，須於途間換車。予疑其不諳路線，語頗怨懟，彼夷然無忤，予轉自慚孟浪。彼詢予喜常車抑客車，予答以一無所知，請爲酌定。迨登車見注明爲客車（Tourist Train），第一程先返威廉，經鄧佛爾（Denver）〔三〕，計宿三夜，而三易其車始達芝埠。車中不供膳，須俟抵站時下車覓餐館，而時限匆迫，不暇飽餐。换車又多在深夜，寢食不安，疲勞極矣。同車客謂予本可乘較捷之車直達芝埠，於是予益恨爲少年路員所誤。後詢之芝埠路員，則謂予之幹路總票，係由金山預購行經散塔菲（Santafy）路線者，則枝路之票，只得遷就，實未誤也。當予由金山購總票時，路員曾詢欲行何線，予無所知，惟答以欲沿途風景佳者。至簡便與否，則未計及矣。芝加哥、紐約爲世界名城，皆舊遊之地，雪鴻重印，不無倦戀，然俗冗無足紀述，姑於此紀從略焉。

【校】

〔乃如大泄〕一九三〇年一月出版紫羅蘭第四卷第十四號鴻雪因緣作「地凹陷如池」。〔方臻奇景〕信芳集作「方至奇境」。〔山凹澗底〕信芳集作「各凹澗」。〔寢食不安〕信芳集作「寢室不遑」。

【箋注】

〔一〕威廉（Willams），美國弗吉尼州歷史文化名城，位於詹姆斯河與約克河之間的半島上，完整保存了英國殖民地時代的城鎮風貌。

〔二〕大坎寧（Grand Canyon），今譯大峽谷，在美國亞利桑那州北部，由科羅拉多河深切而成。峽谷因地質構造運動，地殼上升，河水不斷下切，遂成長四百公里、寬十六公里、深一千六百米之雄壯景觀。

〔三〕鄧佛爾（Denver），今譯丹佛，美國科羅拉多州中北部城市。位於落基山脉東麓，臨南普拉特河。

舟渡大西洋　范倫鐵瑙之夢謁

二月十二日由紐約起程赴歐，渡大西洋（Atlantic Ocean），船名「奥玲匹克」（Olympic），重四萬六千噸，巨製也。船樓六層，升降梯三具，輪奐宏麗，不啻皇居。頭等客男女五百餘人，於餐室中（頭二三等分列餐室）一律作晚裝，侍役亦皆禮服，張樂豪飲，蓋甫離美利堅禁酒之境。予素不善飲，爲衆所勸，亦勉進少許。先二日，舟行甚穩，世稱風浪最劇之洋，竟能容與中流而無所苦，雖略感不適，但勉隨衆笑譃舞蹈，亦得忘之。海水黑濁，予不敢憑欄觀海，惟處舟内，俾忘眩暈。第三日，天氣驟變，舟撼甚劇，予不克支持，偃卧艙室。同席安尼斯君遣使賫鮮花一籃見存，濯露凝香，飾以彩絹，立覺春意盎然。予知花氣傷腦，不宜置寢室，擬置門外，又恐爲贈者見之致愠，不得已留焉，而芳菲襲人，益以風浪激簸，竟夕不能成寐。僅矇眯一霎，忽睹一頎秀之影閃入艙中，則范倫鐵瑙也。手持名刺謁予，其片較普通式略大而方，紙作淺藍色，印以深藍墨膠之字，凸起有光，於姓名之上列小字一行，爲音樂教師。予訝艙門僅啓一隙（予艙位於 C 字層之中央而無牕，卧時欲通空氣，將門鈎挂於壁上，留一隙約二三寸，舟雖摇撼而門不能全閉，凡曾乘海船者皆知其式），彼何由入？思至此毛髮微悚。未及通詞，遽然而醒，則一夢耳。計通夜中成夢時間僅此一刹那，而幻象如此，何其突兀也！自别荷萊塢，兼旬以來舟車跋涉，腦髓昏漲，更無一絲之隙。憶及前遊胡從入夢，忽悟是日爲二月十四日，范倫太音（Valentine）節也〔一〕，與彼之姓氏相同，雖尾音稍異，乃義大利文之拼法。亡友易實甫君曾有子夜鬼歌云：「自别世間人，都忘世間物。世間有太陽，知是紅與黑。」設想之奇，悲痛入骨。范氏其猶未忘人間令節耶？惜予筆墨久荒，殊無佳搆爲闡揚徽采於東亞古邦，有負幽靈之謁，徒貽江淹才盡之慚〔二〕。昔世界第一歌曲家克路蘇（Enrico Caruso）亦義大利産也〔三〕，藝進於道，優入聖域〔四〕。予客紐約時，適聞其訃，乃爲傳記並其造象投於申報，時爲西歷一九二一年。絳樹西凋，此曲只應天上有矣。如范氏協律鈞天，當與媲美。吾知仙籟所鳴，重泉遏響，九幽寒冽，暫迴黍谷之温〔五〕；萬鬼往來，同破黄壚之涕〔六〕。殆亦帝遺之巫陽〔七〕，沛德音於冥漠者，雖屬夢幻，吾信爲真確焉。

英法兩國僅隔一海峽，抵歐時左爲騷然屯（Southampton）〔八〕，英之港口；右爲謝伯爾格（Cherbourg）〔九〕，爲往巴黎之鐵路。安尼司將往倫敦，與予分程於此，彼預託其法國友人谷賽夫婦導予至巴黎。予之車券爲第二輛，谷賽等則爲第五，彼等乃退券換爲第二，以便與予同車。登小艇時行李山積，予之衣篋遍覓不得，谷賽以耄耋之年，上下於樓船三層（雖小艇亦有三樓），爲予覓之，往復數次，予頗不安，告以所值無幾，不必尋覓。登岸後，予請谷賽佇立以待，予自往税關覓得之。谷賽之女及婿，已駕汽車迎於道左，彼囑其婿以車送予往旅館，而自挈其老妻另雇街車而去，其誼甚可感也。吾游記於此暫告結束，暇當以隃麋殘瀋〔一〇〕，寫歐陸風光。此篇成之潦草，閲者諒之。

丁卯二月聖因記於巴黎。

【校】

〔予不敢〕信芳集作「予不欲」。〔一刹那〕信芳集、同前紫羅蘭作「數分鐘」。〔東亞〕信芳集作「東土」。〔萬鬼往來〕同前紫羅蘭作「萬鬼悽辛」。

【箋注】

〔一〕范倫太音（Valentine）節，即西方情人節，一説源起古羅馬基督教徒范倫太音（今譯瓦倫丁）。於二月十四日殉道，後人爲紀念他，遂演變成此節。

〔二〕江淹才盡，南齊江淹曾宿冶亭，夢一美丈夫自稱郭璞，謂淹曰：「吾有筆在卿處多年，可以見還。」淹探懷中，得五色筆以授之，爾後爲詩，絶無美句，故時人謂之才盡。見南史江淹傳。

〔三〕克路蘇（Enrico Caruso）（一八七三—一九二一），今譯卡魯索，意大利男高音歌唱家。一生出演五十餘部歌劇，在阿依達、愛情的靈丹、丑角劇中，均有出色表演。他的演唱造詣精湛，被譽爲聲樂史上最傑出的歌唱家之一。

〔四〕聖域，聖人境界。韓愈進學解：「是二儒者，吐辭爲經，舉足爲法，絶類離倫，優入聖域。」

〔五〕黍谷，又名燕谷山、寒谷山，在今北京密雲西南。傳説該地寒冷，不生五穀，鄒衍吹律始生温氣，燕人種穀其中，號曰黍谷。見王充論衡寒温、藝文類聚卷五引劉向別録。

〔六〕黄壚，猶黄泉。淮南子覽冥：「考其功烈，上際九天，下契黄壚。」

〔七〕巫陽，古巫師。楚辭招魂：「帝告巫陽曰：『有人在下，我欲輔之。魂魄離散，汝筮予之。』」

〔八〕騷然屯（Southampton），今譯南安普敦，英國英格蘭南部海港。臨英吉利海峽中的索冷特海峽，爲英國重要的遠洋港口及海軍基地。

〔九〕謝伯爾格（Cherbourg），今譯瑟堡，法國西北部軍港和商港。位於科坦登半島北端，臨英吉利海峽。從南北美洲到歐洲大陸的郵輪多泊於此。

〔一〇〕隃麋，古地名，在今陝西千陽東。其地以産墨著稱，後因以指代墨。

續篇　獨遊之辦法及經驗

予既草歐美漫遊録，寫新大陸風景，迨抵巴黎，遂擱筆而無所記。蓋不諳法語，幾如聾瞶，雖諸事得英美友人（渡大西洋時同舟所識者）襄助，僅及大端，難隨跬步，故第一計畫即專治法語。詎習未匝月，愈進愈艱，臨渴掘井，時不我與，乃慨然拋棄，爲啞旅行（小説名）之嘗試〔一〕，或轉得奇趣。以經歷所得，爲隻身遠遊，且不諳方言者之嚮導（但英語或法語必通其一方可），則此篇較美洲遊記尤裨實用。其法先取歐洲地圖測覽，查各國所在，定行程之先後。歐美各都會皆有經理旅行之公司，如柯克（Thos. Cook & Son）及美國轉運公司（American Express）其最著者也。彼等代售輪船及鐵路等券，凡不解方言之遊客，可向之購買。因歐洲輪軌各局員，大抵只能作其本國言語，非如旅館之職員，能通數種方言也。此等公司又承辦游覽各事，備有大汽車可載客數十，派專員演説嚮導，名曰Guide。其辦法固與游客以便利，但欠從容，蓋嚮導人領衆如牧羣羊，游者須跬步相隨，不能如意。有時率衆下車步行，備極疲勞，所至之點，或非客所欲。前遊巴黎遊凡塞爾（Versailles）皇宮，歸途下車步行數里，予着新購革履堅硬，歸寓後足趾已破，血濡絲襪，所得見者若約舊輩數輛而已。若獨自往遊，車費既廉（可附電車前往），且得盡興而免奔波。若約友嚮導，尤較安適，但此僅爲時日寬裕久住之客而論。若遊客時間匆促，所至之處僅小住一二日者，自以加入公司之游覽隊爲便耳。至於旅費，除匯票外有旅客支票（Traveler's Check）及信票（Letter of Credit）。若只往一處者用匯票；若往多處而費稍巨者用旅客支票；若漫游各國而無定所，費用浩大者用信票。以上各票只能取於銀行，若晨暮及星期假日等則無處可取，應備現幣少許，以美金爲各處所歡迎，無論何時何地皆可兑現。

至於寄宿，當深夜下車，每投車站附近之旅館，而不計其佳否，次日即覓遷適當之所，惟有時小旅館之價，或反較大旅館爲昂。蓋大旅館營業公正，誠實不欺故也。除食宿外，尚有税捐等雜費。正賬之外復加小賬，名曰使役費，大抵十分或十五分，甚至有二十分者（凡旅館愈小，雜費愈多）。此等情形，與美國完全不同：其取小賬者，游客即不另賞僕役，惟於特别服役之事酌給賞資耳。

護照須隨身携帶，凡欲經行之各國，皆須預往其使領署簽印，且須親往，勿託旅館，因旅館既索取代往之費，而所辦之事又多不確，此爲予經驗所知也。

予定計取由法至義之路線，此路甚長而饒風景，須先經瑞士，乃往柯克公司預購車票，並詢明沿途名勝地點。票限十日，可隨處小住游覽。後予查知，尚有限用兩月之票，蓋國内及國外各一月，予後即購用之，價亦相同也。四月二十日晨，由巴黎請一能法語之美國友人，伴往車站爲通譯。寄運行李，計僅一箱，即付費挂號。上海出版之游歐須知等書，謂歐洲無代寄行李制度，須自雇人搬運登車者，誤也（或當年如此，而今非矣）。友人送予入車後，略談即去。車已開行，予獨坐。同室已先有四客，皆操英語，予聞之竊喜，然此爲予初次由歐旅行耳，其後雖同車無能英語之人，予亦無畏。將抵法之邊界，有登車查驗護照者，有查詢携帶現幣若干出境者（大抵不許多數現幣出境）。他客告予所運箱笥，須於此處自往行李房（在車站内）開鎖請驗，否則被擱於此，予即遵辦。此節甚關重要，其後予每將旅行，於購路券之時，即預詢明何處爲邊界，及應查驗行李之地點，蓋入境、出境皆須檢驗也。

薄暮抵瑞士之芒特儒（Mountreux）〔二〕，爲諸名勝之一，予行程中所預計必遊者。乃匆匆下車，然不自知將投宿何所，姑查看情形，手提小皮篋步出站門，於羣衆熙攘中，見一人冠上標「美國轉運公司」等字，知其必解英語，乃詢以有何旅館，彼示以車站之右，果一巍大旅館，乃投止焉。

瑞士旅館精潔勝於巴黎，而價則較廉，房金約每日美幣二元（瑞士幣稱佛郎，美金一元換五佛郎），膳食另計。注册時索閲護照，並注明原籍住址，然於故國，予本無家，乃注以「無」（又如存款於銀行，除故國住址、父母、夫或妻外，並須注明兄弟姊妹，予皆注以「無」）。予旋以行李票授旅館，囑爲代取。

侍者導予入寢室，日暮體倦，不克理粧入餐堂，乃囑女傭爲進薄膳，予操不完全之法語，竟能達意，可知習一言即有一用。歐洲各旅館，男職員大抵皆略能英語，女僕則否。瑞士通用法語，凡局面較優之所，如旅館、輪船等，晚餐多御禮服，不可草率貽羞。公衆場所間有不修邊幅、不慎儀表者，應鑑戒而弗效尤，不惟須合本人之身分，亦以保持吾華大國之風度。

【校】

〔予既草句〕一九三〇年二月一日出版紫羅蘭第四卷第十五號鴻雪因緣作「予既草歐美聯程游記」。〔小説名〕原無，據信芳集補。〔兑現〕信芳集作「兑换」。〔至於寄宿……誠實不欺故也〕原無，據信芳集補。〔吾華〕原無，據信芳集補。

【箋注】

〔一〕啞旅行，日本作家末廣鐵腸創作的小説。當時有黄人翻譯本，小説林社印行。

〔二〕茫特儒（Mountreux），今譯蒙特勒，在日内瓦湖東岸。瑞士西部城市，旅遊業發達。

芒特儒之風景

晨興縱覽風景，全埠爲光氣籠罩，蓋湖光山色益以朝霞積雪，混合而成，色彩濃厚。吾國古詩「曉來江氣連城白，雨後山光滿郭青」之句，僅表示青白二色，此則瑤峯環拱，皚皚一白中泛以姹紫。湖面靚碧微騰，寶氣氤氳，漫天匝地，而樓影參差，花枝繁簇，可隱約見之。須臾，旭日高升，晴暉鑠眼，又憶及唐人詩云「漠漠輕陰向晚開，青天白日映樓臺。曲江水暖花千樹，爲底忙時不肯來」，可相彷彿云。

芒特儒前臨建尼瓦湖（Lake of Geneva）〔一〕，各大旅館所在。館前皆有花圃，芳樹奇葩，燦爛如錦。東市曰維倫納甫（Villeneuve），西市曰維衞（Vevey），電車往來其間，二小時可盡。街市小而整潔，最宜散步，不似巴黎、紐約等巨埠之紛擾也。城内多溪，奔流激湍，穿闤闠而歸於湖，色渾碧，其量似重，據云爲歐洲第一滋養之飲料。予所居旅館即臨湖濱，最佔優勝。館作半環形，前爲平臺，石檻迂迴，樹以華燈，高聳雲表。燈圓而巨，纍如明珠，光逾皓月。會餐時三面玻窗，羣峯環映，蒼松積雪，歷歷如繪，衆賓雅集，真可謂羣玉山頭，瑤臺月下，非復人間矣。

湖濱多魚，阡陌植桑，恍如浙之西湖，惟壯麗過之。近處古蹟有錫蘭堡（Castle

of Chillon）〔二〕，古爲此城要塞，内儲十五世紀各武器及軍犯囚處，大詩家擺倫（Byron）曾有專篇咏之。

東部有可薩別墅（Kursaal），水木清華。黄昏時，茶座滿列，絃管幽颺，爲消夏勝地，遊人無論願往與否，皆須購入覽券，且逐日納税，由所居旅館徵收，據云爲維持教堂之用。入座後，茶酒等費所需亦多，故遊客儘可購券，不必逐日前往也。

湖後爲山，共分三級。第一爲葛力昂（Glion），中層爲蔻（Caux），山巔爲饒席德内（Rochers de Naye），乃最高處，游人可宿於此，觀日出及日落於愛爾伯山（Alps）山行火車〔三〕，僅由五月至十月開駛。予抵芒特儒，時方四月，故未登山，勾留三日而去，賦詩一首曰：

誰調濃彩與奇香，造就仙都隔下方。海映花城騰艷靄，霞渲雪嶺炫瑶光。鳴禽合奏天然樂，静女同羞時世妝。安得一廛相假借，餘生淪隱水雲鄉。

【校】

〔湖光山色〕一九三〇年二月十五日出版紫羅蘭第四卷第十六號鴻雪因緣作「湖光嵐氣」。〔唐人詩云〕紫羅蘭作「工部詩云」。〔往來其間〕紫羅蘭作「自東徂西」。〔玻窗〕紫羅蘭作「蜃窗」。〔東部有……不必逐日前往也〕該段費本無，據黄本信芳集鴻雪因緣補。

〔時方四月〕信芳集作「時序尚早」。

【箋注】

〔一〕建尼瓦湖（Lake of Geneva），今譯日内瓦湖，一名萊芒湖，位於瑞士西南端的日内瓦近郊，與法國東部接壤。風景秀麗，氣候温暖，爲著名遊覽療養勝地。

〔二〕錫蘭堡（Castle of Chillon），今譯奇隆古堡，位於日内瓦湖之濱，建於十三世紀，與岸隔深溝，有吊橋可通。堡内曾囚禁過反對專制統治的革命者波尼瓦得，英國詩人拜倫一八一六年創作的希隆的囚徒，即咏其人。

〔三〕愛爾伯山（Alps），今譯阿爾卑斯山，西起法國東南部西尼斯，經瑞士和西德南部、意大利北部，東到奧地利的維也納，長達一千二百公里。

斯特瑞撒　密蘭

予詢柯克公司，由瑞赴義沿途有何名勝，彼等謂過此則爲斯特瑞撒（Stresa）〔一〕，風景甚麗云。予即前往。啓行時，旅館僕役某告予，行經某處（似係瓦羅爾伯（Vallorbbe），不能確記），箱笥須啓驗，切記勿忘，蓋瑞義交界之處，否則被其阻留。

予甚佩此僕之有經驗，而惠及行旅，勝於鐵路局及經理旅行各公司。屆時啓驗，始能運行。同車美國喬濟夫人聞予能英語，遣其夫詢予，由何處習得，答以曾留美數年。彼等係往密蘭（Milan）者〔二〕，勸予同往，謂斯特瑞撒地區甚小，無甚可觀。予因行李已交鐵路運往斯特瑞撒，未便他往。薄暮抵該處，果係小鎮，而山多松篁及緋紅之茶花，掩映於飛瀑間，景尚不惡。有樓臺小築於湖心，一望瞭然，無多邱壑。步行山麓，得一酒店，入座就餐，侍者能英語，略談片時，即歸旅館。次晨，挈裝往密蘭，爲義境之巨埠。登車覓座，一客貌如法人，操純熟之英語，歡然讓座，若爲素稔者。談次，予詢以密蘭有何上等客寓，昨宿斯特瑞撒，室中無熱水管，殊感不便云。該客即書一紙見示曰：「予介紹此旅館，必能令君滿意。該處有熱水，有冷水，且有自來水」云云。予知此傖隨意亂言，殊不可恃，且於沿途登車之客，遇婦女則曲獻殷勤，遇男子則傲慢不遜，予愈薄之。午抵密蘭，該客導予領取行李，代賃一馬車，曰：「汝可徑往該旅館，予少緩亦來。」遂匆匆去。車行甚久，予嫌路遠，欲改適他處，而御者不解予語，只得任之。及抵該處，旅館尚佳，惟地址僻遠，且館員不解英語，予大悔恨爲該客所誤，立欲他往，惟初入義大利境，不惟言語不通，且不知有何旅館。予躁急徘徊頓足，無可爲計，此爲平生所經第一窘境。凡讀我此記者，若身歷其境，不知將何以爲計。予忽憶及柯克公司，因其分局徧設各處，衆所共知，乃書 Thos. Cook 於紙，自指己身，並指大門，示意欲往該處。館員立悟，爲雇一馬車，並告車夫以行址，予遂挈箱乘之前往，果得之於通衢。下車置箱其間，備訴所經，託爲覓一近市之旅館。彼等由電話探詢多處，皆答以客滿，無所棲止。蓋適逢賽會之期，而義之皇太子駕臨密蘭，故游人雲集，滿坑滿谷，僅一旅館答以晚間或可得一下榻地。予恐屆時無着，勢必露宿，莫如乘火車赴佛勞蘭斯（Florence）〔三〕，爲路綫必經，且預計欲遊之地，即向該公司探詢下午三時之車。方討論間，忽背後有人以報紙拍予肩曰：「汝亦來乎？」予詫此地何逢戚友，回頭視之，則前赴斯特瑞撒時同車之客，美國人喬濟也，其妻子亦同來。予告以故，彼請予往彼所寓之館，或可覓得一室，乃同往焉。詎又客滿無隙地，喬濟遂僱車送予往車站，其二子年皆八九齡，亦歡然同車相送。喬濟導予寄裝驗票，奔馳於左右兩站，於羣衆擁擠中置此二童不顧。彼等追隨於後，不惟未失散，且能爲予照應行李，發言如成年之人，殊聰慧也。而喬濟等以予能操同類之語言，遂親如家族，其尚友有足多者。

【校】

〔留美數年〕信芳集作「留紐約數年」。〔無甚可觀〕信芳集作「無可游覽」。〔三时之车〕同前紫羅蘭作「開行之車」。〔往車站〕同前紫羅蘭作「往佛勞蘭斯」。〔聰慧也〕同前紫羅蘭作「聰慧可喜」。

【箋注】

〔一〕斯特瑞撒（Stresa），今譯斯特雷扎，意大利西北部城鎮，在馬焦雷湖西岸。風景如畫，氣候宜人，爲休閑旅遊之地。

〔二〕密蘭（Milan），今譯米蘭，意大利著名文化古城。在倫巴第平原西北部，創建於公元前四世紀。城内有文藝復興時期所建哥特式大理石教堂，乃歐洲最大的教堂之一。另有著名歌劇院及博物館等。

〔三〕佛勞蘭斯（Florence），今譯佛羅倫薩。意大利中部城市。爲文藝復興時期歐洲最著名的藝術中心，以美術工藝品和紡織品著稱於世。舊譯翡冷翠，别號花城。

義人之親善

凡巨埠車站，車輛甚多，搭客須認明無誤，免入歧途。予登車後，持券示他客，詢此車是否往佛勞蘭斯，答曰：「昔昔（Si Si）。」此予第一次聞義大利語，猶英語中之「也斯（Yes）」。座客甚滿，予幸分得一席，然嫌擁擠，僅置小件於坐處，如帽或傘等，以保守此位（此爲歐俗，後至之客見有物在，則不佔取其位），己則立於廂門外，憑窗眺景。諸客時啓罐貯食品，輒呼予同食，予不欲拂其意，勉取少許。讀者須知，凡舟車中，慎勿輕受不相識者之烟茶食品，防匪徒暗置悶藥以盜財物。然予查知彼等皆良民，故敢接受之。晚七時抵波羅納（Bologna）〔一〕，予知抵佛勞蘭斯，當在十一點三刻，夜深殊多不便，莫如於波羅納下車一宿，可以次晨登他車往佛勞蘭斯，較爲安適。予所執爲通票，固不限定原車也。計決，乃向諸客告辭。顧衆阻予勿下車，謂此處並非佛勞蘭斯，予解彼等之意，但彼等不解予意，方言互異，無法説明，惟有笑謝之而强自下車。彼等急覓一譯員來，其人爲活潑少年，着制服，冠上標有英文之「鐵路翻譯」等字。予始獲説明己意，彼甚贊成，乃導予至車站附近之旅館。彼詢予國籍，答以「中華」，彼曰：「汝貌甚佳，頗似歐人，不類華人。」予思此少年未必曾至遠東，竟臆斷謂華人貌皆惡劣，必聞諸謡傳，或見之滑稽圖畫耳。予所賃室寬大，較賃之巨埠者，不啻倍蓰，而價僅及半，且得早爲安息，免深夜旅行之苦。此夕未往佛勞蘭斯，自幸得計。該寓與餐館毗連，即往進膳，索熱牛乳，侍者不解英語，試以法語亦不解。予乃取片紙畫一牛，復取杯作飲狀，彼始領悟。予游歐洲，作手勢以代言語，其用較廣，真所謂「啞旅行」也。

次日晨起往車站待車，見廣告欄内（即告示牌）插有圖畫一幅，似由像片印刷者。其畫爲中西人雜列，凭木栅聚觀，華人戴瓜皮帽，婦女則梳上海髻，注有義大利文字。果爲何事，何故懸示於此，殊所不解。旋見昨之譯員，前來導予登車暨購餐券，惜予未詢彼該圖畫爲何事，蓋匆忙未暇憶及也。

【校】

〔予所執……計决〕原無，據一九三〇年三月一日出版紫羅蘭第四卷第十七號鴻雪因緣補。

〔活潑〕信芳集、同前紫羅蘭作「伶俐」。

【箋注】

〔一〕波羅納（Bologna），意大利北部城市。城中多有文藝復興時期之古老建築。

花城

佛勞蘭斯（Florence）别號花城（City of Flowers），義文之名則爲費蘭斯（Firenze），位於愛爾諾（Arno）山谷之間，富於圖畫及雕刻品，以美術淵藪著名世界者，原有二城，亞然斯（Athens）及佛勞蘭斯是也〔一〕。古之亞然斯已成陳跡，今惟佛勞蘭斯獨稱於義大利境。而大美術家、詩家，如丹特（Dante）〔二〕、派他（Petrarch）〔三〕、鮑加西（Boccaccio）〔四〕、加立利（Galileo）〔五〕、密且安吉婁（Michaelangelo）〔六〕、里昂納斗文西（Leonardo da Vinci）〔七〕、班維納頭西立尼（Benvenuto Cellini）〔八〕、安德薩頭（Andrea del Sarto）等〔九〕，皆誕生於此。圖畫院最著者爲幽斐斯（Uffizi Gallery），並附屬一小者（Pitti Gallery），内儲油畫石像極夥，皆名雋之品。美術家多携器具前往摹繪，任游客佇觀，彼等夷然工作。一女畫家且告予，彼所繪者爲拿坡倫之妹云。

建築有麥迪西寺（Medici Chapel），極形壯麗，爲麥迪西大公（Grand Duke Medici）之舊邸〔一〇〕，建於一六〇四年，糜金一百萬磅。麥氏家族皆列裸體石像，尸棺即瘞其下。壁柱皆天然彩石，鏤金嵌玉。室頂作圓穹形，精繪宗教及戰史，栩栩如生。試拂去壁塵，則各畫歷歷返映於壁間。蓋石壁摩擦極光滑，無異明鏡。此古宅外形樸質殘缺，爲土堡，游者身入其中，方爲驚愕贊歎。蓋聚瑰寶而成於鬼斧神工之名手，光采隱鑠於古氣陰森中，令人生異感。以北京之宮陵較之，瞠乎後矣。

此城刻石之工，尤爲精絕。予曾游覽其工廠，廠内聚各種天然彩石，先繪彩色人物花卉等爲標本，然後刻石嵌成，彷彿吾國之景泰藍製法，惟深淺凸凹、陰陽向背，儼然如生，與照像無異。試觀其背面，則針鋒參錯，聚千百碎片而成，蓋必選配色澤使融合無間，而不用人工之染；必天然物材之富，益以工藝之精，方克成之。可任意洗滌，色采永無褪化之虞。方製一王后巨像，明珠翠羽，流眄生姿，筆繪尚難，况成於嵌石乎！

城外近海有村曰匹薩（Pisa），建一欹塔（Leaning Tower），亦著名之作。塔共八層，故作欹斜欲倒之勢，觀者以爲危也，然穩妥終不傾圮。予因路遠，未曾往觀，但見其照像耳。

【校】

〔各畫〕原無，據同前紫羅蘭補。〔光滑〕原脱「滑」字，據同前紫羅蘭補。〔爲土堡〕原無，據同前紫羅蘭補。〔塔共八層〕原作「塔約九層」，據信芳集改。

【箋注】

〔一〕亞然斯（Athens），今譯雅典，希臘首都。境内多古希臘、羅馬和拜占庭時代的古蹟，最著名者有雅典娜寺、衛城等。

〔二〕丹特（Dante），今譯但丁（一二六五—一三二一），意大利文藝復興運動的先驅，中世紀最傑出的詩人，長詩神曲極負盛名。

〔三〕派他（Petrarch），今譯彼特拉克（一三〇四—一三七四），意大利文藝復興時期人文主義先驅之一，以最優秀的抒情詩集歌集著稱於世。

〔四〕鮑加西（Boccaccio），今譯薄伽丘（一三一三—一三七五），生於商人家庭，爲意大利文藝復興時期人文主義代表作家，擅長以愛情爲主題的傳奇和敍事詩，所著十日談短篇小説集在歐洲文學史上占有重要地位

〔五〕加立利（Galileo），今譯伽利略，中世紀意大利傑出的物理學家、天文學家。

〔六〕密且安吉婁（Michaelangelo），今譯米開朗基羅（一四七五—一五六四），出生於加普勒斯，卒於羅馬。是意大利文藝復興時期最傑出的雕塑家、畫家、建築家、詩人。雕塑作品大衛、奴隸、晝、夜及繪畫作品創世紀、最後的審判等，久負盛名。

〔七〕里昂納斗文西（Leonardo da Vinci），今譯列奧納多·達·芬奇（一四五二—一五一九），出生於芬奇鎮，卒於安波瓦斯，爲意大利文藝復興時期最傑出的畫家、自然科學家、工程師。繪畫代表作最後的晚餐、蒙娜麗莎等，使其獲得不朽的英名。此外並有大量草圖速寫及有關自然科學、工程等手稿存世。

〔八〕班維納頭西立尼（Benvenuto Cellini），今譯本韋努托·切利尼（一五〇〇—一五七一），

意大利著名畫家、雕塑家。代表作有青銅浮雕楓丹白露仙女及油畫聖母哀子等。

〔九〕安德薩頭（Andrea del Sarto），今譯安德烈・德爾・薩托（一四八六—一五三〇），意大利著名畫家。作品有瑪利亞的誕生、慈悲、受胎告知等。

〔一〇〕麥迪西大公（Grand Duke Medici），今譯美第奇大公。意大利中世紀最有權勢的美第奇銀行世家的首領，佛羅倫薩城邦的政治領袖。其家族先人科西莫建有豪華的美第奇官邸，留出足够的空間，裝飾大型壁畫，用作私人教堂，收藏繪畫、雕塑、古玩，使美第奇住宅成爲城中最豐富的館藏之一。

三　笑

予雖孤踪踽踽，每自成欣賞，笑口常開。抵佛勞蘭斯之次晨，計半日間曾嘔噱三次。往美國轉運公司就一職員詢事時，忽來一媪向該員咆哮，出示一字片謂被所誤。該員接閱之，謂此字非其所書，與己無涉。媪遲疑曰：「其人貌與汝相似，或即是汝。」衆爲哄笑，予亦捧腹。旋往柯克公司兑錢，職員某書一支票，字甚密滿，蓋照例注明某銀行所發款數、日期等。予因所支之數甚小，故不注意，惟見有二百十九等字，遂予簽名。該員給義幣二百十七枚，謂此係今日市價。予曰：「不可，因予已簽名收到二百十九枚，必須如數與我。汝既誤寫，汝自負責。」該員笑曰：「二百十九乃支票號碼，並非錢數。」予視之，果然，乃大笑。復往他部辦事畢，偶睹該員方理簿册而仍匿笑，予詰之曰：「此等細故，何久笑不已？」彼愈笑不可忍，遂相與再笑而罷。予購券加入該公司之游覽隊，每四人一組，雙馬駕車，約四五輛，以一人統導之。衆皆獲座，予獨落伍，恚甚。繞行辦事室間詰責，職員等笑領予至門外覓車，統導人曰：「勿躁，自有道理。」旋示予一獨馬之車。予拒之曰：「衆皆乘雙馬之車，何予獨異？」彼曰：「此車只某君與汝二人乘之，汝得一男伴，不較勝多一馬乎？」衆復大笑。所謂男伴者，乃英人，已授臂挽予登車，未便拒却，相將就坐，統導人猶喃喃曰：「一士一女，最爲相宜。佳哉！佳哉！」予止之曰：「足矣！足矣！速緘爾口！」是日所游之處，風景平常，不若統導人侈誇之甚，惟曾大笑三次爲愉快耳。

【校】

〔美國轉運〕同前紫羅蘭作「萬國轉運」。〔落伍〕信芳集作「向隅」。〔辦事室間〕同前紫羅蘭作「該事務所頓足」。

義京羅馬

由佛勞蘭斯往羅馬(Rome),數小時即到,青峯古堡,與其他都會風景特殊。曩讀羅馬史,心嚮往之,蓋法典、美術之淵源,萬邦所範,而政體嬗演,凡專制、共和、封建等制,皆早創之。今雖記憶弗詳,然親至其境,興趣復生。第一觸目者,即軍警林立,服制美觀。種種不一,大抵爲警察、常備軍、羽林軍等,分散各處,靴聲橐橐,劍佩鏘然,與美法等共和國氣象不同。予擬居此稍久,乃自規畫:第一日,櫛沐休息;第二日,散步街市,觀其概略;第三日,覓取地圖及説明書,自往游覽。以後游歷各城鎮,大抵皆按此進行也。偶得七律一首:

夕照鎔金燦古垣,羅京寫影入黄昏。海波净似胡兒眼,石像靚傳娀女魂。萬國珠槃存息壤,千秋文獻尚同源。無端小住成惆悵,多事迴車市酒門。

第五日,謁朱公使兆莘氏。此爲予自抵歐洲以來,初次與國人相見。次夕,宴於使署。朱公使謂昨宴由北京返羅馬之義大利公使,曾由電話請予陪席,值予外出云。是夕,以久廢不用之國語談論甚暢。次日,使署秘書長朱英君偕其夫人汪道藴女士過訪，並爲予辦理向警署注册之居留證。凡游客居留稍久，此爲必需之事，英法等國亦然。

著名之古蹟爲羅曼法羅穆（Roman Forum）〔一〕，乃古市場及議院法庭等，建於紀元前六百餘年，自四世紀後疊遭外侮，精美之石柱等多被移去，屋宇傾圮，遂成廢墟。斷礎殘甃，散臥於野花夕照之中，時見蜥蜴出入，銅駝荆棘有同慨焉〔二〕。

大建築爲珂羅賽穆（Colosseumn）之鬥獸場〔三〕，工程甚巨，高一百五十餘碼，闊一百七十餘碼，座位八萬餘。於西曆七十年開始營造，後復次第加增各部，閲十餘載方成。周圍列座，中闢鬥場，下層爲獸窟。開會之期，以勇士與猛獸格鬥，舉國臨觀，或謂率獸食人，以囚犯投入，膏其牙吻。然就今日温婉多情之羅馬人觀之，殊難信其民族當日有此殘暴之舉。此場外觀圓形，共四層，已缺其半。

教堂之大者爲聖彼德（St.Pietro）〔四〕，毗連教皇宫（Vaticano），五世紀時所營造，位於羅馬西城惕伯爾河（Tiber）之右。過河有橋曰 Ponte I. Angleli，建築精麗，天使石像分立兩旁，鼓翼翔空，射影於碧波雪炬之中。過橋爲廣場，作圜形，中立金字石塔，左右分列，噴水池甚高。正面爲教堂，高四百尺，深六百尺，巍峨瑰麗，盛暑生寒，而彼德之銅像立於中央，歷代教皇葬於此者一百六十人。入堂之右門，折入其後及左即教皇宮，附美術、博物等院，貯油畫、石像甚富。大抵皆宗教畫，石像則帝王名宿外，多神話時代之愛惜司（Isis）〔五〕、阿普婁（Apolo）等像〔六〕。院內且多中國古董，蓋運自北京者。

偶見市售像片，彷彿寺院滿列髑髏，奇之。詢明地址，徑往遊覽，則爲加波昔尼教堂（Capuccini）。堂後教堂毗連，滿貯髑髏，不下千萬。室頂及壁皆以人骨編綴爲飾，直可謂之人骨寺耳。一西人方佇觀，見予即用英語呼曰：「速來此觀覽！汝知此累累者何物乎？」語時並挈一老僧示予曰：「二百年前即此物耳。」該僧默無一言，不知其感想何若。又謂此項僧骨共四千餘具，葬時不用棺木，裸埋土中，六年後取出陳列於此云。又詢予國籍，答以「中華」。予轉詢彼，則啨然曰：「我亦華人耳。」然予知其必屬美國，若英人則未必如是之輕率也。彼旋偕老僧他往，予獨立其中，見頭顱纍纍如貫珠，及掌趾森森如編貝。左右兩土坑，左置全骸多具，皆枯白之骨；右坑置腐腊殭尸，仰臥側倚，狀態如生，但皆皮縮肉黯，毛髮齒甲猶宛然可辨，即埃及藥殮之「木乃伊」之類也。墓室陰暗，予無悚怖，且手撫髑髏，試叩其聲，蓋年來浪遊，駭目驚心之事，見之廣矣。予出室後，見老僧方佇立門外，俟予出而闔其扉，給以小銀幣數枚，彼亦受之。身居是間，人生觀當大澈大悟，阿堵物應淡忘也。

波格斯美術館（Borghese Gallery）建於十七世紀之初，前部爲恩波圖第一之別墅（Villa Umberto I）。館雖不廣，儲品甚精，名作如拿坡倫妹寶蓮邦那巴（Pauline Bonaparte）之石像。寶蓮先嫁萊克勒將軍（General Leclere）而孀，改適加米婁波格斯太子（Prince Carmmillo Borghese），歿於一八三二年。寶蓮貌僅中人，而琢工之美則臻極品。裸體欹臥於榻，革褥棉茵，皆形温軟，悉石質也。阿普婁（Apollo）及達芬（Daphane）男女二神石像〔七〕，相持裸立，荇藻縈身，水痕下瀝，表示自海中出。美女樸拉塞賓（Proserpine）被擄之石像，一虬髯龐大之惡魔，攫女於臂，其筋骨暴露之手，著女體，使肉凹陷，愈形其柔澤。女惶恐撑扎，涙痕被頰，一强一弱，相形宛然，悉出於石工。下伏一體三首之獰犬，爲鬼國守獄門者，爲伯尼尼（Bernini）之傑作〔八〕。一六二二年，紅衣主教昔平波格斯（Cardinal Scipione Borghese）將此品贈與盧豆維昔主教（Cardinal Ludovisi），近歸義大利孀后瑪格立他（Margherita），復由盧氏購還，置於原處。又大衛德（David）之石像，勇毅絶倫，亦伯尼尼所作。寫實之畫法，成之石工，已臻絶頂。揆諸藝術進化之理，當更別闢蹊徑，或更如東洋派之寫意，然較寫實尤難，當期之異日耳。圖畫則有密克蘭吉羅（Michelangelo）及鐵先（Tiziano）等名家之作〔九〕。世人恒認猥褻爲愛情，鐵先所作聖潔愛情之圖，僅女郎及童稚，而無男子混雜其間，陳義甚高，此所以爲聖潔也。

卡匹透連美術館（Capitoline）共分四部，遠近毗連，屋宇廣大，儲品尤豐，不暇詳覽。其關於羅馬歷史之物，爲一牝狼乳哺二小兒之銅像，據云爲饒穆勒斯（Romulus）及鋭穆斯（Remus）兄弟也。義大利古時有西麗維亞公主（Rea Silvia）者，父位被叔篡奪，迫主爲尼，於寺院中不夫而孿生二子。叔責其失貞而生瘞之，棄二子於惕伯爾河（Tiber），河流蕩之於岸，爲牝狼拾取歸穴，而乳哺之。後復被他人覓得撫養。及長，竟復母讐，於紀元前七百三十五年四月二十一日，饒穆勒斯建國，定名曰羅馬，故每年逢是日爲開國紀念云。英國麥克當奈爾夫人給予羅馬外史一册，讀之，故知其概略。書中謂此古典夙爲詩人所咏，即正史家，亦有引爲實據者。

狼乳之説，聞者或訾爲妄，或附會禎祥，謂帝王之貴，而得天佑，然皆非也。此類事，古今中外，疊見傳記，蓋出於獸類之慈善心，初無他異。左傳鬭穀於菟故事稱〔一〇〕，令尹子文襁褓被棄，而虎乳之。予數年前居紐約，見美報載某博士之子，幼時走失，八年後得之於豹穴，力如虎豹，以兩手代前蹄，已生厚胼，行走如獸云。客冬，美之舊金山報紀獵者獲二女孩於狼穴，確是歐人，不解言語，亦不解哭笑，但作狼嘷，使着衣服輒撕去之。某大學心理教授方殫其學力而教化之，務使返於人道，但較幼之女未幾即殤，惟長者方留養於該教授之家，頸間尚御原有之金練云。論者謂此二女，或係同時遺棄，被狼拾爲螟蛉耳。夫狼虎豹等皆兇猛之獸，吾人未研究其心理，安知其無慈善之念？其噬人者，或爲拒敵起見，非盡擇肥取弱也。乃吾人類反而肉食，無惻隱之心，能不愧於禽獸？故佛教戒殺，儒家「遠庖厨」之説，亦同此旨，惟不貫澈耳。人類侈談美術，圖畫雕刻，一切工藝，僅物質之美，形而上者，厥爲美德。美物悦我耳目，美德涵養心性。嘗謂世界進化，最終之點曰美。美之廣義爲善，凡一切殘暴欺詐，皆爲醜惡，譬之盜賊其形，而錦繡其服，可爲美乎？況以他類之痛苦流血，供己口腹之快，醜惡極矣！歐美有禁止虐待牲畜等會，未始非天良上一線之明。惟戒殺之説，現僅少數人倡之中國耳。年前寓滬，曾擬創辦月刊，以「人類不傷人類，及人類不傷物類」二語爲旨，走謁步君林屋〔二〕，乞爲主任，步君歎爲願望太宏，予卒以事冗，未暇舉辦爲憾。平居雖未蔬食，然厨庖戒殺，已將三載。客秋渡美，擬聯合日人提倡此説，而又未果。縱覽全球，齒革羽毛之利，方孳孳經營製造，而人人所着之履，無一非革，勸以戒殺，鮮不嗤之以鼻者。哀此衆生，萬劫不復，惟有地球銷毁，方能澌此醜惡。果能如是，吾身甘與偕亡，無復眷戀。然此爲消極觀念，終望世人之具大智慧者，成此大願也。

加匹透連美術館之前，爲義帝二世之紀念坊（Monument of Emmanueli Ⅱ），實即統一羅馬之第一帝也。帝作金身，騎金馬立於高臺。臺層疊旋迴，階級甚多，悉白石琢成。前列四柱，高聳雲表，上立天仙，拈花仗劍，或持樂器，亦皆金色。臺之前面，石刻人馬甚精。左右兩噴泉池，日夜潺湲。建築尚未竣工，故色采嶄新，玉宇金人，遥望可及，甚偉觀也。

羅馬史中稱有七山，爲巴拉丁（Palatine）、亞維丁（Aventine）、加必透連（Cabitoline）、克立納爾（Quirinal）、維密那爾（Viminal）、愛斯克令（Esquiline）、哥連（Caelian）是也。前述三山均近城市，餘則地址渺茫，莫能認定。而予所遊之山林，爲平坧（Pincho）及惕佛里（Tivoli），或謂即諸山之分脈。平坧實如平原，惟多林木，風景甚美。此處由潘玉宸夫人導游，曾共坐品茗於茶室，微雨初過，樹香襲人，避暑之佳所也。惕佛里則爲山巒，瀑布甚多，曲折傾瀉，有如我國廬山之三疊泉。最大者銀瀧奔放，聲隆如雷，遠望白霧蒸騰，蓋水沫噴濺所致。或謂該泉成於人工，以羅馬噴泉之盛，爲世界冠，其言似近。有別墅曰 Villa Deste，畫壁斑剥，甚饒古意。

【校】

〔英法等國亦然〕黄本信芳集作「巴黎亦然」。〔碧波〕黄本信芳集作「碧漪」。〔棺木〕

黄本信芳集作「棺槥」。〔木乃伊〕原作「莫木米」，據一九三〇年四月一日出版紫羅蘭第四卷第十九號鴻雪因緣改。〔近歸〕原作「近爲」，據同前紫羅蘭改。〔已臻絶頂〕黄本信芳集作「此爲絶詣」。〔混雜其間〕原無，據同前紫羅蘭補。

【箋注】

〔一〕羅曼法羅穆（Roman Forum），今譯古羅馬城市廣場。

〔二〕銅駝荆棘，亡國後的殘破荒凉景象。晉書索靖傳：「靖有先識遠量，知天下將亂，指洛陽宮門銅駝，歎曰：『會見汝在荆棘中耳！』」元好問寄欽止李兄詩：「銅駝荆棘千年後，金馬衣冠一夢中」

〔三〕珂羅賽穆（Colosseumn），今譯科洛塞奥，即古羅馬角鬥場，以石料興建，規模宏大，場面壯觀。表演區呈橢圓，奴隸們在此角鬥或鬥獸。

〔四〕聖彼德（St.Pitero），今譯聖彼得大教堂，是世界上最大的天主教堂，意大利文藝復興時期建築的里程碑，先後凝聚伯拉孟特、拉斐爾、米開朗基羅、坡爾塔等幾代著名匠師的智慧建成。

〔五〕愛惜司（Isis），今譯伊西斯，古代埃及最受崇敬的女神。在希臘、羅馬世界，她被尊奉爲大地的統治者，星空的創造者，航海的護佑者。其標誌是蛇、穗、蓮花和豐裕之角。

〔六〕阿普婁（Apolo），今譯阿波羅，希臘神話中的太陽神，宙斯和女神勒托之子。其標誌是七弦琴、弓箭或豎琴、神盾。

〔七〕達芬（Daphane），今譯達佛涅，希臘女神。墜入情網的阿波羅對她緊追不捨，爲了擺脱阿波羅的追求，她在衆神的幫助下，變成了月桂樹。

〔八〕伯尼尼（Bernini），一譯貝尼尼（一五九八—一六八〇），意大利著名的雕刻家、建築師，生於那不勒斯，卒於羅馬。代表作有阿波羅和達佛涅、聖女德雷莎的沉迷等。環抱聖彼得大教堂前廣場的兩排柱廊傑作，亦出於其手。

〔九〕鐵先（Tiziano），今譯提香（一四八八—一五七六），意大利威尼斯畫派最主要的代表人物。傑作有神聖的愛情與世俗的愛情、花神等。

〔一〇〕鬬穀於菟，春秋時楚大夫。左傳宣公四年：「初，若敖娶於䢵，生鬬伯比。若敖卒，從其母畜於䢵，淫於䢵子之女，生子文焉。䢵夫人使棄諸夢中，虎乳之。䢵子田，見之，懼而歸。夫人以告，遂使收之。楚人謂乳穀，謂虎於菟，故命之曰鬬穀於菟。」

〔一一〕步君林屋，即步章五，號林屋，民國詩人。有林屋山人集行世。

中途回巴黎車中瑣事

游興未闌，忽因事欲回巴黎，悵悵登車，天熱口渴，覓水不得。同車客某能英語，曾爲予下車三次購橙解渴，亦未交談，因彼坐隔廂不接近也。將抵法境，有二叟上車，坐予廂内，彼等吸烟，且以進予，予謝却之。少頃，復來法國女子二人，廂益擁擠。午時予往餐車進膳，膳畢回廂，見二女方出殺於紙袋，以手擘食，油污狼籍。一叟復餉予紙烟，乃接受之。二女知予返自餐車，飽而吸烟，覩彼饕餮，乃惱羞成怒，謂予不應在車廂吸烟，予即停止。須臾，一叟復從衣袋中取雪茄烟作欲吸狀，予急取火柴進之，叟乃燃吸。予即向二女抗言曰：「彼亦吸烟，汝何不禁止之？」二女曰：「汝吸烟時，我等方餐而惡烟味，現將餐畢，故不禁止。」予曰：「車廂本非進餐之所，肉類油汙使同座憎惡。此車本有餐室，汝何不往該處（二女因餐室價昂，故不往耳）？」惜予不能用法語説明，僅用英語，彼此略諳大意。一叟笑曰：「只許吸大枝雪茄，不許吸小枝紙烟。」予曰：「孰不許者？」乃故意取烟吸之，噴吐其氣於廂内，二女亦無如何。蓋彼等有意向予尋釁，故予亦不讓也。

【校】

〔擘食〕原作「劈食」，據一九三〇年四月十五日紫羅蘭第四卷第二十號鴻雪因緣改。〔不讓也〕同前紫羅蘭作「不之讓也」。

行李之阻滯

予離羅馬時，將行李交鐵路轉運，計只一箱，費百餘立爾（義幣）。予訝其多，然言語不通，只得遵付。車行至邊界道茂道梭拉（Domodossola），予聞行李須在此啓驗，方許出境，詢之車員，皆答以「否」。一客操英語曰：「勿憂，君之行李票既係注明運往巴黎，應到巴黎領取。予（該客自稱）亦有一箱寄往該處，沿途予不過問也。」予仍疑之，復詢他客，一美國女子自稱能法語，願導予下車詢站員，予欣然從之。該女向站前佇立着制服之路員探詢，亦答以「否」。予無奈，只得作罷，然實大誤。當時應徑往行李房，尋得己箱開鎖請驗。人言不可盡信，探詢多人，徒費唇舌而反誤事，此等經驗敢爲游歐者告。蓋予抵巴黎，而行李竟未到，詢之站員，始知實因未啓驗，被阻擱於道茂道梭拉，而日用必需之一切物件皆在此箱，且巴黎氣候較寒，予來自温暖之義國，身着單衣，忍寒趨往柯克公司，請其設法。彼等閲予之行李票曰：「此箱已由鐵路保險，不致遺失。」予曰：「否，惟由美國公司保險耳。」彼等指示票背曰：「由鐵路保險五千立爾。」予始悟前付該站之百餘立爾，非僅運費，乃兼保險費耳。然予當時並未請保，更未言及五千之數，此額由誰所定，詎非笑談。不諳方言，竟誤演此等事實，殊爲奇特。柯克公司允代爲覓還此箱，須將鑰匙交彼，以便寄往開鎖驗物，並須給費一百五十佛郎，予悉遵辦。待至第五日箱始寄到，而此五日中所受困難爲何如耶？糜費金錢猶其次耳。

【校】

〔行李票〕原脱「票」，據同前紫羅蘭補。〔予仍疑之〕信芳集作「予仍不信」。

再由巴黎啓行

費時兼旬，將巴黎諸事略爲整理，仍遵原路，由法往瑞、義等國，但於沿途名勝之區，前所疎略未得暢遊者，乃一一勾留。先往瑞士，鑒於前番行李之阻擱，乃鄭重詢明應驗之地點，知爲法、瑞交界之伯利加（Belegarde）。行届該處車停時，予即下車，諸客止予，謂少頃有吏上車簽驗護照，須坐待車中。予不解諸客語，一英人爲之通譯，予略説明其故（即前番行李之阻擱），不聽諸客之勸，毅然下車，寧願因護照未驗不得入境，不願遺失行李。到站覓得箱之所在，開鎖請驗畢返入車中，二分鐘後車即開駛，衆仍謂予不應離車，致護照未得簽印，予亦聽之。蓋時間如此匆促，事難兼顧，容抵境時再設法耳。及抵建尼瓦站口，仍有吏員查驗護照，予即呈閲，彼爲簽字加鈐，予竟得安然入境，行李亦同時到站，予取之入旅館，諸事告妥貼矣。次日，遇車中通譯之英人於途，彼告予，謂其行李被阻，恰如予前次所述情形，且誇予未從衆言，實有卓見。又謂政府有意阻礙行旅，藉以取費云云，自係憤激之詞，而非事實。惟鐵路局應於此節特别榜示，喚客注意。游客多來自異國，不諳規例，應於車中用英、法、德各種通行文字榜示於衆，更印傳單分置車廂，俾衆易於觸目。如車中售餐之舉，即甚週到。蓋吾人登車之始，每見座間置有英、法文字並列之傳單，勸客購餐券，届時又使車役巡行各廂前，呼喚二次。該員等睹予貌爲異族，即用英語詢予欲購餐券否。果於查驗行李之事亦如此，喚客注意，豈不免除旅客之累乎？又如包辦旅行各公司，應於售路券時即指示購者，免其受累。使旅客安適滿意，亦即營業之利益也。

【校】

〔抵境時〕原脱「時」字，據同前紫羅蘭補。〔包辦〕同前紫羅蘭作「經理」。

建尼瓦

瑞士山水馳譽寰球，尤以湖著名，即 Lake of Geneva。芒特儒（Mountreux）乃湖頭，而建尼瓦（Geneva）則爲湖尾，國際聯盟會（The League of Nations）所在，亦游人薈萃之區。地位高出海面一千二百五十尺，居民一百三十餘萬，教育、工藝甚盛。水土醇美，適於衛生，街市亦整潔寬大，可爲模範。兩岸相對，通以七橋。橋皆坦闊如輦路，但愈近湖尾而橋愈短。碧漪翠嶂，映以瑰麗之建築，如貴婦嚴粧，輝采四溢。而天際雪山環繞，淡白之光，適以調和過濃之景色。惟夕照時，明如瑪瑙，復使遊人佇足迴首，翹瞻天末，而地面景物悉爲減色矣。湖濱有極高之噴泉曰 Jet D'eau，據云爲世界冠，泉煥彩光，不審爲日暉所映，抑用別法成之。湖濱之路曰 Rue du Ponte Blanc，攬全湖風景之勝，各大旅館及舞場、茶社，櫛比鱗次，歌舞通宵。過橋則商場，地面較廣，沿岸汽艇甚多，載客渡湖，僅銀十五分，可免步行過橋，往來甚便。博物院、音樂館及寺廟等皆備，不暇觀舉。

【校】

〔明如瑪瑙〕信芳集作「赤晶明透，艷如瑪瑙」。

建尼瓦湖之蕩舟

旅居無俚，每晚往隔壁之劇場聽歌，晝則常坐磯頭觀釣，或附汽艇渡湖，但不登岸，仍坐原艇歸來，藉以消遣而已。尤愛瓜皮小艇，僅能載二三人，游客租用須自摇槳，扁舟容與於湖光山色中，自饒雅趣，非機聲軋軋之汽艇可比也。惟予既無伴侶，又不善操舟，每見他人相携登艇，摇入遠烟夕照，輒爲神往。急欲一試爲快，然惟望洋而歎耳。某日午後沿堤散步，一少年艤舟傍岸，凭堤檻操英語詢予曰：「汝肯偕我泛棹湖中乎？」予思捨此更無機會，略一沉吟，即展錢袋示之曰：「予所有者祇此小銀角三枚，可悉與汝，但恐不敷其值耳。」彼笑曰：「予無需此。」即扶予登舟，鼓枻去矣。然予此行極爲謬妄，願讀吾此記者切勿效尤。蓋予爲孤客，不惟人地生疎，且不諳方言，不善摇槳，乃隨陌路之人捨陸登舟以去，不啻以生命付彼掌握，其不遇險者徼倖耳。舟中談次，知彼爲土著，生長湖濱，隨其父母居此，從未他往，英語自校中習得云。予於舟中賞玩風景，轉覺不及在岸遠觀之波光帆影爲可愛。身歷其境，興趣即減，世事大抵如此。該湖體積甚巨，波藍如海，較吾浙之西湖富麗有餘，而幽蒨似遜，惜「楊柳岸，曉風殘月」之句，不足爲胡兒道也。少頃，予覺疲倦欲歸，彼令予偃息船面，解其大衣覆予，即與予對面臥。予曰：「此湖輪船往來甚夥，小舟若無人主持，恐被衝激。」彼笑曰：「以此美麗之湖爲歸宿，亦大佳事，汝乃視生命如是其重耶？」予躁急曰：「汝不操舟，予將起而代之。」乃起把槳，顧格於水力，重不克舉，彼起旁助曰：「放乎中流，固無危險，若任汝鼓棹，則必傾覆耳。」然予於數小時間得彼教授，略諳此技，惟進行甚緩，抵岸時已夕照啣山矣。彼願教予法語，約定星期一來予寓授課，乃別去。然星期六夕，予忽變計，欲往芒特儒，即作函告之。次晨八時，登車行矣。計留建尼瓦七日，曾訪朱兆莘公使於聯盟會，未遇。彼旋偕其秘書李君伯然謁予，並邀予偕往萬國總會（International Club），晚餐而散。

火車行二三小時即抵芒特儒，天忽陰霾，風雨淒淒，惓念前遊，惘然如夢，得建尼瓦湖短歌四截句如左：

其一　歌舞沸湖濱，約盟聯國際。文軌萬方歧，珠履三千會。

其二　循環數七橋，七橋有長短。橋短繫情長，橋長響屧遠。

其三　蓋世此噴泉，泉頭天畔起。濺玉復飛珠，蓮花和淚洗。

其四　今日到湖頭，昨宵宿湖尾。頭尾尚相連，墜歡如逝水。

【校】

〔非機聲句〕原無，據信芳集補。〔遠烟〕一九三〇年五月一日出版紫羅蘭第四卷第廿一號鴻雪因緣作「遠波」。〔急欲二句〕原無，據信芳集補。〔如左〕原作「如右」，據同前紫羅蘭改。

雪山

兩月前曾游芒特儒，別時以爲不再到矣。今舊境重臨，悲喜交集，山水因緣，益以自身環境之特異，故多感慨。且前次未得登山，今償夙願，亦山靈之默契耶！山分三級，即葛力昂（Glion）、蔻（Caux）、饒席德内（Rochers de Naye），前已述之。登山處即所寓旅館後之車站，極爲便利。於晨間裹糧前往，火車沿山而上，松檜蒸馨，野花炫采，皆剽疾拂面而過，轉以車行之速，不克賞玩爲憾。而宿露晨曦閃鑠於林翠間，助人神思清爽，逸興遄飛。車行約二小時始抵站，殊未覺時晷之長。車停時，同座德人某扶予下車，遂相伴登山。時已六月，而積雪照眼，餘寒侵脛，蓋身著大衣，兩腿則僅蟬翼之絲襪，故先感氣候之異耳。覓得茶室，各出食品列几上，呼侍者進以熱咖啡，飲之取暖，憩坐看山。有頃，始起立努力攀登，雪滑山峭，步履維艱，於絶頂覓得平原，踞石而坐。山勢如掌突出，平坦微欹，下臨湖水。縞嶺銀漪，上下一色。迎面遠峯環拱，琢玉堆瓊，寒光四照，皚皚皆雪山也。身歷此間，而煩憂塵慮入浩然之太空，漸滅以盡，冷酷而生異感。諸山爲阿爾伯士（Alps）之分脈〔一〕，緜亘迤邐，經數國而達瑞士，亦大觀也。山麓及巖腰，氣候較暖，松檜森森排立，漸高則童其巔而無叢莽。雪痕融處，草色青青，散綴小朵藍花，此花名「長相思」（Forget Me Not），朵細而色艷，殊可珍玩。該德人攀陟險巇，採取盈握以獻。彼解英語極少，不克傾談，惟彼此以英、法、德、義等語雜凑，雖零斷不成句，亦能略通大意。彼請別後通信，然非予所欲，故佯爲不解。彼多方譬喻，使予無可遁飾，乃勉諾之，不欲實踐也。是日，遊人甚衆，予亦於無意中得伴侣，惟轉多周旋，不若獨遊默賞之安逸。歸時，衆皆徑返芒特儒，予獨於山半之蔻下車，小坐品茗，復繞行巖腰盤旋一週，始附車返寓，日已夕矣。

【校】

〔縞嶺二句〕原無，據黄本信芳集補。〔皚皚〕原無，據同前紫羅蘭補。〔身歷此間……諸山〕原無，據黄本信芳集補。〔氣候較暖〕原無，據黄本信芳集補。

【箋注】

〔一〕阿爾伯士（Alps），見前芒特儒之風景注。

漁翁之廉

遊山以後，惟賞玩湖景，不作疲勞之遊。水濱小魚極夥，密隊如針，不識爲波所盪而近岸，抑爲覓食而來。予坐柳陰觀釣，漁翁某短褐跣足，狀甚貧窶。以玻璃盆置淺水處，須臾舉之，則小魚已滿。予乞一尾爲玩，彼給一較大者，酬以小銀幣五分，彼謝不受。予乃置魚於厚紙信封中，尚撥刺不已。掬水注之，急附電車返寓。擬稍留玩弄即縱之返湖，全其生命。詎返寓視之，已斃矣。予給漁翁小銀幣五分，以購麵包，可供寠人之一膳，却之何其廉也。世風偷薄，羣趨貪鄙，上流士紳每錙銖必較，而廉讓轉見之鄉曲。曩年寓滬，觀桃於龍華，酬園叟以小銀二角，叟亦力却，謂看花無須納費。予固與之，則欲剪桃花一枝爲贈，否則不受酬。硜硜之義，形諸詞色，予爲起敬，同遊之友亦向此叟揭帽爲禮。予曾爲傳以誌之，惟未付刊耳。今春寓巴黎，同寓美國客某邀予赴餐館，付賬時彼請予償其半，予異之而未言。蓋歐美通俗，男女同餐或游，男者付值，否則爲恥。當時予即如數付該客，欲告辭先去，彼謂尚有小賬五分（即賞錢），予笑付之，彼夷然不赧其面，此人於歐美爲鮮見也。

【校】

〔硜硜〕黄本信芳集作「狷介」。〔或游〕原無，據黄本信芳集補。〔急附句〕原無，據同前紫羅蘭補。〔予給漁翁〕原無，據同前紫羅蘭補。〔何其〕原無，據同前紫羅蘭補。

重到密蘭

前到密蘭，匆匆虚度，未得稍留。兹由芒特儒來此小住二日，亦只能就近觀其概略。車站前爲公圃，細草豐林，爽塏宜夏〔一〕。正面有橋極闊，過橋輦路矢直，即市街繁盛之區，商務殷富，爲全國財賦中樞，居民一百萬，義之軍隊多屯駐於此爲大本營。博物院、美術館數所，未暇往觀，僅游一大禮拜堂（Cathedral）〔二〕，爲世界四大教堂之一。其餘在倫敦、紐約、羅馬，然以此爲最大，形式亦較予歷觀各國之教堂爲特異：白堊其色，尖細之頂森森密聳，如玉箸銀矛。墻壁鏤空，精琢人物，極玲瓏之致，於密蘭最爲生色焉。有所謂皇宫（Royal Villa）者，乃法帝拿坡倫所居，後復屬於奥之元帥拉地凱（Commander in Chief Radetzkyal）而終殁其間。蓋密蘭建都於紀元前二百二十年，疊被匈奴（Huns）、西班牙、法、奥等國佔據，一千八百年後，始隸屬於義大利，歷史遺跡有足考者。時值盛暑，予懶出遊，曾往劇場消閒半日，鄰座之客餉以糖果，此風每見之義境，他國罕覯也。偶於市間購傘一柄，純爲草製，晴雨皆宜，而以染彩之草繡花，雅麗新穎。予用之於各國，人皆屬目，甚有索取傳觀於衆者，謂東洋人所用器物亦如此奇巧，予輒實告之，爲密蘭土産云。

【校】

〔虛度〕一九三〇年五月十五日出版紫羅蘭第四卷第廿二號鴻雪因緣作「即去」。〔所居〕黄本信芳集作「之别墅」。〔此風二句〕同前紫羅蘭作「戲中有東亞妝一幕，亦頗綺縟」。〔晴雨句〕原無，據黄本信芳集補。

【箋注】

〔一〕爽塏，明亮乾燥。左傳昭公三年：「初景公欲更晏子之宅，曰：『子之宅近市，湫隘囂塵，不可以居，請更諸爽塏者。』」

〔二〕大禮拜堂（Cathedral），指意大利米蘭大教堂，是歐洲中世紀最大的教堂，始建於公元一三八六年。教堂内外有六千個雕像，是世界上雕像最多的哥特式教堂建築。

途中所遇種種

由密蘭重往羅馬，中途經波羅納，遇前識之鐵路譯員，歡然款待，謂遊人過此絶少重返者。車停半小時，即啓輪向羅馬進行，車廂中先後有耄耋之偶，及青年伉儷入座。二老不惟頭童齒豁，即面頸之皺皮，亦深刻如古樹（後予詢媪年齡已七十八，尚能旅行）。彼等徐徐取篋中儲殽爲餐，並分餉同座，意至和善。少者顯係新婚，互形婉戀，購冰酪時並購一盞贈媪，以予甫自餐車歸座，知已飽餐，故未及予。午後，予覺口渴，少婦囑其夫爲予覓水未得，乃進以所儲紙盒之黄梅，謂可代水。望梅止渴，古今中外同焉。予取一枚，婦再進。予更取其一，婦堅欲予受其全盒，乃納焉。予傘偶墜地，少年急爲拾取，拂拭其塵，掬舉以獻，意態至恭。聚不相識之人於一車，而親善若此，倘世間人類相處，如予此時所遇者，則天國矣。浮生朝露，本應歡娱而弗相扼，不幸公者戰争，私者傾軋，甚至骨肉仇讐，以怨報德，其惡可嫉，其愚亦可憐也。

予因欲觀火山，須於羅馬換車，故僅小住一二日，即往拿坡里（Napoli）〔一〕。該處爲輪船出入之海口，英文名内伯爾斯（Naples），如由中國經蘇夷士河（Suez Canal）往義大利〔二〕，即由此登岸。予到此，寓車站旁最大之旅館曰Hotel Terminus。窗對火山，昕夕遠眺，至佳之所也。次日，往柯克公司詢事，窗欄内（辦事處之銅欄也）有向予招手者，趨視之，乃前在佛勞蘭斯善笑之職員，據云兩月前遷調於此。意外重逢，更開笑口，信乎萍踪聚散之無定也。

【校】

〔分餉〕同前紫羅蘭作「先試餉」。　〔紙盒〕原作「紙匣」，據同前紫羅蘭改。

【箋注】

〔一〕拿坡里（Napoli），一譯那波利、那不勒斯，意大利南部港口城市，在維蘇威火山西麓，第勒尼安海的那不勒斯灣北岸。以富藏古希臘雕塑與龐貝、赫庫蘭尼姆古城出土文物著稱於世。

〔三〕蘇夷士河（Suez Canal），今譯蘇伊士運河，在埃及東北部，著名的國際通航運河。

古城

拿坡里名勝雖多，然最著者爲維素維歐（Vesuvio）即火山〔一〕，及旁貝（Pompei）之古城〔二〕，皆遊客所必觀者。旁貝乃二千年前古城之遺跡，經地震而成爲廢墟，但街市及居宅尚歷歷可見，僅頹圮而存基址，經國人保存，清除碎屑，標列街名，遊者稱便。法庭、議廳、劇場等，可就基址形式及壁鐫文字而考明。斷礎殘甃，章質併美，於古代工藝已精進若此，洵可贊歎。店肆之櫃臺，茶社之爐竈，多花綱石所製，貫以導水之銅管，悉缺裂剥落。野花叢生，蘿蔓交曳；細蟲小蝶，飛鳴其間。即當日履舄交錯、酌酒徵歌之場，陵谷變遷，人事代謝，於此得實證焉。巨室數家，堂構尤美。浴所建築，形式奇奧。一圓形巨池，爲五人同浴之用。池邊環列半月式之石室五間，爲浴後更衣之所。又一室有全體人骨六具，旁置銅匣，内儲金幣，因地震時欲携輜重逃避不及，遂相聚一室而待斃焉。左近陳列館，即儲廢墟中所掘出之殘燼，一切器皿，形式樸質，古色斑斕。人獸之殭化石（Fossil）多具列玻璃罩内，人則仰卧側伏，輾轉伸屈，各盡其態，已悉成石質，而骨髓斷處見其組織，確爲遺骸。一犬首尾扭捩，作痛苦而死狀，尤爲入神。是日，由引導人率領步行於烈日中，自十點至十二點半，始將各街市巡察週徧，尚不覺疲。予於各宅内拾得舖地碎石數小方，以爲紀念。惟有一處，據云不許婦女參觀，同遊者只二客及予，共三人而已。引導者使予坐待於巷中，率二客往觀，移時始返，乃率予等午餐於某館。旋來二男子，挾樂器爲座客弦歌，一度曲，一拉樊娥令（Violin）〔三〕，吾國歌伎侑觴皆少女，此爲男子，殊覺可笑。餐畢，换火車登山，引導人辭去。蓋山上另有人引導，乃政府所派，遊客每人須給五利爾。予恐下山時迷路，不得歸寓，囑原引導人待於車站。彼不允，惟託同遊之二客導予返寓，其一允諾，即就予而坐，沿途指點風景，予雖不解義語，亦能諳其大意。

【校】

〔缺裂〕同前紫羅蘭作「折裂」。〔酌酒徵歌〕黄本信芳集、同前紫羅蘭作「燈紅酒緑」。

〔巡察〕同前紫羅蘭作「巡覽」。〔移時〕同前紫羅蘭作「片時」。

【箋注】

〔一〕維素維歐（Vesuvio），今譯維蘇威，世界著名活火山，在意大利南部那不勒斯東南十公里處。

〔二〕旁貝（Pompei），今譯龐貝，意大利那不勒斯附近的古城，距維蘇威火山約十公里。公元七九年，此火山爆發時全城湮没。後經考古發掘，出土大量工藝品及遺蹟，成爲舉世聞名的游覽勝地。

〔三〕樊娥令（Violin），小提琴譯音。

火山

升山之車爲特製，逐層傾斜，如階級式，稱Funicular。距火山數里，尚未抵麓，即見地震之區，半土半石，翻裂堆積，作深黑色。山麓則噴瀉之泥，面積甚廣，雖已乾燥，仍作流質融化狀，浪紋疊疊，其暴發時驚駭之狀，可以想見。泥中生黄花甚多，遠望山畔，金色燦然，車行其處，香聞數里。山多果樹，朱櫻黄杏，壓枝累累。同伴之客向園童購杏餉予，予食後留其核，以其産自火山也。火車直升山頂，向略坦處停止，下車見賣硫磺及雜色土者甚多，乃一九零六年四月火山暴發時所遺，予等各購少許爲紀念。山頂作蓮花形，火井居中，恰如蓮實，白烟滚滚如晴雲，噴吐不已。隱現紅色，若於夜間觀之，必明透全赤，純然火也。體積甚巨，直冲天際，數十里外皆可見之。若陰雨或風力下壓時，則噴火較低。山頭惟熊熊烈焰及巉巉焦石，絶無植物。吾人行處，砂礫鬆動，着履即流。同伴及引導人左右挾予於臂腋間，攀登蓮瓣形之尖頂。其處較火口尤高，愈得縱觀，率成絶句一首：

玉井開蓮别有山，無窮劫火照塵寰。年來萬念都灰燼，待與乾坤大涅槃。

如斯巨焰，不計年代，即以最近暴發之期，迄今十一年來日夜燃燒不絶。地中積薪雖多，必更有窮變之日。山居貧民無力遷徙者無論矣，而山麓樓宇繁密，燈火萬家，亦晏處安居，愚如釜魚幕燕，何也？同伴導予返寓，辭别而去，此固彼等爲外賓所盡之義務，亦以見其國民懷柔之美德，無足異也。計予自芒特儒至拿坡里，相隔僅五日，兩地觀山，一雪一火，寒熱懸殊，赤白相判，極宇宙之偉觀矣。

【校】

〔下車〕原無，據同前紫羅蘭補。　〔若陰雨二句〕原無，據同前紫羅蘭補。

第三次到羅馬

古壁噴泉，緑陰夕照，予第三次到羅京矣。小住休息，函致巴黎，囑將所有各處來函，悉爲轉寄於此。迨寄到時，令予失望，蓋大抵皆巴黎、紐約等處之函，所睠睠之故國消息，竟杳然無睹。計兩三月前致友函甚多，豈盡付之洪喬，抑竟將我遐棄耶？除公函（亦個人往來之函，如致公司、銀行等，非關友誼者）外，有紐約國家商務銀行斯台穆君兩函，告予彼到巴黎，欲得晤談；次函則告以返紐約之船期及岸址，因去年在紐約時，彼曾言將來晤於巴黎（予居巴黎時，逐日往通訊處收取郵件，發信者及代收者，均不知予之住址也）。詎彼到時，予已於先一日往瑞士，開始作汗漫之遊，竟失之交臂，不無悵悵。公函例須存稿，以備考查，故必用打字機印之，乃携稿詣柯克公司，請一英國職員代爲印録，彼岸然曰：「予等不代遊客打字。」予詢以打字機在何處，予可自往打字否，則答以機器不許借用。予雖不悦，然彼之義正詞嚴，亦無可咎責。方欲返寓，而該部之義國職員適到，予復試請，彼立承諾，囑予稍待。數分鐘後即印成交予，並謂此後如有函件請悉付彼，當爲代印而不延誤云。英職員在旁聞之，默不一語。

予所寓在愛西達廣場（Piazza Esedra）之側，場爲環形甚巨，中有噴泉及銅製人物等，週圍則餐館、劇場，廊前滿列茶座，佐以音樂，繁華之所也。左近書店中有日人某能操英語，詢以羅馬有東亞人若干，答以中國有四人（蓋指使館），日本則三十人。然予聞華人尚有留學此間者，但皆天主教徒，專習神學，絶不交遊，即與使館亦不通音問也。

予自旅行以來時遇日人，皆善處之，不存芥蔕。曩曾以國讐視之，今悟其謬。以吾國土地人衆論，在在有自强之本能，苟非自棄，他人何能侮我？且怨天者不祥，尤人者無志，認爲命運或歸咎他人，皆自窒其進展之機耳，願國人共勉之。

某日羅馬民報（Popolo de Roma）女訪員巴祿蘇夫人謁予，彼略能英語，不克達意。予乃以電話約英國墨克當諾爾夫人在寓相待，予即偕巴氏乘汽車造其寓，由墨夫人以義語通譯。巴氏詢中國女界情形及文藝等，予悉舉以告之。復詢予對於其首相莫蘇立尼之政策有何意見，予答以到此未久，不克深知爲歉。蓋早有人戒予勿談政治，此間警探密佈，防被拘捕，予何敢贊一詞。彼又詢予對於義國感想何如，答以美感。彼請予於著述時多爲美善之詞，予欣然諾之。復請於發刊後譯英文一紙寄該報，此則近於苛求。予與義大利感情本佳，無待彼之囑託，惟於彼國情狀所知實淺，況此行本爲遊覽，閒雲野鶴，不預政治。所知者，義爲君主立憲，責任内閣，議院採單選制，尚無弊端，蓋單選人衆不易舞弊，若複選取決於少數人之手，即易運動也。義以愛爾班尼亞（Albania）及猶鈎斯拉瓦（Jugo-Slavia）等國之事未解決〔一〕，旁且牽涉其他大國，故武備難懈，而耗財孔多。然近整理財政，其進步可於匯兑覘之。現以美金一元，僅換義幣十七、八立爾，其價之昂，較之年前不啻倍蓰〔二〕，蓋前悉用紙幣，自鑄用銀輔幣後，價自加昂耳。

【校】

〔睠睠〕一九三〇年六月一日出版紫羅蘭第四卷第廿三號鴻雪因緣作「惓惓」。〔土地人衆論〕黄本信芳集作「之地廣民衆而論」。〔難懈〕黄本信芳集作「甚嚴」。

【箋注】

〔一〕愛爾班尼亞（Albania），今譯阿爾巴尼亞，歐洲國家。在巴爾幹半島西部，瀕亞得里亞海和愛奥尼亞海，與南斯拉夫和希臘接壤。猶鈎斯拉瓦（Jugo-Slavia），今譯南斯拉夫，歐洲國家。位於巴爾幹半島中部和西北部。瀕亞得里亞海，與意大利、奥地利、匈牙利、羅馬尼亞、保加利亞、希臘和愛爾巴尼亞爲鄰。

〔二〕倍蓰，泛指翻倍。孟子滕文公上：「夫物之不齊，物之情也。或相倍蓰，或相什百，或相千萬。」倍，一倍；蓰，五倍。

水城

予由羅馬往威尼斯（Venice），該處爲水城，建築特別，半水半石而無寸土。有舟楫而無車馬，往來街衢悉用小艇，細長而翹其首尾，狀如吾國之龍舟，稱曰「岡豆拉」（Gondola）。橋梁極多，頗饒幽趣，水光波影，摇映窗壁間。陸地則悉用石板舖成，曲巷狹徑，頗似吾國蘇杭之街市。所不同者，乃石地平坦整潔，而兩旁有高樓耳，可任意遊行，無車馬衝突之險。夾道商品羅列，近在咫尺，游人賞玩，如家庭内之迴廊，忘其身在街市。以聖馬口廣場（St.Marco Square）爲繁盛之區，教堂所在。其後爲德加皇宫（Ducal Palace），内儲古代兵器，壁畫尤多，皆無價之寶。下附監獄，但爲古蹟，供人憑弔而已。獄中狹隘黑暗，室小如籠，石壁鐵樁爲囚犯縶繫之所。門洞極低，游者須傴身方得入内。予與衆客，以無罪之身一一鑽入，自顧可笑，亦爲囚者悲歎。據云，死刑之具乃鋼針之圈加其首，針鋒皆内向，以索通之旋轉車上，機動而圈逐漸縮緊，囚者之腦漿乃絞盡無餘。血即以管導入獄外之河内。然世間未必有此慘刑，諒係齊東野語，故爲奇説以聳聽耳。附近有橋曰 The Bridge of Sighs，譯爲「歎橋」，謂囚犯入獄須經此橋，故而悲歎，其説亦近附會。古事難考，無從徵信也。

海岸旁有二石柱，高矗雲表，頂立天使持戟。其一則立雙翼之獅，即聖馬口廣場之左，場面甚闊。兩廊列商肆，且滿設茶座，爲時裝士女薈萃之所。入夜，燈火星繁，座客不減也。場中集鴿數千，與人雜處，絶不畏怯。游人購糧置掌上飼之，則飛集腕臂間，或立冠上。照像師每於此際爲客攝影，故場中携像鏡往來覓主顧者甚夥，亦威尼斯特有之景象也。予曾隨衆客乘小船半日，觀教堂及工廠數處，知此城關於美術之工藝亦極精進，不減其他巨埠也。居威尼斯僅二日，於名勝古蹟不暇詳考，故無多記載。七月十四日，乘飛機往奥京維也納（Vienna）。

【校】

〔室小如籠〕黄本信芳集作「室小如窯」。〔以索通之旋轉車上〕黄本信芳集、同前紫羅蘭作「以電線通旋轉機上」。〔血即以二句〕原無，據同前紫羅蘭補。〔難考〕同前紫羅蘭作「荒渺」。

天空之飛行

十三日晨，將行李付美國轉運公司代寄。次日午由聖馬口廣場乘小汽船渡河，約一小時抵飛行場。場中停機數架，其形如鳥，雙翼而魚尾。每具可載四人，司機者坐廂外首部，同行者予及其他二客共三人。座位寬而安適，如汽車之廂。予等護照各得出境之簽印後，於一時啓機，軋軋如雷震耳。初則足輪（有兩輪如足）貼地而馳，其行甚疾，倏忽翩然上升，予立覺眩暈，幸轉瞬即愈。憑窗外矚，則地已豎立，蓋機身欹側，故視線爲斜，地固未動也。少頃即平，機行甚穩，不如輪船之顛簸。離地漸高，視各屋宇皆僅寸許，田疇及河道如劃粉線，宛然一清晰之地圖也。樹木則點點如烟，不甚明瞭。行經羣峯之頂，山巔積雪及森森松梢，俯視甚晰。已而衆山迎面環拱，其高際天，似無去路。予凝視，意謂倘一接觸必機損而墜，詎其盤旋兩三轉，疾如鷹隼，已超過山巔。碧空中白雲蕩漾如海，皆在機身之下；雲影團團落大地上，儼分三界。蓋吾身行處爲上，雲朵懸立居中，山河則最下也。曩年曾夢升天，蔚藍無際，銀雲朵朵排列，近在眉睫，下界有衆哭送。今此景宛然實現，惜無人哭送耳。天風颼颼，清寒砭骨，來時揮汗，氣候驟遷，幸備有大衣披之，仍爲風箭所鑽。已而罡飆愈厲，雲陣排山倒海而來，奔馳於兩翼之下，真如白香山詩「排空馭氣奔如電」之句。棉白有光之晴雲外，復雜以昏暗之濕雲，機身漸爲所迷，四望杳杳無睹。予兩耳爲巨聲所震已聾，且右耳底作痛，餘無他苦。二小時後，始出雲海而達清空，機行漸低，向格拉建佛城（Klagenfurt）之草場降落〔一〕，即有關吏前來查驗護照，予等亦出而散步。該地居民及婦孺數人前來觀看予等，且有就予詢話者。此地作德話，予不解也。少頃，復登機飛行，於五時抵維也納。由威尼斯至此，火車須行十六小時，而飛機四小時即到，其速可知也。此行安適，惟升降及旋轉時略覺眩暈，瞬息即止，恐亦有人乘此而作劇暈者。每座皆設革帶，據云若善眩暈之人則縛之座上，然則苦矣！予若再乘飛機，擬預購皮帽掩護兩耳，如司機人所用，以免耳膜震痛之患。

【校】

〔朵朵〕原無，據黃本信芳集補。〔真如句〕原無，據同前紫羅蘭補。〔予若四句〕黃本作「予以屢渡巨洋之身，當然有進步耳」。

【箋注】

〔一〕格拉建佛城（Klagenfurt），今譯克拉根富特，奥地利南部城市，與南斯拉夫接壤，瀕格萊河。市郊有奥地利現存最古老的教堂，旅游勝地。

維也納之被困

嗟乎！予飛至維也納，立即被困。今吾搦管爲此記時，尚坐困愁城，不知何日方脱於難。蓋予於十四夕下降此城，十五日晨而禍暴發，何適逢其會也。殆以塵凡之軀游行天際，觸犯羣真而致罰耶？雖爲戲言，亦惟强自解嘲而已。予孑身而來，如廉宦之清風兩袖，别無長物（因無行李，惟飛機中飽受天風耳）。寓格蘭德旅館（Grand Hotel），起居華侈，安宿一宵。晨起往美國轉運公司探詢行李，據云尚未運到，須待數日。予已焦急，因一切應用之物皆在箱内，必大感不便。怏怏歸寓，將致函威尼斯代運之公司，責其延誤。途中遇大隊工人，内雜手提錢袋之婦女，游行呐喊，知非佳兆，然尚不意其變之驟也。午膳後作英文長函，將自往郵局投遞，詎旅館大門已閉，寓客數百聚於廳中，神色愴惶，惟旁門闢一隙，以多人守之。予欲外出被阻，予告以僅探視門外，並不遠出，始得許可。此旅館之街口僅隔兩街，羣衆擁擠，濃烟密布，火光熊熊。予搓拭倦眼而自詫曰：「其拿坡里之火山，經愚公移至此耶？」一人首纏白布，鮮血淋漓，坌息喘汗，奔過予前。予立駭却，復見紅十字會之救護車馳向街口，知巨變已成，歎息歸寓。詢諸衆客（予之探詢甚難，因必待遇諸能英語者），謂社會及專制（或稱反社會黨及保守黨）兩黨齟齬已經數月，前有社會黨員三人被殺，昨經法庭判決兇手無罪，遂激衆怒而暴動云。是夕餐堂客滿，因衆皆不敢出外，惟餐於旅館。予覓座未得，向厨中購果數枚，食於寢室，草草就枕。夜聞槍聲，起而開窗，見對面樓宇居者，亦皆探首窗外瞭望。然街道睽隔，不易窺見。次日晨起，探視大門，見依然緊閉，則愁眉雙鎖。索閲報紙，謂皆停刊，惟社會黨之機關報 Der Abend 獨存而已，然爲德文，予不識也。聞昨日之亂，死傷約數百人。幽思睇子皇宫（Justiz Palast）爲著名之建築，即大理院所在，已被焚毁，昨所見之火光是也。是日起總罷工，維也納居民二百五十萬，工人佔一百萬，幾及半數，故罷工之令不崇朝而普徧，火車、電報、電話、郵政以及飛機一律停止，交通完全斷絶。政府有令，不許外人入境，惟許出境。旅客之急欲逃生者，用種種方法，或購小艇摇槳蕩出内河，或駕汽車駛行郊野，然終覺不便，仍有多人坐困以待者。美報稱維也納爲死城（The City of Death），蓋不惟與世界睽隔，而本國内之各省工人，方謀大隊出發進攻首都，居留城内者，惟待死而已。此次之變，論者多歸咎於共産黨之煽惑，然究其遠因，則歐戰後凡塞爾條約（Treaty of Versailles）早播其種，今方開始收穫耳。奥於歐戰時損失之重，只次法國一等，不幸多方束縛，使絶無恢復餘地。當時已處處造成將來困難之地位，外力自易蹈隙而入，瞬成燎原。列强果欲維持中歐之安寧，應迅速與以生機，否則將來變化正自難料，又豈僅一奥斯特立亞哉！

本旅館之餐室，乃售現而不登賬者，予囊資將罄，而各銀行一律關閉，無從取款，即無從購餐。予思柯克公司專爲游客而設，或不閉門，惟在亂地線内，試往商量，且冒險一覘外間情勢，果得取錢少許。將返旅館，詎行至半途，忽見行人紛紛狂奔，街道廣潔，且值日午，人影散亂於地，若池中魚陣受驚而激竄。予知有變，亦挺身急走。旋聞背後槍聲如雨，階沿上某旅館之旁門，方啓一隙，衆推之如泉湧入。予擠於衆中，亦奮勇前進，幸近予者多婦女，體力相等，未被擠傷。該旅館急閉其鐵栅，後至者不得入矣。予奔至廳間就椅而坐，一美男子遽前撫慰，予爲愕然。其人之美，如雕刻阿普婁（Apollo）之石像，彼握予腕爲診脈，且趣侍者以冰水飲予。彼先操義大利語，予不解；乃以英語慰予勿驚，並爲予歎息此游之不樂。座客見之，或疑彼此相識，然實素未謀面，彼何人歟？予稍坐，俟街市安靜乃辭謝而出。該處爲伯立斯特旅館（Hotel Bristol），距予所寓之格蘭德僅隔二宅耳。聞此次槍聲，係黨人圍攻警署，爲軍警反攻云。

是夜，聞吹觱篥者，其聲哀厲，馳過窗外。由夢中警醒，較晝聞槍聲時尤爲驚悸。蓋晝出乃預知有險，且隨羣衆，不甚恐怖，此則靜夜清眠，驚魂易斷。且每於電影中，見出征時輒吹角召集軍隊，而悲慘之事隨之發生。平時腦中感映已久，矧兹身處危城乎？晨起，詢之他人，莫能道其所以。予素達觀，生死久置度外，惟鐵路不通，行李未到，極苦不便。一切應用之物，即逐一購買尚不可得，蓋值罷市之期。況積日無衣更換，身寓豪華之所，而愈難堪，是以度日如年，不啻囚犯。三日後，電車復工，城内秩序逐漸恢復，惟與外界交通仍完全斷絶。後總理塞拍爾（Chancellor Seipel）有辭職之説，政府勢將改組，五日後乃恢復交通，以觀後效。聞此亦表面之詞，實際乃畏外力之干涉耳。予之行李亦旋運到，至爲欣慰，惟恐大局或再決裂，不敢久留此間，乃撥冗作半日游，往觀雄本皇宫（The Imperial Residence Schonbrunn）〔二〕，乃奥之前皇約瑟弗一世（Francis Joseph I）之故居。彼於一九一六年十一月二十二日殁於此宫，宫内陳設，都麗無匹，壁畫多千百人相聚之巨幅，如御狩、宫宴等事蹟，皇族及權貴各人之面貌，皆一一可認。皇尤愛東方物品，如中國之古磁、圖畫、漆器，皆分室陳列。某室之壁頂及椅榻等，悉用中國藍錦，穠采奪目。又一室四壁皆楠香紋木，嵌以赤金。予費二小時，將四十餘室巡閲週徧，仍未得詳覽也。歸途有二事感歎者：一爲菜場列牲類之生鞟多件，毛色如生，血痕新漬，而駕車之牛馬適行經其處，彼等見之亦有感覺否？牲類爲人服役，永無同盟罷工之舉，而反遭屠殺，揆之天良與事理，寧得謂平。世有仁者爲之呼籲乎？企予望之。又見大隊羣衆及軍警巡邏，予詢其故，則此番亂時，所死之衆，今日大葬也。嗟乎！予曾目睹彼等整隊高呼，生氣虎虎，數日後竟同瘞地下，當時曾自料及否？抑有死之必要耶？願後人哀之，而復鑒之。予游興闌珊，次晨附火車往德京柏林。

【校】

〔飽受天風〕原作「飽受天空」，據黄本信芳集改。〔奥斯特立亞〕一九三〇年六月十五日出版紫羅蘭第四卷第廿四號鴻雪因緣作「奥國」。〔街道廣潔……受驚而激竄〕原無，據黄本信芳集補。〔揆之二句〕原無，據同前紫羅蘭補。〔抑有三句〕原無，據同前紫羅蘭補。

【箋注】

〔一〕雄本皇宫（The Imperial Residence Schonbrunn），今譯申布倫宫，歐洲三大宫殿之一。曾爲奥地利哈布斯堡家族的夏季離宫，佔地廣大，先後五次改建，宫内有一千四百個廳房，張設華麗，吸引無數游客。

柏林

由維也納往德京柏林，沿途悉森森翠柏，叢林不斷，與華文之名巧合。平疇多植罌粟，紅英絢然，其爲製藥用耶？近畿之市爲德來斯頓（Dresden）〔一〕，工商輻輳，廠棧如林，泱泱大國之風，令人感想雖經歐戰巨創，而民氣不萎，終有鷹揚之日，未可以時世限之也。負郭山水甚佳，曰薩克桑瑞士蘭德（Saxon Switzerland），怪石巉巖，較諸美之大坎寧尤爲壯觀，民性之沉毅，或亦胚胎於此。宫室之建築，亦在在表其特性，與他國異，觀者可意會之。予抵柏林寓昂特頓玲頓（Unter den Linden），爲城中要道，猶紐約之五馬路，巴黎之音樂街也。全城名勝之區路線所賅者，自西之台加屯（Tiergarten）至東之阿來山德樸拉子（Alexander Platz），及自北之斯卜里（The Spree）至南之來卜斯加（Leipziger）。此外佳景尤多，不能概括。而街道之寬潔，森林之緜亘，石像之點綴，備極莊嚴，與巴黎、倫敦鼎足而三。德雖後起之勁，自佛來德立二世（Frederich Ⅱ）（一千七百四十年至一千七百八十六年）稱霸，使學術與武功並重，駸駸與列强伍。又因瀕河地利，便於運輸，鐵路之建築爲全歐中樞，遂以工藝名於世，而教育亦臻極詣。試觀編户居民，門標「博士」頭銜者，觸目皆是，他國無此盛也。天氣甚凉，予擬在此消夏，故從容未即出遊，不幸因病謁醫，謂非用手術不可，遂遄返巴黎，佈署各務。曾附柯克公司之車，於城内作半日遊，而於名勝之點，如蒲斯頓（Postdam）〔二〕、皇堡（Royal Castle）、國家圖畫館（National Gallery）、凱撒博物院（Kaiser Museum）等處，或匆匆一覽，或過門不入，故於此記不克覼叙，殊以爲憾，不識他日更有機緣再到否？旅館中備有打字機多具，任客取用，予因函札甚多，光陰大半銷磨於打字室中。暇則往京津飯店進餐，國人營此業於海外者皆粤籍，惟此獨異，風味亦佳。予與館主操津音談話，認爲鄉親，蓋幼客津埠，不啻土著也。地址在坎特街（Kantstrape 130, Charlottenburg），用爲介紹。

【校】

〔備極莊嚴〕原作「極備極嚴」，據黄本信芳集改。〔謂非用手術不可〕黄本信芳集作「謂捨刀圭無可救藥」。〔營此業〕黄本信芳集作「營烹飪業」。

【箋注】

〔一〕德萊斯頓（Dresden），今譯德累斯頓，德國名城，位於厄爾士北麓，曾爲薩克森王首府。市容美麗，多十八世紀建築。

〔二〕蒲斯頓（Postdam），今譯波茨坦，德國名城，臨近柏林。建市於十四世紀，曾爲普魯士王國的夏宫。城内有十八世紀中葉所建無愁宫等著名古蹟。

巴黎

予雖屢到巴黎，亦無所記載，因初到時，擬先肄習法語，而後詳考一切，顧既輟學，偶或遊覽，亦因循不録。由是得一經驗，即凡事今日能爲者，勿待異日。若存推諉心，或永無實踐之日。世界微塵，滄海一粟，寄身其中，安能爲永久之計哉！兹姑叙概略，不能詳矣。吾人曾居紐約者，後到歐洲，每苦街道之紛歧，蓋如蛛網犬牙，隨意錯綜，非若紐約之先繪圖而後建築，以二百餘街（Street）爲經，十二馬路（Avenue）爲緯，整齊有叙，可計數而得也。巴黎全地界以弓形之河，繁盛之區，皆在左岸，以音樂館（Opera）爲中心，前以瑞佛里路（Rue de Rivoli），後以好斯滿路（Boulevard Hausman），二者爲最長，然亦逐段名稱各異。瑞佛里路微折而接霞穆愛力西路（Avenue des Champs Elysees），亦長闊之路。格蘭德布瓦（Grand Boulevards）則爲商務之中樞，德拉沛路（Rue de la Paix）乃衣飾店薈萃之所，而凱旋門（Arc de Triomphe de L'etoile）則如蛛網之中心，以馬路十二條攢拱之，地段較音樂館爲清曠。此巴黎地勢之大概也。

鐵塔 La Tour Eiffel〔一〕

吾人雖未到巴黎者，每於圖畫中見此塔形，亦皆識爲巴黎特有之建築。位於河岸之右，介乎鮑登乃（Avenue Della Bourdenais）及瑟佛倫（Avenue de Suffren）二路之間。前爲霞穆馬廣場（Champ de Mars），建於一千八百八十九年，高九百八十四尺，有電梯升降，可縱覽巴黎全城之景。因全體爲鏤空鐵網所製，大風時且摇曳微顫。

【箋注】

〔一〕鐵塔（La Tour Eiffel），即埃菲爾鐵塔。位於巴黎市中心，在戰神公園内，遥對凱旋門。

音樂館 L'opera

原名Academie Nationale de Musique，爲世界最著名之劇場，名樂師及歌者每莅此獻技，常時亦多集會。座位二千一百五十八，樓廂四層，雖不甚廣，爲加迪爾（C.Gardier）所繪圖式。於一千八百六十一年開始建造，一千八百七十四年竣工，計閱十四載，内附藏書樓。

【校】

〔名樂師及歌者〕原作「優等樂師」，據黄本信芳集改。

魯巍宫 Palais Du Louvre〔一〕

俯臨河面，建於一千二百零四年，形式甚舊。拿坡倫三世時將泰樂里宫（Tuileries）合併爲一，内容愈廣，關於歷史事跡尤多。佔地四十八畝（Acres），然大部分爲博物院，所藏美術品爲世界最佳者之一。

【箋注】

〔一〕魯巍宫（Palais Du Louvre），今譯盧浮宫，世界最著名的宫殿之一。位於巴黎市中心塞納河北岸。原爲巴黎古老的王宫，最早建於十三世紀初，後屢加修建。一七八九年法國大革命後辟爲博物館。

埃及塔 L'obélisq de Louksor〔一〕

位於康可德廣場（Place de la Concorde）之中〔二〕，高七十五尺，重二百四十噸。下方上尖，精刻古篆，爲紀元前一千三百年之遺物。旁有圓形噴泉巨池，場面極廣，爽塏雅潔，爲巴黎最美之區。然當一千七百九十三年恐怖時代（The Reign of Terror），死於斷頭機（Guillotine）者，以千百計，皆在此處。而今陰霾盡散，當風和日麗時，游人但覺心曠神怡，不復憶及當日之慘變矣。

【箋注】

〔一〕埃及塔（L'obélisq de Louksor），亦稱方尖碑，由路易菲利普於一八三一年從埃及盧克索移至巴黎協和廣場。

〔二〕康可德廣場（Place de la Concorde），今譯協和廣場，位於巴黎市中心塞納河北岸，是法國最爲著名美麗的廣場之一。

完杜柱 Colonne Vendome〔一〕

此柱極巨，以一千二百炮銅所鑄成，頂立拿坡倫像，位於完杜廣場（Place Vendome）之中，四週建以圜形樓宇，在馬德璘廣場（Place de Madeleine）側，爲巴黎重要地段。

餘如拿坡倫墓、凱旋門，教堂則有奴特丹（Notre Dame）、馬德璘（Madeleine）及旁泰昂（Le Pantheon），皆最著者。法庭（Palais de Justice）、菜場（Central Market）、墳園（P'ere Lachise）均可遊覽。

城外則有凡塞爾皇宫（Versailles），建築瓌麗，内儲油畫極豐，爲歷代法皇驕侈及關於革命之遺跡。左近有馬勒梅桑（Malmaison），爲拿坡倫及其后約瑟芬（Josephine）之故居，簡樸如庶民家室。所遺舊衣物甚夥，寸鈴尺劍，粉盝脂奩，一一妥爲陳列，猶想見烈士雄姿、美人薌澤焉〔二〕。迤南略遠之方亭伯魯宫（Fontaine Bleau），崇樓臨水〔三〕，景尤幽蒨，拿坡倫竄流愛勒巴島（Elba）時〔四〕，曾與其扈從話别於此，後返國復辟，仍開御前會議於此。寶座及聯席，皆陳設如故。冠蓋匆匆，而聖海利那（St.Helena）一往不返〔五〕，幽囚野死，英雄之末路，亦可哀已。

法爲歐洲大陸名邦，勝蹟至夥，非此記所能賅括。予既不能參考法文，展轉得諸英籍，且屬稿時已離巴黎，追憶舊遊，不克詳備爲憾。至予由德返法之旅況，則以俗冗從略焉。

【校】

〔寶座二句〕原無，據黄本信芳集補。

【箋注】

〔一〕完杜柱（Colonne Vendome），今譯旺多姆圓柱，亦稱凱旋柱，爲紀念拿破侖第一之戰功，而建於一八〇六年至一八一〇年間。

〔二〕薌澤，猶香澤，指香氣。史記淳于髡傳：「羅襦襟解，微聞薌澤。」

〔三〕方亭伯魯，今譯楓丹白露。

〔四〕愛勒巴島（Elba），今譯厄爾巴島。意大利島嶼，在第勒尼安海中，離亞平寧半島西岸近海十公里處。海岸陡峭破碎，多小海灣。一八一四年拿破侖曾流放於此，後逃離該島。

〔五〕聖海利那（St.Helena），英屬南大西洋小島，一八一五年拿破侖在滑鐵盧戰役失敗後被流放此島，直至一八二一年五月死去。

渡英海峽

予既警於醫言，乃預理諸務，纖屑靡遺。凡所欲游之處，則急於實踐。欣然孥孳〔一〕，終日達觀樂天，委化任命〔二〕，固久契斯旨矣。英倫爲必遊者，乃由巴黎往鮑倫（Boulogne）港口〔三〕，約數小時火車之程，舟渡海峽則僅一小時耳，惟風浪湍激，甚於巨洋，朱兆莘氏曾有談虎變色之語，予幸勉能支持。旅客護照即於舟中簽驗，給以登岸文證。由孚克斯頓（Folkestone）登車到維多利亞站〔四〕，即倫敦矣。朝發夕至，可稱便捷，惟視此海峽爲畏途耳。

【箋注】

〔一〕孳孳，猶孜孜。勤勉而不懈怠。孟子盡心上：「鷄鳴而起，孳孳爲善者，舜之徒也。」

〔二〕委化任命，順應自然變化，聽任運命安排。此指生死由天。委化，死之婉稱。雲笈七籤卷八十五尸解：「是年九月委化於玄都觀，體柔香潔，儼然如生。」

〔三〕鮑倫（Boulogne），今譯布洛涅，法國北部加萊海峽省港口城市，在加萊市西南，臨利亞納河。

〔四〕孚克斯頓（Folkestone），英格蘭東南肯特行政區的海濱小鎮，鄰近倫敦。風景如畫，爲渡假勝地。

倫　敦

抵倫敦時，值美國兵團遊歷到此，致予訪十餘旅館皆無下榻處（平時亦常患客滿）。後得一中等者，陳設悉舊式，不惟遠遜美國旅館，即較巴黎亦且不逮，而價則較昂。幸於此邦言語能通，諸事便利，但於氣候不慣，每黑霧迷漫，暗無天日，致目痛喉癢而咳，蓋霧重如濃烟之激刺也。凡外人到此，須往内務部稱 Home Office 及警察署注册，即遷移一旅館或住宅，亦須立時報告。取締極嚴，違者重罰。

拿地尼伯爵之噩耗

前於巴黎因事詣義領館，得識拿地尼伯爵（Comte de Nardini），一見如故，意頗誠摯，臨别授以通訊地址，予抵倫敦擬書報而未暇也。某日往觀電影，爲時尚早，坐待無聊，乃購晚報消遣，則紀有巴黎暗殺案之新聞。謂伯爵今晨於辦事室中，被共產黨某鎗擊，兇手當場被擒。衆視伯爵方欹據汽爐，以手掩胸，忍痛撐扎曰：「彼殺我矣。」旋即仆地而死，鮮血尚沿手臂涔涔下也。末謂伯爵爲人機警而和藹，於外交界夙負盛譽。今遭此變，知與不知同爲悼惜云。予閱畢爲駭愕，蓋相別僅數日，而人事無常竟如是耶！憶別時囑予，如返巴黎必往晤彼，答以「予如不死，自能再晤」。彼慰予曰：「汝不死也！」而於「汝」字語音加重，迄今思之，若意謂死者非汝，乃我耳，詎非語讖耶？其父兄皆寓倫敦，擬以生芻致弔〔一〕，顧不知所寓。彼曾欲爲介紹，予沉思未答，故彼未以住址見示，今頗悔當日之疎忽，且辜其雅誼也。義自厲行法斯西斯主義（Fascism）以來，於今九載。莫蘇立尼（Mussolini）氏隱執中歐之鎖鑰，固爲共黨所切齒而莫逞者。其是非兹不具論，惟此等傷害，何濟於事？徒自證其狂妄而已。

【箋注】

〔一〕生芻，新割之青草。指代吊喪禮物。語本後漢書徐穉傳：「（郭）林宗有母憂，穉往吊之，置生芻一束於廬前而去。」

倫敦城之概略

倫敦位於泰穆斯河（River Thames）之濱，以西部爲繁盛，東則工人、水手及各種窶人所聚居。奥克斯福街（Oxford Street）最爲齊整而長，皆巍大商店。而匹卡的歷（Piccadilly）及瑞金街（Regent Street），則舞場酒肆薈萃之區。大公園二：一爲海德（Hyde Park），廣三百六十畝，毗連坎興頓園（Kensington Gardens）則逾六百畝；次則瑞金園（Regent Park），四百七十畝，内附動植物園。街道建築之犬牙交錯，略似巴黎。河之對岸，較爲冷落，亦有一公園，曰巴特西（Battersea Park），面積較小，此地勢之大概也。兹略舉諸名勝之區如左：

國家圖畫館 National Gallery

在特拉發廣場（Trafalgar Square），館不甚廣，儲品則精，大抵爲十五及十六世紀義大利名家作品，及法、德、西班牙等學校之成績，或由政府之購置，或由物主之遺贈。内有義大利人名畫二幀，以八萬七千五百磅購得，約合華幣百餘萬圓。其畫爲文迪克（Van Dyck）所作之英王查理斯一世（Charles I）戎裝乘馬之圖〔一〕，其一爲若斐（Raphael）之宗教畫〔二〕。又密蘭（Milan）公爵夫人像一幅，亦以七萬磅購得，爲義人侯彬（Holbein）之作〔三〕。

【箋注】

〔一〕文迪克（Van Dyck），今譯凡·戴克（一五九九—一六四一），意大利佛蘭德斯畫家。長期在意大利和英國生活繪畫。擅長肖像畫，英王查理戎裝乘馬圖爲其最著名的作品之一。

〔二〕若斐（Raphel），今譯拉斐爾（一四八三—一五二〇），意大利最著名的畫家。生於烏爾比諾，卒於羅馬。作品以聖母像、祭壇畫爲主要內容，享有「畫聖」之稱。代表作有西斯廷聖母、雅典學派等。

〔三〕侯彬（Holbein），今譯荷爾拜因（一四九七—一五四三），德國畫家。以擅長肖像畫、宗教畫著名，代表作有大使們、莫萊特像等。

英國博物院 British Museum

在大若賽街（Great Russel Street），廣儲上古及中古雕刻美術人物碑版等。希臘名畫及蠟畫（Encaustics），大抵湮没，吾人無由得見，惟於摩賽（Mosaics）嵌石法及藥殮尸棺（Mummy）之藻繪，尚可想見古畫之意旨。除於義之旁貝（Pompeii）古城所掘得者外，則以埃及國內發見最夥。埃及亡後，其精華皆萃於此，洵屬洋洋大觀。巴比倫（Babylon）原始碑碣多種，字形奇奥，如箭簇，如草莢，交錯而成。經專家繹出，大抵爲神話，殊可寶貴。又一室藏著名之愛爾金氏石刻（Elgin Marbles）〔一〕，而碩大無朋之石像，及巨逾十圍之石柱，重量萬鈞，亦不知如何而能移運至此。附設藏書樓收羅亦富，且有吾國元宋人墨蹟，匆匆未暇辨其真僞。

【校】

〔埃及亡後〕黄本信芳集作「英亡埃及後」。　〔繹出〕黄本信芳集作「譯出」。

【箋注】

〔一〕愛爾金氏，十九世紀英國外交家和藝術品收藏家。他曾將古希臘藝術珍品中帕台農神廟雕像運到英國，保存於大英博物院，稱之爲「愛爾金石雕」。

水晶宫 Crystal Palace

此爲倫敦之特有建築，猶巴黎之鐵塔也，在昔登哈穆（Sydenham），地址甚遠。以玻璃及鐵造之，成於一千八百五十四年，計費一百三十五萬磅。然工料尋常，並不精美，蓋所用者僅薄片玻璃，非結晶之料也。樓宇六層，佔地三百餘畝。宮前園景較佳，噴泉池等略仿法之凡塞爾宮。廣廳列石像多具，中央及各廂陳設雜物，兼售茶食，彷彿游戲場市廠之類，但游者寥落。前端列歷代帝后偶像，面貌各如其生。内有埃及館，滿佈篆文、偶像等。泥塑彩畫，古色盎然，恍入吾國之廟宇。壁柱鏤金錯彩，鐫繪極精，純埃及式。其尤可寶者，爲世界著名之羅賽他石（Rosetta Stone）。此石發見於羅賽他城，爲後世迻譯古文之鎖鑰，刻有三種文字，即象形（Hieroglyphic）、通俗（Enchorial）（乃埃及之通俗文）及希臘（Greek）是也。若無此石，則上古之文明，湮没盡矣。所關詎不重哉？又有希臘館，古雅與埃及館略同。内有著名雕刻勞昆（Laocoon）父子被蛇纏繞之像〔一〕，餘如羅馬、英、德各有其館，未暇詳叙。是日遊此，遇一小學生爲指導各部，其風度談論，儼如成人。據云其校即在鄰近，詢其年齡，答以十歲。歐人知識開啓之早，誠屬可驚。

【校】

〔泥塑彩畫〕原無，據黄本信芳集補。　「恍入句」原無，據黄本信芳集補。

【箋注】

〔一〕勞昆（Laocoon），今譯拉奥孔，希臘神話中特洛伊的祭師。因觸怒天神，和兩個兒子同被巨蟒纏死。

倫敦堡 The Tower of London

位於泰穆士河岸，形式古樸，略如砲壘。廣苑中殘雪疎林，佈以車礮，衛兵鵠列，朱衣竟體，峨黑絨冠，而執戟鉞，氣象森嚴。其歷史尤饒戲劇興味，所謂Dramatic。蓋歷代帝后居此，或遭刑戮，或被幽囚，椒殿埋香〔一〕，萇血化碧〔二〕。紅鵑疑蜀帝之魂〔三〕，白奈涴天孫之淚〔四〕。迄今觚棱夕照，河水澌澌，更誰弔滄桑之跡，話興亡之夢哉！當威廉帝（William the Conqueror）之鐵騎南征入主英嶠也，雄圖大略，始創此堡以固國防，分設各部，如堡壘、武庫、皇宮、監獄、造幣廠、藏書樓等。自一千零七十八年以迄十二世紀，逐漸擴充，蔚爲倫敦城之總薈。其中一部曰緑宮（Tower Green），宮中小室一隅，鋪以花綱石，皇族及權貴之就死刑於此者，凡七人：（一）哈士丁爵士（Hastings），一四八四年；（二）安波林皇后（Queen Anne Boleyn），亨利八世（Henry Ⅷ）之次妻，一五三六年五月十九日；（三）馬格來伯爵夫人（Margaret Countess of Salisbury）一五四一年五月二十七日；（四）卡薩玲皇后（Queen Katharine Howard），亨利八世之第五妻，一五四二年二月十三日；

（五）饒佛子爵夫人（Jane Viscountess Rochford），一五四二年二月十三日；（六）建格來爵夫人（Lady Jane Grey），一五五四年二月十二日；（七）戴佛如伯爵（Robet Devereux Earl of Essex）一六零一年二月二十五日。斷頭臺上置一巨斧，厲惡可怖。建格來夫人年幼貌美，竟以蝤蠐之頸〔五〕，膏此兇鋒，後世惋惜之。名畫家多繪圖以紀其事。諸人之刑，皆用該斧，惟安波林皇后斬於寶劍，特由聖奥梅宫（St. Omer）取出，以斷其脰者。尸皆瘞於堡内之派特寺（Chapel of St.Peter）下。至諸人事跡之奇哀頑艷，典籍可徵，非此篇所能盡也。予由曲狹之石級盤旋而降於窖，幽邃黑暗，蛛網塵封，堆積古銹之劍戟，而闃寂無人。初不知即瘞尸處，出窖後向經理室索閲其史而始知之，否則獨遊時必疑魅影之或現，生恐怖心矣。由鐵齒閘門通入監獄諸囚所，手鎸姓名，或隱謎於窗壁間，猶宛然可辨，想見當時悽楚之情。有於窗上鎸一鐘加A字於其間，乃阿貝爾博士（Dr.Abel）之謎。蓋鐘於英文爲Bell，加A則如其姓。當亨利八世與其第一后（Queen Katharine of Arragon）離婚時，博士援律爲后辨護，八世以攖其逆鱗，捕繫此獄，而以違犯皇帝尊嚴罪斬之。刑及律師，亦創聞也。

緑宫外有伊立撒伯公主路（Princess Elizabeth's Walk），乃公主入獄時所經過者。夫建格來與伊立撒伯同以皇冑而被擁立，一則由御座而降爲死囚，一則由犴狴而爲聖主〔六〕，終其身稱郅治焉。司賓塞爾（Edmund Spenser）有神聖女皇（Fairy Queen）之詩以頌之〔七〕，何枯菀茵溷之迥殊也〔八〕。又有所謂血宫（The Bloody Tower）者，乃愛德華四世（Edward Ⅳ）之二皇子，被其叔理查三世（Richard Ⅲ）遣人暗殺於此。此説聞諸該室守衛之兵，且指示刺客掩入之小門，現已砌塞矣。至教士之刑於此堡者，有慕爾（Thomas More）、費薛爾（Fisher）、克蘭麥爾（Cranmer）等，卒愈激起新教徒之勢力。諸人之死於宗教之改革，不爲無功也。

堡内有巍克斐（Wakefield Tower）者，乃皇室寶器之陳列所，於一小室之中央置玻璃罩，四週繞以鐵欄，光彩閃鑠。鑽石冕數尊，尤爲特色。最大者爲愛德華七世之冕，計嵌鑽石二千八百十八粒，明珠二百九十七粒。額之前部，綴大鑽石一，巨如胡桃，重三百零九卡拉，名「非洲之星」。沿邊飾玫瑰寶石五十二粒，鸚鵡寶石五十九粒，紅緑相間，瓌麗無倫。其形爲條棱四拱，頂立十字，重三十九盎斯。次爲喬治五世（George V）之冕，綴鑽石六千一百七十粒，印度翡翠一，重三十四卡拉。及其他寶石不計，喬皇矜麗，寶相莊嚴。女皇維多利亞及馬利后之冕亦相彷彿。威爾斯太子（Prince of Wales）冕純爲金製，形式簡單。又御杖或稱皇節（Sceptre），與羅馬教皇所持之節，形式略同，頂作金瓜式，外加條棱虛拱，嵌以珠寶。柄端嵌鑽石一，巨如鵝卵，重五百十六卡拉，爲世界最巨之鑽，無價可估，亦稱「斐洲之星」。其他寶器，茲不具述。

【校】

〔一五四一年句〕原無，據黄本信芳集補。　〔終其身句〕原無，據黄本信芳集補。

【箋注】

〔一〕椒殿，古代后妃居處。和凝宫詞：「紅泥椒殿綴珠璫，帳蹙金龍窣地長。」

〔二〕萇血句，王嘉拾遺記卷三載：周靈王時人萇弘爲周人所殺，既死，流血成石，或言成碧，不見其尸。

〔三〕紅鵑句，傳説古蜀帝杜宇死後，魂魄化爲杜鵑，故云。師曠禽經引蜀志：「後數歲，望帝以其功高，禪位於鼈靈，號曰開明氏。望帝修道處西山，而隱化爲杜鵑鳥，或云化爲杜宇鳥，亦曰子規鳥，至春則啼，聞者悽惻。」

〔四〕白奈句，謂哀悼帝后之死。奈亦作「柰」。晉書成恭杜皇后傳：「先是，三吴女子相與簪白花，望之如素柰，傳言天公織女死，爲之著服，至是而后崩。」天孫，指織女。史記天官書：「織女，天女孫也。」

〔五〕蝤蠐，天牛、桑牛之幼蟲，色白，豐潔圓長，古時多以之喻婦女之頸。詩衛風碩人：「領如蝤蠐，齒如瓠犀。」

〔六〕犴狴，拘人之所。陶宗儀説郛卷七〇：「犴狴，惡地也。人一入其中，大者死，小者流。」

〔七〕司賓塞爾（Edmund Spenser），今譯斯賓塞（一五五二—一五九九），英國著名詩人。主要作品有長詩仙后等。

〔八〕枯菀，枯榮，謂盛衰或生死。國語晉語二：「暇豫之吾吾，不如鳥烏。人皆集於菀，己獨集於枯。」姜宸英謝起臣孝廉賡昌輓詩二首：「朝光不燦泉臺夜，枯菀由來一夢中。」茵溷，茵席糞溷，喻貴賤。南史范縝傳：「人生如樹花同發，隨風而墮，自有拂簾幌墜於茵席之上，自有關籬墻落於糞溷之中。」厲鶚閏四月二十一日集竹墩積照堂聯句詩：「茵溷各安遇，蘭艾紛殊根。」

議院

倫敦議院臨泰木斯河，原屬衛斯民宮（Westminster Palace）舊址。地廣八畝，造價三百萬磅，爲嘎惕克（Gothic）古式〔一〕，建於一千零九十七年，於一八五七年竣工，歷代帝后遊宴於此。亨利八世曾開貧民宴，款客六千，陳簋三萬。然内容並不甚廣，不知如何佈置者。墻壁爲福來斯寇式（Fresco Style），滿繪史事，取材宗教、武俠、公道三種精神，且多石像，皆帝后勳貴等。棟梁榱桷，雕繪甚精，其花樣大抵以獅馬皇冕爲標記，兹循序覼陳各室如左：

【箋注】

〔一〕嘎惕克（Gothic），今譯哥特式，爲十二至十六世紀初期歐洲新型建築藝術風格，給人以向上升華、天國神秘之幻覺。

英王更衣室 King's Robing Room

由維多利亞宮（Victoria Tower）進口即爲此室，空無器具，惟東壁繡屏下設御座一，餘三面皆壁畫，如無名英雄之葬儀，及十八世紀名畫家戴士（W.Dyce）所作阿塞爾王（King Archur）之故事〔一〕。王爲紀元五百年至五百四十七年時人，勇武善戰，征服撒克桑人（Saxons）云。

【箋注】

〔一〕戴士（W.Dyce），今譯戴斯（一八〇六—一八六四），英國著名畫家。名作有埃塞爾伯特的洗禮、阿瑟王等。

皇家畫院 Royal Gallery

由更衣室即至此院，搆造精麗，沿壁裝長排軟椅，壁立金人八。左畫奈勒森（Nelson）之死，右畫威林頓（Wellington）與伯魯且爾（Blücher）戰後會於滑鐵盧（Waterloo）。又帝后畫像五幅，爲喬治王及馬利后維多利亞、阿立山大（Alexandra）二女王及阿勒伯爾特（Albert）太子，皆文特哈屯（Winterhalten）所作〔一〕。

【箋注】

〔一〕文特哈屯（Winterhalten）（一八〇五—一八七三），德國學院派畫家。作品有芙林達等。

太子室 Prince's Chamber

室甚小，列石像三尊：中爲維多利亞，左爲慈善之神（Mercy），右爲公道之神（Justice）。壁畫爲特都爾（Tudors）諸王后，及被刑之蘇格蘭女王馬利，及慘死之建格來公主等。

貴族院 House of Lords

室形長方，縱百尺弱，横僅及半，惟建築華美。鍍金之窗十二，嵌彩片玻璃，爲英倫、愛爾蘭及蘇格蘭帝后之像。南端拱弧（Arch）三面，爲戴士及庫樸（C.W.Cope）等所作之畫〔一〕，於英倫美術建築史爲第一次之畫壁。其畫爲：（一）黑太子承受愛德華三世賜爵之典；（二）愛台伯王（Ethelbert King of Kent）受耶教洗禮；（三）亨利太子受法官處罰之圖。各窗之隅，爲十八元勳之造像，即一千二百十五年迫英王John畫諾於大憲章（Magna Charta）者〔二〕。室之北端設御座二，爲帝后之用，兩旁分設多頭燭臺一架，麗縟可觀。中央置書案議員之席，一律紅革長凳，左右各四排，後端三排，共約六百座。議長、外交團報告等席外，尚有皇族旁聽席。末端兩列小椅各八，紅革而繪金冕，或云爲議員之長子而設。室外即爵士廳（Peers' Lobby），空無陳設，惟銅架四具，懸人名牌，共可四百。

【箋注】

〔一〕庫樸（C.W.Cope），一譯科普，十九世紀英國著名畫家，內容多取材於莎士比亞戲劇。

〔二〕大憲章，一二一五年，英國貴族聯合起來，迫使國王約翰簽定的一份文件。旨在限制國王權力，保護貴族和人民的權力，建立法律程序等。

爵士廊 Peers' Corridor

長狹之廊，分段滿佈壁畫，爲庫樸所作：（一）爵士若賽爾（Lord Russel）夫婦刑場之決別；（二）查理斯一世（Charles Ⅰ）之葬；（三）教士乘舟訪尋新英倫，其舟爲著名之五月花（Mayflower）；（四）教士拒絶簽約之被逐；（五）倫敦軍隊援救格勞斯特（Glaucester）城之出發；（六）騎兵保護貝興堡（Basing House）；（七）查理斯一世捕下院五議員；（八）查理斯一世屯兵拿亭漢穆（Nottingham），以抗議院。

中央廳 Central Hall

爲八方形，空無陳設，惟四石像：（一）洛賽爾伯爵（John Earl Russel）；（二）那爾扣特伯爵（Stafford Henry Northcote Earl of Iddeslegh）；（三）格拉士頓（W.E.Gladstone）；（四）考沃爾伯爵（G.L.Cower Earl of Granville），皆十八世紀人。

東廊 Eastern Corridor

此廊列名畫六幅：（一）亨利八世欲與卡賽玲皇后離婚，對簿羅馬主教之法庭（按亨利八世曾易其后六人）；（二）拉惕麥爾長老（Bishop Latimer）覲愛德華六世，論教産；（三）馬利女王戰勝建格來公主，入倫敦即位；（四）伊拉斯麥斯（Erasmus）及慕爾（Thomas）謁亨利七世之子女；（五）卡佈特（John Cabote）父子奉亨利七世之命，乘舟訪新地；（六）紅白薔薇之戰。一千四百五十五年時，約克（York）黨與蘭卡斯特（Lancaster）黨争王，各採薔薇，分紅白色以爲標誌，慘殺三十年。此英史特著之事也。

衆議院廊 House of Commons' Corridor

壁畫：（一）查理斯二世由村女伴逃之圖。按查理斯一世被弑後，其子二世逃蘇格蘭，克如威爾（Cromwell）尚以兵窮追[一]。二世匿大橡樹上兩晝夜，經少尉藍氏佯爲其妹請護照，往省病親，此女乘馬，而二世化裝爲之圉人，始獲間關逃往諾曼地（Normandy）。迨返國繼位，克如威爾已死。乃斬其遺骸以復父讎云。畫中之少女即藍倩（Jane Lane）也；（二）李女（Alice Lisle）計救逃兵事，亦俠烈。當一千六百八十五年塞吉慕爾（Sedgemoar）之戰，兩軍中各有一兵逃至李女處，女伴遣其僕報告有司，乘隙縱二兵逃。顧緹騎已先至，將女及二兵逮捕，法庭判女焚死，經衆籲求，始易爲斬刑。世傳 Bloody, Assize 之血讞是也；（三）劊手以書縛芒特魯之頸，芒特魯侯爵（Marquis of Montrose）爲忠於王黨之人，韋夏特氏（Wishart）曾著拉丁文之書以譽之。侯爵被刑時，當局命以此書縛其頸，而從殺之。侯爵稱爲榮領（衣領也），謂榮於賜勳云；（四）阿吉爾（Argyll）最後之睡；（五）查理斯二世於道佛爾（Dover）登岸；（六）兩院進皇冕於威廉帝及馬利后；（七）芒克（General Monk）宣言議院之自由；（八）釋放七長老。

【校】

〔經衆籲求二句〕原無，據黄本信芳集補。

【箋注】

〔一〕克如威爾，今譯克倫威爾（一五九九—一六五八），英國政治家、軍事家、宗教領袖。生前反對查理一世的封建統治，組織騎兵同國王作戰，並使其淪爲階下囚。克倫威爾死後，查理一世復辟，將他的遺體掘出，斬首示衆。

衆議院 House of Commons

建造遠遜貴族院之華美，座位亦不甚敷。亨利三世以前之議院，僅以貴族教士組織之，迨三世以無道被拘，其臣芒特福爾特（Simond de Montfort）矯詔召集代議士，是爲下院之濫觴，時一千二百六十五年也。其集會大抵於衛斯民教堂（Westminster Abbey）之查樸特館（Chapter House），至一千五百四十七年始移入此間之聖斯泰芬教堂（St.Stephen）。迄一千八百三十四年遭倫敦之大火，始改建此。室中設御座及書案議員席，一律爲黑革之長凳，左右各五排，每方約一百五十餘座。上有廊如戲臺，並設婦女參觀席，爲此院之始創。蓋以前格於規例，不許婦女到場，今則時局大異，喧傳已久之。Flapper Vote 少女選舉權已於日前（三月十二日）在衆院通過第一讀會，凡女子年滿二十一，即有選舉權，與男子同。將來投票者，男子計一二、二五〇〇、〇〇，而女子則一四、五〇〇、〇〇〇，且占多數。政局將永操於女性之手，亦英國歷史中重要之變遷也。

聖斯泰芬堂 St. Stephen’s Hall

爲長闊之室，左右列石像各六：即克拉蘭頓（Clarendon）、漢穆頓（Hampten）、福克蘭（Falkland）、塞勒屯（Selten）、撒麥斯（Somers）、瓦浦爾（Robert Walpole）、曼士菲（Mansfield）、霞丹（Chatham）、法克士（Fox）、匹特（Pitt）、伯爾克（Burke）、格拉屯（Gratten）。

聖斯泰芬堂 St. Stephen’s Crypt

爲地窖之教堂，及教士葬處。建築精麗，尤以遥矚其室頂（内部）拱弧糾紛，極文采披離之致。但以如此佳所，曾被衆議院用爲儲煤進膳之室，復充爨舍，後經亨利八世重修，得復莊嚴之舊觀，而慎加保護云。

内部之建築概略如此。門外廣場前有理查來昂（Richard Coeur de Lion）跨馬揚鞭之銅像，墻邊窄徑則鑄有克如威爾（Olive Cromwell）之像，佇立俯首，厥狀嚴厲，與特拉法嘎廣場（Trafalgare Square）查理斯一世騎馬之像，遥遥相對。一以革命成功，一以專制被弑，彼此仇讎而國人共保存之，不加軒輊。

【校】

〔及教士句〕原無，據黄本信芳集補。

衛斯民教堂 Westminster Abbey

議院對面即衛斯民教堂，地廣六百畝，一千零四十二年，愛德華（Edward The Confessor）所創造。自威廉始，歷代君主多加冕於此，設有御座，蘇格蘭諸王亦沿用之。各帝后及耆宿名流均葬於此。去年大詩家哈代（Thomas Hardy）遺命欲於故里與妻合殯，當局議決，剖取其心葬之故里，尸體則葬此堂，以申崇敬。一九二〇年，復爲無名之軍人（The Unknown Warrior）營窀穸於正廳，矜式國殤也。亨利七世之墓最爲華美，隔以堅厚之銅闕，鎸刻甚精。諸墓之像，或坐或立，尤多仰臥。某爵士之石像，被遊人滿刻姓名於其頭面手臂，藉爲紀念。夫游覽而題名疥壁已屬惡習，況摧殘偶像之面目乎！惟銅版鎸像，平鋪墓面之法甚佳，工料既省，且免毁傷，於東隅某室中見之。又一小閣，庋藏蠟像（Effigy）。古俗，凡帝后舉殯，皆以此前導。亨利三世以前，且以原尸露面於外，俾衆得瞻慕遺容，兼以證其面色如生，免被刺謀殺之嫌，後以蠟偁代之。

法庭

予由英友介紹得觀法庭民庭，在斯特蘭街（Strand），巍然廣厦，分十九部。刑庭即奥貝雷堂（Old Bailey），爲古監獄之原址。開審時法官高坐，左側坐襄讞十二員，男女皆有，逐一行宣誓禮而後裁判。囚犯立於法官對面之高臺上就鞫。最觸目者，即諸律師之假髮（Wig），霜鬟雪鬢，顯非天然。夫法庭尚實，僞飾何爲，殊所不解。埃及法官裁判死刑時，頸間懸挂金小像，稱爲真實之神，其義甚明也。因此假髮，予遂憶及髮辮。吾華人以猪尾見稱於世界久矣，迄今各報紙凡繪華人，必加辮以爲標識，然華人之有辮，僅於五千年歷史中占二百六十年耳，且長大下垂，與豚尾迥異。英人古裝亦有辮細小，且翘然而起，酷肖豚尾，試觀倫敦街道中之銅像，尚有翘其辮者，可以爲證。

閱報雜感

予於報紙喜閱訟案，頗饒興趣。客冬，某案引起社會之評論，投函各報，題爲許殺之權（The Right to Kill）。緣某少年貧而喪偶，所遺子女皆某撫育，致牽累不克營業。最幼之女甫四齡，久病，醫謂不治，某乃將此女投浴盆中溺斃之，而自首於署。官判無罪，輿論譁然。司法界且有揚言，應續訂新律，凡病人經三醫證明無救者，得殺之，以止其痛苦云。有投函於 The Morning Post 報者，謂其家屬某患臟瘤，諸醫大抵謂爲惡毒，一醫且言不能延至一星期，後此病者經十七年乃殁，且非死於臟瘤云。前案判决未久，又得相類者。一媪患肝瘤，經醫院割後不堪其苦，醫亦證明無救，媪之女（已嫁者）乃以砒霜死之。官判此女有神經病，監禁終身。又某被二醫妄指爲狂癇，禁錮瘋人院中二十年，逃出後乃訟二醫，判償金二萬磅。二醫不服而上訴，竟改原判，减爲五百磅，某忿極自殺。此皆倫敦報紙所載者，各案詳情，予不得知；以法官之經驗，或有真知灼見。惟予意醫可誤證或賄託，應由病者邀集證人簽名，自願就死，則殺之者方爲無罪。然各國法律多禁自殺，報載男女二人因貧不克自存，乃相約同死，不幸遇救，執送有司，立判繫獄。女聞之色慘變，頓時暈絶。不蒙哀矜，反獲罪譴，何其酷也！求生不得，求死不許，孰謂歐美人民得享自由哉！

【校】

〔輿論譁然〕原無，據黄本信芳集補。

鬼打電話

英報 Daily Mail, Dated 5 September Faris 紀柏林消息：某經商於城市，遺其妻及子居鄉村。某一日忽聞室中電話屢鳴，接之，乃其妻之語音，自謂已死，諸童稚方圍哭云。某知該村無電話，疑其友仿效妻語而惡作劇也，立摇鈴探詢電話局：「適來之電話，係何人所發？」接線員答曰：「頃無人取用尊處號碼。」某益大惑不解。少頃，其妻之訃竟至，乃急返家。據侍者云：妻病危時，厭其子女之圍哭，欲以電話召其夫，惟距該村八里外方有電話，侍者勸阻，妻乃悵悵而殁。報載此事甚詳，其人名 Herr Foltanski。

因果

倫敦某鐵路司機員娶再醮婦，婦之前夫，乃被謀殺於鐵路者。二年後，司機員暴亡，其地恰爲前夫所死之室。又某商之妻被殺，驗爲剃髮之刀，但兇器迄未查獲。某雖被嫌入獄，亦旋得釋。二年後，某以剃刀自戕於其妻所死之室中。歐人不信因果，謂爲巧合之事，惟倫敦之 The Chronicle 每研究靈魂，予曾投函供以資料云。

與 The Chronicle 報談靈魂之函

昨見貴報討論靈魂，及某君函述事蹟，與予所見聞者亦多相類。或謂此皆偶然之事，否則何以人死後，大抵杳無音訊？然予以爲精神各有强弱，必特强者方能有所表示，否則幽明間不易溝通也。茲述各事如下：予之外祖母居北京時，與水稼軒工部之夫人相友善〔一〕，會水夫人病，其子亦病且死，家人秘不以告。夫人忽召其子婦至，嚴詰之，答以「無恙」，乃斥之曰：「汝尚欲瞞我耶？彼頃親來報告，謂將死時囑曹媽（女傭）稟聞而拒不往云。」婦聞言，始泣曰：「其事確也。」夫人哀痛，自嚙其指見血，數小時後亦殁。此事爲吾母所言也。

又四年前，予由美返國，寓滬之南京路二十號，同居僅一侍女，名阿毛。某日予午睡，侍女忽賫熱水一壺，置予室内，作詫聲曰：「咦！」即悄然去。予睡起詰其故，答曰：「方行經汝室外，見汝立門前低呼『阿毛，送熱水來！』予遂往隔室之浴所（與寢室毗連）取得一壺，迨送至室内，見汝方酣睡，衣履悉褪置於側，故爲驚詫耳。」按是夕予擬赴宴，届時必需熱水梳洗，但午睡爲時尚早，故未言及，詎予睡時魂竟離體而傳令耶？

又二年前，寓滬之同孚路八號〔二〕，朱樓向南，臨方式球場，北階前黄沙碾徑，餘繞場三面悉冬青樹，西即通衢，高槐覆牆，而鏤化鐵門在焉。入夜則門加鍵，宅中且有印度警吏二人晝夜邏守。當二月十四夜，予聞樓下有聲，疑爲胠篋之徒〔三〕，乃起立，凝神静聽聲之所在，復取手槍。平時因避危險，槍機悉已拆卸，此時予乃將彈筒及彈粒一一裝配，費時約五分鐘，則腦力已清醒，非復睡眼朦朧矣。乃悄步至廊，向球場瞭望。時方細雨，門外汽油之路燈光極强烈，照雨絲如金線，清晰可睹。瞥見草場上有物移動於樹影颭亂中，旋即越沙徑趨入廊廡，恰當予所凭欄之下，爲黑物一團，如人之傴背。但近在咫尺，既不見人形，而移動平均，無步行躑躅之態。且廊廡間即警吏棲息之所，果爲竊賊，應畏懼不前。人歟？鬼歟？殊爲惶惑。乃按壁鈴，僕役羣起，詢諸警吏，方溺職而入睡鄉，固云無所睹也。相率偵查，撥花撼樹，搜尋迨徧而無踪跡。門鎬尚未啓也，其踰墻逃去耶？此事迄今不能解釋云。（下略）

【校】

〔阿毛送熱水來〕黄本信芳集作「阿毛送熱水爲予盥面」。〔取得一壺〕黄本信芳集作「取得熱水」。〔偵查〕黄本信芳集作「偵緝」。〔其踰墻〕黄本信芳集作「其爲竊賊攀樹踰墻」。

【箋注】

〔一〕水稼軒，即水恩霖，江蘇阜寧人。官工部郎中。主要活動在清同治年間。

〔二〕同孚路，舊上海之路名，即今石門一路。

〔三〕胠篋，撬開箱子。莊子胠篋：「將爲胠篋探囊發匱之盜而爲守備，則必攝緘縢固扃鐍，此世俗之所謂知也。」

三十年不言之人

某日倫敦報載「三十年不言之人逝世」之消息，謂此人曾因與妻反目，咒詈其妻將來必遭焚斃，詎次日其宅被焚，妻與二幼子皆葬身火窟。某痛悔失言，遂緘口終身。此較息夫人三年不言〔一〕，爲尤難能也。

【箋注】

〔一〕此較息夫人句，春秋時，息侯之妻息夫人，因貌美而招致楚文王出兵滅息，據爲己有。其後，息夫人雖爲楚文王生二子，但三年不與楚文王交語，以此表達内心的故夫之思和忍辱苟活之痛。此用其事。左傳莊公十四年：「楚子如息，以食入享，遂滅息。以息嬀歸，生堵敖及成王焉。未言。楚子問之，對曰：『吾一婦人，而事二夫，縱弗能死，其又奚言？』」息夫人，即息嬀。鄧漢儀題息夫人廟詩：「千古艱難惟一死，傷心豈獨息夫人。」

醫生殺貓案

倫敦某醫院二醫治事畢，返休息室，按例爲彼等所備之糕已被貓竊食，乃憤以鐵器擊斃之，血污滿地。院長以虐傷畜命訟之於署，依法集訊，並飭官醫檢驗貓體致命之傷。據稱傷非要害，係因被擊受驚，驟罹心疾而殞。二醫辨稱，因貓罹狂疾，恐傷害病人，故斃之。判均開釋之。

夫歐美之文明，傷一物命亦繩以法，洵堪欽佩，惟於庖厨食品及工廠原料，如齒革羽毛等則恣殺勿論，殆謂不得已而用之，然於義理終有未安。夫仁恕之道，推己及人，由近而遠，始於同族而廣於異族。當美洲文化已蒸之日，而有販賣黑奴之舉，以爲我白而彼黑也。彼等之視黑種與禽獸不甚懸殊，幸有林肯（Abraham Lincoln）總統不惜宣戰，以矯其謬。偉哉斯績！昭示靡窮。其功不在黑人之得救，而在世界正義之伸張。至於人與畜類同爲血肉之軀，四肢五官同具，惟形貌異，知識差耳。吾人對之遂抹殺一切道德，純爲敷衍自欺，與販賣黑奴之心理何異？且如牛馬爲人服役，循序按法，勤勞無忤，較之奴隸有過之而無不及。迨年老力盡，則殺而食之。無怪乎近世勞工之抗業主，苟非人類力能結合，將同此結果耳。此間無道義可言也。黑奴釋矣，次於黑奴者待救孔殷，世有林肯其人爲更進一步之撻伐否？設曰無之，亦世界文明之羞，而吾人之罪惡，將永無湔滌之日矣。兹録聶君其傑非洲人肉市（見新聞報）之按語於後：

其傑按：此種風俗乍見之，似屬可怪，然世間之事可怪者甚多，習而成俗，則羣相安之，不以爲怪矣。在不食人肉國之人，若居彼族中，見人肉而不食，則彼族必譁然而笑之，謂其迂愚，亦猶我輩食獸肉之人，見不食葷者，亦羣相諷笑，以爲迷信。夫彼輩舉箸時，見碗中一人手指、一人耳舌，而不動於心者，亦何異於我輩自命爲文明國人者，舉箸持刀，叉取禽獸心肝入口，而無動於中也！外人誤入彼族陷阱中，遭其縛宰、訴而不聽者，亦何異禽獸之遭吾牽縛，而無力自脱也！人有天倫骨肉之情，禽獸亦有母子之愛；人知痛苦，禽獸亦知痛苦；人知感恩怨怒，禽獸亦知感恩怨怒。所異者，智力不如人，故爲人所制，任人宰割烹食，蓋純然一强弱之問題耳。弱者肉，强者食；或食人，或食肉。同一恃强凌弱耳，豈有他哉？夫天地間一切罪惡，不外乎以智苦愚，以强凌弱，以衆暴寡。大抵人居於愚者、弱者、寡者之地位時，則心中冀望他人之垂憫，雖盜賊之兇忍，虎狼之冥頑（城按：前篇在羅馬所紀猛獸之仁心一節，則虎狼見被棄之人類兒童，每拾取代爲撫養，而人類每取禽獸之幼稚而烹食之，是人不如獸也），我輩遭之，猶希望其發慈悲之心，一旦自居於優勝地位，更不復爲愚者弱者憐惜。常人食禽獸，獷獷人食人，皆同此惡劣之心理而已。（下略）

歐美亦有所謂Vegetarian，即蔬食之人，而饕餮者飾詞詆之。前見西報有投函論蔬食者之殘忍，謂草木亦爲生物，何忍相殺？此等佞詞曲解，宣尼所謂詖遁淫邪〔一〕，應予明辨者也。夫仁恕之道，由近及遠，前既言之矣。草木非血肉之軀，與人類氣禀迥殊，雖應愛惜，衡其親疎遠近，自應食植物以代動物，猶文明民族食獸肉以代人肉，其義甚明。且天生吾人，本非食肉之體質，試觀貓犬尖牙而食肉，牛馬方齒而食草。吾人未生獠牙，奈何食肉？只以人類多智，異想反常，臠割而烹飪之，違其本質，以致疾病叢生，損減年壽，此伍廷芳氏有「蔬食可活二百年」之説也。因食肉而習見流血之慘，養成兇殘之性，人類且自相殺害，兵戰格鬥，一觸即發，釀成痛苦之生涯。靈魂亦積眚叢愆，永墮沉淪之獄。肉體暫寄，精神永存，奈何恣一時之欲，而遺終古之悔？吾人試回憶由兒時以迄成年，其梯級已一一經過，轉瞬即末端之歸宿，猶欲如此最短時期内，恃强淩弱，狗苟蠅營，以損他利己爲務，何其心計之拙而目光之淺也！或曰：「子何所見，而知人有靈魂？」答曰：「人爲萬物之靈，而謂無魂，是自儕於冥頑之動物也。謂地球外無他星球，謂物質外無靈界，真宰造物詎能如是簡單？英儒斯賓塞爾有言：『科學愈發明，令人愈驚造物之巧，而知神悶之不可誣。』」或曰：「假定人有靈魂，又何知善者超度，惡者沉淪？」答曰：「無他，此因果自然之律耳。善者身泰心安，死後靈魂清輕；惡者行醜德穢，死後靈魂重滯。靈界安能無涇渭之分，而同流合污哉？」南海康同璧女士詩云：「與世日離天日近，冰心清浄不沾埃。」予今已臻此境，非淺俗者所能喻也。

【校】

〔結果〕黄本信芳集作「收場」。　〔以爲迷信〕據黄本信芳集補。

【箋注】

〔一〕詖遁淫邪，語本孟子公孫丑上：「詖辭知其所蔽，淫辭知其所陷，邪辭知其所離，遁辭知其所窮。」詖，偏頗。遁，本意隱而不明。淫，過度之意。邪，邪辟不正。

成吉思汗 Genghiz Khan 墓

倫敦之 The Daily Express 報紀俄國探險家高思羅甫（Professor Kozlov）訪得蒙古王成吉思汗（元太祖）墓於戈壁已廢之城 Khara Khoto，兹譯如左（以下皆高氏所述）：

予自一千八百八十三年，即專探亞洲古蹟，而於此墓則經二十載，始探確無訛。予習蒙古語言文字，同化爲喇嘛之一，始得彼族指導，親歷其境焉。墓在奥爾杜斯省（Province of Ordos），守護矜嚴，禮奠神秘。每年夏曆三月二十一日，其子孫及諸僧侣詣墓參祭，予由王之十八世嫡嗣阿拉山（Alashan Genghiz Khan）

及其留學俄國之兄介紹，始獲發明。中華元代國史稱王於一千二百二十七年薨於 Khara Khoto 之都城，因國際關係秘而不宣。近見華北日報（North Ohina Review）云「王墓在拉齊林，惟堆亂石，覆以氈幕，他無所有，棺爲石製云」。他報亦每爲相類之傳佈。此殆疑塚，蒙人故爲流言，以免真者之被探獲云。予等由墓道而入，迷宫爲廣四十尺之方場，中置龐大之黄木外槨，藻繪悉東亞式，内儲銀棺而覆以旗，長十尺，寬四尺，上繡王之徽章，棺下置皇冕七十八具，皆王所征服取爲紀念者。堂後供神龕，而庋武器，中有嵌寶金劍，瓌麗無倫。近處設象牙御座一，乃掠取於印度者，尚有星學之儀器等。另一神龕爲王半身之赤玉造像，几上置手寫歷史五百頁，皆王之真跡秘事。蒙古及中華文並列，王簽名於册面並加鈐焉，且逐頁簽押，以示信史。予欲抄寫或攝一影，但被拒絶。予厚贈監守者以珍品，始許詳讀。廳前有大如原體之獅、虎、馬等像，色澤腴妍。詢何所製，答爲「寶玉」。予忽聞啁啾鳥聲，然知此隧中必無生羽，旋見爲蝙蝠羣飛，彼等視爲聖靈之物，飼以蜜調朝陽花種。啞僧七人，終年守墓，例不許與人交談，惟可與阿拉山語，以其爲王之嫡裔也。棺前繚燃漆燈七盞，永不滅息。中懸碩大之玉磬，每七小時敲七響，謂王逢忌辰，靈魂戾止，吹滅各燈，附於領袖喇嘛之身，於神龕内之黑板作書，預言流言之吉凶。遺物中有裝訂精美之耶經，乃英僧所贈，及遊人馬口鮑妻（Maco Polo）（城按，似義大利人姓名）所贈之小金册。其可詫者，則王之愛妻道爾馬（Dolma）皇后，竟有銅像作佛教信徒式，現爲全蒙喇嘛所崇拜者。后葬處距此二百里，予隨喇嘛及阿拉山等行四日，而抵其處，老喇嘛導予等入。墓建於山谷適當之處，距墓四十尺爲埃及式白石金字塔，沙徑徧茁叢莽，觀之不類此塋爲大可漢之妻。予等費半日之勞，始將亂石推移，得入隧窖，白雲母石之棺在焉。碑以蒙古及中華之文并列。文曰：「此爲道爾馬皇后安息之所。自請大可漢於未薨之前，取其生命，俾得先爲佈置地位。大可漢因而解脱之，以短劍剸后之胸，逝於懷抱間。七日後，大可漢亦薨」。

The Daily Express 報注曰：「成吉思汗爲蒙古皇帝，生於一千一百六十二年，屬蒙古種，乃世界第一大征服家，戰勝全亞細亞及歐洲之大半部，殁於一千二百二十七年。楊赫士班爵士（Sir F. Young Husband）語本報云，此墓發明爲第一重要之事。予知高思羅甫氏爲卓越之博古家，所言均足徵信。皇家地學會曾於一千九百十一年贈以徽章，以獎其發明中央亞洲古蹟之功云」予譯此篇竟，乃填詞一闋如左：

念奴嬌

英雄何物？是嬴秦一世，氣吞胡虜。席捲寰瀛連朔漠，劍底諸侯齊俯。寶鍘裁花，珠旒擁髻，異想空千古。元戎嬌眷，允宜同此英武。　幽窀碧血長湮，啼妝不見，見蒼烟祠樹。誰訪貞珉傳墨妙，端讓西來梵語。嫠鳳凋翎，女龍飛蜕，劫换情天譜。彤篇譯罷，騷人還惹詞賦。

詞中引用江淹恨賦「秦帝按劍，諸侯西馳」之句，然祖龍何足擬此！五千年彤史中實無前例也。

旅況

歲聿云暮，人事蕭條，島氣常陰，樓深晝晦，斷送韶華於鏡光燈影中倏六閲月，而遥望鄉關，烽火未銷，吟踪長滯，有「萬方多難此登臨」之慨。因憶舊作七律一首，乃去國留别諸友者。詩曰：

客星穹瀚自徘徊，散髮居夷未可哀。浪跡春塵温舊夢，迴潮心緒撥寒灰。

人能奔月真遺世，天遣投荒絶艶才。億萬華嚴隨臆幻，謫居到處有樓臺。

冬日苦短，膳宿外無多餘晷，訪得日本餐館於鄰街，席珍一簋，即吾國之暖鍋爇火自行烹調者，而霜菘豆酪清芬爽口。囊爲粗糲以饗寒畯者，今爲奇雋之味，價亦特昂。豆腐每方寸薄片需二辨士，合華幣制錢四百文。侍者以冰盤進十小片，爲價四千矣，豈故鄉父老所能信者！某日，計值夏曆除夕，予勉自祓飾，獨宴於本旅館之特别餐廳，著黑緞平金繡鶴晚衣，躡金舄而戴珠冕（即珠抹額），自顧胡帝胡天，因竊笑曰：「吾冕雖不及倫敦堡所藏者之華貴，但同一享用而不賈禍。」珠皆國産，爲價本廉，當兹共和之世，凡力能購者儘可自由加冕（所寓旅館適譯名爲「攝政宫」，一笑），而古帝王必流血以争之，何其愚也！獻歲後摒擋諸務，仍返巴黎。且之瑞士，脱離陰寒之島國而居。大陸天氣亢爽，精神爲之一振。

【校】

〔且之瑞士二句〕原無，據黄本信芳集補。

巴黎選舉女皇

本年之嘉年華會（Carnival）於三月十五日舉行，選舉女皇多人，而皇中之皇爲寶睞卡特女士（Mlle.Paulette Cayet），首膺國色之選。大隊遊行，點綴昇平景象；萬人載道，舉國若狂。日午，衆聚待於音樂館前。予所寓格蘭德旅館適居其右，而得俯觀。音樂館路及義大利街爲縱横之交，已萬頭攢動如麥浪，車馬斷絶。將近五時，始由銅盔黑纓之馬隊前導，繼以樂隊，各種花車魚貫而至。各女皇分紅、黑、藍衣諸組，每組殿以金冠縞衣之女，瓠犀羣展，揚其皓腕柔荑，向左右觀衆擲吻（Threw Kisses），謝其歡迎。間以儺裝及酒食之車，酒瓶巨丈。尤滑稽者，爲燒烤人肉。蓋歐美燒烤店，向以全體鷄豚等置旋轉機上，如轆轤然，爇火於下烤之，此則炭盆如故，而旋轉機上所縛者，乃一袒背之活人。時值春寒，袒身就火取暖，無所灼傷也。又一車，紙製白象四頭，載以寶瓶，似效法東亞。最後第七十輛爲寶睞女皇，銀驄雙組，緩駕金軿，四角各立金色擎球之天使。皇披翬服，戴珠冕，手持御杖，挾左右扈從向衆致禮，而大會告成。輦過數小時，猶羣衆塞途不能散。音樂館前爲地道電車之站，衆乃鑽入地道爲尾閭之洩，始得鬆動。是日游人亦多儺裝巡游街市，極一時之盛。歐人之評美色，夙重白琅德（Blonde），即膚髮淡白者，故電影中有Gentlemen Prefer Blondes之戲。而白若奈特（Brunette）次之，即睛髮黑或棕色者。次者不平，因於電影中亦製Ladies Prefer Brunettes之戲，皆取名於美文學家所著之書，而加以變化者也。而今年巴黎被選之女皇，皆深色之睛髮，足爲白若奈特吐氣矣。予意必髮光如漆，與雪膚相映，方見鮮妍。金鬘銀鬢，轉形黯淡耳。

紀木蘭如吉之戲

木蘭如吉（Moulin-Rouge Music-Hall）爲巴黎著名之劇場。某夕所演者，涉想高遐，化粧玄妙，歎爲觀止。場中飾九天閶闔夜會羣真，以遠景繪宮宇，縹緲微茫，恍入夢境。衣裳悉柔薄之金綃，高颺長曳，裯摺如畫。以粉花茜蕊團簇之，彌形妍麗。帝命天使聘於列邦，使乃乘飛槎遨翔空際，得遇諸星精，長身姱貌，莫辨男女，惟皆威若天神，不同凡艷。雖衣裝各異，一律爲蔚藍之天色，或深或淺，光閃鑠而式詭妙。飾以明星，高簇爲冠，聯綴成佩，穠華各盡其致。火星艷灼夭桃，寶光璀璨中赤焰隱騰，燒天欲醉。彗星裸其素質，尾長盈丈，展佈星光，寒輝曄曄。土星腰間環以星氣巨圈，如加玉帶，此皆特別可識者。尚有其他諸星精，一一行過，顧行不以步，或緩或急，流射於天空，殆有暗機代步，與浮槎之使，雖相見而無款接，蓋上界以意會，不以言傳也。此劇與予舊作小遊仙詩恰合，已刊於信芳集中，兹録如左：

誰將玉帶束晶盤，乍見星精出水寒。銀縷飄衣秋舞月，珠芒冲斗夜加冠。微顰世外成千劫，一睇人間抵萬歡。自是驚鴻無定在，青天碧海兩漫漫。

重遊瑞士

由巴黎往瑞士，朝發夕至。脱金粉之鄉，挹山林之秀，心襟頓爽，惟文債叢脞。前著鴻雪因緣，經同學凌楫民博士爲登順天時報，久停未續，閲者遠道函催，亟欲應之，費時匝月，始脱稿付郵。俗務亦粗應付，而九十韶光消磨强半矣！時值春寒，初以無妨稍待，迨偶窺園，則玉蘭、海棠等已漸零謝。乃歎尋芳較晚，身居勝境，形勞案牘，得毋爲山靈竊笑耶？

寓建尼瓦湖畔，斗室精妍，静無人到，逐日購花供几，自成欣賞。向南扆扉雙啓，即半月式小廊，昕夕涵潤於湖光嵐影間，雖閉户兼旬，不爲煩倦，如岳陽樓之朝暉夕陰，氣象萬千，疊展其圖畫也。晴時澄波瀲灧，白鷗迴翔；雨則林巒悉隱，遠艇紅燈，熠昏破晦。倘遇陰霾，城市中稱爲惡劣氣候者，此則松風怒吼，雪浪狂翻，如萬騎鏖兵，震撼天地，心懷爲之壯焉。堤路砥平，繚以短檻，行人往來疎林中，面目衣襟悉映於波光蕩漾間，距吾書案咫尺，舉首即見，爲此記時固據實抒寫也。東麓有亭翼然臨水，菜市也。晨間往市售花者，踏輪車經此湖堤，負巨簍於背，滿載芳菲，姹白嫣紅，掠水天而過，景尤入畫。

堤邊巨松一株，恰當樓側，濃青古翠，百鳥所巢。春眠慵起，而芳鄰滋擾，未曉即逞啁啾，破予好夢。少頃輪舟鼓浪，拂松而過，有聲琮然。每晨準當八時弗爽，分晷不啼，爲催客之鐘也。枕上見山頭晴雪，即興奮作遊山計。購得草製小籃及籐杖各一，皆精緻可愛，因憶紅樓夢中牙牌令云「凑成籃子好採花，仙杖香桃芍藥芽」之句，登山吟賞，採擷盈籃。歸寓而花已萎，分插瓶中，時爲易水，並置廊外使吸清氣。信宿竟見回春，蕊葉復挺，乃供室内，經暖而含葩盛放。分紅白黄藍諸組，穠華妍麗，巧奪人工，始信天能造物，復歎花不負予，益勤爲灌溉焉。惟採時曾遺一手套於十頃花田中，無從尋覓，值金幣六圓，姑與羣芳結香帕之盟而已。

此番所游之處，爲霞穆拍瑞（Champery）、維拉（Villars）、香璧（Chamby）、白琅奈（Blonay）、派勒潤（Mt.Pellerin）等山，櫻花如海，掩映碧天雪嶺，農民耕於繡陌芳

塍間，或且習而淡忘，不自知得天之厚也。遊車所到，兒童拍手歡呼，同座諸客多漠視若無覩，予則一一揚手答之。前遊德國，舟車所過，成年男女亦多隔岸歡呼。予以爲此等事頗饒情感，世界之大，過客如微塵，而永不再遇，亦有招呼之價值也。游香壁時，春氣晴暖，野花遍阡陌，黄英燦然。兒童數人行經予前，一一向予問訊爲禮，此情此景，皆感愉快。有時獨行山中，農婦亦致訊詞。瑞士人民好禮，乃其特性也。

【校】

〔登順天時報〕黄本信芳集作「登於平津各報」。〔閉户兼旬〕黄本作「杜門旬日」。〔書案〕黄本信芳集作「書帷」。〔抒寫也〕黄本信芳集作「摹寫無事虚構也」。〔少頃輪舟鼓浪……爲催客之鐘也〕原無，據黄本信芳集補。〔經暖句〕原無，據黄本信芳集補。〔姑與群芳結香帕之盟而已〕黄本信芳集此句下有「某日，美國席拍爾德女士移居山巔，予購車票伴往。下車後，爲分攜雜物，步行半里抵寓，復爲整理就緒，彼已疲頓偃息，惟稱謝不置，臨别且吻予示感。慳慳相惜，本有同情，予遺以薔薇，作吉語歡慰之。祝其前途悉如玫瑰花瓣鋪成，彼亦轉祝。予夙樂觀，今因彼而悵觸身世，下山惘惘，幾潸然不自持矣」。〔揚手答之〕黄本信芳集此句下作「有時獨行深山中，農婦亦致訊詞，但囁嚅其語，不若兒童之天真憨暢，蓋恐不見答耳。瑞士人民好禮，乃其特性。風景可分三界：湖濱玉宇瓊樓，珠林繡圃，饒華貴氣；山半芳樹錦茵，春光艷冶；雪嶺則高寒清峭而已。」

國立機關應禁用英文

閱滬報，有海關改用華文之議，爲之稱快。按吾國海關成立迄今七十餘年，向由外人主持，往來文件悉用英字。豈獨海關，即郵政、鐵路、鹽務等機關，亦多用英文。此等怪象，爲世界各獨立國家所無。夷考其始，或因外債抵押，或因條約關係，政柄操諸客卿，國體尊嚴久喪。此等歷史污痕，决不容存在者，而社會間英文勢力之普遍，尤屬可驚。去年英報有某西人投函，謂共黨未作之先，華英感情甚洽，滬人之通英語者，居百分之九十五云，此言殊不盡誣。予周遊各國，從未見以他種文字盛行於本境如吾國者，何華人於英文獨優而且普徧？蓋受其經濟勢力之壓迫浸潤，幾於淪肌浹髓〔一〕，故於其文字之同化，亦深入而不自覺耳。士夫有不知本國史綱及通用文辭者，而於英文則亟亟求之。苟因溝通學術、交换文明起見，英文固亦必需；若社會間矜爲時髦，以不解英文爲恥，則所見殊誤。蓋吾人屈於西方勢力之下而解英文，此則應引以爲恥而且痛者也。

抑吾更有進者，國文爲立國之精神，決不可廢以白話代之。吾國方言紛雜，由於國土廣袤，按其面積，猶如歐洲之有多數國家，當然有各種語言。設使閩、粤、蘇、浙之人，與直、魯土著者交談，將無一語能通。益以時代之變遷，民俗之習染，各有語風，各成音調，種種歧異，莫可究詰，所幸者惟文辭統一耳。設使五千年之歷史，當時係用白話紀録者，則今日將無人能讀之。即能讀矣，而誤解謬釋，亦如佛經仙訣之奥妙，愈演而紕謬愈多耳。且文辭之妙，在以簡代繁，以精代粗，意義確定，界限嚴明，字句皆鍛鍊而成，詞藻由雕琢而美，此豈鄉村市井之土語所能代乎？文辭一二字能賅括者，白話則用字數倍之多。所多者，浮泛疵累之字耳。孰優孰便，可瞭然矣。但文辭意義深奥，格律謹嚴，非不學者所能利用，然惟深嚴始成藝術。夫藝術不必盡人皆能也，亦決不可廢，必有專家治之（此指文學而言，非通用之國文），況吾國以特殊情形，賴以統一語言者乎？

【箋注】

〔一〕淪肌浹髓，透入肌肉骨髓，意謂浸染之深。朱熹與芮國器書：「以故被其毒者，淪肌浹髓而不自知。」浹，通；透。

與西女士談話感想

某日，席拍爾德女士函約午餐，予購車券登山，徑造其寓。彼適外出未歸，遇其友昔穆森夫人邀憩樹陰。談次，詢予理想中之上帝體相何似，答以「無體無相，有體相則權力有限，無體相則權力無窮」，彼拍掌歎絶，且與予握手以示心契。少頃，席女士返寓，即入座就餐。有巨蟻蠕行於桌布，彼以指搓斃之。予勸以不可傷生，彼然之。續有蟻至，則以指輕拈之，擲出窗外（憶前於美國遊山，偶摘樹幹嫩芽，汽車夫謂應與以生機，其言予甚服膺）。彼詢予是否佛教信徒，答以所諳甚淺，惟戒殺宗旨與吾本性契合，則不妨皈依之。予知此言非彼所樂聞，蓋彼方竭誠誘信耶教，詎殊可感，惟信仰各有主義，焉可苟同。若不聲明，是欺枉也。耶教主博愛而不戒殺，殊爲缺憾，甚至變本加厲，因護教而有十字軍（一〇九六至一二九二年）二百年之慘殺，數百萬生命之死亡，且被帝國主義者利用爲侵略之具。假使當時行於歐洲者爲佛教而非耶教，則此奇禍可免。一言喪邦，况宗教挾洪水滔天之勢力，立言可不慎乎？世變亟矣，惟佛教可以弭兵於人心，立和平之根本，否則國際聯盟非戰條約皆狙公賦芧〔一〕，詭譎外交，殊尠實效也。人事繁劇，理論紛呶，然千端萬緒皆以文明爲目標，惟真文明而後有真安樂。何謂真文明？即吾儒仁恕之道，推己及人、仁民愛物之心，及佛教人我衆生平等之旨，使世界人類物類皆得保護，不遭傷害。苟臻此境，則人世無異天堂，脱苦惱而享安樂，地球之空氣爲之一變，詎不快哉！聞倫敦近有佛教之宣傳，及廟宇之建設，挽浩劫而開景運，跂予望之。所惜此舉未能創於十稔以前，承歐洲大戰之後，收效當較易也。

【校】

〔人類物類〕黄本信芳集作「一切弱小民族冥愚動物」。

【箋注】

〔一〕狙公賦芧，意謂實質不變，僅改换名目而已。莊子齊物論：「狙公賦芧，曰：『朝三而暮四。』衆狙皆怒。曰：『然則朝四而暮三。』衆狙皆悦。」狙公，養猿猴的老人。

閒居之遣興

山中歲月，居而不閒。蓋頗勞形於案牘，所賴以遣興者，每星期登山一次，及逐日選花供几而已。惟去取之間，亦費躊躇，殘花未忍遽棄，新者又乏瓶供養。除購置陶器外，兼以盥洗所用之器皿等分貯之。由山中采取之花，雖色褪香消，猶加愛護，因彼寄生巖谷，怡然自得，予既强移之，應有以善其後也。樓前牡丹二樹綴花數百朵，游蜂爲鬧。其一且飛入吾室，體巨如錢，黄粉與黑甲各半，固採香之健者。予急闔扉，欲留玩弄，而仍作書不輟。迨書畢視之，已不知所往。旋悟室後之門額略啓，通入後廳，殆由是飛去。惟慮重樓複閣，娟娟此豸必迷不得出〔一〕，失其草野生涯而爲繡闥之殍，詎非吾過耶！驀憶兒時往事，嬉於牡丹臺下，有此類巨蜂棲止於石，予乘其不覺而擊斃之。舊案儼存，覆轍再蹈，疚懷自訟。他日東皇裁判〔二〕，當邀海内外之花王爲證，較葉小鸞之「扇損蝶衣，簪除花虱」〔三〕，情節尤重也。

【箋注】

〔一〕豸，無脚之蟲。爾雅釋蟲：「有足謂之蟲，無足謂之豸。」

〔二〕東皇，指司春之神。尚書緯：「春爲東皇，又爲青帝。」

〔三〕較葉二句，據葉紹袁續窈聞載：紹袁家中扶乩，泐庵大師降壇，演説無明緣行，亡女小鸞至，願從之授記。大師審戒其曾犯殺否，小鸞回答説：「曾呼小玉除花虱，也遣輕紈壞蝶衣。」葉小鸞（一六一八—一六三二），字瓊章，一字瑶期，江蘇吴江人。明末名士葉紹袁第三女，自幼貌美聰慧。工詩詞，擅琴書。就婚前五日，忽以微疴而逝，年僅十七。有返生香行世。

重往建尼瓦

自客夏别建尼瓦，不欲再往，即此番寓湖頭（芒特如）兩月餘，亦無心作湖尾（建尼瓦）之遊。忽因事必須親到，且預計到該處當爲六月四日，復以自詫，蓋去年到時恰同此月日也。予之記憶亦自有故，因紐約之斯台穆君曾隔歲預約暑假遊歐，訪予於巴黎，詎彼到時而予適於先一日離法，失之交臂。疑人生晤會亦有定數，今復遘此，益莫明其妙。然尚擬早一日前往，以便所事，惟欲再登阿爾伯士雪山而後告别，倘能如願，則到建尼瓦當爲月之三日。方著山屐，擬飯後出發，詎天氣驟變，風雨相阻。次日始晴，即購券登火車駛升山頂。歸途，經格力昂，下車詣席拍爾德女士，告以翌晨將往建尼瓦，及輾轉恰值前遊之期，殊以爲異，彼啃然曰：「此佳兆也，應遵行勿失。」予然之，四日成行矣。

此次重登雪山，風景猶昔，惟情懷較異，莫辨爲悲爲喜。同車客指示羣玉之頂，遥見游人如黑鴉數點，集於皚皚天末，予答曰：「然。曾有一女子攀陟該處，失足葬身雪窟，經數日之搜掘，始獲其尸，君等亦聞之乎？」客答以「未」。他一客曰：「此事於六星期前見之報紙，當時固有人戒以勿往，彼不從也。」客座相與歎息。客夏，曾有一英婦溺斃建尼瓦湖中。歐美人好游，遇難者時有所聞，然不因噎廢食，此在鄉愿則戒而裹足矣。雪山風景見之前篇，茲不復贅。得好事近一詞如左：

寒鎖玉嵯峨，掠眼星辰堪擷。散髮排雲直上，闖九重仙闕。再來剛是一年期，還映舊時雪。説與山靈無愧，有心懷同潔。

由芒特如往建尼瓦，捨車而舟，穩渡四小時，得賞沿湖風景，且爲價較廉，計殊得也。仍寓舊時旅舍，然昔之寓此，因鄰爲劇場，深夜顧曲，便於往返。今抵此經旬，尚未涉足。某夜夢回，方笙歌如沸，卧聆樂奏，知某也爲狐步舞，某也爲轉旋舞。往日芳朋俊侶沉酣於春潮燈影之情景，一一湧現，然今倦厭矣，故此等幻影亦旋起旋滅。而別有所感者，在樂聲之悽咽，如訴人事，如惜年華，無限隱抑及變遷，胥寄此宛轉頓挫之節拍中。其將終也，則淫溢哀亂，曳長音而若不足，每闋皆然，頗合古樂府一唱三歎之旨。已而汽車競鳴，知爲酒闌人散，取視時計，方交四點。衆響漸寂，繼以一陣疏雨淅瀝有聲，悽涼況味，洗滌歌舞餘歡，反響亦殊不弱。物理由静而得。天時人事，在在可悟盛衰倚伏之機，當局者苦執迷不悟耳！詩友費仲深君有

「夜半笙歌倦枕哀」之句，殆先我而歷此境者。

客夏游此，每當黄昏散步，輒見隔岸雪山爲夕陽渲染，赤城霞起，玉峯欲頳，景最明艷。今重來無睹，殊爲不解。偶過游覽公司，詢以天際之瑪瑙屏何以失去，彼等胡盧而笑，謂天氣清朗時方得見之。然當晴時亦瞻望弗及，有如神山縹緲或隱或現者，何耶？

偶過國際聯盟會門外，有所感想。自本年裁兵集議後，尚無重要之會。當俄代表李迪威瑙甫到時〔二〕，當局因會黨之流言，嚴爲戒備，扈從之盛，聲容荼火，爲從來所未有。而萬目睽睽中，李氏以龐然肥重之軀莅止。顧其發言，衆認爲趣劇，不與討論。惟法相白里昂氏曾答以滑稽語，謂如廢止一切武器，則便於民衆之國，蓋以體力代武器，以衆毆寡，則拳脚多者佔勝利云。英人則於退席後，會廳中相語曰Colossal Joke，意謂破天荒之大笑話。夫以赤俄謀和平固屬不類，然其宗旨無可抨擊，雖其辦法荒疎，應别謀所以達此目的之方法。置不與議，則列强無和平之誠意，可知矣。然提議者，亦何嘗有誠意？此所以成一幕滑稽之戲也。予爲莊嚴會所、湖山勝地惜焉。

【校】

〔顧曲〕黄本信芳集作「聽歌」。〔盛衰倚伏之機〕黄本信芳集作「玄機」。

【箋注】

〔一〕李迪威瑙甫（一八七六—一九五一），蘇聯外交家。一九三〇年，率領蘇聯代表團參加日内瓦國際裁軍會議籌備委員會，代表蘇聯政府提出全面徹底裁軍的方案。

百花會之夜遊

建尼瓦湖畔，每年春暮夏初有花會二次，一在湖頭之芒特如，於五月舉行，名水仙會。花具仙姿，然不在水，偏植山野間，與吾國所産之水仙相似，予固名之。當櫻、杏、蘋、梨風信换盡，而娜惜司（Narcissus）則盛放於阡陌間〔一〕，遥望如綴疎雪，居民乃結隊游行，爲花慶壽，韻事也，然亦雜神話焉。據稱有少年具子都之姣〔二〕，來自鄰邦羅馬，過建尼瓦湖，既戀湖光，復矜己貌，顧影徘徊，累日不去，竟餓死於此。以艷殍而化名花，纖枝秀挺，玉瓣欹垂，猶見當年之風韻。此與秋海棠爲思婦淚同一佳話，不必信其事實也。湖尾建尼瓦風景既遜湖頭，花卉亦較尠，娜惜司之雲礽未繁衍及此〔三〕，居民欲踵事增華〔四〕，乃渾名「百花會」，於六月舉行。惟地屬名城，籌備盡善，燈彩軨鑾之盛，爲芒特如所弗逮，即較巴黎之嘉年華會（Carnival）亦且過之。蓋巴黎重在美人，此則重在美藝，一切飾品皆審美家之精心結構，在在表現藝術者也。月之二十三日，午後出發，予寓適居賽會界内，前有平臺，高坐俯觀最稱便利。觀畢晚餐，旋即就寢，窗外鼓樂喧闐，至爲不耐。蓋孤客而處繁鬧之場，則愈多感慨，况百憂駢集之身乎！初尚勉作不聞，而愈迫愈厲，如困垓心受楚歌四面〔五〕。計長夜瀆擾清眠，莫如趨就之，轉得消遣。乃起理粧，出外散步，則游人如織，燈彩燭天，湖面紅緑繽紛，逐水光流顫，幽艷獨絶。會場男女多執紙袋，滿貯剪紙彩片，隨意向人抛擲，如散花之舞，即佇立之警士，亦多被騷擾，例不禁也。婦女著輕綃闊領之衣，有揭其領以彩片傾入者，有拍行人之肩，迨其回顧，則迎面猛擲一掬者。予亦被擲數次，目爲之迷，乃掩面揉目而返，草草就寢。晨起，彩片徧枕席焉。次日賽會如昨，默計苟晚間出遊，不可無備，亦購彩片一袋，暗藏小籃中而覆以巾，以示無挑釁之意。途中有擲予者，則倏報一掬，以爲抵抗。有一擲即退者，有屢攻不已者，予亦奮勇追逐，循環報復，彼此縮頸揉目，或且嚏咳，蓋紙片撒入口中也。方與某甲劇鬥時，復來某乙，乘隙攫予籃中之紙料，左右受敵，應接不暇。乃竟以籃倒向其腦額拍擊，餘料傾盡，方棄甲曳兵而走，觀者大笑。衆除嘔噱外，不許交談，故雖滿街追逐嬉戲，均默無言語。而予以遠客，竟與此邦人士無端啞戰，殊得奇趣。是夕之游，不啻夢境也。

【校】

〔玉瓣〕黄本信芳集作「玉朵」。〔最稱便利〕黄本信芳集作「一一寓目」。〔愈多感慨〕黄本信芳集作「愈感寂悶」。

【箋注】

〔一〕娜惜司（Narcissus），今譯納西索斯，古希臘神話中之美少年，因愛戀自己在水中的影子而憔悴至死，死後化爲水仙花。

〔二〕子都，古時美男子。詩鄭風山有扶蘇：「不見子都，乃見狂且。」孟子告子上：「至於子都，天下莫不知其姣也。不知子都之姣者，無目者也。」

〔三〕雲礽，亦作「雲仍」。遥遠的孫輩。爾雅釋親：「晜孫之子爲仍孫，仍孫之子爲雲孫。」郭璞注：「言輕遠如浮雲」。龔自珍己亥雜詩五十九：「端門受命有雲礽，一脈微言我敬承。」

〔四〕踵事增華，繼續前人成就並加以提高。語本蕭統文選序：「蓋踵其事而增華，變其本而加厲，物既有之，文亦宜然。」

〔五〕如困垓心句，史記項羽本紀：「項王軍垓下，兵少食盡，漢軍及諸侯兵圍之數重。夜聞漢軍四面皆楚歌，項王乃大驚，曰：『漢皆已得楚乎？是何楚人之多也！』」此用其典

文痞文匪之可悲

前寓倫敦，值大詩人哈代（Thomas Hardy）逝世，舉國哀悼表揚，遂爲文痞利用，摹寫其字，售充真跡，事見報紙。頃六月二十五日大公報紀坦途月刊第四期內，發見僞造王静安詞稿之事，頗爲該報所痛斥。此等事僅誣已死之人耳，予今尚生存，海内文痞竟將報紙已刊之拙稿，肆行盗竊。或誣予與之通信，將彼等所造讕言冠以予名；或將拙稿冠以他人之名，公然轉登他報。文字界之暴行，已與盗匪之擾亂，臻同一程度。予於滬報，僅訂閱新聞報一份，已兩見之於該報。一爲四月二十七日所刊，予可證明其僞造者。予旅歐已二載，豈有不知法國之幣名佛郎而反稱爲金磅之理（英幣名金磅）？予初見之，尚不信有如此膽大無恥之人，但函求該報更正而已。詎又見六月四日之新聞報成吉斯汗墓記一篇投稿者，揑稱係其友留英學生陳某譯自倫敦快報，而函告於彼者（投稿人爲賺取酬金計）。閲之，方知係抄

襲予之譯稿，已先刊於五月二日天津大公報者。彼略爲增減，顛倒其段落，而直接抄録，一字不改之字句，尤居大部份。拙稿中已述明快報原著人爲高思羅甫，英文（Kozlov），大公報未加注英文，而盜稿者欲賣弄英文以取信於人也，又不知如何拼寫，竟拼爲 Gas Loagh，與原文迥異，此爲彼於倫敦快報並未寓目之證。復將篇末予之題詞删去，易以「老嫗鼓琴」一節，爲快報所無，亦屬揑造。予閲後立致函新聞報，並將大公報及倫敦快報掛號郵寄，以證其僞。計此兩事，一則稱予之函告，再則稱係其友人陳某之函告，殊不思此等長篇，何能於函札中述之。蓋新聞報曾宣言，謂投稿者多屬造謡大家，此後譯件非附原文，概不收納，故彼等乃稱係友人之函述而無原文云。滬報種類甚多，予不能徧閲，拙稿被盜，轉登於他報尚不知若干也。

年來神州一片土，已成盜賊世界，士林痞丐之充斥，尤與相埒。造謡以餬口，售淫書以荼毒社會，久爲識者痛心。此輩既粗通文字，自命知識階級，何不謀正當職業，竟出此下策，間接反損礙其生計？蓋此等劣跡穢行，倘爲人偵知，孰敢任用之？報紙公佈之件，尚敢盜竊，如委以職業，託以財物，斷無不盜竊之理。至於造謡餬口，尤屬無恥之尤。國運方新，彼等先自剥奪其人格，更不計及將來公權及公民之資格矣。

曩於故國，備遭文匪之擾，故避之若浼。旅居歐美，除素稔者偶有往來外，凡國人僑聚之所，良莠不齊，予遂因噎廢食，概不走訪。二年以來，於巴黎從未一晤國人，亦幾廢絶國語。蓋遨遊異地，如脱塵網，不欲再尋煩惱也。

【校】

〔尤居大部份〕黄本信芳集此句下有「予雖不工文，而於譯筆力求古雅，所用古典字句，有非尋常習見者，若係他人所譯，何能一一吻合。而彼增以陋劣之句，與原文斷非出於一手。況以時期計，予稿刊布在先乎。客冬初見快報，因事冗未曾檢存，至今年三月，始親往快報館覓得原文，四月由瑞士譯寄於大公報，五月登出，六月即被盜登於上海新聞報」。

遊覽之危險

七月十六日倫敦太穆士（The Times）報，紀六人畢命於阿爾伯士雪山。據云，其地屬瑞士之塞爾瑪特（Zermatt）境〔一〕，游客之死於此者雖多，然六人同時遇難，則爲二十五年來所僅見。彼等皆法蘭斯人，攀陟既高，爲雲霧所迷，經數小時之困守，迨霧消而發見峻陡之雪堆冰柱，無路可通。導引者失足，一人挽救之，亦隨之下。其處離地二千尺，餘四人試以繩縋下，悉墮於深淵。此由對面嘎瑙極拉山

（Gorner Grat）之游衆，以望遠鏡窺見者，立即馳報有司，設法搜尋，昨始將六尸覓得，姓名亦均查明。此外尚有一德國學生，由瑪特杭山（Matter-Horn）墜落於莎韋赫（Solvay Hut）附近〔二〕，其處峻險，無可尋覓。又一德婦偕引導人遊此處，爲崩坼之冰塊擊傷甚重，逝於醫院。又葛立森（Grisons）之薩囊山谷（Samnaun Valley）有劇雷大雪之轟激，致媚瑟（Maisa）及霞珉（Chamin）兩河潰決，淹没三百畝，毁橋梁九所，幸未傷人，皆近日事。尚有小瑪特杭山，在瑞士與義大利交界處，特爲詳紀，俾國人遊此者注意。太穆士報繪有專圖，此篇從略。

阿爾伯士既有天險，且爲奸人利用，謀殺案亦有所聞。其事爲日爾曼人夫婦遊此，夫忽倉皇馳報有司，謂其妻失足墜山死，衆不以爲異事，且寢矣。詎彼於二星期後，即與宅中侍女成婚，且向某保壽險公司索其妻之賠款，爲公司所疑而訟之，遂入獄。此與去年喧動紐約之斯乃德案相類。斯乃德爲某美術雜誌之編輯者，枯楊生稊〔三〕，而納少婦，婦利其多金，而心不屬也。然結褵已十二年，生一女，且九齡矣。婦出私囊，暗爲其夫保巨額之壽險，復誘夫賭博，至夜深倦後，飲以烈酒。夫就寢，婦乃與預匿宅中之一男子擊殺之，而後報警，謂戕於盜。警搜得宅内之珍飾匿藏未失，且驗得其夫腦内受有多量之克婁如芳（悶藥），案遂破，婦與奸夫悉伏誅。世風日惡，而夫婦之道若然，亦財産權限之制有所未善乎？

【箋注】

〔一〕塞爾瑪特（Zermatt），一譯采爾馬特，位於瑞士西南部，馬特峯山脚下之小山城，是攀登馬特峯之起點，爲冬季滑雪勝地。

〔二〕瑪特杭山（Matter-Horn），今譯馬特峯，在瑞、意邊境，海拔四四七八米。

〔三〕枯楊生稊，乾枯楊樹重新發芽。後因以喻老夫娶少妻。易大過：「枯楊生稊，老夫得其女妻。」注：「稊，楊之秀也。」

瀛洲鬼趣

前篇曾撮記西報談鬼數則，兹更有所聞，録之遣悶，猶東坡之在黄州，同其無俚也〔一〕。八月杪，倫敦快報稱美之國務卿開洛格氏，到巴黎簽非戰條約時，飭其大使館與法之外部交涉，謂簽約時彼座將列於白里昂氏之右，恰爲故總統威爾森起草凡塞爾條約之原處，彼畏懼威爾森之鬼，特請將簽約於外部之議，改爲凡塞爾皇宫。法外部以此點頗有礙難，因德使斯特來曼博士，決不願往該處而生感觸。德使之蒞法京，此爲六十一年來之初次也。開洛格復請改爲藍寶賚廳（Rambouillet）（法總統避暑之宫），法政府允之，且謂雖仍座列白里昂之右，但威爾森曾坐之椅，則決擯不用云。

倫敦各報皆紀冬花園（Winter Garden）導演員自殺案。冬花園者，倫敦著名之劇場也。其導演主任班乃特於八月初無故自殺案，經審訊，班氏之母，年近七十，扶杖到庭，供稱其子年二十六，康健無病，不嗜烟酒，度日愉快，尤樂其職業。母子同居，肇事之日，曾與母談笑甚歡。黄昏時按常入浴，臨往浴室之一分鐘前，尚與母作笑謔，即闔扉放水。有頃，母叩扉，催其晚餐，不應。破扉入視，則已自縊於大木橱中，衣履已全卸，似準備入浴而尚未及者。此木橱乃一星期前所購，班母心惡其狀不祥，而未言云。次傳劇場經理，亦供稱班氏方與彼規畫營業，頗得劇場倚重，進款亦豐，決無煩惱。復由官醫檢驗班之尸體，謂肉體與精神均極康健無病。法庭乃按常例，批爲臨時病狂而自殺。班母不服，向法官詰責，謂其子無病，必有意外之遭逢而致死云。回家乃將木橱焚毁，以絶其祟。

又數年前，予居紐約，見報紀某案，有殺妻而埋之馬厩中者。妻訴於居宅業主夢中，業主報警徑掘馬厩，果得尸焉。

【箋注】

〔一〕猶東坡二句，蘇軾於元豐三年（一〇八〇）被貶黄州，孤獨寂寞，百無聊賴，好聽人説鬼神解悶。葉夢得避署録話卷上：「子瞻在黄州及嶺表，每旦起，不招客相與語，則必出而訪客，所與游者，亦不盡擇，各隨其人高下，談諧放蕩，不復爲畛畦。有不能談者，則强之説鬼，或辭無有，則曰：『姑妄言之。』於是聞者無不絶倒，皆盡歡而後去。」此用其典。

女界近況雜談

女學生之趨向　談論女界固應綜賅全體，然多數仍處草昧時代，不惟較歐美判若天淵，即與本國少數時賢亦相去萬里。其困苦腐陋情狀，吾人且少目擊之機會，惟得諸傳聞及想像而已。就近而論，以留學諸女士程度爲最高，亦國人屬望最厚者，顧其趨向之變遷，大有今昔之感。此固時世爲之，亦彼等志趣薄弱，易致磷緇，實吾國前途之不幸也。十稔以往，留學者多治教育、醫藥、美術等科，洵裨實用，且屬女性所近而優爲之者。顧櫛風沐雨，離鄉劬學，歸國後政府不爲奬勵，任其各自謀生。迨大局幾經劇變，習法政者得附潮流而躋要位，極軒冕煊赫之致，而都會黌校則淪於頽廢，不值當局之一盼。其基礎較深者，又爲少數所把持，成暴民專制，一校猶一國之縮影焉。遠道歸來無援助之教育家，貿然就職，率被驅逐侮辱，至醫藥、美術等家，則任其自生自滅，利禄不與焉。於是學者知擇業之途，在彼不在此，羣趨而治法政矣。夫中國之大患，在全體民智之不開，實業之不振，不患發號施令、玩弄政權之乏人。譬如鐘表然，内部機輪全屬窳朽，而外面之指示針則多而亂動，終自敗壞而已。世之大政治家，其成名集事，皆由内部多種機輪托運以行，故得無爲而治。中國則反是，捨本齊末，時髦學子之目的，皆欲爲鐘表之指示針，此所以政局擾攘，迄無寧歲。女界且從而參加之，愈極光怪陸離之致。近年女子參政運動屢以相脅，予不敢附和者，職是故也。

浪漫主義　世風縟靡，禮教廢弛，浪漫之習，由來已漸，迨十七世紀盧梭（Rousseau）出而集其大成（盧氏學説甚廣，此其餘緒耳）。巴黎、紐約，金粉之藪，女子習染尤甚，自西徂東，普於圜輿，有沛然莫禦之勢。吾人於此應予以適分之裁制，不得推波助瀾也。明矣此義，精而言之，亦具哲理。捨精取粗，則成下流，其於女子亦不僅限以貞操問題也。夫處世漫無常軌，原非人生之福，猶如起居無節而適以戕生，終局大抵不幸。此固多因世風所誘，而境遇拂逆，益以女子才能之發展遂趨此途者，亦不乏人焉。要當以各人地位爲衡，如煢獨之嫠、仳離之婦，責任既無所屬，貞操即失根據，苟無損於人得適於己，孰得而非之？故浪漫主義行於負有責任者，爲倫紀之賊；而於獨立之人，則其自由權内所賅，惟亦有其相當之範圍。其不愛惜身份、殄傷廉恥者，則又浪漫主義之賊也。每於報紙中，見下流浪漫子倡言打倒禮教，此輩號稱國民，而下筆不能作通用之國文，復弄筆詆毁文化，此真無禮無教之尤也。夫禮教有隨時世變遷，以求完善之必要，而無廢棄之理由。世非草昧，人異獉狉，無論任何國家種族之人，苟斥以無禮無教，未有不色然怒者，何吾黄帝子孫獨異於世界民族而甘居化外也？使此輩而談浪漫主義，鮮有不將人格廉恥舉而傾筐倒篋蕫售罄净者。願吾優美女界，勿認爲時髦之説而即盲從之。予草此文時，適得友人程君白葭來函，謂曾向當局建議，在奉天辦一大學，招考中外大學文科畢業，而有國學根柢之人，優給膏火，教授有系統之國學，並預備低級之學科，待東西洋人來學。畢業後，介紹至各國大學爲漢學講師，俾發揚東方文明，導全世界人類入於禮讓之域云云。韙哉！此議實獲我心。蓋東化西漸已有動機，各國大學多添設漢學講科，美國各大學中闢此科者已有三十餘校。予肄業哥倫比亞時，聞有華人某主講此席，予方埋首求學，無心問世，亦未注意及之。迨世變愈劇，乃慨然歎歐美功利主義鋭進至極，受大創剉時方返而旁求救濟之道，孔教、佛教均有彌漫全世界之時。去年在倫敦曾屢與英人談及，彼等漠不見信。近予旅舍之街角，有瞽丐日日立風雨中，予憐之，贈以金戒一枚，丐與予握手爲謝，且詢何不自御之故。予笑曰：「汝不能見，現與汝握手之人，其指間御有巨大之鑽石耳。」丐驚歎曰：「汝實行平等如此，真耶穌信徒也。」予曰：「否。吾國中有較善耶穌之教。」丐言深以未聞大道爲恨，不惟盲於目，且盲於心矣。後予再見之，詢知金戒已典質，得六先令云。吾道不能見信於酒肉之士紳，而感動風雨之瞽丐，俗有問道於盲之説，予則與盲談道，雖瑣事亦甚趣也。

女子著作　傳經續史，久成陳跡。四庫之書，浩如淵海，其分曹奪席與於著作之林者，殆敻焉絶響，此由吾國教育之不均，而非女子天才之偏弱也。海通以來，女學尚矣，又以各種專科及蟹行文字瘏其精力，兼謀經濟獨立，何暇專心著述，爲名山事業哉！其結習難忘，餘勇可賈者，亦僅發爲詩詞歌咏而已。兹就詞章論，世多訾女子之作，大抵裁紅刻翠，寫怨言情，千篇一律，不脱閨人口吻者。予以爲抒寫性情，本應各如其分，惟須推陳出新，不襲科臼，尤貴格律雋雅，情性真切，即爲佳作。

詩中之温、李〔一〕，詞中之周、柳〔二〕，皆以柔艷擅長，男子且然，况於女子寫其本色，亦復何妨？若言語必繫蒼生，思想不離廊廟，出於男子，且病矯揉，詎轉於閨人，爲得體乎？女子愛美而富情感，性秉坤靈〔三〕，亦何羨乎陽德〔四〕？若深自諱匿，是自卑抑而恥辱女性也。古今中外不乏棄笄而弁以男裝自豪者，使此輩而爲詩詞，必不能寫性情之真，可斷言矣。至於手筆淺弱，則因中饋勞形〔五〕，無枕葄經史、涉歷山川之工〔六〕，然亦選輯者寡識而濫取之咎，不足以綜概女界也。又或以綺語爲世詬病，如漱玉、斷腸等集，予與故友易君實甫曾函論之，見所刊拙著。古人中如范文正、宋廣平、司馬温公等〔七〕，其艷思麗藻，世所習見，無玷於名賢，奚損於閨閣？必恕此而責彼，仍蹈尊男卑女之陋習。况詩三百多言情寫怨之作，而一言以蔽之，曰「思無邪」。先聖不以爲邪，後世豎儒反從饒舌，真可謂不識時務矣。

【箋注】

〔一〕温、李，指晚唐詩人温庭筠和李商隱。分别有樊川詩集、李義山詩集。

〔二〕周、柳，指北宋詞人周邦彦和柳永。分别有清真詞、樂章集。

〔三〕坤靈，大地賦予的靈秀之氣。李叔霽大唐故范府君墓誌銘：「夫人河南庫狄氏，婉順坤靈，威儀母教。」又坤與「乾」相對，易繫辭上：「坤道成女。」此處坤靈當指女性秉持的陰柔美。

〔四〕陽德，陽氣始生。董仲舒雨雹對：「陽德用事，則和氣皆陽，建巳之月是也，故謂之正陽之月。」陽的體性多爲剛，故此處指男子生成的陽剛美。

〔五〕中饋，舊時指婦女忙於家中飲食之事。易家人：「無攸遂，在中饋。」

〔六〕枕葄，猶枕藉。即縱横相枕而卧，引申爲沉溺、浸潤其中。

〔七〕范文正，謂北宋政治家、文學家范仲淹。以進士官至參知政事。卒謚文正。有范文正公集。宋廣平。謂唐玄宗時宰相宋璟，封廣平郡公，爲人以剛毅著稱。皮日休桃花賦云：「余嘗慕宋廣平之爲相，貞姿勁質，剛態毅狀，疑其鐵腸石心，不解吐婉媚辭。然睹其文而有梅花賦，清便富艷，得南朝徐庾體，殊不類其爲人也。」司馬温公，謂北宋政治家、史學家司馬光，哲宗時爲相。卒謚文正，追封温國公。有稽古録、涑水紀聞、司馬文正公集等。

予之宗教觀

世人多斥神道爲迷信，然不信者何嘗不迷？何謂之「迷」？湮没理想是也。捨理想而專務實利，知物質而不知何以成爲物質之理，致社會偏枯無情，世道日趨於衰亂，皆此輩自稱不迷信者武斷愚頑之咎也。予習聞中西人言及神道，輒曰必有所徵而後能信，此固當然之理，然可徵信之處，即在吾人日常接觸之事物，不必求諸高渺。聖經靈跡，種種詭異之説，徒以炫惑庸流，惟自然物理方足啓迪哲士。昧者不察，捨近就遠，此所謂「迷」也。何謂自然？天地之有文章，時令之有次序，動植物體之有組織，盡善盡美，孰主之者？是曰真宰。教徒分立門户，各張旗幟，或稱一主，或信多神，皆庸人自擾，妄生分别。蓋神道異於肉體，不可名相，專而一之，念兹在兹，可也；析而散之，充塞彌漫，無往不在，亦可也。人類擁其所主，黨同伐異，以褊嫉之心忖神道，以闒閲之見揆自然，陋已！凡一切自然物，其器官置備之周，文采選搆之美，如有意識之製造品，此即真宰聖靈之蹟，昭示於吾人者。試以吾人之心理爲喻：因循漸進、苟且而安者，爲無意識；倏忽變遷、嚴爲判别者，爲有意識。譬如素絲，由舊敗而色蒼黄、而黑暗，固無足異；倘由純素忽染丹青，是曰人工。自然物之生長亦然。由青而藍，由鮮而萎，固無足異；倘忽色采懸殊，文章燦列，是曰天工。歐洲有花曰 Tulip，即鬱金香之類，同根同種。其爲花也，或嚴判色采，或純白如研粉，或鮮紅如渥丹，以及鵝黄、鴉黑、姹紫、蔚藍，直如綢緞莊之各色絲料，美不勝收。是否經人力之揠苗助長而生變化，予不得知，然就吾國而論，各種花卉不經人力，純出天然，而色采懸殊、燦若雲錦者，數亦至夥。曩於紐約藏書樓披覽書籍，據云中國專有之花，爲他國所無者約四千種。至植物内部之組織、營養，各盡其妙，則於倫敦電影劇場見活動映本，較植物學之文字演講，尤爲明瞭也。至於動物，則火奴魯魯（Honolulu）之魚特顯異徵〔一〕，各色之鮮艷，如翠玉，如藍晶，寶光璀璨尚不足異，而奇在文采，如有意識之描繪。有通體鵝黄，勻排藍縷數條，起點及收筆則循環巧篆者；有緑色貫以硃紅，一幅幅邊飾以黑縷者；有首尾皆黑，鑲以白邊，中段作杏黄色，黑處復飾藍縷一條，簡而有致者；有純黑，其體嵌三小方片泥金爲圈，内實以硃紅者。據魚場（Aquarium）説明書稱，特異者約四百餘種，配色之佳，花樣之妙，美術家窮於摹仿，皆生於夏威夷（Hawaii）海中。然則誰造此者？此大美術家即真宰也，他使蝴蝶、孔雀，皆著異常之美。吾人試遊博物院，即天工製造之陳列所。博物家而不識帝力，其學亦如機械死書，知其然而不知其所以然，爲可羞也。

神道之先機默示，有足徵者。予髫齡失怙，侍母鄉居，舅方司榷津沽，奉母命往依之，冀得較優之教育。母夙媚竈〔二〕，爲予問卜，得籤示曰：「君才一等本加人，況又存心克體仁。倘是遭逢得意後，莫將僞氣失天真。」恰是勉勗游子之詞。厥後雖未得意，而自此獨立，爲前程發軔之始。又遊廬山之仙人洞，龕祀純陽〔三〕，吾宗也。道士慫試蓍蔡〔四〕，乃以婚事爲詢，得示曰：「兩地家居共一山，如何似隔鬼門關？日月如梭人易老，許多勞碌不如閒。」此即吾母卜婚之讖，而畢生引以爲悔者。當時予雖微詫，亦未措意，後且忘之，而年光荏苒，所遇迄無愜意者，獨立之志遂以堅決焉。夫山林井竈何有神祇？卜者誠虔則亦感應，此即神道無往不在之徵也。

塘沽距津甚近，某日舅署中秘書方君之夫人赴津，予約與同往探訪女學。瀕行，被舅氏罵阻，予忿甚，決與脱離。翌日，逃登火車，車中遇佛照樓主婦，挈往津寓。予不惟無旅費，即行裝亦無之。年幼氣盛，挺而走險。知方夫人寓大公報館，乃馳函暢訴。函爲該報總理英君所見，大加歎賞，親謁邀與方夫人同居，且委襄編輯。由是京津間聞名來訪者踵相接，與督署諸幕僚詩詞唱和無虚日。舅聞之，方欲追究，適因事被劾去職。直督袁公委彼助予籌辦女學，舅忍氣權從，未幾辭去。然予之激成自立以迄今日者，皆舅氏一罵之功也。回首渭陽〔五〕，愴然人琴之感〔六〕。

都中來訪者甚衆，秋瑾其一焉。據云彼亦號碧城，都人士見予著作謂出彼手，彼故來津探訪。相見之下，竟慨然取消其號，因予名已大著，故讓避也。猶憶其名刺爲紅箋「秋閨瑾」三字，館役某高舉而報曰：「來了一位梳頭的爺們！」蓋其時秋作男裝而仍擁髻，長身玉立，雙眸炯然，風度已異庸流。主人款留之，與予同榻寢。次晨，予睡眼朦朧，覩之大驚，因先瞥見其官式皂靴之雙足，認爲男子也。彼方就牀頭庋小奩敷粉於鼻。嗟乎！當時詎料同寢者，他日竟喋血飲刃於市耶！彼密勸同渡扶桑〔七〕，爲革命運動，予持世界主義，同情於政體改革，而無滿漢之見。交談結果，彼獨進行，予任文字之役。彼在東所辦女報，其發刊詞即予署名之作。後因此幾同遇難，竟獲倖免者，殆成仁入史亦有天數存焉。此外黄秀伯（其尊人慎之殿撰思永於予爲父執）、杜若洲（名德輿）等則力勸入都〔八〕，有「争名於朝，争利於市」之語，予因所辦女學將有成議，概辭謝焉。

予初抵津，諸友偵知窘況，紛贈舊衣服及脂粉、胰皂等，日用所需，供應無缺，其事甚趣，誼尤足感。自此予於家庭錙銖未取，父母遺産且完全奉讓（予無兄弟，諸姊已嫁，予應承受遺産），可告無罪於親屬矣。顧乃衆叛親離，骨肉齮齕，倫常慘變，而時世環境尤多拂逆，天助吾而復厄吾，爲造成特異之境，直使魯濱孫飄流荒島，絶處逢生；又如達摩面壁，沉觀返省，獲證人天之契。此則私衷所感謝愉快者。悟解所及，筆之於篇，掬誠爲世之具慧性善根者告焉。

【校】

〔爲可羞也〕黄本信芳集此句下有「天與萬物中，賦吾人以特殊權力，則吾人應持博愛主義，盡保護之責，不得擾亂殘殺。吾人之美在德行，猶花木之芬芳，鳥獸之文采。倘自暴棄，則默造之者，即能默毀之，罰在靈魂，較肉體尤酷，可揆天道而知。世界進化之終點曰美，吾人應力體天心，向形而上者求之」。〔塘沽距津甚近〕黄本信芳集作「塘沽爲津郡門户」。〔年幼氣盛〕黄本信芳集作「年幼膽壯」。〔英君〕黄本信芳集作「英斂之君」。〔天助吾句〕黄本信芳集作「天助我以經濟而厄我以情感」。〔掬誠〕原無，據黄本信芳集補。

【箋注】

〔一〕火奴魯魯（Honolulu），又稱檀香山，美國夏威夷州之首府。位於夏威夷羣島的瓦胡島東岸。爲著名旅游療養勝地和海港城市。

〔二〕媚竈，指奉行祭祀竈神、求天賜福一類迷信活動。論語八佾：「與其媚於奥，寧媚於竈。」查慎行祀竈詩：「此意天應諒，吾非媚竈人。」

〔三〕純陽，指吕洞賓。相傳爲唐代京兆人，咸通中及第，兩調縣令。後修道於終南山，不知所終。明清以來世人尊爲八仙之一，道家正陽派號爲純陽祖師。

〔四〕蓍蔡，以蓍草和龜占卜。楚辭九懷：「蓍蔡兮踴躍，孔鶴兮回翔。」王逸注：「蓍，筮也。

蔡，大龜也。」洪興祖補注：「大蔡，元龜所出地名，因名其龜爲大蔡。」

〔五〕渭陽，謂甥舅之情。詩秦風渭陽：「我送舅氏，曰至渭陽。」

〔六〕人琴，悼死傷逝之詞。世説新語傷逝載：王子猷、王子敬俱病篤，而子敬先亡。子猷來奔喪，入坐靈床上，取子敬琴彈，弦既不調，擲地云：「子敬！子敬！人琴俱亡。」

〔七〕扶桑，國名。梁書扶桑國傳：「扶桑在大漢國東二萬餘里，地在中國之東，其土多扶桑木，故以爲名。」因其方位約當於日本，後多用爲日本之代稱。

〔八〕黄秀伯，名中慧，江蘇江寧人。清末狀元黄思永（字慎之）之子。少以神童聞，詩賦文章靡不擅場。曾赴美留學，任中國瓷茶公司總理。著有琴歸室詩鈔等。杜若洲，名德輿，四川長寧縣人。清光緒二十四年（一八九八）進士。同盟會會員，反對帝制。晚年歸隱成都。

赴維也納璨紀

予受國際保護動物會函聘演講，由瑞赴奥之維也納，計兩日火車之程。沿途山水清奇，惟心不坦釋者，予帶有一箱，付車站運寄，越境時須由税關檢驗，否則即被阻擱於中途。今詢路局及售券公司檢驗之地點爲何處，皆不能確答。謂在布克斯或費德克，囑予俟抵站時探詢，故予須時時注意各站。詎尚未抵其處，忽見車站標語，皆完全德文。予驚訝，疑已越境，詢諸他客，始知瑞士本無一定之國文，西部用法文，東用德文，南用義文，故紙幣上皆三種文字並列。蓋以蕞爾之邦，處三大强鄰之間，中古時代，迭被侵略，文化混合，近世始劃爲緩衝國。然歐戰時，中立猶被破壞，與比利時同，可慨也。迨行抵布克斯及費德克，皆不檢驗，仍須驗於維也納，路局且不確知，况旅客乎。到維也納，投宿於昔年所寓之格蘭德旅館，此爲予第二次之遊奧，雪鴻重印，恍如夢境也。

翌晨五月十日，往會所探詢一切，衆方忙碌，晤一女職員，予以演説稿徵其意見。彼謂不必堅持廢屠之議，衆皆僅以禁止虐待爲詞云。予曰：「予此來爲發表己之主張，若人云亦云，則何需我？」彼旋亦折服。歸寓後，此問題仍盤旋於腦，各團體贈予之書册甚多，予曾閲概略。其保護動物之道無微不至，而獨不言保護動物之生命。英國有倫敦蔬食會，又有國際蔬食聯合會，諸會員多終身不食肉，不用毛革物品，其欲戒殺也明矣，何不爲明白之宣言？或有此項論著，予未披覽周詳歟？予曾函某會（諸團體中之一），詢其保護動物之範圍，是否戒殺，而覆函言他，於此點從略。

十一日，各國代表已到維也納。晚間聚餐於素菜館，該菜館以釋迦趺坐之像爲商標，殆本佛教戒殺之旨歟？聞此外尚有三家。以維也納之繁盛，此數尚不爲多也。

十二日，午前行開會禮，諸代表聚而攝影，各國公使到者二十五人，姓名録中有日本而無中國，蓋以吾國駐奥使館已裁撤之故。晚間會中演映電影，題曰佛教保護動物之旨，計九十餘幀，乃德人安克白蘭德君所貢獻，即由彼逐片指示，演講二小時，以巨大之佛像爲最末一幀。後予詢其由何處得此，答以得自印度，然予睹影片中有「涅槃」二字，料得自中國，惜匆促未暇詳談。予於此夕之會甚爲感歎，緣歐美多耶教國，竟能旁採他教主義，鄭重闡揚如此。返觀吾國，本佛教之國也，而年來摧毁佛像，霸佔廟産之聲，囂然宇内，倫敦太穆士報登有 The Iconoclasm in China 一篇，頗含微詞。又如故國青年有發誓不看綫裝書之説，而紐約學士會（The American Council of Learned Societies）方取吾國周秦諸子學説，迻譯而公佈之。他國之所尊崇我者，即吾國所自鄙棄者，轉拾他國餘唾，乞鄰醯以驕儕輩，循是以往，則將來國人欲考查其自有之文獻者，須往異國求之，真有就胡僧而話劫灰之感。

十三日，爲諸代表開始演説之期，予列第三，雖在晝間，而會堂深大，電燈齊燦。予戴珠抹額，著拼金孔雀晚妝大衣，皆中國物也。前二人演説皆德語，及予乃用英語。講畢，予以所携之中國戒殺、學佛等書（滬友所寄，適於予啓程赴奥之前一日遞到）説明大旨，當場奉贈。會中即有人用德語、法語，將予之演詞譯述二次，俾衆周知。予下臺後，羣衆趨前圍繞，握手問訊。内有三人自稱係佛教信徒云，且有多人請予簽名爲紀念，或贊成其宗旨。此事予甚爲難，因簽名含法律性質，不欲隨意從事，拒之又覺情面難堪。不得已，乃於簽名下注明係赴會紀念，或贊成禁止活剖（Vivisection），贊成人造毛革等字，以清界限。又有請予立往照像以便公佈者，予倦極，以稍緩辭之。晚六時，會員五千餘人列隊遊行街市，道旁觀者加入隨行二萬餘人。晚八時之集會，仍爲演説。婦女之頸圍貂狐及著皮衣領袖者，當場被諸演説家諷戒，皆默受而不反脣。予有豹皮領袖之大衣，乃昔年所購，每赴會則置而不御，蓋早料及。然豹爲食肉猛獸，應殺與否，尚當别論也。是夕，有英國哈密頓公爵夫人（The Duchess of Hamilton）演説，彼著春水緑之百葉綃，飾以銀鼠。彼揚示於衆，謂係人工仿造，美麗不減真皮。其演詞大旨，稱己係終身蔬食之人，但不能使世人皆廢肉食，故暫以推廣文明屠獸機器，使牲類受屠時，失其知覺，而無痛苦，爲治標辦法云云。其同伴海吉貝女士（Lindaf Hageby）演説，則稱保護動物之道，最上者廢屠，次則使屠法改良，再次則禁止虐待云云。此爲予第一次聞彼等廢屠之議，心至愉快。會場中有一年十五六之少女，贈予紫丁香花一束。此女貌頗似華人，每見予輒致惓惓，且託人語予，欲别後通訊，亦可異也。

十四日，予因一齒劇痛已久，詣牙醫乞拔去。醫爲注射藥水四次，雖麻木，而鐵針刺入肉質，仍感知覺，心則震跳不已。因念人與動物，同爲血肉之軀，以予此際之痛苦恐怖，較諸動物之不用注射藥而被屠割者，恕道安在？尤憶及一事，予曩由美歸國，夜見一鼠入書案之抽屜，予急閉其屜，致鼠之後部雙足夾於屜外，予以剪割斷之，使不能逃，然後取而斃之。今每憶及此事，輒爲愧悔。蓋鼠之生命雖小，而予之殘忍行爲，關於德性則大。予所以出此者，皆因歐美之宣傳，謂鼠能釀疫，應殺滅之。然予之手段酷矣！牙拔去後，頰作劇腫，歸寓偃臥，竟日未進飲食，而枕畔電話時鳴，皆報館訪員之求見者，概謝絶之。晚間復有女訪員，謂特自柏林來者，乃勉接見，索得予之像片而去。是日會務，聞係演説及電影等。

十五日，上午議决案件，予未克到會。下午演電影於劇場，題爲「猶太屠獸法割獸之喉能使獸立失知覺乎」。夫猶太屠獸法以殘忍爲世詬病久矣，故予亟往觀之。演映時，一人立臺上指示各片，加以演講。有頃，忽客座間有高聲發言者，主席問爲何人，其人答曰某博士，居某處，餘語予則不解（德語）。滔滔抗言，氣促聲厲，知必係反對此影片者。據云此人係猶太屠黨首領，座間時有人嘘聲阻其發言，而此屠户博士之黨羽則報以惡聲，秩序漸亂。予甚恐雙方動武，幸當局持以鎮静，任其發言，俟其言畢而後駁詰，往復靡已。於是電影場化爲演説場，久之始散。據云每開會，屠黨必來滋擾，予曰：「何不禁止入場？」答曰：「任其前來，吾等欲感化之耳。」至片中所映之情形固屬慘怛，惟除用機器外，尋常屠法亦只得如此。其執行之人，手法敏捷，每獸僅割一刀即拋置之，任其顛撲移時而死（吾國屠法亦然，若屠手不精練，則獸受痛苦愈甚）。而會中指爲野蠻殘忍者，乃獸頸被割後，顛撲行走逾半小時而始斃命，若用機器就其腦部施行，可立失知覺，减短痛苦。又會中主張，若同時屠多數之獸，應分隔執行，不得令彼獸眼見此獸流血之慘，故新式屠場之建築即係分隔法。顧猶太人拒用機器，不受指導，於是各會刊行書籍，演映電影，分隊演講，到處宣傳猶太人之罪惡。羞惡之心，人皆有之，但其拒絶改良屠法，乃其殘忍耳。此項機器創始於倫敦。蘇格蘭全境已由立法會議通過，强迫執行矣，愛爾蘭則由多數屠户自由採用矣，獨不能推廣於倫敦（亦有若干屠户採用，但猶太屠黨則堅拒不用），雖皇室提倡，亦且無效。前女皇維多利亞有親筆所書「使不能言語又無抵抗之動物，擯於道德仁慈之外，不能爲完全之文明」之標語，哈密頓公爵夫人曾上書於今英皇，求改良屠法，英皇以私人式覆函嘉許。各會復聯名一一致函於兩院諸議員，懇求提出此案，通過法律。議員覆函允爲贊成者，三百餘人。其未覆函者，經各會晝夜奔走，面謁懇求，寢食俱廢。迨提案時，初頗順利，勢且通過，第二讀會而忽遭阻擱，蓋雙方皆積極撐扎，成肉搏之勢。肉商二萬餘户以商務關係，多受猶太屠黨運動，此等肉商於兩院中皆占有若干席位，甚至諸造胰公司亦加入屠黨。尤可怪者，竟有二主教（Bishop）亦助屠黨，爲冥頑之反抗，於是善黨敗矣。後雖迭遣代表謁屠黨，求和平之協定，卒不可得。蓋歷年以來，彼此互相醜詆（屠黨稱善黨婦女爲獸之接吻者，造此讕言，益徵其卑劣污賤之根性。見善會所刊報告書），結怨已深，故屠黨對此項機器堅拒到底。其言曰：「屠牲須令獸類有完全之知覺及痛苦，人食其肉方合衛生。」此言殊妄，蓋動物當恐怖痛苦時，體内發生一種毒質名 Pomarne，人食其肉有害衛生，其理顯然。但天下事以實力爲樞紐，理論究薄弱也。猶太人又謂其屠牲法乃本其宗教，上帝指示之聖法，當祭神時且割取一股於活獸之體云。查英國奥克斯福德城之博物院内，有由古墓掘得之埃及人屠牲模型，與猶太法完全相同，考其年代，乃在希伯如教成立之前。蓋上古野蠻屠法大抵如此，而猶太人謂本其宗教，神聖不可侵犯者，亦妄也。各會又提議，凡猶太法所屠之肉，只售於猶太人，基督教人應拒絶購食，此亦不克實行。若以宗教論，則耶教云動物乃上帝所造，以供人食者，亦與保護動物之旨不符。故歐美善會儘言保護動物，而不明言廢屠者，殆爲其宗教所拘束歟？今一部分歐美人士，對於所謂上帝賜給之肉品拒而不食，而出入於以佛像爲商標之素菜館，是與耶教已貌合神離，同牀異夢，將來佛教與耶教消長於世界之趨勢，於此已微見朕兆焉。去年有印度高僧往倫敦建廟之舉，今年則有吾國太虛僧赴美説法，尚望國内鴻儒及深諳佛學者，佈道海外。儒釋雖有入世及出世之别，然皆良心宗，與他教之神權宗不同，似相反而實相成，故並行不悖。返人羣於禮讓，弭世界之殺機，抉微矚遠，此其時矣。

予於電影中睹德國之屠猪機器，其法將猪由機器之上端推入，由下端傾出，猪已失其知覺，任人屠割而不稍動，至爲速快簡便而省人工。予已與發行此機之公司通函，得有各種圖説。吾國食品以猪肉爲大宗，望各屠場採用，通訊處如下：Georg Kitt，Ingenieur.München So 5, Müller Strasse 13, Germany。吾國如閉關自守，慘殺牲類，尚可習而安之，然試入國際之場，立聞詆斥。猶太法野蠻殘忍之聲洋洋盈耳，實則吾國屠法與猶太同耳，何憚而不改良乎？既保全名譽，又便利實用，只在當局者一念之決斷耳。德國保護動物之團體有三十四，各地分會尚未計及。彼等造有各種文明屠機，而樂爲推銷者也。殺鷄機器創自丹麥，諒德國亦有之。如欲向英國採購，可致函於 The R.S.P.C.A.105, Jermyn Street, London S.W.I.England，或函 The Animal Defence Society, 35, Old Bond Street, London W.I. England。

十六日，上午議決案件，詎猶太屠黨復擁至紛呶，雙方争辯不已，過午始散。於是議決之舉，移於下午即告結束。

十七日，會員等結隊往巴登（Baden），（維也納郊外）旅行，羣巒疊翠，峭石疎松，雋爽如畫。予等止於市政廳，由市長出迓致頌詞。主席麥爾克博士爲予介見市長，予伸手爲禮，市長執予手而吻之。此等儀式，時見於維也納。其屬員某謂予爲最遠之客，他年如再開會，當以飛艇迎予於北京，聞者莞爾。其地有温泉浴池，色碧如玉，據云每星期日，諸大學學生來浴者二萬五千人。

計此一星期中，熙攘忙碌，腦爲昏漲。予不過參加之一員，而諸當局之賢勞可以想見。會期甫畢，通信社復敦促攝影。予以頰尚微腫，欲再待一二日。彼等云：「今已嫌遲，再遲則無用矣。」乃往照得二十四寸之巨像，不知將刊於何報。維也納報紙種類甚多，達泰格報（Der Tag）爲報界六大領袖之一，紀此會云：「會中最有興味、聳人視聽之事，爲中國吕女士之現身講臺（演詞另録），其所著之中國繡服裔皇矜麗，尤爲羣衆目光集注之點」云云。此爲會員某告予者，予覓此報不得（乃五月十四日之報，彼誤告予爲十五日），乃託旅館中之打字生代覓，彼爲剪聚一巨封送至，各報所紀大略相同。

予每日就餐於素菜館，時見佩徽章本會之會員。予之斷除肉食方五閲月，彼等均多年之蔬食者。德國原道會（Bund Für Radikale Ethik，E.V. Berlin）之會長史旺濟君（M.Schwantje）則蔬食已三十四年，精通中國老子之學，彼請予往柏林演講，謂可約集同志百餘人，開一小歡迎會，重在聽講人程度之高低，不關人數之多寡云。彼蓋恐予存出風頭之見，因人少不肯往也。彼現將往他國演講，秋間返柏林，即來函商訂此事。又有人請予往羅馬君士旦丁及西班牙之馬德里演講者，自愧學殖久荒，弗克斠玄繹邃就正於世界，對諸人之請，頗費躊躇也。

會務既畢，略事遊覽，曾往音樂館（Staats Oper）聽歌。奥以物質論，固工業之國；以精神論，則音樂詩歌之國也。銅像林立，多詩歌戲劇編作家，最著者如比陶文（Ludwig van Beethoven, 1770—1827）〔一〕，海恩（Josef Haydn, 1732—1809）〔二〕，蕭伯特（Franz Schubert, 1791—1828）〔三〕，斯特饒士（Johann Strauss, 1825—1900）〔四〕，葛立巴塞（Franz Grillparzer, 1791—1872）〔五〕。去年值蕭伯特逝世百年之期，曾有盛

大之紀念會云。予由音樂館歸寓，西歌不曾入夢，而夢聞故國歌聲，極頓挫蒼涼之致。夢中悽感，較醒時尤甚。爲賦黄鐘商之律如左：

還京樂

殢春睡，聽引圓腔，激楚哀絲顫。話上京遺事，周郎顧罷，龜年歌倦。又夜來風雨，無端撩起梨花怨。縈萬感殘夢，碎影承平猶見。　鳳槽檀板，問人間、何世依然，粉醉金迷，華席未散？而今更不成歡，對金樽、怯試深淺。指蟾宫、早桂影都移，霓裳暗换。渺斷魂何許，青峯江上人遠。

【校】

〔予既受國際保護動物會函聘演講〕海潮音第十一卷第三期維也納瑣記此句下有「即倉卒製草，並示法國某君，徵其意見。答以『此爲英人所尚，吾法人於此未深研究。』詢其是否反對此旨，則曰：『君等欲將世界造成天國，吾安有反對之理。但廢屠運動難期實效，莫若僅就禁止虐待着筆，較爲切近耳。』然予欲發表主張，弗韙其議。惟稿中述及故國青年蔑視國粹一節，頗嫌自暴其短，心欲删改而口未言。一瑞典女士見之，反爲擊節，謂各國青年多蹈此弊，可爲若輩痛下針砭，必爲識者所許。予遂決仍舊貫，而上易稿矣。啓行之前，往照相館添曬像片，以備會場索取。遇愛爾蘭人某，談次，謂近遊中國，見民生疾苦，中國已無皇帝，此最可惜之事。予未置答，即匆匆去。方行數武，館主追至街頭，出示一中國石章，篆作『守拙軒』三字，云係拾得，詢作何解。予爲解釋其字義，彼欣謝而去」。〔迨行抵布克斯……恍如夢境也〕海潮音第十一卷第三期維也納瑣事作「行抵布克士，予急下車，往站覓行李不得，以行李券示諸執事，答以在維也納檢驗，予只得仍返車中。及抵費德克，車停僅一分鐘即開駛，決無檢驗之時間。如或下車，則勢須投宿旅館矣。晚抵因斯伯魯克，下車投宿逆旅。翌晨登車，駛行竟日。黄昏風雨大作，夾道梨花十餘里，濃馥入車窗，心魂爲醉，而維也納到矣。入站覓得行李，心始坦釋。驗畢領取，賃車往旅館。夜景沉沉，滿街電燈，異彩流射，恍如紐約、巴黎。宿格蘭德旅館，此爲予二年前被困之所，蓋昔由義乘飛艇夜抵此間，而翌晨黨戰作，演縱火流血之禍，旅館閉門多日，予即囚居於此。今兹重到，恍如夢境也」。〔及予乃用英語〕海潮音第十一卷第三期維也納瑣事此句下有「予甫言主席，及諸位女士諸位先生，座間忽有人呼曰『請大聲説』。夫廣場群衆之間，聲浪本難普及，況開始之言須較低，逐漸而高，此乃演説之程式。彼既躁不能待，予遂試效劇場之調嗓法，引吭高言，幸尚不枯竭。有頃，覺喉乾，旁有人以杯水進，予受而飲之，喉乃復潤」。〔道旁觀者加入隨行二萬餘人〕海潮音第十一卷第三期維也納瑣記此句下有「當局恐反對黨發生衝突，以馬隊巡邏，並預備救火之水帶，以便沖散，幸尚無變動」。

【箋注】

〔一〕比陶文（Ludwig van Beethoven），今譯貝多芬，德國作曲家，維也納古典樂派向浪漫主義樂派過渡的代表人物。著名奏鳴曲有熱情、月光、悲愴等，交響曲有田園、英雄、歡樂頌等。

〔二〕海恩（Josef Haydn），今譯海頓，奧地利作曲家，一生創作一百多部交響曲、五十多首鋼琴奏鳴曲和二十餘部協奏曲及十一部歌劇。著名作品有日出、創世紀、四季等。

〔三〕蕭伯特（Franz Schubert），今譯舒伯特，奧地利作曲家。一生創作六百多首歌曲、十六部歌劇及二十二首鋼琴奏鳴曲。著名作品有流浪者幻想曲、美麗的磨坊女、冬日的旅行等。

〔四〕斯特饒士（Johann Strauss），今譯斯特勞斯。奧地利作曲家兼指揮家。著名作品有圓舞曲愛之河、藍色的多瑙河等。

〔五〕葛立巴塞（Franz Grillparzer），今譯格里爾帕策，奧地利劇作家。代表作有薩福、海濤與愛浪等。

附録一　傳記題跋

中國之女文學者

初　我

吕氏之姊妹，長惠如，次眉生，季碧城，前山西學政吕瑞田之女也。共承家學，雄於文章，而碧城尤富新思想，無中國社會婦女習。一腔悲憤，發爲高歌，愛國精神，純潔高尚，對於今時勢之衰頽，而益歎此好女子之不可多得。碧城年才二旬，姿容勝二姊，慷慨之氣節亦過之。緑髮纖眉，丰神楚楚動人憐。誰知此可愛可憐之女子胸中，固積有一腔憂世救民之熱血。心之所蘊，發之於聲，激昂志氣，流溢於文字間，使讀者一開卷而興起其國民之思想，文字之感人深矣！

女士固黑暗社會之導綫，萬千魔界之明星哉！彼腐心稗史，戀愛寓言，醉情月露，留連篇什者，一視女士，瞠乎後矣。

女士之才奇，三女士之才並卓絶尤奇。花蕚之輝歟？河山之壽歟？老大帝國中，乃有此絶代文明之尤物，其國運由陵夷而興盛之徵歟？「纖纖雙女手，扶得好江山」，吾於女界中期之。

（節録自女子世界第十六、十七期合刊）

記呂碧城女士

陸丹林

護首探花亦可哀，平生功績忍重埋；匆匆説法談經後，我到人間只此回！

這是旌德呂碧城女士於民國卅二年一月廿四日在香港臨終的時候最後的吟咏。看這首詩，是悟澈生死之理，了無掛礙似的。

當時香港是在淪陷期間，國内也在抗戰中，消息梗塞。因此，她在逝世了幾年，最近還常有人探詢她的芳蹤近況的。

她在十二歲的時候丁父（瑞田）憂，有一次，她的母親嚴夫人給强徒擄掠，她便寫信飛報給年伯樊雲門求援。那時樊任江蘇布政司，設法援救，纔得安全釋放。

袁世凱任直隸總督時，撥公款派她籌辦天津北洋女子公學，先任總教習，後升任監督（即今之校長）。那時她只有廿一歲，是民國前八年的事。她未辦學之前，曾一度任大公報撰述。秋瑾很欽慕她，後來秋瑾出版中國女報，發刊詞就是出於她的手筆。

她好遊歷，兩度赴歐美，如美國、法國、英國、意大利、瑞士等都有她的蹤跡，尤其是住在日内瓦的時候最久。在美國，曾入哥倫比亞大學習美術。在歐洲和各國慈善家發起護生戒殺運動，同時用英文翻譯佛經，傳播佛學。她爲了信佛，實行茹素戒殺。爲了這，她在民廿四年在香港購屋居住，搬入不久，發現梁柱白蟻叢生，如果把它消滅，便違背殺生之旨；不然，白蟻蛀爛梁柱，屋宇傾圮，人物遭殃，不得已，索性平價的把住屋讓給别人。

她生平的著作很多，除了中西文的論著外，詞集先後印過數次，如信芳詞、曉珠詞。她在自序裏説明自己定稿付印的原因，如云：「予慨世事艱虞，家難奇劇。凡有著作，宜及身而定，隨時付梓，庶免身後湮没。」從這幾句話，便知道她自行編印詞集的目的了。她的詞，樊雲門最爲推重，信芳詞付印時，樊氏逐首有評語，如：「南唐二主之遺」、「鬆於梅溪，細於龍洲」、「陳君衡所不能到」、「稼軒『寶釵分，桃葉渡』，不能專美於前」、「清深蒼秀，不減樊榭山房」、「此詞居然北宋」等，都可以見到她的詞學的造詣與成就。

她飽經憂患，獨身終老，平生起居服用，過的是豪華生活。後來感悟，專研内典，傳揚佛法以終身。所遺下的只有生平著述的詩文詞，一代才人，死於亂世期間，寂寞無聞，不禁的使人感慨系之！無怪她最後的詩有「我到人間只此回」的悽音了。

（録自一九四八年八月三十一日申報）

記吕碧城姊妹

陸丹林

昨閲陳君詒先的記吕美蓀女士一文，知其因我所寫的記吕碧城女士而聯想到吕美蓀的。關於吕女士的父親和她們姊妹的瑣事，就我所知，補述於後。

吕女士的父親吕鳳岐，字瑞田，旌德人，同治庚午舉人，光緒丁丑進士，散館授編修。壬午官山西學政，著静然齋詩集，這是陳子言（詩）所編皖雅初集所叙述的。跟着有吕美蓀的寫述：「先考登賢書後，充景山宫教習。甲戌考授内閣中書。光緒丁丑，朝元改翰林院庶吉士，旋授職編修，歷充本衙門撰文，國史館協修，玉牒館纂修。壬午簡放山西學政，任滿，乞病歸僑六安，構長恩精舍，藏書數萬卷。乙未冬卒。兩兄皆前蔣淑人出，先卒，爲鉛山蔣心餘太史曾孫女，亦能詩。吾母爲來安嚴琴堂孝廉之女，乃武寅齋太守沈湘佩夫人之外孫女。來歸先考爲繼室，生四女。先考既卒，惡族争繼嗣，佔家産。……」看此，則知道吕女士的家世了。

吕氏姊妹是四人，長惠如，次美蓀（初名賢鈖，字仲素，後改眉生，又改美蓀，寄寓青島時，别署齊州女布衣），三碧城（字遁天，又字聖因），四賢滿，字坤秀。惠如工詞，兼工繪事，碧城在曉珠詞附刊惠如長短句的跋文有説：「先長姊惠如邃於國學，淹貫百家，有巾幗宿儒之概。矢志柏舟，主持姆教，長江寧國立師範女校有年，人多仰其行誼。歿時家難糾紛，著作湮没，遺稿之求，列入訟案，蓋與遺産同被攫奪，亦往古才人所未聞也。……」惠如的丈夫爲嚴象賢，是屬表兄妹的聯婚，美蓀重至京師詩所説「我姊奉巾服，外兄而姊夫」，就是指他。惠如的逝世，約在民國十年以後，因民國九年冬間，惠如還有填詞，碧城是民九赴美，惠如死時，碧城適歸國。

美蓀在她的瀛洲訪詩記叙述東遊緣起有説：「余弱齡失怙，由豐厚之家，一變而爲孤寒之女。年二十後，别母走津門，任北洋女子公學教習，兼北洋高等女學堂總教習。踰年，出榆關，應東三省將軍趙公爾巽之召，任奉天女子師範學堂教務長，兼中日合辦女子美術學校教員，名譽校長。蓋趙公與先君提學公爲丁丑會榜同年，念年家子之貧，厚加培植，時光緒末葉也。彼時可求官費，負笈歐西，卒以母老須養，勢難遠遊。年踰三十，復忝教閩滬女學，最後長江蘇安徽師範女學校。……自念平生行歷八九省，南北極國境。……」這是她的自傳之一章。她的詩文集，已出版的有菀麗園詩正續集、陽春白雪詞、瀛洲訪詩記等。抗戰前，住在青島，她的兒子絅德，在青島的上海銀行工作。近年以來，音書隔絕，是否還在青島，無從得知。

碧城的妹子坤秀，民國三年，死於厦門，年纔廿七歲，遺著有撤珥集。美蓀痛念亡妹坤秀詩有說：「吾長汝六齡，在昔教汝讀。青檠苦夜分，忍猶作嚴督。督汝母怒吾，聲每喧老屋。請恩母妹靈，愆罪胡由贖！汝長詩才美，皖雅載篇幅。汝更工丹青，但畫女貞木；一樹女貞花，風雨飄零速。」可以見到坤秀是工詩能畫。因爲她短命早死，一般人都以爲她們只有三姊妹，如章行嚴在十六年的甲寅周刊跋吕美蓀的信也有說：「曩淮南三吕，天下知名。」是指惠如、美蓀、碧城三人而説，而没有提到坤秀了。

美蓀的詩集裏，只有提到坤秀的名字和感懷坤秀的詩句，而關於惠如、碧城的名字，却没有一字的提及。碧城的信芳詞、曉珠詞、雪繪詞等對於美蓀、坤秀的名字是找不着的。惠如的遺詞，却附印在曉珠詞之末。由此看來，可以知道她們姊妹間的情感關係了。

碧城的浣溪紗詞，更有露骨的宣洩家庭骨肉間的不和諧事實表現，詞云：「莪蓼終天痛不勝，秋風萁豆死荒塍。孤零身世浄於僧。老去蘭成非落寞，重來蘇季被趨承。不聞孁罟更相淩。」附注云：「予孑然一身，親屬皆亡，僅存一『情死義絶』、不通音訊已將卅載者，其人一切行爲，予概不預聞。予之諸事，亦永不許彼干涉。詞集附以此語，似屬不倫，然讀者安知予不得已之苦衷乎！」從詞中所説莪蓼、萁豆、蘇季、孁罟等，便知道她們的情感等於水火般不和了。

坤秀、惠如早逝，我和她二人没有文字的往來。至美蓀的葂麗園詩集，碧城的曉珠詞，她們題贈我的詩詞，也有編入，美蓀的陽春白雪詞集裏，還有我的拙句一首。抗戰期間，碧城寄寓香港，時有相見。現在呢，死生契闊，真有不堪回首説當年之感了。因讀陳君之文，拉雜的瑣談幾句。

（録自一九四八年九月十六日申報）

女詞人呂碧城

陸丹林

談到中國現代的女詞人，旌德呂碧城，可以説是個中的翹楚。她姊妹四人，姊惠如、眉生(原名賢鈖,字仲素,後易名美蓀)、妹坤秀(賢滿),都能詩文詞。惠如、碧城且工繪事。姊妹四人在清末民初,都從事教育事業。眉生在光緒末年,由年伯東三省總督趙爾巽聘任奉天女學漢文教習,後任安徽、福建等女師教習;碧城任北洋女師校長,坤秀先後任吉林女學、廈門女師等校教員。惠如、坤秀先後去世,眉生抗戰前寓居青島,年來消息不詳。碧城於卅二年一月病歿香港。眉生的詩集在戰前出版的,有葹麗園詩正續集、陽春白雪詞、瀛洲訪詩記,坤秀有撤珥集。惠如長短句,只得二十多首,附印在碧城的最後定稿曉珠詞之後,因爲詩詞星散,無法收拾。碧城説惠如歿時,「家難糾紛,著作湮没,遺稿之求,列入訟案,與遺産同被攫奪」。據説是因其父去世,兩兄早死,惡族爭繼嗣佔家産的家族間訴訟糾葛。

現在略寫吕碧城女詞人的生平吧:

碧城字遁天,又字聖因,晚年信佛後,法號寶蓮。她的父親瑞田(鳳岐)是前清翰林院編修,歷任國史館協修,玉牒館纂修。外放山西學政。任滿返安徽,寄寓六安。原配蔣夫人,是鉛山蔣心餘的曾孫女,生兩兒,母子均早死。繼室嚴夫人,即她的生母。瑞田光緒廿一年去世,她那時只有十二歲,侍母住在六安。有一天,她的母親嚴夫人遭遇强徒擄劫,她便寫信給她的世伯江蘇布政司樊樊山(增祥)設法援救，纔得安全釋放。她的舅氏在天津附近辦理榷政，她便前往寄住了六七年，專心攻讀國文。她爲着研究新學，約同女友方氏準備轉入女校讀書，給舅父阻梗。她感到有志未逮，而向上的心却非常堅決，便憤然的隻身到天津去。她有一位女友在大公報工作，即把志願寫信告知這位女友，給英斂之（華）見着，非常激賞她的文字理論，即聘她擔任大公報撰述。秋競雄（瑾）讀報，見着她的著作，認爲是同志。有一次到天津，特去訪問她，並相約共同從事政治的改革運動。可是兩人的政治觀點雖有點不同，但爲女同胞的解放運動而努力是同一路線，只得分道揚鑣。後來秋競雄創辦中國女報，發刊詞還是她所撰著的呢。

袁世凱任直隸總督的時期，努力新政，派她籌辦北洋女子公學。女學成立後，她任總教習，傅沅叔（增湘）任監督（即今之校長）。過了不久，她升任監督，這是民國紀元前八年，她只有二十一歲。那時天津還没有新式女學，只有兩三所家塾式的女私塾。袁世凱撥公款在治下開辦女學，北洋女子公學算是開山祖了。過了兩年，添設女師範科，等到民國前三年舉行畢業禮，畢業師範生僅得十人。其原因那些學生多屬隨宦的女兒，因着父兄陞調的關係，居處無定，時讀時輟，難得學有成就。她在北洋女學的校友録出版的時候，寫了一篇序文，内有「滋蘭百畝，播吾道之芬芳；

蓄艾三年，療庶物之疵癘。」真是感慨系之。

她主辦北洋女學的時候，課餘，從嚴幾道（復）研究英國語文，名學淺識，便是她那時的試譯出版的。

京直水災暴發，她聯合天津各界領袖的閨秀，倡辦女子賑濟會，募捐啓是出於她的手筆；大聲疾呼，籌得的款，救活無數災黎。這可以見到她一面辦理教育，一面從事學習外國文學，同時對於社會服務的工作，也不一點放鬆。

辛亥革命，全國的政治進入另一階段，她也奉母南下寄寓上海，寫作的餘暇，經營商業，收獲很多。曾助中國紅十字會經費十萬元。不久，她的母親去世，民九秋間，便出國赴美，曾在哥倫比亞大學習美術，兼任上海時報館特約通訊記者。她平生的起居服用享受，都是華貴生活。在紐約時，住在著名的大旅社，一住半年，人們都覺得詫異，因爲這家旅店的旅客，多數的只住數日，最多的也不過一月。房金奇昂，不容易擔負，而她一住數月，無怪人們刮目相看。而她在紐約的社交場中，雍容華貴，和當地各界領袖往來，彬彬有禮。外人是用貴賓的禮儀來看待她了。

她兩度赴歐，法國、意大利、英國、瑞士等都有她的芳蹤，而住在瑞士日内瓦的時候最長。瑞士是世界的公園，起居飲食，暢修息游，對於心靈上，精神上的涵泳，進入新的途徑，悲天憫人的心腸油然而生。和歐洲的慈善家發起護生戒殺運動，寫作歐美之光來做傳播品。初時國内伍秩庸（延芳）有中國動物保存會的籌設，她也發起中國保護動物會，分道提倡，互相呼應。她所寫的中國保護動物會的宣言如下：「予髫齡寓津，見滬報記伍廷芳氏之蔬食衛生會，即函陳衛生義屬利己，應標明戒殺，以宏仁恕之旨。伍公復函，謂原藴此義，惟恐世俗斥爲佞佛，故託衛生之説，以利進行云云。予頻年形役塵網，計畫屢輟，主義未達。戊辰冬，閒居瑞士，偶於倫敦太晤士報，見有皇家禁止虐待動物之函，心復怦然，立即馳牘討論，遂決計爲國人倡導，以禁止虐待及鼓吹戒殺，同時并行，倡言無諱，爲根本之挽救。考吾國經傳，間有恩及禽獸之説，成湯之開獵網，亞聖之遠庖厨，聞其聲不忍食其肉，大夫無故不殺生等，皆示限制，而戒恣殺，但無貫徹之主張。蓋未根本明瞭殺生之有違道義也。迨佛教東漸，戒殺之説，始嶄然成立。惟以其發源於宗教，儒者囿於門户之見，善而不取，遂致正義湮没。間有本乎良知，服膺其説者，反遭鄙夷，斥爲佞佛，而不知佛教一切人我衆生等，願力之宏，道義之廣，猶儒家之止於至善，有過之而無不及。集公道之大成，闡文明之真義，世界任何宗救，寧有善於此者！故予綜攬羣言，首宗其説焉。」

她少遭家難，多愁善感，獨身終老，幾十年來，目擊和親歷家庭間的鈎心鬥角，精神上自然有無限的感觸，心靈上更加有不少的傷痕。有一年，她寄寓倫敦，在我國駐英公使館内，恰值看着新收從内地寄到的印光法師嘉言録，學佛動機由此啓發。於是潛心研究内典，因感到歐美人士對於精深的佛學，不容易了解，她便發願用英文翻譯佛經，來傳播佛學。爲了力行戒殺，首先便實行茹素來養生。民廿四年，她到香港，購屋居住。可是搬入不久，發覺房子的梁柱白蟻叢生，如果把它消滅，事實上是殘殺生物；不然，白蟻把梁柱蛀爛，樓房傾圮，人物都是遭殃的。爲了這，她感到進退兩難，没有兩善的辦法。後來只得索性的把這所房子平價的讓給他人了。

她是偏愛文藝的，朋友們的往來，多是詩文耆宿或對文學有相當的修養，彼此間談藝論文，引爲樂事。北平的僧伽醫院有一次向她募捐，她把款寄去之後，接着一封復謝的信，不特文字庸劣，字也寫得非常幼稚。她感到很大的失望，常向人説：「這些低能的不通文墨的和尚，怎能够好去做事，還談什麽闡揚佛法呢。」這可以反映她的對於文學的注視。

抗戰開始後，她從瑞士回到香港，先住在山光道的房屋，後來搬到相隔不遠的東蓮覺苑去。東蓮覺苑是港紳何曉生(東)的眷屬所建築的佛堂,經常除講經外,并附設有專爲灌輸佛學的女塾,屋宇宏麗莊嚴。她住在那裏,常常的宣揚佛學。日軍侵略香港後,她雖然是與世無争的佛教徒,但是四周空氣,異常惡劣,凡是有點熱血的人,莫不幽憂苦悶。她是飽經憂患,哀痛悲憤,自不在言。她於是在那倭軍鐵蹄下的亂世,性命不能苟全,便於卅二年一月廿四日在香港病歿了。臨終的時候,神志清明,寫有七絶一首,是她在世六十年最後的吟咏了。詩云:「護首探花亦可哀,平生功績忍重埋。匆匆説法談經後,我到人間只此回!」

「人之將死,其言也善。」看她的絶命詩,是悟澈生死之理,了無掛礙似的。記得弘一和尚於卅一年十月十三日怛化的時候,她那時住在香港,寫了幾句感悼詞,這幾句話,要是改易了幾個字,也可以做悼她的哀音。詞云:「大哉一公,濁世來儀。磨而不磷,涅而不緇。஢軏羣倫,是優波離。昔爲名士,今爲天師。須彌之雪,高而嚴潔;阿耨之華,澹而清奇。厥功圓滿,罔世憖遺。土歸寂光,相泯圭畸。公既廓爾亡言兮,我復奚能贊一辭!」這些話,很像是她的生死觀。

她生平的著作,有信芳集、吕碧城集、鴻雪因緣、美利堅建國史綱、歐美之光、曉珠詞(有三種版本)、香光小録、雪繪詞、文史綱要、觀經釋論、名學淺識,及英文傳播佛學書十種。

這是她生平的概略，今繼述她的詞了。曉珠詞裏陳飛公(完)題詞沁園春調的小引有説：「昨與寒雲公子夜話，泛及近代詞流，公子甚贊旌德呂碧城女士，且言踰日當折柬邀女士與不慧飲集閒樓，留此人天一段韻事，爲他日詞苑掌故，因以女士自刊信芳集見示。不慧尋覽一過，奇情竅思，俊語騷音，不意水脂花氣間，及吾世而見此蒼雄泠慧之才。北宋、南唐，未容傲睨；今代詞家，斯當第一矣。審其聰性，已入華嚴之玄，儻更竿木隨身，極盡楞伽變相，倚其末那，融我悲圓，靈雲見桃花而不疑，香嚴擊竹而忘所知。到此無垠，得大自在，則逢緣而妙，觸處如如矣。……」可説是頌揚備至。徐珊村(沅)在法曲獻仙音調題詞的小引也有説：「老學庵筆記稱易安譏彈前輩，多中其病，意其識解所到，必有以破一世浮議，不爲所拘攣者。惜其論著不傳，乃僅以詞人目之也。碧城女史邃於哲理，憫女學之不昌，爲説以張之，理之所据，於前哲不少迴護。三千年彤史中無此英傑。餘事填詞，亦復俊麗絶倫，殆今之易安居士歟！……」與陳飛公的文併看，可見同時文人傾佩的一斑。

當信芳詞初版刊行的時候，樊樊山除題詞外，逐首注評。樊的金縷曲題詞云：「姑射嬋娟子。指仙家、碧城十二，是儂名字。冰雪聰明芙蓉色，不櫛明經進士。算兼有、韋經曹史。玉尺家聲嬌女繼，種鯉庭十萬新桃李（君爲余同年呂提學季女，年甫即笄，即爲天津女學總教習），男不重，重生女。江南舊識雲英姊。寫春風紅梅一卷，詩如花美（令姊惠如嘗爲畫紅梅一卷，題詩其上）。芍藥清文今重見，始信花中有蕊。只漱玉、風流堪擬。料得前身明月是，睹聲名、碧海清天裏。應買貴，薛濤紙。」其他注評她每首作品的話，擇録幾段於下，如：

生查子：「清明烟雨濃，上巳鶯花好。游侶漸凋零，追憶成煩惱。當年拾翠時，共説春光早。六幅畫羅裙，拂遍江南草。」樊山的評語是：「無風自偃君知否，西子裙裾拂過來。結句不減劉郎矣。」

浪淘沙：「寒意透雲幬，寶篆烟浮。夜深聽雨小紅樓，姹紫嫣紅零落否？人替花愁。臨遠怕凝眸，草膩波柔。隔簾咫尺是西洲。來日送春兼送別，花替人愁。」樊山的評語是「漱玉猶當避席，斷腸集勿論矣。」

祝英台近（爲余十眉題神傷集）：「背銀缸，拈翠管，秋影瘦荀倩。洛賦吟成，人共素波遠。可憐魂覓帷間，釵尋海上，都不是、等閒恩怨。幾曾見，瓊樹日日常新，冰蜍夜常滿。贏得情長，那怕夢緣短。瓣香待卜他生，慈雲乞取，好深護、玉樓仙眷。」樊山的評語是：「句法善於伸縮，的是填詞能手。世間無數鈍漢，自命夢窗，縱使嘔心十二萬年，不能道其隻字。」葉遐庵所編的廣篋中詞，所選呂詞三首，此首亦在内。

樊山對於其他各調的評語，如：「南唐二主之遺」、「常語能奇」、「此詞居然北宋」、「細入無間」、「鬆於梅溪，細於龍洲」、「似唐昭宗語」、「陳君衡所不能到」、「史梅溪換巢鸞鳳之嗣音也」、「稼軒『寶釵分，桃葉渡』一闋，不得專美於前」、「吴城小龍女，復見於今日」、「徐典樂之亞匹」、「清深蒼秀不減樊榭山房」、「沉痛至骨」等，而於齊天樂調咏荷葉起首「横塘未到花時節，暗香已先浮動」兩句，評爲「此等起句，非絶頂聰明人不能道」。從樊山的評語看來，她的詞學精深造詣與成就，確有獨到之處，絶非因爲她是年家子阿其所好的諛辭。

樊山的評語，只限於她在國内時所作的詞，後來她把續作的詞，分編四卷，信芳集的詞是屬第一卷，至二、三、四卷詞的刊行，樊山已經去世了。

民國廿六年三月，她刊行曉珠詞卷三，是用影印的手寫稿，印刷極精。開首有她寫的一篇記，説明自己定稿付印的原因。文云：「予慨世事艱虞，家難奇劇，凡有著作，宜及身而定，隨時付梓，庶免身後湮没，曩刊曉珠詞即本此旨。時雖遠客海外，未能校讎，版漶字訛，均未遑計。邇以舊刊告罄，索者踵接，無以應也。乃謀重録，釐爲三卷。初稿多髫齡之作，次旅歐之作。歸國後，專以佉盧文字，迻譯釋典，三載始竣。重拈詞筆，月餘得如干闋，即此卷也。手寫新稿，先付影印，將與前二卷合刊，俾成全璧。敝帚自珍，深愧結習之未蠲也。」

她文裏所云「初稿多髫齡之作，次旅歐之作」，是指信芳詞而言。「家難奇劇」一語，在她的浣溪沙一首有説明。詞云：「蓼莪終天痛不勝，秋風萁豆死荒塍。孤零身世浄於僧。老去蘭成非落寞，重來蘇季被趨承。浮名徒惹附羶蠅。」我們讀她的詞，已知道她的怨憤，而蓼莪、萁豆、蘇季等字句，更知是家庭骨肉間的事。看她在詞末的附記我們益加明白了。記云：「予孑然一身，親屬皆亡，僅存一『情死義絶』，不通音訊已將卅載者。其人一切行爲，予概不預聞。予之諸事，亦永不許彼干涉。詞集附以此語，殊屬不倫。然讀者安知予不得已之苦衷乎！」文中「情死義絶」之「死」字，本爲「斷」字，後改爲「死」字。又詞末句，後來也改爲「不聞婆詈更相凌」。而她所指的人，我本來知道，但不想明白寫出了。

在廿六年的夏間，她把信芳詞卷一卷二，曉珠詞卷三，和後來的詞分爲四卷，末附她的大姊惠如長短句，編成一册，仍用曉珠詞名義印刷，這是她在戰前的所作詞自定本了。在印行的時候，説明印集的原因，文云：「年來潛心梵文，久輟倚聲。由歐歸國後，專以佉盧文字，迻譯釋典，三載始竣，形神交瘁。乃重拈詞筆，以游戲文章，息養心力。顧既躅夙嗜，流連忘返，百日内得六十餘闋，爰合舊稿，釐爲四卷，草草寫定，從今擱筆。蓋深慨夫浮生有限，學道未成，移情奪境，以詞爲最。風皺池水，狎而玩之，終必沈溺，凛乎其不可留也。至若感懷身世，發爲心聲，微辭寫忠愛之忱，小雅抒怨悱之旨。弦歌變徵，振作士氣，詞雖末藝，亦未嘗無補焉。予惟避席前賢，倒屣來哲，作壁上觀可耳。」

她提倡護生和素食運動，非常努力，所作菩薩鬘詞，充分的表露。詞云：「春雲將展薔薇戰，飛紅溜白花如霰。人事苦烽霾，郇厨翠釜哀。　鸞刀摻萬户，猩浪能飄杵。此恨幾時平？千年誓此生。」注云：「紅白薔薇兩軍，血戰三十年，事見英史。人類既苦兵禍，而人類復殺物類，屠場每日殺牲以數萬萬計，奇痛徹天，流血成海，歷千萬而不止。倫敦蔬食月刊曾述此言，并刊肉市之影於報。美國蔬食雜誌亦言廢除肉食，爲世界將來必至之趨勢。抑嘗聞之，世界目標，趨於真美善三點。正義爲真，文字屬美，和平爲善。吾詞家皆工審美者，寧不擯此醜恶之殘殺耶？願我同人共勉之。美之義甚廣，兹姑就詞壇立言。」

她不特工詩文詞，且能作畫。在她的詞中，如二郎神詞，有「楊深秀所畫山水便面，兒時常摹繪之……」，又丁香結詞，有「夢於倫敦友人處見予所繪水墨大士像，秀髮披拂，現身海中。憶髫齡鄉居，鄉人曾以舊畫觀音一幅，乞爲摹繪，固有其事也」。而爲我題紅樹室書畫集，玉京謡詞句，有「年時肯負名場。舊擅雕蟲，記早馳茂苑，粉縞離箱，蟫塵緘恨應滿」。附注有「予亦幼擅丹青，去國後，拋棄久矣」等語。但她雖然工畫，却不以畫名於時，而畫便給詞名所掩了。

末了，把她的夢江南詞一首，做本文的結束。詞云：「歸去也。色界衆生悲。白柰遍幢殯平帝女，紫雲飛蓋輓神妃。吹淚入瑶徽。」

（録自一九四八年第一百十二期永安月刊）

吕碧城

朱鳳蔚

南社爲我國三十年來有關種族國運之文字革命大集團，社友中不特男性人才輩出，蔚爲大觀，即女文學家、女詩人、女革命家，如秋競雄、徐懺慧、張傾城、談月色、陳亨利、胡湋平、張默君、鄭佩宜、吴孟芙等皆才華燦璀，不一而足，而吕碧城女士尤爲此中傑出人物。

碧城籍旌德，號遁天，不特國學深邃，根基甚富，詩詞含英咀華，精練蒼勁，珠璣滿目，爲普通社友作品所不及。一度任申報自由談編輯，表彰國粹，灌輸西洋文化，迻譯歐美名著作，精采滿紙，深得士林贊許。連年遨遊歐美，考察東西文明各先進國政治、教育、市政、農工商經濟，常有長篇鉅著，惠寄國內各大報雜誌，文筆暢達流利，結構縝密，文情並茂，讀者心焉嚮往，有益於智識界非鮮。

（録自一九三一年十一月二十五日社會日報南社人物小誌）

吕碧城傳略

方　豪

吕碧城一名蘭清，字遁天，號聖因，晚年法號寶蓮，安徽旌德人。父鳳岐，字瑞田，清光緒三年（一八七七）翰林，與樊樊山爲同年。曾任山西學政。光緒九年（一八八三）生。長姊清揚，字惠如，亦作蕙如；次姊美蓀，亦作梅生、眉生，咸以詩文聞於時，有「淮西三吕，天下知名」之稱。碧城於姊妹中尤慧秀，而虚憍特甚。詩文外，亦工畫，善治印，並嫻聲律。英斂之（華）嘗爲刊行呂氏三姊妹集，序首稱爲瑞田公季女，近芝翁高拜石撰古春風樓瑣記，謂碧城有妹名坤秀，雖工詩文，然不如諸姊云。

九歲議婚汪氏，十二歲喪父，侍母鄉居。舅司権塘沽，母命往依，冀得較優教育。年十五六，偶有所作，爲樊樊山、易實甫諸前輩所見，極稱譽之。母嚴氏，爲繼室，與人争産，被擄，樊山任江寧布政使，碧城函請營救，幸脱險，乃汪氏藉詞退婚。碧城方以才貌噪於時，遽蒙奇恥，所遇亦迄無愜意者，遂決意獨立，不再字人，亦不接受家産。樊山手書稱之爲「巾幗英雄，如天馬行空」。又曰：「即論十許年來，以一弱女子自立於社會，手散萬金而不措意，筆掃千人而不自矜，此老人所深佩者也。餘事爲詩，亦壯心自耗耳。」

光緒二十九年三月二十二日，舅署秘書方小洲夫人赴津，碧城欲同往探訪女學，爲舅所阻。翌日逃登火車，既抵津，知方夫人寓大公報館，乃馳函暢訴，爲總理英斂之所見，大加嘆賞，親邀與方夫人同居，且委襄編輯。於是京津間來訪者踵相接，與督署幕僚唱和無虚日。袁世凱至目爲國士。時年纔二十一耳。

予藏英斂之日記未刊稿，自是遂屢記碧城事，慕其才華，自稱神魂顛倒。英夫人淑仲頗有誤會，益發奮力學，一度有進京讀書之意。碧城之識傅潤沅、嚴範孫、方藥雨等，胥斂之爲之紹介。既而惠如亦寓英宅。斂之初爲碧城謀讀書，旋又代籌興辦女學，日夕奔走。袁世凱撥開辦費千元，海關道唐紹儀允月助百金爲經費。覓校舍、募捐款、擬章程、聘教習、邀董事、訂會議，斂之無不竭力以赴，然時亦相左。

秋瑾原名閨瑾，亦字碧城，特自京來晤，碧城記曰：「彼密勸同渡扶桑，爲革命運動。予持世界主義，同情於政體改革，而無滿、漢之見。交談結果，彼獨進行，予任文字之役。彼在東所辦女報，其發刊詞即予署名之作。」

三十年（一九〇四）九月十五日北洋女子公學招生，孟冬成立，碧城爭創辦人及總教習名義甚力。時惠如、梅生同寓大公報館，兩姊均不直妹所爲。碧城無決斷而性執拗。三十一年正月初九日，英斂之、傅潤沅皆辭董事，一任碧城自立。二月，斂之爲編呂氏三姊妹集，並作序跋，惟對碧城已視前爲冷淡。五月二十七日，惠如與英夫人結盟。是夏，梅生亦應奉天北洋女學聘。七月初三日在津爲電車所傷，左腕骨折，幾瀕於危。斂之爲送醫院，延日醫平賀診治，日往探視，亦有一日數往者；或侍至深夜，或候達天明。梅生住院凡四月餘。斂之對碧城印象日惡，均一一載諸日記。

三十三年四月，歛之輯其自爲文曰也是集，梅生作序，歛之稱：「吾輩交誼，較庸俗超過萬萬。」九月十三日歛之記曰：「碧城因大公報白話登有勸女教習不當妖艷招摇一段，疑爲譏彼；旋於津報登有駁文，强詞奪理，極爲可笑。數日後復來信，洋洋千言分辯，予乃答書，亦千餘言，此後遂不來館。」予所藏歛之日記亦止於此。

三十四年七月，從嚴復習理則學，譯名學淺識。又習英、法、德文。

北洋女學自三十二年春，擇資質優秀者，爲設師範科，宣統元年七月行卒業禮，計七學期，培植成材者僅十人。緣北方女學風氣未開，多觀望不前，故所收女生，僅少數南方隨宦閨秀。

民國肇造，女學停辦，袁世凱聘爲公府秘書。籌安議起，即辭去。時歛之亦退隱香山。不再負大公報實責。碧城暢遊南北，寄情山水，飽覽西湖、虎丘、廬山、青島及萬里長城之勝，盡入於詩。斯時，碧城自謂「衆叛親離，骨肉齮齕，倫常慘變，而時世環境尤多拂逆」。蓋爾時北方不靖，女士奉母之滬；以略諳陶朱之學，與西商交易，所獲頗豐，遂爲西商所忌。乃究心佛學，以求解脱。

民國五年，曾再訪歛之於香山；次年，歛之有覆某女士長書，諄諄三四千言，以苦海回頭，勘透聖凡，大死一番爲勸。且敷陳天主教義，收入安蹇齋叢殘稿。知碧城原書有「一切俱空，並知識而亦泯滅，則大自在矣」、「擾擾衆生，無適非苦」、「百憂鑠骨，萬念灰心」等語。覆書有「至論賢妹之學問詞華，人莫不詫爲祥麟威鳳，在閨閣中固今世之僅見者。獨惜遭家庭之變故，感身世之飄零，百憂叢集，激而成此」諸語，則所謂某女士者，非碧城莫屬。

民國七年冬，碧城赴美，入哥倫比亞大學。十一年自加拿大返國。十五年再遊歐美，所至皆有吟咏，撰鴻雪因緣，以宣揚佛學爲志，尤重護生戒殺，倡導蔬食。遇國際保護動物會，必出席演説，頗引起注意。十八年，吕碧城集問世。二十年，輯護生崇佛言辭爲歐美之光一册，各地佛教重版多次，流傳甚廣。女士在歐，曾以十萬金助紅十字會；及抵美，則又住紐約最豪華之旅舍；外國旅客，往往留數日即有難色，女士則寄居六月以上；乃盡交彼邦名媛命婦，一日數宴，而衣不一式，其揮霍又如此！女士皈依三寶，受印光法師嘉言録之影響頗深。女士善詩精詞，偶作綺語；又以一擲千金，習於奢侈，故謗之者多。易實甫則稱其所爲詩文：「見解之高，才筆之艷，皆非尋常操觚家所有也。」而以爲「自己受謗，尚不暇辯護，安有暇爲他人辯護哉？」晚年，寓香港東蓮覺苑，嘗布施十餘萬爲佛事，並著觀無量壽佛經釋論。三十二年一月二十四日卒於九龍，世壽六十。遺命火化後，和爲麪丸，投海中，與水族結緣。所著尚有信芳集、曉珠詞、文史綱要、香光小録、雪繪詞等。又譯普賢行願品、阿彌陀經、普門品、十善業道經爲英文。佛法西被，女士之功爲多。並合中、英文著作各十種，輯爲夢雨天華室叢書云。蓋亦近代奇女子也。五十四年（一九六五）復活節杭縣方豪撰於木栅溝子口難得糊塗齋。

（録自方豪六十自定稿）

跋信芳集

凌啓鴻

戊午冬，余游美洲，獲識吕碧城女士於哥倫比亞大學。女士世爲皖南望族，幼擅詩詞，精六法，工丹青。年十七八，即長北洋女校教務，才名滿天下。余愛慕之者久矣，一旦海外相逢，傾蓋言歡，詩文往還無虚夕。蓋女士不獨邃於國學，而於佉盧之文，亦造詣綦深。嘗著革命女俠秋瑾傳一篇，余反覆讀之，擊節者屢，遂爲紹介於報端，紐約、芝加哥著名各報，莫不争爲刊載，而彼邦文人學士亦交口稱譽之。後余因事先女士歸國，十年以來，人事倥傯，音問遂疏。前年冬，女士自倫敦馳書抵余，命以所著鴻雪因緣佈諸於平津各報，於是知女士已重渡太平洋及大西洋而漫遊歐洲矣。夫歐洲多佳山水，其巔崕崛崃，江濤洶涌，可歌可泣。今以女士清絶之詩辭出之，有不字字金玉乎？嘗聞某報昔日銷售不及二萬份，自刊載女士之鴻雪因緣後，數日之間驟增至三萬五千份。嗚呼！洛陽紙貴，女士有矣。女士有高足弟子謝黄盛頤夫人，清才績學，獨得其師之心傳，近以女士舊日所刻信芳集詩詞及鴻雪因緣代付鉛槧，囑余任校讐之責。惟余與女士爲十餘年文字之交，義固難辭，乃爲盡匝月之功，次第勘閲。雖然女士才識過人，慷慨有大志，出其餘緒以爲詩文，已足睥睨百氏，吐納萬有。異日興盡歸來，抒其抱負以謀國，必有以慰吾人之望者，又安可僅以詩人目之歟？民國己巳年春日，凌啓鴻識於北平寓廬。

（録自黄盛頤刊印信芳集）

附録二　題咏酬唱

校信芳集竟即題其後

王　晦

滿懷感逝傷離意，無限憂時弔古心。風雨一編消永夜，恍聞澤畔有行吟。

（録自民國七年刊信芳集）

高陽臺　題吕碧城曉珠詞

胡先驌

慕聶懷荆，引杯看劍，千春第一詞人。瀛海乘桴，幽憂遺世心情。雪山照影真姑射，羡天生、冰雪聰明。早吟箋、傳遍遐陬，價重鷄林。　令威華表知興歎，歎故國城郭，烽燧縱横。慟哭西臺，唾壺敲缺誰聽？餓夫抗節追文謝，弔國殤、楚些招魂。更堪傷、研骨成塵，從付波臣。

（録自手稿原件）

護花精舍盆菊爲碧城女士作

萬娟紅

一簾疏雨綻瓊英，晚節香高瘦影横。妝厭鉛華非傲世，生甘冷淡總知名。移來畫檻塵難近，著得新霜韻轉清。自與柴桑偕隱後，賞音又遇女淵明。

（録自紫羅蘭第二卷第四號）

無題

張伯駒

不櫛才人久負名，洛神未賦亦多情。宓妃有枕無留處，惆悵詞媛吕碧城。吕碧城爲近代女詞人，曾見其詞集曉珠詞，前有陳沅序，言其與寒雲以詞相知，有人願爲媒，使成爲姻緣；但寒雲已婚於劉氏，遂罷。此亦一恨事也。

（録自續洪憲紀事詩補注）

眉生二妹去歲于歸金陵十月歸省盤桓數月極山水琴樽之樂今復將行予與碧城亦偕北上至金陵分手感賦

呂湘

去年別未久，歸棹又旋乘。鸞鶴仍相聚，雲山喜共登。草堂人日酒，花國上元燈。樂事今番足，還思續可能。

忽忽三冬過，光陰下水船。風雲無壯志，哀樂逼中年。此去如羣雁，分飛各一天。離懷託明月，齊向故鄉懸。

勝友初相識，謂萬氏姑嫂。臨歧恨莫排。至情惟我輩，分首況天涯。芳草憐佳節，春雲滯別懷。他時有歸夢，先遣到秦淮。

（録自呂氏三姊妹集惠如詩稿）

寄和碧城

呂清揚

浩浩高秋凝暮烟，半林霜葉尚争妍。惟應冷眼看時謝，轉緑回黄又一年。

空憐廣樂夢鈞天，我欲驂鸞詣上仙。怪道年來風浪惡，長教滄海不桑田。天花著處自成飛，一綴靈臺爲底悲。世界刹那千萬劫，文殊何事苦低眉。已看蒼狗悠悠盡，何事人間佇苦辛。好向天風聽濤去，自由自在兩吟身。

（録自遼東小草）

秋花次吕女士韻

嚴　復

秋花趁暖開紅紫，海棠著雨驕難起。負將尤物未吟詩，長笑成都浣花里。緑章乞蔭通高旻，劍南先生情最真。金盤華屋薦仙骨，疏籬棐几皆前因。故山叢蘭應好在，抽葉懸崖俯寒瀨。山阿有人從文貍，雲旗晝卷聲綷縩。修門日遠靈均魂，玉虬飛鳥還相羣。高丘無女日將暮，十二巫峯空黛顰。君不見洞庭枇杷争晚翠，大雷景物饒秋麗。湖樹湖烟赴暝愁，望舒窈窕迴斜睇。五陵塵土傾城春，知非空谷無佳人。只憐日月不貸歲，轉眼高臺亦成廢。女嬛琴渺楚山青，未必春申尚林際。

（録自瘉壄堂詩集卷上）

丁巳仲春偕陳鴻璧呂碧城唐佩蘭諸君鄧尉探梅率賦十章以誌鴻爪

張默君

卅里穹窿雲遠封，烟嵐乍展碧夫容。春泉空自腴靈藥，惆悵何緣覓赤松。穹窿山至鄧尉可三十里，相傳爲赤松采藥處。

桃源何必羨仙鄉，石瘦松奇鶴夢凉。斯境絳雲飛不到，那知山外有滄桑。

西溪十載無夢痕，未許塵緣誤夙根。爲惜人間生意盡，故將冰雪鍊春魂。

幾度高丘動短吟，徽音綿邈寄清琴。調和鼎鼐人何在？負爾春回天壤心。

嶙峋玉骨藴天馨，自有莊嚴未娉婷。幽怨清愁都懺盡，應同蘭芷在騷經。

遠岫嘘烟翠亂飛，馨魂嫋嫋墮人衣。雨絲風片催詩急，坐愛孤標未忍歸。

蒼松翠篠遠連天，長護湘嶷第一仙。我亦軟紅空萬戀，願從世外静參禪。

節高羣卉足奇矜，色相空明最上乘。莫慨人天同浩劫，澄懷共證玉壺冰。

幽居光福絶纖塵，遥瞰東南獨愴神。名尉雄圖驚逝水，玉梅猶斳漢家春。府西光福里，漢鄧尉所居。

放眼乾坤艷哀，冰心劫後未全灰。孤芳萬本商量遍，好句何曾醖釀來。

（録自白華草堂詩）

送碧城將之京師

張默君

窈窕天人思不勝，碧城縹緲幾千層。魂銷桃水紅初漲，目極春光冷欲凝。冀北又驚群馬走，清才定見鳳書徵。勞勞歌哭成孤往，芷怨蘭愁懺未曾。

（録自一九一四年遊戲雜誌第十九期）

寄碧城

周芷畦

琅琅贈我故遲遲，文采風流想見之。辟去塵寒犀玉在，有題難忘玉溪詩。

（録自一九一八年二月四日民國日報）

咏吕碧城女士二首

周學熙

千年閨教重迂拘，晚近才華便不觚。畢竟易安心迹白，錯教人説莫須無。

邁世英華咏絮風，漫游瀛海遍西東。何如嶺表菉猗子，本分事居名教中。

（録自止庵詩存）

讀曉珠詞贈作者吕碧城女士四首

施莉俠

中華放眼少幽桐，棲鳳無材此意同。譜罷長江歸夢曲，愛才今世無曹公。

名姝去國水流東，國士慕才復善終。流落中歐成永恨，只今無處覓曹公。

慢説情深不是詩，深情落紙便成詩。忘情逐利人多少，寂寞人間冰雪資。

宦風俗雨妬文姬，瑞士欣留絶世姿。始悟不歸歸似去，黄金不用贖娥眉。

（録自一九四七年三民主義半月刊第十卷第十一期）

謝吕碧城女士

劉豁公

碧城女士以新譯美利堅建國史綱暨所著信芳集見贈，賦此謝之。

海外滄桑入簡編，山川文物費探研。卧遊奚用荆關畫，開卷如臨美利堅。

續史班昭有嗣音，更披雪絮動清吟。記從海島歸來後，一字推敲直到今。

（録自一九二六年一月三十一日新聞報）

寄懷碧城女士

辟　支

昨承陳先生惠示碧城消息，云因病赴柏林就醫，病漸愈而形銷骨立，疎聽之下，遠懷長句。

挽回劫殺亦人豪，數載天涯惜鬢毛。中土已成羅刹國，及鋒誰試必隆刀。

一尊相屬非君意，同病猶疑勝我曹。九死南荒真不悔，有無歸夢過臨洮。

（録自一九三三年五月十七日晶報）

吕碧城

雪平女士

絳帳兩京群弟子，滿城桃李屬嬌嬈。鴛鴦繡出金針度，此是當今宋若昭。

（録自中華婦女界第一卷第四期百美吟）

柳梢青 讀呂碧城集感賦

緑盈女士

閬苑仙葩，百年暫寄，逝水飛霞。奔同襟懷，凌雲格調，咏絮才華。萍蹤浪跡天涯。且莫問風斜雨斜。瀛海逍遥，詞場馳騁，之子無家。

（録自一九四三年九月力報桂林版）

附録三　輓辭悼文

悼呂碧城女士

崔慧朗

嗟乎！何法門龍象，人天眼目，褰裳而去，携手同歸者之夥耶。余不能不怪我彌陀慈父之願海深廣，朝取一人焉，拔其尤羅而致之蓮華之内；暮取一人焉，拔其尤羅而致之蓮華之内。毫不顧及我娑婆世界之苦，而奪我導師也。余常憫緇素大德相繼往生，然私心竊幸，我巾幗文豪、護生健將、佛學界明星呂碧城女士，精神尚健，足資領導。乃不謂效法弘一大師，預知時至，遽捨娑婆而往生極樂矣。消息傳來，薄海同悲。人間失一導師，西方添一大士，其如衆生何？其如我女界何？余不禁悲喜交加：喜者，喜女士遨游全球者，今竟遨游佛國矣。恒與全球名人結文字之知己者，今竟與極樂國諸上善人俱會一處，常寂光中，寶蓮華裏，度清潔莊嚴之生涯矣；悲者，悲吾儕佛學界女流，不啻嬰孩之失母，羔羊之迷途。慧炬忽滅，依怙何從？余更不能不爲彼有口不能言之物類悲，今後尚有何人，痌瘝在抱，具大雄大力之心，提倡護生運動，登高一呼，中外爲之動容耶。彼無央數羽毛鱗介之衆生，亦將同聲一哭也耶。余書至此，亦不自知其涕泗之何從。嗚呼已矣！如女士者，可云智、仁、勇三德俱備。尚望乘願再來，繼起有人，是吾之所願也。

（録自弘化月刊第二十三期）

紀念呂碧城女士

編　者

嗚呼！呂碧城女士生西矣。女士蟬蜕塵俗，棲神樂邦，竝肩大士，上躋佛果，是女士之幸也。然而愍兹娑婆，衆苦充滿，法門秋晚，遽喪俊良，則衆生之不幸也。女士固願普賢願，行普賢行者，其將乘化再來廣渡有情耶？抑將如其夢中所得詩所云「我到人間只此回」耶？嗚呼！吾安得而知之？安從而問之？

本刊肇興，女士方寄踪歐陸，書牘往還，備承督獎，本刊得精神之助殊多。迨女士卜居香港，郵筒不絶。本刊發起婦女學佛專號，復承源源惠稿，旁唐大文，多與佛教前途彌有關係之作。方圖陸續揭載，恢彍法施，而女士已不及見矣。曾日月之幾何，倏形神之永隔，撫今追昔，能無悲水之覆心哉？

女士生長華膴，才情絶世，性倜儻，不拘拘於小節。早歲馳馬試劍，射麞逐兔，咸優爲之。洎乎中歲聞道，即盡蠲夙習，離塵獨居。屏血肉，持長齋，竺信如來，惟西方之歸，前後判若兩人焉。揆其志行之堅卓，身世之特異，方諸釋門碩德弘一大師，頗有類似處。一公示寂，女士甫爲誄以誌哀，而女士今又繼踵以去，衆生祚薄，龍象滅蹤。哀哉！

女士夙精國學，擅詞章，兼通英吉利文字。入佛後，發願使大法弘傳遠西，用英文繙經多種，印布歐美諸國。復與彼邦諸佛教團體通緘往來，隨宜説法，接引初機，功效丕著。夫以一女子而負此弘教重任，吾國古今女界中殆罕其儔。志高千古，動在奕禩，詎不可謂巾幗中碩人歟。今女士往矣，繼女士之職志者誰哉？嗚呼！

女士勵力於護生蔬食運動，世界知名。自歐美之光出版，十餘年來，鞠躬盡瘁，不渝初志。客冬以「人類被殺，變而非常；物類被殺，常而不變」之論題就本刊揭載徵文，旋又發表其新作勸發菩提心文，詳闡護生精義。建獨立之法幢，爲羣生而請命。言人所弗言，行人所難行，敻乎遐哉，不可及已。今女士往矣，繼女士之職志者又誰哉？嗚呼！

女士遷化，本人早已預知，確有種種徵驗。兹就編者推想所得臚陳如次：一、女士署「寶蓮」名，始於僑歐之際，然不常用。自去秋始，與人箋札，輒署寶蓮，是蓋女士於清泰國中之寶蓮華座志在必得，而又自知指日可得之表徵歟？二、客歲農曆十月間，女士致編者函，謂將有遠行，囑暫勿宣布。同時榮柏雲居士得女士書，則云將於十一月十七日彌陀誕日生西。既而未果，又有書來，謂因有小事未了，須稍緩矣。觀此則所謂遠行者，乃往生之别詞耳。預知時至，斯爲鐵證。三、女士去歲撰觀無量壽佛經釋論既成，於港滬兩處趕付剞劂，分郵各地同道，或贈或賣，盡數分配。復印送所編觀音靈籤勸發菩提心文山中白雪詞選合刊一種，更以所存净貲分别滙託同志，作印經放生等用，本刊亦蒙助千有餘金（曾登刊誌謝），亟亟皇皇，若不及待者，是皆爲女士結束其一生事業之徵也。四、女士以夢中所得詩寄編者（詩見本刊第十二版），則明是與世訣别之言也。五、女士與范古農居士書（見第十版），敦請提倡融會净相兩宗，造就弘法歐美人材。同時以手繪普賢菩薩像照片寄本刊（像背題曰「謹按普賢行願品恒順衆生章，應尊普賢菩薩爲護生之主，皈依弟子呂碧城謹繪」），囑於每年十月保護動物專號製版登刊，是又儼然以遺言相付託矣。六、女士將譯經時應用之英文書籍字典等，函託佛教歐美推行社代爲保存，謂如有能擔任此種工作之人即贈與之。又以所繪佛像照片、本人照相數十紙及譯經時買蓮供佛所得手形花瓣二片(攝影見第八版)寄贈榮柏雲居士,是皆爲生西之準備,彰彰然矣。綜上諸點觀之,女士之預知時至,又何疑焉。

又觀女士跋徐蔚如居士書,謂臨終瑞相有顯應冥應之别,蔚公臨終景相爲冥而非顯,蓋其本願如此,未應衡之於迹象間云云。女士於將去之際,以蔚公此書鄭重加跋而寄登本刊,諒有深意存焉。按林楞真居士函稱:女士臨命終時,含笑念佛,境界安詳。是女士之景相乃顯而非冥也。顧女士豫爲此跋語者,殆恐本人易簀時情狀或有足滋世人之妄議者,故預有以杜其口歟?嗚呼!女士於生死大事,能從容不迫,應付周詳如此,非清明在躬、志氣如神者,孰克臻此?然則女士微極樂之歸而又安歸?

本刊負弘揚大法之使命,承女士之付囑,雖力軽任重,蚊負滋懼,顧必勉竭棉薄。期有以副女士之望。濡墨伸紙,撫臆攄哀,即以當息壤之券可也。

(録自覺有情第四卷第十三、十四號合刊)

感念吕碧城居士知遇

廉達因

聞吕碧城居士遷化消息，不勝驚悼。晚學接到吕居士末次手示，在一月二十日，不料相隔四日，居士即乘化歸西矣。在最近數月間，連接居士手簡及譯經應用之書籍甚夥，勉勵之切，囑付之殷，已感覺是不久示寂之先兆矣。晚學深蒙居士垂青之因緣，每一念及，五中欽感。緣晚學自學佛以來，始終抱定切實修持之目的以進行，對己對人，務用佛法應付。立誓此生決不爲一人一家謀私利，不空擔虚名，總期於佛法上有所樹立。然而光陰荏苒，數載於兹，自慚進益毫無，痛心萬狀。乃以因緣關係，頗承海内大德長者所器重，提携指教，感佩無極。復因末學粗通外國文字，遂爲吕居士所注意，殷殷以譯經弘法相囑。正愧學識幼穉，不足承當，而居士復勉以才缺時迫，法門衰弱，應當仁不讓。晚既皈命三寶，值兹時期，重以女士殷殷教誨，敢不權宜肩任。方擬集合同道，親謁受訓，俾易進行，詎知遺囑先頒，忽焉西去。叨知遇之恩深，嘆承事之福薄，然既荷重命，惟有竭吾棉力，繼承遺志，以期發揚大法，聊報深恩。惟是譯經宏法，推及世界，如此大任，豈駑駘如晚學者獨力所能及。

海内緇素大德，發心志士，凡我同道，敬希鑒斯愚誠，垂慈協助，共繼吕居士之志，俾大法弘傳全世，庶居士於常寂光中少慰素願，此則晚學所馨香禱望者也。

（録自覺有情第四卷第十五、十六號合刊）

紀念吕碧城女士

蔣維喬

吕女士碧城，於民國元年，在北平與余訂文字交，文采風流，詞華藻麗，實一奇女子。嗣後在寧在滬，時相過從，然絶無傾向佛學之意。迨民十五六以後，赴瑞士，信札稍疏。約在民二十後，則來函常涉及佛教，且茹素念佛，篤信浄土，前後判若兩人，亦足奇矣。歐戰後避難，歷泰國至香港。三十年六月，忽來一函，附觀經釋論稿，函云：

竹莊老友無恙：一别十餘年，諒道躬康健。聞公事甚忙，未知近作何業？新著又增幾許？所拜讀者，唯五藴論注一種。城自濫竽佛門，除譯經數種及雜書外，絶少佛學著作，現始試爲觀經釋論之稿，效顰學步，知不免爲大雅所譏。兹以原稿一卷及補寫一紙呈教，祈不吝法施，詳爲指正，能速尤感。閲畢如轉交尊友中之唯識專家審鑒，更善。但以上海爲限，勿寄外埠。此書之稿可交佛學書局代收，惟函札如賜教之件，則請直寄香港山光道東蓮覺苑轉鄙人爲荷。想尊夫人玉體清寧，乞爲道念。手此，敬頌著安，吕碧城謹啓。

稿到後，則半月一函，一月一函，催我速改。乃檢其全稿，爲之悉心訂正，由榮柏雲居士寄去。今此書出版僅及半載，而女士已脱然生西，是可感也。

（録自覺有情第四卷第十五、十六號合刊）

致榮柏雲居士函

林楞真

柏雲居士慧眼：吕碧城居士已於今晨八時生西矣，遺命將遺體荼毘後，骨灰和麵粉混合送諸水濱，與水族衆生結緣。居士臨命終時，含笑念佛，境界安詳。決定廿五日一時舉行荼毘，一切儀節，遵照遺命從簡辦理。附呈吕居士致大德一函，乞爲察閲。餘不一一，即頌法樂。香港東蓮覺苑林楞真頂禮，三十二年元月二十四日下午。

（録自覺有情第四卷第十三、十四號合刊）

吕碧城女士遷化誌感

張覺明

時當末劫，衆生福薄，大德長者，相繼西逝。今者呂碧城女士又於一月廿四日在香港東蓮覺苑示寂矣，聞訊之下，不禁慨嘆久之。憶予在髫齡時，即聞呂女士之才名。讀其詩文，想見其爲人，不禁心嚮往之，然障深緣薄，未得一瞻丰采爲恨。近年讀其譯撰諸種著作，知其發大誓願，以文字般若，教化衆生。提倡蔬食，救護物類，宏化佛法，遠及歐美，中外瞻仰，莫不視爲覺世之慧燈，救苦之慈航也。方欣我女界有此先知先覺之人，懷濟世之高才，具慈悲之宏願，智光遠燭，法雨普施，末世衆生，久淪苦趣，得此俊傑，庶可挽浩劫於當前，弭殺機於永久，宏勝法於全球，臻大同之化境。何期娑婆緣盡，遽捨苦海衆生而去，此豈我女界之不幸，抑亦環球胎卵濕化一切衆生之不幸也。曠觀今古女子，學識淵博、智慧超羣者衆矣，而懷此慈心悲願，宏揚大法者，未之有也；修持精進、净德昭彰者衆矣，而弘化之功，普及於全世界者，未之有也。然則如女士者，謂爲我國有史以來，女界惟一之大善知識，亦不爲過。今者慈容雖杳，而懿範長存，著作等身，聲聞中外，誠足以振興全世界女子修持精進之心，宏法度生之願，績佛慧命，至於無窮者也。

夫壞滅者形骸，而精神則不朽。女士果去乎？實未去也。觀其遺命，以骨灰和麵，與水族結緣，足見其仍拳拳於末劫苦海衆生，而未能忘懷。故料其必有乘願再來之日，廣度羣生，暢佛本懷，乃克盡女士無窮之宏願耳。故予始而悲，繼而喜，終乃馨香禱祝其再來塵世，繼續其未盡之慈心宏願，度盡衆生方已也。癸未二月，當湖張覺明稿。

（録自覺有情第四卷第十五、十六號合刊）

嗚呼呂碧城女士

張次溪

呂碧城女士以文學享大名於中外，垂三十年。民國二十九年歐戰起，女士自瑞士歸國，寄居香港。洎去年，移居山光道東蓮覺苑佛堂，與其法侶林楞真女士同居。今年一月二十四日晨八時逝世，遺命以遺體荼毘後，骨灰和麵粉混合送諸水濱，俾與水族結緣。據林女士報告，女士臨命終時，含笑念佛，境界至爲肅穆。林女士乃於二十五日一時舉行荼毘，一切儀節，皆遵女士遺命，摒去繁文。當一月四日女士曾以夢中所得詩寄余，詩云：「護首探花亦可哀，平生功績忍重埋。匆匆説法談經後，我到人間只此回。」蓋其生有自來，死有所歸，非偶然也。

女士之名，余髫年已仰之矣。二十四年之冬，居甥館，時時聞外舅徐公蔚如稱之。女士深研佛理，尤多創獲。蓋徐公亦深於内典，女士將有所就正，挽聶公雲臺之介，通信質疑。二十七年徐公示寂，余經紀其喪，於書笥中得女士函札五十三通，皆女士歷遊世界目見耳聞。凡與佛法有關，事無鉅細，皆請徐公爲之解剖，示以真理。兹舉一事，以見其他。女士歐遊歸，息影香江，斥多金，購巨宅。南中多白蟻，蛀屋梁，梁將圮，女士欲折梁換柱，又慮傷蟻命；若聽之不顧，則梁折，勢將傷人，或傷及其他動物，徐公爲之一一解剖，以求合於佛説而復已。彼時余方擬爲徐公編輯年譜，拾其遺札以去。徐公逝後，匆匆六年，余餬口四方，迄無寧居。去秋偶托陳君法香代轉一函與女士，懇其將徐公生前遺札借抄，旋得女士復書，並贈以新著觀無量壽佛經釋論、山中白雪詞選諸書。十一月二十八日，女士又復惠書，書云：「次溪先生大鑒：承索蔚公遺札，城已檢得一重要者，有益衆生，且於尊著示寂記中所引潘對鳧居士『用釋羣疑』之句，不啻與以答詞及解釋，擬稍暇撰附跋語寄呈（能否得暇，現尚難言）。惟來函所謂於蔚公宅内檢得鄙人手札五十餘通，可備刊用云云，此則爲鄙人所不願，請先寄還鄙處爲要。所有蕪函雖多討論佛學，然大抵因一人一事請益之作，與公衆無關。其中談家務者，及涉及月溪法師者，尤不願宣佈也。囑爲蔚公文集製序，不能應命。徐公佛學浩瀚如海，城則謭陋不能窺其涯涘。又徐公住世之日，既表示不願刊佈雜文，則應遵其遺志。敝處如再檢得其他遺札，擬不寄呈，諒尊見亦以爲然也。匆復祈恕潦草，敬請著安。吕碧城謹啓。」今年二月，繼得女士一月四日來書云：「次溪先生：兹呈蔚公遺札一件，已録副寄覺有情。附跋如右，呈教。」又云「前函計已達覽，並陳明所有鄙人曩致蔚公諸函，均不願刊佈，並乞賜還」云云。孰意竟爲女士最後之絶筆耶。

余與女士文字因緣，亦終於此矣。往余又聞之内子，女士於二十四年之春，初抵津門，即謁徐公，復托徐宅爲傳達親友之通信機關，其躭寂厭煩又如此。未幾南下，旋匯五千金托徐公，並預告以某月日時將西歸，堅請於是日爲之延僧，並爲佈施。旋又以快電相告，謂去期尚有待，款則留作其他功德。適彼時北平有僧伽醫院之議，商之女士，女士慨然願舉此款爲贈，徐公乃代捐付。院主持僧致謝函，女士以爲不文，心殊怏怏。蓋女士固優於文學，以爲僧伽皆當如六朝時之典雅耳。徐公告以僧人重在修法，初不必優於爲文也，女士乃釋然。

按女士爲旌德人，少游燕趙間，才情絶世，性倜儻不羣。三十而後，屏血肉，持長齋，垂老益篤。著述可考見者：曰信芳集、吕碧城集、鴻雪因緣、美利堅建國史綱、歐美之光、曉珠詞（附惠如長短句）、香光小録、雪繪詞、文史綱要。更以英文釋成華嚴經普賢行願品、法華經普門品補佚、阿彌陀經、十善業道經、净土綱要、觀音聖威録、因果綱要、人死後如何、淤溪戒殺文、宋磧砂藏經説明書等，印布歐美諸國，復與彼邦諸善男女，隨緣説法，接引初機。宏法之功，無遠勿届，彌足多也。

（録自覺有情第四卷第十五、十六號合刊）

佛教世界學者呂碧城女士逝世感言

震　華

世以弘揚佛法教化衆生爲釋子之責，其實諸佛爲過去之衆生，衆生爲未來之諸佛，既無不成佛之衆生，亦無不度生之諸佛，而於弘通法化利濟有緣，固不論夫出家在家，男衆女衆，凡屬佛子，皆各有分，若一味諉責他人，自處安閒，必非賢智之所樂聞。此證之呂碧城女士之現身佛教肩擔大法，可以深信不疑也。

女士出自皖南望族，家學淵源，曾受高等教育，敏慧天成，所詣輒精。能文章，工詩調，性好遊歷，足跡徧中外，寓歐美尤久。中年宿根熏發，頓覺從前所學無裨於身心性命，頗思改絃更張，求得精神上之寄託與安慰。一時苦無所從，偶讀佛經，異之，立盡數軸，覺其有路可尋。再加窮究，奇趣盎然，遂一心皈命，專其所向。嘗執西書無龍之説，疑經説娑羯羅行雨爲妄誕，馳函分詢常惺法師、王小徐居士。未幾，憬然自悟，能圓其説，且舉某報載有某國飛機遇一怪鳥，翼如垂天之雲，横截而來，飛機成兩段而墜。空中既有如此驚人大鳥，安知再上若干高度，不有變化不測之神物？此爲民國十九年事。自後信仰堅固，不屈不撓，翹心净土，禮念無間。行持之外，努力弘化事業，口講筆述，日無暇晷，國内國外皆知有女士其人焉。

夫女子出洋，居今日交通發達萬里咫尺之下，並非奇特。顧所懷目的，不爲留學，則爲遊覽；不爲遊覽，則爲謀生。至若孤身海外，宣傳佛法，造不世之事業，增祖國之光榮，捨女士一人而外，淺見如余，則尚未之前聞。故余嘗謂女士爲世界佛教學者，以其弘法之成績不僅僅著於國内也。兹爲申述二點，用式未來：

一、譯述經典。歐美國家，千餘年來，皆受耶穌洗禮，佛教至近代始稍稍傳入。然以英譯經典之供不應求，佛法之真義，猶多秘在東方寶庫，未爲彼邦人士所盡知。近人以爲欲向歐美傳布大乘佛教，非先廣譯經典不可。早年日本高楠博士有見於此，提議用英吉利文字，翻譯全部大藏，誠爲現代佛教當務之急，恨未現諸事實。女士識解超人，文筆流利，獨能於龐大難舉之譯事，先以己力抽象爲之，計成行願品、普門品、彌陀經、十善業道經等凡如干種，英美兩國皆有發售。夫耶教之在吾國，偏行數十省，正以牧士之大有人在。使佛教能多培譯才，增加西行工具，安知數十年後，歐美之佛教不有驚人之發展乎？

二、蔬食運動。人類爲欲心動物，眼耳鼻舌，各有偏嗜，食欲之重，較餘尤勝。往往爲供個己飲啖之私，不惜犧牲大量物命，牽豚於栅，捉鷄於栖，猶未饜饞涎，又復網羅山澤，漁獵飛潛，施盡機巧，貪得無厭。好事者更爲按食製譜，力鬥新奇，燔炙熏燎，殘忍多方。先賢體上天好生之德，著爲文章，冀昭炯戒，無如積習既深，一時難返。自晚近科學發達，人心趨新，舊時學説不復能轉移視聽，女士惄焉憂之。於是因時制宜，廣採西洋現代時派人物所發表之道德言論，以及倫敦、紐約、維也納等處實地保護動物情形，一一攝成影片，附以説明，久之彙合成書，題曰歐美之光，藉以提倡蔬食運動，是真能方便説法納人於正軌者也。

女士於數年前，倦遊歸國，蟄居香港，讀經課佛，泯絶塵緣，蓋將畢此一生，而作浄土遊。曾披露其夢中所得詩云：「護首探花亦可哀，平生功績忍重埋。匆匆説法談經後，我到人間只此回。」其自道如此，寓意可見。女士果於最近捨報而去，消息傳來，識與不識，無不動容。余知女士之名久，欽其能以巾幗英才，作法苑干城，每爲延譽於衆，益以勉吾方袍圓領之同輩，不可不力加振作也。近方讀女士新著觀無量壽佛經釋論，文義並懋。允推佳構。何期書出未久，即聞哀音。覺有情欲刊專號紀念，余於女士之人雖陌生，於法化之緣則頗熟。古有「同聲相應，同氣相求」之説，然則參加追悼，略贊數言，又何得以不文辭。

（録自覺有情第四卷第十五、十六號合刊）

紀呂碧城女士

李圓浄

是十年前的事，那時人民安居樂業，上海的虹口一帶十分興旺，王季同居士住祥茂里，吴致覺居士住靈生坊，黄妙悟居士住清源里，豐子愷居士住立達學園，離開我的寓所都很近。他們俱是留學英、美、日的老前輩，怎樣溝通中外的佛化，常常成爲我們談論的資料。季同的佛法與科學之比較研究，是在那個時候脱稿的。致覺發心接引青年，除將我和子愷的護生畫集纂爲光明畫集，並堅求我起草佛法導論，輒就正於妙老。其時，黄茂林居士也常常來討論留學印度的計劃，同時上海時報中常見載有署名碧城者所爲諸文，叙歐美各國佛教與護生消息，文情并茂，引起了我們的注意。繼悉爲呂女士執筆，方卜居於瑞士國之日内瓦湖畔。我於是開始和他通信，請將各文結集，願一力擔任校刊，結果碧城把全稿寄來，書名歐美之光。並因得見導論，激發向佛之堅信，且時向季同問難。爲了輯印歐美之光，自民十九至二十年，來信積稿盈尺，所有排校製版集印各事，都由我一手經辦，校對上並得致覺之助。初印八千册，再版三版印二萬餘册，流佈的區域很廣。二十年冬，一二八戰事爆發，重印本還有數千册在閘北印刷所中未及裝訂，付諸劫火。靈生坊所存的佛法導論亦付之一炬，而季同的著作還是戰事平復後，才由我校印的。這三部書，年來影響之深，無可諱言。當時上海印佈佛門善書的中心有三起：一是由印光法師主持的太平寺，二是遼陽路聶雲台公館，三是狄思威路舍間。每年所印的佛書不下數十萬部，碧城居士對此發生了很大的興趣，並時與印老法師和聶居士通信。一二八之後，遼陽路與狄思威路的印書運動都歸停頓了，同人星散，我亦離滬赴杭，終於徙居武康山間，自是即不復與碧城通消息，音訊杳然，至今整整有十年了。

今年一月間，突接碧城居士由香港東蓮覺苑寄來五封信，時我已遷居法租界，而港、滬間復無掛號函件。五封厚厚的信，不知幾時丟在静安寺路舊寓的厨房角落裏，是偶然由小兒發現了帶回的。現在把他的書信節録如後（中略）。

以上三封信，從三十一年十二月三十日，經三十一日，而至三十二年一月一日，各附英文遺囑一件，其他兩封是證明和複印的文件，也都是英文的。可注意的是説「此遺囑無論如何請勿寄還香港，因尊函寄到時城或已辭世也，故此敝函亦不望賜答」云云。我自從到杭州旅居之後，十年内竟未嘗與碧城再通音問，乃一旦書來，遽以遺囑相委，已屬出人意表。

昨接无我居士書，謂碧城已於一月廿四日示寂，從容捨報，因知其年來修持之勤，信願之篤，爲感歎不已。无我擬於覺有情四月份刊行呂女士紀念專號，指余與女士道誼至深，不可不撰文導揚。我對於碧城居士，所知道的實在很少，除以上所説之外，我只知道他曾留學美國維爾斯萊女子大學，他的國學造詣很深，他曾將所作信芳詞託我面交葉玉甫先生，藉知老宿樊樊山曾稱他爲三百年來第一女詞人。他近年曾譯作英文佛書多種，傳佈歐美。他在國外因腹部開刀，傷及手部神經，歷醫無效，因禱八十八佛而得全愈。我所知道的如此而已。他從前的歷史怎樣，以何因緣而入佛，幾時回到香港，我都不清楚。碧城雖曾一度回國遊至江浙，時我蟄居山中，始終未謀一面，百忙中只能就余所知者拉雜寫出了這一點，並將最近來書摘要發表，聊以塞責云爾。

（録自覺有情第四卷第十五、十六號合刊）

吕碧城女士往生輓詩

唐慧崇

髫齡神慧不羈甚，婆娑示現大智身。女士早慧，年未及笄，即充天津大公報編輯，故項城袁公一見激賞，歎爲女界傑才，授以興辦女學重任。青蓮出水净無染，女士才調既高，月旦當世士夫，無愜意者，遂效北宫之女，撤其環鈿，終身事親焉。天馬行空快絶倫。女士以加入革命，項城購之急，遂隻身走滬濱，與西商角逐商場，西商多折閲，而女士獨盈鉅金，遂致富。後渡美，臨行捐贈紅十字會十萬金。抵美後，居紐約最豪華之旅館中，美士媛争與訂交。女士每赴宴，必更御錦衣，丰神俊逸，見者疑爲姑射仙人焉。嗣後，宿根發現，在英倫使館宴上，獲見印光法師嘉言録，閲後大悟，遂歸心佛法，一洗前此之豪華習氣。其處世瑰奇獨特，每多類此，鬚眉丈夫視之有愧色焉。海外到處宣正法，女士精通英、德、法等國文字，皈佛後僑居海外，隨機説法，復以英文翻譯十善道業經等佛經多種，西人聞風嚮往，化者甚多。域中隨地拯群生。女士悲心深重，嘗以世上刀兵劫難多，爲人類食肉之惡果，諄諄以護生勸世。物類之荷恩蒙全者，悉可以數計。梵行精進人天欽，女士修持精勤，尤擅作净土觀，近復著有觀經釋論，以唯識之理，詮釋觀法，言行並進，爲末法稀有。此去金臺定有名。

（録一自九四三年第三卷第一期佛學月刊）

附録四　軼事雜俎

致吕碧城書二通

秋　瑾

二十日到東京。……即進實踐女學校。一年後進師範學校。……彼國婦人無不向學，我國女子對之實深慚愧。望中國女子多到東遊學。……女子教育需材甚急，我同胞能多一留學生，即他日多一師資。（下略）

（録自一九〇四年七月二十二日大公報，信前有編者按云：「浙江秋璿卿女士，自號鑒湖女俠，慷慨激昂，不減鬚眉。素悲中國教育之不興，國權之不振。以振興女學爲栽培人材之根本，乃於上月初九日，由京起程，遊學日本。日前，寄書於其寓津之女友，云……」所云女友對照第二封看，當是吕碧城。）

（上略）東京前有共愛會社，嗣又中途廢止。今在東女學生，計有三十餘人，來者日多。今予與陳擷芬女士重興共愛會，實行共愛之宗旨。并設女招待員一員，照拂女學生之來東及入學校等事。祈普告同志，倘願來東留學者，或電達横濱山下町一百五十一番地陳擷芬，或東京中澀谷實踐女學校秋瑾。（下略）

（録自一九〇四年八月二十六日天津大公報，信前有編者按云：「日昨，秋璿卿女士由日本東京實踐女學校來函，致吕碧城女史云。」）

誌吕碧城之絶藝

中權於去歲春月道出天津，由大公報主任英君斂之導觀天津各女校，在公立女校得見校長吕碧城女士，見其校規嚴整，課程完備，心竊佩之。而女士出學生文課彙稿一大厚册，均係學生親筆原卷。吕先生親筆眉批塗改，極爲詳細週到，誠女學堂絶無僅有之大觀也。

中權入京後，見北京女校多有吕女士大字匾聯，丹青詩詞屏條，始悉其善書繪工詩詞；並聞女士善演説，著作甚多，又極熱心公益。比出京再過天津，見英君，問及碧城女士善書繪之事，英君曰：「誠然。前者爲江北水災，曾開書畫會，碧城女士與弟婦懷清女士，在數千人大會場對衆揮毫，三日中得潤筆數千金充賑。今碧城女士正在敝處，與内子及弟婦談話，當爲介紹之。」英君入告，諸女士出見。英君出書畫會之餘箋，先自書大横屏一張，屏條六紙聯一付，懷清女士書一聯，碧城女士書一横匾，交贈惠興女校，並允異日再寄他件而散。中權回杭後，即接吕女士郵寄素絹一幀，爲絶句一首。其文曰：「天柱崩來勢不均，何須摶土更爲人。陰陽缺憾誰能補，聞道媧皇是女身。」附函注明此詩，乃女士之師嚴幾道先生贈女士之作，今以移贈惠興，女士身分正合云。今先介紹吕女士論提倡女學之宗旨文一篇，刊于本期專件欄内。吕女士尚有女子教育會章程及演説各件，當擇於女學有關係者，分期刊入本報，以爲女學界之鏡助。

（録自一九〇八年第三期惠興女學報）

母女爲侍婢興訟

已故前清山西提學使吕鳳岐之妻嚴氏，近挈四女來滬，其長女惠如，次女揚清已早適人。惠如隨壻至南京，清揚因與母意見不合，偕幼妹崑秀另居楊樹浦路一百廿二號屋内，而嚴氏與三女碧城，僑居虹口華特路五十八號門牌。兹因嚴氏之侍婢胡巧林，走至清揚家内，向傾不回，氏即投捕房，控清揚騙留伊婢，並不還大女金鐲等情。

昨奉公堂傳訊，嚴氏偕三女碧城投訴前情。訊之清揚，供稱本與母同居，因三妹不良，將四妹逐出，並虐待婢女，以致該婢走至我家，不願回去。並稱不還大姊金鐲，應由大姊控追云云。聶襄讞諭謂：爾家世代書香，何至爲此家庭細故，母女對質公堂。遂向勸導息訟，而該氏母女仍嘵嘵互辯不已。聶君商之英翰副領事，判婢發棲流所擇配，控案注銷。詎婢聞此放聲大哭，跪求願隨二小姐回去。堂上以案經判定，未便更易，諭將該婢帶下，並諭兩造如有糾葛，准予另行起訴。始各遵諭而退。

（録自一九一二年四月二十五日申報）

吕碧城捐款接濟工人

吕碧城女士昨親送洋百元於總商會，救濟失業工人。此款爲吕女士個人獨力捐助。滬上女界素稱愛國，今當此危急之秋，諒能當仁不讓，繼起慷慨捐助也。

（録自一九二三年六月二十五日申報）

紫羅蘭庵隨筆

瘦鵑

與予廬望衡對宇者，爲務本女校，校中有洋琴，風來輒聞琴韻，和以女生歌唱聲，抗墜抑揚，令人意遠。然當此萬方多難之秋，似聞個中作噍殺聲也。世之以洋琴獨負盛名者，端推波蘭大音樂家柏特羅斯基氏（Paderewski）。歐人聞柏氏歌，每有「此曲祇應天上有」之感。歐戰既肇，氏忽罷琴弗奏，人有以此請者，則顰蹙對曰：「當此世界鼎沸中，吾不能歌也。」戰罷，波蘭得自主，氏被選爲總統，其得民心若此。不知委蛇退食之餘，尚能一彈三唱否。按洋琴一名鋼琴，西言爲庇亞拿（Piano），其尤大者曰庇亞拿福（Pianoiorte）。吾國新派詩人未見有取爲詩料者，惟近於吕碧城女士信芳集中見一絶云：「雪霽紅樓媚晚晴，屜窗歷歷夕陽明。隔窗誰弄悲婀娜，也作西來鐵騎聲。」Piano 譯作悲婀娜，頗雅妙。

（録自一九一九年六月十二日申報）

吕碧城跳舞

京華短信

二十八日夜裏，北京飯店的跳舞會，盛極一時。美國人居多，英、法、義和日本人都有，中國人很少。著名女文豪吕碧城女士，和一個美國銀行家同來同舞。女士這晚不著西洋服，另用中國綢製的一種跳舞衣，舞維多利亞式，真有中國古代才子所説遊龍驚鴻的態度。日本的女人看了，狠是贊美。有個義國公使的參贊，禁不住喝了個采。那美國銀行家得意極了，次朝送了女士一粒寶石。有一個某大學的女大學生也在跳舞，風頭遠不及吕之盛，心裏雖妒，念著中國人便平了。

（録自一九二〇年三月七日新世界）

吕碧城停舞記

曼　妙

上海援工遊藝大會之第一日，節目上本有名家跳舞一節，以中國之女跳舞家，首推吕碧城女士。於是學生聯合會派人敦請，往返數回，始蒙吕碧城應許。蓋約定與德國飛行家愛德君一同跳舞也。德飛行家在七時已先到。無何，呂碧城珊珊而至，御一絳色輕□之舞衣，巴黎最時式之高冠，詳察一周，始則以鋼琴不如式，繼則以新舞臺之地板不平滑，不適於跳舞。學生會請舖以地衣，而呂女士心終不愜，此跳舞卒未舉行，然心殊歉歉。既而傳呼會場中有無新聞記者在座否。呂女士云，余願一晤新聞記者，告以不能跳舞之故。然會場中乃無一新聞記者，呂女士乃對衆聲明不跳，觀衆因尚有他種娱樂，亦即聽之。呂女士此時乃易去絳紗之舞衣，而易以雪色之衣。其汽車夫則爲之束帶整衣，令人想起本報之呂御浴血記（參觀本報第七百五十六號）。呂女士爲其汽車夫奔走求援之狀，足見其主僕誼重也。

（録自一九二五年八月六日晶報）

呂碧城捐資紅會補請華人作證

呂碧城女士二年前將一己所有資産，身後完全捐與中國紅十字會，曾立有遺囑，送交該會存案。現因前項遺囑係西國律師所起草，僅有二西友簽名，並無華人作證，將來會審公廨收回後，此項遺囑手續上似欠完備，故擬再覓滬上有聲望之商人二名，簽字作證。

呂碧城寓之談話會

黄浦灘

（録自一九二五年十一月九日申報）

禮拜一晚，新聞學會歡迎新聞學碩士張繼英女士返國，假呂碧城寓開談話會，其事已喧傳今日各大報，而其瑣屑小事，我小報不可無記，爰亟握管，以賞讀者。呂寓居威海衛路、同孚路之間，與陸宗輿、龐竹卿爲鄰。張繼英女士初偕青年會幹事黄翠英如時而至，覓呂寓不獲，徘徊歧途，不得其門而入，幸得某君之南針，否則會將不會矣。入呂寓時，寓門首有大小印捕各一，爲呂守門。其小印捕面目姣好，無印度黑炭凶獰之貌，且極似本報陸澹盦。脱加一眼鏡，則更神似矣。張繼英女士昔在五四運動之際，已予人深刻之印象。是日張赴會時御旗袍，手挾二紙包，似自先施公司歸。談話間，懷虚若谷，謙和容人，無碩士架子，不知者，真不知其爲碩士也。一笑。座有翁國勳者，請其時賜南針，張笑謂南針所用之鋼，尚未入爐鍛煉云。

張繼英之談記者條件，謂衣飾整潔，亦爲要端之一。如衣冠整齊、面部修飾等等。時余聞此二語，急縮吾頸，蓋余頸之黑，足以粉刷一大洋房而有餘，縮頸安得不急哉？

呂碧城前在天津新聞界操筆政有年，新聞學會之組織，彼極贊助，惟是日適病，故未下樓，到者咸以爲憾。呂畜一狗，摇尾來往，似頗解人意，余極愛之。初舐翁國勳之皮鞋，翁揮之不去，色甚窘。余乃憶及羅克無皮鞋油時，其皮鞋用牛油擦之，及至大庭廣衆之間，爲一狗舐之不已事，不禁失笑。豈翁國勳亦塗牛油乎？座客中有二人以東洋翳子爲商標者，相映成趣。而二人先後早退，一爲錢化佛，一爲黄耳淅。之二人者，以余度之，似均兼爲女校教員，不則何用此東洋翳子爲。

張繼英演講時，室門及壁間，忽作「當！當！當」聲，斷續不已。時而高，時而低，聲高時張幾不能續講，遍覓之，又不得其聲所自發。黄警頑疑是鬼作怪。有某人爲之解説曰：「此歡迎張女士之音樂也。」聲遂自止。座有張浣英女士，吾友識之爲女子中醫專校教員，詢之，謂今已入女子日報操筆政（蘭君按，聞張女士現已辭職，注此免該報程席儒女士來更正之煩）。繼知張乃胡適之高足，今日之談話會，彼方自胡適寓所歸，人請以胡適之談話宣佈，張曰所談私事，不便公開，遂折而言女子日報事。

及散會，已萬家燈火。臨行時余欲再一面陸澹盦式小印度阿三，然遍覓不得。

（録自一九二五年十二月九日金剛鑽）

吕碧城控美報案已起訴

吕碧城向地檢廳控美報破壞名譽，曾奉傳該報館編輯黄洱淅偵查在案。兹悉此案業經該廳偵查明確，以黄洱淅壞人名譽，咎有應得。是以援引公然侮辱罪，起訴同級審廳，請爲公判。業經送達起訴意見書及傳票於兩造收受候訊。

（録自一九二六年四月十三日申報）

美報被控案辯論終結

吕碧城女士控美報編輯黄洱淅登載穢褻文字破壞名譽一案，曾由上海地檢廳訊明，以公然侮辱罪提起公訴。昨日下午二時，經審廳李謨推事會同王應傑檢察官，特開第一法庭審理，飭傳兩造到案。先據檢察官起而論告起訴意見畢，即據原告呂碧城供稱：今年三十二歲，原籍安徽。前在天津女子師範學校爲校長，現在賦閑無就。住居上海公共租界同孚路八號。去年十二月二十三日，美報第一期有黄帝署名之孝姑救祖記一節，内有木子爲姓，住居大沽、威海衛路之間，中嵌有「編城」二字，文詞穢褻。我閲見之後，不與計較，因此緘默不言。不料下期又繼續登載，而别小報又根據美報所載，羣相侮辱。惟「木子」及「編城」，均係影射，而威海衛路適對同孚路，而黄帝亦爲黄洱淅之化名，是以不得不來案起訴請究。質之黄洱淅供：年二十三歲，杭縣人。現住小西門外雙輪牙刷廠，在美報館爲編輯。該報於去年十二月二十三日出版，共七八期。我與呂碧城在新聞學會成立時認識，向無仇恨，所有孝姑救祖記一節非我所作，實係來稿，且係小説性質，故敢登載等語。並由被告所邀之律師出庭爲之辯護一切。問官當以此種穢褻文字，即使空中樓閣，亦不宜登載。遂宣告辯論終結，聽候宣判。

（録自一九二六年四月十七日申報）

美報被控案訊結

吕碧城在地方審判廳控美報館編輯黄洱淅一案，昨奉宣判，經李推事會同王檢察官開庭，飭傳黄洱淅至案，當庭宣判，被告不應登載穢褻文字，侮辱他人，著處罰金八十元以儆。判畢，諭著交保候示。

（録自一九二六年四月二十三日申報）

聖因談記

林屋山人

日昨聖因女士見訪，言曰：「吾近頗與人涉訟，子知之乎？」余曰：「未詳也」。聖因曰：「有二小報造謠誣衊，吾訟之。其一判決造謡者罰禁西牢一月，其一尚未傳訊也。子視吾豈好訟者哉？操行在己，毁譽在人，悠悠之口，吾尚不屑與之辯是非曲直也。所以爲此者，蓋有微意焉。報社體例，扶正道，抑邪説，記雅故，闢淫詞，故足尚也。即有滑稽，談言微中，可以解紛，所謂言者無罪，聞者足以爲戒是已。今海上風氣，小報中專揭隱私，故載穢褻，傷害風化，騰笑外人，非細故也，所録即實，且猶不可，况全出造謗，毁人名譽者哉！吾不惜嘵嘵與辯者，欲令薄受懲罰，稍知戒懼而已。明知力薄，難挽澆風，然略盡愚心，成敗利鈍，非所計也。」聖因又曰：「海上日報，不下數十家，其有名者，至風行數萬紙，不可謂不盛矣。然稍持正義之稿，率不登載。偶爾登矣，必不甚知名之報。其負盛名者，絶不爲也。其故何歟？」余曰：「君見夫仕宦乎？方讀書爲士時，慷慨論天下事，是是非非，不肯少阿，一行作吏，便學模棱。然激烈者間有一二，及官高爵厚，無不依阿取容，以固禄位。此其所以保有富貴也。今報社主文亦猶是也，稍持正義之文，非關國事，即涉外交；非譏顯奸，即攻巨蠹。一經登載，重或得罪，輕亦見黜，孰肯爲之乎？且文人生計甚薄，孰無家口，嗷嗷待哺？一旦失業，末路可憐，故忍而出此，非其□□庸。正義之文，不能稍辯也，君奈何責之深乎？」聖因曰：「然！吾過矣，吾過矣。」

（録自一九二六年四月十五日大報）

呂碧城女士談片

周瘦鵑

呂碧城女士女中俊傑，掉鞅文壇垂二十年，名滿大江南北，樊樊山先生贈詩，有「十三娘與無雙女，知是詩仙是劍仙」之句，其推重可謂至矣！日者偶遇諸塗，謂不日將有歐美之行，用特訪之旅邸，作半小時之談話。

女士謂此次之行，期以兩年，先赴新大陸，然後再作歐遊。新大陸本舊遊地，費城之紅塵紫陌，帽影鞭絲，至今猶堪回憶。此去則將一遊前此未遊之地，兼作小住焉。愚曰：「前聞女士將徑赴歐洲，今茲胡忽變計也？」女士曰：「然。先是本擬以西比利亞鐵道赴歐，顧聞烏拉山以西，每歌行路難，因變計而繞道新大陸。闊別三載，藉此與彼邦諸故人握手話舊，計亦良得也。」愚曰：「女士足跡半天下，於火車輪船二者，孰爲所喜？」女士曰：「予喜火車而惡輪船，因輪船中有一種特殊之氣息，刺鼻欲嘔，暈船尚在其次。顧以出遊時多，今亦稍稍習之矣。」愚又曰：「女士赴歐後，將至何國？」女士曰：「擬遍遊西歐各國，謁倫敦奈爾遜像，拜巴黎拿破崙墓，更將打槳瑞士之日内瓦湖，領略世界樂園之勝，而暫息征塵於義大利，一吊羅馬之夕陽。」愚曰：「壯哉此遊！可以傲鬚眉矣。」

女士又曰：「顧予此次作壯遊，犧牲亦大矣。同孚路八號之岑樓一角，爲予三年來息息相依之地，明鏡珠簾，曾經吾手所拂拭，似皆生特殊之感情。今以出遊故，乃不得不割愛，而付之拍賣人之手。如紅木嵌螺鈿之麻雀桌椅（按即專供打麻雀牌時用者），一老祖父巨鐘，一美人捧球之巨燈，皆爲予所心愛，亦一一以廉值斥售。而價值二千兩之摩托車一輛，則爲一友人以六百兩易去，殊可惜也。」愚曰：「觀於女士所爲，乃大類勇士出戰時之破釜沉舟矣。」女士爲之靦然。

繼談時局，及於西北戰事，女士發篋出一居庸關影片見貽，曰：「此爲西北戰爭中之要塞，爲予曩年北遊時所手攝者也。」並示我以當時所作出居庸關登萬里長城一詩，雄放可喜。詩云：「摩天拔地青巉巉，是何年月來人間。渾疑媧后雙蛾黛，染作長空兩壁山。飆車一箭穿岩腹（汽車穿山而過），四大皆黝幽難燭。石破天驚信有之，惟憑爆彈遷陵谷。萬翠朝宗拱一關，山巔雉堞長蜿蜒。岧嶢豈僅人蹤絶，猿鳥欲度仍相還。當時艱苦勞民力，荒陬亘古冤魂集。得失全憑籌措間，有關不守嗟何益。只今重譯盡交通，抉盡藩籬一紙中（時中日協約告成）。金湯枉説天然險，地下千年哭祖龍。」一收出以感慨，具見憂國之誠。

女士西友絶夥，尤多名流，蓋皆當年留美時所結識者。臨城被擄於孫美瑶之佛禮門氏，即其一也。女士特以手譯佛氏自豹子谷中所寄一函相示云：「親愛的弟弟，你六月五日給我的信已收到了，我很歡喜能得到你的消息。我們仍有西人八名，華人約三十名，在被擄中，尚不知何日能得釋放。如果和議談判順利，我們希望在一禮拜後恢復自由。我們各人身體全都康健，且勉自保持精神，不使懊喪。但是於我們的諸居停主人，略生困倦。此等經歷，永遠不能忘却。現在我們的糧食充足，在此情境之中，算得安適了。請你傳話給我的許多朋友，我並且盼望得早日與你們相見。里昂佛禮門自豹子谷寄。一九二三年六月九日，爲我們被擄的第三十五日。」女士寶此書，什襲珍藏，謂爲臨城案中一大好紀念品云。

最後女士其又談及去歲起訴兩小報事，女士曰：「予以獅子搏兔之力，應付此兩案，得占勝利。顧以兩被告在逃，乞未弋獲，至今憾之。予之所以爲此者，實欲加以懲創，俾知悔改，毋使君等清名，亦爲彼等所累耳。」愚唯唯，旋即興辭而出。

（録自一九二六年九月七日第一百四十九期、九月十月日第一百五十期上海畫報）

吕碧城抱病倫敦

老海自巴黎寄

吕碧城女士自去年年底行抵英京，初擬小住，即往巴黎，然後遍遊歐陸，不意近忽得一胃癌病，飲食大減，急延英醫診治，據云非割治不可。吕女士大爲憂慮，接見訪客時常帶愁容。昨日（二月十六）駐英代辦陳維城君，特在上海樓中國餐館設備盛宴，恭請吕女士，並有使館參事吴南如君，及戈公振君在座。乃臨時女士竟因病不克如約莅止，闔座聞之，均爲焦急也。

（録自一九二八年三月二十一日晶報）

吕碧城晉謁花后

幽居巴黎市上之我國女文學家吕碧城女士，昨自花都郵書於其滬上故友某君，以晉謁花后事告。謂國人方瞻歐美之馬首，而彼邦則頗以東方風物之美相艷稱。花后（舞女已忘其名）方當選，由駟馬之華車迎入花都美術館中，行易服禮，而所易者，初非彼邦貴婦人之裝，乃御我國人已棄不一顧之繡衣，寬大而式絶古，上且繡有我國文字，然見者亦惟有膜拜於此花后之寶座下，而嘖嘖嘆爲至美。此正可見花都婦女衣飾之時尚也。越日，呂女士往覲花后，投刺入，𨄔以花束，即蒙延入，相與快談。花后操英語與呂女士語，頗盛讚我國泱泱大國之風，謂每一衣一履，亦不以纖巧見長也。約一刻鐘許，始興辭。呂女士出語人曰：花后之美，初不在貌，豐碩而强健，亦正如彼所稱中國人之不以纖巧見長。然我國社會正未必若花后之言，且甚以纖巧之爲美，則非花后所及料者矣。

（録自一九二八年六月四日小日報）

呂碧城與嚴幾道

芙鏡

日前偕覺迷等遊於四馬路望平街口之清風閣茶樓，即書畫古玩商場也。有人將對聯屏幅四五種求售，上款皆署碧城女士。余曰此物主人，定爲呂碧城矣。但余素不喜時人書畫，且寫作均平常，一無可取。覺迷獨賞傅增湘沅叔所書之大横幅，録舊作過比干墓七言二律，謂可以留作近人詩話也，因論值購取焉。

閲數日，余因事又過清風閣，復從掮客處得見字屏一條，裝褫古雅，書法鍾王，題七絶一首云：「天柱崩來勢不均，何須摶土更爲人。陰陽缺憾誰能補，聞道媧皇是女身。」上款「碧城女史清屬」，下署「幾道嚴復」。余驚曰：如此傳人名作，亦淪落於故紙堆中，竟無人顧問耶！急破慳囊，袖之而歸。嘗謂近百年來讀西文書者，何止數十萬人，然而真能學貫中西，文章優美，法書韻語，並足傳世者，僅侯官嚴氏一人而已。此詩有陵谷滄桑之恨，想係政變後所作，而對於碧城女士意多贊許，可知當時女士所負才望。二十年前，女學初興，碧城已兼掌數校，名噪京津，獲交多勝流朝士。然自留學而還，適逢世變，刺戟日深，舉止悉瓣香歐化。前年寓滬，因某小報紀載細故，甚至訴訟公庭，並涉及我友綱蛛生，時論惜之。今聞其已遠離海上，漫遊歐土，以致珍藏卷軸，隨意散失，豈媧皇補恨無能，不思作歸計歟？

（録自一九二八年八月二十七日金剛鑽）

呂碧城托友覓屋

辰　龍

呂碧城女士中西文學俱有根底，偶作小文詩詞，無不流利可誦，素有女文豪之稱。前年以事去國，漫遊海外者可二年。茲聞呂女士定於十月中束裝返國，並致函滬上友人，代覓相當寓所，而吕女士頗以同孚路威海衛路八號之舊居爲念。蓋該屋占地雖不甚廣，而結構精雅，雅擅花木之勝，即今鳳凰俱樂部之原址也。吕女士之會客室，今已改設舞廳，樓上數室亦稍有更改。吕女士於出國時，曾將此屋退租。自吕女士去國後，以無承租人，空扃已久，數月前始爲鳳凰俱樂部所租，但該俱樂部不久即將退租，現此受託之友人，探得此消息，已向該屋主人一度接洽租屋事，故吕女士或仍爲此屋之居主，萬一接洽不成，一時亦無相當房屋，則赴天津暫住也。

（録自一九二八年八月二十九日福爾摩斯）

將組保護動物分會

我國寓瑞士吕碧城女士通信述稱，保護動物，自英議員馬丁氏提議，訂爲法律通過議院之後，已成立世界保護動物會。該會函詢吕女士，中國之蔬食及保護動物狀況，擬設中國分會。中國佛教會聞之，以蔬食護生之事，中國佛教行之甚早，惜無組織宣傳，遂即推定太虚法師、王一亭、狄葆賢居士等爲籌備員，將聯絡各慈善團體，在上海設立世界保護動物會之中國分會云。

（録自一九二九年十二月九日申報）

與吕碧城論詞書

冒鶴亭

前得惠書附詞二首，嗣由南洋轉到曉珠詞二册，循覽一過，覺自來漱玉、斷腸有此思精，無此體大，其女中之清真乎？僕與此道學之五十餘年，初僅視爲小道，尋常應酬用之而已。近年詞家人人夢窗，開口輒高談四聲，心兹疑焉。夢窗時無詞律，所守之律，殆即清真之詞也。乃先取清真詞之同調者，次方、楊、陳三家和詞，再次夢窗與清真同調之詞，一一對勘，乃無一首一韻四聲同者，乃至句讀可破，平仄可易，始悟工尺只有高低，無平仄嘌唱；只有斷續，無句讀。而當世無一開眼之人。自萬紅友倡千里和清真詞，無一字四聲不合之説，鄭叔問揚其後，朱古微拾其唾，天下學子皆受其桎梏，諸人何嘗下此死功，將周、方詞逐首對勘耶。夫四聲者，指宫調言，非指字句也。指宫、商、角、羽言，非指平上去入也。唐宋合樂以琵琶爲主，琵琶絲四弦，有宫、商、角、羽而無徵，弦故曰四聲。僕近來四聲鉤沉一書，欲爲詞家解放。以足下聰明絶世人，病腕數年，不憚其痛苦，乃爲足下一發之，知不以爲河漢也。同一詞也，今詞不必講四聲，慢詞則講之。普通慢詞又不必講四聲，獨周、吴集中，慢詞則講之。統一國家而法令有二，亦習焉不察耳。題詞二首，悉依元韻，並寄碧城詞家足下。六月晦日冒廣生狀。

（録自手稿）

呂碧城拒舞

冰　史

當代大文豪呂碧城女士，字聖因，别署遁天居士，皖之旌德縣人。天亶聰明，詩古文辭靡不工，尤擅長小令。吹香嚼蕊，婉約風流，幾奪易安之席，嫻佉盧文字。笄年即赴天津，首創北洋女子公學。彼時風氣閉塞，女士此舉，實開吾國女學之先河。性慷爽，重然諾，有紅妝季布之譽，而自視甚高，夙持獨身主義，殆足與撤其環瑱，至老不嫁之北宫嬰兒，後先媲美也。熱心教育之餘，喜作汗漫遊。頻年屐齒所經，遍歷五大洲各國，雖極反對新文化與新思潮之澎湃，而頗好跳舞。蓋女士深以吾國古代亦重舞蹈之藝，間嘗引經據典，闡發入微。

昔年寓居滬上時，曾糾合同志，創一上海女子跳舞學校，後起人材，造就亦復不少。聞近旋因考察，仍遠赴海外，於交際場中，每值宴會時，必與彼都人士，相偕作交際舞。於巴黎某處宴會中，有日人某向之要求偕舞，女士婉辭拒絕，日人赧顔而退，雖心滋不懌，顧亦無如之何。蓋女士鑒於「九・一八」事件，倭寇縱横，東北淪陷，芳心中悲痛已極，有甚心情更與仇人共舞。且凡遇日人士之往謁者，輒令閽者餉以閉門羹，其仇視日人固不僅跳舞一端。於此可見女士雖身在異邦，而其惓懷祖國之情，實亦無時或已也。

（録自一九三二年十月十八日社會日報）

記吕碧城

盧　波

女士精倚聲之學，偶或執筆爲小説家言，亦復清新俊逸，不落窠臼。愚讀其説部，始於癸亥之年，時同瘦鵑氏方在滬創半月雜誌，其二卷十二期有紐約病中七日記一文，署名「聖因」，蓋即女士所作。旋於劉豁公、王鈍根輩主編之乙丑花中，又獲見三日滄桑記一篇，後此即絶無所睹。筆墨自珍，從可知矣。

（録自一九四三年四月十二日海報）

吕碧城瑣事

墨　公

旌德（本報前記上海實誤）吕碧城女士，亦民國以來之奇女子也。女士丰姿秀麗，才調清奇，早年受知於袁項城。時袁氏方爲直督，一見傾賞，即委吕任北洋女子公學總教習。民初，漫遊歐美，著有歐美漫遊録，當時價重鷄林。

第一次歐戰平息後，世界各國俱致力於商戰，上海爲東亞商戰之大市場。其時物價低落，生活安定，新世界、大世界遊戲場之營業極爲發達，一班洋場才子，組織詩謎社，每晚在遊戲場張掛文虎，點綴升平，洵盛事哉。時吕女士適回祖國省親，曾隨萍社同人張掛一謎。猶憶謎面爲寫景詩一絶，句云：「一夕落花飛，春牛卧地肥。又看新月上，獨自叩柴扉。」射四書一句，卒爲社友某君射中，乃「死生有命」也。女士頗佩萍社同人之射謎本領，爲不可多得云。

（録自一九四三年四月十七日東方日報）

吕碧城軼事

秋陽

吕碧城女士才華横溢，舉動放誕，人皆以女怪傑目之，並有「沈、吕之號（民初沈佩珍女士，潑辣異常，人多稱爲狂女，曾於會議席上，一言不合，批人臉頰，時吕碧城亦女中之傑，故號稱沈、吕）。

當民初四年冬間，女士旅居海上，出入乘汽車。據云共備大小三輛，車廂内之裝飾非常華麗，僅每晨换插鮮花一種，係輪派花店多家，按日分辦其事，其餘可想而知。

其最令人注目者，有一汽車夫，而貌秀美，衣飾華貴。另有一俊僕，極端漂亮，恒與汽車夫並坐。又有洋犬一頭，體服色毛，特别優美，雙目圓瞪，口小而齒白，行動活潑，吠聲嬌嫩，性狡黠異常 善伺人意，爲女士最酷愛之物，身畔相隨，頃刻不離。

每逢女士乘坐汽車，招摇過市之際，路人必側目覷之，評議紛紛，而各小報亦時摘其軼事瑣聞，置之報端，尤有一紙風行，貴遍洛陽之慨。會有共和日報者，係世界書局理事兼共和書局經理李春榮所創辦，延平襟亞（現爲上海中央書店主人，刊行萬象雜誌）爲總編輯，主持其事。一日，將呂碧城改名李紅郊，揭載其私生活事，語涉風流。女士見之大怒，明以改换姓名，任意污衊，妨害名譽，構成刑事等詞，控告李、平兩人於會審公堂。

時公堂副會審官孫羹梅爲世界書局董事之一，該局挽其詞説，承審此案之俞副會審官奠蓀法外留情，從輕發落。初次兩庭，兩造均請律師代表出席，最後一庭審結時，該局以内拔有人，由李經理親自出庭，女士情不可遏，亦挺身而出，以備抗辯。此種風流傳出後，觀看者人山人海，後至者幾無容身之地。

是日女士身穿不中不西之服裝，秀美雄俊之氣慨溢於眉宇。堂上問：「你名呂碧城，報上所載是李紅郊，明明兩個人，你何必並爲一談，我勸你不要多事吧！」女士答：「碧城和紅郊不是有意影射，難道是姊妹兩人嗎？」聲色俱厲，咄咄過人。嗣經種種辯論，女士口若懸河，滔滔不絶，問官無以折其鋒，卒判李押西牢一個月示儆，並不准□鍰以代。女士揚長而去。李經理垂頭喪氣，隨法警身入囹圄，觀者咸相顧失色。從此女士名震全滬，但其内心亦覺苦悶，不久即遠赴海外云。

（録自一九四三年八月二日安徽日報）

絶艷驚才呂碧城

周瘦鵑

呂碧城女士寓滬時，嘗卜居於同孚路之新大沽路口，税一華屋，小有庭□之勝。屋中陳設華贍，恒招邀朋好作茶餐叙，綽有法蘭西貴婦人 Salon 之風，愚因得時陪末座焉。居年餘，忽盡貨其所有，飄然作遠遊，遊蹤所至，遍及歐美諸名都。時愚方纂半月、紫羅蘭，因以瀛寰鴻爪録、紐約病中七日記、舞話諸作見惠，署名聖因。情文兼至，讀者稱之。後止於瑞士，嘯傲日内瓦湖畔，樂不思歸。嘗以書來，則已投身入世界護生會，長齋茹素矣。歸國後寓香島，久不通音問，但知其皈依三寶，奉佛益篤。去歲竟客死，遠道未能一吊，滋以爲憾焉。

女士曾貽我以信芳集一帙，署上下款，書法遒逸如黄山谷，不類出女子手。集中易哭庵、樊雲門諸老均有評語，稱許備至，可知其才矣。其所作舞話，附有一詩，系以序云：「某歲遊春明，於寓邸跳舞大會後，夢雪花如掌，片片化爲蝴蝶，集庭岸墻壁間。既而雪落愈急，蝶翅不勝其重，乃群起而振掉之，一迴旋間，悉化爲天女，黑衣銀縷，皓質輝映，起舞於空際。予平生多奇夢，此尤冷艷馨逸，因詩以紀之。惜原稿散失，僅得其殘缺耳。」詩云（略）……其詞尤多佳作，采不勝采。兹第録其小令二闋（略）……夫以女士之絶艷驚才，而卒乃逃禪以死，所謂絢爛之極歸於平淡者，非與？

（録自一九四四年八月一日海報）

答吕碧城女士三十六問

陳攖寧

此稿作於民國五年，距今已二十年矣。當日吕女士從余學道，既爲之作孫不二女丹詩注，並將手訂女丹十則與伊閲讀，乃有此答問之作。今以整理書笥，發見舊稿，因念女丹十則原書已早付翼化堂出版流通，閲讀之人當復不少，與吕女士疑懷相同者，諒必大有人在，余安得一一而告之。遂決計將此稿由本刊公佈，不啻若女丹十則之注脚，亦藉此可以釋讀者之疑團，或不無小補爾。

第一問　女丹十則云「女子陽從上升」，請問何謂女子之陽？如何升法？

答曰：所謂女子之陽者，指女人身内一種生發之氣而言。上升者，即上升於兩乳。蓋童女無乳之形狀，因其陽氣内斂也。至十餘歲後，兩乳始漸漸長大，其所以有此變化者，乃陽氣上升之作用。

第二問「火符」二字，如何解説？如何作用？

答曰：道家有進陽火退陰符之名詞。「火符」二字，乃簡言之也。譬如鐵匠煉鐵，先用猛火燒，令内外通紅，此即是陽火。然後又將此紅鐵淬於冷水之中，使其堅結，此即是陰符。又如寒暑表，熱則上升，即是進陽火；冷則下降，即是退陰符，人身亦同此理。至於如何作用，則非片言所能解釋。

第三問　何謂形質？何謂本元？何謂先後？

答曰：形指兩乳，質指月經，本元指先天炁。男子做工夫，首從采取先天炁下手，然後再將精竅閉住，永不洩漏，此謂先煉本元，後煉形質。女子做工夫，首要斬赤龍，俟身上月經煉斷不來，兩乳緊縮如處女一樣，然後再采取先天炁以結内丹，此謂先煉形質，後煉本元。

第四問　養真之工夫，如何做法？

答曰：養真之法，本書上已經言明，就是下文所言「平日坐煉之時，必須從丹田血海之中運動氣機」一大段工夫。

第五問　丹田血海，在人身屬於何部？

答曰：黄帝内經云：腦爲髓海，胞爲血海，膻中爲氣海。欲知血海屬何部分，必先知胞是何物件。胞居直腸之前，膀胱之後。在女子名爲子宮，即受孕懷胎之所也。

第六問　何謂運動氣機？是否像做柔軟體操一樣？

答曰：氣機不是説人的氣力，乃是身中生氣發動之機關。「運動」二字，是由真意元神做主，不是動手動腳的樣子，此時正在静坐不動。

第七問　何謂心内神室？

答曰：此處是指膻中而言，即胸中膈膜之際，乃心包絡之部位也。

第八問　何謂定久？

答曰：心静息調，神氣凝合，是名爲定。照此情形一直做下去，儘量延長若干時刻，既不散亂，又不昏迷，是名爲定久。

第九問　何謂泥丸？何謂重樓？

答曰：泥丸在人之頭頂，即腦髓是也。重樓在胸前正中一條直下之路，大概屬於醫家衝任脈之部。

第十問　兩乳間空穴何在？是何名稱？

答曰：兩乳空穴，在醫書上名爲膻中。黄帝内經云：「膻中爲氣海。」又云：

「膻中者，臣使之官，喜樂出焉。」又云：「膻中者，心主之宮城也。」此處有横膈膜，前連鳩尾，後連背脊，左右連肋骨。膈上有心有肺，心藏神，肺藏氣，心跳一停，人立刻死。肺之呼吸一斷，人亦立刻死。所以膻中部位左人身最關重要。

第十一問　何謂五蘊山頭？

答曰：「五蘊」二字，出於佛典，非道家語。五蘊又名五陰，即所謂色受想行識也。但此處「蘊」字，當作「和」字解。蓋謂五行之氣和合而成。山頭即指膻中之部位，比血海部位較高，故曰山頭。

第十二問　書云「血液變爲渣滓之物，去而不用」，如何能去而不用？

答曰：去而不用者，指每月行經而言，是天然的，非人爲的。

第十三問　二百四十刻漏三十時辰，共合幾點鐘？

答曰：二百四十刻漏，即是三十時辰。蓋一個時辰分爲八刻也。三十時辰，即是六十點鐘。

第十四問　書云「鎔華復露」，何謂鎔華？

答曰：「鎔華」二字，古道書本無此名，其意蓋指每月行經完畢以後，經過三十時辰，子宮中生氣充足，若行人道，可以受胎生子；若行仙道，可以築就丹基。

鎔是鎔解，華是精華。

第十五問　「先天」二字作何解説？

答曰：先天之説，須研究易卦圖象，方能得正確之解釋。孔子云：「先天而天弗違。」老子云：「有物混成，先天地生。」又云：「惚兮恍兮，其中有象；恍兮惚兮，其中有物；杳兮冥兮，其中有精。其精甚真，其中有信。」此數句已將先天之景活畫出來。張紫陽真人悟真篇云：「恍惚之中尋有象，杳冥之内覓真精。有無從此交相入，未見如何想得成。」此詩蓋言先天之景，須要親自做工夫證驗，方能領悟。若未曾親自見過，僅憑空想，仍舊糊塗耳。

第十六問　何者爲清？何者爲濁？如何認定？

答曰：氣爲清，血爲濁。清者上升，濁者下降。清者可用，濁者無用。但學者勿誤會濁者無用之説，遂聽其去而不留，不加愛惜，不欲煉斷，須知濁血亦是清氣所變化。每月身中濁血去得太多，清氣亦缺乏矣。上等的工夫，不使清氣變化濁血，而月經自然斷絶；中等的工夫，要在濁血中提煉出清氣，而月經漸漸的減少，終至於斷絶。不但是紅的永遠乾净，就是白的也點滴毫無，如此方有成功的希望，否則只好修來生罷，今生不必夢想了。

第十七問　書云「用神機運動，俾口中液滿」，吾人但翹其舌片時，口中液津即滿，即所謂用神機運動乎？又云「用鼻引清氣」，所謂清氣者，即外界之空氣乎？

答曰：丹家有金液玉液之説，此段工夫，似乎古人所謂玉液河車，先端身正坐，次平心静氣，次調息凝神，此時眼觀鼻端，耳聽呼吸，舌抵上齶（專門名詞叫作搭天橋），以俟口中津液生，稍滿即咽之，然後再照書上運轉河車之法做去，能做得順利最好。若有疑難之處，不能照書行事，則須要用心研究矣。

第十八問　心舍，黄房，關元，在人身何處？玉液何解？

答曰：心舍即心之部位，黄房在心之下、臍之上，界於二者之間。關元在臍下二寸餘，玉液即口中甘凉清淡之津液。

第十九問　尾閭，夾脊，頂門，之部位？

答曰：尾閭乃背脊骨之末尾一小段，四塊骨頭合成一塊，正當肛門之上。夾脊乃背脊骨第十一節之下，針灸家名爲脊中穴。頂門即頭上正中，針灸家名百會穴。

第二十問　如何升降？是聽其自然升降乎，抑用力強迫使之行乎？

答曰：玉液河車，近於古人導引之術，既非聽其自然，亦不是以力致之，但以意引以神行而已。人之神意無處不到，故能宛轉如是。

第二十一問　津何以能化爲氣？並從何而知津已化氣？

答曰：正當行功之時，自覺周身通暢，頭目爽快，腹中暖氣如火，騰騰而上，口中液清如水，源源而生，是即津化爲氣之候也。初學做工夫，不能到此種地步，但請勿着急，慢慢地就會有效驗。

第二十二問　書云「用兩手運兩乳，回轉三十六，轉畢，以兩手捧至中間」，夫兩乳爲固定之位，何能轉移？縱能轉移，又如何轉法？如何能捧到中間來？

答曰：捧至中間的意思，是將兩手捧兩乳，使其縮緊如球，不使下垂如袋。而且捧右乳使之向左，捧左乳使之向右，不使其偏向兩邊。此時自己之神意，當默存於兩乳中間之膻部位。回轉三十六，是謂用手將乳頭乳囊輕輕旋揉三十六次，不是説將底盤轉移，蓋底盤是固定的，不能改變其方位也。童貞女不用此法。

第二十三問　何謂煉藥？煉形？真火？真符？

答曰：先煉形，後煉藥，即前面所説先煉形質，後煉本元之意。真火真符，即進陽火退陰符之妙用。惟陰陽之循環，理本至奥，而作用亦變化多端，不但筆墨難以描寫，雖口談亦未易了徹。必須多閲道書，勤做工夫，實地練習，隨時參悟，方有正確之知見。及至一旦豁然貫通之後，又只可以自慰，而不可以告人，蓋陰陽之理，固玄妙難言也。

第二十四問　何謂有壞丹元？何謂中宫？

答曰：丹元乃修丹之基本，有壞丹元者，謂其氣散血奔，丹基不固也。中宫在胸窩之下，肚臍之上，既非針灸，不必點穴。

第二十五問　何謂衝關？

答曰：衝關者，言自己真氣滿足，一時發動，因下竅閉緊，不能外泄，遂衝入尾閭關，透過夾脊關，直上玉枕關，乃是氣足自衝，身中實實在在有一股熱氣，力量頗大，並非用意思空想空運。古詩云：「夾脊河車透頂門，修仙捷徑此爲尊。華池玉液頻吞咽，紫府元君直上奔。常使氣衝關節到，自然精滿谷神存。一朝認得長生路，須感當初指教人。」此種作用，無古今之異，亦無男女之殊，乃成仙了道、返本還原的一個公式。除此而外，别無他途。

第二十六問　何謂凝氣混合？

答曰：即是凝神入氣穴，心息相依之旨。

第二十七問　何謂胎息？何謂中田？

答曰：胎息者，鼻中不出氣，如嬰兒處於母腹之時，鼻無呼吸也。中田即中丹田，又名絳宫，即膻中是也。

第二十八問　何謂玉液歸根，用氣凝之，方無走失？

答曰：玉液歸根，是指血海中化出之氣歸到乳房一段工夫。所謂用氣凝之者，即前凝氣混合之説，實則心息相依也。

第二十九問　何謂還丹？

答曰：還者，還其本來之狀況，即是將虚損之身體培補充實，喪失之元氣重復還原也。

第三十問　何謂後天？

答曰：凡有形質，都叫作後天，謂其産生於既有天地之後也。此乃廣義。若丹經所言先天後天，多屬於狹義的，如胎兒在母腹中時，則叫作先天，生産下地之後，則叫作後天。

第三十一問　何謂中宫内運之呼吸？

答曰：曹文逸仙姑靈源大道歌云：「元和内運即成真，呼吸外求終末了。」莊子云：「衆人之息以喉，真人之息以踵。」其中頗有玄妙。工夫未曾做到此等地步者，無論如何解説，總難得明了，須要實修實證方知。

第三十二問　何謂息息歸根？根在何處？

答曰：一呼一吸，是名一息，息之根則在肚臍之内，嬰兒處胎中時，鼻不能呼吸，全恃臍帶通於胞衣，胞衣附於母之子宫，血氣之循環，與母體相通，故嬰兒能在胎中生長。今欲返本還原，須要尋着來時舊路，此乃古仙特具之卓識，由生身之處，下死功夫，重立胞胎，復歸混沌，然後方敢自信我命由我不由天也。

第三十三問　何謂斬赤龍？殆即停止月經乎？

答曰：是煉斷月經，不是停止月經。普通婦女亦偶有月經停止之時，此是病態。若煉斷月經，乃是工夫，與病態大不相同。少年童女，可免此斬龍一段工夫。至於老年婦女，月經已乾枯者，必先調養身體，兼做工夫，使月經復行，然後再煉之使無，更費周折。

第三十四問　内呼吸是如何形狀？

答曰：内呼吸之作用，有先天炁與後天氣之分。後天氣降，同時先天炁上升。後天氣升，同時先天炁下降。易經云：「闔户謂之坤，闢户謂之乾。一闔一闢謂之變，往來不窮謂之通。」其理與内呼吸之法頗有關係，但工夫未到者，縱千言萬語，亦不能明白。初學之人，對於起手工夫尚未做好，則内呼吸更談不到。傳道之人，工夫淺者，言及内呼吸之形狀，等於隔靴搔癢，遂令學人更無問津處。

第三十五問　入定之際，不言不動，爲死人者，應爲何做法？

答曰：此乃自然的現象，不是勉强的做作。若論及姿勢，或盤坐，或垂腿端身正坐，或將上半身靠於高處睡卧皆可。普通平卧法，似乎不甚相宜。煉陽神者兩眼半啓，煉陰神者兩眼全閉。

第三十六問　出定之後，飲食衣服，隨心所欲，是否隨自己所愛悦者，取而服御之？又謂着着防危險者，是否防備意外之驚擾？

答曰：隨心所欲者，謂可以隨意吃飯穿衣耳。此時無所謂愛悦，若有愛悦，則有貪戀之情，不能入定矣。防危險不是一種，而驚擾之危險，亦是其中之一，亦應該防備。此時須要人日夜輪流看守，所以修道者必結伴侣。

（録自揚善半月刊第四卷第十四期）

附録五　石柱山農行年録

呂鳳岐

吾族爲旌德之望，科名忝甲一邑，而我先世獨微。自八世祖會俊公爲明季諸生，本朝以來悉貧甚，無操儒業者。越七葉，鳳岐始與諸兄承先人之命，同硯席，出就外傅。不數年，□□竄擾，兄等或遊學京師，或餓斃鄉里，又皆未青其衿，惟余初列膠庠，旋即辟兵，隻身走豫章，困苦流離，屢瀕於死，而幸免其劫。復賴累世幽潛之德，叨竊科第，出持使節，迺賦性疎慵，不耐冠帶之煩，五十歸田，遂其晏逸，負疚家國，爲何如耶？乞休多暇，績修支譜之餘，回溯半生窘狀，心猶驚悸，而君恩祖德，師友之情，尤極不敢忘者也，是不可不述以告後人。庚寅八月，呂鳳岐瑞田甫書於皋城寓廬還讀我書之室。

道光十七年丁酉　一歲

府君諱偉桂，字馨遠，一字秋園。（太學生，以鳳岐累贈奉政大夫，晉贈中議大夫。）三十三歲，九月十二日申時，生鳳岐於本縣廟首垂裕堂新宅。次居四，派名烈芝。伯兄烈芬，（官名鴻烈，字子晉。同知銜，直隸特用知縣候補府經歷，歷署正定、保定等府經歷。長六歲。仲兄烈茂，字子田。從九品，以鳳岐貤封奉政大夫。長四歲。三兄烈蘇，字景坡。從九品，以姪賢釗貤贈中憲大夫。長二歲。暨姊一，適小嶺下汪，名祥業。五弟烈蕙，字竹塘。保舉從九品。皆汪太淑人孫村期霞公女，以鳳岐貤贈奉政大夫。出。

十八年戊戌　二歲

正月大父諱成瀾，字雲波。貢生，以鳳岐贈中議大夫。以疾終於家，享年六十有九。先祖謙厚誠樸，勤勞一生，自奉儉而好濟貧乏，常受人欺，未常與之較，里黨推爲長者。幼年讀，性最鈍，十一齡裁受上論，日僅四五十字，曾大父諱祥璠，字煥若。貢生，以鳳岐貤贈中議大夫。因令習賈。成人後智慧乃大開，不獨經營獲利，書畫、醫卜、勾股、堪輿之術，靡不通曉。其學書尤勤，在典肆中晨起盥沐畢，即攜盤水至後廳，束箬皮爲大筆，就地輒方格，蹲而書之。由内及外，盈徧乃已，盤水亦盡，然後治他事。數十年寒暑無間，故不費紙墨而大字極工。道光十年，造新宅，自書堂額楹聯，見者驚賞，咸謂文人所莫及。然不爲人握管，惟族中「九思堂」一額，以堅辭不獲，勉應之，蓋不欲與書家争名也。

十九年己亥　三歲

伯諱偉槐，字羣超。國子監生，以鳳岐貤贈奉政大夫。叔諱偉權，字廷彩。州同銜，以鳳岐貤贈奉政大夫。以食指日繁，議析爨。四叔偉楷公先未婚卒，以三叔之子烈護兄嗣。祖遺資産除公存而四分之，各得田十畝，三溪鼎順典資出七折錢二千兩。皖南用錢，多以七十爲百，七文曰分，七十曰錢，七百曰兩。祖母汪太淑人，四房輪日奉養焉。

二十年庚子　四歲

正月十五日，五弟生。余由寄養乳母家歸，母訓嚴謹，惟值祖母輪膳，方市肉。兄弟每侍祖母共飯，吾母各賜片肉，無得妄自下箸，亦不許遺棄飯粒，終席肅然。三叔母嘗羡美之。

二十一年辛丑　五歲

府君自析産後，於三溪設米肆，以繼家用。不常家食，歸則指所懸聯扁字軸教鳳岐，并詳訓詁。夏夜納涼，語以祖母以下闔家數十人生年月日，越日逐一舉問，悉對無譌，府君因特鍾愛，業儒之命基此矣。是冬大雪，猶記門外積高四五尺，所開雪路，如行小巷中。

二十二年壬寅　六歲

府君一日默寫宋人所編百家姓一册授讀，字字端勻，無一譌舛，默識之功如此，當不獨小子有愧矣。府君故善書，嘗訓兒輩曰：「作字如爲人，宜莊厚。」鳳岐等字若纖佻，必斥之。兼工各藝如先祖，而尤精於弈，然在家從不手談，謂無用之技，不願子弟效也。擬令鳳岐七歲入村塾，緣明年遇閏，俗不啓蒙。臘月預送塾師向春族伯名棨，邑庠生。處，偕二兄三兄共讀。時伯兄從族伯仰齋先生名偉震，歲貢生。在本村維心軒。

二十三年癸卯　七歲

二月，向春先生赴院試，入泮，行年五十四矣。十一月，授上論畢。是秋，九霞族叔名朝瑞，官編修，湖南學政。舉鄉試，比鄰而居，見賀者絡繹，即心訝科名之煩人，何若是耶？

二十四年甲辰　八歲

受下論及大學、中庸。

二十五年乙巳　九歲

受孟子。

二十六年丙午　十歲

府君於啓館日另奉洋錢一圓，乞先生爲鳳岐講書。間日未刻習字後，講論語一章，同聽者三人。次日令自講一遍，或摘問大略，誤對則受扑。予年最幼，尚少遺忘。課餘教辨四聲，一學便悟。數月後，教作破題。是年，受毛詩畢。

二十七年丁未　十一歲

受尚書一部，或偶出對。向春先生教蒙童二十餘人，課讀頗嚴。是年伯兄邀友共延莊先生名慎，廣西舉人。因事充配旌德。於獅山別墅，冬間館復解散。

二十八年戊申　十二歲

諸父公請族大父曲江先生名成淅，太學生。於承槐書屋，命同伯兄從兄烈芳、烈護肄業，眠食與偕。予始習作文，先生戲以「岐精靈」呼之。受周易及曲禮。

二十九年己酉　十三歲

仍在承槐，讀自檀弓至雜記，時藝粗能成篇。是夏大水，縣西與太平接壤之留杯村出蛟，村口山崩石塞，全村淹積成湖。

三十年庚戌　十四歲

從昆弟四人改從江鑑衡先生名秉國，邑庠生。在高金山始學試律詩。九月，赴縣試，劉念修邑侯名繼冕，陝西副榜。呼至堂上，試誦詩禮，未冠首題，已出「傳」字。因問：「在家作過一字題否？」對曰：「未也。」「此題能作否？」對曰：「能。」乃笑飭役持題牌來，以朱筆加「不習乎」三字，令坐堂下面試之。傍晚納卷出，翌日隨兄等歸。時應試者千五百人，我姓將及二百。予始名鳳麒，招覆案發抄録至，惟有二十三名呂鳳麟，疑係同族伯兄。赴覆見案，始知「麟」字之譌。蓋我邑學額二十名，向撥府學三名，侯殆以入學之數爲我兆也。

咸豐元年辛亥　十五歲

二月院試，吾母已病兩月，未赴郡。母於月之七日棄養，哀哉！停柩於家，越歲厝於瑶臺，從俗也。予以居憂日號泣，數月未上館。江先生又喜排難解紛，常牽他務，來館日少，致兩年來裁讀完禮記。

二年壬子　十六歲

府君繼娶陶太淑人，生六弟鳳臺，七弟鳳陽。是年，伯兄附學於孫村外舅汪芝田司馬名麗金，道光庚子舉人，官郎岱廳同知。家塾，偕妻兄弟一峯、名同新。錫疇名世美，辛亥兄弟同榜。兩孝廉，從涇縣吴肖傳先生，名作霖，道光己酉舉人。更名康霖，官六安訓導。從兄等亦各擇師以散。予就近於環翠書屋家爵璜先生名藎臣，邑廩生。處請業，由家致餐，繼母慈勞甚矣。

三年癸丑　十七歲

□□洪秀全、楊秀清等，於道光季年金田□□。上年攻長沙不克，旋陷武昌，浮舟蔽江而下。兩江總督陸建瀛防堵九江，聞風遁回金陵，遂如破竹。正月，安慶不守。二月，直抵江寧，攻陷之，踞爲□都，脅從愈多，聲勢愈壯。嗣即分路北犯，幸官兵挫之於黄河，全軍覆没。然後五月回踞安慶，時改廬州爲省會，安慶則空城數月。七月上豫章，雖南昌未失，蘇浙以及皖南之徽甯時尚晏然，而此後十餘年，天下迄無寧歲矣。家鶴田侍郎名賢基，乙未翰林。奉命督辦安徽團練，是冬殉難舒城，賜恤優渥，謚文節。里中無風鶴之警，安堵如常。九霞叔春闈告捷，以第三人及第。文節公子壽棠編修名錦文，壬子翰林。升用侍讀，士氣益奮。予從家永言先生名烈孝，和村人。於石柱山房備承教益，六籍三傳之書於以卒業。暇學吟咏，嘗登山頂，坐兩石柱間，嘯歌爲樂，并屢赴下洋毓文書院課試焉。

四年甲寅　十八歲

隨永言先生移硯於豐溪下之多寶寺，距家十餘里。伯兄以吴先生失館還涇，亦來寺讀書，并督鳳岐之課。寺建於唐山，不深而幽，豐溪之水環流其麓，密松小澗，時送清音。明邑人梅進士鶚碑記尚存，宣城湯祭酒賓尹授經於此，題扁曰「擊大法鼓」，古樸如童子書，惜後俱燬於兵。十月，青陽□欲南竄，族伯北山先生名偉恒，壬子舉人。率鄉勇千餘人赴石埭，守琉璃嶺。去後，各村鬼聲徧市野，日晡即聞，夜尤甚，絶不畏人，三日乃止。羣疑勇或不利，未幾撤回無恙，蓋防守之始，已動禍機矣。時予在山中，獨無所聞。

五年乙卯　十九歲

諸兄連年婚娶，家計漸窘，府君令隨伯兄自課於老屋旁舍一笠廛樓中。臘月爲鳳岐授室。

六年丙辰　二十歲

三月，□□王□□□由石埭、太平竄擾，踰黄花嶺至三溪。過兵二日，沿途焚掠，下破寧國府城，雖我西鄉未經蹂躪，而三溪典業米肆皆毁矣。伯父率子姪越山紆道而歸，仲兄被擄，次日亦逃回。已而土人以典物被劫，欲照遇盗例償其半，洶洶鬨鬧，不得已售公産以償，他處所未有也。自此二兄、三兄、五弟皆坐食於家，益窘。歲杪，伯兄奔杭州圖事。

七年丁巳　二十一歲

伯兄來書，謂杭州無事可謀，暫寓松坡伯名偉山，九霞叔之兄，時官浙江鹽經歷。署。有友入都，欲同行，索寄資斧，府君勉籌數十金，令長嫂汪氏益以釵環數事並兄衣物，命鳳岐帶往。二月，携一擔夫徒步百五十里，至歙之深渡，附舟南下，過嚴州，子陵釣臺在富春江北岸，未及登眺。水程七百二十里抵杭，鹽運司近湧金門，兄日導游西湖。白樂天謂東南山水，餘杭郡爲最，信然。特孤山、湖心亭等處，各擅其勝，不獨冷泉亭甲於靈隱耳。登吳山觀潮一次，白馬奔騰，歎爲巨觀。居旬日，伯兄北行有期，予由陸路先歸。出武林門，揮淚而别，仍同擔夫且行且問，五百餘里崎嶇山路，十餘日到家，所歷縣境餘杭、臨安、於潛、昌歙與績溪也。府君於是鬻田數畝，率五弟作小經紀，令諸兄與鳳岐自謀衣食，分給所餘之産。鳳岐受上經山田八分，納租四斗二升而已。五月，就富堂王氏蒙館，門童十人，歲修七折錢二十餘兩，薪米自備，各家分餉蔬菜。課畢，童爲執炊，夜獨篝燈理舊業，必誦通鑑一卷，頗自得。八月，祖母汪太淑人下世，春秋八十有一。時伯父之子三孫五，府君之子七孫四，長兄二，二兄、三兄各一。季父之子三，男婦數十人，分班趨侍，室爲之滿。享大年而以微疾終，雖遭三溪之亂，尚無池魚之驚，殯殮如禮，可謂有福者矣。

八年戊午　二十二歲

在富堂吾鄉各文會會文如故，蕢青姪名賢彬，後以甲子領鄉薦，官江蘇候補府。等并邀結玉溪文社。九月，蝗來遍野，七弟以痘殤。

九年己未　二十三歲

解富堂館，仍返一笠廛。吾皖自元年院試後，屢放學使者，因亂均未按試。學院向在太平府，邵汴生宗師名亨豫，昭文人。時官吏部贊善，終於侍郎。移駐徽州，以徽甯無烽火，檄屬開考，並奏借浙闈，於十月舉行江南鄉試。吾郡逼近惡氛，改調甯屬生童於我邑。八月按臨，予更今名應試，以第六名入府學。歸售上經山田償考費，不足，府君爲彌補之。旋赴浙闈，試畢，江敬庵、名繼曾，是科獲雋後官浙江知縣。煥章名希曾，爲敬庵從弟，皆同案新進，甲子同年，丙戌翰林。昆仲約遊吴門而回，蘇之獅子林、虎邱，無錫之惠山，皆泊舟一覽其勝。十一月抵家，伯父已於十月下世。斯時池、太兩府之□環伺已久，警報紛紛矣。

十年庚申　二十四歲

正月，涇、太相繼失守，賴汶洸等月末竄我旌，自此往返擾害，搜山焚殺無虛日。閏三月，鄉團夜襲其孫村屯館，斬首二百餘級。明日，城中其黨大至，族兄慰曾文童，後邀旌典。率勇馳禦，死之。五月，三叔、長嫂皆遇害於途。予以回覓兩尸，幾爲邏卒所獲。八月，甯郡復陷，踵破徽州。九月□輔王來竄，眷屬衝失，不知存亡。予避山谷中，雨行露宿，日無定所，屢不得食。一日，潛往小村取所藏穀，方入門，□黨驟至，急匿敗廊黑暗處，見紅巾握刃而提篝者往來如織，蓋亦搜糧來此，相去僅尺有咫，以隅暗且陰雨，故皆不措意，然已危如累卵矣。傍晚，□營拔退而穀亦盡矣，予仍深夜空回山中。賴□盤踞兩月始走，再陷杭州。吾鄉此次荼毒尤酷，人物已去大半。我家惟府君與鳳岐未被擄，餘俱不免，幸陸續得脱，所未回者從兄烈華并其三子、六弟鳳臺也。是秋八月，外夷航海逼燕京，天子北狩木蘭，圓明園被燬。

十一年辛酉　二十五歲

去歲，曾滌生侍郎名國藩，湘人。旋任兩江總督至大學士，封侯爵，謚文正。統兵，由江西轉戰來皖，駐祁門。今春進攻徽州不利，移節東流，圖安慶，仍留營於黟、祁一帶。我鄉糧盡，升米百錢，將斷食，惟祁門一綫可通。予先謀往負米，至黟，爲友人邀入營中襄辦文案，欲藉稍博薪資迎養，不意營餉不足，須半年而後遞及。正焦灼間，忽於六月下旬，繼母踉蹌而來，泣述吾父帶病出門，月之十六日逝於太平縣西鄉。嗚呼，痛哉！不孝之罪，擢髮難數矣。而繼母復病，予久患瘡，忍含悲侍湯藥。逾半月，母又不起，摧膺泣血，復遘鞠凶。時予不名一錢，乞貸數處，始得薄具棺殮而浮厝之。聞三兄弟困阻祁門，爰離營奔告凶耗，至祁，知嫂姪等亦皆餓死里中矣。祁又時疫盛行，難民路斃者日以千百計，兄弟淚容相對，既不能歸，歸亦無益，計惟各自逃生，不能相顧耳。適有自豫章來者，口述江敬庵孝廉見招之信，蓋江有田在南昌，先往避居，爲予舊好也。由是二兄、三兄、五弟往江北，予上江西，於東門橋上賣絮衣被，得銀一兩有奇，爲路費。附客舟行過景德鎮至饒州，予將覓舟獨往南昌，客詰以敬庵居址，曰不知。且入省訪之，又問省中有何熟識，曰「無有」。客乃訝然曰：「君何由入城耶？今豫章盤詰最嚴，非城中保結不得入，君且奈何？」予爽然若失。客勸不如同至吴城，代爲覓伴較妥，從之。八月初旬，在鄱陽湖遇風，小舟幾覆。泊定，得文宗顯皇帝升遐之耗。明年，改元祺祥。此爲權相肅順所擬。肅順伏誅，更定同治。又宣傳朔日安慶克復，爲之悲喜交集。中秋繫纜望湖亭下，忽聞敬庵來吴城，亟走訪，握手慰問，始知敬庵寓南昌之柘林，距省五十里，昨以事至此，不期遇，豈非天哉！前若徑投省垣，客囊已罄，舉目無親，則有不堪設想者矣。敬庵事畢别家，隨同過省江韻濤，本名樹雲，旌邑廪生，後入弋陽籍，更名鍾璜，又改澍畇。與予鄉會同年，以翰林出守山東。留敬庵襄理母喪，予持函先往柘林。負小包裹，繫新素履一雙。傍晚抵其寓，飯罷取履，竟遺其一，如凫舄矣。嗟呼！窮途至此，曷勝隕涕。是日，恰值誕辰也。未幾，敬庵之尊人汝舟先生名林，丁卯舉人。挈全家至，相待亦厚。予以久居不自安，欲他往而身無分文，敬庵爲薦訓蒙，鄉人恐口音不合，諾而復辭。時已隆冬，尚衣裌，轉幸瘡未脱體，不甚畏寒。冬至後，始得在省需次黄刺史書記之聘，乃從煥章借千餘錢，購一被襆，并假衣履以就焉。

同治元年壬戌　二十六歲

三月，沈幼丹中丞名葆楨，閩人。官終兩江總督，謚文肅。巡撫江西，黄刺史被議奪職，時□氛熾於兩浙，楊碧山司馬名式珣，豐城人。官終廣西知府。由湖南派來坐探軍情，延司筆札，甚契洽。爲説項，屬應各書院課，頗獲膏火資。其婦翁李禹門丈，名興謨，長沙舉人。官江西知縣，見予文，極器賞之。

二年癸亥　二十七歲

碧山司馬差滿，邀同回湘課其子，以道遠辭。李禹門丈揄揚於洪叔蒙大令，名贊善，祁門人。聘居西席。時伯兄橐筆保定，三兄五弟謀食舒、六等處。八月，仲兄至章門，薦往鉛山釐卡。聞故里廬舍爲墟，一片焦土，久已人相食，而存者寥寥，悲痛而已。

三年甲子　二十八歲

洪君補會昌令，訂兼書記，歲修百二十金。會昌在贛州之上，接壤閩粵，距省千三百里，嫌無友朋文字之樂，弗願往。洪君勸駕殊殷，難却其意，遂於二月同溯章江，過廬陵，歷十八灘，在贛停泊兩日，游八境臺、鬱孤臺諸勝。抵會昌後，仲兄以□至鉛山，毁其卡，來會昌另圖事。予曰：「弟今可養兄矣，聚處不更佳耶？」留於署齋對榻焉。六月，大軍復金陵，□幼主率長髮□數萬，由浙竄江西，欲遁回粵，會昌適當其衝，閉城固守。我兄弟驚魂甫定，又困於異地之斗大城中者月餘。八月末，得省友書，爵督曾閣部奏請十一月舉行江南甲子並補戊午科鄉試。朱九香學使名蘭，餘姚人。官至内閣學士。將於安慶調考甯屬，於是欣然辭館，偕兄下。駛過彭蠡，阻風多日，迨至皖城已十月中，學使試畢下江甯矣。乃分資請仲兄往依五弟，并屬五弟臘月來安慶，俟予一晤，意以此試不售，仍返豫章也。四易舟，共行將三千里，抵金陵，與譚君佩、名紳，同邑。己未副榜。江煥章等寓黨家巷邑館。三場既竣，略訪隨園、雨花臺等處故址，城内外周數十里，僅妙相庵園亭完好，餘皆廢井頹垣，不堪觸目。以六朝金粉之地，成一片瓦礫之場。有一老者，自言爲劫餘之民，相與指點慨歎。尤痛言亂雖平而六百餘城之焚毁，億萬民命之傷殘，爲僅有之浩劫也。歸寓，檢得□某王所刊發之闈墨内，有一藝以「洪秀全」三字折演二十八字爲題，八股中依題頌揚，圈點盈篇，似非不能文者。自記於後云「爵幼習舉子業，軍興以來，此事遂廢。兹膺簡命監臨，恭覩天王題旨，至精至奥，見獵心喜，爰搦朱毫，一揮而就，不自知其工拙也」云云。試後，回至安慶，與五弟話一日夜，予錢十緡以去，自留旅費僅十餘金耳。俄而榜録至，中式第三十六名，座主爲太僕寺卿劉韞齋先生、名崐景，東廳人。官至湖南巡撫。翰林院編修平景孫先生，名步青，山陰人。官至江西督糧道。房師爲江蘇揀發知縣紀柳塘先生，名之綱，章邱人。學使仍駐安慶。除夕，填親供，與焕章同年留省度歲。

四年乙丑　二十九歲

乏公車費，不克與計偕，且有逋負，乃同文卿姪名賢彬，中二百三十四名。作蘇、揚之游。春江水緑，一櫂前流，過白門，進邗溝，烟花三月，非復當年景象，遂由泰州、江陰至蘇州。蘇自庚申失守，淪陷四年，回憶己未之游，曾幾何時，不徒臺有麋鹿矣。謁柳塘師，文卿留於淮軍糧臺效力。汪芝田司馬之姪幹臣觀察名應森，丙午解元，江蘇候補道。亦欲留予辦公，辭之。買舟泛胥江，過壩，於蕪湖泝江入泥汊口，嗣因無爲水患，總督左文襄公塞之。抵廬江。七月，至舒城之張母橋，一家數十人存而居此者，叔母暨時中即烈護。兄嫂、二兄、三兄、五弟、從弟烈薦七人耳。相聚月餘，罄資付二兄、五弟，返江南，移先考旅櫬歸里，予續遊六安一帶。十月，别叔母，仍由安慶回南昌謀事。先是，洪叔蒙大令乞病卸會昌事以歸，聞予未北上，復携次子宜昌來從，遂銷假，寓於省垣之賜福巷。

五年丙寅　三十歲

再館洪氏，時九霞叔督學湖南，正月來書，計以二百金屬爲襄校。予念大令重來之故，門人請益之殷，不能因利而他徙也。三月十九日，娶鉛山蔣氏婦。心餘先生玄孫女，秀才卓人先生長女。氏年二十，贅於進賢門外膠皮巷舊宅，碧山司馬助婚錢焉。嗣以資用不給，秋間遊廣信，一月返館。十月，三兄無病殁於六安，慟甚。

六年丁卯　三十一歲

仍館洪氏，寄資爲仲兄續娶。二月八日，長子賢銘生。門人宜昌年十六，回徽應童子試，補博士弟子員，即食廩餼，後以癸酉選拔領鄉薦。十月，座主平景孫師由侍讀授江西督糧道，履任進謁之次日，令與居停相商，晨出暮歸，爲司書記月餘。十一月，偕全椒汪牖民、名伯塤。涇縣朱鏡湖、名坤林。舊友江焕章諸同年北上，至九江，遇邵汴生師赴閩督學任，走謁舟次。時捻黨未平，山東、河南道多梗，先生語以由漢口小路達汝甯、東昌而行。爰附輪船抵武昌，共僱小車，歷黄陂、孝感、羅山，至周家口，聞東昌有警，乃赴開封，易騾車。臘月二十八日早發，雪深一尺，未刻黑岡口渡河，將登岸，前途紛紛返走，謂捻黨竄懷慶，已逼封邱矣。復回渡南岸，無可登迺止。三更，始返汴城北門外，投小店宿。是日黎明一食上車，直至夜半，覓市冷饝充飢而已。翌晨將入城，有湖北公車數輛來約，改道濟寧。除夕，至蘭儀縣，市已無肉，於五里外買得一猪首，沽酒共談，以守歲焉。

七年戊辰　三十二歲

元旦進城，閒眺城濱舊黃河，荒涼滿目。初二日開車，沿途徵調錯雜於戎馬間者數程。過濟寧、德州，聞捻已趨保定，蓋該股由西而北，我輩由東而北，愈行愈近，横去捻蹤不過百餘里矣。迨至河間，紛傳不一，有謂捻竄易州者，有謂過良鄉而京城已閉者。同伴遂議東折天津，以定行止。意其黨必不竄天津，蓋津濱海，易於兜擒也。在津小住，月末入都，寓羊肉衚衕旌德新館。乃捻子旋撲津門，果爲李少荃師相名鴻章，合肥人。甲子江南監臨，時官協辦大學士。圍堵運河，而聚殲於徒駭之濱焉。二月十五日，覆試一等第三名，會試被放卷，爲左庶子達峯先生名烏拉喜崇阿，滿洲人。呈薦。伯兄時已續娶張氏，居南皮，三月來京訪弟，歡聚浹旬，榜後泣别而去。予附輪舟航海南還，海中惟烟台可泊，餘則水天無際。過黑水洋，遥望崇明如村落然。四日夜，進黄歇浦。上海城外夷房鱗次，舟車市路，舉目異觀，而淫侈放誕亦無不至其極。夜則煤氣燈密布街衢，通宵如晝，開自古所未見也。五月，抵豫章，洪大令已復乞病歸，平師薦往崇仁縣幕。八月，師攝藩司事，令回省爲掌書記。

八年己巳　三十三歲

在糧道署。五弟來南昌，謀資出就事，傾囊助之。道署重修甫竣，九月初六夜全遭回禄，予適回寓，書籍一切，盡付焚如。十一月，次子賢釗生。

九年庚午　三十四歲

在糧道署。去冬以來，修金悉製衣物，眷口居外家，亦須津貼，遂無餘資。明年擬不赴試，平師饋百金，并屬李苹三同年名嘉賓，太平人。乙丑進士，江西知縣。贈四十金促行。乃少留家用，携百餘金，仍與汪牖民由東道北上。小除日，舟抵清江，遇汪梓園姻丈名慶齡，芝田司馬從弟。率姪孫孟嘉名時謨，皆新科中試。聯軸登道。

十年辛未　三十五歲

正月初旬，過泰安，望岱嶽巍然雲際。投店尚早，進城一遊岱廟，規制宏敞。二十日抵京，入右安門，仍寓新館。會試受知吴少岷先生，名鎮，達縣人。時官御史，終陝西鹽道。呈薦稍遲，主司以本房安徽五卷已中其四，不復閲，先生深惜，二三場經策尤佳也。時與汪曉潭禮部名鑑，吾邑鴨綠溪人。同案入泮，戊辰進士。訂交，勸留都，予亦慮下科無力再來，且考教習而後定。黄佩薌同年名瑞蘭，合肥人。與兄瑞芝同榜，後官直隸候補道。延教其子昌燿乙酉中北榜。於廬州館；平師懸榻以待，屢書促回豫章；順天學政鮑花潭侍郎名源深，和州人。欲延入幕，辭以若不得教習，無詞覆我師，未敢遽許。八月，考取景山教習第六名。榜發之夕，鮑公遣謂教習傳補在邇，宜勿回矣。指日同赴通州棚，鮑公忽授山西巡撫，以兵部侍郎夏子松先生名同善，仁和人。後充丁丑殿試讀卷大臣。補督學之缺，而予覆平師函已發，進退爲難。胡雲楣同年名燏棻，蕭山人，泗州籍。甲戌庶常散知縣，捐升直隸道員。招飲，謂鮑公已將舊友悉薦新任，如不相延，回南川資，我爲籌備，毋憂也。已而夏公盡延之，隨按通州、天津。臘月回京試八旗後，爲假蕭山館以處，諸友以後使車入都同事皆居此。

十一年壬申　三十六歲

在順天學使幕。開印期後，出試永平，回車紆道遊孤竹城。由密雲出古北口，至熱河，即承德府。望避暑山莊，亭塔如畫，隨喜獅子溝各寺，壯麗殊觀。入口赴宣化，過昌平，遊明長陵，回至居庸關外，接族長書，重建宗祠，屬向漢九叔祖名嘉瑞，丙午舉人。歷任順天知縣，家容城。家捐資。時予積七十餘金，念此盛舉，非竭力無以激勸。到京函覆，自捐銀百圓，傾所蓄寄抵其數，而容城擁資巨萬，竟不見覆，豈吾書未達耶？五月，試保定，將畢先出，至伯兄藩幕小聚，忽得江西蔣氏凶問，平師賻錢五十千助製衾襚。兩兒遠寄，孤客囊空，行止俱難，寸腸欲斷矣。伯兄勸以徒歸無濟，且數千里觸暑奔赴，保無意外慮乎？夏公亦極慰留，不得已，復隨之去。畿南棚數較多，强振精神爲之校閲至冬，不時疲憊。歲底試河間，遂辭明年之事，夏公不允，婉言數四，許以至京再商。

十二年癸酉　三十七歲

正月到京，夏公另延，有人仍堅約再閲永平一棚，以此郡卷多而優，去年衡校悉當也，於是重赴永平。三月，回至三河，夏公賦詩贈别，有「照辭胸有鏡，論事口懸河」，并欲爲予作伐續絃。予以南北未定爲辭，公笑曰：「我知君必成進士而後娶耳。」臨歧和其詩以行。入都，居曉潭潘家河沿寓齋。五月，雲楣同年薦於陳氏，教其表弟燮，館在南蘆草園。因雲楣得交郁漱山太史，名崐，蕭山人。辛未探花。極文讌之樂。是年秋，助伯兄輸粟，以府經歷分發直隸。

十三年甲戌　三十八歲

會試出闈，以文稿正於子松先生，先生決其必入魁選，乃房考僅於批末加一

「備」字耳。嗟乎！待試三年，婦亡不顧，依然故我，何以爲懷？蓋求售之心，爲稍博宦資，謀喪亂後一家數十柩之窀穸耳。時充教習將報滿，擬俟引見後長辭都門矣。漱山以爲非計，與雲楣之舅氏陳翁商留予之策，陳翁、雲楣願假五百餘金爲捐中書，不取償，予謝曰：「諸公盛意，感何可言？然公等不欲取償，鳳岐必思有以償之。苟不能償，景況可想矣。恐徒相累，不敢承也。」漱山屢催履歷，迨五月得考試中書之旨，乃作罷論。六月二十八日入場，閱卷大臣寶佩蘅相國、名寶鋆，滿洲人。毛煦初尚書、名昶熙，武陟人，謚文達。魁華峯侍郎。名魁齡，滿洲人。官終尚書。七月三日揭曉，欽取第三名，引見乾清宮，記名以内閣中書用，入直管漢票籤事，旋派本衙門撰文。先是，上年回京，編修慶華廷同年名錫榮，含山人。官終御史。執柯，續娶同省來安嚴朗軒太守次妹爲繼室。十二月，穆宗毅皇帝晏駕。

光緒元年乙亥　三十九歲

今上爲醇親王子，入嗣文宗，即位改元年，裁五歲也。二月，黄楚薌同年名瑞芝。邀遊津門，謁李師相。總督直隸，駐天津。後同至新城周新如軍門名盛傳，合肥人。營中，盤桓數日回京，寄資助五弟續娶。八月，充國史館校對官，兼管理誥敕房。十一月，長女賢鍾生。是年，伯兄充海運差保補缺，後以知縣用。鳳台由浙江回家，喜出望外。

先是，庚申被擄，流落於開化農家，今始逃回，不識一字，五弟輟業教之。惟性頗魯鈍，讀書終不能成，爲可憾耳。

二年丙子　四十歲

在京供職。三月，恩科會試，闈中疾作，幾不能完卷，勉强了事而已。族姪賢楨獲雋，朝考歸班，呈請改教，後選廬州府教授。十月，予補中書實缺，奏充玉牒館幫纂修官。此差任重事繁，一年告竣，可得優保知府，内閣漢票籤僅派二員，袁子久侍讀名保齡，項城文誠公弟。其一也。是年，賢鍪姪生於保定，嚴外舅琴堂先生舉北闈鄉試，年已六十有一。蓋自迎養北來，不欲入闈，家人慫勸之也。

三年丁丑　四十一歲

正月，開玉牒館於宗人府，日偕校對中書六員、備送八員到館辦事。旋應禮部試，已無意於此途矣。榜發中式第二百二十九名，總裁寶佩蘅師、相毛煦初先生、刑部侍郎錢湘吟先生、名賓廉，嘉善人。内閣學士宗室小峯先生、名昆岡。房師翰林院編修曾與九先生。名培祺，奉天漢軍人。比謁寶師，乞假，請袁中書思韡貴州人，本年冬議叙廣西知府，加運使銜。代理玉牒館事。覆試，一等第三名；殿試卷初擬一甲，讀卷官别有注意，改置二甲二十二名。擬即請歸本班，寶師止之。朝考欽取一等第一名，李師相致書曉潭云：「瑞田寫作並佳，僅得朝元，深爲可惜。」端陽節後，引見養心殿，改翰院庶吉士。六月，充國史館協修官。九月，在本衙門告假，回籍營葬。辭蘆草園館，先赴保定省伯兄，旋至津門謁李師相，訪周薪如軍門於小站，各贈百金。師相並函致筱荃世丈，名瀚章，湖廣總督。劉仲良前輩，名秉璋，廬江人，江西巡撫。爲張羅焉。寄金回都，稍償夙負。十月，航海抵滬，小作勾留。至揚州，徐仁山觀察名文達，南陵人。官終福建臬司。留寓淮軍糧臺度歲。於梅花嶺謁史閣部祠，遊天寧寺、平山堂諸勝。是年春，在都得黃楚香之訃。佩薌出其臨終手書，欲申婚媾之好，爰定其次女爲長子婦。冬間，伯兄署正定府經歷事。

四年戊寅　四十二歲

我家遭兵燹後，柩停累累，五服以內未葬者尤多。爰先函請仲兄在里廣擇吉壤，俟予措資而歸，分別安葬。正月，至金陵，得遊孝陵、靈谷寺、莫愁湖等處，清平十餘年，煥然改觀矣。溯遊而上，遂泊蕪湖、安慶，略訪親友。五月，抵武昌，游月湖、晴川閣、黃鶴樓、曾公祠諸勝。時族姊夫孫稼生名家穀，壽州人。官至浙江臬司。觀察荆州，族姪竹生名賢笙，官湖北知縣。委辦彝關榷務，相見頗歡。旋附輪舟上游沙市、宜昌，盤桓頗暢。八月，返棹赴南昌，乘白雲湖北官輪船名。至湖口，遊石鐘山於吳城，訪王儀吉明經、名炳南，己卯副榜。江靄亭秀才，名棠。皆同邑布衣交，授徒於此。叙闊數日，分贈薄資，上豫章，仍寓膠皮巷。兩兒成童，各不相識，歡見之下，悲從中來矣。小息勞蹤，遍躅百花洲、滕王閣舊遊之迹，復往廣信一月。回省買舟，載蔣恭人櫬先行，自携二子，由潯陽附輪下蕪湖，二子寄於壽爵堂。九霞叔寓。臘初，予抵廟首，彫殘滿目，惟宗祠重建一新，丁令威歸來，不獨人民已非昔比也。從兄弟等悉早歸自江北，約共食，襄理葬事一切，掃墓尋山，日無暇晷。

五年己卯　四十三歲

在里數日，擇得塋地五處，屬五弟等督工營造，予往黟縣、十都，尋繼妣柩不得，蓋土人於亂後浮棺悉收義塚，無從查訪矣。道經黄山之湯口，入山數里，浴朱砂泉，因葬期已近，不獲遍遊三十六峯，浴罷題壁一絶，匆匆而返。三月分日，啓窆奉安先祖考贈中議公、先祖妣汪太淑人，先考贈中議公、先妣汪太淑人，並祔繼妣陶太淑人木主於馬村之龜形。葬繼伯祖妣劉安人、三叔考贈奉政公、先三兄贈中憲公、從堂伯妣李孺人、先二嫂芮宜人於鴨緑溪之東瓜形。葬大伯祖考贈武德騎尉成江公、堂伯考偉業公、先師向春先生之配汪孺人、堂伯妣余孺人、先長嫂汪宜人木主、從堂兄文元公、從堂姪婦胡氏於下東山鐵燈廟側。葬二伯祖考理問成詔公、二伯祖妣萬安人、四叔考偉楷公、堂伯妣汪孺人、再從堂伯金慶公、再從堂伯庶妣蘇氏、從弟時庸、時來於敦睦嶺之鋼窯冲。葬先伯考贈奉政公、先伯妣江宜人於和村之八十畝。於是服内無一浮土之棺，惟蔣恭人未葬，權厝和村。事畢捐資，倡議重建七分支祠饗堂，以及分恤親屬，在家共費二千餘金，客囊已罄。四月杪辭家，再事張羅爲入都計，率諸弟往西河鎮，料理祖遺房産，緣亂後爲土豪王老虎强占有年，屢索不理，予至訴之宣城縣，始讓還焉。别諸弟，由郡六月至蘇州，聞平師之配莫夫人下世。時師歸田已久，欲往山陰省視，以酷熱異常，不敢舟行而止。暇惟日至滄浪亭、印心石屋逭暑，遊吳劉兩園。稍凉，仁山觀察爲文卿事，飛函招往十二圩儀棧，爰於舟中修書，寄唁平師。抵京口，文卿來迎，同遊焦山，一宿赴白下，爲之調停鄉試者，已雲集矣。旋上鳩兹，過中秋，買舟北渡。在六安，助再從弟文富續娶。回至張母橋與五弟話别，仍返鳩兹。於十月携二子偕筱蘇弟名佩芬，九霞叔第四子。癸酉舉人。北上，過十二圩，仁山觀察厚贈行資。同邑汪竹溪孝廉名時琛，板橋人。由泰州來揚，結伴至清江，正值差繁車少，住十餘日始就道。臘初，過泰安，僱山轎與筱蘇等遊岱，直登日觀峯，觀没字、懸崖等碑。薄暮回店，挑燈記之。十三日抵京，寓醋章衚衕，本衙門銷假。

六年庚辰　四十四歲

正月，約嚴禮卿同年名家讓，含山人。居庶常館。四月散館，一等第六名。五月朔引見，與禮卿同授編修，筱蘇亦捷南宮，入館選。予徙家於南半截衚衕，自課二子焉。

七年辛巳　四十五歲

在京供職。五月，次女賢鈖生。是年仲兄復斷絃，兼抱沈疴，函請就養於張母橋五弟處，資用悉由予寄。

八年壬午　四十六歲

正月，以家事甚煩，延師課子，自携一僕，假居城南太清觀，習静以待考差。四月十五日，考試差後移回本宅。八月朔，奉視學山西之命。初三，具摺謝恩。九月六日請訓，蒙召見東暖閣，垂詢訓勉，一一周詳。退束行裝，擬即就道，函請仲兄由皖赴晉，不料放差之日，即兄易簀之時，爲位而哭，數日不能理事。二十五日始得成行，過保定，張振軒制軍名樹聲，合肥人。由兩廣調署直隸，謚靖達。率同鄉官餞於兩江會館。十月十日，抵太原省城，巡撫張孝達前輩名之洞，南皮人，癸亥探花。率屬迎於南郊。十一日接印；越二日，拜發報到任摺，檄試前任王可莊同年名仁堪，丁丑狀元，閩人。以丁憂去任。

未考之優生，如額取米毓瑞忻州人，庚寅翰林。等四人。十一月，出按汾州歲試，預令陽曲縣函致沿途辦差，州縣減去酒席三分之一，勿用燕菜燒猪，車馬須照傳單定數，無任多索，并裁教官門包等項。晉中□□諸生學書，索錢不遂，多不詳報。每於歲考場後出示除名，追求開復，儒學院房皆因以爲利。汾棚臨點不到者，百數十名之多。予嚴飭各學，限期一律補報，如違即提書斗比責，各學不得已，補報無遺。復諭諸生，如有事故，必須赴學呈報，亦不得因此視爲故常而違定例，致自誤其功名。并通飭未經歲試各學先期查明，無得臨時藉口，仍蹈前轍，以後各棚幸積弊之悉除也。臘月回省，過晉祠，□□爲晉水之源，靈泉汩汩，隆冬不冰，鎮外田數百頃賴此灌溉，晉中惟此田種稻米亦極精。祠宇宏敞，古木參天，爲三晉第一勝境。封篆之暇，查士子韻學，頗少講究，平仄失調者，雖優等生員所在不免。因取詩韻釋要一書，重加校訂，參之各書，增減其注，仍以簡明爲率付刊，於發落生童時，各貽一册。板存省垣濬文書局，俾印出售，以廣流傳。科考各卷，誤者較少矣。

九年癸未　四十七歲

在山西任。二月，出按南路，歲試解州、絳州、平陽，兼調霍、隰二屬四棚。晉中丁丑戊寅間，歷年大旱，爲從來未有之奇災，南路尤甚。河東一帶人傷什之八九，前誤歲考被革之生甚夥，經王前任奉准，四五年逃荒誤考者，悉予開復。而南路歲考，輪在光緒六年，時猶逃亡未歸致被革者，限於年分而向隅焉。予按臨所至，沿途攔輿以及放告之期稟求開復者，紛紛可憫。六月，回省與孝達前輩細商，不便續請開復，只得會奏，准其原名應試。年上六旬者，給與衣頂，蒙恩着照所請科試。以原名復進者頗多，而給頂者亦不少矣。七月，歲試太原。八月，出按東南，歲試沁州、澤州、潞安、遼州、平定五棚。將抵上黨，乘馬遊五龍山，十二月回省。是年夏初，五弟挈眷來晉，已得喘疾。嗣以醫不奏效，不願久留，復以九月南還。過澤州，試事將畢，留話棚中，一日而別。嗚呼！孰知從此不復再見耶。鄉試房師紀先生久没於蘇，屢訪其後人不得。兹聞兩世孀居，一孫尚幼，仍居章邱柳塘口，零丁孤苦，紡績爲生，亟寄資爲置田十餘畝，復函勸冀州知州吴摯甫同年名汝綸，桐城人。乙丑進士。佐助之。江靄亭老友客死江西，柩不能歸，亦寄百金爲移柩之費。六月，三女賢錫生。

十年甲申　四十八歲

在山西任。二月，出按北路，歲試由汾州、代州出雁門，遞及寧武、岢嵐、大同五棚，並調太原府屬之興縣、嵐縣，保德州屬於岢嵐，調朔平府屬豐鎮、綏遠旗籍於大同。晉之向章，每試回省奏報一次，而通省歲考畢，於大同府例應奏報。歲試完竣，即在大同棚次拜摺，而後接辦科試，自大同始順道甯、代等處，考回又計四棚。本屆科試輪及乙酉選拔之年，亦俱隨棚考取如額。北路選拔，以大同府屬爲優，如渾源李廷颺、朝考用小京官，己丑中鄉榜。大同蘭承露、本科中鄉榜。祁晉章靈邱、盧聘卿，朝考均用知縣。皆美材也。在甯武謁明周忠武公祠墓，并製聯懸之墓上。過代州，遊柏林寺，觀唐李晉王畫像。寺爲後唐莊宗同光三年建，王墓在寺左側，今尚巍然。六月，回省清釐歲試解部册卷。中秋節後，出按南路科試，向於此次祇試解州、平陽兩大棚，明年再由汾州往潞、澤。予以汾州歲考在八年之冬，隔兩年而始科考，疏密不均，且此次路順，可免明年紆道，地方官多一差事，改章先試汾州。出省四十里，過風峪，入觀北齊華嚴經碑，計石柱百餘，高一二三尺不等，四面鎸刻，藏於洞内，可搨者五十餘石。太原令薛君贈一部，晉中名蹟也。過交城，策馬遊卦山。山去縣城五十里，詳見晉軺日記。汾州試畢，赴解州，途遇固原提督雷軍門正綰奉旨帥兵入衛。時法夷正擾臺灣，基隆失守，閩之船廠被焚，欽差侍讀學士張□□等跣足而遁，嗣皆革職拿問，戍黑龍江。何怯乃爾耶！調考蒲州府屬於解，平陽則調絳、霍、隰三州屬，爲最大棚。年來校閲煩勞，時欲引退。十一月回省，歲杪又接五弟噩耗。三年中兩傷手足，痛何如之！文光兄即烈華。次子賢鉅，是年始由閩之浦城歸，在閩已娶婦生子。函囑五弟付資挈回，寓張母橋莊上。

十一年乙酉　四十九歲

在山西任。我祖父、伯叔、仲兄、外祖，均以疊遇覃恩，貤贈五品封典。如例兹請三品以本身妻室應得之封，貤贈曾祖父母。又捐千金，爲伯兄加本班，冀可補缺過知縣班也。倩俞逸仙觀察名廉三，山陰人。時官寧武府知府。畫石柱山村圖，自題憶江南小令四闋，康達夫庶常、名際清，興縣人。周石君太守，名天麟，丹徒人。皆有題詞，蓋鄉曲之思深矣。二月，出按東路，科試澤州、潞安、沁州三棚。四月，回省接試太原，並調遼、平二州屬，通省科考已畢。八月，録送士子入闈後，同署撫樂山方伯名奎斌，蒙古人。會考優拔各生。本科選拔中鄉試正榜十一人，副榜三人，悉請主司抽易。明年朝考小京官，李春浦即在抽去中也。令德堂决科第一裴則中第四名，優生第一任硯田中第七名。優拔額滿見遺，調入令德堂讀書者，亦中十餘人，填榜時莫不稱賀得人之盛。報滿摺内，專保教官四員：潞安教授韓秉鈞、臨晉教諭梁卓午、丙戌成進士，用知縣。陽曲訓導雷誠動、丁憂訓導楊篤，加銜有差。向之保舉教職，交部議奏特旨允准者，始於予之此次也。附片請假三月，回籍修墓。十月二十六日，新任學政高理臣前輩，名燮曾，孝感人。到太原，即於是日交印卸事訖。十一月十日啓程，由沁、澤回皖，當道出郭相送，門人有送至數十里百里外者。十六日餘，吾途次接奉批摺，均如所請。過澤州，即上太行六十里，宿太行之巔攔車鎮。鎮南山勢漸下，行三十五里碗子城，爲晉豫分界，俯見黄河如帶矣。再下二十五里，始至山陽之麓。二十五日，渡河過汴梁，月末至周家口。臘初，買舟南下，徐仁山觀察時辨正陽關督銷鹽局，派一礟船迎護至關。留泊三日，溯淠水百八十里，於小除日抵六安，假寓度歲。舊友崔芝生廣文名應科，太平縣舉人。司鐸於此，談讌往還，客中頗不岑寂。

十二年丙戌　五十歲

甲申歲，於六安之東南鄉買一小莊子，距張母橋四里許。因念家本寒微，一入詞垣，驟膺使命，自維寡德，已屬非分之邀，倘再歷資洊升，益懼弗克負荷；况賦性直傲，恥於苟同於世，亦不相宜，遂決計乞病退休矣。二月，留二子於州中，自赴張母橋，哭五弟之靈。令萬安弟即烈薦。携柩由廬江水程回里，予上安慶，懇巡撫吴子健前輩名元烈，固始人。代奏告病。會熊鞠孫同年名祖詒，青浦人。丁丑庶常，改授旌德令。自青陽署任晉省，邀遊九華山，遍遊珠墩、東崖諸勝，仍由青陽陸路，過石埭、太平，於四月杪抵里。里中彫攰之餘，風俗益敝，躊躇一月，久住終難。爰於省墓後，分潤伯叔兩房及鳳台各五百金，以及親房至戚有差。復辭里門，由蕪湖渡江返六安。八月，病瘧幾殆。九月，五十初度日，遊小赤壁、鏡心庵。合肥延於明年主肥西書院，辭之。是年秋，續修支譜，以豐溪之上爲前册，豐溪之後爲後册，雜載爲附册，五閱月乃成。

十三年丁亥　五十一歲

正月大雪五六尺，欲令賢銘就婚合肥之石塘橋，不果行，改期於二月焉。里中來訃，三叔母下世。在州城，典趙教授宅一區。四月，移家於此。五月，賢釗以逃學受薄責，自經而亡，年已十九，痛悔之至。七月，冢婦黄氏又卒於母家。家門不幸，至於此極，憂鬱抱病者數月。曉潭已由御史出守夔州，寓書慰問甚殷，並欲延掌書院，亦辭之。

十四年戊子　五十二歲

正月，四女賢滿生。三月，遊流波䃥，往觀䃥眼。在䃥，爲賢銘續聘汪萼樓學博名期棣，同邑水北村人。之女。十二月，迎娶於州寓。時集陸劍南詩千餘聯爲楹帖。是年倡捐千金，重建里内七分支祠，馳函山陰，乞景孫師撰記。

十五年己丑　五十三歲

伯兄在直，署保定府經歷。夏間，復集選詩、碑帖、駢語、五言、八言數百聯，合陸詩五百聯爲一册。八月末，得曉潭電信，招遊夔州。九月十五日啓程，由安慶附輪艘至宜昌，夔已來船，在宜相迓。入峽行七日，六百餘里，抵夔府。時將府試，又值其長子大濟初十完姻，禮成後，曉潭即進考場，屬汪豹君老友名鼎周，同案入泮。於次日陪遊白帝城，晚亦延入試院爲暢談。計六屬歲科並考，一月事竣，同出回署，豹君導遊鮑氏園。忠莊公超新舊兩宅也。十一月十八日辭歸，曉潭同舟送三十里，出瞿塘峽而別。兩日下至宜昌，適荆州，水涸，輪舟閣淺。在宜候十餘日，復遊姜詩祠、三遊洞、東山寺諸勝，年底始抵安慶，西漁弟留之度歲。在皖聞王儀吉歿於吴城，身後蕭然，分行資五十金，並勸曉潭亦賻此數，恤其家。

十六年庚寅　五十四歲

正月十日抵州寓。二月，遣銘兒回旌掃墓，月餘始返。四月初，遊霍山，登南嶽之巔，訪漢武帝故蹟。山不甚高，而羣峯環拱，如仰一尊焉。回遊嵩嶚、亦名松林崖。雪峯兩崖。州南七十二崖，嵩嶚爲最，雪峯次之，餘則不及遍歷矣。由鳳凰臺、小華山而歸。月末，長孫女翠霞生。是年，在州集資於會館，設立鼂山文社，月課同邑生童，如故鄉會文故事。

十七年辛卯　五十五歲

女鈖謹按：是年春正月，伯兄賢銘以疾殁，先君慟甚，因得眩疾，體氣日以虧虚，惟仍黎明即起，讀書至夜分始輟，一鐙青熒，不爲倦也。

十八年壬辰　五十六歲

女鈖謹按：先君自伯兄夭折，無以遣懷，日親督諸女讀，並教伯姊賢鍾作墨蘭。姊字惠如，年十二，已有清映軒詩數十首，至是課益勤。是年，爲延徐司馬忘其名。教畫百種蝴蝶及花卉，藝頗能進，先君略解憂焉。是秋，遊維揚。

十九年癸巳　五十七歲

女鈖謹按：先君動觸悲感，不欲城居，多住鄉間田莊上。友勸築新宅以易境，因以金四百，購六安城南地起屋，而藏書之長恩精舍建於宅之東偏，乃三載中工屢興屢輟，終不爲樂也。

二十年甲午　五十八歲

女鈖謹按：先君秉性澹泊，故五十而致仕，惟以書畫遊覽自娱，洎兩兄繼亡，頗鬱鬱。是年中日釁起，益居恒憂歎也。